KB075348

누비
처네

목성균 수필 전집

누비
처네

|개정판|

목성균 지음·김종완 해설

연암서가

지은이 **목성균**睦誠均

1938년 충북 괴산군 연풍에서 태어나 청주상고를 졸업하고 서라벌예대 문예창작과를 중퇴했다. 1968년 산림직 국가공무원 국가고시에 합격하여 25년 간 공직생활을 했다. 1993년 퇴직 후 「월간 에세이」에 초회 추천된 뒤, 1995년 월간 「수필문학」에 「속리산기」로 추천 완료됐다. 2003년 수필집 『명태에 관한 추억』이 문예진흥원 우수문학 작품집에 선정되었고, 2004년 3월 제22회 현대수필문학상을 수상했으며, 같은 해 5월 타계했다. 저서로『명태에 관한 추억』(2003), 『생명』(2004), 선집으로 『행복한 고구마』(2010), 현대수필가 100인선 『돼지불알』(2010) 등이 있다.

누비처네

2010년 12월 20일 초판 1쇄 발행
2024년 5월 15일 개정판 1쇄 발행

지은이 | 목성균
펴낸이 | 권오상
펴낸곳 | 연암서가

등록 | 2007년 10월 8일(제396-2007-00107호)
주소 | 경기도 고양시 일산서구 호수로 896, 402-1101
전화 | 031-907-3010
팩스 | 031-912-3012
이메일 | yeonamseoga@naver.com

ISBN 979-11-6087-124-1 03810
값 23,000원

목성균 선생이 타계(2004년 5월)한 지 벌써 20년이다. 출판사 연암서가로부터 '목성균 수필 전집'『누비처네』를 20주기 기념 개정판으로 새롭게 출판한다는 연락을 받았다. 나에게 주어진 일은 20년 동안 한국 수필은 어떻게 변했는지 그 변화상을 밝히고, 간단하게 그 소회를 써달라는 거였다. 이 사실이 무척 기쁘다.

2003년 첫 수필집『명태에 관한 추억』이 출판되고, 이듬해 그 책으로 현대수필문학상을 수상한 그는 얼마 지나지 않아 갑자기 타계했다. 당시 그는 수필계에 널리 알려진 작가가 아니었다. 그러나 지금은 누구나 출신 지역(충청도)의 대표 작가로 꼽는다. 장르 면에서도 소설에 홍명희, 이문구, 시에 정지용, 수필에 목성균이다. 살아서 그다지 알려지지 않았다가 타계한 해인 2004년 말 유고 수필집이 나오고, 2010년에 전집이 나왔다.

그 전집을 편집하는 과정에서 떠오른 작품이 「누비처네」다. 당시 전집의 제목을 정하는 단계였다. 가장 목성균스러운 작품을 제목으로 삼자는 것까지는 쉽게 합의가 됐는데 과연 그게 어떤 작품일까 하는 문제는 쉽지가 않았다. 그때 조정은 편집장이 강력히 추천한 작품이 「누비처네」였다. 목성균의 대표작은 거의 다 평해온 나에게도 처음 눈에 띈 작품이었다. 그렇게 해서 지난 14년 동안 꾸준한 사랑을 받아온 『누비처네』가 탄생했고, 목성균 선생 타계 20년을 맞아 새로운 판으로 다시 전집을 잇는다는 것이다. 난 그간 '목성균의 수필'에 대한 강의를 여러 차례 하면서 자연스럽게 생각되는 게 '과연 목성균이 무얼 이뤘나?'였다. 그 답은 '수필의 서사에 괄목할 만한 공헌을 했다'는 것이어서 여기에 간단하게나마 설명하고자 한다.

서사(narrative)라면 당연히 소설(fiction)이 떠오르는데 그건 우리가 살고 있는 근대 200년 동안 픽션이 워낙 성했기 때문이지, 서사의 전통을 5,000년으로 잡는 문학사에서 200년이란 결코 긴 시간이 아니다. 각 시대마다 지배적인 장르가 있었다. 가라타니 고진이 말한 근대문학의 종언이란 곧 소설(픽션)의 종언이다. 그는 한국의 문학에도 매우 정통한 사람이다. 서양 문학은 물론 일본 문학도 진즉 끝났으나 마지막으로 한국의 소설에 희망을 가졌다. 하지만, 1990년대 들어 한국 사회가 후기모더니즘 사회로 들어서면서 한국의 소설마저 그 사회의 주요한 이슈로부터 멀어지자 근대문학의 종언을 선언했다. 그렇다고 한국에서 소설이 사라진 것이 아니다. 한국의 소설가는 여전히 소설을 쓴다. 다만 그가 제기한 문제가 한국 사회의 주요 이슈로부터 멀어졌을 뿐이다. 그 빈 자리는 후기자본주의의 상품(오락)성이 차지했다. 픽션은 계속 반복되는 너무나 많은 픽션으로 픽션의 바다에 빠져 죽었다. 이는 픽션이 끝났다는 것이지 결코 서사가 끝났다는 것이 아니다. 한국의 천만 관중 영화들의 주제가 한결같이 오락성과는 주제가 먼 통일이나 민주화 등 한국 사회의 긴요한 이슈들인 것을 보면 아직 한국 사회의 서사의 건강성을 믿을 수 있다.

발터 벤야민은 이야기의 몰락을 알리는 최초의 징후가 근대 초기 소설이 등장했을 때 나타난다고 보았다.[1] 이야기는 경험을 먹고 자라며 한 세대에서 다음 세대로 전승된다. "이야기의 서술자는 이야기할 내용을 경험에서 얻는다."[2] 꾸며낸 이야기(픽션)이기에 경험이, 역사성이 없을 가능성을 경계한 것이다. 사실 난 이 점에서 소설과 다른 수필의 서사를 꿈꾸며 수필의 미래를 기약한다. '지어 쓰지 않은 내가 겪은 이야기'라는 수필

---

1 일반적으로 스토리(story)도 내러티브(narrative)도 우리말로 모두 이야기라 옮기지만, 스토리는 보다 한정된 개념으로 사건(events)만을 그대로 서술하는 것을 뜻한다. 반면 내러티브는 스토리보다 포괄적인 개념으로 시간과 공간에서 발생하는 인과관계로 엮인 실제 또는 허구적 사건의 연속적인 연결을 의미하며, 그 속에는 다양한 시각, 관습, 체계, 가치, 담화, 형식을 포함하고 있다.
2 한병철, 『서사의 위기』, p. 20.

의 정의는 호메로스, 그리고 그 훨씬 이전의 구비 문학으로부터 이어져 온 이야기의 원류에 맞닿아 있는 것이다. 바로 벤야민이 꾸며낸 이야기인 소설의 등장이 이야기의 경험성과 역사성을 결정적으로 손상시켰다고 말하는 이유다. 가라타니 고진이 주장한 근대문학(소설)의 종언은 꾸며낸 픽션의 종언일 뿐 이야기(내러티브)의 종언이 아닌 것이다. 21세기 진정한 서사의 시대는 우리가 소설의 서사와 다른 수필의 서사를 세울 수 있는가의 여부에 달려 있다.

이런 상황에서 목성균이 절실하게 다시 소환되는 것은 당연하다. 왜냐하면 그에 의해서 새로운 형태의 서사 수필이 창작되었기 때문이다. 수필에 성격을 가진 인물이 나타난 것이다. 인물이 성격을 가졌는가의 여부를 판단하기는 간단하다. 이 작품을 드라마화할 때 '이 배역을 누구에게 맡기지?'라고 물으면 금방 알 수 있다. 인물이 성격을 가지면 생생히 살아있다. 그 생생함을 실감할 수 있는 예가 있다.

오랫동안 국정교과서에 실렸던, 인물의 성격을 잘 살린 것으로 정평이 난 피천득의 「인연」 주인공 아사코와 목성균의 「할머니의 세월」의 할머니를 비교해 보면, 할머니의 성격은 단어 몇 가지로 표현되지 않았다. 「인연」에서는 아사코에 성격을 부여하기 위해 하얀 실내화와 연둣빛 우산과 뾰족 지붕과 뾰족 창문, 그리고 시들어 가는 백합이 쓰였다. 성격의 여부가 몇 단어의 동원 여부에 달렸다. 약간은 억지스러운 면이 없지 않다.

반면 할머니의 성격은 개인사의 구조상에서 우러나온다. 흔히 팔자라고 하는 것이다. 글의 맥락을 파악했다고 쉽게 이해되지 않는다. 그걸 이해하는 것은 한국 문화를 아는 것이다. 그러려면 한 삶을 이해할 수 있는 연륜이 필요하다. 한 사람을 이해하는 건 또 하나의 우주를 이해하는 것이다.

목성균에 의해서 한국 수필에 성격을 지닌 인물이 탄생했다. 성격을 가진 인물은 텍스트 안에서 생생히 살아서 그 텍스트의 영원한 주민이 된다.

오늘날 한국 수필의 과제는 새롭게 수필 서사를 성립시켜야 한다는 점이다. 이때 목성균의 수필이 소환되는 건 지극히 당연하다. 새로운 얼굴로 돌아오는 목성균 선생이 반갑기만 하다.

2024년 4월
김종완

나는 지금도 수필을 하다가(나는 수필을 쓰는 것이 아니라 수필을 한다) 어려운 일이 닥치면 목성균 선생을 생각한다. 그 분이 살아 계신다면……

선생이 돌아가신 지도 어느덧 6년이 되었다. 선생은 57세(1995년)에 늦깎이로 등단하여 65세(2003년)에 수필집 『명태에 관한 추억』을 냈고, 다음해 3월 그 작품집으로 '현대수필문학상'을 수상하였고, 5월에 갑작스런 발병으로 타계하셨다. 그의 발병으로부터 타계까지가 어찌나 갑작스러웠는지 문병한 문우마저 거의 없었다. 그를 아꼈던 몇 명의 문우들은 그 애석함을 조금이나마 달래기 위해서 그의 유고집을 출판하기로 했다. 그렇게 해서 나온 것이 『생명』이다. 『생명』은 전년에 낸 『명태에 관한 추억』에 실리지 않은 원고와 그 이후에 쓴 원고를 모아서 낸 것이다. 이 자리를 빌려 감사해야 할 분들이 있다. 출판을 허락한 유족들과 그 책의 출판을 기꺼이 맡아 준 수필과 비평사의 서정환 대표, 그리고 원고를 정리하는 데 결정적으로 수고한 '사진과 문학' 동호회 회원들과 모든 작업을 직접 수행한 김봉선 회장이다. 그 모임에 대해선 선생으로부터 몇 번 들은 적이 있었다. 선생의 문학과 인품에 반한 회원들이 선생이 영면하기 일 년 전부터 이미 선생의 모든 작품을 디지털화하기 시작했던 것이다. 그들이 없었다면 선생의 작품 중 상당량을 잃고 말았을 것이다.

아직도 목성균을 모르는 사람에게 가장 간단하게 그를 소개한다면 수필계의 기형도라 할 것이다. 기형도가 죽을 때까지 거의 알려지지 않은 시인이었지만 사후 그의 영향을 받지 않은 후배 시인들이 거의 없다고 평가되듯이, 수필계에서는 목성균이 그러하거나 그리 될 것이다. 사실 외면받기야 목성균이 더 했다. 기형도야 대학 시절부터 글 잘 쓰기로 이미 소문난 사람이었고, 졸업 후 「동아일보」 신춘문예에 당선된 미래가 촉망되는 시인이며 기자였지만, 목성균은 대학도 졸업하지 못했고, 이미 퇴직 후 다 늙어서 등단을 했으니 누구도 그를 주목하지 않은 것은 어쩌면 당연했는지도 모른다. 출신 잡지마저도 철저히 외면했다. 덕분에 나는 그의 평 한 번 쓰고 그와 형제인 양 친해질 수 있었다. 그의 등단 5년 후 2000년 봄, 내가 「에세이문학」에 계간평을 쓸 때였다. 확연히 눈에 띄는 작품이 있었다. 주간인 박연구 선생께 전화해서 이 사람이 누구냐고 물었지만 그 분마저 잘 알지 못했다. 누구의 추천을 받았는데 글이 괜찮은 것 같아서 그냥 실었다는 것이었다. 그러나 그의 작품「옹기와 사기」의 평이 실리면서 그는 폭발적인 주목을 받기 시작했다. 그는 그때 반응 없는 글쓰기에 지쳐 문학을 포기하려던 참이었다. 이런 곳이 문학판이다. 작품만 좋으면 하루아침에 주목 받는다. 그는 주목 받자 정말 무서우리만치 작품 활동을 열심히 했다. 그러나 애석하게도 실제 그가 활발한 작품 활동을 한 시기는 기껏해야 4년에 불과했다. (2004년 5월 작고) 문학을 해서 말년을 가장 멋지고 보람차게 찬란하게 보냈다는 것에 위안을 삼아야 할까.

나의 수필 강좌 커리큘럼에 목성균의 수필은 필수다. 내 경험상으론 가장 안심하고 추천할 수 있는 수필가가 목성균이다. 그의 작품이라고 어찌 약점이 없기야 하겠는가. 그러나 가장 수필다운 수필을 쓴 사람이다. 현대 수필이 갖춰야 할 덕목을 가장 고루 갖췄다. 나는 아직까지 그의 작품을 읽고 실망하는 사람을 만나지 못했다. 모두가 그가 이룩한 분위기(삶의 돈독함) 속에 흠뻑 빠지는 것을 보면 그의 수필의 매력은 대단한 것임에 분명하다. 그의 작품집이 절판된 후 많은 사람들이 복사해서 공부해야만 했다. 이 전집은 최소한 그런 수고를 덜어줄 것으로 믿는다.

올해 그는 갑자기 각광받기 시작했다. 이미 그의 선집이 두 권 나왔고, 또 다른 출판사에서도 선집이 나올 것이라 한다. 그

러나 선집이란 말 그대로 선집(選集)이어서 한계를 갖게 마련
이다. 한 작가의 전모를 알기에는 부족할 수밖에 없다. 그래서
기획된 것이 바로 '목성균 수필 전집' 『누비처네』다. 이미 6년
전에 작고한 수필 작가가 사후에 이렇게 각광받는다는 건 처
음 있는 일이다. 살아서 대단했던 사람도 죽고 나면 흔적도 없
이 잊혀지는 것이 다반사 아니던가. 『누비처네』에는 2003년 발
간된 『명태에 관한 추억』과 2004년에 발간된 『생명』에 실린 작
품을 망라해서 실었다.

　목성균의 진면목은 세월이 지나면서 새롭게 여실히 드러날
것이다. 이 전집으로 수필을 사랑하는 많은 사람들에게 아직
은 다 평가되지 못한 목성균의 전부를 보여 줄 수 있어 행복하
다. 많은 사람들이 이 전집을 통해서 그의 작품을 사랑하고 많
은 연구자들이 그의 작품을 연구 분석할 것이다. 그리하여 이
후 한국의 젊은 수필가들에게서 그의 영향을 받지 않은 수필
가가 나오기는 정말 힘들 것이라는 예감에 휩싸이고 만다.

2010년 늦가을에
김종완

| 차례 |

제1부

억새의 이미지

가을밤 달빛 아래서 사운대는 억새를 보면

발갛게 등잔불이 밝혀진 방문의 창호지를 울리며

밤을 지새는 다듬이질 소리가

들려오는 것만 같아서 귀를 기울이게 된다.

고개

　지름티 고개는 이제 구름이나 넘어가는 본래의 산등성이로 돌아갔지만, 한으로 삭은 어머니의 가슴에는 부부 사이를 이쪽과 저쪽으로 가르는 분수령으로 엄연히 자리잡고 있다.

　"쥐눈이콩만한 신랑이 가마의 휘장을 들추더니 머리를 들이밀고 가마멀미가 얼마나 심하냐고 걱정을 하더라니까 글쎄."

　신부는 열일곱, 신랑은 열다섯이었다. 가마 틈새로 바라보이는 답답한 산골 풍경에 가슴이 덜컥 내려앉는데 어린 신랑이 윗손[上客]의 눈을 피해서 신부의 가마 휘장을 들추고 은밀하게 신행길의 노고를 치하하더라는 것이다.

　"거짓말이 아녀, 내가 그때 싹수를 알아봤어."

　베 매는 길쌈 마당의 동네 여인네들을 박장대소케 한 신행 날 고개에서 있었던 일이 어머니의 한이다. 어머니의 삶을 등한히 하고 시앗을 두었느니 안 두었느니 소문을 무성하게 풍기면서 고개를 넘나드신 아버지의 독선 때문이다. 혼행이 멈춘 고개에서 어린 신랑이 보여 준 대견스러운 낭만은 당연히 어머니의 소중한 추억이 되었어야 하는데 오히려 평생의 한이 되고 말았다.

마을의 서북쪽 갈뫼봉과 동북쪽의 유지봉을 이어 주는 산등성이, 마을을 병풍처럼 둘러치고 있는 이 산등성이의 중간쯤, 산세가 기개(氣槪) 죽이고 주저앉은 자리가 지름티 고개다.

이 고개는 협촌(峽村)인 우리 마을 윗버들미[柳上里]에서 대처인 충주로 나가는 길목으로, 걸어다닐 수밖에 도리가 없던 시대에는 괴산장에서 충주장으로 옮겨가는 보부상들도 넘나들던 지름길이었다. 한때는 온종일 인적이 끊이지 않던 큰 고개였으나, 정부 방침에 의해서 운행 결손을 보조해 주는 벽지 노선이 개설되고부터 이 협촌에도 하루 두 번씩 군내 버스가 드나들며 고개에 인적이 끊어지고 말았다.

어디 윗버들미의 지름티 고개뿐이랴. 전국의 고개는 다 사라졌다. '사람 사는 한평생이 고개 하나를 넘는 것이니라.' 그리 말하던 고향의 어른들도 대개 고개와 더불어 사라졌거나, 조만간 사라질 것이다.

마을 사람들은 희로애락을 짊어지고 이 고개를 숨차게 넘나들며 원시적인 농경시대의 삶을 살아왔다.

"그래도 그때가 좋았지!"

불편한 삶의 시대에 대한 향수, 그것은 끈끈하고 찝찔한 땀 같은 인정의 유대(紐帶)가 그리운 때문일 것이다. 그렇다면 삶

의 편리가 반드시 행복한 것만도 아니라는 사실이 입증되는 것인데,

"내가 자네들만할 때는 콩 한 가마니를 지고 저 고개를 넘어 충주장에 가서 상포(喪布) 흥정을 해 오는 데 불과 한나절밖에 안 걸린 사람이여—."

젊었을 때 힘깨나 썼다는 갑득 노인이 곧이도 안 듣는 젊은 이들 앞에서 장정 시절이 그리울 때 하는 말로서 허풍이 섞이긴 했어도 사실과 크게 어긋나는 소리는 아니다.

"참말이여, 상주(喪主)가 고마워서 술과 고기를 실컷 먹으라며 날 억지로 과방 안으로 밀어넣기까지 했다니까."

누가 아니라고 했나, 갑득 노인은 극구 사실을 강조하는 것이었다. 그리고 흐린 눈으로 간절하게 고개를 바라보았다.

협촌의 고개는 희망과 절망의 두 모습으로 사람들의 마음을 항상 애타게 했다.

아침 햇살이 퍼지기 전에 새벽 이슬을 걷어차며 고개를 순식간에 치닫는 사람이 눈에 띈다면 뉘 집에 심상치 않은 일이 발생한 것이다. 누가 밤사이에 명이 경각을 오갔든지, 젊은 것이 야반도주를 했든지, 농우(農牛)가 쓰러졌든지, 이와 같은 예의 큰일이 났다고 볼 수 있다. 그래서 사람들은 우선 잠자리에서 일어나면 마을 고샅에서나 들녘에서나 습관처럼 아침 고개를 바라보았다. 그리고 햇살이 퍼져내리는 고개에 길 떠나는 사람이 없을 때 비로소 안도의 하루를 시작했다.

골짜기에 산그늘이 내릴 때도 마을 사람들은 아침처럼 고개를 바라본다. 그러나 까닭은 아침의 경우와는 전혀 다르다. 아침에는 밤사이 마을의 안부가 궁금해서지만 저녁에는 마을에 드는 반가운 손님이 있나 싶어서다.

갓을 쓰고 백포(白袍)를 입은 분이 진중한 거동으로 해 그늘을 따라서 고개를 내려온다면 그 날 밤 마을 안에 기름질 냄새가 진동할 수밖에 없는, 뉘 댁 사돈양반이거나 종백(從伯)이거나, 아니면 당숙어른 같은 분이 오시는 것이다. 누구네 집에 무엇 하러 오시는 분인지 즉시 알아차려야 한다. 그것은 협촌 사람들의 중요한 생활정보다. 그래야 저녁을 뚝딱 먹어치우고 귀한 손님이 드신 집 사랑방 한 자리를 먼저 차지할 수 있기 때문이다. 그 날 밤 모르고 그 사랑방 마실에 빠진다든지 마실이 늦어서 입추의 여지가 없는 사랑방에 들지 못한다면 예사 손해가 아니다. 고개 너머 대처의 흥미진진한 세상사를 들으며 기름진 밤참을 얻어먹을 수 있는 절호의 기회를 놓치고 마는 것이다. 다음날 두레판에서 그 사랑방 마실이 화제에 오를 때 분해서 식식거려 봐야 무슨 소용인가.

꽃가마가 넘어간 고개처럼 허망할 수 있을까. 가마가 앞서고 후행(後行)이 길게 이어져서 넘어간 저무는 고개의 적막함, 틀림없이 가슴에 커다란 구멍을 뚫고 뜨거운 숨을 토해 내며 땅거미 질 때까지 숨어서 고개를 바라보는 총각이 있었으리라.

꽃가마가 넘어오는 고개는 기쁨이다. 고갯길의 수풀조차 술

렁이면서 새각시를 맞이하는 것만 같다. 산협(山峽)의 혼사가 어디 뉘댁만의 경사이랴. 마을의 잔치였다. 그러나 어린 나이에 산협에 잡혀 와서 시집살이에 들게 된 새각시는 한동안은 고개를 바라보며 시집살이의 애상을 삭여 내야 한다. 그래서 고개는 여인의 한이라고 했다. 새각시는 저녁 우물가에서 노을지는 고개를 바라보며 눈물짓지 않는 날이 없었다. 어느 새각시는 시집온 날 혼행(婚行)을 배행하고 돌아가는 친정 어른이 고개 너머로 사라지는 모습을 보고 대성통곡을 했다. 조신(操身)해야 할 신행 날, 어린 새각시의 경망(輕妄)이 시어머니 살아 생전 자심(滋甚)한 시집살이에서 벗어나지 못하게 했다고 한다.

진달래꽃이 산비탈을 분홍치마 두르듯 하는 봄, 마을의 젊은 농군이 고개를 하염없이 바라보며 넋을 빼앗겼다면 갱갱이 갈(김제 만경 넓은 들을 말하는 것으로 협촌 젊은이의 엑소더스를 뜻하는 말이다) 놈이 틀림없지만 어른들은 만류를 하지 못했다. 산협을 벗어나서 제 길을 열어 가도록 모르는 체하는 것이 어른 된 도리인지 아닌지를 모르기 때문이다. 그러나 걱정할 일은 아니었다. 젊은 그들은 진달래꽃 피는 고개를 홀연히 넘어갔다가 고개에 눈발이 성성할 때 홀연히 넘어와서 더욱 분발하는 농군이 되었다.

며칠 전, 나는 들일에 바쁜 농부들로부터 할 일 없는 놈이라는 질시를 받기 싫어서 몰래 지름티 고개에 올라가 보았다.

아직 고갯길은 탄탄하고 훤했다. 긴 세월 동안 많은 사람들이 지신 밟듯 한 고갯길 아닌가. 그러나 길섶의 잡초는 길길이 자라고 있었다. 어정칠월 호미씻이 전날에 마을 사람들이 나서서 새벽길 떠나는 사람의 두루마기 자락이 이슬에 젖지 않도록 베어 주던 풀숲이다.

고갯마루는 황폐할 대로 황폐해 있었다. 당집은 비바람에 하얗게 삭아서 기울었고, 서낭나무만 홀로 울창한데 그 앞의 돌무더기는 이끼와 넝쿨에 덮여 있었다. 고개를 넘나들던 사람들이 두 손으로 공손하게 싸잡아 들고 와서 서낭신께 바치고 소원을 빌던 돌멩이들. 누구의 돌멩이는 소원을 이루고 누구의 돌멩이는 소원을 이루지 못했을 터이지만 아무도 서낭신을 원망하는 사람은 없었다. 소원을 들어주고 안 들어준 서낭신의 기준은 소원의 정당성, 간절함, 진실성에 둔, 지극히 공정한 것이라고 믿어 의심치 않았기 때문이리라.

서낭신은 그 어느 신보다 헌신적이다. 자신의 융성한 세월이 끝날 줄 뻔히 알면서 동네에 마을버스가 들어오도록 양해한 마음으로 보아서 그렇다.

당집 앞에 앉아서 어머니를 생각했다. 다시는 개선의 여지가 없는 어머니의 생애도 조만간 고개처럼 사라지고 말 것이다. 어린 신랑의 낭만도 어머니 가슴에 한으로 묻은 채.

어머니의 신행 가마가 멈춘 자리는 어디쯤이었을까.

인적이 끊어진 고개를 흰 구름만 유유히 넘어가고 있었다.

그리운 시절

그리운 시절들은 다 여름에 있다. 여름이 젊음의 계절이기 때문인지 모른다. 성장만 하면 되는 여름은 무모하다. 가능성을 배제하지 않은 존재의 치열한 향일성(向日性)들은 아픔도 모르고 세포분열에 주력한다. 아, 그리운 시절, 그 여름날들.

산그늘 진 갈매실 냇가의 자갈밭은 그 시절 우리들의 아지트였다. 개성대로 솔직하던 고향 친구들이 은밀하게 모여서 주량을 늘려 가고, 끽연 폼의 멋을 창출하고, 여울낚시의 기량을 숙달시키고, 매운탕 끓이는 법을 익혔다. 그리고 음모하고 실행했다.

이발소집 주호는 '홍은반점'에 새로 온 색시에게 반했다. 우리는 주호가 밤중에 색시를 겁탈하러 주방의 환기창을 타넘어 가는 것을 음모하고 실행했다. 성장은 무모한 만큼 미숙해서 우리들의 음모는 주호를 아직 국물이 덜 식은 국수가락 삶는 솥에 빠뜨리고 말았다. 뜨거워 죽는다고 비명을 지르는 주호를 주인이 달려나와서 닭장에 든 살쾡이 때려잡듯 자장 볶는 무쇠냄비로 때려잡았다. 겁탈은 미수에 그치고 말았지만 주호의 모험심이 얼마나 순진하고 아름다운 것인지, 그 산읍까지 흘러온 색시가 알 리 만무했다. 그 색시뿐 아니다. 우리도 더 성숙하고 더 까바라진 인생에 진입했을 때서야 그것을 아름다운 사실로 의견 일치를 보았고, 두고 기억하는 것이다.

굽어서 흘러온 냇물은 자근자근 속삭이며 한들 모퉁이를 돌아서 흘러갔다. 노을이 빨갛게 물든 수면 위로 피라미들이 은빛 찬란하게 뛰어올랐다. 피라미의 도약은 수면을 나는 날벌레 포식(捕食)의 한 방법에 불과한 것이지만 성장기의 미숙한 감수성은 피라미가 노을에 취해서 무모한 도약을 하는 것이라고 눈물겨워했다. 나는 언제쯤 저렇게 찬란한 도약을 해볼 것인지, 고개를 들어 하늘을 보면 지는 노을이 나를 더욱 눈물겹게 했다.

햇빛은 1,064미터 높이의 조령산 봉우리에 걸리고, 냇물과 나란히 가는 신작로로 막차가 뽀얗게 먼지를 날리면서 산읍으로 들어왔다. 그때서야 최선을 다해서 울던 말매미가 울음을 뚝 그쳤다. 우리는 매미의 울음이 시사(示唆)하는 바에 대해서 유의(有意)하지 못했다. 긴 세월을 땅벌레로 살고 나서야 비로소 매미가 되어 우는 것이다. 삶의 환희와 삶의 결론을 얻기 위한 생명의 치열한 절규인 것을 우리는 한낱 매미의 한유(閑遊)로만 인식했다.

해가 넘어가고 시원한 바람이 휘도는 신작로 소몰이꾼이 소를 몰고 지나갔다. 소를 한 마리는 앞세우고 한 마리는 뒤에 세우고 소몰이꾼은 가운데 서서 걸어갔다. 소몰이꾼은 저 큰 짐승을 어떻게 가운데 서서 고삐 하나로 통제할 수 있는지 궁금했을지언정 이 쇠전에서 다음 쇠전으로 밤을 새워 가는 그 묵묵한 소몰이꾼의 밤길이 꿋꿋한 그의 일관된 생애임을 우리는 알 리 없었다. 나는 자갈밭에 누워서 등허리에 배기는 자갈들의 아픔을 참고 밤하늘에 하나둘 돋아나는 별을 세며 생각했다. 소몰이꾼과 소는 지금 어디쯤 가고 있을까.

어찌 냇물만 흘러가고, 소몰이꾼만 밤길을 걸어갔으랴. 아지트인 그 냇가에 성장기의 미숙한 해프닝만 남겨 두고 우리들의 생애도 각자의 밤길을 꿋꿋하게 혹은 경거망동하게 개성대로 참 멀리 와 있는 것이다.

돌아보면 아른아른 그리운 시절은 이 여름 안에 아직도 남아 있다.

누비처네

　아내가 이불장을 정리하다 오래된 누비처네를 찾아냈다. 한
편은 초록색, 한편은 주황색 천을 맞대고 얇게 솜을 놓아서 누
빈 것으로 첫애 진숙이를 낳고 산 것이니까 40여 년 가까이 된
물건이다. 낡고 물이 바래서 누더기 같다. 그러나 그 당시에는
시골에서 흔치 않은 귀물이었다.

　"그게 지금까지 남아 있어?"

　내가 반색을 하자 아내가 감회 깊은 어조로 말했다.

　"잘 간수를 해서 그렇지." 그리고 "이제 버릴까요?" 하고 나
를 의미심중하게 쳐다보며 물었다. 그건 분명히 누비처네에
대한 나의 애착심을 알고 하는 소리다. "놔둬." 그러자 아내가
눈을 흘겼다. '별수 없으면서 ―' 하는 눈짓이다. 그것은 삶의
흔적에 대한 애착심은 자기도 별수 없으면서 뭘 그리 체를 하
느냐는 뜻이다.

　나는 아내의 과단성이 모자라는 정리정돈을 비아냥거리는

경향이 있다. 버릴 물건은 과감하게 버려야 하는데 아내는 그걸 못한다. 그래서 가뜩이나 궁색한 집안에 퇴직한 세간들이 현직 세간들과 뒤섞여서 구접스레했다. 그 점이 못마땅해서 나는 늘 예를 들어서 지적을 했다. 사실은 그 예가 아내에게 고의적으로 모욕을 가하는 것이긴 하지만, 버리지 못하는 삶의 흔적들에 대한 애착에서 놓여나게 하려는 내 나름의 충격 요법이지 솔직히 모욕 자체가 목적은 아니다.

'장터거리 박 중사의 미치광이 마누라는 늘 일본 옥상 오비처럼 허리에 보따리를 두르고 다니는데 그걸 풀면 온갖 잡동사니가 다 들었어. 이빠진 얼레빗서부터 빈 동동구리무 곽에 이르기까지 없는 게 없대. 자기 세간 모아 두는 건 흡사 박 중사 마누라 잡동사니 주워 모으는 버릇 같아' 하는 식이다. 그러나 아내는 모욕을 느꼈는지 안 느꼈는지 오히려 역습으로 내게 모욕을 가하는 것이다.

"남자가 박 중사 미친 마누라처럼 중중거리지 좀 말아요. 체신머리 없게시리―."

박 중사의 미친 마누라는 늘 허리에 예의 보따리를 두르고 머리에는 들꽃을 꽂고 길거리를 중얼거리면서 다녔다. 내가 박 중사 미친 마누라 허리에 두른 보따리로 '장군!' 하면 아내는 침흘리듯 중얼거리는 미친 짓을 가지고 '멍군!' 했다. 매사에 내가 부른 장군은 아내의 멍군에 당했다.

아내가 들고 "버릴까요?" 하는 누비 포대기는 내 인생의 사적

(史的)인 물건이다. 아내가 그 처네 포대기를 들고 '버릴까요' 하고 묻는 것은 내 비아냥에 대한 잠재적 감정의 표출이다.

아내가 첫애 진숙이를 낳고 백일이 지나도록 나는 아기를 보지 못했다. 서울에서 인쇄업(실은 프린트사였다)을 하고 있었는데 자리를 못 잡고 허둥지둥 승산 없는 분발을 계속하고 있었다. 사업 수완이 모자라는 때문이었다. 이미 자갈논 한 두락쯤 게눈 감추듯 해먹고 이업을 할 건지 말 건지 망설이는 중이었다. 아내의 산고를 치하하러 집에 갈 형편이 아님에도 불구하고, 추석 밑에 아버님의 준엄한 하서(下書)가 당도했다.

인두겁을 쓰고 그럴 수가 있느냐고 힐책하신 연후, 제 식구가 난 제 새끼를 백일이 넘도록 보러 오지 않는 무심한 위인은 이 세상 천지에 너 말고는 없을 것이라고 명의(名醫) 침 놓듯 내 아픈 정곡을 찌르시고, 만일 이번 추석에도 집에 오지 않으면 내 너를 자식으로 여기지 않을 것이라는 단호한 당신의 마음을 천명하셨다. 그 준엄한 하서에 동봉된 소액환 한 장과 말미의 추신(追伸)이 마침내 불민한 자식을 울렸다.

추신은 추석에 올 때 시골서는 귀한 물건이니 어린애의 누빈 처네 포대기를 사오라는 당부 말씀이었다. 소액환은 누비처네 값이었다. 그러면 네 식구가 좋아할 거라는 말씀은 안 하셨지만 사족을 생략하신 것일 뿐 그 말이 그 말이다. 아버지는 객지의 자식이 제 새끼를 보러 오지 못하는 실정을 아시고 궁여지책을 쓰신 것이다.

지금도 나는 아버지가 나를 사랑하셨다고는 생각하지 않지만, 그러나 믿을 도리밖에 없는 맏자식이니 아버지도 늘 내게 연민 정도는 느끼셨을 것이라고 생각한다. 자식에 대한 연민, 그게 얼마나 부모의 큰 고초인지 내가 당시 아버지 나이에 이르러서야 알았다. 오죽하면 소액환을 동봉하셨을까. 그 소액환은 돈이라기보다 슬하에 자식을 불러앉히는 아버지의 소환장이나 마찬가지다. 용렬하기 그지없는 자식에게 아비 노릇, 남편 노릇 하는 방법까지 일일이 일러주어야 하는 아버지의 노파심을 생각하니까 '불효자는 웁니다' 하는 유행가처럼 서러웠다.

추석을 쇠고 우리는 아버지의 명에 의해서 근친을 갔다. 강원도 산골 귀래 장터에 도착했을 때 이미 한가위를 지낸 달이 청산 위에 둥실 떴다. 그때부터 십 리가 넘는 시골길을 걸어가야 한다. 아내는 애를 업고 나는 술병과 고기 몇 근을 들고 걷기 시작했다. 아내 옆에 서서 말없이 걸었다. 달빛에 젖어 혼곤하게 잠든 가을 들녘을 가르는 냇물을 따라서 우리도 냇물처럼 이심전심으로 흐르듯 걸어가는데 돌연 아내 등에 업힌 어린것이 펄쩍펄쩍 뛰면서 키득키득 소리를 내고 웃었다. 어린것이 뭐가 그리 기쁠까. 달을 보고 웃는 것일까. 아비를 보고 웃는 것일까. 달빛을 담뿍 받고 방긋방긋 웃는 제 새끼를 업은 여자와의 동행, 나는 행복이 무엇인지 그때 처음 구체적으로 알았다.

아버지는 푸른 달빛에 흠뻑 젖어 아기 업은 제 아내를 데리고 밤길을 가는 인생 노정에 나를 주연으로 출연시키신 것이다. '임마, 동반자란 그런 거야' 하는 의미를 일깨워 준, 아버지는 탁월한 인생 연출자였다. 처네 포대기가 그 연출의 소도구인 셈이었다.

그때 "그 처네 포대기 아버지께서 사오라고 돈을 부쳐 주셔서 사온 거야." 내가 이실직고를 하자 아내가 "알아요" 했다. 그러고 말하기를, 추석 대목 밑에 어머니가 아기 처네 포대기 사게 돈을 달라고 하자 아버지가 묵묵부답이셨다는 것이다. "며느리를 친정에 보내려면 애를 업고 갈 포대기가 있어야 하잖아요" 하고 성미를 부리자 아버지가 맞받아서 "애 아비가 어련히 사올까" 하시며 역정을 내셨다고 한다. 아내는 그때 시아버지께서 무심한 신랑과 친정을 보내 주실 모종의 조치를 꾸미고 계시다는 것을 눈치채고 가슴을 두근거렸다고 한다.

교교한 달빛 아래 냇물도 흐름을 멈추고 잠든 것 같았다. 나는 기억이 안 나는데 그때 내가 아내의 손을 잡았던 모양이다. "그때 내 손을 꼭 잡던 자기 얼굴을 달빛에 보니 깎아 놓은 밤 같았어." 아내가 누비처네를 쓸어 보며 꿈꾸듯 말했다. 참 오랜만에 들어보는 아내의 칭찬이었다. 아마 그때 내게 손을 잡힌 걸 의미 깊이 받아들였던 모양이다.

어찌 보면 두 남녀가 이루어 가는 '우리'라는 단위의 인생은 단순한 연출의 누적에 의해서 결산되는 것인지 모른다. 약간의 용기와 성의만 있으면 가능한 연출을 우리들은 못하든지 안 한다. 구닥다리 세간에 대한 아내의 애착심은 그것들이 우리의 인생을 연출한 소도구이기 때문이다. 이제 아내의 애착심을 존중해야지, 누비처네를 보면서 생각했다.

다랑논

올망졸망 붙어 있는 다랑논배미들을 보면 흥부네 애들처럼 가난하고 우애 있어 보인다.

나는 어려서 팔월 열나흘 저녁 때면 쇠재골 다랑논 머리에 서서 추석 차례를 지내러 오시는 작은 증조부를 기다렸다. 그 어른은 칠십 노구를 지팡이에 의지하고 휘이휘이 쇠재를 넘어 오셨다.

나는 저문 살골짜기에 혼자 서 있었다. 그래도 무서운 줄을 몰랐다. 막 저녁 세수를 한 산골 처녀의 맨 얼굴 같은 들국화 꽃, 조용히 귀 기울이면 들리는 열매가 풀숲을 스치며 떨어지는 소리, 미처 어둡기도 전부터 울어대는 풀벌레 소리—. 나는 그 가을 정취에 취해서 무섭지 않은 줄 알았다. 그러나 좀더 철이 들고 나서 알았지만, 내가 무섬증을 느끼지 않고 조신하게 저문 산골짜기에 혼자 서 있었던 것은 가을 정취 때문이 아니라 다랑논 때문이었다.

아무도 없는 다랑논에서 나는 늘 인기척을 느꼈다. 배코 친 머리처럼 깨끗한 논둑, 피나 잡풀 하나 없이 오로지 벼 포기만 서 있는 논배미의 정갈함에서 방금까지 사람이 있던 기척을 느낄 수 있었다. 나는 논둑이 수북하게 풀숲에 덮여 있는 것을 한번도 보지 못했다. 미발진(여물지 않은) 벼이삭이 고개를 못 숙이고 노랗게 조락(凋落)하는 해도 있었지만, 그때도 논둑은 깨끗이 벌초가 되어 있었고 논배미 안에는 잡풀 하나 없이 벼 포기만 오롯이 서 있었다. 아쉬움같이 푸른 기가 아련한 연노랑색의 어린 벼 포기가 고개를 못 숙이고 있는 것을 보면 농부가 아닌 어린 나도 마음이 아팠다. 하지만 깨끗하게 깎아 놓은 논둑을 보면 끝까지 포기하지 않은 농부의 마음이 엿보여서 다랑논배미 어딘가 농부가 저무는 것도 모르고 아직 엎드려서 일에 골몰하고 있는 것만 같았다.

작은 증조부는 대중없이 고개를 내려오셨다. 어느 해는 해 그늘과 같이 내려오셨고, 어느 해는 열나흘 달이 뜬 후 휘영청 밝은 달빛을 밟고 내려오셨다. 나는 다랑논 머리에 서서 침착하게 그 어른을 기다렸다.

마침내 갈참나무 숲이 끝나는 고개 아래 그 어른의 하얀 모습이 나타나면 반가움에 목이 메였다. 나는 달려가서 그 어른 발 밑에 엎드려 절을 했다. 그 어른은 지팡이로 노구의 피로를 받치고 서서 내 절을 받으셨다. 그리고 다랑논의 작황을 보시고 말씀하셨다.

"누가 지은 농산지, 꼭 맘먹고 담은 가난한 집 밥사발 같구나."

신록이 우거지는 초여름, 다랑논을 본 적이 있다. 모내기 준비를 끝낸 다랑논은 참 깨끗했다. 가래질을 해서 질흙으로 싸발라 놓은 논둑이 마치 흙손으로 미장을 해 놓은 부뚜막처럼 정성이 느껴졌다. 차마 신발을 신고 논둑길을 건너가기가 죄송할 지경이었다. 골짜기의 물을 허실 없이 가두려고 정성을 다해서 논둑을 싸바른 것이다.

물을 가득 잡아 놓아서 거울같이 맑은 다랑논에 녹음이 우거진 쇠재가 거꾸로 잠겨 있었다. 뻐꾸기, 꾀꼬리, 산비둘기의 노랫소리가 다랑논에 비친 산 그림자에서 울려 나오는 것 같았다. 송홧가루가 날아와서 논둑 가장자리를 따라 노랗게 퍼져 있었다. 조용히 모내기를 기다리는 다랑논이 마치 날 받은 색시처럼 다 받아들일 듯 안존한 자세여서 내 마음이 조용히 잠기는 것이었다.

첫눈이 내릴 듯 하늘이 착 가라앉은 겨울날, 거둠이 끝난 다랑논을 보면 지푸라기 하나 흩어 놓지 않고 깨끗하게 비워 냈다. 손바닥만큼씩 한 다랑논배미가 마치 공양을 마친 바리때처럼 마음 한 점까지 다한 간절함이 느껴졌다. 결코 농부의 마음에 차는 거둠을 못한 게 분명한 논바닥에 하등의 아쉬움도 남아 있지 않았다. 그 소박하고 알뜰한 수확의 자리. 포기를 벌지 못한 안타까운 벼 그루터기의 오열(伍列) 상태가 눈물겹도록 질서 정연했다. 무엇이 그리 고마웠을까. 얼마나 따뜻하고 간절한 마음이었을까. 못줄을 띄우고 눈금에 벗어나지 않게 한 포기씩 꼭꼭 모를 꽂고 성의껏 가꾸고 거둔 자리가 오두막집 잦힌 밥솥 아궁이처럼 아늑했다.

농부의 바람에 미치지 못한 수확의 흔적. 미안스러운 듯한 토지의 모습, 그러나 비굴하거나 유감스러운 기색을 느낄 수 없는 담담한 빈 겨울 논이 내 마음을 한없이 평온하게 해주었다.

나는 젊은 날 마음이 격앙되면 쇠재골로 다랑논을 보러 갔다. 다랑논은 언제나 내 마음의 갈등을 가라앉혀 주었다. 빈 논은 빈 논인 대로, 모가 심겨 있으면 심겨 있는 대로, 풍작이면 풍작인 대로, 흉작이면 흉작인 대로, 다랑논에서는 항상 사람의 기척이 느껴졌다. 다랑논이 욕심 없는 사람처럼 '착하고 부지런히 사는 끝은 있는 법이여 ―' 다독다독한 말 한마디를 간곡히 내게 들려주는 듯했다.

나는 사람 사는 것이 다랑논 부치는 일 같아야 한다고 생각했었다. 다랑논을 보면 삶이 행복하다 불행하다 말하는 게 얼마나 건방진 수작인가 싶다. 다랑논은 삶의 원칙 같다. 다랑논의 경작은 삶에 대한 애착의 일변도 같다.

그 비경제적인 다랑논을 부치던 분들도 하나 둘 타계하고 이제 몇 분 없다. 그 분들마저 타계하면 다랑논들도 다 폐경이 될 것이다. 다랑논이 사라지는 것은 삶의 원칙이 사라지는 것 같아서 섭섭하기 그지없다.

부엌 궁둥이에 등을 기대고

고향의 초가삼간은 동향집이었다.

망종(芒種) 무렵, 앞산 유지봉 위로 해가 떠오르면 동향집은
해일(海溢)같이 쏟아지는 햇살에 어뢰를 맞은 함정처럼 여지
없이 침몰했다. 해가 떠오르기 전에 아버지는 침몰하는 함정
의 함장처럼 결연하게 "어서 들로 나가자!" 하시고 소를 몰고
앞장서서 삽짝을 나서셨다. 아버지의 그 결연한 의지에 식구
들은 연장을 챙겨들고 퇴함(退艦)을 하듯 아버지 뒤를 따랐다.
그러면 초가삼간은 조용히 눈부신 햇살 속으로 침몰했다. 해
돋는 쪽으로 앞을 둔 동향집은 물러설 수 없는 삶의 배수진을
친 좌향(坐向)이다. 동향집에서 남향받이는 부엌 궁둥이뿐이
다. 식구들이 퇴함하듯 들로 나가고 나면 해님은 부엌 궁둥이
로 돌아가서 신랑 새댁 궁둥이 탐닉하듯 온종일 바람벽에 머
물렀다.

동향집의 부엌 궁둥이는 다산(多産)한 아내의 돌아앉은 궁둥

이만치나 편하고, 은근하고, 따뜻한 곳이다. 그러나 동향집 사람들은 부엌 궁둥이의 그걸 모르고 살았다. 퇴함하듯 삶에 쫓기는 사람들이 어찌 부엌 궁둥이로 돌아가서 은연(隱然)하게 서 있을 여유가 있었으랴.

늦가을인지 초겨울인지 추울 때다. 하루 종일 햇볕에 단 부엌 궁둥이에 기대 서서 초저녁별을 바라본 적이 있다. 부엌 궁둥이가 그렇게 따뜻하고 은밀하다는 사실을 그때 처음 알았다. 무슨 잘못을 저질렀던지 나는 저녁 밥상이 들어갔는데도 방에 들어가지 못하고 부엌 궁둥이로 돌아가서 숨었다. 고샅에서 할머니가 나를 찾는 소리가 들리고, 방안에서는 "그 놈에 자식, 밥도 주지 말어" 하시는 아버지의 역정소리가 들려왔다. 어떻게 부엌 궁둥이로 돌아가서 바람벽에 외로운 신세를 기대게 될 줄을 알았는지 모를 일이다. 정남향의 바람벽이 동지 섣달 막 저녁 밥상이 들어간 부뚜막처럼 따뜻했다. 거기에 등을 기대고 서서 어두운 산등성이 위로 돋는 별을 바라보니까 서러웠다.

그 후 새신랑인 나는 꽤 여러 번 해질녘이면 부엌 궁둥이의 바람벽에 기대 서서 초저녁별을 바라보았다. 꿈과 현실의 괴리가 너무 심한 농사를 지어야 할 건지 말 건지, 이 부엌 궁둥이에 와서 젊은 인생의 전말(顚末)을 화두(話頭)로 잡고 고뇌하면 응결된 가슴이 열렸다.

부엌 궁둥이는 주로 장가들기 전에 많이 이용했다. 장가들고는 내 혼자 부엌 궁둥이 바람벽에 기대 서면 왠지 아내에게 미안한 생각이 들었다. 부부 일신의 도리에 어긋나는 것 같아서였다. 그렇다고 아내에게 나 속상한데 같이 부엌 궁둥이에 기대러 가자고 할 수는 없는 일이었다. 어차피 새색시와 함께 할 수 없는 새신랑의 고민도 있게 마련이다. 어느 날 저녁별이 뜰 때 혼자 부엌 궁둥이의 바람벽에 기대 서 있는데 아내가 어떻게 알고 부엌 궁둥이로 돌아왔다. 비밀스러운 짓을 하다가 들킨 것처럼 부끄러웠다.

아내는 만삭이었다. 어깨로 숨을 쉬며 내 곁에 서 있었다. 우리는 말없이 별에 눈을 맞추고 서 있었다. 다행히 여기 혼자 와서 무슨 생각을 하느냐고 아내는 묻지 않았다. 궁금한 점을 언급하지 않은 아내의 참을성은 또 얼마나 고독한 것이었을까.

농사꾼이 되겠다던 꿈을 접고 집을 떠났다. 혼자 객지 생활을 했다. 전도가 불투명한 삶의 진척(進陟)에 겨워 겨울 도시의 거리 모퉁이를 돌아들면 고향집의 온종일 겨울 햇살에 달아 있을 부엌 궁둥이가 그리웠다.

그런 나를 아버지가 찾아오셨다. 네 식구가 어린애를 낳았다고 하시며 사람이 그리 무심할 수 있느냐고 걱정하셨다. 저녁상을 들여놓고 부엌 궁둥이로 돌아가서 바람벽에 기대 서 있는 네 아내 꼴 보기 싫으니, 데려가든지 형편이 안 되면 집으로 내려오라고 하시는 것이었다. 부엌 궁둥이에 돌아가서 별을 보고 서 있을 갓난아기 업은 아내와 그 아기의 별 같은 눈망

울 때문에 객지에서 나는 허둥지둥 힘겨운 분발을 했다.

그 부엌 궁둥이를 아내에게 물려주고 집을 떠난 것은 그나마 다행한 일이다. 집안에 새댁의 심신을 은닉할 장소가 한 군데 쯤은 있어야 시집살이의 중압감을 내려놓아 볼 수 있기 때문이다.

아버지도 소싯적에 부엌 궁둥이에 등을 기대고 서서 침전된 삶의 노폐물을 자정(自淨)해 보셨을까? 아버지는 부엌 궁둥이에 등을 기대고 서 보지도 못하셨을 것 같다. 그 점이 죄송하다.

사기 등잔

시골집을 개축할 때, 헛간에서 사기 등잔을 하나 발견했다.

컴컴한 헛간 구석의 허섭스레기를 치우자 그 속에서 받침대 위에 오롯이 앉아 있는 하얀 사기 등잔이 나타났다.

등잔은 금방이라도 발간 불꽃을 피울 수 있는 조신한 모습이었다. '당신들이 나를 잊어버렸어도 나는 당신들을 잊어 본 적이 없어' 하는 듯한 섭섭한 기색이 역력했다.

나는 등잔을 보고 적소(謫所)의 방문을 무심코 열어 본 권모편의 공신(功臣)처럼 깜짝 놀랐다. 하얗게 드러난 등잔의 모습이 마치 컴컴한 방안에 변함없이 올곧은 자세로 앉아 있는 오래된 유배(流配)의 모습 같아서였다.

깊은 두메에 전깃불이 들어온 것은 일대 변혁이었다.

제물로 바칠 돼지 멱따는 소리와 풍물소리가 골짜기를 울리던 점등식 날, 마침내 휘황찬란한 전깃불이 켜진 방안에서 졸지에 처신이 궁색해진 등잔을, 사람들은 흐릿한 불빛 아래서 불편하게 산 것이 네 놈 때문이라는 듯 가차없이 방 밖으로 내쳤다. 손바닥 뒤집듯 할 수 있는 얕은 인간의 마음인 걸 어쩌랴. 이 등 잔도 우리 식구 중 누군가가 그렇게 내다버렸을 것이다.

등잔은 너무 소박하게 생겼다. 그래도 방안에 두고 쓰는 그 릇이라고 백토로 빚어서 잿물을 발라 구워 낸 공정(工程)이 정 답고 애잔하다. 몸체의 뽀얀 살결과 동그스름한 크기가 아직 발육이 덜 된 누이의 유방 같은데, 등잔 꼭지는 여러 자식이 빨 아 댄 노모(老母)의 젖꼭지같이 새까맣다. 그 못생긴 언밸런스 를 우리는 당연히 고마워해야 한다. 가난하고 고달픈 밤을 한 점 불빛으로 다독여 주던 등잔 아닌가.

도대체 이 등잔은 어느 방에 있었던 것일까.

옛날에 우리 집에는 안방 등잔부터 윗방, 건넌방, 사랑방, 부 엌 거까지 합치면 등잔이 다섯 개 정도는 있었을 것이다. 그 중 이 등잔은 어느 방에 놓여 있던 것일까?

깊은 겨울밤, 처마 밑에 서리서리 이어지던 할머니의 물레질 소리와 어머니의 이야기책 읽는 소리가 들리는 듯한 걸 보면 안방에 있던 등잔 같기도 하고, 한쪽 무릎을 세우고 그 위에 수 틀을 올려놓은 누이의 다소곳한 그림자를 비추던 불빛을 생각 하면 윗방에 있던 거 같기도 하고, 쿨룩거리는 기침소리와 함 께 밤을 지새우던 불빛을 생각하면 바깥 사랑방에 있던 거 같 기도 하다.

그러나 등잔 꼭지가 이토록 까맣게 탄 걸 보면 불면의 흔적이 분명한데, 그러면 혹시 건넌방 내 책상 위에 있던 등잔인지 모른다. 아버지가 구체적으로 내게 관심을 보여 주신 그 소중한 등잔, 딱 한번 아버지의 애정을 자식에게 중재해 준 그 등잔 같다.

어느 해 겨울밤이었다.

가끔 추녀 끝의 이엉 속에서 바스락거리는 소리가 들렸다. 참새도 잠 못 이루는 밤. 누가 오는 것 같아서 방문을 열면 불빛 밑으로 눈송이가 희끗희끗 내려앉는 밤이었다.

잠잘 시간을 넘긴 생리현상 때문일 것이다. 등잔 불빛이 점점 흐려졌다. 나는 자꾸 등잔의 심지를 돋웠다. 새까만 그을음 줄기가 길게 너풀너풀 춤을 추었다. 방안에 매캐한 그을음 냄새가 가득했다.

나는 잠들 수 없었다. 헤세의 『청춘은 아름다워라』를 읽고 있었다. 헤르만 헤세의 '안나'가 시골 역 플랫폼에 내렸다. 헤르만과 로테가 마중 나와 있었다. 순수하고 아름다운 젊은 날의 사건이 바야흐로 시작되는 대목이었다.

가끔 방문을 열고 그을음 냄새를 바꾸었다. 상큼한 눈바람이 방안에 봇물처럼 밀려들어와서 가득 찼다.

밤이 깊었다. 뜰에 올라서서 '탁 — 탁 —' 눈 터는 소리가 나더니, 밤마실을 다녀오시는 아버지가 찬바람을 안고 방안으로 들어오셨다.

"이 녀석아, 심지만 돋운다고 불이 밝아지는 게 아녀, 콧구멍만 그을을 뿐이지."

아버지는 조신조신 말씀하시며 호롱의 심지를 새로 갈아 주셨다.

"심지는 깨끗한 창호지로 하는 거여. 그래야 맑은 불빛을 얻을 수 있지. 심지 굵기는 꼭지에 낙낙하게 들어가야 해. 굵으면 꼭지에 꼭 끼여서 기름을 잘 못 빨아올리고, 가늘면 흘러내리느니. 그리고 꼭지 끝에 불똥을 자주 털어 줘야 불빛이 맑은 거여."

심지를 갈자, 과연 불이 한결 밝았다.

내가 아버지께 받아 본 단 한 번뿐인 성의 있는 관심이었다. 늘 밤길의 먼 불빛처럼 아득해 보이던 아버지가 마음을 내 눈앞에 펴보이신 것이다. 그 날 밤의 아버지에 대한 기억은 장롱 맨 아래 간직해 둔 사주단자보다도 더 소중하다.

겨울밤의 냉기를 몰고 불쑥 방으로 들어오셔서 소년의 두 뺨을 따뜻하게 달구어 주신 투박한 아버지의 사랑을 이어 준 등잔, 그 등잔의 고마움을 나는 전깃불에 반해서 헛간에 내다버리고 까맣게 잊어버렸다.

나는 등유와 먼지에 절은 받침대와 등잔을 깨끗하게 닦았다. 소장품으로 예우를 하고 싶어서다. 내 마음은 등잔을 아들 방 책상 위에 놓아 주고 싶었다. 물론 아들녀석이 등잔불을 밝히고 밤을 지새울 리는 없다. 나는 내 아버지처럼 아들을 위해서 등잔 심지를 갈아 줄 기회는 없을 것이다. 다만 젊은 한 시절 헛되이 보내지 말고 밤을 지새우며 책을 읽으라는 내 간곡한 당부의 마음을 등잔이 아들에게 전해 주기는 할 것 같았다.

그러나 다 부질없는 생각일 뿐이다. 등잔에다 아무리 인문주의적 가치를 부여해서 아들의 책상 위에 놓아 준들 등잔 시대를 살아 보지 않은 아들이 등잔을 애장(愛藏)할 리 없을뿐더러, 등잔 역시 아들의 책상에 놓인 전기 스탠드의 놀라운 밝기에 스스로 주눅이 들어 처신이 궁색할 뿐이다. 그것은 등잔에 대한 예우가 아니라 등잔을 벌 세우는 짓이다. 차라리 헛간의 허섭스레기 속에서 한때 당당했던 발광(發光)의 보람이나 추억하며 지내게 둔 것만도 못하다.

그래서 등잔을 안방 문갑 위에 놓아 두기로 했다. 그리고 어둠을 발갛게 밝혀 주는 한 점 불빛, 그윽한 아버지의 심지(心地)를 느끼기로 했다.

아버지는 중풍이 들어 계신다. 등잔의 불빛처럼 흐린 생애, 심지를 갈아 드릴 수도 없다. 조만간 그 불빛마저 꺼지면 나는 아버지의 생애도 등잔처럼 푸른 산자락에 묻고 잊어버릴는지 모른다.

살포

    지금은 없어졌지만, 농부가 늙어서 드는 농사 연장에 살포라는 것이 있었다. 물꼬 보는 데 쓰는 연장인데 긴 자루 끝에 손바닥 크기의 납작하게 날이 선 네모진 삽이 달렸다. 언뜻 보면 창 같다. 실제로 장비처럼 전의(戰意)가 충천해서 고샅을 내닫는 늙은 농부를 보면 살포를 내지를 창처럼 꼬나들었다. 물싸움을 하러 가는 것이다. 그러나 저 살포로 일내지 하는 걱정은 기우(杞憂)다. 살포는 노농(老農)의 원로적 품위 유지용이지 결코 흉기는 아니다.

    달려온 노농이 중세 서구의 기사처럼 상대방 물꼬에 살포를 힘껏 꼽으면 바로 결투로 돌입한다. 죽마고우로 한평생 같이 늙어 온 처지 아닌가, 절대로 살포를 몸에 들이대는 일이 있어서는 안 된다. 그건 살의를 드러내는 짓이다. 물꼬에 살포를 꼽는 것은 결투의 신청인 동시에 원수질 짓은 말자는 페어 플레이의 다짐이기도 하다. 자존심만 높지 기력은 달린다. 업어

치기 한판 같은 화려한 승부는 그리운 추억일 뿐, 겨우 옆굴리기나 해보는 정도의 이전투구에 불과하다. 때문에 불상사는 염려 안 해도 된다. 저물녘, 냇가에 소를 풀어놓고 뒤잡이치던 유년의 정서가 배어 나오는 싸움일 뿐이다.

살포를 든 노농의 입성(옷)은 한결같이 풀먹여서 다림질한 홑중위적삼이다. 삼베거나 모시거나 명이거나 그 댁 살림 형편과는 전혀 관계 없이 노농의 품위는 모두 학처럼 소쇄(瀟灑)하다. 살포 든 품위에 손색없도록 배려한 며느리의 정성을 입었기 때문이다. 그 입성을 물꼬 진흙탕에 버무리면서 뒹구는 노농의 물꼬 싸움을 보면 '예, 싸워야 오래 사십니다' 하는 버르장머리없는 호감이 가는 것이다.

물꼬는 양보할 수 없는 가세(家勢)의 보전 지역이다. 살포는 연장이라기보다 가세의 영역을 지키는 한 집안 대주의 의지를 고양하는 물건이다. 연장의 효율성으로 따지자면 삽이 월등 났지만 그건 젊은이들의 연장이다. 삽이 실권이라면 살포는 권위다. 그래서 젊은이가 살포를 든다면 지탄받을 일이듯이 늙은이가 삽을 들면 말년을 백안시 당하기 십상이다.

노농의 물꼬 관리를 농사일로 보느냐 안 보느냐는 논란의 여지가 있다. 사실 풀기가 빳빳한 하얀 중위적삼에 흙물 튈까 저어하듯 물꼬로부터 썩 떨어져서 허리도 구부리지 않고 살포로 물꼬를 트거나 막는 짓은 원로의 거만한 한유(閑裕)일지언정 일은 아니다. 그러나 물꼬 관리가 논농사의 성패를 좌우하는 가장 중요한 부분임을 감안하면 일이 아니라고 볼 수도 없다. 물꼬를 트고 막는 일은 한 삽질감이다. 그래도 선친을 모시고 있는 젊은 농군은 삽을 대서는 안 되는 곳이 물꼬다. 선친이 안 계시면 모르지만 선친이 살아 정정한데 젊은 자식이 앞서서 삽으로 물꼬를 트거나 막는 짓을 한다면 그는 선친의 권위를 탈취하는 후레자식이다.

허리가 꼿꼿한 로맨스그레이가 짚은 단장이 허리힘을 받치려고 짚는 것은 분명히 아니다. 늙음의 멋을 연출하는 소품이며, 떳떳한 늙음을 주장하는 인격이며, 허전한 마음을 보완해 주는 지주(支柱)다. 살포도 노농의 그와 같은 용도로 보는 게 합당하다.

물론 늙었다고 다 살포를 들고 다닐 수 있는 것도 아니다. 살포를 들고 다녀도 남 보기에 떳떳할 때 비로소 들 수 있다. 예를 들어 논 한 마지기 없는 주제에 살포 들고 다닌다면 잠방이 입고 통영갓 쓴 꼴, 또 물려받은 세전지물인 논마지기를 겨우 붙들고 있는 주제이거나, 그나마 줄여붙인 주제에 살포 든 꼴은 흡사 남이 장에 간다고 씨오쟁이 떼어지고 따라가는 것처럼 궁색하다. 살포 든 모습은 비록 하고(아랫물꼬)배미 몇 두락일망정 자신의 노력으로 토지를 장만하고 들었을 때 가장 보기 좋다.

꼭 그런 것은 아니지만, 살포자루 길이로 토지의 소유 규모와 생산의 우열성도 짐작할 수 있었다. 문전옥답을 섬지기로 짓는 노농의 살포자루는 길고, 뒷골 다랑논 몇 두락을 짓는 노농의 살포자루는 짧았다. 농경사회의 무슨 규약이 정한 바에 따라서 불가피하게 살포자루 길이를 맞춘 건 아니다. 자연히 그렇게 살포자루 길이의 차별화가 이루어졌다. 문전옥답 섬지기를 짓는 노농의 살포자루가 좀 길다고 해서 '논푼어치나 부친다고 꼴값을 떨어요'라고 질시할 건 아니다. 그게 보편적인 길이였다. 다만, 다랑논 몇 두락을 부치는 노농의 살포자루가 보편보다 짧았다는 게 옳은 견해다. '다랑논 부치는 주제에 살포자루는 되 길다'고 남들이 비웃을까 싶어서 일부러 살포자루를 짧게 메워 가지고 다닌 건 아니고, 어쩌면 농경사회에서 최선을 다한 삶의 결과에 대한 허심탄회한 승복이요, 분수를 아는 미덕이며, 따라서 '나는 아직 논 한 마지기라도 더 장만할 여지가 있어' 하는 계속 분발 중에 있다는 의지의 표시일 수 있다.

두메의 가난한 경작 면적을 바라고 모여 사는 고만고만한 삶의 처지에 살포자루의 길이가 무슨 옥관자라도 단 것 같은 신분 표시랄 게 있으랴만, 그래도 살포자루가 길면 은근히 어깨에 힘이 실려서 상체를 쭉 펼 수 있었다. 그래서 농사꾼은 살포자루를 키워 보려고 젊어서 혈기를 집약적으로 경작지에 쏟아부었다. 뒷골 다랑논에서 앞들 하고배미로, 앞들 하고배미에서 다시 문전옥답으로 가세를 키워 가는 데 따라서 살포자루의 길이도 길어졌다. 농사꾼의 살포자루가 남부끄럽지 않을 만큼 길어졌을 때, 이미 한 생애도 여한 없이 끝나고 육신은 다 턴 빈 참깨 조배기(단)처럼 가벼워졌지만 물꼬에 살포를 짚고 서면 당하관에서 당상관으로 올라선 것만치나 당당했던 것이다. 가솔을 건사하고 논 한 마지기라도 더 장만해 보려고 저돌적으로 살아온 한평생에서 미욱한 힘을 빼고 남은 선량한 사람의 무게, 그걸 우리는 원로라고 부르며 살포를 짚고 선 앞을 공손히 지나갔다.

"너도 말년에 살포 짚고 논둑에 서려거든 정신차리고 살아."

전에 우리 할머니가 한창 농번기에 읍내 출입이나 하시는 아버지에게 안타까이 하시던 말씀이다. 우리는 세전지물로 문전옥답 여남은 마지기를 부쳤는데 아버지가 농사에 힘쓸 기미가 보이지 않아서 할머니는 늘 안타까워하셨다. 있는 농토로 생계 유지는 되었지만 할머니의 생각은 아버지가 논마지라도 더 늘리고 말년에 살포 짚고 논둑에 서 있는 모습이 우뚝하기를 바라 마지않으신 것이다. 부모 마음이리라.

앞들 상고배미 스무 마지기는 함창 양반네 논이다. 소싯적 기근을 피해서 영남 함창에서 새재를 넘어 이 산골 윗버들미로 솔가(率家)를 해온 이래 한평생 맨손으로 장만한 토지다. 나도 장가들고 한 이태 농사를 지었다. 그때 살포를 짚고 노을진 물꼬에 서 있는 함창 양반을 본 기억이 지금도 뚜렷하다. 나는 그 분의 모습에서 큰 영향을 받고 '나도 함창 양반 나이가 되면 여름날 저녁 산그늘 지는 물꼬에 살포를 짚고 서서 노을빛에 흠뻑 젖으며 들판처럼 저물어야지' 하는 간절한 인생관을 다짐했었다. 옷은 세모시 중위적삼을 바라지 않았다. 깨끗이 빨아서 풀먹여 다림질한 무명 중위적삼으로 족하다고 생각했다. 머리도 굳이 상투를 틀고 탕건을 쓸 생각은 없었다. 함창 양반처럼 삭발을 하리라고 마음먹었다.

함창 양반은 논농사를 지으면서 천재(天災)에는 도리가 없었지만 매년 삼배출을 거두었다. 그 양반 나름의 농사짓는 비결이 따로 있어서가 아니다. '남보다 한번 더' 농사의 일반상식을 충실하게 실행했을 뿐이다. 논을 남보다 한 번 더 갈아엎고, 갈을 남보다 한 짐 더 꺾어 넣고, 논을 한 번 더 매서 논바닥을 걸구었다. '남보다 한번 더' 말이 쉽지, 그 양반은 그 삶의 주관을 실행하기 위해서 소만(小滿), 망종(芒種) 무렵에는 달밤에 짚신을 벗지 않고 한숨씩 노루잠을 잤다고 한다. 밤낮이 따로 없는 삶, 농사란 참 정직하다. 술수와 묘수가 통하지 않는 일이다. 얼마나 더 흙의 생산성에 집착했느냐의 결과일 뿐이다. 살포자루의 길이는 그 논공행상이다. 누가 정해 준 것이 아니라 스스로 정하는 것이다. 긴 것도 짧은 것도 자기 마음에 납득이 가는 보편타당한 길이로 정했다.

살포 들고 들머리에 서 있는 노농의 원로적 후광 역시 어느 분야에서 출세한 사람의 후광 못지않게 빛난다. 인생의 후광은 '내실(內實)을 기한 그 사람의 각고(刻苦)의 생애'라는 생각을 하게 된다. 살포를 허리에 가로지르고 허리를 쭉 펴고 들머리에 서 있는 함창 양반의 늙은 체신이 어찌 그리 커 보였을까. 백로(白露) 무렵 노란 벼이삭들이 논물 뗀 논둑을 베고 누운 논 머리에 꼴막(고의춤)을 홀러덩 까 가지고 둥싯한 갈색 뱃구레를 드러낸 채 서 있던 그 양반의 모습은 꼭 논산 들에 서 있는 은 진미륵처럼 들판을 가득 채웠다. 그 크기는 육신의 크기가 아 니라 생애의 크기였으리라.

말복 무렵, 말매미 소리가 폭포같이 쏟아지는 둥구나무 아래 농막 앞을 지나가려면 난간에 기치 창검처럼 죽 늘어 세워져 있는 살포 때문에 막부(幕府)의 본영(本營)처럼 지나가기가 어 려웠다. 취한 노농들의 기탄 없는 웃음소리가 열국을 평정한 장수들의 기개만큼이나 높이높이 한 시름을 넘긴 들판으로 퍼 져 갔다.

그 시절 농경사회의 질서를 지켜 주던 살포, 그 삶의 가치가 어디로 갔을까, 되찾다 바깥사랑 시렁 위에 얹어 놓고 싶다.

억새의 이미지

　가을걷이가 끝난 빈 들녘은 농부의 열망이 이삭처럼 널려 있기 때문인지 막 저녁 밥상이 들어간 부엌같이 끓이고 잦힌 온기가 남아 있다. 억새는 그 고즈넉할 뿐 쓸쓸하지는 않은 시절의 대미(大尾)를 장식하는 들꽃이다.

　억새꽃은 석양을 등지고 서 있을 때가 가장 아름답다. 그래서 그 자리가 억새의 자리처럼 당연스럽다.

　저녁 바람 이는 동구 밖 산모퉁이를 돌아들다가 표표히 나부끼는 하얀 억새꽃을 보면 나는 깜짝 놀라서 걸음을 멈춘다. 저무는 역광에 윤택한 빛깔을 유감없이 드러내는 억새의 도열이 나를 사열관처럼 맞이하기 때문이다. 아, 이 무슨 과분한 열병식인가! 나는 곧 제병관의 인도를 받으며 등장할 사열관을 앞질러 잘못 들어선 열병식장의 남루한 귀환병처럼 돌아서고 싶은데 억새들이 입을 모아 환성을 지른다.

　"만세! 수고하셨습니다."

쥐뿔이나 무슨 수고를 하였기에, 언제 한번인들 나를 위해서나 남을 위해서나 분발해 본 적도 없으면서 공연히 격앙되어서 억새를 주목하고 걸음을 멈춘다.

억새는 우리 땅의 여분을 차지하고 자생하는 볏과의 다년생 풀이다. 나무도 못 자라는 바람 센 산정 분지, 뙈기밭 두둑, 등 너머 마을로 가는 길섶, 무덤 많은 야산 발치, 나루터 모래 언덕 같은 데 군락을 이루고 자란다. 억새는 자생 여건이 나쁜 버려진 자투리땅에 뿌리를 내리고 씩씩하고 모질게 자라서 늦가을 황량한 산야를 하얗게 빛내 준다.

억새는 여름날 꼴머슴의 낫질에 호락호락 당하는 나약한 풀이 아니다. 억새를 베려고 낫을 댔다고 섬뜩해서 보면 어느새 억새를 움켜쥔 손가락이 베어져서 피가 난다. 억새 이파리는 소목장(小木匠)의 작은 톱같이 자디잔 날을 날카롭게 세우고 자신의 의지를 위협하는 힘에 대해서는 완강하게 저항한다. 억새는 이름처럼 억세고 기가 살아 있는 풀이다.

늦가을 석양빛을 등지고 서서 표표히 흔들리는 억새꽃의 담백한 광휘(光輝)를 보면 여한 없는 없는 한 생애의 마지막 빛남이 어떤 건지 알 수 있을 것 같다.

늦가을 석양 무렵 취기가 도도한 촌로들이 빈 들길에 죽 늘어서서 하얗게 가는 모습을 흔히 볼 수 있었다. 뉘 잔칫집에서 파하고 돌아가는 길이다. 가는 건지 서 있는 건지 한담을 하며 느릿느릿 움직인다. 그러다가 마침내 언성이 높아지고 삿대질까지 오가는 언쟁으로 치닫는다. 대개 별것도 아닌 인생잡사의 견해차를 가지고 다투는 것이다. 삶의 방식에 대한 고집, 작고 필수적이었던 인생관을 주장하는 노경(老境)의 굽힐 수 없는 자존심이 억새꽃처럼 하얗다. 겨우 일행의 중재로 다툼을 거두고 조금 가다가 일행의 다른 촌로들이 또 다른 견해차로 언쟁을 하면서 행렬을 멈춘다. 그렇게 저무는 들길을 유유자적 걸어가는 촌로들, 갓은 비딱하게 기울었고, 두루마기 자락은 흩어져서 저녁 바람에 서걱댄다. 그 모습이 얼마나 보기 좋은지 나는 목이 메여 속으로 '어르신네들, 수고 많으셨습니다' 하고 인사를 드리지 않을 수 없다.

수고를 한 것은 그 분네들이다. 간구하고 고난스러운 시대를 살아서 오늘에 이르게 해주신 어른들이다. 억새는 그 분들을 위해서 열병 대열을 짓고 있는 것이다. 그에 앞서 내가 지나가면서 목이 메이는 까닭은 억새의 열병 자세의 진실성에 미치지 못하는 부실한 내 삶에 대한 반성이다.

늦가을 강화도 해안 단애에 서 있는 억새를 본 적이 있다. 호말 떼처럼 불어닥치는 강한 해풍에 숨이 차는 듯 서걱이면서 쓰러지는가 싶다가도 바람이 지치면 다시 일어서던 억새. 그 모습은 마치 흰 중의적삼을 입은 개항기의 민병들이 마침내 무너질 필연의 보루(堡壘)에서 끝까지 버티던 가긍한 기개 같아 보였다. 막을 수 없는 외세를 막아 보려는 어리석은 짓이 자랑스러운 것은 그게 민족혼이기 때문이다. 잘났든 못났든 오늘에 대한 과거가 고맙지 않은가. 바람 부는 수난의 보루에 표표히 나부끼는 억새가 흰옷 입은 어른들의 감투정신 같아 보여서 눈물겨웠다.

억새꽃의 흰빛은 냉담(冷淡)의 빛이 아니다. 내색은 않지만 참고 견뎌 낸 자신을 고마워하는 조선 여인들의 마음이 깃들인, 메밀 짚을 태워서 내린 잿물에 바래고 또 바랜 무명 피륙 같은 흰빛이다. 가을 햇빛이 쏟아지는 강변 자갈밭에 길게 펼쳐 널은 흰 무명필을 본 사람은 생각했을 것이다. 거기에 무명필이 널리기까지의 길쌈 공정과 앞으로 홍두깨 다듬이질을 거쳐 옷이 기워지기까지 남은 침선 공정(針線工程)이 얼마나 여인네들의 노고를 필요로 하는 것인지를. 순전히 남정네들의 자긍심을 남루하게 둘 수 없는 여인의 마음, 억새꽃 빛깔에서는 그런 마음씨가 느껴진다.

가을밤 달빛 아래서 사운대는 억새를 보면 발갛게 등잔불이 밝혀진 방문의 창호지를 울리며 밤을 지새는 다듬이질 소리가 들려오는 것만 같아서 귀를 기울이게 된다. 고부간에, 동서간에, 혹은 시올케간에 마주 앉아서 맞다듬이질 하는 소리는 더 없이 그윽하고 맑다. 자지러지듯 빠르게, 멎는 듯 느리게, 크게, 작게, 한없이 이어지는 맑고 애잔한 리듬, 그것은 마음이 맞아야 낼 수 있는 소리다. 혼연일체로 마주 앉아서 시집살이의 애환과 갈등을 비로소 화해하는 소리다. 그 소리를 들으면 동구 밖에서 억새가 달빛 아래 사운대며 서 있는 것이 눈에 선히 보이는 것이다.

이제는 흰옷 입은 노인들의 권위 있는 행렬도 볼 수 없고 가을 달밤에 들려오는 다듬이질 소리도 들을 수 없다.

가난하면서 가난을 가난으로 여길 줄도 모르고 성의껏 살던 삶이 사라져 버린 우리 땅의 여분을 차지하고 억새만 홀로 피어서 어쩌자고 저리도 고결스러운지—.

옹기와 사기

　사기(砂器)나 옹기(甕器)나 다 같이 간구한 살림을 담아 온 백성의 세간살이에 불과하다. 다만 사기는 백토로 빚어 사기막에서 구웠고, 옹기는 질흙으로 빚어 옹기막에서 구웠다는 점에서 근본이 좀 다른 것은 사실이지만, 그게 무슨 대수인가! 토광의 쌀독이 그득해야 밥사발이 제 구실을 했고, 장독에 장이 그득해야 대접, 탕기, 접시들이 쓰임새가 있었다.

　당연히 옹기가 살림의 주체이고 사기그릇은 종속적 위치에 놓여 있었던 것이다. 기껏해야 여염집 살강에나 놓일 주제에 제가 무슨 양반댁 문갑 위에 놓인 백자나 청자라도 되는 양 행세를 하려 드는지, 나는 사기가 마땅치 않았다.

　어린 시절, 나는 부엌의 살강 근처에는 얼씬거리지를 않았다. 살강에는 윤이 반짝반짝 나는 하얀 사기그릇들이 질서정연하게 정돈되어 있었는데, 그것은 어머니의 사기그릇에 대한 탐애(貪愛)의 모습으로, 항상 내 마음을 불편하게 했다.

한번은 물을 떠먹으려고 살강에서 사기대접을 내리다가 그만 실수를 해서 부엌바닥에 떨어뜨렸다. 이 놈이 내 실수에 패악(悖惡)을 부리듯 '쨍그랑' 하고 제 몸을 박살내 버리는 것이 아닌가! '내 몸이 박살나면 네놈이 어디 온전한가 보자'고 벼르고 있었던 것처럼 서슴없이 자괴(自壞) 행위를 하는 것이었다. 나는 사기대접의 표독성에 놀라서 망연히 후환을 기다리는데, 아니나다를까 안방 문이 벼락치듯 열리더니 어머니가 부엌으로 쫓아 나오셔서 내 등때기를 훔쳐 때리시며 걱정을 하시는 것이었다.

"아이고, 이를 어쩌면 좋단 말이냐! 애지중지하는 네 증조부 대접을 깨뜨렸으니……."

어머니는 부엌바닥에 흩어진 사금파리를 주워 모으시고 그렇게 애통해하실 수가 없었다. 그 후부터 나는 물동이에 입을 대고 물을 마실지언정 절대로 대접으로 떠 마시지 않았다. 어머니의 꾸중에 대한 억하심정이 아니라 다시는 어머니를 애통하게 하는 저지레를 하지 않으려는 주의심 때문이었다.

'주는 것 없이 밉다'는 말은 사기그릇에 대한 내 심정을 표현한 말이다.

나는 어려서부터 바깥사랑방에서 증조부와 같이 잠을 잤는데, 증조부께서는 한밤중에 내 엉덩이를 철썩 때리셨다. 오줌 싸지 말고 누고 자라는 사인이었다. 그러면 나는 졸린 눈을 비비고 사랑 뜰에 나가서 앞산 위에 뿌려 놓은 별떨기를 세며 오줌독에 오줌을 누곤 했다. 그런데 어느 날 밤, 증조부 머리맡에 놓여 있는 자리끼가 담긴 사기대접을 발로 걷어차서 물 개력을 해 놓고 말았다. 아닌 밤중에 물벼락을 맞으신 증조부께서는 벌떡 일어나서 "어미야—" 하고 안채에다 벽력같이 소릴 치셨다. '아닌 밤중에 홍두깨'란 말처럼 어머니야말로 잠결에 달려나오셔서 죄인처럼 황망히 물 개력을 수습하셨다. 그 동안 나는 놀란 토끼처럼 구석에서 꼼짝을 하지 못했다.

그래도 나는 그런 실수를 두 번 다시는 하지 않았다. 그 실수가 있은 후에는 증조부가 밤중에 엉덩이를 '철썩' 때리시면 나는 일단 일어나서 어둠이 눈에 익기까지 서 있었다. 그러면 어둠 속에서 하얗게 정체를 드러내는 자리끼가 담긴 사기대접. 그것이 그렇게 얄미울 수가 없었다. 사기대접은 마치 노출된 매복병처럼 '어디 한번 걷어차 보시지, 왜—' 하고 하얗게 내게 대들었지만, 천만에, 나는 그 자리끼가 담긴 사기대접을 잘 피하고 지뢰를 밟지 않은 병사처럼 의기양양해서 가소롭게 노려보았다. 그러면 주무시는 줄 알았던 증조부께서 "오냐, 그렇게 조심성을 길러야 하느니라" 하시는 것이었다.

나는 사기그릇이 판을 치고 있는 밥상 한가운데 놓여 있는 뚝배기를 보면 슬그머니 화가 난다. 사기그릇인 사발, 대접, 탕기, 접시, 종지 등은 겨우 밥, 숭늉, 반찬, 장물을 담아 가지고 정갈한 체를 하고 새침하게 앉아 있는데, 옹기그릇인 뚝배기는 제 몸을 숯불에 달궈서 장을 끓여 가지고 밥상에 옮겨 앉아서도 전더구니에 장 칠갑을 한 채 비등점(沸騰點) 보전을 위해서 안간힘을 쓴다. 이 불공평한 밥상의 사회상(社會相)이 나를 화나게 하는 것이다.

우리가 흔히 쓰는 '뚝배기보다 장맛'이라는 말은 사람의 몰염치를 잘 드러내 보이는 말이다. 뚝배기는 장을 끓여서 우리 전통의 맛을 우려낼 뿐 아니라 밥상머리에 둘러앉은 가족의 단란을 위해서 펄펄 끓는 뜨거움을 참으며 장맛을 지킨다. 우리는 장을 맛있게 끓여 줄 수 있는 용기(容器)는 뚝배기밖에 없다고 믿는다. 그 일을 사기로 만든 탕기(湯器)는 해낼 수 없다는 것도 잘 안다. 억지로 탕기에 장을 끓이면 되바라진 그 성미가 십중팔구는 '왜 내가 장을 끓여!' 하고 분을 못이긴 나머지 제 몸을 두 쪽으로 '짝' 갈라놓든지, 혹 장을 끓였다 해도 밥상에 옮겨 놓으면 '아나, 장맛!' 하고 즉시 썰렁하게 장맛을 실추시켜 버릴 게 뻔하다.

사기는 이기적이다. 가당찮게 저를 조심스럽게 다뤄 주기만을 바란다. 옹기는 헌신적이다. 아무리 질박한 모습이 만만해 보인다고 해도 사기그릇이 죽 둘러앉아 있는 밥상머리에서 '뚝배기보다 장맛'이라고 기탄없이 뚝배기를 업신여겨서는 안 된다. 뚝배기가 끓인 장맛이 좋으면 그냥 그윽하게 '음, 장맛!' 하든지, 분명하게 '역시 장맛은 뚝배기야!' 하고 뚝배기의 공을 치하하는 것이 온당할 것이다.

투박한 뚝배기의 모습은 옹기장이의 무성의한 공정 때문이 아니다. 그게 뚝배기의 전형(典型)일 뿐이다. 뚝배기의 투박한 모습 때문에 우리는 설렁탕, 곰탕이나 장맛을 믿는다. 그렇기 때문에 옹기장이의 뚝배기를 빚는 솜씨는 세련된 투박성의 창조라는 역설이 맞는다고 볼 수 있다.

임금님께서도 설렁탕, 곰탕, 보신탕 같은 탕류는 반드시 뚝배기에 담아서 드셨을 것 같다. 정갈하게 수라상을 본다고 백자 탕기에 그런 탕류를 담아 올렸다면 탕의 맛은 비릿하고 썰렁한 게 중 이마빼기 씻은 국물 같았을 것이다. 임금님이 먹고 싶은 탕 맛은 저잣거리의 북적거리는 인간적인 진국 맛이었을 것이다. 그 맛은 뚝배기가 아니면 담을 수 없다. 현명한 수라청 상궁이라면 당연히 탕을 뚝배기에 담아 올리고 칭찬을 듣고, 어리석은 상궁은 백자 탕기에 담아 올리고 벌을 섰을지 모른다.

뚝배기는 목로의 개다리소반에도 올라가고 대궐의 수라상에도 올라갈 수 있는 반상(班常)을 초월한 그릇이다.

뚝배기는 못생겼어도 침울한 기색이 없다. 어수룩하고 성의 있어 보여서 기탄없이 대할 수 있는 그릇. 따라서 사람을 보고 '뚝배기보다 장맛'이라고 하는 것은 칭찬이다. 보기와 다르다는 말로서 그 사람을 재인식하고 호감이 갈 때나 하는 말이기 때문이다.

'뚝배기보다 장맛'이라고 평할 수 있는 사람은 평생을 한결같이 할 수 있는 친구로 보아도 무방하다.

옹기가 털버덕 주저앉아 있는 모습을 보면 나는 마음이 푸근하다. 장광의 장독, 토광의 쌀독, 사랑 뜰의 오줌독, 부뚜막의 물동이, 안방의 질화로, 질화로 위의 뚝배기. 그 모든 옹기가 놓일 곳에 놓여 있을 때, 우리는 안도의 삶을 누렸다. 옹기 놓일 자리가 비어 있으면 가세의 영락(零落)을 보는 것 같아서 섭섭한 마음이 들었다.

나는 소년 때, 마음이 섭섭하면 뒤꼍 장독대 여분의 자리에 앉아서 장독의 큰 용적(容積)에 등을 기대고 빈 마음을 채우곤 했다. 거기 앉으면 먼 산이 보였는데, 봄에는 신록이 눈부시고, 여름에는 봉우리 위로 흰 구름이 유유하고, 가을에는 단풍 든 산등성이가 바다처럼 깊은 하늘과 맞대어서 눈물겹도록 분명했다. 나는 장독에 지그시 기대 앉아서 그 풍경을 바라보며 젊은 날의 고뇌와 사념들을 삭여냈다. 그때마다 장독은 내 등을 다독이며 말했다.

"섭섭하게 여길 거 없어, 마음이 클 때는 다 그런 거야."

이제 옹기나 사기나 다 같이 우리 생활에서 놓일 자리를 잃어 가고 있다. 그것이 가세의 영락일 리도 없는 생활 문화의 변천 과정에서 새삼스레 옹기가 좋다, 사기가 나쁘다 하는 것은 부질없는 노스탤지어일 뿐이다.

조팝나무꽃 필 무렵

진달래꽃이 노을처럼 져 버리면 섭섭한 마음을 채워 주듯 조팝나무꽃이 핀다. 조팝나무꽃은 고갯길 초입머리, 산발치, 산밭 두둑 같은 양지바른 곳 여기저기 한 무더기씩 하얗게 핀다.

조팝나무꽃은 멀리서 건너다 봐야 아름답다. 가깝게 보면 자디잔 꽃잎들이 소박할 뿐 별 볼품이 없으나, 건너다 보면 하얀 꽃무더기가 가난한 유생 댁의 과년(瓜年)에 채 못 미친 외동딸처럼 깨끗하고 얌전하다.

내 기억에 의하면 조팝나무꽃이 필 때의 산골 동네는 고요했다. 그러나 적막하지는 않았다. 무슨 예사롭지 않은 일이 진행되고 있는 것만은 틀림없는 고요함이다. 이윽고 명주필을 찢는 듯한 돼지 멱따는 소리가 그 고요를 찢어놓는다.

그 소리는 단말마의 비명이 아니다. 어느 소프라노 가수도 이르지 못한 가장 높은 음역(音域)으로, 동네 사람 모두를 기쁨으로 몰아가는 한마디의 절창이다. 돼지는 죽으면서 온 삼이

웃에 인간이 낼 수 없는 미음(美音)으로 잔치가 있다는 사실을
알리는 것이었다.

열여덟 살 적 이른 봄, 나는 청포묵이 담긴 부조(扶助) 함지박
을 지고 조팝나무꽃이 하얗게 핀 산발치 길로 해서 윗말 대고
모 댁엘 갔다. 대고모 댁 사돈 색시가 내일이면 시집을 가는 것
이다.

대고모 댁 사돈 색시는 나하고는 초등학교 동창이다.

저만큼 막 산모퉁이를 돌아간 까만 무명치마에 하얀 무명
적삼을 입은 열네 살 난 색시. 학교를 갈 때나 올 때나, 우리는
늘 똑같은 거리를 두고 걸어다녔다. 학교에서 돌아오는 길이
었다. 대고모 댁 사돈 색시가 돌아간 산모퉁이. 눈부시게 하얀
조팝나무꽃이 한 무더기 피었다. 급히 산모퉁이를 돌아가면
봄 햇살에 눈부시게 하얀 적삼이 저만큼 걸어가고 있었다. 그
가늘고 작은 어깨의 동그스름한 선의 눈부심이여!

먼 산에서 산비둘기가 '지집(계집) 죽고 — 자식 죽고 —' 하
며 온종일 울었다. 어머니는 청포묵을 쑤었다. 우리 동네서 청
포묵을 야들야들하게 쑬 수 있는 사람은 우리 어머니뿐이라고
했다. 대고모가 우리 어머니에게 윗손[上客] 상에 올릴 청포묵
을 쑤어 오라고 일렀다. 그 청포묵 함지박을 지고 산비둘기 울
음소리를 밟으면서 윗말 대고모 댁엘 갔다. 산비둘기 우는 소
리가 울려오는 앞산 발치 돼기밭에 대고모 댁 사돈 색시 같은
조팝나무꽃이 피어서 눈부시게 희다. 자꾸만 발걸음이 헛디뎌

졌다. 기껏 청포묵 여남은 모가 담긴 함지박이 왜 그리 무거웠을까.

청포묵 함지를 과방에 들여놓고 돼지 잡는 구경을 했다. 눈부시게 빛나는 햇살과 흥분을 참는 사람들의 긴장이 마당에 가득했다. 돼지는 발버둥치며 '꿱꿱' 소리를 질렀다. 어떻게 소리가 째지는 것처럼 날카로운지 앞산 발치 돼기밭 두둑에 하얗게 쪼그려 앉아 있는 조팝나무꽃이 흩날려 떨어질까 걱정되었다.

청년들이 돼지의 네 굽을 묶어서 큰 모탕이나 구유를 엎어놓고 그 위에 올려놓는다. 그리고 요동을 못 치도록 단도리를 해 놓으면 원규 어르신네가 미리 뒷짐에 감춰 들고 있던 날 선 창칼로 익숙하게 돼지멱을 땄다. 돼지가 미처 고통을 느낄 새도 없이 산멱을 정통으로 끊어서 안락사를 시키는 것이다. 원규 어르신네는 언제부터일까, 아마 과방장이의 소리를 듣기 시작하면서 돼지 멱을 땄을 것이다. 처음에는 돼지의 멱을 빗찔러서 요동을 치고 피를 잔칫집 마당에 흩뿌리며 고통스럽게 죽게 했을 터이지만 그 후 몇십 년 그 일을 반복하면서 그 분은 눈을 감고도 기름진 돼지의 목에 칼을 대면 영락없이 명줄을 한 번에 끊었을 것이고, 돼지는 아플 새도 없이 씀벅하는 감촉만으로 명줄을 놓았으리라.

돼지 목에서 창칼을 빼면, 과방의 말석(末席)에서 접시 고임 잔심부름이나 하는, 훗날 돼지 멱을 자기가 따리라고 뼈물고 있는 애송이 과방꾼이 얼른 받아들었다. 그리고 또 다른 애송이 과방꾼은 들고 기다리던 동이를 얼른 돼지 모가지 밑에다 들이밀었다.

　돼지는 먹을 딴 목으로 숨을 쉬는데 그때 선지피가 쿨컥쿨컥 쏟아져서 동이 안에 그득하게 고인다. 그 피, 그것은 상서로운 것이다. 잔칫집에 악귀의 범접을 막는 피다. 동네 사람들은 돼지의 죽음을 지켜보았다. 목에서 쿨컥쿨컥 힘차게 쏟아지던 피가 멎으면 돼지는 드디어 숨을 거두었다. 조용히 ─. 돼지의 얼굴에는 고통이나 통분 같은 표정은 조금도 깃들어 있지 않았다. 지극히 평온했다. 고삿상에 화폐를 물고 있는 돼지머리를 본 사람은 알지만, 돼지의 얼굴은 지극히 길상(吉相)이다.

　돼지를 잡는 일은 비단 잔치에 쓸 고기를 장만하는 밀도살로만 여길 일은 아니다. 잔치의 제물을 준비하는 일이다. 따라서 새파랗게 날이 선 창칼로 돼지 먹을 딴 그 분은 비단 백정질을 한 것이 아니다. 그 분은 돼지 먹을 따고 자기가 무슨 부족의 제사장이라도 되는 양 근엄한 표정으로 둘러서 있는 동네 사람들을 죽 돌아보았다. 그리고 뒤로 물러섰다. 조팝나무꽃을 보면 원규 어르신네가 돼지 먹을 따고 서 있던 그 자부심 뚜렷한 모습이 생각난다.

　대고모 댁 안방을 기웃거려 보았다. 내일이면 대례청에 설 사돈 색시가 역시 까만 치마에 하얀 적삼을 입고 일가의 안노인들에 둘러싸여서 아랫목에 조신하게 앉아 있었다. 언뜻 눈이 마주쳤다. 마음에 한 점 동요도 스침 없는 아주 조용한 표정으로 나를 잠깐 쳐다보았다. 나는 얼른 돌아서서 울 넘어 산기슭에 조용히 피어 있는 조팝나무꽃을 보았다.

지금도 조팝나무꽃을 보면 대고모 댁 사돈 색시를 좋아해도 되는 건지 안 되는 건지 궁금하다. 궁금한 걸 가슴 속 깊이 묻어 두고 있는 것도 다치고 싶지 않은 비밀처럼 은근해서 좋다.

세한도
歲寒圖

　휴전이 되던 해 음력 정월 초순께, 해가 설핏한 강 나루터에 아버지와 나는 서 있었다. 작은 중조부께 세배를 드리러 가는 길이었다. 강만 건너면 바로 작은댁인데, 배가 강 건너편에 있었다. 아버지가 입에 두 손을 나팔처럼 모아 대고 강 건너에다 소리를 지르셨다.

　"사공―, 강 건너 주시오."

　건너편 강 언덕 위에 뱃사공의 오두막집이 납작하게 엎드려 있었다. 노랗게 식은 햇살에 동그마니 드러난 외딴집, 지붕 위로 하얀 연기가 저녁 강바람에 산란하게 흩어지고 있었다. 그 오두막집 삽짝 앞에 능수버드나무가 맨 몸뚱이로 비스듬히 서 있었다. 둥치에 비해서 가지가 부실한 것으로 보아 고목인 듯싶었다. 나루터의 세월이 느껴졌다.

　강심만 남기고 강은 얼어붙어 있었고, 해가 넘어가는 쪽 컴컴한 산기슭에는 적설이 쌓여서 하얗게 번쩍거렸다. 나루터의 마른 갈대는 '서걱서걱' 아픈 소리를 내면서 언 몸을 회리바람에 부대끼고 있었다. 마침내 해는 서산으로 떨어지고 갈대는 더 아픈 소리를 신음처럼 질렀다.

나룻배는 건너오지 않았다. 나는 뱃사공이 나오나 하고 추워서 발을 동동거리며 사공네 오두막집 삽짝을 바라보고 있었다. 아버지는 팔짱을 끼고 부동의 자세로 사공 집 삽짝 앞의 버드나무 둥치처럼 꿈쩍도 않으셨다. '사공—, 강 건너 주시오.' 나는 아버지가 그 소리를 한 번 더 질러 주시기를 바랐다. 그러나 아버지는 두 번 다시 그 소리를 지르지 않으셨다. 그걸 아버지는 치사(恥事)로 여기신 것일까. 사공은 분명히 따뜻한 방안에서 방문의 쪽유리를 통해서 건너편 나루터에 우리 부자가 하얗게 서 있는 것을 보았을 것이다. 그러나 도선의 효율성과 사공의 존재가치를 높이기 위해서 나루터에 선객이 더 모일 때를 기다렸기 쉽다. 그게 사공의 도선 방침일지는 모르지만 엄동설한에 서 있는 사람에 대한 옳은 처사는 아니다. 이 점이 아버지는 못마땅하셨으리라. 힘겨운 시대를 견뎌 내신 아버지의 완강함과 사공의 존재가치 간의 이념적 대치였다.

아버지는 주루막을 지고 계셨다. 주루막 안에는 정성들여 한지에 싼 육적(肉炙)과 술항아리에 용수를 질러서 뜬, 제주(祭酒)로 쓸 술이 한 병 들어 있었다. 작은 증조부께 올릴 세의(歲儀)다. 엄동설한 저문 강변에 세의를 지고 꿋꿋하게 서 계시던 분의 모습이 보인다.

만돌이, 부등가리 하나 주게

지금은 다 산이 되었지만 강만돌 어른이 살아 계실 때는 윗버들미의 유지봉 넓은 산자락에는 따비밭들이 누덕누덕 널려 있었다. 가을걷이가 한창일 때는 사랑간에 한방 가득 장정들이 모여서 달이 뜨기를 기다렸다. 달빛이 방문을 하얗게 적시면 "달 떴네" 하는 좌장(座長) 말에 놀던 자리를 털고 일어났다. 그리고 사랑 마당 가득한 지게에서 제 것을 찾아 지고 유지봉 따비밭으로 올라갔다. 아직 바심(타작)을 못하고 가려 놓은 채 있는 뉘 집 서숙(조) 더미를 울력으로 져내리기 위해서다.

강만돌 어른네 따비밭의 서숙 더미를 헐어서 한 짐씩 짊어 놓고 앉아서 내려다보던 푸른 달빛이 어린 골짜기. 풀어 널은 명주자치처럼 달빛에 하얗게 바랜 냇물이며, 순산한 산모가 조용히 숨을 고르며 누워 있는 모습 같은 다랑논들의 평온한 휴면(休眠)이며, 저녁 설거지가 끝난 부뚜막에 엎어 놓은 크고 작은 바가지들처럼 유순한 곡선을 서로서로 기대고 있는 초가

집들. 모두가 내 몸뚱이같이 편하고 애착이 가는 고향의 모습이다.

지금도 달빛이 파란 산비탈을 서슥을 한 짐씩 진 장정들이 일렬로 서서 "야 — 호호호 —" 하고 숨가쁜 소리를 지르며 내려오던 광경이 눈에 선하다. 겨우 장정 반 만한 짐을 지고 무거워 그 신명나는 소리도 못 질러 보고 행렬 맨 뒤에 서서 비척거리며 따라오던 풋내기 농사꾼이던 내 생애의 한순간. 언제 그보다 더 최선을 다해 본 적이 있었던가, 언제 그보다 더 즐겁게 울력을 해본 적이 있었던가.

그렇게 울력을 하고 밤참으로 국수나 수제비국에 막걸리를 한잔씩 하고 다시 사랑간으로 돌아와서 놀다가 달이 척 기울어야 각자 집으로 돌아가든지 사랑간에 쓰러져서 등걸잠을 잤다.

풀숲이 된 유지봉 따비밭 발치마다의 정갈한 빈 자리, 따비밭을 부치다 간 사람들의 무덤들이다. 그 무덤 자리는 생전의 그 어른들이 저물녘에 곰방대를 물고 하얗게 앉아서 어둠에 묻히던 바로 그 자리다. 명당인지 아닌지는 모르지만 그 어른들은 죽어서도 곰방대를 물고 앉아서 골짜기의 사시사철을 한눈에 볼 수 있어서 참 좋겠다는 생각이 든다.

강만돌 어른도 따비밭 경작 시대의 에피소드 하나를 남기고 산이 된 그 어른들 밭머리에 조촐한 무덤으로 남았다.

"여보게 만돌이, 나 부등가리 하나 주게."

강만돌 어른이 동네 사람들에게 남겨 주고 간, 살아서 옷처럼 걸치고 다니던 농담이다.

　어느 해 늦가을, 강만돌 어른은 유지봉 그 따비밭에 망옷[人糞]을 냈는데 망옷 지게를 비탈진 따비밭 맨 위에 받쳐 놓고 옹기로 된 장군을 기울여 망옷을 귀대에 따르다가 지게를 넘어뜨렸다. 장군이 비탈진 따비밭을 굴러내렸다. 장군은 일단 밭고랑에서 멈추는 듯하다가 강만돌 어른이 잡으려고 밭고랑을 내려뛰면 고랑을 홀짝 넘어서 굴러 버렸다. 강만돌 어른은 걸음을 멈추고 "어이쿠, 내 장군" 하고 낭패의 소리를 질렀다. 장군이 밭고랑에서 멈추는 듯하면 밭고랑을 내려뛰고, 장군이 다시 밭고랑을 넘어서 구르면 "어이쿠, 내 장군" 하며 멈춰서고, 키가 껑충한 강만돌 어른이 구린내를 풍비박산하며 기우뚱기우뚱 구르는 장군을 따라서 따비밭 비탈을 황망히 내려뛰는 모습이 흡사 장승 보릿대 춤추는 것처럼 구경할 만했던 모양이다.

　마침내 장군은 따비밭을 다 굴러서 밭 아래 돌무더기에 부딪치고 털썩 깨졌다. 그러자 강만돌 어른은 밭고랑에 털썩 주저앉으며 "어이쿠, 내 장군" 하고 장탄식을 했다고 한다. 그 광경을 인근 따비밭에서 일하던 사람들이 보고 박장대소를 했다. 그리고 그 날 밤 사랑간에 모여서 강만돌 어른의 흉내를 내가며 여러 사람에게 무슨 큰 공지사항인 것처럼 그 사실을 알렸다. 서로 쥐어지르며 넘어지며 재미있어 하는 와중에서 담담하게 "미친놈들—" 했을 강만돌 어른의 과묵한 태도가 사랑간

사람들을 더욱 즐겁게 했으리라. 그 당시 장군 하나 값이 콩 한 말쯤 했을까? 그러나 긴긴 가을밤의 출출한 배를 채우듯 맛있게 웃음잔치를 벌여 준 강만돌 어른의 깨진 장군 값은 쌀 섬 값은 나가는 것이었다.

지금은 망옷 지게질 하는 사람이 없지만 옛날에는 망옷 지게를 지고 가는 사람을 보면 친구들이 그랬다.

"여보게, 거름 치고 올 때 나 부등가리 하나 주고 가게."

그 말은 참말로 장군을 깨뜨려서 부등가리를 만들어 오라는 악의가 아니라 그 반대의 뜻이 담긴 선의의 농담으로 오히려 고달픈 농경시대의 삶을 울력처럼 나누어 가지는 농담이었다. 호랑이는 죽어서 가죽을 남기고 사람은 죽어서 이름을 남긴다고 했듯 강만돌 어른은 죽어서 망옷 냄새 나는 이름을 남겨서 그 골짜기 사람들을 즐겁게 해주었다.

진짜 구린내 나는 이름을 남기고 죽은 부패한 사람들이 얼마나 많은가. 권세를 이용해서 현대적으로 토색질을 한 정상배(政商輩)들과 그 권세에 돈을 바치고 이권을 사는 모리배(謀利輩)들이 그들이다. 그들도 이름을 남기고 죽었는데 진똥 구린내가 나는 이름이다. 거기 비하면 따비밭을 부치다 죽은 강만돌 어른의 실수가 풍긴 구린내는 참 향토적인 구수한 냄새다.

제2부   혼효림

숲은 모름지기 혼효림이라야 한다.

소나무와 참나무가격의 없이 모여 서 있을 때,

비로소 우수한 숲의 사회상(社會相)을 보여 준다.

소나무와 참나무가

서로의 수격을 존중하는 돈독한 모습은

오월의 숲에 주의를 기울이면 보인다.

목도리

대관령 못 미처 횡계라는 동네가 있다. 지금은 풍부한 강설량 덕분에 스키장이 발달해서 겨울 위락단지가 되었지만, 60년대 말에는 여름에 고랭지 채소와 감자 농사를 짓고 겨울에는 적설에 파묻히는 고적하기 이를 데 없는 산촌이었다. 나는 강릉 영림서의 횡계분소 주임으로 그 산촌에서 한 해 겨울을 난 적이 있다.

그곳의 눈은 선전포고처럼 대설주의보를 앞세우고 왔다. 일기예보는 전국적으로 비가 내릴 거라면서 다만 강원도 산간지방에는 많은 눈이 내릴 것이라고 했는데 그건 횡계를 두고 한 말 같았다. 일반적인 일기가 예보될 때 별도의 일기를 예보해야 하는 고장에 가족을 이끌고 온 나는 내 삶에 대한 우려를 금치 못했다.

질고의 젊은 여류시인의 등단 작품인 「초설(初雪)」을 보면 설국의 첫눈 규모가 어떤지 알 수 있다. 그 시인은 한계령에 내리는 첫눈을 읊었지만 한계령의 첫눈이나 대관령의 첫눈이나 서사적(敍事的)인 강설 규모이긴 마찬가지다. 그 여류시인은 몰려 가는 눈발을 "순백의 고요한 화해, 그 눈부심"이라고 표현했다. 한번의 첫눈으로 그곳은 천지간이 순백으로 하나가 되었다.

그렇게 첫눈이 내린 후 대관령에는 겨우내 간헐적으로 "끝없이 이어지는 흰 깃발의 행렬"같이 눈이 내렸다. 눈이 내릴 뿐 아니라 바람이 눈을 몰아다 바람받이에 쌓아서 설구(雪丘)를 만들어 놓았다. 설구의 곡선은 마치 여인의 둔부같이 아름답기 그지없는데 햇살이 비추면 설백의 탄력 있는 부피가 젊은 성욕을 충동질했다.

어느 날은 바람이 눈을 몰아다 우리가 거주하는 분소 관사의 방문과 부엌문에 쌓아서 누가 눈을 치워 주기 전에는 꼼짝없이 방에 갇혀 있는 경우도 있었다. 에스키모인의 눈집이 얼마나 아늑한지 나는 그때 알았다. 잊어버리고 아무도 오지 않으면 눈집 속에서 곰처럼 겨울잠이나 자려고 했으나 사람들은 우리를 잊어버리지 않고 달려와서 눈을 치워 주었다.

백설이 애애한 긴 겨울의 권태를 꾹 참게 하던 내 아이들이 만든 동화(童畵) 한 폭. 눈이 쌓이지 않은 처마 밑으로 여섯 살짜리 계집애가 네 살짜리 사내애 손을 꼭 잡고 게처럼 모퉁이 걸음으로 가겟방에 과자를 사러 가는 모습이 지금도 눈에 선하다. 저것들을 잘 길러 낼 수 있을까? 적설량이 젊은 가장의 기를 죽였으나 부성애가 바람꽃처럼 적설량을 떠들시고 고개를 드는 것이었다.

　작은 산골 동네의 적설량만큼이나 무겁고 적막한 침묵은 사람의 의지마저 묻어 버리는 듯했는데, 다행히 '지엠씨'가 끝임없이 대관령 너머에서 명태를 실어다 설원 한복판을 가로지르는 얼어붙은 횡계천에 부렸다. 황태(黃太) 덕장이 설치된 것이다. 그곳에 황태 덕장이 설치되지 않았으면 그 겨울을 어떻게 났을지 아득하기만 하다. 동네 사람들은 대부분 겨우내 횡계천에 나가서 명태를 씻었다. 동네에서 건너다 보면 하얀 설원 한가운데서 온종일 작은 삶의 동요가 일어 설원 가득히 파문졌다.

　여자들은 명태를 두 마리씩 코를 짓고 남자들은 명태 두름을 냇물에 씻어서 덕장에 매다는 지극히 단조로운 작업이 하루 종일 계속 되었다. 개인 날 햇살을 되쏘는 눈부신 설원 복판의 움직임이 피안(彼岸)처럼 아득하게 건너다 보였다. 나는 그 광경을 망막이 아파서 잠깐씩 외면을 하면서 하루 종일 건너다 보았다.

　저녁 때 하얀 산등성이 너머로 해가 지는 광경은 장관이었다. 온 설원을 빨갛게 물들이며 커다란 해가 손에 잡힐 듯 가까이서 졌다. 나는 장엄한 광경에 가슴 뻐근한 심근경색 증세를 느끼곤 했다.

　황태 덕장 일꾼들도 그때서야 하루 일을 끝내고 동네로 돌아왔다. 일렬로 늘어서서 동네로 드는 일꾼들의 빨갛게 물든 침묵. 얼마나 춥고 긴 하루였을까. 그러나 나의 연민은 기우일 뿐, 그들의 노을에 젖은 빨간 얼굴에는 새실새실 삶의 기쁨이 피어나고 있었다.

황태 덕장에서 돌아온 아낙네가 빨갛게 언 커다란 손으로 아내의 눈처럼 창백한 손을 잡고 "아이고, 손이 이게 뭐래요. 어디 아픈 거래요" 하며 명태 한 코를 건네주고 갔다. 아내는 하얀 빈손이 부끄러워 쩔쩔매며 명태를 받았다. 아내의 손은 권태에 하얗게 지쳐 있었다.

나는 어느 날 강릉 내려가서 '오공오' 털실을 사 왔다. 아내는 하얀 손으로 열심히 그 털실로 목도리를 짰다. 아내는 아주머니들이 황태 덕장 일을 나갈 때 시작해서 아주머니들이 손이 빨갛게 어는 온종일 목도리를 짰다. 그리고 긴긴 겨울밤 내내 목도리를 짰다. 밤이 깊어서 그만 자자고 보채도 아내는 조금만 더 조금만 더 하며 자지 않았다. 창 밖을 내다보면 하얀 산맥 위로 캄캄한 하늘에 별들이 오들오들 떨고 있는데, 우리 애들은 방안에서 동면하는 다람쥐처럼 곱게 잠들어 있었다. 애들 얼굴을 들여다보면 참 행복했다.

아내는 겨우내 목도리를 짰다. 그리고 명태 한 코를 들고 들르는 동네 아낙네 목에 그 목도리를 감아 주었다.

"새댁, 고마워. 목도리를 목에 감으면 온몸이 다 따스해. 세상없이 추운 날도 추운 줄을 몰라—."

황태 덕장 일은 눈 오는 날도 계속 되었다. 가뭇하게 눈발 속에 묻히는 황태 덕장, 드디어 시야가 뽀얗게 닫히고 그 너머서 황태 덕장 일은 계속 되었다. 하루 종일 저무는 날처럼 어둑했다. 황태 덕장 일꾼들이 강설에 묻혀 버리는 게 아닌가 걱정이 되었으나 저녁 때면 날은 개이고 역시 설원을 빨갛게 물들이며 해가 졌다. 빨갛게 물든 황태 덕장 일꾼들의 행렬. 아내와 나는 애들을 안고 창가에 서서 그 엄숙한 귀로를 맞이했다.

'오공오'는 값싼 화학 털실이다. 아내는 훗날 살기가 좀 나아졌을 때 횡게 황태 덕장 아주머니들에게 순모 털실로 목도리를 떠 주지 못한 걸 아쉬워했다. 그러나 반드시 재료가 품질을 결정하는 것은 아니다. 공정(工程)이 품질을 결정할 수도 있다. 온몸을 다 데울 수 있는 목도리는 없다. 그러나 아내가 뜬 황태 덕장 일꾼들의 목도리는 두르면 온몸이 따습다고 했다. 긴 겨울밤을 지새운 아내의 정성스러운 수작업에 깃들인 마음을 목에 둘러서 그들의 마음도 따뜻했던 것인지 모른다.

저녁 때 눈발이 서는 동네로 들어서는 아주머니들이 똑같은 색깔에 똑같은 크기의 목도리를 목에 감고 있는 것을 보면 행복했다. 밤을 지새워 목도리를 짜는 아내 곁에서 산맥의 겨울 바람 소리를 듣던 생각을 하면 추위가 얼마나 따뜻한 것인지 새삼 그립다. 인생의 과정들, 어느 하나인들 소중하지 않은 것이 있을까.

아내는 그렇게 바쁜 겨울을 그 다음에는 지내 보지 못했다.

적설에 묻힌 한겨울 동안 털목도리를 뜰 수 있게 해준 계기, 횡계 황태 덕장 일꾼들이 보여 준 인간적 안색을 고마워했다. 그분들이 준 명태 맛이 그립다. 아내는 눈만 오면 횡계를 생각하고 금방 내린 적설처럼 순박해진다.

새벽의 거리

봄이 되면서 경운기 소리에 잠이 깼다.

새벽 안개 속에서 들려오던 고향의 경운기 소리는 리드미컬한 게 전원적이었는데, 도시의 새벽을 가로질러 가는 경운기 소리는 이질적인 소음이었다. 같은 소리라도 환경에 따라 다르다.

어느 날 새벽, 나는 그 경운기를 보기 위해서 집 앞에 나가 서 있었다. 도대체 무엇 하러 가는 경운기가 신새벽 거리를 진주군(進駐軍)의 전차처럼 오만무례한 소리를 내면서 통과하는지 보고 싶었다.

기상 나팔을 불기 직전의 적적한 긴장이 감도는 병영 같은 새벽 도시 일각을 고압 나트륨 가로등이 초병처럼 조용히 지키고 서 있었다. 밤을 지새우고 새벽에 이른 가로등의 호박꽃 같은 불빛, 눈부시지 않으면서 조도(照度)가 분명한 발광(發光)의 성실성, 도시의 편안한 밤을 위해서 철야를 한 가로등이다.

그래도 피곤한 기색이 없다.

어제 저녁, 구미호(九尾狐)의 요염한 눈빛 같은 '네온사인'들이 IMF의 불가피한 내핍까지 사냥하려고 집요하게 번득일 때, 저 가로등은 급여가 줄었거나 또는 퇴출 위기에 처한 우울한 도시 봉급자의 귀가를 보호해 주었다. 마침내 자정이 넘으면 '네온사인'은 배를 채운 포식자처럼 눈을 감지만, 가로등은 야망의 거리에 휴지처럼 버려진 부도덕과 아쉬움들을 잠재우고 도시의 안녕과 질서를 위해서 긴 밤을 지새웠다.

가로등은 공평하고 관대하다. 게걸대며 가로등 아래서 오줌을 질질거리는 취객, 배가 터질 것 같은 관급 쓰레기 봉투를 파헤치는 방견(放犬), 가로등에게 직업적인 혐오감을 하얗게 드러내 보이는 도둑놈에 이르기까지 가로등은 공평하게 후덕한 불빛을 밝혀 주었을 뿐 아니라, 그 부도덕 자체도 극비에 부치고 침묵했다. 가로등은 어둠을 밝히는 객관적인 소임에만 충실할 뿐, 불빛 아래서 일어나는 일에 대해서는 일체 개입하지 않는다. 그 점이 가로등의 단점인 동시에 장점이다.

이윽고 어둠 속에서 탈탈거리는 소리가 다가오더니 낡은 경운기 한 대가 가로등 불빛 아래 나타났다. 경운기의 짐칸에는 총각무가 소복하게 실려 있고 운전대에는 초로의 농부 내외가 앉아 있었다. 농부는 무표정하게 앞만 바라보고 경운기를 몰고 갔다. 헐렁한 잠바때기를 걸친 구부린 등허리가 나무 등걸처럼 꿋꿋했다.

육거리 새벽시장에 총각무를 팔러 가는 근교 농부 내외일 것이다. 그들은 아침에 일어나서 그때까지 몇 마디나 말을 했을까. 한 마디도 안 했을지도 모른다. 어두운 들에서 손에 익은 자기 일을 순서대로 묵묵히 진행했을 농부 내외의 작업 광경이 눈에 선하다. 나란히 경운기에 앉아 가로등 불빛 밑을 지나가는 침묵에 호감이 느껴졌다.

황토가 묻은 총각무단은 허술하고 촌스러웠으나 그만큼 더 싱싱해 보였다. 열무에 묻은 흙은 일부러 씻지 않았을까. 유기농법으로 생산한 무공해 농산물이라는 점을 강조하기 위한 농부의 서투른 상술일까. 여하튼 깨끗하게 씻은 것보다 더 청정 채소다워 보였다.

경운기가 지나가고 나자 50cc 오토바이들이 등장했다. 소음기를 달아서 탈탈거리지는 않고 붕붕거린다. 경운기보다는 도시적인 소리다. 아침신문을 배달하는 여러 신문 지국의 오토바이들이다. 한 발짝이라도 앞서서 신문을 배달하려는 선의의 경쟁, 그것은 민완기자들의 취재경쟁에 못지않다. 저 신문배달부들이 고의적으로 배달을 늦춘다면 민완기자의 특종도, 대기자의 논설도 빛을 잃고 만다.

인사해서 뺨 맞는 법 없다지만 인사는 이심전심으로 통하는 마음의 표시다. 새벽에 조깅을 하는 건장한 사람에게 '수고한다'고 인사를 하면 그는 희롱당한 줄 알기 쉽다. 그의 수고는 사회적인 것이 아니고 자신의 건강을 관리하는 지극히 이기적인 것이다. 따라서 그 사람은 수고한다는 인사를 받을 이유가 없을뿐더러 인사를 받을 준비도 하지 않았다. 거기다 대고 굴비같이 건강이 부실한 사람이 '수고하십니다' 하면, 그 사람은 드러내지 않을 뿐 '남이야, 수고를 하든 말든 별 참견이야' 하고 불쾌하게 여길지 모른다. 그런 사람에게 아침 인사를 하고 싶으면 '안녕하십니까' 하는 게 적절하지 않을까 싶은데, 조깅을 할 만치 안녕한 사람에게 구태여 안녕하냐고 안부를 물으면 또 '안녕하니까 조깅을 하지' 하고 불쾌하게 여길지 몰라서 그도 꺼림칙하다. 아침 인사 한마디를 건네기조차 마땅찮은 사람과는 새벽에 안 마주치는 게 상수다.

정작 새벽에 수고하는 사람들은 따로 있다. 신문배달부, 미화원, 마지막 순찰을 도는 당직 경찰관 등 그런 사람들에게 '수고한다'고 인사를 하면 '네, 안녕하세요' 하고 황송한 듯 답례를 한다. 그건 되로 주고 말로 받은 것만치나 이문 남는 인사다.

마침내 미명이 도시를 열면, 출발점으로 달려가는 빈 시내버스, 드르륵 하고 열리는 슈퍼의 셔터, 헛기침을 하면서 공장의 출근버스를 타려고 바삐 골목을 빠져 나오는 노동자들, 머리를 매만지면서 슈퍼에 가는 주부의 푸근한 얼굴 등 새벽 풍경이 서서히 드러났다.

그 속에서 꽃처럼 예쁜 젊은 여공의 얼굴도 더러 발견할 수 있었다. 밤 근무를 한 동료 여공과 교대시간에 맞춰 가는 여공일 것이다. 막 화장을 마친 정결한 얼굴이 아직 촉촉해서 보기 좋다. 화장이 잘 받은 얼굴, 어젯밤 여공은 눕자마자 바로 잠들 어서 충분히 잔 것이 분명하다. 잠을 설치면 화장발이 잘 안 받 는다는 아내의 말로 미루어 짐작할 수 있다. '차라투스트라'의 말이 아니더라도 불면증인 나는 눕자마자 바로 잠드는 사람을 존경한다. 전에 농부(農婦)이신 우리 할머니가 그러셨기도 하 지만 삶에 애착하는 사람이나 가능하다는 생각이 들어서다. 새벽 골목에서 보는 나이 어린 여공의 화장이 예쁜 얼굴은 깨 끗하게 간수한 소액권처럼 귀해 보인다.

모처럼 집 앞을 쓴다. 그래서 그럴까, 깨끗이 쓴 내 집 앞을 지나가는 새벽 출근자들이 내게 미소짓는 것 같다. 새벽에 깨 끗이 쓴 내 집 앞을 남에게 보이는 것이 예쁘게 새벽 화장을 한 얼굴을 남에게 보이는 여공의 마음 같아서 기분 좋다.

날이 환히 밝았다. 경운기는 돌아오지 않는다. 싣고 간 총각 무를 다 팔았을까 못 팔았을까. 나는 경운기에 싣고 간 총각무 를 남겨 가지고 돌아오기를 바란다. 그들이 싣고 간 총각무가 새벽장에서 다 팔기에는 좀 많아 보였었다. 나는 남아도 헐값 에 시장 상인에게 넘겨주지 말았으면 하는 마음이다. 그런 수 단을 부린다면 이미 장사꾼이지 농부가 아니기 때문이다. 새 벽장에 총각무를 싣고 갈 때, 농부는 한 단에 얼마를 받을 것이 라고 금을 정했을 것이다. 그 금은 에누리가 용납되지 않는 정 직한 농부의 자존심이라고 믿고 싶다. 나는 농부가 절대로 자 신의 삶을 평가절하하는 일이 없기를 바라는 것이다.

도시가 달아오르기 시작한다. 옐로카드와 레드카드가 난무하는 거친 삶들의 한판 승부가 육십만이 출전한 청주라는 이론그라운드에서 드디어 킥업된 것이다. 나는 어느 포지션에 서 있어야 하는가. 가로등만치 확고부동한 포지션을 바라는 것은 허욕이다. 새벽에 경운기 소리를 듣고 벌떡 일어나서 집 앞을 쓰는 게 내게 맞는 포지션이다.

선배의 모습

민 주사는 풀풀 눈이 내리는 저문 강변을 따라서 아무 말 없이 휘적휘적 걸어갔다. 힘들이지 않고 걷는 그의 걸음걸이가 어찌나 빠른지 내 걸음걸이로는 따라가기가 힘들었다. 등줄기에 땀이 났다.

"힘들지요? 막동리는 여기서 삼십 리쯤 가야 합니다. 길은 이제부터 시작이라고 할 수 있지요."

진부 장터를 벗어나서 얼마 후 훤한 들판도 끝나고 바야흐로 물길만 트인 산골짜기로 접어들면서 그가 한 말이었다. 담담한 어조였다. 바쁜 걸음걸이의 불가피성을 말하는 게 아니고 노정을 설명하는 듯했다. 그러니 민 주사의 걸음걸이는 전혀 서두르는 것이 아니고 유유자적한 것이 분명한데도 많이 걸어서 그런지 내 추적을 불허하고 있었다.

어두워지는 산등성이에 서 있는 나목들의 실루엣이 꼭 줄을 서서 우리와 나란히 걸어가는 것 같아 보였다. 민 주사와 나처럼 선후가 분명한 나무의 거리들.

어느덧 30년 전, 산림 공무원으로 초임 발령을 받고 임지인 산읍 진부에 갔을 때 일이다.

청명이 지났는데 거기는 아직도 싸늘한 바람에 눈발이 분분한 겨울이었다. 춘추 양복 차림의 내 행색으로 해서 그곳 사람들 보기가 민망스러울 지경이었다.

온통 보이는 것은 산뿐이었다. 가까운 산은 텃세하듯 당돌하게 내게 다가섰고, 먼 산은 너 따위쯤 개의치 않는다는 듯 아득하게 물러서 있었다. 산 산 산─, 다시는 이 산 속에서 벗어날 수 없을 것만 같은 예감이 들었다. 예감대로 그 후 나는 30년 가까이 산림 공무원 노릇을 했다.

그때 물어서 찾아간 '강릉 영림서 진부관리소'의 소장은 나를 보더니 반색을 했다.

"본서에서 연락을 받고 기다리고 있었소. 내가 소장이고 이쪽은 막동 산림보호 담당 민 주사요."

그 분은 부임하는 나를 가차없이 전황이 불리한 주저항선(主抵抗線)에 보충병 투입하듯 민 주사 편에 딸려서 산읍의 물아랫동네 막동리로 보냈다. 그곳에 가서 민 주사를 도와 대단지 조림지도를 하라는 것이었다.

산림녹화, 감히 소홀히 할 수 없는 박정희 대통령의 혁명 비전의 하나였다. 얼굴이 노란 배고픈 소년이 돌아서던 산모퉁이, 헐벗은 산을 보면 현기증을 느꼈다. 배고픈 게 산 때문일

리는 없었겠지만 굶주리고 헐벗은 우리의 삶처럼 슬프던 산, 박정희 대통령의 혁명 비전은 그 시대를 살아온 사람들의 정서에 맞았다.

"양복 차림으로 산속에서 조림을 지도할 수는 없지."

관리소장은 춘추 양복을 입은 내 꼴을 보고 동의를 구하듯 민 주사를 쳐다보았다. 민 주사는 나를 데리고 시장 안에 있는 단골 잡화점에 들러서 점퍼, 운동화, 배낭 등 산 생활에 필요한 걸 외상으로 준비해 주었다. 관리소 숙직실에 와서 옷을 갈아입고 막동리를 향해서 길을 떠났다.

저문 날 길 떠나는 건 서글프다. 귀소 본능 때문일 것이다. 객지에서 어두워지는 숲으로 깃들이는 산새의 총총한 날갯짓을 보면 집이 생각나게 마련인데, 초면인 사람 뒤를 따라서 신들메를 고쳐 매고 어딘지 모르는 곳으로 저문 길을 떠나는 일이 서글프지 않을 턱이 없었지만 의외로 마음은 흔들리지는 않았다. 관리소장의 결연한 모습 때문이 아니라 저문 길 떠나는 침착한 민 주사의 흔들림 없는 뒷모습 때문이었다고 기억한다.

마른 억새 대궁이 비스듬하게 늘어서 있는 언덕을 넘어서, 시퍼런 강 벼루를 돌아서, 동네 앞 외나무다리를 건너서 나는 민 주사를 따라갔다.

마침내 깜깜한 물아랫동네 막동리에 도착했다. 그리고 이장 댁 사랑방에 누워서 똑같은 음자리로 자근자근 노래하는 여울

물 소리를 베고 선잠을 잤다.

다음날 아침, 청정한 산울림 소리에 잠이 깼다. 나는 반사적으로 방을 뛰쳐나왔다.

"국유림에 나무 심으러 나오시오!"

민 주사가 두 손을 나팔처럼 모아서 입에 대고 소릴 지르고 있었다. 발뒤꿈치를 추켜들며 얼굴이 벌개 가지고 소릴 토했다.

맑게 개인 아침이었다. 산속의 차고 맑은 아침 공기가 너무 신선해서 코가 매웠다. 이장네 집은 강 언덕에 있었다. 강 건너에는 턱을 추켜들어야 등성이가 까마득하게 바라보이는 산줄기가 남쪽으로 뻗어가고 있었다. 그 산줄기의 중턱 여기저기 화전민의 외딴집이 흩어져 있었다. 민 주사는 거기다 대고 소리를 지르고 있었다. 산울림이 건너편 산기슭의 집집마다 들렀다가 잠시 후 민 주사 앞으로 되돌아왔다. 장중한 산맥이 울렸다. 뱃속에서 나오는 우렁찬 목소리였다. 득음(得音)의 경지란 생각이 들었다.

목에 수건을 걸고 있는 걸로 보아 민 주사는 강에 내려가서 세수를 하고 올라온 모양이었다. 얼굴이 막 비가 개인 봄 산처럼 싱싱했다. 민 주사가 내 곁에 다가서더니 현지에 대한 설명을 했다.

"앞산 줄기는 해발 1,400미터의 박지산 줄기고, 뒷산은 1,560미터의 가리왕산 줄깁니다. 둘 다 태백산맥의 본맥이지요. 이 골짜기의 물길은 오대산에서 발원한 오대천으로 남한강 본류입니다."

"가리왕산 북편 능선에 산죽밭이 있어요. 버려진 고원이지요. 이곳 사람들이 육백마지기라고 부르듯 꽤 넓습니다. 거기다 경제림을 조성하기 위해서 잣나무 30만 그루를 심을 겁니다. 이곳 사람들이 농사일을 시작하기 전에 끝내야 할 일입니다."

확신에 찬 목소리였다. 나는 그의 옆얼굴을 쳐다보았다. 깊은 눈자위와 광대뼈가 막 산맥 위로 퍼지는 햇살에 뚜렷하게 부각되었다. 옆얼굴의 솔직한 모습이 겨울 참나무의 목질부처럼 단단해 보였다. 단순히 늙어 감이 아니란 생각이 들었다. 일관된 삶의 모습, 적어도 자기 삶에 의구심 없이 산 사람이나 가질 수 있는 얼굴이구나 싶었다.

민 주사는 다시 앞산 중턱에 있는 화전민의 외딴집들을 향해서 소리를 질렀다. 나도 소리를 질러 보고 싶은 충동이 아침 산기운같이 일었다.

"나도 한번 소리쳐 볼까요?"

민 주사가 웃으며 고개를 끄덕였다.

"국유림에 나무 심으러 나오시오ㅡ."

나는 민 주사처럼 손을 나팔같이 입에 대고 힘껏 소릴 질렀다. 내가 지른 소리의 산울림은 민 주사의 산울림에 미치지 못했다. 건너편 산기슭의 화전민 가옥까지 도달하기는 했는지, 울림이 없었다.

민 주사가 씩 웃었다. 비웃음은 아니었다. 사람다운 웃음이었다. 나도 멋쩍게 따라 웃었다.

"잘 안 되지요? 산감 노릇을 하다 보면 산에 대고 소리지를 일이 많지요. 목청만 커지면서 나이를 먹게 됩니다."

떳떳함, 내게 전의(戰意) 같은 것을 느끼게 했다.

새들이 깃들여 둥지를 틀고, 맑은 시내가 발원하는 숲을 만드는 일은 보람이다. 반면에 용재를 얻기 위해서, 터전을 마련하기 위해서, 광산을 개발하기 위해서 그 숲을 훼손하는 일은 환멸이다. 산림 공무원은 이율배반적인 일을 하는 직업인이었다. 모순의 합리화, 확신 없이는 절대로 서 있을 수 없는 산등성이에서 좌절할 때마다 나는 겨울 참나무처럼 분명한 민 주사의 모습을 생각하며 일어서곤 했다.

선배의 좋은 첫 인상을 간직하고 직업을 시작한 것은 참 다행한 일이었다.

앞자리

눈이 하얗게 내린 새벽 뜰에 비닐 봉지에 담긴 신문이 떨어져 있었다. 대문을 열고 골목을 내다보았다. 들끓는 세상사를 새벽 뜰에 던지고 신문배달부는 하얀 눈 위에 정갈한 발자국만 오목오목 남겨 놓고 갔다.

눈은 사뿐사뿐 수직으로 내려앉는다. 제 성미를 못 이기고 흩날리던 삼동의 마른 눈에 비해서 다소곳이 제자리를 찾아 내려앉는 촉촉한 눈송이가 봄눈임을 느끼게 했다.

신문을 집어들고 일어서는 내 정수리 위로 '끼-룩 끼-룩-' 하는 기러기 떼의 울음소리가 뚝 떨어졌다. 깜짝 놀라서 고개를 쳐들고 하늘을 쳐다보니 눈발만 가득할 뿐 아무것도 보이지 않았다. 기러기 떼는 구름 위로 높이 날아가고 있는 것이다. 우리 나라의 남도 어디서 겨울을 나고 시베리아로 돌아가는 기러기 떼의 대장정(大長征) 소리였다.

겨울 철새 도래지인 주남저수지의 갈대밭에 농부들이 해충을 태워 죽이려고 들불을 놓았다고 한다. 저 새들은 거기서 불안한 겨울을 나고 돌아가는 것일까? 농부가 아닌 사람들은 철새 도래지에 들불을 지른 농부들의 처사를 잘못이라고 했지만 영농의 일환이라는 농부들의 말도 일리가 있다. 겨울 철새들이 주남저수지를 찾아오는 것은 농부들의 풍년 농사를 돕기 위한 것은 아니다. 새들의 도래 조건에 맞기 때문일 뿐이다. 농부들은 조류학자도, 탐조가도 아니다. 따라서 영농에 지장을 받아 가면서 철새 도래 환경을 보전해야 할 의무는 없다. 철 따라 자릴 옮겨 살아야 하는 철새들의 숙명만 딱할 뿐이다.

'끼-룩 끼-룩-' 하는 소리가 눈발 속으로 멀어져 갔다. 겨울 서식지를 훼손당하고 전전긍긍 겨울을 나고 가는 기러기 떼가 불쌍하다.

'끼-룩 끼-룩-' 밤낮 없이 날아가야 할 구만리 장천의 먼 노정을 서로 격려하는 돈독한 집단의 그 소리가 무리의 일체감을 느끼게 한다.

어느 해 초겨울 까치내 강둑에 서서 차가운 대륙성 고기압이 확장돼 오는, 노을 진 빈 들판의 넓은 하늘을 가로질러 가는 기러기 떼를 본 적이 있다.

기러기 떼는 V자 대형을 지어서 가물가물 북쪽 하늘에서 나타나 '끼-룩 끼-룩-' 소리를 내 머리 위에 떨구고 남쪽 하늘로 사라져 갔다. 기러기 떼의 V자형 편대가 내 머리 위에 이르렀을 때 고공 무용을 한번 연출했다. 대형을 쭉 펴서 일(一)자로 날다가 다시 V자 대형을 짓는 것이었다. 유연하고 우아한 무리의 움직임이 발레의 군무처럼 감동적이었다. 그건 맨 앞자리에서 나는 새의 자리바꿈 의식인 것이다.

기러기 떼가 V자 대형으로 날아가는 것은 앞에 나는 기러기의 날개 끝에서 발생하는 상승기류를 타기 위해서 사슬을 지어 날기 때문이라고 한다. 그래서 새들은 대각선의 편대를 짓는 것이다.

그러면 맨 앞자리에서 나는 새는 앞에 나는 새가 일으키는 상승기류를 타지 못하고 오로지 자신의 날갯짓만으로 날아갈 것이다. 자신의 양 날개 끝에 따라오는 두 줄의 대각선, 그 편대의 대장은 고스란히 바람의 저항을 다 받으면서 무리를 이끌어 간다. 맨 앞자리는 얼마나 힘이 들까! 그래도 가끔 불쑥 앞자리로 나서는 새가 있다. 그러면 그 새의 뒤를 따라서 V자 대형이 새로 이루어진다.

기러기 떼의 앞자리는 영광의 자리일까? 희생의 자리일까? 영광의 자리든지 희생의 자리든지 맨 앞자리에서 나는 새가 한 마리 있어야 무리가 형성된다. 앞으로 불쑥 나선 새의 뒤를 따라서 무리(無理) 없이 재편성되는 기러기 떼의 대형으로 보아서 그 앞자리는 자기를 희생하는 자리라는 생각이 들었다. 기러기들이 무리의 맨 앞자리를 영광의 자리로 탐냈다면 다툼으로 대형이 흔들려 대장정은 목적지에 다다르지 못하고 까마귀 떼처럼 흩어졌을지 모른다.

늦가을 빈들 위를 나는 까마귀 떼를 보면 혼란스럽다. 거기에는 선두가 없든지, 전부 다 선두든지 하다. 오합지졸(烏合之卒)인 것이다. 선두가 없는 것은 선두가 살신성인(殺身成仁)하는 자리로 인식되어 기피하기 때문일 것이고, 전부 다 선두인 것은 선두가 영광의 자리라서 서로 탐을 내기 때문일 것이다. 그 정도 의식 수준의 무리라면 통제나 질서 유지가 안 된다.

기러기들은 맨 앞자리의 필요성을 잘 안다. 그래서 존중한다. 기러기 떼의 앞자리는 선거법에 의해서 선출하지 않는다. 자신의 힘으로 감당할 수 있다는 생각이 들면 서슴없이 앞으로 나서고, 죽지의 힘이 떨어지면 서슴없이 물러난다. 임기 5년의 단임제의 자리가 아니다. 연임도 할 수 있고 2년만 하고 말 수도 있다. 힘의 본능으로 자리를 서로 교대하면서 시베리아의 저희들 서식지로 돌아간다. 기러기 떼의 앞자리 —. 기러기들은 그 자리에서 나는 기러기를 고마워할지언정 선망하지 않는다. 그 자리에서 날지 못하는 자신의 힘 모자람이 부끄럽다기보다 미안할 뿐이다. 그 자리는 유세(有勢)하는 자리가 아니고 살신성인하는 자리이기 때문이다.

노을진 광활한 허공에서 물결의 너울처럼 재편성되는 V자 대형의 균형, 그 무리의 질서가 눈물겹다.

기러기 떼는 높이 난다. 높이 나는 새가 멀리 본다는 말은 비단 시계(視界)에 국한된 말은 아니리라. 안데스산맥 높이 나는 독수리는 눈으로 사냥감을 보는 정도지만 추운 밤하늘을 높이 날아가는 기러기 떼는 가슴으로 구만리 장천 너머에 있는 도래지를 본다. 그것은 관점(觀點)을 말하는 것이다.

신문은 들끓는 이 시대의 지리멸렬한 실상으로 가득 차 있다. 눈 위에 남긴 신문배달부의 발자국만치도 신선하지 못한 신문. 그 신문 첫장은 대통령 출마 예정자들 이야기로 가득 차 있다. 앞자리로 나서려는 사람들이 넘쳐나는 것이 좋은 건지 나쁜 건지 알 수 없다. 누가 맨 앞자리에 서든지 나는 어차피 끝에서 앞사람의 날갯짓이 일으킨 상승기류를 얻어 타고 날 것이다. 그럼에도 불구하고 맨 앞에서 항로를 잡아 주려는 제일인자에 대한 믿음이 서지 않는 것은 불행한 일이다.

기러기 떼는 어디쯤 날아가고 있을까? 서식지까지 무사히 돌아가기를 빌어 마지않는다.

액자에 대한 유감

지방관아 아전의 집, 품격을 못 갖춘 거실 벽면에 길이 170센티미터, 폭 50센티미터쯤 되는 서예(書藝) 액자가 하나 걸려 있다.

액자는 열네 자의 한자를 초서로 쓴 것인데, 내 얕은 진서(眞書) 실력으로는 고작 여섯 자밖에는 알 수가 없었다. 초서라 모르는 글자를 옥편으로 찾아볼 수도 없었다. 글자의 앞뒤를 어림짐작으로 맞춰 가며 유추해석을 시도해 보았으나 도저히 해석할 수가 없었다. 그래서 다만 표구(表具)의 용도로만 걸어 두고 볼 뿐이었다. 내용을 알고 모르고 간에 허전한 벽면에 잘 만든 표구가 한 점 환경정리용으로 걸려 있다는 것은 좋은 일이다.

아직 친구들 외에는 이 액자의 내용에 대해서 물어 본 사람이 없었다. 다행한 일이다. 우리 집에는 아직 이 액자의 내용에 진지한 관심을 기울일 만큼 서예에 안목이 깊은 손님이 찾아오지 않았고 앞으로도 찾아올 리 없다. 가끔 흉허물없는 친구가 찾아와서 "야, 이 액자 좋다. 얼마짜리냐?" 하며 표구의 환금성(換金性)에만 관심을 기울일지언정 정작 "뭐라고 쓴 거냐? 잘 쓴 거냐?" 하고 문화적 가치에 관심을 기울이는 친구는 없었다. 나하고 같은 문화수준들이기 때문이다. 또 물어 보았다 해도 "나도 잘 몰라" 했을 것이고 친구는 "그럼 이 액자는 개발에 편자 격이네" 했을 터이지만 내 자존심에는 하등 지장이 될 리도 없다.

그런데 요즈음 와서 은근히 걱정이 되기 시작했다. 군에서 제대한 아들놈이 친구들을 데리고 집에 들락거리는데, 다들 대학물을 먹은 녀석들이다. 어떤 녀석은 액자 앞에 한참 서서 제법 서예에 대한 관심이 예사롭지 않은 기색을 보이기도 했다. 그러면 내 마음이 조마조마해졌다. 그런 녀석이 불쑥 글의 내용을 물어 온다면 낭패가 아닐 수 없다. 친구들이 물었을 때처럼 모른다고 한다면 내 체면은 고사하고 그런 아비 앞에 서 있는 자식의 체면은 뭐가 되겠는가.

내가 이 액자의 내용을 잘 모르는 것은 액자가 어느 날 돌연히 불청객처럼 우리 집 거실의 벽면을 점령해 버렸기 때문이다.

이 액자를 선물한 분은 법광(法光)이라는 스님이다. 이 분이 민원 관계로 나와 몇 번 만나면서 안면이 익자 식사라도 한번 하자고 청해 왔는데 나는 거절을 했다. 내가 청백리라서 그런 것은 아니고, 낯가림을 하는 터라 격식을 차려야 하는 겸상이 싫어서 그 분의 성의에 무례를 범한 것뿐이다. 그런 나를 스님은 『목민심서(牧民心書)』푼어치나 읽은 청백리인 줄 알았던지 과분하게도 액자를 선물했다.

　액자는 인편에 집에 보내 왔다. 액자를 가져온 사람은 물건을 전했다는 인수증만 받아갔지, 정작 액자 내용은 전해 주지 않았다. 그 후 스님을 만났을 때 액자를 주서서 고맙다고 인사를 하면서 액자의 내용은 물어 보지 못했다. 내 무식을 감추려는 가증스러운 의도가 반이고, 내 학식 정도를 믿고 액자를 선물한 분에게 "뭐라고 쓴 글씨를 준 거요?" 하고 묻는 게 "당신은 개발에다 편자를 달아 주었어" 하는 것처럼 선의에 대한 무례 같아서 못 물어 본 게 반이다.

　이 액자를 받았을 때 소심한 나는 당황했다. 값비싼 서예품이면 어쩌나 싶어서였다. 다행히 낙관(落款)이 찍힌 곳에 법광이란 그 스님의 법명이 쓰여 있어서 구입한 것이 아니고 스님의 자필이라는 데 일단 안심은 되었다. 뇌물이 아니라는 판단 때문이다. 그런데 은근히 걱정이 되었다. 스님이 국전에라도 오른 서예가라면 어쩌나 하는 것이다. 그런 분의 액자라면 돈이 되는 미술품으로 시골 군청 주사(主事)의 집에 걸어 놓기에 과분한 뇌물일 수도 있기 때문이다.

　액자는 내게 사람의 마음이 얼마나 간사한가를 일깨워 주었다. 액자에 대한 내 바람은 이율배반적이었다. 처음에는 액자의 글씨가 명필(名筆)이 아닌, 내 처지에 맞는 글씨이기를 바랐다. 그런데 차차 욕심이 생기기 시작했다. 이 액자는 내가 몰라서 그렇지 필력(筆力)을 다해서 써 준 명필일 거라는 과대망상을 하기 시작했다. 날이 갈수록 그 욕심은 더해져서 당초 내 신분에 적합한 글씨이기를 바랐던 마음은 깨끗이 사라지고 오히려 이 분이 내 존재를 가벼이 여기고 재주도 없는 주제에 시건방지게 초서로 후려쓴, 별것도 아닌 글씨를 준 것이나 아닌가 하는 의구심 때문에 자존심이 꿈틀거렸다. 만약 그렇다면 '이 놈에 중놈을 ―' 하는 오기까지 생겼다. 결국 내 이중인격이 나를 더 속상하게 했다. 액자는 볼 때마다 내게 갈등을 가하는 애물단지가 되었다.

그러나 내 집에 와서 걸린 이상 액자의 글씨의 내용과 가치를 올바로 알아야겠다는 생각이 들었다. 그래서 나는 액자를 사진에 담아 가지고 아는 서예학원 원장에게 보였다.

그는 사진의 글씨를 보더니 대뜸 "초서일수록 획과 점의 생략이 분명해야 하는데 그렇지도 못하고, 초서에 능숙지 못해서 필력도 약해. 글씨에 헛멋만 넘쳤어." 시큰둥하게 글씨 평을 하더니 "썩 잘 쓴 글씨는 아니지만 보통 솜씨는 되는 글씨요. 거실에 걸어 놓아도 부끄러울 것은 없겠소" 하고 나를 위로하듯 말하는 것이었다.

내가 처음에 바랐던 대로 내 분수에 맞는 글씨라는 말인데 왜 마음이 그리 허전한 것일까. 나는 사진에 담아 간 글씨를 보고 그가 감탄을 하여 마지않기를 바랐다. 글씨에 감탄할 서예학원 원장의 얼굴을 나는 자만스럽게 바라볼 마음의 준비까지 다 하고 있었는데 의외로 변변치 못한 평을 받고 보니 맥이 풀렸다. 그래서 나는 그 서예학원 원장을 사이비 서예가든지, 아니면 글씨가 좋아서 질투를 하는 것이든지, 또는 '추사 김정희'가 '원광 이광사'의 글씨를 잘못 알아보았듯 편견을 가지고 글씨를 잘못 본 것이라고 생각했다. 세월이 지나서 서예학원 원장의 인생과 필력이 원숙해지고 서예가 경지에 이르면 비로소 이 액자의 진가를 실토하지 않고는 못 배길 명필일 것이라고 자위했다.

서예학원 원장은 액자의 글씨를 초서에서 해서(楷書)로 옮겨 써가지고 해석을 해주었다.

世與靑山何者是　　세상 청산과 어느 것이 옳으냐
春光無處不開花　　봄빛이 없는 곳에 꽃이 피지 않는다

액자의 내용은 공직자에게 귀감(龜鑑)되는 글이었다. 행정은 모름지기 꽃을 피우는 봄빛 같아야 하느니라, 하는 것 같았다. 내가 『목민심서』를 못 읽어 보아서인데 그 서책에 들어 있는 글귀나 아닌지—.

그 스님이 민원 해결에 고충을 겪은 나머지 공직자인 내게 충고를 한 것인지, 아니면 시원스럽게 해결을 보아서 기쁜 나머지 칭찬을 한 것인지는 알 수 없지만, 공직생활의 바른 좌표를 설정해 준 한 말씀 같아서 귀하게 여겨졌다. 비단 공직자에게만 해당되는 말이 아니라 삶의 보편적 가치 기준일 수도 있다는 생각이 들었다. 그래서 나는 자식의 친구들이 이 액자 앞에 서면 얼른 나서서 글귀를 자랑스럽게 설명해 주고 '너희들도 봄빛같이 살아라' 하고 덕담을 추가해 주고 싶어졌다.

아무튼 명필의 여부를 떠나서 되새김질해 볼 의미 있는 글귀를 지방관아 아전의 집 거실 벽면에 걸어 준 그 스님의 진의가 느껴져서 좋았다. 당신의 삶이 비록 벼슬살이에는 못 미치더라도 꽃을 피우는 청산 같은 행정을 일필휘지(一筆揮之)같이 시행할 때, 당신은 올바른 인생을 사는 거라는 설법(說法)의 요약 같아서 액자를 바라보면 '암, 깨끗한 구실아치가 때 묻은 벼슬아치보다 낫지'라는 아전인수격인 생각이 직업의 사기를 진작시키는 것이었다.

어떤 직무유기

'강릉 영림서 진부관리소'에 근무할 때 이야기다.

섣달그믐날이었다. 하루 종일 눈이 내렸다. 저녁 때가 되자 서울서 내려온 강릉행 귀성버스들이 모두 진부 차부 앞 대로변에 꼬리를 물고 멈춰 서서 불야성을 이루었다. 언제 대관령 눈길이 열릴지 모르는 마당에 젊은 승객들은 설국(雪國)의 낭만에 신명이 나서 진부 장터를 들개처럼 쏘다녔다.

처음으로 객지에서 맞이하는 섣달그믐인데다 눈까지 하염없이 내려서, 나는 온종일 일이 손에 잡히지 않고 고향 생각만 났다. 고향에 아내와 세 살짜리 딸이 있다. 고향으로 머리 둔 짐승은 모두 귀성(歸省)을 하는 세밑이다. 객지에 나간 남편이 오나 싶어서 수시로 동구 밖을 내다볼 아내의 얼굴과 방싯방싯 웃는 세 살배기의 얼굴이 눈에 밟혔다.

퇴근 무렵 소장이 나와 선배 직원 권 주사를 소장실로 불러 들었다.

"밤이 깊거든 둘이 노동리에 가서 기소중지 중인 도벌꾼을 잡아오시오."

소장의 말인즉슨 섣달그믐에다 눈까지 이렇게 쌓이는데 제 놈이 처와 새끼 생각나서 삼수갑산을 가는 한이 있어도 집에 안 돌아오고는 못 배길 거라고 했다. 나는 섣달그믐날 밤, 눈에 묻히는 산골 동네에 가서 기소중지자를 잡아오라고 시키는 소장의 명령이 아무리 직무라지만 비정하다는 생각이 들었다.

"소장님, 눈을 피해서 동네로 내려온 산짐승은 안 잡는 법인데요."

권 주사도 나와 동감이었던지 소장에게 감히 한마디 했다.

"그는 산짐승이 아니고 범법자야, 당신은 범법자를 잡을 의무가 있는 사법경찰관이고, 그 점을 명심하란 말이야. 눈을 피해 들어왔든, 눈에 숨어들어 왔든, 놓치지 말고 반드시 잡아와."

소장이 벌컥 화를 냈다. 한 길에서 늙어 버린 직업인의 단호한 소신이었다.

자정이 넘어도 눈은 하염없이 내렸다. 우리는 소장이 수배해 준 제재소의 산판차를 타고 노동리에 갔다. 라이트도 켜지 않고 눈빛[雪光]에 길을 더듬어 설백(雪白)의 골짜기로 깊이 빠져들어갔다. 산골 마을은 눈에 묻혀 사라져 가고 있었다. 도벌꾼의 오두막집도 방심한 채 눈 속에 깊이 파묻혀 있었다.

고향 건넌방 방문에 밝혀진 발간 불빛이 눈에 선했다. 어린 것은 눈처럼 소록소록 깊이 잠들고 아내는 혹시나 하고 밤을 지새우며 나를 기다릴 것이다. 눈은 소복소복 댓돌 아래까지 쌓이는데 책을 들고 깜박깜박 조는 아내의 모습이 보이는 듯했다.

우리는 먹잇감을 덮치려는 포식동물처럼 웅크리고 오두막 집으로 숨어들었다. 댓돌 위에 하얀 여자 고무신 한 켤레와 남자 농구화 한 켤레, 그리고 조약돌같이 작은 까막고무신 한 켤레가 나란히 놓여 있었다. 분수 적게 큰 남자 농구화는 다 헐고 흠뻑 젖어 있었다. 신발의 모습에서 방안에 잠들어 있는 도망자의 핍박(逼迫)한 날들을 한눈에 알아볼 수 있었다.

지금도 가끔 박목월 님의 시집에서 「가정」을 읽게 되면 그때 그 도망자 일가의 신발 모습이 선연하게 눈에 떠오른다.

내 신발은
십구문 반(十九文半).
눈과 얼음의 길을 걸어,
그들 옆에 벗으면
육문 삼(六文三)의 코가 납작한
귀염둥아 귀염둥아
우리 막내둥아

권 주사는 뒷문을 지키려고 뒤꼍으로 돌아가고, 나는 봉당에 올라가서 방에다 대고 차마 입이 떨어지지 않는 소리를 조용히 무겁게 던졌다.

"계십니까? 영림서에서 왔습니다."

방안에서 당황하는 인기척이 났다. 불이 켜지고 어린애가 깨서 울었다. 잠시 후 도벌꾼이 방문을 열고 나왔다. 뒷문으로 달아나지 않고 앞문으로 당당히 나왔다. 거기까지는 참 잘한 짓이었다. 그가 만일 뒷문으로 달아나려고 했다면 우린 그의 비열성(卑劣性)에 동정의 여지도 없이 수갑을 채웠을 것이다.

도벌꾼이 댓돌에 걸터앉아서 묵묵히 농구화를 신고 신발 끈을 졸라맬 때, 우리는 말없이 지켜보고만 있었다. 그게 문제였다. 농구화 끈을 졸라매는 도벌꾼의 의지를 몰랐다면 사법경찰관의 직무능력이 모자라는 것이고, 알고도 모르는 체했으면 직무유기가 되는 것인데 우리는 감상에 잠겨 도망자를 앞에 놓고 방심하고 있었다. 방심이라면 직무태만이라고 볼 수 있을까? 아니다. 사실은 농구화 끈을 졸라매는 도벌꾼의 의지를 짐작하면서도 소리내서 우는 어린것을 안고 소리 없이 우는 젊은 아낙의 애련한 모습에 우리는 의당 취할 필요한 조치를 하지 않은 것이다. 그러니 변명의 여지가 없는 직무유기랄 수 있다.

도벌꾼이 앞장을 서서 사립을 나서고 우린 그의 뒤를 따랐다. 그런데 사립을 나선 도벌꾼이 '지엠씨'가 대기하고 있는 동구 쪽으로 가지 않고 반대편 방향인 운두령 쪽으로 적설을 온몸으로 헤치며 노루 모둠발질 하듯 껑충껑충 뛰어갔다. 생각지 않은 돌발 사태에 우린 망연했다. 설원에 필사적인 흔적을 남기며 도벌꾼은 도망을 치고 있었다. 우리는 어처구니가 없어서 서로 얼굴만 쳐다보았다. 나는 도벌꾼의 도주에 인간적 배신을 느끼고 발끈해서 그의 뒤를 쫓아가려고 했다. 권 주사가 내 소매를 잡으며 어리석은 짓이라는 눈짓을 했다. 죽기 살기로 도망치는 자를 따라잡는다는 것은 불가능한 일이다. 절박한 마음의 거리는 좁힐 수 없는 것이다.

아내와 아기가 눈발 속으로 사라지는 가장의 뒷모습을 바라보았다. 아기가 훗날 기억할는지 모르지만, 아버지답지 못한 도벌꾼의 비열에 나는 비애를 느꼈다. 이 눈 속에 어디로 갈 것인가. "아빠 까까 사 가지고 올게." 아기에게 그렇게 말하고 의연하게 연행되었으면 얼마나 좋았을까 하는 아쉬움이 남았다.

그때 권 주사가 울고 있는 도벌꾼 아내와 어린것에게 다가가서 말했다.

"아가야, 아빠 까까 사러 갔다."

나는 지금도 가끔, 문득 그 말이 생각나서 목젖이 뜨끔하다. 인간적 배려의 한마디였다. 그때 그 모자에게 그보다 더 필요한 말은 있을 수 없다. 권 주사는 어떻게 그 말을 할 줄 알았을까. 그 한마디는 도벌꾼 아내의 눈 위에 주저앉으려는 마음을 부축해 주었음은 물론이고 어린것에게는 아빠에 대한 이미지를 보전해 준 것이다. 나는 권 주사가 한 말을 지금도 잊지 못한다.

선배는 괜히 선배가 아니다. 한 길에서 얻은 직업적 슬기 때문에 선배다.

"당신들은 분명히 직무유기했어, 눈길이 열리거든 원주지청에 가서 담당 검사에게 사실대로 수사보고를 하고 응분의 문책을 받도록 하시오."

소장의 명령은 단호했다. 우리는 소장의 명령대로 원주지청에 가서 담당 검사에게 솔직하게 수사보고를 했다. 다행히 젊은 검사는 직무가 태만했다고 우리에게 시말서를 받는 것으로 일을 종결해 주었다. 젊은 검사가 어떻게 그런 아량을 베풀 줄을 알았을까. 깊은 적설의 골짜기에서 나온 부하 직원의 딱한 행색에 대한 측은지심이었는지, 위계(位階)의 우월의식이었는지는 알 수 없다.

공무원의 직무유기는 구속 수사할 사안이다. 우린 공무원으로 참 위험한 짓을 했다. 만일 검사가 우리를 금품을 수수하고 피의자를 놓아 주었다고 오해를 했으면 시말서로 끝날 일은 아니었다.

지금도 눈이 소담스럽게 내리는 밤이면 그때가 생각난다. 소리 내서 울던 어린것과 소리 죽여 울던 새댁의 애처로운 모습을 생각하면 도벌꾼을 놓친 게 아니고 놓아 준 거라고 생각하고 싶다. 함박눈이 내리는 밤의 직무유기가 내 인생의 공덕인 양 흐뭇하기 때문이다.

의사 선생님께

나는 몸이 아프면 Y내과를 찾는다. Y내과 원장의 의술에 대한 믿음 때문이라기보다 그 분의 찬찬하고 따뜻한 진료 태도와 분명하고 자세한 소견 진술이 맘에 들어서다. 아픈 주제에 의사의 의술보다 인간성을 보고 병원을 찾는다는 게 우스울지 모르지만 O. 헨리의 「마지막 잎새」의 주제(主題)를 보면 병을 치료하는 데는 의술보다 더 중요한 게 있다는 것을 알 수 있다.

의사는 의술 이전에 환자에게 투병의지를 부여해 줄 의무가 있다. 그러나 지금 그런 의사가 몇 명이나 되랴. 넘치는 환자에 시달리다 보면 의사도 본의 아니게 기계적일 수밖에 없기 쉽고, 돈독이 오른 의사라면 '환우(患憂)가 곧 돈이다'라는 개념으로 장사꾼처럼 돈벌이에 혈안이 될 수도 있다.

나는 모든 의사는 슈바이처 박사와 같은 인류애로 병고를 감싸안아야 한다고 보지만, 의사 되는 데 보탠 것도 없이 슈바이처 박사처럼 밑지는 의사를 하라고 주장할 수는 없다. "슈바이처 박사가 밑지는 의사였다고? 천만에, 그 분이 정신적으로 얼마나 부자였는데!" 그리 말하면 편견이다. 의사면허를 획득하려고 막대한 돈과 노력과 시간을 들였다. 물론 질 높은 삶을 영위하기 위함이었을 것이다. '질 높은 삶'이란 종교적 가치냐, 인문적 가치냐, 경제적 가치냐는 순전히 의사가 결정할 문제지 환자가 말씀할 계제가 아니다.

나는 의사 앞에 장기가 내장된 윗몸을 제시하고 앉으면 약간의 위압감을 느낀다. 돈벌이가 확실한 면허를 가진, 직업적인 자부심 앞에 드러내놓은 만성질환의 빈약한 몸통 때문이다. 돈 내고 의술을 사는 고객의 입장에서 무슨 당치 않은 말이냐고 할지 모르지만 사람이 병약하면 소심해져서 만성질환이 무슨 상습범인 것처럼, 청진기를 들이대는 의사가 거짓말 탐지기를 들이대는 검사같이 무서운 것이다.

Y내과 원장은 이 점을 불식한 의사다. 그 분은 체신이 자그마하고 얼굴은 조용하고 맑다. 손은 여자 손처럼 보드랍고 따뜻하고 예쁘다. 첫인상이 좋다. 첫눈에 착하고 온순하다는 인상을 받는다. 물론 그것은 선천적인 것으로 의사로서의 천부적 자질을 타고난 것이지만, 밀려드는 환자에 시달리면서 선천성을 잃지 않았다는 것은 순전히 그의 후천적인 노력 때문이라는 생각이 들어서 믿음과 고마움을 느끼지 않을 수 없다.

"돼지고기 먹고 체한 것 같아요." 순박한 시골 사람이 공자 앞에 문자 쓰듯 의사 앞에서 발병 원인을 들이대도 그 분은 "그럼 새우젓국이나 먹지 무엇 하러 병원에 왔소" 하고 시골 사람들이 항용 쓰는 무식한 민간요법을 들이대며 퉁명스럽게 대하지 않고 "그러서요. 돼지고기 먹고 체한 데 좋은 약이 있지요. 어디 봅시다" 하고 조용히 웃으며 히포크라테스가 그의 고향 코스 섬의 가난하고 무식한 환자를 진찰대에 눕히듯 친절히 대할 것 같다. 그리고 그 작고 따뜻한 손으로 간장, 위장, 대장, 소장 등 장기를 하나하나 빠트리지 않고 공들여 짚어 본 다음, 내시경이나 위 투시 등 기계식 진찰을 할 것 같다. 그야말로 인술(仁術)이지 고부가가치 상품으로서의 의술(醫術)은 아니다.

그 의사는 진찰 결과 위염 정도면 기뻐서 "맞습니다. 돼지고기를 먹고 체했군요. 이 약을 먹으면 틀림없이 날 것이니 안심하세요" 하고 처방을 할 것이고, 암 같은 절망적인 병이면 창가로 가서 눈시울을 적실 것 같다.

집도의(執刀醫)는 어차피 살을 가르고 뼈를 발라서 환부를 적출(摘出)하는, 손에 피 칠갑하는 기술자니까 할 수 없다지만 내과의는 우선 환자의 침울을 약방기생처럼 방싯방싯 웃어서 푸는 조치를 임상 조치 전에 마땅히 해야 할 일 아닐까. "웃겨. 대량 생산되는 온갖 병을 신속 정확하게 처치해야 할 의사를 무슨 유치원 보모로 아는겨?" 하고 화를 낼지 모르지만, 말인 즉슨 그렇다는 것이다.

우리 어머니는 평생 병원을 가본 적이 없다. 의사라면 공연히 미워하신다. 어머니의 의사에 대한 적개심은 정신과적 병리현상이다. 어머니는 첫아들을 서너너댓 살 적에 잃었다. 여름날 저물녘에 어두운 부엌에서 늦은 저녁 보리쌀을 안치고 화롯불에 장 뚝배기를 올려놓고 바쁘게 돌아치는데, 어린것이 아장거리고 들어와서 미처 주의를 기울일 새도 없이 화로의 끓는 장 뚝배기에 주저앉았다. 한창 천방지축 재롱을 피우던 것이 ㅡ. 온 동네가 난리가 났다. 어린것은 밤새 울다 새벽에 기가 넘어가는데 아버지와 건넛마을 당고모부가 안고 지름티 고개를 넘어갔다. 충주 도립병원에 데리고 간 것이다. 어머니는 하루 종일 고개만 쳐다보고 계셨다고 한다. 저녁 때 노을이 진 고개를 아버지와 당고모부는 빈손으로 넘어 오셨다. 어린것은 죽어서 충주 공동묘지에 묻고 왔다는 것이다. 여름날 참혹하리만치 빨간 노을이 진 고개를 어른 둘이 애를 버리고 덜렁덜렁 넘어왔다. 어머니에게 그보다 더 큰 고통은 없었으리라.

그 후부터 어머니는 의사에 대한 근거 없는 적개심을 갖게 되었다. 나는 의사 선생님께는 미안한 일이지만 어머니의 의사에 대한 적개심을 다행으로 여긴다. 어머니는 당신의 주의 부족으로 어린것을 불에 데여 죽인 자책감을 얼마쯤은 의사에게 전가시키고 아픈 세월을 견뎌 내셨을지 모르기 때문이다.

왜정시대의 충주 도립병원의 일본인 의사가 식민지 백성의 죽어가는 어린것을 얼만큼이나 정성을 다해서 진료했을까 하는 의문이 가시지를 않는다. "오이, 가망이노 없어" 하고 돌아앉지나 않았는지, 그리 생각하면 눈앞이 흐려지고 피가 거꾸로 치솟는 것만 같다.

나는 람베네 강변에 노을이 질 때 자식을 잃고 밀림으로 돌아가는 원주민의 슬픈 뒷모습을 하염없이 지켜보는 슈바이처 박사를 그려보곤 한다.

앞으로 의술은 더 발전되고, 평균수명은 더 늘 것이다. 인명은 재천이 아니라 얼마든지 고쳐 쓸 수 있을 것이다. 그러면 병원은 1급 자동차정비공장과 같은 인간 수리공장처럼 될지 모른다. 그때 의사는 "새 차로 뽑으시죠. 고쳐 봤자 차 구실도 못하겠네요." 의료 수가에 비해서 수리 가치가 현저히 떨어져서 견적가에 환자 보호자가 불만스러워하는 경우 그렇게 말하지나 않을지.

환자가 의사를 존경하지 않는 세상은 의사가 불행한 세상이 아니라 환자가 불행한 세상이다. 환자는 의사를 우러러보는 기쁨을 가질 권리가 있다. 분명히 의료 수가에 포함된 사항일 것이다. 의사 선생님들께서는 이 점 통촉하여 주시기 바라는 마음 간절하다.

조선낫과 왜낫

    조선낫과 왜낫이 낫이라는 사실만으로 동류인식(同類認識)될 수는 없다. 꼭 국적(國籍)이 다르기 때문이라기보다 외양처럼 판이한 그 성품 때문이다. '조선낫은 진중하고 왜낫은 경박하다.' 조선낫에 대한 편향적 지적일까. '조선낫은 미욱하고 왜낫은 지능적이다.' 그리 말하니 조선낫을 천하게 보는 것 같아서 싫다. 그러면 상식적으로 말하자. '조선낫은 무겁고 왜낫은 가볍다.' 사용의 효율성에 착안한 연장의 상반된 차이가 국민성 때문이라는 생각에 이르게 된다.

    조선낫은 대장간에서 대장장이가 무쇠를 녹여서 벼려 내는 수제품이다. 대장장이의 솜씨에 따라 낫의 모양이나 성질이 가지각색이다. 모양새가 뭉툭하든가, 넓적하든가, 날이 좀 무르든가, 좀 강하든가 대장장이의 이력과 성격을 물려받아서 개성적이다. 조선낫은 장인정신이 깃든 물건이다. 그래서 내 것이 되면 내 식구처럼 애착이 간다.

왜낫은 공산품이다. 주물공장에서 기계의 자동공정으로 만들어지는 획일적인 제품이다. 대장장이의 정신이나 애착의 망치질과 담금질 같은 손길은 전혀 미치지 않았다. 몰개성적이다. 김 서방네 거나 박 서방네 거나 똑같다.

조선낫은 베고 찍는 데 같이 쓰이지만 왜낫은 베는 데밖에는 쓸 수 없다. 조선낫은 베는 것은 물론 나무도 일격에 목질부(木質部) 깊숙이 찍는 우직한 힘을 지니고 있다. 그러기 위해서 가벼워서는 안 된다. 그렇다고 턱없이 무거우면 다루기 불편하다. 마침맞은 낫의 체중, 조선 사람 체신만 하다. 낫날은 강하지도 무르지도 않은 중용(中庸)의 품성을 지녀야 한다. 나무를 찍을 때 날이 강하면 한 낫질에 이가 빠지고 무르면 욱는다. 낫날은 사냥한 동물의 숨통을 끊는 호랑이의 어금니같이 지그시 파고드는 끈질기고 굴함 없는 힘과 가격(加擊)의 저항충격을 흡수할 수 있는 유연성이 있어야 한다. 그런 날을 세울 수 있는 것은 대장장이라고 다 할 수 있는 것은 아니다. 장인의 경지에 이른 대장장이나 할 수 있다.

전에 우리 동네 사람들은 낫은 반드시 새벽밥을 해먹고 이화령 너머 문경장에 가서 벼려 왔다. 연풍장에도 대장간이 있었는데 대장장이가 젊었다. 선친의 가업을 물려받은 지 얼마 안 되어서 중용의 낫날을 세울 수 없었던지, 굳이 낫은 문경장 대장간이 잘 벼린다고 인권(引勸)하고 사양했기 때문이다. 그 겸양의 미덕이 장인이 될 자질일 수 있다.

조선낫이 나무를 찍는다고 왜낫도 나무를 찍으면 경거망동이다. 왜낫은 경박한 체신에 팩하는 성미만 살아서 가격했을 때의 저항충격을 받아들이는 도량을 지니지 못했기 때문이다. 왜낫으로 나무를 내리치면 마치 방정맞은 개가 금방 삶아낸 호박을 덥석 물었을 때처럼 낫날의 이빨이 몽땅 빠지고 만다. 왜낫은 처음부터 나무의 절단은 고려하지 않았다. 잘 벨 수 있는 날카로운 날에만 주안점을 두었다. 그래서 벼나 밀보리를 베는 데 제격이다. 날의 냉혹성, 왜낫을 보면 찰과상이 우려된다.

　왜낫이 우리 나라에 들어온 것은 두말할 필요도 없이 일본의 강점기에 식민정책의 일환으로 이주해 온 일본 농민들이 들고 왔을 것이다. 그리 보아서 그런지 조선낫은 흰 무명 중위적삼을 입고 짚신을 신은 조선 농민 같고, 왜낫은 유카타를 입고 게다를 신은 일본 이주 농민 같다.

　헛간 시렁에 조선낫과 왜낫이 뒤섞여 있었다. 내선일체(內鮮一體)의 모습 같아서 꼴보기 싫었다. 나는 굳이 조선낫과 왜낫을 격리해 놓곤 했는데 며칠 후에 보면 다시 뒤섞여 있었다. 내 배타적 감정과 무관하게 왜낫의 편리성은 이미 토착화되어 있었다.

　전에 우리 집에 말수가 없는 머슴이 있었다. 그는 가볍고 잘 드는 왜낫을 안 썼다. 벼를 벨 때 다들 왜낫을 들려고 덤비지만, 그는 "나는 왜낫은 허깨비 같아서 싫어, 손아귀에 쥐는 맛이 있어야지" 하며 투박하고 무거운 조선낫을 집어들었다. 그리고 낫질이 거칠다면서 벼를 베어 나가면 다른 사람 배는 더 베었다. 그의 말대로 낫질이 거칠어서 이삭을 흘리고 벼 그루터기의 높낮이도 일정치 않았지만 한다는 장정의 두 몫은 베었다. 왜낫을 든 장정들이 질투를 느끼고 "그렇게 거친 낫질을 하면 나도 그만큼 벨 수 있어" 하며 덤볐지만 당나귀 호말[胡馬] 따라가기지, 어림도 없었다. 우리 머슴한테 덤빈 장정들이 "대체 낫질 어떻게 허는 겨? 맘대로 안 되네." 줄항복을 하고 새삼스럽게 우리 머슴 낫질하는 걸 눈여겨보는 것이었다. 그러면 우리 머슴은 겸손하게 "낫 힘이여" 했다.

맞는 말이다. 조선낫의 힘은 찍는 데만 쓰는 것이 아니다. 베는 데도 힘을 발휘했다. 왜낫은 순전히 날로 베지만 조선낫은 무게로 벤다. 벼를 벨 때 두 포기씩 모아 쥐고 베는 게 보통이나 장정들은 세 포기씩 모아 쥐고 벤다. 조선낫으로 베면 '투, 투, 투' 하는 둔탁한 소리를 내면서 한 낫질에 세 포기가 수월하게 베어지는데, 왜낫으로 베면 '착, 착' 하는 날카로운 두 음절을 내고 세 음절은 침묵으로 버티기 일쑤다. 왜낫의 경박한 체신에는 가속력을 발휘할 근력(筋力)이 모자랐다. 그럼 얼른 자동차 기어 변속하듯 새로운 힘을 보태 주어야 '착' 하는 나머지 소리를 내며 세 번째 포기가 베어졌다. '착, 착, (─) 착'이다. '투, 투, 투'에 비해서 리드미컬하지 못했다. 낫질의 리드미컬한 낫질과 그렇지 못한 낫질이 일의 간격을 벌려 놓았다. 조선낫 같은 사람이 조선낫을 쓸 줄 안다는 생각이 들었다.

어느 해 늦가을 해거름에 신태인에서 부안 쪽으로 가다가 동진강 둑에 서서 해가 뉘엿뉘엿 지는 휴면기(休眠期)에 든 일망무제의 빈 들판을 보았다. 동학군의 함성과 선봉에 선 녹두장군의 위용이 노을이 불타는 지평선에 아른거리며 내 가슴에 불을 질렀다. 국모가 시해되고, 을사보호조약이 체결되고, 토지조사를 하는 일본인들의 측량 말뚝이 들판에 꽂히고, 동양척식회사가 들어오는 등 밀물처럼 밀어닥치는 일본 세력 앞에 속절없이 침몰되었을 들판의 가없는 넓이가 저무는 강둑에 서 있는 나를 슬프게 했다.

태인과 신태인은 이 들판 외곽에 자리잡은 두 소읍(小邑)이다. 문득 '태인은 조선낫이고 신태인은 왜낫이다'라는 생각이 들었다. 동척회사(東拓會社)에서 이 들판을 식민자본으로 헐값 매입해서 일본 이주민에게 되팔았다. 영세농들은 모두 일본 이주민의 소작인으로 전락했다. 그래서 생산한 쌀을 전부 일본으로 실어갔다. 쌀을 실어가기 위해서 호남선 연변에 역이 생기고 역 앞에 역촌(驛村)이 생기므로 기왕의 태인과 구별해서 신태인이라고 이름지었을 것이다. 태인에는 토지를 빼앗긴 조선낫같이 우직한 조선 사람들이 물 떨어진 물꼬의 물고기처럼 모여 살고, 신태인은 왜낫 같은 일본 이주민들이 득의만면해서 신주거지를 형성했으리라.

도대체 이 넓은 들판의 벼를 무슨 수로 다 베었는지 궁금했다. 지금이야 콤바인으로 베지만 그 시대에는 순전히 낫으로 베었을 것이다. 조선낫으로 베었을까, 왜낫으로 베었을까. 조선 사람은 벼를 베고 일본 이주민들은 논둑에서 감독을 했을 것이다. 조선 사람들은 우리 머슴처럼 조선낫으로 벼를 베려고 했을지 모른다. 그러나 일본 이주민들은 "이 무지한 조센진아, 가볍고 잘 드는 닛본 낫이노로 베라"고 소리를 질렀을 것이다. 조선낫이고 왜낫이고 손목에 신명이 빠진 농군들이 무슨 수로 낫질 할 힘이 났으랴. 낫의 무게도 잊어버리고 휘몰아치는 낫질은 논둑에 '농자천하지대본(農者天下之大本)'의 농기를 꽂아 놓고 농악을 울리며 노동의 기쁨을 고양할 때나 할 수 있다. 일은 신명으로 하는 것이다.

조선낫을 보면 나운규가 주연한 영화 '아리랑'의 주인공 미치광이 영진이가 생각난다. 영진이가 일본 경찰관의 앞잡이인 악덕 지주 오기호를 응징할 때 휘두른 낫이 조선낫이라서 하는 말이 아니라, 조선낫을 보면 과묵한 참을성의 폭발력이 느껴져서 나는 지그시 낫자루를 잡고 '참아, 부디 참아' 하는 맘이 들곤 했다.

1920년에서 1930년 사이, 동척회사의 수탈에 항거해서 독립운동 성격인 소작쟁의가 발생했을 때, 농민들의 무기는 조선낫이었을 것이다. 왜낫이었으면 "어허, 사람이노 다친다"면서 일본 이주민들은 대수롭지 않은 듯 슬금슬금 피했겠지만 조선낫 앞에서는 혼비백산해서 "사람이노 살려" 하며 줄행랑을 쳤을 것 같다. 과묵한 참을성의 폭발과 경박한 적의가 파르르하는 것은 위협의 느낌이 사뭇 다를 수밖에 없기 때문이다.

내가 조선낫을 좋아하는 것은 물론 감정적인 편견이다. 조선낫과 왜낫이 우리 헛간 시렁 위에 뒤섞여 있는 걸 내선일체의 모습으로 볼 게 아니라 왜낫의 귀화 모습으로 보는 게 올바른 투시법인지 모른다. '무겁다'의 반대말이 '가볍다'라면 조선낫과 왜낫은 상호보완의 여지가 있다. 낫이라는 동류로 인식하는 것이 타당하지 배타적인 생각이나 하는 것은 시대착오다. 그렇다 하더라도 싫은 건 싫은 거다. 나는 경박하고 냉혹하고 이지적인 날을 세운 연장이 우리 나라에 들어와서 베는 데 쓰이는 것 자체가 싫다. 국모를 시해한 닛폰도의 가차없는 날에 대한 증오심 때문인지도 모른다.

파리 목숨

　파리 목숨만도 못하다는 말이 시사하는 바와 같이 생명의 존 엄성에 파리 목숨까지 포함된 건 아니라고 보는 게 옳을 듯싶다.

　아내는 파리만 보면 살기차게 파리채를 휘두른다. 유대인을 멸 종시키려고 한 히틀러의 도착증세 같은 거나 아닌지 걱정된다.

　여름만 되면 아내와 나는 하찮은 파리 때문에 금실을 그르 칠 지경까지 갈 때가 있다. 나는 시간이 나면 바람이 시원한 창 곁에 번듯이 누워서 독서를 한다. 독서의 자세로 보아서 낮잠 을 청하는 구실에 불과하다는 걸 잘 아는 아내는 남편의 독서 삼매쯤 가소롭다는 듯 곁에서 '탁, 탁' 소리를 내면서 파리채로 파리를 때려잡는다. 소롯이 잠이 들려고 하는데 살기찬 파리 채의 타격 소리가 들려오면 신경질이 난다.

　"그만둘 수 없어, 시끄러워 잠을 잘 수 없잖아."

　"참 별일이네, 낮잠 자는 게 무슨 벼슬사는 것처럼 유세야. 낮잠 잘 시간 있으면 파리나 한 마리 잡아요."

이렇게 다툼이 시작되지만 파리 때문에 부부 싸움을 했다면 남자의 체신머리가 파리같이 될 뿐이므로 나는 책을 들고 다른 방으로 피해 간다. 그러면 파리들은 저 사람을 따라가야 살 수 있다는 듯 날 쫓아오고, 아내는 파리채를 들고 파리를 뒤쫓아온다. 이렇게 해서 달콤한 낮잠의 꿈이 깨져 버리면 나는 더 참지 못하고 벌 쏘인 황소처럼 식식거리며 아내한테 덤빈다. 그제야 아내는 슬그머니 파리 사냥터를 옮겨가는 것이다.

나는 아내의 파리 사냥을 귀찮아하지만 고맙게 여기지 않는 것은 아니다. 아내의 파리 사냥은 가족의 보건위생을 위한 주부의 책무를 다하는 일종의 작업이기 때문이다.

나는 어려서 뒤꼍 장 항아리 안에 하얀 애벌레들이 득실거리는 것을 본 적이 있는데, 그게 뒷간의 구더기와 한 족속이라는 사실을 알고 한동안은 밥상에 오르는 장 뚝배기에 수저를 대지 않았다.

구더기의 성충인 파리 주제에 감히 우리 맛의 원천인 장 항아리에다 쉬를 슬어 가지고 제 새끼의 복된 성장을 꾀하다니! 아내가 파리 사냥에 혈안이 되어 있는 것도 파리의 그 같은 분수를 모르는 짓에 대한 적개심인지 모른다.

사람들은 파리를 죽이는 데 일말의 가책도 느낄 필요는 없다. 다만 '에프 킬러' 같은 화학약품으로 파리를 대량 학살하는 것과 한 마리씩 파리채로 때려잡는 것은 의미가 약간 다르긴 하다. 에프 킬러를 사용하는 것은 청소 작업이고, 파리채를 사용하는 것은 살육이다. 파리채에 맞은 파리의 주검을 보면 대개 으깨져 있는데, 그것은 분명한 살의(殺意)의 흔적이다. 그러나 파리 목숨이 생명의 존엄성에서 배제된 이상 죽이는 방법을 가지고 왈가왈부할 필요는 없다.

나는 스님이 파리를 죽이는 것도 타당한 짓이라고 생각한다. 파리가 다리에 무수한 병균을 묻혀 가지고 날아다니며 무고한 사람들을 병고에 시달리게 하고 혹은 죽음에 이르게 한다고 할 때, 스님이 파리를 죽이는 일은 오히려 사람을 위한 공덕을 쌓는 일이라고 생각한다. 스님이 법당에서 파리채로 파리를 톡톡 때려잡는다면 모양이 볼썽사나울 수는 있다. 그러면 에프 킬러를 사용하면 된다. 파리의 살생까지도 모든 생명을 귀하게 여기라는 불심(佛心)에 배치되기 때문에 안 된다면, 결국 생로병사로부터 인간을 구제한다는 부처님의 뜻은 모순이다.

나는 파리를 손으로 포획하는 남다른 재주를 가지고 있다. 오랜 숙련의 결과이다. 파리는 난다. 위험할 때 순간 비상은 절대로 만만치 않다. 파리의 살아 남기 위한 선천적인 기민성(機敏性)을 제압하는 재미는 일종의 스포츠와 같다.

파리는 날아 앉으면 일단 몸을 낮추고 앞발을 모아 비비며 신중하게 적정(敵情)을 살핀다. 그 척후병 같은 자세와 여차하면 다시 날아가려는 기민성, 나는 그때의 파리를 잡는다. 절대로 방심한 파리를 기습하지는 않는다. 포획의 재미도 없거니와 스포츠맨십에도 위배되기 때문이다.

나는 오른손에 기를 집중시키고 파리를 포획할 수 있는 적정 거리까지 조심스럽게 가져간다. 그리고 오른손을 파리가 앉아 있는 위 허공을 새매처럼 가르면 파리는 제풀에 놀라서 날아오르는데, 영락없이 내 손아귀에 낚아채이고 만다.

손아귀의 조임을 가만히 풀면 느껴지는 벗어나려는 절망적인 작은 힘, 그 쾌감을 힘껏 바닥에다 패대기를 치고 보면 거기 파리의 주검이 떨어져 있었다. 그러나 한 번도 잔인하다고 느껴 보지는 않았다. 파리의 생명에 단 한 번도 존엄성을 부여해 본 적이 없기 때문이다.

그런데 어느 자정이 넘은 고요한 밤에 나는 파리하고 같이 지내며 파리 목숨에 대해서 다시 생각하게 되었다.

이미지의 형상화에 골똘한 내 원고지 위에 파리가 한 마리 날아와서 내려앉았다. 그리고 책 위로, 방바닥으로, 빈 찻잔으로, 잠든 아내의 얼굴 위로, 열심히 빨판을 끌면서 기어다녔다.

나는 글이 안 되어서 약간 절망적인 마음으로 파리의 움직임을 지켜보고 있었다. 비록 나는 실의에 빠져 있고 아내는 잠들어 있다고 하지만, 파리 사냥의 명수들 앞에서 위협을 느끼지 않고 기탄없이 생명력을 드러내 보이는 파리의 부지런한 움직임이 어리석다기보다 순진하다는 생각이 들었다. 다만 본능일 뿐인 파리의 움직임, 곤충의 짧은 삶의 표연(飄然)함이 보였다. 더럽다는 고정관념을 벗어 버리고 바라본 파리는 분명히 하나의 생명이었다.

파리와 벌, 다 같은 곤충이다. 그런데 어째서 벌은 꽃에 앉아서 꿀을 빨고, 파리는 부패(腐敗)에 앉아서 오물을 빨고 살게 마련되었을까? 어째서 벌은 독침으로 제 생명을 지킬 수 있는데, 파리는 독침도 없이 고스란히 내 손아귀에 낚아채여 죽도록 마련되었을까? 조물주는 무슨 억하심정으로 벌과 파리의 생명을 극단적으로 점지하셨을까? 전생의 업보 때문이란 생각이 들었다. 나도 죽어서 파리가 되지 말란 법이 없다. 그러고 보니 파리의 생명에 연민이 느껴졌다.

파리는 비위생적인 몸일망정 제 딴에는 우호적인 몸짓으로 사람에게 덤빈다. 아내의 잠든 얼굴에 기어다니는 저 파리를 보면 알 수 있다. 재바르게 이목구비를 넘어다니는 움직임에 이 여자가 틈만 나면 우리 생명을 백안시하며 가차없이 파리채를 휘두르던 살육자라는 섭섭한 감정은 아예 품고 있지 않아 보였다. 아무런 경계심도 없이 성의 있는 애무를 하듯 온 얼굴을 기어다닌다. 아내는 그것도 모르고 깊이 잠들어 있다.

그런 파리가 이상하게 조금도 혐오스럽지 않았다. 내가 손을 내밀면 납작하게 엎드려서 제 몸을 내맡길 것만 같은 파리의 몸짓에 나는 애완심(愛玩心)마저 느꼈다. 진심으로 파리 생명의 존엄성을 인정하고 싶었다. 여름날 파리 떼가 극성을 부린다면 에프 킬러로 학살은 할지언정 파리를 손아귀로 낚아채서 패대기쳐 죽이는 잔혹 행위는 이제 다시는 하지 않기로 마음먹었다.

　죽어서 파리가 될지 모른다는 생각 때문이 아니라 내 생명이 파리의 생명보다 더 우월할 게 없다는 생각 때문이었다. 이 시대의 부패 속에서 살며 내가 언제 내 삶을 청결히 보전해 보겠다는 의지를 가져본 적이 있었던가. 파리와 다를 바 없이 부패를 탐닉하며 살았다.

　아내도 이렇게 깊은 밤에 고독한 마음으로 작은 생명의 움직임을 관찰해서 파리에 대한 유감을 풀도록 해야겠다. 이승에서 못난 자의 아내로 산 것만 해도 억울한데 파리채를 휘두른 업보로 죽어서 파리가 된다면 큰일이기 때문이다.

혼효림

　우리 나라의 산을 지키는 나무를 대별하면 소나무와 참나무로 나눌 수 있다. 사람들은 언필칭 소나무는 선비에, 참나무는 상민에 비유한다. 그러나 두 나무를 우열적으로 비교할 수는 없다. 소나무는 소나무, 참나무는 참나무, 각기 개성적인 장단점을 타고난 대등(對等)한 나무다.

　물론 소나무가 참나무보다 자질(資質)이 우수한 것만은 사실이다. 특히 건축용 재목으로서 소나무의 자질은 탁월하다. 그래서 경복궁, 남대문 문루, 부석사 무량수전 등 국보급 목조건물은 물론 화전민의 너와집에 이르기까지 집 재목은 다 소나무가 차지했다.

　소나무는 도편수의 의중(意中)을 잘 받든다. 제 몸뚱이에 들이대는 대패질이나 끌질에 반항하는 법이 없다. 마름질과 다듬질하기가 쉬운 연목(軟木)인 데 비해 오랜 세월 동안 축조미(築造美)를 유지한다.

참나무는 대패질도 허락지 않고 못도 받아들이지 않는 견목(堅木)이면서 부식(腐蝕)은 소나무보다 빠르다. 참나무는 재목의 자질을 지니지 못했다. 국보급 궁궐이나 절, 집은 물론이고 화전민의 너와집도 못 짓는다.

그런데 참나무가 없으면 소나무도 쓸모 없는 경우가 있다. 예를 들면 논 삶는 써레의 몸체는 소나무인데 이빨은 참나무다. 이빨이 단단해야 논바닥의 흙덩이를 으깨서 어린 모가 뿌리를 잘 내리도록 곤죽처럼 삶을 수 있기 때문이다. 또 목화씨를 바르는 씨아도 몸체는 소나무지만 가락은 참나무다. 씨아의 가락은 아래 위 한 쌍이 맞물려 압착(壓着)하는 힘으로 목화씨를 바른다. 그 압착의 축을 이루는 가락의 귀는 당연히 쇠처럼 야물어야 한다. 그래서 씨아의 가락은 참나무가 아니면 감당할 수 없다.

그렇다고 참나무의 쓰임새가 꼭 가혹한 감당이나 하는 것은 아니다. 대접받는 쓰임새도 있다. 그 유명한 평북 박천의 반닫이는 참나무로 만든다. 내당마님의 손길에 반들반들 길들여진 박천 반닫이가 대갓집 안방 윗목에 화류장롱과 더불어 묵직하게 좌정하고 있다면 그 집의 가세는 요지부동한 것이다. 반닫이의 용도가 주로 비단피륙이나 금은보화를 담아 두는 데 있기 때문이다. 한 집안의 가세를 보관하는 가구재는 당연히 무겁고 견고한 질감의 나무라야 한다.

참나무는 동양에서보다 서양에서 더 대접을 받는다. 저 유명한 '보르도 와인'은 반드시 참나무통에 담는다. 갓 거른 새 술은 탁하고 맛이 없는데 참나무통에 담아 숙성시키면 비로소 달고 향기로운 '보르도 와인'이 만들어진다고 한다. 왜 그럴까. 목질의 담백성 때문일 것이다. 뿐만 아니라 포도주 안주에 제격인 훈제(燻製) 고기는 반드시 참나무를 태운 연기를 쏘여서 만든다. 수지(樹脂)가 타는 그을음이 없는 담백한 연기 때문이라고 한다. '참나무가 할 수 있으면 나도 할 수 있어.' 천만에, 소나무의 자질이 뭐든지 다 해낼 수 있다 해도 훈제용 연기를 낼 수는 없다. 송진 때문이다. 소나무는 송진이 지글지글 끓으며 기름지게 타서 연기가 담백하지 못하다.

연소(燃燒)의 담백성! 그러고 보니 고승의 다비식(茶毘式)이 연상된다. 사람의 주검들도 태우면 생애의 탐욕 정도만치 그을음이 더 나고 덜 날 것이다. 채식으로 고행을 하다가 열반에 드신 선승(禪僧)의 주검을 태우면 맑고 담백하게 연소한다면, 호의호식하던 모리배나 탐관오리의 기름진 주검을 태우면 욕심만치나 그을음이 충천할 것이다. 참나무가 타는 것은 사리(舍利) 몇 과(果)를 남기고 홀연히 연소하는 선승의 다비와 같다. 참나무가 우수한 훈제를 만들 수 있다는 단적 설명이다.

그러나 참나무의 담백한 연소는 도자기를 굽는 데는 쓸모가 없다. 도자기를 굽는 데는 소나무 장작이라야 한다. 송진이 타는 끈질긴 화력이라야 맑고 깊은 자기의 빛깔을 내기 때문이다. 부석사 무량수전이 천년을 가는 것 역시 송진 때문이다.

그러나 사람들이 신분의 고하를 막론하고 너나없이 소나무만 편애(偏愛)해 온 것은 사실 그 자질 때문이 아니고 수격(樹格) 때문이다. 남산 위의 저 소나무는 우리의 기상이라고 애국가에서도 예찬을 했듯이 소나무가 참나무보다 기품이 높은 것은 주지의 사실이다. 참나무가 백중판의 상민들 같다면 소나무는 정자 위에 앉아서, 또는 탁족(濯足)을 하면서 음풍농월(吟風弄月)하는 선비 같다. 그래서 소나무를 시인들은 예찬하고 묵객들은 그렸다. 소나무는 중국의 신선사상인 십장생(十長生)에도 들었고, 우리 나라의 선비정신인 오청(五淸)에도 들어 있다. 뿐만 아니라, 이이(李珥)의 세한삼우(歲寒三友) 중 하나이고, 윤선도의 다섯 벗 중 하나다.

그렇다면 소나무 단순림(單純林)은 수격의 합산만치 우수해 보여야 하는데 그렇지 못하다. 미끈하게 잘 자란 춘양목(春陽木) 우량림에서도 사관생도의 열병식장 같은 정연한 질서 외에 달리 우수한 수격의 집단체제다운 면모는 찾아볼 수 없다. 하물며 중부지방의 송충이가 덤벼든 꾸부정이 소나무 불량임지는 말할 것도 없다. 열악한 환경에서 저 자신의 안위를 도모하려는 나무들의 반목과 질시가 파당을 일삼던 조선시대의 선비집단같이 혐오감을 느끼게 한다. 그렇다고 참나무 단순림이 소나무 단순림보다 더 보기 좋다는 말은 아니다. 참나무 단순림은 볼품없는 궁색이다.

숲은 모름지기 혼효림(混淆林)이라야 한다. 소나무와 참나무가 격의 없이 모여 서 있을 때, 비로소 우수한 숲의 사회상(社會相)을 보여 준다. 소나무와 참나무가 서로의 수격을 존중하는 돈독한 모습은 오월의 숲에 주의를 기울이면 보인다.

우리 동네 앞산은 참나무가 주종을 이루고 군데군데 소나무가 군락을 이룬 혼효림이다. 소만(小滿) 무렵, 툇마루에 걸터앉아서 멍청하게 산을 건너다보면 깜짝 놀라운 사실을 발견할 수 있었다.

오월의 훈풍이 누런 보리밭을 물결 지우며 건너가서 숲을 흔들었다. 바람이 숲을 위해서 부는 것은 아니다. 바람은 시절을 만난, 난 바람이다. 녹음이 우거진 골짜기에 바람이 몸을 뒤섞었다. 참나무들이 환하게 활개춤을 추었다. 음양의 조화 속 같은 질탕한 숲. 이파리를 하얗게 뒤집으며 너울너울 춤을 추는 참나무들의 기탄없는 춤사위, 기품을 도외시한 나무들의 참을 수 없음이 사내들의 희열 같아 보였다. 물론 예술성을 풍기는 춤사위는 아니다. 그렇다고 경망스러운 초라니의 춤사위도 아니다. 신명에 겨워 온몸을 다 휘두르는 사내의 커다란 막춤이다. 그때 소나무들의 태도는 어떤가. 고절스럽고 우아한 기품을 유지하기 위해서 참나무들의 군무(群舞)를 외면하고 독야청청할까, 그러면 숲은 얼마나 극명한 이분법적(二分法的) 사회상을 보일 것인가.

그러나 소나무는 참나무들의 군무를 보고 은근슬쩍 회심의 미소를 지었다. 수격 높은 나무답지 못하게 '깔— 깔— 깔'거리지는 않고, 가급적 점잖은 체통을 흐트러뜨리지 않는 범위에서 미소처럼 노랗게 송홧가루를 풍기며 굼실굼실 한량무 한 사위를 추어 보이는 것이다. 참나무들의 신명에 의도적으로 부화뇌동(附和雷同)하는 소나무의 파격, 그 파격이 소나무의 고절스러운 수격을 손상시키기는커녕 오히려 한 차원 높은 수격으로 격상시키는 것이다. 고절스러운 기품에다 소탈한 일면까지를 보여 주었다. 소나무의 우수한 사회적 호환성(互換性)이 과연 자질과 수격이 높긴 높구나 하는 생각이 들게 했다.

임학(林學)에서는 소나무든 참나무든 혼효비율이 75%면 혼효림이라고 한다. 그러나 숲의 사회학적 측면에서 보면 우수한 숲의 모습은 75%를 참나무가 차지하고 나머지 25%만 소나무가 차지하는 혼효림일 때다. 참나무에 대한 편견이 아니라, 우수한 것은 적어야 귀한 이치를 소나무에 두고 하는 말이다.

어디 우리 동네 앞산뿐이랴. 오월에 '권금성'에 올라서 훈풍에 춤추는 설악산의 숲을 보든지, 주문진 쪽에서 '진고개'를 넘어오다 차를 멈추고 소금강 산자락을 뒤돌아보든지, '문장대'에 올라 속리산을 보면 알 수 있다. 대개 소나무는 등성이의 암석을 등지고 여기저기 군락으로 서 있고 참나무들은 소나무들을 옹립하듯 에워싸고 온 산을 덮고 있다. 참나무에 의해서 소나무의 기품이 뛰어나 보이고, 소나무의 뛰어난 기품에 의해서 참나무의 필요성이 인식된다. 백두대간의 아름다운 숲들은 다 소나무와 참나무가 그렇게 이룬 혼효림이다. 그 돈독한 숲의 사회상이 인간사회에서 시사하는 바가 크다는 생각을 하게 되는 것이다.

약속

"내년 봄에 꼭 올게."

30년 전에 예닐곱 살 먹은 산정(山頂) 소년의 면전에서 그렇게 약속을 하고 까맣게 잊어버리고 말았다. 당면(當面)을 모면하려고 한 거짓말은 아니었으나 결과는 그리 되고 말았다.

소년은 내 약속을 믿고 미처 눈도 다 녹기 전부터 복수초 꽃처럼 피어서 뽀얀 바람 뒤에 가뭇하게 묻히는 산맥을 얼마나 간절한 마음으로 바라보며 서 있었을 것인가.

지금의 영악한 도시 아이들 같으면 거짓말을 알 나이지만 그 때 그 소년은 중중히 이어간 산맥의 그림자와 별빛과 바람소리와 나무의 침묵과 야생화의 수줍은 미소밖에 아는 게 없는 어린 산짐승이었다.

그 해 가을도 꽤 깊어서, 영림서 직원인 나는 박지산 국유림 내의 방화선(防火線) 보수작업을 끝마치고 일꾼들을 데리고 속칭 '육백마지기'라고 부르는 고원을 내려오고 있었다. 표고 천

미터가 넘는 고원의 관목은 이파리를 다 떨구고 더욱 낮게 몸을 웅크린 채 겨울맞이 준비를 끝냈고, 고원 조금 아래 조림을 한 낙엽송 어린 숲이 가는 가을을 노랗게 울어예고 있었다. 그 황량한 늦가을의 고원 산길에서 나는 오도가도 못하고 서 있었다.

일꾼들은 낙엽송 조림지를 향해서 산길을 부지런히 내려가고 있었다. 선두는 이미 낙엽송 숲 들머리에 이르러 "목 주사님, 빨리 오세요, 해 지겠어요" 하고 소리를 질렀다. 그런데 소년은 내 앞을 가로막고 비켜 주질 않았다. 청노루 새끼 같은 맑고 커다란 눈에 간절함이 가득 고여서 금방이라도 방울방울 눈물을 지울 것만 같았다. 나는 소년을 비켜 갈 수가 없었다. 눈보라치는 겨울 산정에서 동무도 없이 겨울을 나야 할 소년의 참담한 고적이 태산같이 내 앞을 가로막고 있어서였다.

"내년 봄에 꼭 올게."

"안 돼. 아저씨 못 가."

진부 읍내까지 산 아래 막동리에서 50리 길을 가야 하는데 해가 지고 있었다. 그렇다 하더라도 다급한 나머지 소년에게 지키지 못할 약속을 한 건 아니다. 봄이면 나는 산불을 감시하러 순산차 육백마지기에 올라와야 하기 때문에 확신을 가지고 한 약속이었다.

고원에는 통나무집이 한 채 있었다. 옛날에 스위스 신부들이 양을 치느라고 지어 놓은 집인데, 늙은 심마니 내외가 소년을 데리고 그 집에 살았다.

방화선 보수작업을 하는 열흘 동안 우리는 통나무집 윗방에 묵었다. 소년은 처음 많은 사람을 보고 좋아서 어쩔 줄을 몰라 했다. 우리와 같이 윗방에서 기거하며 어른들이 하는 말을 노루 새끼처럼 귀를 쫑긋거리며 들었다. 소년은 밤이 깊어도 아랫방으로 내려가지 않고 내 옆에서 잠이 들곤 했다.

여남은 명이 좁은 방에서 잠을 자려니까 몹시 불편했다. 어떤 때는 일꾼의 고단한 발길질에 걷어차이기도 했다. 그러면 나는 소년이 깨지 않게 조심스럽게 일어나서 밖으로 나왔다. 그때 소년은 노루 새끼 같은 야성으로 깜짝 잠이 깨서 나를 따라 나왔다.

낮에는 포효하듯 불던 바람이 밤에는 잤다. 나는 소년을 꼭 안고 추녀 밑 바람벽에 기대 앉아서 산맥의 밤을 바라보았다. 바람벽도 따뜻하고 소년도 따뜻했다. 품에 안긴 소년의 작은 심장 박동이 내 가슴에 전해 왔다.

밤의 어렴풋한 산맥은 참 신비했다. 낮에 중중히 줄서 가던 산봉우리들이 모두 제자리에 앉아서 잠이 들었다. 꼭 방화선 보수작업 일꾼들 곤히 잠든 어깨처럼 순박하고 꿋꿋한 산등성이의 선들. 아득한 골짜기에 서린 밤안개가 이불처럼 산맥의 발치를 덮고 있었다.

그 밤의 산정에서 생명이 생명을 안고 체온을 나누는 게 얼마나 행복한 건지, 나는 참 큰 체험을 했다.

바람에 항거하며 몸부림치던 산정의 관목들도 트집하던 어린애처럼 소롯이 잠들었는데 왜 그렇게 가여운지 나는 관목들의 숨소리에 귀를 기울였다. 관목들이 잠결에 '흑—' 하고 흐느끼는 듯했다.

별은 손을 뻗으면 한 움큼이라도 움킬 수 있을 듯 머리 바로 위에 뿌려져 있었다.

"아저씨, 저게 무슨 별인지 알아?"

어느 별을 가리키는 건지 알 필요가 없었다. 보나마나 나는 소년이 가리키는 별자리에 대해서 아는 바가 없고 소년도 마찬가지다. 그래도 모른다고 해서는 안 된다. 나는 소년이 실망할까 봐 들은풍월의 별자리 이름을 되나마나 주워댔다.

"그건 작은곰."

"저건?"

"그건 큰곰."

소년을 기쁘게 해주기 위한 거짓말도 거짓말은 거짓말이다. 그 거짓말이 탄로난 지 이미 오래 되었으리라. 소년은 자라서 어느덧 사십을 넘긴 나이다. 별자리에 대한 상식쯤은 생겼을 터이고, 혹시 천문학을 공부했다면 별자리에 대해서는 소상하게 알 터인데 나를 얼마나 형편없는 거짓말쟁이라고 경멸했을까.

내가 소년에게 봄에 꼭 온다고 약속하고 고원 육백마지기에 가지 못한 것은 그 해 겨울 급작스럽게 충북 도청으로 근무지가 이동되었기 때문이다. 나는 새 근무지에서 말단 공무원의 고달픈 직무와 그 박봉으로 삼남매를 기르는 데 여념이 없었다. 자연히 고원 육백마지기의 어린 소년에 대한 기억도 까맣게 잊고 살았다. 지난 여름 휴가지 억수리의 숲에서 여섯 살짜리 손자 승주를 업고 숲 사이로 별을 보다가 우연히 그 소년을 생각하게 된 것이다.

"아저씨, 그런 눈 녹고 바람꽃(황사현상) 피면 꼭 와."

"그래―."

30여 년 전의 울먹이던 어린 목소리가 잦아드는 산바람 소리처럼 아련히 들려왔다. 그 산바람 소리처럼 허망하게 날아간 약속을 소년은 얼마나 기다렸을까. '미안하다. 정말 미안하다.' 승주를 그 산정에 남겨 두고 온 듯한 착각에 가슴이 메어 오는 것이었다.

나는 그 날 산정 소년에게 내 산림 경찰관의 작업모를 씌워 주고, 산불조심 완장을 채워 주고, 호각을 목에 걸어 주었다. 그리고 아저씨 대신 산림 경찰관 노릇을 잘하고 있으면 뽀얗게 바람꽃 이는 이른 봄에 꼭 오마고 약속을 했다. 그제야 소년은 길을 비켜 주었다.

일꾼들이 기다리는 낙엽송 숲 들머리까지 가서 뒤돌아보니까 소년이 바위 위에 올라가서 조만간 숲속으로 사라질 우리를 바라보고 서 있었다.

지는 늦가을 햇빛에 드러난 조그만 한 점, 외로움의 실체가 눈물겨워 차마 숲속으로 난 길로 들어설 수가 없었다. 낮에는 중중한 산봉우리와 밤에는 별들이 고작 소년의 동무일 뿐인 산정에서 소년은 긴 겨울을 어떻게 날 것인지.

　막 숲속으로 들어서려는데 호각 소리가 들려왔다. 그 금속성 소리가 내 뒷덜미를 낚아채는 것 같았다. 소년은 내가 목에 걸어 준 그 호각을 떼쓰듯 불고 있었다.

　"아저씨, 꼭 바람꽃 일면 와야 돼."

　호각 소리가 내 약속의 주의를 환기시키는 듯했다.

　소년을 생각하고 즉시 육백마지기 아래 있는 막동리에 갔다. 그 당시 방화선 보수작업을 했던 이장을 찾아보았다. 칠십을 훨씬 넘긴 노인이었다. 소년을 본 것처럼 반가웠다. 소년에 대해서 물어 보았더니, 심마니 노인 내외는 이태쯤인가 더 육백마지기에 살다가 소년을 학교에 보내야 한다며 대화 장터로 내려갔다고 했다. 봄에 산나물을 뜯으러 육백마지기에 올라가면 소년이 멀리서 호각을 불면서 산토끼처럼 달려와서 "나는 산감 아저씨 줄 알았잖아" 하고 시무룩해서 내가 일러준 대로 산불조심을 당부하더라는 것이다.

　소년은 지금 어디서 무얼 하고 살까. 만나서 약속을 지키지 못한 경위를 꼭 설명해 주고 싶다. 인생이란 어차피 지키지 못할 약속을 하면서 요령껏 당면을 피해 가는 것이라는 비뚤어진 생각으로 어느 길을 가고 있지나 않을까?

　젊은 날 소년을 안고 밤을 지새운 산정 육백마지기에 올라가 보고 싶었으나 산길이 풀숲에 묻혀 사라진 그 높은 산정까지 올라가기란 불가능한 일이었다. 영림서에서 닦아 놓은 임도를 따라서 맞은편 산중턱까지 올라가서 육백마지기를 쳐다보았다. 아득한 산맥의 높이와 넓이를 가득 채운 시커먼 숲의 그늘, 그 산맥에 비해서 사람의 세월과 기억 같은 것은 너무 작고 허망한 것이었다.

"애야—, 정말 미안하다."

산정에서 아직도 소년이 호각을 불면서 나를 기다리고 서 있는 것만 같아서 차마 발걸음을 돌리지 못하고 산그늘은 지는데 목이 메어 왔다. 청산을 넘어가는 구름처럼 세월의 덧없음이여!

둥구나무

　대개 동네마다 앞 들판에 둥구나무 한 그루쯤은 서 있다. 그 둥구나무 한 그루로 해서 동네의 모습이 달라 보인다. 둥구나무 뒤로 저만큼 바라보이는 동네는 유서가 깊어 보이고 알뜰한 삶의 규모가 느껴진다. 반대로 둥구나무가 서 있음직한 자리가 비어 있는 동네는 고달픈 삶을 아무렇게나 부려 놓고 마지못해 살아온 것처럼 딱해 보인다. 나무 한 그루가 동네의 면모를 달리 보이게 하는 것이다.

　둥구나무는 동네 앞의 허전함을 비보(裨補)하기 위한 풍수 목적으로 심어진 것이지만, 나무의 용도는 다목적이다. 동네 사람들에게 꿋꿋한 삶의 의지를 고양시켜 줄 뿐 아니라, 정서를 함양해 주기도 하고, 영농(營農) 지휘본부인 농막(農幕) 구실도 해준다.

　사는 게 섭섭할 때 추수가 끝난 빈 들 복판에 이파리를 다 지우고 서 있는 둥구나무의 의연함을 바라보면 한결 마음이 편해진다. 농부의 마음도 마찬가지일 것이다. 기대에 차지 않는 수확을 한 농부가 빈 들녘에 섭섭한 마음으로 서 있을 때 둥구나무는 농부에게 이렇게 위로의 말 한마디를 건네줄 것이다.

'내일은 또 내일의 해가 뜬다.'

미국의 남북전쟁을 배경으로 한 영화 '바람과 함께 사라지다'의 마지막 장면에서 모든 것을 잃은 스칼렛이 노을진 둥구나무 아래 서서 황폐한 목화밭과 장원(莊園)을 바라보면서 하는 말이다. 소설의 주제를 요약한 한마디겠지만, 그 말은 영화의 주인공이 하는 말이 아니라 대인의 풍모로 서 있는 노거수(老巨樹)가 하는 말같이 느껴졌다. 동서고금을 막론하고 둥구나무는 능히 할 수 있는 말이라고 생각이 든다. 옛사람들이 마을을 열면서 마을 앞에다 나무 한 그루를 심어서 오늘에 이르러 둥구나무가 된 것은 그런 안목에 연유한 것이리라.

어찌 그리 큰 시악씨더뇨

말만한 시악씨더뇨

바람에 옷 불어 맨몸 우렁차구나

바람에 옷 부풀어 인조 속치마 아득하구나

봄에 나물만 먹고 자랐는데

저렇게 잉어같이 가물치같이

향단이같이

춘향이같이 눈부시구나.

— 고은의 「그네」 중에서

둥구나무에는 오월 단오에 그네를 매고 창포물에 머리를 감은 말만한 처녀들이 꽃처럼 울긋불긋 그네를 뛰었다. 멀리서 그 모습을 바라보는 기쁨 때문에 동네 총각들은 밤을 지새우며 그넷줄을 드렸고, 처녀들이 춘향이처럼 창공을 차고 오르는 것은 그 총각들의 눈길 때문이었다. 둥구나무는 동네 젊은이들에게 그같이 낭만을 불붙여 주기도 했다.

둥구나무는 일동(一同)의 구심목(求心木)이었다. 변변치 못한 토지를 집약적으로 경작하며 삶을 포기하지 않고 면면이 이어온 동네를 보라. 정월달에 온 동네가 정갈하게 긴장하고 나무에 일 년의 운수대통을 빌면서 살아왔다. 둥구나무는 동네 사람들의 소망의 고삐를 매고 살아온 서낭나무이기도 하다.

동네 사람들은 둥구나무에 녹음이 차오르고 여름 철새들이 깃들여 노래하는 걸 바라보며 보릿고개의 시름을 참아냈고, 여름 소나기를 피해 나무 아래 서서 무성한 이파리에 떨어지는 빗소리의 청량감에 고달픈 삼복더위를 잊었다.

둥구나무는 여름날 깊은 그늘을 드리워서 뙤약볕을 막아 주었다. 동네 노농(老農)들은 하루 종일 나무 아래 모여 앉아 들판을 내다보면서 젊은이들이 농사짓는 것을 독려하였고, 젊은 농부들은 일하다가 모르는 것이 있으면 둥구나무 아래로 물으러 왔다. 농사철이면 둥구나무 아래가 동네의 영농 지휘본부쯤 되는 것이었다.

둥구나무는 몇백 년의 연륜을 지니고 있다. 그 나무들은 동네의 역사다. 우리는 그 나무를 존중해서 노거수로 지정하여 보호 관리하고 있다. 그것은 후손 된 도리를 하는 것이라고 볼 수 있다.

'내일 지구가 멸망한다 해도 나는 한 그루의 사과나무를 심겠다'고 한 말처럼 나무를 심는 일은 항상 늦지 않았다. 우리가 백성에 불과하더라도 푸른 숲의 한 그루 나무가 되든지 홀로 의연한 노거수가 되든지 이 세상에 살았었다는 기념식수 한 그루쯤은 하는 게 좋다.

제3부 기둥시계

그 기둥시계는 어디에 있을까.

싸락눈 분분한 겨울밤 바람소리를 차분히 진정시켜 주던

'뚝—닥—뚝—닥' 하는 시계불알 소리 들린다

깜깜한 어둠 속의 납작한 초가집에서 울리는

맑고 깊은 시계의 종소리에 분분하던 싸락눈이

소담스러운 함박눈으로 바뀌던 겨울밤이 보인다

고향집을 허물면서

잠실(蠶室)로 쓰던 헛간에 세간을 전부 옮겨 놓고 나자 하루해가 설핏했다. 둘째와 막내는 돌아가고 나는 안방에서 마지막 밤을 보내기로 했다. 아침 일찍 포클레인이 집을 헐러 오기로 되어 있기도 했지만 나는 내일이면 허물어질 이 집에서 마지막 밤을 보내고 싶었다.

세간을 비워 낸 빈집은 마치 공연을 끝내고 장소를 옮겨 가기 위해서 내부를 비워 낸 서커스단의 빈 천막처럼 썰렁했다. 기우는 늦가을 엷은 저녁 햇살이 아쉬운 듯 마루 끝에 잠시 머물렀다. 마음 둘 곳이 없어 마당에 서성거렸다.

세간이래야 할머니와 어머니가 시집올 때 해 가지고 온 낡은 장롱을 비롯해서 이불과 옷가지 그리고 옹기와 사기들이 전부지만, 우리 식구들의 기쁜 웃음과 허망한 한숨이 밴 피붙이 같은 세간들이다. 그 세간을 비워 낸 집은 집이 아니고 삶이 머물렀던 흔적일 뿐이었다. 글음에 그을린 납작한 초가집은 마치다 짜먹은 노모의 가슴팍처럼 빈약하기 그지없다.

할머니와 아버지가 가계(家系)를 이끌고 가시던 시절의 이 초가삼간은 고래등같이 평퍼짐하고 그득했었다. 하루 일을 끝내고 마루 끝에 걸터앉아서 저무는 앞산을 바라보시던 할머니의 만족스러운 옆얼굴과 방울을 쩔렁거리며 외양간으로 곧장 들던 황소의 고삐를 잡은 꿋꿋한 아버지의 등허리에 내려앉던 어둠, 아궁이의 불빛이 부엌을 밝히고 기명 부딪히는 소리가 바쁘게 들려오던 저녁 때의 이 집은 융성한 기운이 가득 차 있었다.

이 집의 안방에서 할머니는 세상을 뜨셨다. 향년 97세였다. 청상에 홀로되어 삭정이같이 사그라진 농부(農婦)의 생애에 수의를 입히며 꺽꺽 우시던 아버지의 떨리는 손길이 눈에 선한데, 그 아버지도 이 방에서 중풍으로 쓰러져 반실불수가 되셨다.

우리 오남매도 이 안방에서 비릿한 냄새를 피우면서 태를 갈랐다. 어머니는 부석부석한 얼굴로 삼굿 같은 아랫목에 앉아서 첫국밥을 드셨으리라. 내가 태어났을 때는 열아홉 새신랑인 아버지가 헐레벌떡 읍내 장터에 가서 미역을 사오셨다고 한다. 막내가 태어났을 때는 열여섯 소년인 내가 서리 아침에 이마에 떡시루처럼 김이 오르도록 읍내에 달려가서 미역을 사왔다. 이 집 안방에서 고고한 소리를 지르며 우리가 태어났고, 어른들은 진동하는 곡성을 받으며 세상을 뜨셨다.

그런 이 집을 허무는 것은 아버지의 불편한 여생을 위해서다. 지난해 아버지는 중풍으로 쓰러지셨다. 다행히 치료의 경과가 좋아서 당신 손수 대소변은 가릴 수 있으시지만 그것도 집안에 장애인용 화장실이 설치되어 있을 경우이고, 뜰과 마루가 높고 마당 귀퉁이에 뒷간이 설치된 시골집에서는 누구의 도움 없이는 불가능한 일이다. 그래서 아버지가 혼자 마당까지 나오셔서 땅을 밟아도 보시고, 용변도 혼자 볼 수 있는 동선(動線) 구조의 집을 새로 짓기로 한 것이다. 지체장애인이 되신 아버지의 생활 편리를 위한 것이 명분이지만 자식인 우리가 부모 모시기에서 좀 자유로워 보려는 욕심 때문인 게 사실이다.

군불을 지피고 안방에 들어와서 혼자 우두커니 앉았다. 밤이 깊어간다. 젊은 날 나는 이 안방에서 밤을 지새우며 물레를 돌리시는 할머니 옆에 배를 깔고 엎드려서 책을 읽었다. 네흘류도프의 양심에 동감하여 끝없는 눈벌판을 방황하기도 하고, 유고슬라비아의 참담한 민족적 편견에 분개하며 드리나강의 다리에 서 있기도 하고, 헤세의 『청춘은 아름다워라』를 읽으며 사랑할 소녀가 없는 내 가난한 젊음을 서러워도 하고, 황량한 폭풍의 언덕에서 캐서린을 기다리는 히스클리프의 애증(愛憎)을 동정도 했다. 그렇게 젊은 날, 나의 세계였던 오두막집의 마지막 밤은 속절없이 깊어갔다. 방안에 붕붕거리는 물레소리가 가득했다. 할머니의 섭섭한 얼굴이 보였다.

이 집은 비록 초라한 초가삼간 오두막집이었지만 사대봉사 (四代奉祀)를 하는 종가집이었다. 내 유년시절에는 증조부 제사에 참례하러 동짓달 찬바람에 백발이 성성한 종증조부께서 노루목 강벼루 길을 지나 살미 지름길로 해서 쇠재를 넘어, 그 먼 칠십 리 길을 걸어서 찾아오시던 집이다. 삽짝 안에 들어서서 지팡이에 노구를 지탱하고 가쁜 숨을 고르시던 하얀 노인네를 식구들이 달려나가서 집안으로 모셔들였다. 유독 나에게 기대에 찬 눈길을 주시던 노인의 의중은 내가 종손이기 때문이었을 터인데, 종가집을 허무는 내게 저승에 계시는 그 어른이 변함없는 눈길을 주실지 우려된다.

일문의 종가가 내일 아침이면 포클레인의 삽날에 허물어질 것이다. 경위야 여하튼 간에 종손인 내가 종가집을 헐게 되어 조상님께 면목이 없지만 그래도 새집을 지어 드리는 것이니 죄스러운 일은 아닌지 모른다. 그러나 한 가문의 보존해야 할 소중한 내력까지 다 허물어 버리는 것 같아서 일말의 가책을 느끼지 않을 수가 없는 것이다.

아침이 되었다. 포클레인이 도착했다. 포클레인은 가소롭다는 듯 상기둥을 삽날로 밀어붙였다. 집은 '우지직' 하는 힘없는 비명을 남기고 폭삭 허물어지고 말았다. 허무했다. 미루나무 꼭대기에 얼기설기 틀어놓은 까치둥지도 태풍 앞에 온전히 버텨 내거늘, 우리 가문을 면면이 이어온 삶의 응력(應力)이 그뿐인가. 포클레인 삽날 앞에 숨결 같은 뽀얀 먼지를 풍기며 거짓말처럼 허물어졌다. 나는 배신감을 느꼈다. 그래도 포클레인이 꿍꿍거리고 힘을 들인 연후에야 문명의 이기 앞에는 역부족이라는, 설득력 있는 모습으로 무너질 줄 알았다. 그렇게 무기력한 모습으로 무너질 줄은 몰랐다. 허무하기 그지없는 일이었다.

집은 삶이 담겨 있을 때에 탄탄히 버티어 내는 힘을 지니는 것일까? 나는 집이 허물어지는 모습을 임종하듯 지켜보았다.

기둥시계

기둥시계가 언제 어떤 경위로 없어졌을까.

우리 형제들이 죽지에 힘 오른 새 둥지를 떠나듯 다들 집을 떠나고 할머니도 세상을 뜨시고 대주이신 아버지가 풍을 맞으신, 유수 같은 세월의 어디쯤에서 시계는 멈추었으리라. 시간을 멈춘 시계는 얼마 동안 뽀얗게 먼지를 뒤집어쓰고 벽에 걸려 있었을 것이다. 세월은 끊임없이 흘러가는데 시계가 멈춰선다는 것은 직무유기라고 볼 수 있지만, 사실은 시계가 직무를 유기한 것이 아니고 시계가 유기를 당한 것이다. 시계야 어차피 사람이 관리하는 문명에 불과하기 때문이다.

시계의 태엽이 다 풀린 상태를 할머니는 밥이 떨어졌다고 하셨다. 시계가 멎은 것은 밥이 떨어졌을 때뿐이었다. 시계가 기아선상에서 헤매는 건 시계불알 소리를 들으면 금방 알 수 있었다. '뚝—닥, 뚝—닥' 힘차게 불알을 흔들면 방귀 풀어치나 뀌고 사는 양반 행차 소리 같아서 안심이 되지만

'뚜—우—다—악, 뚜—우—다—악' 하고 사흘 굶은 남산골 샌님 나막신 끄는 소리 같으면 조만간 멈출 수밖에 없는 처지다. 얼른 밥을 줘야 한다. 미처 밥을 안 주면 시계가 멎는다.

우리 시계가 멎은 것은 시계불알 흔드는 소리에 귀 기울일 식구가 없었기 때문이라고 볼 수 있는데, 농업 가계(家系)인 우리 집의 윗버들미 시대가 끝난 것을 의미한다. 어느 날 고물장수가 찾아와서 '고물 삽니다' 하자 노모께서 지전 몇 푼에 시계를 넘겨주셨기 쉽다. 돈 때문이 아니라 어머니는 당신의 시대를 정리하듯 시계를 치우셨을 것이다.

우리 집 기둥시계는 '마림바'처럼 아름다운 괘종소리를 냈다. 기둥시계의 괘종소리는 현재 시간을 알리는 음향신호다. 당연히 공신력이 생명이다. 그러나 우리 기둥시계는 공신력에 구애받지 않고 살았다. 시계가 한량처럼 시간에 초연한 시건방진 삶의 태도를 어디서 배웠느냐고 따질 수는 없다. 우리 식구들의 시간관념과 일맥상통하기 때문이다. 우리 식구들은 시계가 정확한 현재 시간을 대는지 안 대는지 통 관심이 없었다. 농사일이 그렇듯이 날이 새면 일하고 해가 넘어가면 일을 끝냈다. 그 사이의 구체적인 일머리들이 널려 있긴 하지만 시간에 맞춰 분배할 필요도 없었다. 꾸준히 당면한 대로 일을 하면 되었다. 시간이 존재하는 한 부지런한 자연 상태의 삶이 같이 존재했다. 시계도 그랬다. 보정(補正)이 필요한 시간의 오차를 꾸준히 누적했다.

문 창호지에 붉하게 여명이 물들 때 시계가 아홉 시를 쳤다면 망발이지 시간이 아님에도 불구하고 우리 식구들은 종소리에 날이 새기라도 한 것처럼 감동해서 '날 새는구나' 했다. 날이 새면 무슨 수 나는 일이라도 기다리는 것처럼. 뼈 힘드는 노동의 긴 하루의 시작일 뿐인데. 그 시작 시간이 여섯 시든 아홉 시든 아무 상관없다. 종소리의 아름다움이 시작의 사기를 진작시킬 뿐이었다.

나는 '째각, 째각' 초침이 건강한 숨소리같이 정확한 초박형(超薄型) 손목시계를 찬 사람을 경원했다. 시간의 육백 분의 일초까지 염두에 두고 사는 산술적 명민성이나 교활한 순발력의 출중함을 보는 것 같아서였다. 나는 손목시계를 차고 다니지 않는 사람이 좋았다. 시간을 맞추지 않고도 살 수 있는 좀 무지하고, 소박하고, 솔직한 사람 같아서였다. 그러면서 나는 손목시계를 차고 살았다. 좀 더 얇고, 정확한, 금장(金裝) 시계를 차고 싶었다. '삶이란 가증스러운 이중인격의 출중한 연출이다'라는 삶의 괴리로 시계의 노예가 되어 살았다. 지금은 시계를 안 찬다. 필요가 없다. 자유의 반을 얻은 줄 알았는데, 아니다. 자유의 반을 잃은 데 불과하다. 시간에 도외시당한 삶은 형기를 채우는 수형자처럼 부자유하다.

우리 기둥시계는 혼신을 다해서 맑고 깊은 울림소리를 생산했다. 굵기 1밀리미터 정도 내외 되는 강철인지 구리철사인지를 원형으로 돌돌 말아서 만든 명기(鳴器)를 도토리 알 만한 놋

쇠로 된 공이로 쳐서 종소리를 냈다. 어쩌면 그렇게 깊고 맑은 울림소리를 내는 종을 달았을까. 깊고 맑은 울림소리를 얻으려고 봉덕사 대종을 만들 때 아기를 시주받아서 쇳물이 끓는 가마에 넣었다는 말이 생각날 정도였다. 일개 기둥시계의 종소리를 국보의 웅혼(雄渾)한 종소리에 비교할 수는 없지만, 아무튼 경지에 가까운 소리를 내는 종을 만든 것은 기술이 아니라 정신이라는 생각이 들었다.

기둥시계는 우리 식구들이 제가 알려주는 시간에 유의한 적이 없어도 제 존재가치를 무시한다고 사보타주를 한 적이 없다. 가끔 시간을 멈춘 것은 우리 식구가 밥을 굶겨서 탈진해 쓰러진 것이지 고의적인 태업(怠業)은 아니었다. 태엽만 감아 주면 아무 불평 없이 '뚝―닥 뚝―닥' 꾸준히 시간을 따라갔다. 늦었다고 뛰는 법도 없고, 이르다고 쉬는 법도 없이 일정한 걸음으로 꾸준히 세월을 걸어갔다.

우리 기둥시계 바늘이 시간을 돌리는 일은 꼭 소가 연자매를 돌리는 일과 같았다. 눈을 지그시 감고 되새김질을 하면서 꾸준히 연자매의 멍에를 지고 확을 도는 소의 끝없는 노역과, 고삐를 잡고 그 노역 뒤를 따라 도는 방아 찧는 사람의 시간에 초연함 같아서 경외스러웠다. 내 선대 어른들, 아버지·할머니·증조부 등등 저 청산의 일각의 무덤 아래 드신 생전의 삶들처럼.

식구들이 다 들에 나간 빈집에서 울리는 기둥시계의 종소리는 너무 그윽해서 새삼 삶을 돌아보고 연민을 느끼게 했다. '뗑'

하고 한 번 친 다음 다시 '땡' 하고 치는 간격이 좀 긴 편이었으나 그 간격을 비우지 않고 여운이 맑고 깨끗하게 이어졌다. 안방에서 건넌방으로, 부엌으로, 외양간으로, 뒤꼍으로, 부엌 궁둥이로, 종소리의 여운이 잦아들고 나면 집 어디선가 '뚝―닥 뚝―닥' 하는 맥박소리가 살아났다. 종을 치기 전에는 안 들리던 기둥시계의 맥박소리가 마치 생명을 과시하듯 분명하게 들려왔다. 그 소리는 우리 집 초가삼간이 살아서 숨쉬는 소리 같았다. 힘에 겨운 짐을 지고 침착하고 진중하게 비알밭머리를 돌아서는 아버지의 숨결이 느껴졌다.

뒷마루에 앉아서 기둥시계의 맥박소리를 들으면 눈도 밝아져서 앞산 비알밭에서 일을 하던 농부 내외가 일나서 밭머리에 서 있는 고욤나무인지, 감나무인지, 가죽나무인지, 그늘을 지운 나무 아래로 가서 나란히 앉는, 쌍가락지 같은 삶의 애락도 보였다.

뭐니뭐니해도 우리 식구 중에서 기둥시계를 가장 사랑한 분은 할머니다. 할머니는 깊은 겨울밤 명을 잣다가 기둥시계가 종을 치면 물레를 돌리던 손을 멈추고 소리에 귀를 기울이셨다. 기둥시계의 종소리가 할머니의 유일한 문화였다. 정갈하고 깊고 긴 여운에 할머니는 물레질하시던 손을 멈추고 눈을 지그시 감으셨다. 오케스트라 연주에 심취한 고급 청중의 감동과 다를 바 없는 할머니의 감동을 보고 나는 우리 기둥시계의 실존가치는 시간이 아니고 소리라는 결정적 착각에 이르게 되었다.

시계의 종소리가 뒷산 솔바람 소리 속으로 잦아들면 '우후후' 하고 밤 솔부엉이가 울었다. 나는 알몸을 겨울잠 자는 산짐승처럼 이불 속의 쾌적한 온기에 웅크리고 들었다. 일정한 세월의 발자국 소리 같은 '뚝―닥 뚝―닥' 하는 시계불알 소리와 내 심장 박동 소리와 솔부엉이 소리와 높은 산봉우리를 스치는 겨울바람 소리의 협주곡을, 그 생명의 실감이 그저 고맙고 행복하기만 했다. 할머니는 기둥시계가 굶어서 불알을 축 늘어뜨리고 멈추면 어머니에게 불같이 역정을 내셨다. 어머니는 별 게 다 시집살이를 시킨다면서 얼른 시계밥을 주시고, 시간을 맞춰 놓기 위해서 현재 시간을 보려고 마당에 나가 서서 이마에 손을 대고 해가 어디쯤 갔는지 하늘을 쳐다보셨다. 그 모습이 얼마나 진지한지 '그리니치' 표준시간이 무색할 지경이어서 감히 어머니가 새로 맞춘 시간에 대해서 맞느니 안 맞느니 아는 체를 하지 못했다. 어머니가 맞춰 놓으신 그 시간이 아무도 이의할 수 없는 정확한 현재였다.

그 기둥시계는 어디에 있을까. 싸락눈 분분한 겨울밤 바람 소리를 차분히 진정시켜 주던 '뚝―닥 뚝―닥' 하는 시계불알 소리 들린다. 깜깜한 어둠 속의 납작한 초가집에서 울리는 맑고 깊은 시계의 종소리에 분분하던 싸락눈이 소담스러운 함박눈으로 바뀌던 겨울밤이 보인다.

돼지불알

농사꾼이라면 가을걷이가 다 끝난 상달 저녁 때쯤, 사랑 아궁이에 저녁 군불을 지피고 앉아서 쇠죽솥의 여물 익는 냄새에 잔잔한 행복감을 느낄 수 있다. 잘 마른 장작이 거침없이 불타는 평화로운 화력에 마음을 데우면 농사꾼은 대개 풍흉의 사실과 관계없이 하등의 불만도 없게 마련이다.

초겨울 저녁 군불 아궁이 앞에 앉아 있는 평안은 아무나 알 수 있는 것은 아니다. 군불을 때 본 사람만 안다. 그래서 삶은 공평하다. 당쟁의 와중에서 전전긍긍하는 당상관님께 큰사랑 불목하니가 충복의 도리로 "영감마님, 심기가 불편하시면 군불을 때 보소서. 한결 마음이 편해지실 것이옵니다" 하면 당장에 불호령이 떨어질 것이다. "저놈이 실성을 했나, 형틀에 매고 양반을 희롱한 죄만치 처라." 모르면 쥐어줘도 모른다고 했다. 무지 앞에서는 충정(衷情)도 희롱이 된다.

그때 울을 넘어와서 나의 안분지족을 무차별적으로 공략하던 냄새가 있었으니, 앞집 원규 어르신네가 잔칫집 돼지를 잡고 떼어 온 돼지불알 굽는 냄새였다. 원규 어르신네는 우리 동네 과방장이로 잔칫집 돼지는 그 분이 잡았고, 돼지불알도 그분 차지였다.

맡아 본 사람이면 알지만 돼지불알 굽는 냄새만치 고약한 냄새도 없다. 거세(去勢)하지 않은 고단백질의 수컷이 타는 역겨운 노린내가 나를 발광 직전으로 내몰았다.

원규 어르신네는 쇠죽을 끓인 아궁이 앞에 숯불을 끌어내 놓고 돼지불알을 구웠다. 돼지불알 굽는 그 냄새가 퍼져 나가는 반경 안에 있는 그 어른의 친구분들은 뒷짐을 지고 어슬렁어슬렁 원규네 집 사랑 부엌으로 모여들었다. 그리고 돼지불알 잔치가 벌어졌다. 돼지불알 한 쌍을 구워서 막소주 한 됫병쯤을 마시면 그 분들은 영웅호걸처럼 기세가 등등해졌다. 나는 울 넘어 들려오는 굽힘 없는 고성에 고무되곤 했다. 그때 그 분들에게는 뒷집 새신랑이 돼지불알 굽는 냄새에 질식사를 하든지 말든지 전혀 고려할 사항이 아니었다. 원규 어르신네가 돼지불알을 굽는 것은 먹기 위해서라기보다 행복하기 위해서인 것 같아 보였다. 울 너머로 원규네 사랑 부엌간을 훔쳐 본 적이 있는데, 원규 어르신네는 돼지불알을 구워서 친구분들 먹게 두고 정작 당신은 뒷전에 물러서서 친구들이 먹는 모습을 그윽하게 바라보며 회심(會心)에 젖은 안색으로 어슬렁거렸다.

어느 해 추수가 끝난 후 원규와 나는 만삭의 아내를 두고 양양한 전도를 열어 볼 수 있을까 하고 집을 떠났다. 신랑도 없는 그 해 겨울 앞뒷집 새댁들은 입덧을 하며 동병상련의 정분을 돼지불알 구이로 나누었다. 돼지불알은 말할 것도 없이 원규 어르신네의 돼지불알이다. 원규 댁이 시어른의 돼지불알을 고양이처럼 훔쳐 두었다가 야반(夜半)에 뒷집 새댁을 불러서 몰래 구워 먹어 버렸다. 원규 댁의 두둑한 배포를 생각하면 남자인 나도 존경스러운 마음을 금할 수 없다. 그것이 어디 예사 돼지불알인가. 시아버지가 친구분들과 어울려 상달의 저녁 한때를 행복하게 보낼 수 있는 소중한 물건인 것을.

시집살이 고운 때도 벗지 않은 두 새댁이 이판사판의 무모를 감행케 한 임신부의 엄청난 입덧을 남자인 내가 어떻게 짐작할 수 있을까마는, 얼마나 단백질 결핍증이 심했으면 돼지불알 굽는 그 역겨운 냄새에 회가 동했을까 싶어서 남편으로서의 가책을 금치 못했다.

성인의 단백질 필요량은 체중 1kg당 0.9g인데 임산부는 그보다 더 필요하고 그 중 3분의 1은 우수한 동물성 단백질로 보충해야 복중 태아의 발육을 도모할 수 있다고 한다. 그렇다면 임신부는 생리적으로 우수한 동물성 단백질의 요구가 극심할 건 자명한 일이다. 그런데 돼지불알보다 더 우수한 동물성 단백질도 없다니, 만삭의 임신부로서는 시아버지의 돼지불알 아니라 상감의 돼지불알이라도 우선 훔쳐먹고 볼 판이다.

"꿱 ― 꿱 ―."

앞뒷집의 두 새댁이 냇가 빨래터에 마주 앉아서 골짜기를 울리는 돼지 잡는 소리를 듣고 희색만면했을 모습이 눈에 선하다. 오늘 잡는 돼지불알은 얼마나 클까? 어려운 집 잔치면 돼지가 작을 것이므로 불알도 종굴박만 할 것이고, 잘사는 집 잔치거나 환갑잔치라면 돼지가 클 터이니 불알도 흥부네 박통만 할 것이다. 돼지 멱따는 소리를 듣고 두 새댁은 손뼉을 치며 만세라도 불렀을지 모를 일이다. 그때 원규 댁은 뒷집 새댁에게 아주 당당하게, 그리고 약간 교만하게, 자신의 돈독한 우정에 겨워 이리 말했으리라.

"고단해도 밤에 자지 말고 기다려. 우리 아버님 돼지불알을 훔쳐 놓고 부를 테니까."

돼지불알을 도적맞고 원규 어르신네는 얼마나 황당했을까. 귀신 곡할 노릇이지, 분명히 사랑 부엌 기둥에 걸어 놓은 돼지불알이 어디로 갔단 말인가. 전례가 없던 변괴가 발생한 것이다. 원규 어르신네가 돌아가신 훗날, 원규 댁이 나한테 돼지불알이 걸려 있던 자리를 가리키며 자지러지게 웃어서 보았는데, 돼지불알은 원규 어르신네 키보다 훨씬 더 높은 곳에 걸어 놓았었다. 개나 고양이가 물어갈 리 만무한 위치였다.

"어미야. 사랑 부엌 기둥에 걸어 놓은 돼지불알 못 보았느냐?"

"네, 못 봤는데요."

"거참, 이상하다."

"뉘 개나 고양이가 물어갔겠지요."

새댁의 앙큼한 거짓말, 어느 안전이라고 감히 그와 같은 당돌한 거짓말을 아뢰었을까마는, 만일 그리 거짓말을 아뢰었다면 칠거지악(七去之惡)의 첫 번째인 '시부모에 불순한 경우'와 일곱 번째 '도적질한 경우'의 죄를 경합적으로 저지른 것이다. 삼불거(三不去)에 해당만 안 되면 쫓겨나도 마땅한 짓을 한 것이다. 생각하면 웃을 일만도 아니다. 입덧이라는 것이 여자의 일생을 망칠 수도 있는 엄청 큰 병이구나 싶어 가슴이 철렁하다. 그러나 원규 댁은 당신의 손(孫)을 가진 죄인데 설마하는 배짱으로 일을 저질렀으리라. 소고기 곰국을 해 먹여도 시원치 않을 판에 그까짓 돼지불알 좀 훔쳐서 구워 먹은 게 무슨 대수냐 싶었을 것이다.

야반에 피우는 돼지불알 굽는 냄새를 원규 어르신네가 못 맡았을 리 없다. 돼지불알 굽는 냄새는 능히 잠든 후각을 깨우고도 남을 만큼 강하다. 원규 어르신네는 당신의 돼지불알을 앞뒷집 새댁이 도둑고양이처럼 물어다가 야반에 구워 먹는 것을 알고 마음이 어떠하셨을까. 내 아내가 공범자라서 하는 말이 아니라 내 짐작으로는 흐뭇하고 기쁘기 한량없었을 것이라고 생각한다.

동네 잔치가 그리 많은 것도 아니고 반드시 수퇘지만 잡으라는 법도 없다. 돼지불알도 흔히 구할 수 있는 물건이 아니다. 원규 어르신네는 동네 잔칫집은 물론 인근 잔칫집까지 염두에 두었으나 돼지불알을 구하기가 여의치 않자, 뒷집 시아버지와 상의해서 읍내 푸줏간의 돼지불알을 구입해다 기둥에 보라는 듯 걸어 놓았을지 모른다. 앞뒷집의 새끼 가진 두 암코양이가 물어다가 구워 먹을 수 있도록.

아내 말에 의하면, 어느 날 밤 두 새댁이 시어른의 돼지불알을 훔쳐서 구워 먹고 도둑고양이처럼 부엌을 빠져 나오는데 눈썹 밑으로 희끗희끗 눈송이가 내려앉더라는 것이다. 아내는 공연히 눈물겨운 생각이 들어서 원규 댁 손을 꼭 잡고 "첫눈 오네" 하는데 원규 댁이 "아이구, 배야" 하며 언 땅에 주저앉았다. 그때 "아가, 왜 그러느냐"며 원규 어르신네가 기다리고 있었던 것처럼 사랑방 문짝을 걷어차고 나와서 원규 댁을 방으로 부축해 들였다고 한다.

그 날 밤 원규 댁은 아들을 낳았다. 순산이었다. 시아버지의 돼지불알을 구워 먹고 기른 힘 때문일 것이다. 달포 후에 뒷집 새댁은 딸을 낳았다. 물론 순산이었는데 아들과 딸의 차이가 돼지불알의 주체(主體)와 객체(客體)의 차이 아닌가 싶은 생각에 아쉬움이 남았다.

명태에 관한 추억

늦가을이나 초겨울이면 명태 한 코가 우리 집 부엌 기둥에 걸려 있었다. 그을음 투성이의 산골 초가집 부엌 기둥에 한 코로 걸린, 다소곳한 주검 한 쌍의 모습은 제자리를 옳게 차지한 때문인지 '천생연분'이란 제목을 달고 싶은 한 폭의 정물화였다.

밤이 이슥해서 취기가 도도하신 아버지가 명태 한 코를 들고 와서 마중하는 며느리에게 "옜다!" 하며 건네주시는 걸 본 적이 있다. 남용하시는 게 아닌가 싶은 아버지의 호기가 참 보기 좋았다.

그 날 "아버님, 저녁 진짓상 차릴까요?" 며느리가 묻자 아버지는 "먹었다" 하시며 두루마기를 벗어서 며느리에게 건네주시고 사랑으로 들어가셨다. 며느리는 두루마기 자락을 추녀 밑에 걸어 놓은 등불에 비춰 보더니 즉시 우물로 가지고 가서 빨았다. 아버지는 취한 걸음으로 이강들을 건너서, 은고개를 넘어서, 하골 산모랭이를 돌아서 확장되는 대륙성 고기압에 두루마기 앞섶을 휘날리며 오셨을 것이다. 삶의 어느 경지에 취해서 맘껏 활개 젓는 아버지의 손에 들려 온 명태 두 마리가 얼마나 요동을 쳤으면 두루마기 자락을 다 더럽혔을까.

아침에 아버지가 "아가, 두루마기 내오너라" 했을 때, 며느리는 그 지엄한 분부에 차질 없이 대령할 수 있도록 푸새다림질을 해서 늘 횃대에 걸어 둔 두루마기를 이때다 싶은 마음으로 내다 드렸다. 그 두루마기 자락에 온통 명태 비린내를 칠해 오신 것이다. 그리고 당당히 그 명태를 며느리에게 건네고, 며느리는 공손히 받아서 부엌 기둥에 걸었다. 한 집안 대주(大主)의 권위가 나를 감동시켰다.

젊은 날의 어느 늦가을, 갈걷이를 끝내고 어디 갔다가 집으로 돌아오는 길이었다. 막차에서 내린 나는 차부 건너편에 있는 전방 앞에서 발걸음을 멈춰 섰다. 등피(燈皮)를 잘 닦은 남포 불빛 아래 놓인 어상자에 가지런히 누워 있는 명태들이 왜 그리 정답던지, 마치 우리 사랑간에 모여 놀다가 제사를 보고 가려고 가지런히 누워 곤하게 등걸잠이 든 마실꾼들 같았다. 그 명태를 한 코 샀다.

아버지가 두루마기 자락에 명태 비린내를 묻혀 가지고 왔다고 젊은 자식놈도 그러면 불경(不敬)이다. 옷에 비린내를 묻히지 않으려고 각별히 조심을 해서 명태 한 코를 들고 밤길 십리를 걸어 집에 오니까 팔이 아팠다. 연만하신 아버지가 취중에 두루마기 자락에 비린내를 묻히지 않고 명태 한 코를 들고 밤길 십 리를 걸어온다는 것은 불가능하다는 걸 알았다. 결코 아버지는 당신의 출입 위상을 위해서 정성을 다한 며느리의 침선(針線)을 소홀히 여기신 건 아니었다.

다음날 아침 아내가 명탯국을 끓였다. 아버지가 좋아하시면서 "웬 명태냐?" 하셨다. 아내가 "애비가 사 왔어요" 하자 아버지는 잠깐 나를 쳐다보시더니 "우리 집에 나 말고 명태 사 들고 올 사람이 또 있구나!" 하시는 것이었다. 고전을 면치 못하던 야전 지휘관이 지원군이라도 보충받은 것처럼 사기가 진작된 아버지의 말씀이 왜 그리 눈물겹던지, 그 날 아침 햇살 가득 찬 안방에서 아버지와 겸상을 한 담백하고 시원한 명탯국 맛을 생각하면 지금도 잦히는 밥솥처럼 마음이 자작자작 눋는 것이다.

내 친구 중에는 명탯국을 안 먹는 놈이 있어서 나는 일단 그를 경멸한다. 명태는 맛이 없는 생선이라는 것이다. 생선 맛이야 비린 맛일 터인데 그 놈은 비린 맛을 되 좋아하는 놈이다. 사실 맨 북어포를 먹어 보면 알지만 솜을 씹는 것처럼 맛이 없긴 하다. 그런데 고추장을 찍어 먹으면 숨어 있던 북어살의 구수한 맛이 입안 가득히 살아난다. 그래서 말이지만 명태가 맛이 없는 것은 우리 입맛에 순응하기 위한 담백성 때문이라는 생각을 하게 된다. 명태의 그 담백성을 몰개성적이라고 매도한다면 잘못이다. 생선은 비린 만큼 교만하다. 비린 생선들은 비린 그의 개성을 우선 존중해 주지 않으면 우리가 의도하는 맛을 내주지 않는다. 그러나 명태는 맛에 대한 자기 주장을 관철하려 들지 않는다. 줏대도 없는 놈이라고 할지 모르지만 그건 줏대가 없는 것이 아니고 줏대 없는 그의 본성 자체가 그의 줏대인 것이다.

　나는 여태껏 썩은 명태를 보지 못했다. 오늘날의 명태 말고, 냉동 산업과 운송 여건이 불비한 시절, 동해안에서 태산준령을 넘어 충청도 산읍 오일장의 어물전까지 실려 온 명태를 두고 하는 말이다. 당연하다. 명태는 썩지 않는 철에만 잡히기 때문이다. 명태는 바닷물이 섭씨 1도에서 5도가 되어야 산란을 하러 북태평양에서 동해로 떼지어 내려오는데, 그때가 명태의 어획기다. 부패의 철을 비켜서 어획기를 설정한 주체는 어부가 아니라 명태이다. 가급적 주검을 부패시키지 않으려는 명태의 의지가 진화된 결과로 보고 싶다. 어차피 그물코에 걸릴 수밖에 없는 회유성(回遊性)이 운명일 바에는 주검을 부패시켜 가지고 혐오스러워하는 사람의 손길에 뒤채이며 어물전의 천덕꾸러기가 될 필요는 없다는 게 명태의 결론이었을지 모른다. 얼마나 생선다운 고결한 결론인가.

　'썩어도 준치'란 말이 있다. 참 가소롭기 그지없는 말이다. 명태가 들으면 "무슨 소리야, 썩으면 썩은 것이지 —" 하고 실소를 금치 못할 것이다. 부패 직전의 살코기에서는 글리코겐이 분해되며 젖산을 발생시켜서 구수하고 단맛을 낸다는 요리학적 설명이 있긴 하지만 그건 숙성을 뜻하는 것이지 부패를 이른 말이 아니다. 자연에서 생선의 숙성은 순식간에 지나가는 과정에 불과하다. 숙성을 보전하는 것은 기술이고 부가가치를 창출하는 것으로 요리사의 몫이지 준치의 몫이 아니다.

'썩어도 준치'란 말은 꼭 청문회장에 나온 사람의 뻔뻔스러운 변명 같아서 부패한 냄새가 코를 찌른다. 준치는 4월에서 7월까지 부패가 촉진되는 철에 잡힌다. 제 주검의 선도(鮮度)에 대한 대책도 없는 주제에 '썩어도 준치'라니 명태에 비하면 비천하기 이를 데 없는 본성이다.

보릿고개가 준치의 어획기다. 배가 고픈 백성들은 준치의 어획을 고마워하며 먹었으리라. 어쩌다 숙성된 준치를 먹었을지 모르지만 대개 썩은 준치를 먹고 삶의 비애를 개탄하는 마음으로 짐짓 '썩어도 준치'라고 역설적인 감탄을 했을지 모른다. 얼마나 우리들의 슬픈 시대를 단적으로 대변하는 감탄구인가.

명태는 무욕으로 일관한 제 생의 담백한 육질을 신선하게 보전해서 사람들에게 보시(布施)했다. 명태는 제 속을 비워 창난젓과 명란젓을 담게 주고 몸뚱이만 바닷가의 덕장에서 바닷바람에 말라 북어가 되고, 대관령 너머 눈벌판의 덕장에서 눈바람에 말라 더덕북어가 되었는데, 알다시피 제상의 좌포(左脯)로 진설되거나, 고삿상 떡시루 위에 실타래를 감고 누워 사람들의 국궁재배(鞠躬再拜)를 받는 귀물(貴物)로 받들어졌다.

명태를 생각하면 언뜻 늦가을 텃밭의 황토 흙에 하반신을 묻고 상반신을 햇살에 파랗게 드러낸 채 서 있던 청정한 조선무가 떠오른다. 그 순박무구하고 건강하기가 과년한 산골 큰아기 같은 조선무가 없으면 명태의 담백한 맛을 살려내기 힘들었을지 모른다. 산골 동네 텃밭에서 그 청정한 무가 가으내 담백한 맛의 진수를 보여 주려고 뼈무르면서 명태를 기다렸다. 순박한 무와 담백한 생선의 만남, 그야말로 산해(山海)가 진미로 만나는 것이다.

명탯국을 끓이는 아침, 아내는 내게 텃밭에 가서 무를 두어 개 뽑아다 달라고 했다. 하얗게 무서리가 내린 늦가을 텃밭에 가서 몸을 추스르고 뽑혀 가기를 바라고 있었던 것처럼 클 대로 다 큰 조선무를 뽑아들면 느껴지는 묵직한 중량감이 결코 하찮은 삶이란 없다는 방자한 생각을 하게 부추기는 것이었다.

문득 아버지의 호기가 그립다. 아침 햇살 가득 차오르던 산골 초가집 부엌 기둥에 긍정적인 모습으로 걸려 있던 순박한 명태 한 코가 집안 대주의 권위로 바라보이던 시절이 그립다.

소나기

윗버들미의 소나기는 건넌골 쪽에서 들어온다.

숨가쁜 삼복지경, 작열하는 불볕 아래 엎드려서 곡식을 가꾸는 농부들은 가혹한 삶의 비등점(沸騰點)에서 묵비권을 행사하며 인내한다. "참는 데도 한계가 있어." 그 말은 참을성이 모자라는 사람이 하는 소리일 뿐, 여름 농부에게는 가당찮은 말이다. 여름 농부의 참을성은 끝이 없다. 농부의 참을성은 곧 삶자체인 것이다. 저문 밭고랑에서 허릴 펴며 돌아볼 때 자신이 온종일 지나온 깨끗한 밭두둑에 서 있는 곡식의 싹수 있음이 참을성의 원인이긴 하다.

복지경의 소나기 한 줄기는 농부의 한계체온 이상의 무모한 인내에 대해서 여름날이 줄항복을 하는 것이다. 삼굿 같던 날씨가 제풀에 겁을 먹고 '독한 놈, 이러다 사람 잡지. 내가 졌다' 하듯 난데없는 시원한 바람 한 점을 백기처럼 흔들며 들판을 훑고 가버린다. 돌연한 날씨의 변덕에 농부들은 본능적으로 밭고랑에서 놀란 장끼 고개 쳐들 듯이 벌떡 일어나 건넌골 쪽을 쳐다본다. 아니나 다를까 컴컴한 골 안에서부터 막잠 자고 난 누에 뽕잎 먹는 소리처럼 버석거리며 뽀얗게 묻어 드는 소나기가 미처 피해 볼 새도 없이 순식간에 들판을 유린해 버린다. 유린! 그 얼마나 협쾌한 유린인가. 수절과부가 외딴 골짜기에서 범강장달이 같은 사내에게 겁탈을 당한들 그만큼 협쾌할까. 소나기는 탈수증세로 축 늘어진 모든 생명을 가차없이 '일어나라, 깨어나라' 하듯 회초리로 휘갈기며 지나간다. 척후가 지나가고 주력이 뒤따르고, 숨 돌릴 새 없이 골짜기를 파죽지세로 유린한다. 그러면 삼복염천에 전의를 잃고 축 늘어져 있던 모든 생명들이 시퍼렇게 너풀너풀 일어서는 것이다. 동학군 같은 기세로.

그런데 그 소나기를 피해서 노루 제 방귀에 놀라서 내뛰듯 냅다 뛰는 경망스러운 농부도 더러 있다. 대개 참을성이 없는 선머슴인데 그래 봤자 몇 발짝 뛰기 전에 옷이 흠뻑 젖고 만다. 중과부적인 사세 판단도 못하고 무모한 짓을 한 범연(泛然)치 못한 농부는 흠뻑 젖어 가지고서야 짓쩍은 듯 걸음을 멈추고 누가 보지 않았나 싶어서 주위를 둘러본다. 그러면 눈에 들어오는 질펀한 논바닥의 백로 한 마리, 조금도 동요하지 않고 소나기 속을 성큼성큼 걷는 모습이 하얀 모시 두루마기를 입고 길 나선 유생(儒生)처럼 행보가 점잖다.

소나기에 사로잡혀 걸음을 멈춘 농부는 고개를 들어 하늘을 처다본다. 쏟아붓는 세찬 빗줄기가 얼굴을 따갑게 때린다. 청량감 —. 찌는 더위를 인내하던 고갈(枯渇) 같은 안면이 금방 새벽에 핀 호박꽃처럼 환해진다. '어 시원하다.' 그리고 비로소 논바닥의 백로를 본떠서 진중하게 걸어간다. 늦었지만 잘 생각한 것이다. 흠뻑 젖은 꼴에 촐랑이처럼 뛰면 개만도 못하다.

소나기를 맞으며 돌아오는 우리 수캐를 본 적이 있다. 타동(他洞)에 암캐를 보러 갔다가 돌아오는 길이리라. 뛰는 것도 아니고 걷는 것도 아닌 한결같은 걸음으로 들을 건너 마을로 드는 수캐의 거동이 타동 암캐를 보러 갔다 오는 수캐답게 의젓하다. 집에 들어와서 젖은 몸을 부르르 털고 뜰에 너부죽이 엎드려서 눈을 가늘게 뜨고 비 묻은 앞산을 건너다본다. 소나기는 개장국의 운명 앞에 처한 복지경의 개까지도 그렇게 달관적으로 만든다.

소나기가 오면 동네가 다 행복하다.

세찬 소나기가 골짜기를 무자비하게 유린하는 동안, 날은 저무는 것처럼 어둑해진다. 그 어둑한 저기압을 타고 고샅으로 퍼져나가는 기름질 냄새. '나 예쁘지 —' 하고 울타리에 매달려 있는 청순한 애호박을 '그래, 너 예쁘다'며 똑 따다가 채를 썰어 햇밀가루에 버무려 부침개를 부치는 냄새다. 그 냄새가 집집마다 풍겨 나와서 고샅에 범람을 한다. 젖은 옷을 벗어서 추녀 밑에 널고 보송보송한 마른 옷으로 갈아입은 후에 물끄러미 낙숫물 지는 걸 보며 기름질 냄새를 맡으면 드높았던 삶의 집착이 한없이 해이해지면서 기분 좋은 졸음이 엄습한다. 뜨락의 수캐는 그새 잠들었다. 소나기는 개와 사람을 축생과 인생이 다 중생일 뿐이라는 불계의 실정을 만들어 주는 것이다.

할머니와 같이 조밭을 매다가 소나기를 만난 적이 있다. '후드득' 주먹 같은 빗방울이 듣는데 할머니는 계속 밭을 매셨다. 공연히 몸이 달아서 햇꿩처럼 벌떡 일어서는 내게 할머니는 "어서 가거라, 비 맞기 전에" 하셨다. 그리고 한 점의 동요도 없이 계속 밭을 매셨다. 비 맞는다고 어서 가라시는 할머니의 말씀은 공연한 빈말이었을 것이다. 기실 속으로는 '이 놈아, 삼복염천에 달군 몸을 소나기에 식혀 보아야 농사짓는 맛을 아는 겨' 하셨을지 모른다. 그예 '쏴―' 하고 쏟아지는 소나기를 노박이로 맞고서야 할머니는 밭고랑에서 일어나셨다. 그러고도 밭담울을 뒤덮은 호박넝쿨을 뒤져서 애호박을 몇 개 따서 다래기에 담아 가지고 밭둑으로 나오셨다.

삼베 치마적삼이 소나기에 흠씬 젖어서 몸에 착 달라붙었다. 할머니의 몸은 한 줌밖에 안 되었다. '세상에!' 할머니의 체신이 그밖에 안 되는 줄을 나는 처음 알았다. 할머니의 저 몸 어디에서 끝없는 노동력이 누에 실 게워 내듯 줄줄이 이어져 나오는 것일까. 지칠 줄 모르는 할머니의 노동력은 사랑이었다. 일가(一家)의 복리 증진을 위한 헌신이었다. 할머니의 노동력은 우리 집안의 살림살이를 위한 불가피한 생산수단이긴 하지만 경제적 가치로 논할 수는 없다. 지고지순한 사랑일 뿐이다.

할머니의 지칠 줄 모르는 노동력을 휴머니즘의 견해인 '인간이 인간을 한없이 초월한 경우'라고 존중만 하면 되는 것인지, 스무 살 적 나는 할머니와 같이 소나기 속으로 들길을 걸어오면서 많이 혼란했었다. 지금 생각하면 '할머니, 제게 업히세요' 하는 일종의 감상이었는데 그것은 할머니의 삶을 가벼이 여긴 얕은 소견으로, 나는 결코 소나기에 젖은 할머니의 삶의 무게를 업을 힘을 지니지 못했다.

　걸레처럼 구중중한 할머니의 삼베 치마적삼이 널린 추녀 밑이 훤해지면서 천둥소리가 산을 넘어갈 때, 어머니가 부침개 접시와 막걸리 한 대접이 놓인 소반을 안방에 들여놓았다. 할머니는 막걸리 한 대접을 단숨에 비우시고 적을 손으로 뜯어서 입에 넣고 씹으시며 "참 맛있다" 하셨다. 세상에서 가장 맛있는 음식을 처음 먹어보는 사람처럼 감탄을 하신 그 맛이 어찌 미각으로만 느낄 수 있는 맛이랴. 소나기가 우리 할머니를 가차없이 유린한 것은 그 맛을 주기 위해서였다. 고마운 소나기—.

　천둥소리는 아주 멀리서 울려오고 낙숫물이 그치는 추녀 밑으로 앞산에 무지개가 떴다. 소나기는 내게 무지개보다 더 곱고 아름다운 삶의 실정을 가르쳐 주었다.

아버지의 강

아버지의 오른쪽 어깻죽지에 손바닥만한 검붉은 반점이 있다. 그 반점은 감히 똑바로 쳐다보기조차 어려운 아버지의 완강한 힘과 권위를 느끼게 하는 것이다.

아버지의 반점은 선천적인 것이지 병리적인 것은 아니다. 아버지는 나이 팔십이 넘도록 건강하게 사셨고, 지금은 비록 중풍 든 몸을 지팡이에 의지하시고도 병객인 체를 않고 지내시는 것을 볼 때, 나는 그 반점이 원자로의 핵처럼 당신을 지탱한 동력원(動力源)이 아닌가 생각한다.

내가 아버지의 그 반점을 처음 본 것은 6·25사변이 나던 해 여름, 낙동강 상류의 어느 나루터에서다. 아버지와 나는 피난을 가는 길이었다. 그때 열세 살인 나는 산모퉁이를 돌아서 엄청난 용적(容積)으로 개활지(開豁地)를 열며 흐르는 흐린 강을 아버지의 등 뒤에 움츠리고 서서 놀란 눈으로 바라보았다. 저 강을 반드시 건너야 하는 아버지의 이념(理念)을 내 어린 나이로는 짐작할 수 없었지만, 등 뒤에서 점점 다가오고 있는 포성에 마음은 쫓기고 있었다.

그 나루터에는 피난민들이 가득 모여서 아비규환을 이루고 있었다. 나룻배는 이미 피난민들이 떼거지로 덤벼들어서 치열한 쟁탈전을 벌이다가 요절을 내버렸고, 흐린 강을 건널 길은 직접 몸으로 강물을 헤쳐서 건너가는 방법밖에 없었다. 아버지는 한동안 우두커니 서 계셨다. 이윽고 아버지는 옷을 벗으시고 내게도 옷을 벗도록 이르셨다. 그리고 꼭 필요한 옷가지만 바랑에 담아 머리에 이고 허리띠로 턱에 걸어 붙들어 매셨다. 그런 다음 나를 업으셨다. 강을 건너가시기로 마음을 굳히신 것이다.

"아버지 목을 꼭 잡고 얼굴을 등에 꼭 붙여라. 어떤 일이 벌어져도 절대로 움직이지 마라."

나는 아버지의 그 반점을 그때 처음 보았다. 아버지 신체의 비밀을 발견하고 나는 당혹감에 얼굴을 아버지의 등에 대지 못하고 엉거주춤하고 있는데, 아버지의 불호령이 떨어졌다.

"얼굴을 아비 등에 꼭 붙여라."

나는 엉겁결에 얼굴을 아버지의 등에 꼭 댔다. 내 얼굴이 반점에 닿지는 않았지만 바로 눈 앞에 화난 아버지의 검붉은 얼굴 같은 반점이 나를 쳐다보고 있었다.

아버지는 강을 건너기 시작하셨다. 강 한가운데로 한 발 한 발 꿋꿋하고 조심스럽게 내디디며 나가셨다. 강물에 휩쓸려 떠내려가는 사람도 있었다. 아버지는 그 사람들에게 부딪치지 않도록 조심하며 건너셨다. 떠내려가는 사람에게 부딪치면 같이 쓰러져서 물살에 휩쓸려 떠내려갈 수밖에 없는 상황이었다. 강 한복판에 도달하였을 때, 아버지는 강바닥의 모래가 패인 곳을 밟으셨는지 키를 넘는 물에 잠기셨다. 나는 물을 먹고 엉겁결에 얼굴을 들다가 아버지의 불호령이 생각나서 아버지의 목을 더욱 꼭 잡고 얼굴을 등에 댔다. 아버지는 쓰러지지 않고 꿋꿋하게 모래 웅덩이에서 헤어 나오셨다. 거기서 아버지가 쓰러지셨으면 다시는 바로 서지 못하고, 우리 부자는 흐린 강물에 떠내려갔으리라. 나는 세월이 흐를수록 더욱 뚜렷하게 그때가 되살아나서 등골이 오싹해지곤 한다. 아버지의 그 초인적인 의지가 어떻게 생겨났을까, 아무리 생각해도 불가사의할 뿐인데, '내 힘이니라'는 듯이 눈 앞에 아버지의 반점이 선명하게 떠오르는 것이다.

드디어 강을 건넜을 때, 아버지는 모랫바닥에 나를 내동댕이치듯 내려놓으시고 모랫바닥에 엎드려서 어깨를 들썩이며 서럽게 우셨다. 내가 아버지의 우시는 모습을 본 것은 그때 한번뿐이다. 아버지의 그 울음은 삶과 죽음의 강을 건넌 감격 때문이었는지, 가혹한 역사의 순간에 대한 공포의 오열이었는지 알 수 없다. 가끔 그게 6·25의 발발 원인만치나 궁금하다.

강변 모랫바닥에 엎드려 오른쪽 어깻죽지의 검붉은 반점이 들썩거리도록 소리 없이 우시던 아버지의 아픈 한 시대는 그 흐린 강물처럼 흘러갔지만, 아버지의 반점은 그때 그 아픈 강과 더불어 분명하게 내 머릿속에 남아 있다.

그 후, 나는 아버지의 그 반점을 오랫동안 볼 수 없었다. 아버지는 어깻죽지의 반점을 다시는 내게 보여 주지 않으시고 당신의 인생을 착실하게 이뤄 노년이 되셨고, 내 인생도 부실하게 머지않아 노년에 이를 것이다.

그 강을 건너서 참 오랫동안 우리 부자는 각자의 인생을 나이 차이만큼 떨어져서 걸어왔다. 아버지는 항상 내게 확신을 갖지 못하시고 불쾌한 얼굴로 돌아보며 저만큼 앞서 가시고, 아버지에게 확신을 심어 주지 못한 나는 주눅이 들어서 그 뒤를 따라왔다. 그 까닭은 아버지의 힘에 대한 위압감 때문인데, 그때마다 그 강이 생각났다. 내가 아버지로서 그 범람하는 필연의 강에 섰을 때, 과연 나는 열세 살 먹은 내 자식을 건사해서 무사히 강을 건널 수 있었을까? 자신이 없다. 아버지는 그런 내 의지의 박약함을 눈치채시고 나를 '못난 놈' 하고 나무라시는 것만 같아서 아버지 앞에서 나는 늘 움츠러드는 것이다.

이제 아버지와 나는 다시 아버지의 강에서 만났다. 중풍에 드신 아버지는 그 흐린 강가에 앉아서 건널 엄두를 내지 못하시고 뒤따라오는 자식을 기다리신다. 아버지는 의타심이 간절한 눈길로 뒤따라온 나를 바라보신다. 이제 비로소 내 등에 업혀 강을 건너가시려고 못난 자식에게 기우는 아버지가 가엾고 고맙다. 그 강에서 아버지가 나를 소중히 건사해서 건네주셨듯 이제 내가 아버지의 숨찬 강을 건네 드려야 한다. 그래서 나는 아버지의 등만큼 완강하지 못한 내 등을 감히 아버지께 돌려대 드린다. 그 빈약한 내 등에 기꺼이 업혀 주시는 아버지가 눈물겹도록 고마울 뿐이다.

나는 가끔 아버지의 목욕을 시켜 드리는데, 아버지의 그 반점을 마음대로 만져 볼 수 있어서 기쁘다. 자식 도리 한다는 자부심 때문이다. 그것은 비로소 아버지의 위압감에서 해방된 자유로움이기도 하다. 그러나 아버지의 반점은 아직도 완강하고 고집스러워서 내게 '임마, 교만 떨지 마. 도리면 도리지 무슨 자부심이야'라고 하시는 것 같다.

몇 달 전, 나는 하회마을을 다녀오는 길에 그때 그 나루였지 싶은 낙동강 상류 어디를 가 보았다. 아버지의 극적인 강을 다시 보고 싶어서였다. 육중한 콘크리트 다리가 가로놓인 강 양안에는 생선 매운탕을 해서 파는 '무슨무슨 가든'이라는 간판이 달린 현대식 콘크리트 건물들이 즐비하게 서 있었다. 강은 넓은 모랫바닥에 턱없이 적은 강물이 흘러갈 뿐, 경이로운 아버지의 강에 대한 이미지는 찾을 길이 없었다.

건너편 강기슭에서 포클레인이 모래를 덤프 트럭에 퍼담고 있었다. 아버지의 생사의 발자국이 사금(砂金)같이 침전된 강바닥을 포클레인이 무심하게 덤프 트럭에 퍼담고 있었다.

아버지의 한 생애가 마침내 해체되는 것 같은 덧없는 강일 뿐이었다.

국화

　어머니가 심으신 국화 두 폭이 소설(小雪)이 지나자 마침내 시들었다. 청초한 꽃송이를 담뿍 피워 스산한 초겨울 마당을 화사하게 밝혀 주던 국화였다.

　아버지는 중풍이 들어 계신다. 발이 네 개 달린 환자용 알루미늄 지팡이를 짚으셔야 겨우 마당에 나가 보실 수 있다. 뜰이 한 길, 마루가 한 길, 덜렁하게 높은 한옥에서는 누가 업어 내려 드리기 전에는 방에서 꼼짝을 못하셨다. 그래서 아버지 혼자 마당에 드나들 수 있도록 동선(動線) 높이를 없앤 조립식 주택으로 개축을 하고, 마당에는 혹시 아버지가 넘어져도 다치시지 않게 잔디를 심었다.

　"원, 마당을 풀밭을 만들다니, 집안에 망조가 드는구나."

　어머니는 마당을 잔디밭으로 만드는 걸 몹시 섭섭하게 여기시는 눈치였다. 왜 안 그러시겠는가. 차일을 치고 잔치도 하고, 가을 마당질도 하고, 베매기도 하고, 달빛 아래 멍석을 깔고 가족이 단란하게 모여앉아서 모깃불을 피웠었다. 우리 집 안 삶의 내력이 낭자한 마당이다. 그 마당이 풀밭이 된다는 것 은 어머니에게는 가세(家勢)의 영락으로 보이셨을 것이다. 하 기는 집안의 대주(大主)가 수족을 접었으니 가세가 기운 것인 지도 모른다. 대주는 가고 또 새 대주가 서는 게 세월의 순리라 하더라도, 문제는 새 대주의 삶의 목표에 대한 열성과 노력이 가세를 좌우하는 것이니만큼 자식이 아버지만 못하면 기우는 가세이긴 하다.

안방에는 커다랗게 동창을 달았다. 아버지는 그 창가에 안 락의자를 놓고 앉아서 창문 너머로 앞산 유지봉을 하루 종일 바라보며 지내셨다. 지팡이의 손잡이에 턱을 괴고 우두커니 유지봉을 바라보시는 아버지의 권태를 보면 인생무상이 느껴 져서 마음이 아팠다.

유지봉은 아버지가 한평생을 바라보신 산이다. 높이가 7백 미터쯤 되는 정삼각형의 산으로 소나무와 잡목이 뒤덮여 있 다. 마을의 당산이다. 그 산 칠부 능선쯤 서낭나무가 있어서 정월이면 동고사(洞告祀)를 지낸다. 산 중복부 이하 비알은 묵 은 뙈기밭들인데, 어느 밭은 낙엽송이 심어 우거졌고 어느 밭 은 그대로 묵어서 어린 나무들과 칡넝쿨이 우거져 있다. 그 묵 은 따비밭들이 다 경작될 때 아버지의 생애도 절정기였다.

우리는 유지봉에 따비밭을 가지고 있지는 않았지만 아버지 는 그 따비밭으로 이루는 마을의 삶에 애착을 가지고 솔선수

범하셨다. 가을 달밤에 울력을 하러 앞장서서 밭에 올라가시기도 했고, 따비밭 작인 뉘 집에 애를 낳으면 내 자식처럼 이름을 지어서 출생신고를 해주셨고, 애경사에는 나서서 호상(護喪)도 보고 상객(上客)도 따라가셨다. 아버지는 지팡이 손잡이에 턱을 괴고 유지봉을 바라보시며 어제 같은 그 시절을 생각하실 것이다. 어제 한 생각 오늘 또 하고, 그리고 내일 또 하고, 남은 여생을 아버지는 당신이 장만하신 토지 문서를 뒤적이듯 그때의 추억을 반추하며 사시는 것이다.

산은 사계절의 변화를 보여 주는 것은 물론이고 하루도 해 기울기에 따라서 산색도 변했다. 유지봉은 아버지의 유일한 동무였다. 그런데 산은 가을이 깊어지자 아버지의 응시(凝視)에도 불구하고 나날이 인동(忍冬)의 정신만 고양하며 저대로 적막해 갔다. 그때 마당가에 두 그루의 국화가 곱게 꽃을 피워서 아버지의 침울을 밝혀 주었다.

나는 마당의 잔디에 배전의 정성을 들였다. 잡초는 눈에 뜨이는 대로 뽑고, 가물면 물을 주고, 잔디가 조금 자라면 깎아주었다. 그런 내 정성을 잡초가 무시한다는 것은 언어도단이다. 나는 잔디밭에 돋아난 잡초를 보면 발끈하는 성미를 드러내며 당장에 뽑아 버렸다.

그런데 어느 봄날, 며칠간 청주에 다녀와 보니 아버지의 방 창문 앞 잔디밭에 한 자쯤 간격을 두고 쑥부쟁이 두 폭이 싱싱하게 자라고 있지 않은가! 나는 발끈해서 뽑아 버리려고 보니 그건 쑥부쟁이가 아니고 국화 꽃묘였다. 어머니가 이웃집 새댁한테서 얻어다 심었다고 하셨다. 하필 아버지가 운동을 하시는 발치에 국화를 심어 놓으실 게 뭐람. 마뜩찮아서 담 밑으로 옮겨 심으려고 했더니 어머니가 말리셨다.

"애야, 내버려 둬라. 일부러 창문 앞에 심었다. 늦가을에 꽃이 피면 추워서 밖에도 못 나올 너의 아버지한테 좋은 동무가 될 거다."

그래서 국화 두 그루가 아버지의 창문 앞 잔디밭을 차지하고 자라게 된 것이다.

차가운 별빛 아래 풀벌레의 애조마저 뚝 끊어지고 서리가 하얗게 내리며 가을이 깊어지자 국화가 시절을 만난 듯 탐스러운 꽃을 피웠다. 하나는 황국, 하나는 자국이었다. 한 쌍이 마주보고 서 있는 모습이 마치 가을날 초례청에 서 있는 신랑 각시처럼 청초하고 아름다워서 집안이 경사스러웠다. 국화꽃은 소설 무렵까지 내내 피어서 아버지의 창을 우수로부터 막아 주었다.

팔십 노모가 병객이신 당신 영감님의 적막한 만추를 유념하여 국화를 심으신 것이다. 내가 태어난 속을 자식인 나는 몰라도 너무 모른다. 병객의 자식들이 생각지 못한 일을 병객의 늙은 아내가 생각하셨다.

어머니와 아버지는 소싯적부터 금실이 좋지 않으셨다. 그 좋은 한 예가 있다. 아직 두 분이 젊었을 때 아버지의 생신날이었다. 아버지는 안방 아랫목에 점잖게 앉아 계셨다. 생일상을 받을 자세였다. 그런데 그 날따라 아버지의 밥상은 쌀 한 톨 섞이지 않은, 불면 날아갈 것 같은 노란 조밥을 미역국도 없이 차려 드렸다. 어머니는 아버지의 생신일 줄 아시면서 고의적으로 그러신 것이다. 아버지는 평생을 장터거리에 나가 사셨다. 오다가다 더러 시앗도 보아 가면서—.

"오늘 내 생일 아녀?"

"무슨 대단한 탄생을 했다고 생일 타령이여."

밥상이 윗목에 앉아 있는 어머니 치마폭에 날아와서 떨어졌다. 아버지는 방문을 걸어차고 밖으로 나가시고 어머니는 넋두리를 하고 우셨다.

"어디 한 번이라도 맘에 드는 짓을 한 적이 있어야지 미역국을 끓여 주지. 귀는 부처만해 가지고 하는 짓은 파계승만도 못한 주제에 생일은 어래 아네."

실컷 울고 나신 어머니는 속이 시원하다고 하셨다. 아버지에 대한 오죽한 어머니의 억하심정이었으랴. 한 쌍의 국화꽃이, 그런 두 분의 금실이 마침내 해후하는 생애의 대단원처럼 나이 든 자식을 감동시키는 것이었다. 다 사그라진 어머님의 마음속에 웬 새댁 같은 마음의 불씨가 남아 가지고 자식의 불효를 이렇듯 부끄럽게 하시는지. 다 지나간 한평생일 뿐, 미움은 봄눈 녹듯 사라지고 그저 연민만 남으셨나 보다.

아버지는 창 곁의 의자에 앉아서 지팡이 손잡이에 턱을 괴고

을씨년스러운 만추의 산을 건너다보다가 국화꽃을 바라보곤 하셨다. 저 국화마저 없었으면 아버지의 적막이 얼마나 깊었을까 생각하면 부부의 해로(偕老)가 보이는 것이었다.

동란과 궁핍과 혁명, '잘살아 보세'의 열망 등의 한 시대를 살고 조만간 사라질 파란만장한 범부(凡夫)의 을씨년스러운 눈앞에 국화 두 그루를 놓아 준 반려자의 불씨 같은 애틋함이여! 자식인 나는 그 생각을 못했으니 '효자 열이 악처 하나만 못하다'는 옛 속담이 그르지 않다.

아버지는 아침에 일어나시면 창가에 앉아서 하얗게 서리 내린 창문 앞에 서서 청초하게 웃음 지으며 '영감님, 밤새 안녕하셨어요' 하는 국화꽃의 문안인사를 받으신다. 그러면 긴긴 가을밤을 병고로 뒤척인 흐린 눈에 반짝 생기가 도시는 것이었다.

국화는 창 곁에 앉아 있는 아프고 고독한 노인에게 온종일 무슨 이야기인지 오근자근 들려주는 듯했고, 노인은 '암, 암' 하면서 듣는 듯한 얼굴이셨다. 아버지는 그 국화로 해서 생명에 대한 애착을 느끼시는 듯, 그 늦가을의 우수에도 불구하고 병은 더 나빠지지 않으셨다.

황국과 자국, 색조가 그렇게 정다울 수가 없었다. 그 국화 한 쌍은, 낮에 보면 잠시 일손을 놓고 햇빛 바른 가을 들녘에 마주 서서 잠시 눈을 맞추는 젊은 농부 내외간 같아 보였고, 밤에 보면 망건을 졸라매고 단정히 앉아서 책을 읽는 서방님과 그 곁에 앉아서 한 땀 한 땀 수를 놓으며 독경에 귀 기울이는 그의 아내 같아 보였다. 문득 어머니께서 평생을 그리던 당신의 꿈이 바로 이런 거였어 하고 아버지께 보여 드리느라고 일부러 아버지의 창 앞에다 국화 한 쌍을 심은 게 아닌가 하는 생각이 드는 것이었다.

　나는 아침에 일어나 흩어진 옷매무새로 무심히 마당에 나갔다가 된서리가 하얗게 내려앉은 청초하고 단아한 국화를 보면 내 부족한 효심이 부끄럽기도 할뿐더러, 아버지의 다정한 친구분에 대한 예의가 아니라는 생각에 얼른 옷매무새를 바로잡곤 했다.

할머니의 세월

　내 나이 열대여섯 살 적 단오 무렵, 할머니는 앓고 일어난 나를 앞세우고 윗말 진외가에 가셨다. 진외가에는 기력이 쇠진한 진외할아버지께서 드시는 개장국이 늘 가마솥에서 고아지고 있었다. 할머니는 내게 그 개장국을 얻어 먹여서 원기를 돋워 주려는 속셈이셨던 것 같다. 황금 햇살 아래 누런 보리밭 사잇길로 어질어질한 현기증을 느끼면서 할머니를 따라간 기억으로 보아서 그때 나는 몹시 쇠약했던 모양이다.

　진외가집은 식구들이 모두 들에 나가고 조용했다.

　할머니와 나는 한약 내가 진동하는 사랑에 들어 진외할아버지께 절을 했다. 얼굴이 백짓장처럼 하얀 진외할아버지가 형형한 눈으로 나를 쳐다보시며 헐헐 숨찬 소리로, 한참 클 놈이 제 할아비를 닮아서 시원치 못하다시며 혀를 끌끌 차셨다.

　대청에 나와서 진외할머니께 인사하고 할머니가 말씀하셨다.

　"이 녀석이 앓고 나더니 영 밥을 못 먹어요. 개장국 좀 먹이려고 왔어요." 진외할머니께서 손수 부엌으로 들어가시더니 내 앞에 개장국 뚝배기가 놓인 소반을 가져다 놓으셨다. 그런데 할머니가 개장국 뚝배기를 들여다보시더니 벌떡 일어나서 내 손목을 잡아끌며 온 집안이 떠나가게 소리를 지르시는 것이었다.

"나같이 박복한 년이 친정이 다 무슨 소용이여. 내가 다시는 친정에 오면 풍산홍씨 성을 갈 거여. 아버지 어머니 죽으면 머리 풀구나 올 테니 그리 알아요."

큰사랑 문이 벌컥 열리며 진외할아버지의 더욱 하얘지신 얼굴이 나타났다. 나는 진외할아버지가 무서워서 자지러지며 할머니 치마폭 뒤에 숨었다. 무슨 큰 잘못을 저지른 것처럼 진외할아버지가 무서웠다.

"나더러 개장국을 떠다 먹으라면 가마솥을 통째로 떼다 먹을까봐서 늙은 어머니가 꾸부정거리고 손수 떠다 바쳐요. 그렇거든 맘먹구나 떠다 주든지. 건더기도 없이 멀건 국을 떠다 주면서ㅡ. 이게 딸년 대접하는 거여, 거렁뱅이도 이리 대접할 수는 없어."

할머니는 소리소리 지르셨다. 기억에 의하면 개장국 뚝배기는 할머니 말처럼 그리 무성의한 건 아닌 것 같았는데 왜 할머니 마음에는 차지 않으셨는지 모르겠다.

할머니는 내 손목을 잡아끌고 횡하니 대문을 나섰다. 진외가에서 얼마쯤 떨어진 후에 돌아보니 진외할머니가 대문 밖에 나와서 우리 조손의 뒷모습을 바라보고 서 계셨다.

남풍에 누런 보리밭이 바다처럼 무겁게 너울졌다. 보리밭 건너 동네 뒷산 기슭에 늙은 밤나무에 매여 있는 그네가 수직으로 늘어져서 조용히 멎어 있었고, 물색 옷을 입은 동네 새댁, 색시들의 자지러지던 웃음소리도 그네처럼 조용히 멎어 있었다. 또 한 봄이 지나가는 것이었다. 할머니가 허물어지듯 길 옆 보리밭둑에 주저앉더니 빈 그네 터를 건너다보며 서럽게 우셨다. 나는 파도치는 누런 보리밭을 보면서 할머니의 울음이 그치기를 기다렸다. 현란한 새소리, 눈부신 녹음, 멀미나는 보리밭의 누런 물결에 안겨서 어깨를 들썩거리도록 우시던 할머니의 모습이 지금도 단오 무렵이면 눈에 밟힌다. 개장국 뚝배기가 왜 할머니를 그처럼 서럽게 했을까.

할머니와 내가 집에 도착하자마자 뒤따라서 진외가 행랑어멈이 개장국 옹배기를 이고 왔다. 할머니는 아무 말씀도 하지 않으셨다. 진외가 행랑어멈은 가져온 개장국을 옹솥에 앉히고 아궁이에 뭉근하게 불을 지펴 놓고 갔다. 잠시 후 개장국 냄새가 추녀 밑으로 감돌았다. 나는 그 개장국을 먹고 원기를 찾았다. 그리고 할머니가 시키는 대로 진외할아버지께 몸 다 났다고 인사를 드리러 갔다. 내 문안 인사를 받으신 진외할아버지가 학 날개 펴듯 활짝 안색을 펴며 좋아하셨다. 진외손주의 건강 회복이 병약한 노인에게 기쁨이었던 모양이다. 나도 진외할아버지만치 기뻤다.

그때 할머니는 환갑을 지나셨다. 할머니는 열일곱에 열다섯 먹은 신랑한테 시집오셨다. 신랑은 장가들고 잔병치레를 하시다가 남매를 두고 요절하셨다. 나는 증조부 품에 안겨는 보았어도 정작 할아버지 품에는 안겨 보지 못했다. 족보에 보면 할아버지는 스물일곱에 돌아가셨다. 그러니까 할머니는 스물아홉에 혼자되신 것이다. 생각해 보면 그 날 할머니가 개장국 때문에 친정 부모님께 소릴 지른 불효는 청상(靑孀)으로 환갑을 넘긴 여자의 춘한(春恨)이었는지 모른다.

보리밭둑에 앉아서 서럽게 우시던 할머니가 울음을 그치시고 옆에 시무룩해서 앉아 있는 나를 안으며 "어이구, 우리 강아지, 이렇게 아파서 어디 장가가겠어. 네 할아버지는 너만해서 이 길로 할머니를 데리고 삼일 되받이를 갔는데. 옥색 명주 두루마기를 입은 열다섯 새신랑 뒷모습이 얼마나 의젓하던지, 꼭 깎아 놓은 밤 같았느니라. 우리 강아지도 얼른 병이 나서 장가가야지." 그런 요지의 말씀을 하신 것 같다. 할머니의 그 말씀이 생각나면 나는 지금도 쓴웃음을 짓는다. '깎아 놓은 밤 같은 새신랑이 겨우 스물일곱에 돌아가셨을라고. 나처럼 병골이셨을 테지.' 내 열다섯 때 모습과 닮은 할아버지의 모습을 그려 볼 수 있어서다. 진외할아버지께서 나를 미워하신 까닭은 병약한 내가 당신 사위 같아 보여서일지 모른다.

할머니는 구십일곱, 돌아가실 때까지 눈물겨운 한평생을 길쌈으로 달래셨다. 할머니의 명주 길쌈 솜씨는 단연 탁월했다.

그러나 정작 당신은 한 번도 명주옷을 입으신 적이 없다. 돌아가실 때 수의로만 입으셨을 뿐이다. 그런데 할머니는 찬바람만 나면 내게 명주옷을 입히려고 애를 쓰셨다. 바지저고리뿐만 아니라 명절날이면 옥색 명주 두루마기도 지어 입히셨다. 그걸 입고 밖에 나갔다가 동네 애들이 꼬마 신랑이라고 따라다니며 짓궂게 놀리는 바람에 한 번 입어 보고는 다시 안 입었다.

명주옷은 개궂하게 크는 애들이 입을 옷이 못 된다. 물만 흘려도 얼룩이 선명해서 하루만 입으면 땟자국이 알롱달롱했다. 그러면 옷을 험하게 입는다고 나만 어머니에게 닦달을 당했다. 그래서 나는 명주옷이 싫었지만 할머니는 굳이 내게 명주옷을 입히려고 애를 쓰셨다. 그 할머니의 집착을 그때 나는 왜 몰랐을까. 깎아 놓은 밤 같은 열대여섯 새신랑의 의젓한 모습에 대한 할머니의 애잔한 환상 때문인 것을.

할머니가 짜놓은 명주는 때맞춰서 피륙장수 여자가 가져갔다. 나는 피륙장수 할머니의 세월을 올올이 짜낸 바닥 고운 명주필을 돈 몇 푼에 가져가는 게 아까웠으나, 할머니는 그 피륙장수에게 명주필을 넘겨주면서 값을 논하지는 않으셨다. 뿐만 아니라 할머니는 명주필 값을 받아들고 과금(過金) 아니냐며 금에 만족해하시던 걸로 보아서 그 피륙장수는 할머니의 명주필에다 시세보다 한 금을 더 놓은 게 분명하다. 혼신을 다한 길쌈 공정에 대한 경의였을 것이다.

참 오랫동안 할머니와 피륙장수 여자는 거래를 했다. 그것은 비단 상거래만이 아니라는 생각이 든다. 할머니가 돌아가셨을 때 피륙장수가 문상을 와서 곡을 하는데 어찌나 서럽게 울던지 명주 피륙으로 맺어진 인연이 의외로 깊은 데 감동했다. 피륙장수 여자가 애착한 할머니의 명주 피륙은 분명히 열다섯 새신랑이 삼일 되받이를 갈 때 입었던 옥색 두루마기감을 능가하는 바닥이었으리라.

나는 '워리'라고 불리던 이 땅의 모든 개들이 보시(布施)한 개장국 맛을 할머니의 마음이라고 생각한다. 가마솥에서 뭉근한 장작불에 세월없이 고아지던 개장국은 개가 단백질과 무기질과 섬유질로 분해되어 남을 건 남고 용해될 건 용해된 것으로 부처님께 공양을 해도 죄송할 게 없는 음식이다. 염원과 성의가 깃들인 공정이기 때문이다. 그 점은 우리 할머니의 명주 길쌈 공정과 일맥상통한다.

보리가 누렇게 고신 단오 무렵이면 진외가 툇마루의 청동화로에서 달여지던 한약 냄새와 어우러져 서리서리 추녀 밑을 감돌던 개장국 달이는 냄새가 코끝을 스친다. 우리 할아버지가 돌아가시던 스물일곱 살 적 침울한 우리 집에도 그 냄새가 추녀 밑에 서리서리 감돌았을 것이다. 할머니는 그 냄새를 맡으면 청상에 홀로되어 수절한 여자의 생애가 발작처럼 서러울 거라는 짐작이 가는 것이다.

꽃 냄새

　처서라고 더위가 가신 것은 아니다. 뙤약볕은 사실 처서 무렵의 햇볕을 말하는 것이다. "뙤약볕에 정수리 벗어질라. 맥고자를 쓰고 나가거라." 처서 무렵 들에 나가는 아버지께 할머니가 성화를 하셨다.

　습기가 없는 투명한 대기를 거침없이 투과하는 자외선이 강한 햇빛을 받고 곡식의 이삭이 여문다. 곡식이 여무는 들녘의 소리는 들으려고 마음먹으면 들을 수 있다. 누에가 섶에 오를 때와 같은 대기만성의 은밀한 소리가 들린다. 가을 햇살은 곡식에만 내리쬐는 것은 아니다. 들길의 여름 장마에 씻기다 남은 소의 섬유질 배설물에도 내리쬐어서 그 불결을 푸새빨래처럼 말린다.

　내가 어려서 처서 무렵이면 문경 양반이 손녀딸 순임이를 데리고 들길에서 싸리 삼태기에 마른 쇠똥을 주워 담는 걸 보았다. 어느 때는 순임이 혼자 쇠똥을 줍기도 했다. 쇠똥을 주워

다 기껏해야 바깥마당 거름더미에 넣든지 사랑방에 군불을 땠을 것이다.

문경 양반네가 동네서 제일 부자였다. 나는 불결까지도 치부의 방법이었던 문경 양반의 차질없이 알뜰한 생애를 존경은 하지만 들꽃처럼 예쁜 순임이에게까지 그 일을 시킨 건 잘못이라고 생각했다. 순임이에게서 쇠똥 냄새가 난다는 것은 언어도단이었다.

문경 양반이 돌아가신 지도 오래되었다. 내가 이제 쇠똥을 줍던 문경 양반 나이다. 그런데 이상하다. 나도 지금은 처서가 지난 들길에서 잘 마른 쇠똥을 보면 용처(用處)야 여하튼 맨손으로 줍고 싶은 충동을 느낀다. 조금도 불결하다는 생각이 들지 않는다.

여름 장마 때 소나기에 뭉그러져 흐르던 쇠똥은 더러워서 바로 쳐다볼 수조차 없었는데, 초가을 들길에서 보는 바짝 마른 쇠똥은 삶아 빨아서 냇가 자갈밭에 널어 말리는 풀물이 얼룽덜룽한 머슴의 여름 잠방이처럼 청결한 느낌이다. cow dung cake를 빚는 인도 사람들의 불결조차 삶의 지혜로 느껴지는 것도 이맘때다.

여름날 저녁 때, 나는 소 고삐를 잡고 뒤따라가며 소가 똥을 누는 걸 본 적 있다. 그때 나는 건강하고 충만한 배설에 놀라움을 금치 못했다. 그 후 나도 쇠꼴을 베러 산에 올라가서 저 아래 들판을 내려다보며 배설 한 무더기를 크게 하고 행복했던 적이 있다. 묵직한 뒤의 급박한 불편사항을 가차없이 해결해 치우는 쾌변(快便)도 행복했지만, 산정의 바람에 밑을 닦고 유감없이 닫히는 항문 괄약근의 탄력감을 느끼며 괴춤을 끌어올리는 배변 후의 기쁨 또한 등천을 할 것같이 시원했다. 소의 배설은 그보다 열 배나 크다. 그러면 소는 나보다 열 배는 더 행복할 것이라는 생각이 들었다. 소는 느릿느릿 걸으면서 꼬리를 약간 추켜들었다. 그리고 무례하게도 뒤따르는 사람은 개의치 않고 항문을 드러내 놓고 해산하듯 엄청 큰 배설물을 털버덕, 들길에다 떨어뜨렸다. 한 서너 무더기쯤 떨어뜨리더니 항문을 닫고 꼬리를 내렸다. 그리고 크고 순한 눈으로 저문 하늘을 향해서 "움―머―엉" 하고 길고 게으른 울음을 울었다. 아주 기분이 상쾌하다는 태도였다. 물론 나도 동감이었다.

세계은행의 조사보고에 의하면 성인이 하루에 누는 똥의 양은 서유럽과 북미 등 소위 선진국가 사람들은 150g이고 개발도상국가 사람들은 도시 사람의 경우 250g, 시골 사람의 경우는 그보다 많아서 350g이나 된다고 한다. 그런데 여기서 아주 기쁜 발견을 할 수 있다. 잘사는 미국 사람의 행복지수는 36위인 데 비해서 세계에서 가장 가난한 나라인 방글라데시의 행복지수가 세계에서 1위라는 것이다. 사람의 배설량과 행복지수는 정비례한다는 사실이 나를 기쁘게 한다. 맛있고 부드러운 고단백질 음식을 먹는 사람은 구미(口味)의 기쁨만큼 배변의 기쁨을 누리지 못하는 반면, 조악한 음식을 먹는 사람의 불만스러운 구미는 커다란 쾌변을 보상받는다는 섭리의 형평이 나로 하여금 절로 '아멘' 소리를 지르게 하는 것이다. 사람의 연명(延命)이란 별수 없이 섭취와 배설의 연속작용이다. 섭취가 기쁘면 배설이 불쾌하고, 섭취가 불쾌하면 배설이 기쁘다. 잘살고 못살고 간에 한 가지 기쁨은 누리도록 한 엄청난 공정성을 나는 경배하여 마지않는다.

쇠똥을 줍던 순임의 몸에서는 무슨 냄새가 날까? 그게 늘 궁금했다. 순임에 대한 내 유년의 애틋한 마음을 상실한 것은 쇠똥 때문이었다. 비록 쇠똥에 대한 내 시각이 cow dung cake로 바뀐 후에도 순임에 대한 애틋한 마음은 되돌아오지 않았다. 한 번 훼손된 여자에 대한 내 이미지는 좀체로 회복되지 않았다. 순임이 쇠똥을 주웠다는 사실 자체가 내 순진한 마음에 너무 큰 상처였던 모양이다. 그런데 어느 해 초가을, 나는 쇠꼴을 베러 가다 순임을 만나서 그녀에 대한 내 유년의 이미지를 되찾았다.

초경의 얼굴처럼 청초하고 수줍은 들국화가 산그늘 내린 길섶에 간택 받는 규수처럼 어렵사리 고개를 쳐들고 있었다. 나는 들국화를 한 움큼 꺾어들었다. 그때 저만큼 다래끼를 멘 처녀가 오고 있었다. 순임이었다. 일방통행밖에 할 수 없는 다랑논 논둑길이었다. 순임은 오던 길을 되돌아가서 조금 넓은 길에서 비켜섰다. 그때 나는 순임의 옆모습을 볼 수 있었다. 잠깐 스치며 보았는데 지금도 그때의 순임이 모습이 분명하게 기억된다. 들국화처럼 곱고 수줍었다.

"오랜만이야."

제법 변성기의 뜨거운 목소리로 겨우 말했다. 정말 오랜만이었다. 덜 익은 복숭아처럼 솜털만 보송보송하던 쇠똥 줍던 순임을 본 후 처음이었다. 우리는 열여덟이던가 열아홉이던가 이미 과년해 있었다. 처음 본 것이라기보다 순임을 여자로 느낀 게 그때 처음이었는지 모른다. 꽃이 피는 게 순식간이듯 여자가 꽃처럼 피는 것도 순식간이라는 생각이 든다.

나는 순임이 곁을 지나가면서 다래끼를 들여다보았다. 다래끼 안에는 들깻잎이 반쯤 담겨 있었다. 들국화 꽃을 다래끼 안에 넣어 주었다. 그때 나는 분명히 순임의 냄새를 맡았다. 알싸한 들깻잎 냄새에 섞여 있는 여자의 냄새.

지금도 나는 초가을이면 코끝을 스치는 들깨 냄새를 느낀다. 산그늘 내리는 골짜기에 모로 서서 보여 준 순임의 모습을 생각하면 무엇인지 내 생애에 큰 착오가 있었던 건 아닌가 하는 생각도 하게 된다.

아무튼 당시 순임의 몸에서는 전혀 쇠똥 냄새는 나지 않았다. 똥냄새는 인돌과 스카톨이라는 고리 모양의 유기화합물의 냄새라고 하는데, 아이러니컬하게도 미량일 때는 꽃 냄새 같은 향기가 난다고 한다. 순임에게서 나던 그 종잡을 수 없는, 흡사 꽃 냄새 같은 은은한 방향(芳香)이 그러면 순임에게 남은 미량의 쇠똥 냄새였을까.

뻐꾸기 울 때

참나무 이파리들이 갓난아기처럼 하루가 다르게 방싯방싯
웃으면서 자란다. 아침 햇살을 받고 잎맥을 고스란히 드러낸
다. 아기의 투명한 속살에 파란 핏줄이 살아나는 것처럼 한없
이 맑다.

아파트 마당에 세워 놓은 자동차 지붕에 노랗게 송홧가루가
날아와서 앉아 있다. 차 임자들이 털이개로 애써 차에 묻은 송
홧가루를 털고 출근길에 오른다. 털지 말았으면, 송홧가루가
날리는 산 밑에 살고 있다는 사실을 남에게 보여 주는 기쁨을
모르는 도시인의 삭막한 정서, 송홧가루가 날아오는 환경 좋
은 아파트에 살고 있다는 걸 자랑할 줄 모르는 정서의 고갈이
얼마나 슬픈 실정인지를 모른다.

어느새 입하(立夏). 모충동 뒷산에 뻐꾸기가 와서 운다. 작년
에 앞동 아파트 피뢰침에 앉아서 울던 그 뻐꾸기일까. 저 뻐꾸
기는 깊고 넓은 숲을 놔두고 하필이면 이 볼 것 없는 도시 공원

의 숲에 와서 한 철을 나는 것인지 알 수 없다.

뻐꾸기가 우는 산골 동네는 눈부신 황금 햇살을 흠뻑 뒤집어쓰고 조용했다. 농부(農夫)들은 갈잎을 꺾으러 산으로 가고, 농부(農婦)들은 산나물을 뜯으러 산으로 가고 동네에 단 한 사람도 남아 있지 않은 것 같지만 그렇지는 않다. 뉘 집 뒷방에 동네 큰애기들이 다 모여 있다. 누구는 정혼을 한 몸이고, 누구는 혼담이 오고가는 몸이다. 건성으로 무릎에 수틀을 올려놓은 채 방문을 열어 놓고, 장독대에 흐드러지게 핀 목단꽃을 하염없이 바라볼 뿐 말이 없다. 뉘 집 바깥사랑 마루에는 동네 노인들이 다 모여 앉았다. 장죽을 물고 말없이 앞산 기슭에 새로 쓴 장 노인의 묘를 건너다본다. '여보게, 편안한가.' 그런 눈빛으로.

장 노인은 어려서 소아마비를 앓은 불구의 몸이었다. 아침에 뻐꾸기의 배웅을 받으며 닭장 같은 방물 지게를 지고 '절뚝절뚝' 청보리밭 사잇길로 장사를 떠났다.

뻐꾸기는 하루 종일 울었다. 박가분을 몇 통이나 팔았소, 참빗은 몇 개나 팔았소, 꽃댕기는 몇 닢이나 팔았소, 그러면서 울었다. 해가 지면 장 노인은 방물 지게를 지고 절뚝거리며 모색창연(暮色蒼然)한 동구에 들고, 뻐꾸기도 울음을 그쳤다. 그때까지 장 노인은 '뻐꾹뻐꾹' 소리를 밟으며 '절뚝절뚝' 몇십 리를 돌아왔을까. 보리가 누렇게 익던 산골 동네의 하루는 참 멀고 힘든 길이었다.

선풍기

처서가 지났다. 그늘에서는 더 이상 바람이 필요 없으니 올여름도 다 갔다.

언제부터인지 선풍기가 거실 구석으로 밀려나서 한가하게 쉬고 있다. 소임을 잃은 선풍기의 모습이 너무 초라해 보인다. 바람개비를 감싸고 있는 안전망이 군데군데 도장이 벗겨져 녹이 슬었고, 눈처럼 하얗던 플라스틱 몸체는 빛이 바래서 누렇다. 막내 진국이를 낳고 산 선풍기다. 진국이 나이 스물일곱 살이니까 선풍기 나이도 스물일곱 살이다. 기계의 나이치고는 고령이다. 선풍기가 우리 집 형편을 돕느라고 무병장수해 주는 것 같아서 고마운 생각이 든다.

진국이는 복지경에 태어났다. 산모가 세이레를 지났는데도 원기를 못 찾고 땀을 줄줄 흘리면서 헐떡거렸다. 갓난것 이마에도 땀띠가 송골송골했다. 우리는 달동네 서향 문간방에 세 들어 살았다. 그 해 유별나게 더웠다. 나는 큰맘 먹고 선풍기를 하나 사 왔다.

"무슨 선풍기예요, 더우면 부채질하면 되지."

그렇게 말하던 아내의 감격에 떨던 목소리가 지금도 기억에 생생하다. 그때 달동네 사람들에게는 선풍기도 큰 문명의 이기였다. 아내가 갓난것 발치에다 선풍기를 미풍으로 틀어 놓았다. 새근새근 고른 숨소리를 내면서 잠든 갓난것이 시원해서인지 배냇짓을 하는 건지 생긋생긋 웃었다. 아내와 내가 마주보고 웃었다. 과감한 투자의 부가가치가 얼마나 큰 것이었던가!

선풍기는 제가 차지한 거실의 구석자리조차 염치없다는 듯한 모습으로 초라하게 움츠리고 있다. 며칠 전까지만 해도 선풍기는 거실 복판에 떳떳한 모습으로 앉아 있었다. 식구들은 모두 선풍기의 위치를 존중했다. 삼복지경, 선풍기는 온종일 바람개비를 돌렸다. 모터가 들어 있는 머리에 손을 대보면 뜨거워서 손을 데일 지경이었다. 시원한 바람을 생산해서 우리 식구들의 더위를 식혀 주느라고 정작 제 몸은 발열(發熱)이 사경(死境)을 헤매고 있었다.

그래도 식구들은 번차례로 선풍기 앞을 차지하고 모터 회전 속력을 강풍으로 높여 놓고도 '좀더 시원하게 불어 봐. 이 놈에 고물 선풍기야' 하는 표정이었다. 선풍기의 나이 대접은 전혀 하지 않았다. 삼복지경이면 잠시도 제 더위를 식혀 볼 새 없이 식구들의 땀을 들여 주던 선풍기의 그 많은 세월을 생각지 않는 것은 사람의 도리가 아니라는 생각이 들었다. 특히 진국이는 그러면 안 된다.

선풍기는 손님 접대도 했다. 아내는 땀을 흘리며 내방한 손님을 선풍기 앞으로 모시고 계면쩍은 얼굴로 "선풍기가 많이 낡았어요. 그래도 지금 새로 나오는 선풍기보다 소리도 조용하고 바람도 시원해요" 했다. 그러면 손님들은 참말인지 인사말인지 몰라도 "참 그러네요. 옛날 물건이 더 좋아요" 했다. 나는 아내가 낡은 선풍기를 손님 앞에 내놓고 구차스러운 말을 하는 게 살림의 주변머리 없음을 변명하는 것 같아서 싫었다. 차라리 아무 말도 하지 말든지, 선풍기 나이가 얼만데 늙은이 건강 믿을 수 없다는 말처럼 말 끝에 멈추기라도 하면 어쩌려고 그런 말을 하나 싶어서 맘이 조마조마했다. 그러나 선풍기는 주인 맘을 무참하게 하는 일은 저지르지 않았다.

이제 아내는 내게 "선풍기를 치워요" 할 것이다. 그 말은 선풍기의 먼지를 닦고 기름칠을 한 후 비닐 자루에 담아서 다락 구석에 잘 모셔두라는 말인데, 선풍기에 대한 그런 조처는 예우일까, 내년에 또 써먹기 위한 욕심일까. 여하튼 우리 집의 낡은 선풍기는 명퇴도 못하고 명을 다할 것 같다. 어느 날 바람개비가 회전을 멈춘다면 아내는 선풍기가 돌아가게 해보라고 닦달을 할 것이다. 나는 기계에 대해서는 숙맥이다. 선풍기를 동네 전기제품 가게에 가지고 가서 고쳐 와야 한다. 생각만 해도 끔찍한 일이다. 가게 주인은 측은한 눈으로 나를 쳐다보며 '쯧

쯧, 주변머리하고는, 선풍기를 새로 하나 사시지.' 속으로 그럴 것 같아서다. 그래서 선풍기가 고장나지 않기를 바란다.

내 마음을 아는지 아직까지 선풍기는 한 번도 고장이 나지 않았다. 선풍기가 고장나면 나는 선풍기를 고치러 들고 가서 가게에 주고 새로 사 오려고 맘먹고 있다. 가게 주인은 선풍기를 해체해서 장기 이식하듯 고장난 다른 선풍기를 수리하는 데 쓸 게 분명하다. 우리 선풍기는 그렇게 최후를 마치게 해주는 것이 도리다. 늙을 대로 늙어가며 우리 식구들의 더위를 덜어 주던 물건이다. 거리 모퉁이 냄새나는 잡쓰레기 옆에 버려져서 사람들에게 구차한 모습을 보인다면 충직했던 늙은 머슴의 주검에 수의도 안 입혀서 묻는 것과 같이 몰염치한 짓이다.

올 초여름 아내가 시장을 다녀오더니 땀을 흘리며 숨넘어가는 사람처럼 선풍기를 찾았다.

"선풍기를 새로 살까?"

"멀쩡한 선풍기를 두고 왜 새로 사요."

나는 다락에서 선풍기를 내려다가 비닐을 벗기고 단자에 코드를 꼽으며 속으로 '안 돌아가도 탓하지 않을 테니 네 맘대로 해.' 그렇게 말했다. 선풍기는 퇴출당할까 봐 전전긍긍하던 늙은 공원처럼 건재를 과시하듯 바람개비를 힘차게 돌렸다.

아내는 선풍기가 돌아가는 것을 보자 만족한 표정이었다. 마치 27년 전 처음 선풍기를 진국이가 자는 발치에다 틀어 놓고 좋아하던 표정과 흡사했다.

아내가 선풍기를 죽지도 못하게 부려먹는 것은 소중한 추억의 반추인지 모른다. 더위가 힘겹던 산모에게 미풍을 선사해 주던 선풍기가 기계 같지 않은 모양이다. 아내는 선풍기가 안 돌아가도 닦고 기름을 쳐서 다락에 보관하라고 닦달할지 모른다. 그것은 선풍기를 사올 줄 안 내 마음을 잘 간수하려는 마음이라고, 나는 지레 짐작한다.

사는 게 즐겁다는 생각이 들게 하는 선풍기다.

알밤 빠지는 소리

우리 집 뒤꼍에 추석 무렵 아람이 버는 올밤나무가 한 그루 있었다.

알밤 빠지는 소리는 작다. 마음이 조용히 머물러 있어야 들린다. 그래서 마음이 분방한 철없는 시절에는 못 듣는다. 할머니 말마따나 철이 나야 들린다. 어느 가을날 마루에 걸터앉아서 파랗게 깊어진 하늘을 발견하고 "아—, 가을이구나" 하고 숨을 죽이는데 그 소리가 들렸다. 나는 감동해서 알밤이 빠진다고 소릴 질렀다. 할머니가 알밤 빠지는 소리가 들리느냐고 하시며 퍽 대견해하시는 어조로 "철났네" 하셨다.

고향 생각 중에서 알밤 빠지는 소리가 차지하는 자리는 확고하다. 마지막 태풍이 지나가고 청명한 하늘이 열린 어느 날, 문득 불쾌지수가 걷힌 상큼한 바람 한 점이 폭염에 지친 거칠고 야윈 볼을 스치면 그 삽상하고 청량한 소리가 도시의 소음 속에서도 내 가슴으로 떨어져 오는 것이다.

내 고향집은 동향이라 아침 햇살이 참 좋았다. 초가을날 아침해가 앞산 위로 불끈 치솟으면 햇살이 해일처럼 안방에 가득 찼다. 그러면 추석을 쇠려고 새로 바른 눈같이 흰 문 창호지가 장구 틀에 메운 새 가죽처럼 팽팽해졌다. 아침밥을 잦힌 온기로 방안은 따뜻하고 추석 두부를 한 비지를 띄우는 쿨키한 냄새가 방안에 가득했다. 가끔 부엌에서 달그락거리는 기명(器皿) 소리가 들릴 뿐 더없이 조용하고 평온한 가을 아침. 나는 눈을 감고 눈까풀에 내려앉는 햇살의 간지러움에 온몸을 맡기고 가만히 앉아 있었다. 할머니는 목화송이를 매만지고 계셨을 것이다. 그때 알밤 빠지는 소리를 들을 수 있었다. 처음 그 소리를 들었을 때의 청량감을 나는 잊을 수 없다.

"툭—, 투—투—투—."

처음 '툭—' 하는 소리는 조금 크고 둔탁하다. 그리고 이어지는 '투—투—투—' 하는 소리는 지극히 삽상하고 리드미컬하다. 첫소리는 밤송이에서 빠진 알밤이 처음 이파리에 부딪치는 소리고 이어서 들리는 소리는 이파리들을 훑치며 떨어지는 소리다. 알밤이 빠지는 소리는 처음 메운 장구를 조심스럽게 쳐 본 소리처럼 새로 바른 팽팽한 방문 창호지에 공명했다. 아주 작은 소리였지만 가을 새벽 공기를 가르면서 떨어지는 작은 중량의 가속음(加速音)이 의외로 내 마음을 크게 울렸다. 체적에 비해서 큰 데시벨의 알밤 빠지는 소리는 좀 당돌하고 교만스럽다는 느낌을 주었으나 불쾌하지는 않았다. 실과라면 당연히 낼 소리로 받아들여졌다. 소리에 대한 내 마음의 수용력은 설익은 마음이 비로소 익어서 아람이 번 때문일지 모른다.

알밤 빠지는 소리는 여운이 깊다. 집에 아무도 없는 가을 한나절 나는 툇마루에 앉아서 알밤 빠지는 소리를 들어보았는데 그것은 내가 경험해 본 평안 중에서 가장 확실한 것이었다. 알밤 빠지는 소리가 툭 떨어지고 나면 가을은 한층 깊고 조용해졌다.

"툭―, 투―투―투."

그 소리를 듣고 밤나무 밑에 가면 참기름을 바른 것처럼 윤기가 도는 갈색 각질의 열매가 깨끗이 풀을 베어 놓은 땅바닥에 떨어져 있었다. 알밤이었다. 그 무게를 집어들면 소년의 순수한 탐욕이 손끝에서 바르르 떨렸다.

아버지는 아람이 벌 무렵 밤나무 밑의 풀숲을 산소 벌초하듯 깨끗이 베었다. 그건 비단 알밤을 줍기 위한 일로만 여길 게 아니었다. 타작을 하려면 전날 타작마당을 정성스럽게 쓴다. 그게 농부의 마음인데 밤나무 밑을 알밤 빠지기 전에 깨끗이 베는 마음도 그와 같은 것으로 소망을 마무리하는 농부의 예절이라고 할 수 있다. 밤나무 밑의 풀숲을 깨끗이 베고 허리를 펴시던 아버지가 마침 떨어지는 알밤 소리를 들었다면 마음이 얼마나 충만하셨을까.

알밤 빠지는 소리를 제일 먼저 듣는 분은 물론 할머니였다. 어느 날 할머니가 어머니에게 "어미야, 이제 밥을 땅 솥에 하지 말고 부뚜막에 걸린 옹솥에다 하거라" 하시면 알밤 빠지는 소리를 들으셨거나 조만간 들으실 예감을 하신 것이다. "알밤 빠질 때가 되었나 보다, 구들의 냉기가 시린 걸 보니" 하시던 할머니의 말씀을 들은 적이 있어서 안다.

어머니도 여름내 비웠던 아궁이에 불을 지피시며 알밤 빠지는 소리를 듣는다고 하셨다. 그러셨을 것이다. 여름내 비워 두었던 아궁이에 불을 지피는 일은 수월한 일이 아니다. 눅눅한 아궁이는 잠 트집하는 갓난아기 어미 젖꼭지 뱉어 내듯 불길을 내뱉고 빨아들이지를 않는다. 어머니가 갓난아기 달래듯 콧물 눈물을 흘리시며 아궁이를 들여다보고 불을 불어서 아궁이가 달래져야 비로소 불길은 불목을 넘어간다. 그러면 컴컴하던 아궁이가 환해지고 차가운 새벽 공기에 언 어머니의 앞가슴이 따뜻하게 더워진다. 그때 한세월의 만감이 눈 녹듯 스러지고 하얗게 빈 어머니 마음을 알밤 빠지는 소리가 '툭—' 치고 '투—투—투—' 울리며 앞치마 안에 떨어졌으리라.

할머니는 새벽에 알밤을 주우러 가는 내게 꼭 그리 당부하셨다.

"알밤을 주우러 온 애들이 있어도 다투지 마라. 우리 햇밤으로 제상을 차리는 집이 있으면 우리 공덕이 되느니라. 알밤을 줍거든 반드시 고맙게 여기고—."

알밤을 손에 들면 느껴지던 그 무게의 올 참이 나이 들수록 할머니의 말씀과 더불어 새롭다. 이제 내 인생도 아람이 벌어

서 '툭―, 투―투―투―' 하고 소리를 내며 올 찬 알밤 하나
쯤은 떨어뜨릴 때가 되었건만 나는 쭉정이만 달고 있을 뿐 우
리 할머니 말마따나 누가 주워들고 고맙게 여길 만한 열매를
하나도 떨어뜨리지 못하고 있다. 파란 가을하늘로 뻗은 가지
끝에 오롯이 매달린 부실(不實)들, 찬란했던 봄꽃의 열망에 부
응하지 못한, 만유인력도 못 미치는 가벼운 쭉정이를 달고 나
는 아주 계면쩍게 당당한 낙과의 계절 어귀에 서서 알밤 빠지
는 소리에 감동을 하는 것이다.

우정의 무대

일요일 낮, '우정의 무대'를 보고 있었다.

함박눈이 쏟아지는 연병장의 언 땅에 얼룩무늬 군복을 입은 젊은이들이 오와 열을 맞춰 정연하게 앉아 있다. 눈은 예사롭지 않은 기세로 내려서 군인들의 군모와 넓적한 어깨에 소복하게 쌓여 가는데 연병장의 정숙(整肅)은 조금도 흐트러짐이 없다. 군모의 차양 아래 젊은 시선들이 삼동(三冬)의 언 땅에 앉아서 눈발 속에 묻히는 자신들의 처지를 잊고 무대를 주목하고 있다. 그 빛나는 새까만 눈동자들, 마치 다이아몬드 같다. 자식을 군에 보낸 아비의 심정 때문일까, 군의 기강이 확립된 연병장 모습이 나를 감동시킨다.

하염없이 내리는 고향설(故鄕雪), 마침 사회를 보는 코미디언이 센티멘털한 수식어와 어조로 어머니를 소개한다.

"어머니, 어디서 오셨어요?"

무대 뒤에 있는 어머니에게 물었다.

"경상도 봉화에서 왔심더."

투박한 경상도 사투리가 금방 떠온 숭늉처럼 구수하다.

"어머니, 아들 군대 보내 놓고 많이 보고 싶으셨지요?"

"하믄요."

"언제 제일 보고 싶던가요?"

"무시로 보고 싶지요. 밥상 앞에 앉아도 보고 싶고, 자려고 누워도 보고 싶도, 저물어도 보고 싶고 그렇지예."

"어머니, 곧 아들을 보게 해 드릴게요. 우시면 안돼요."

참 어리석은 주문이다.

"어데예, 안 울깁니더."

참 어리석은 대답이다. 어머니는 벌써 울먹이며 어리석은 거짓말을 한다.

"자, 어머니 나오세요."

무대 뒤에서 어머니가 나왔다. 시골 아낙네, 전형적인 한국의 어머니다. 자식이 입영하는 날 읍내 차부까지 따라오며 눈이 퉁퉁 붓도록 우시던 그 어머니다.

"자, 아드님 올라오세요."

비로소 연병장의 정숙을 흐트러뜨리며 무대 위로 병사가 뛰어올라왔다. 병사는 어머니를 힘껏 껴안았다. 어머니가 까치발로 아들에게 매달려서 아들의 두 볼을 싸안고 운다. 병사도 운다. 연병장 가득한 병사들도 마음속으로 운다. 아마 사단장도 울 것이다. 세상에 어느 드라마의 클라이맥스가 이보다 더 감동적일 수 있을까.

저 장면이 바로 국방력이라는 생각이 든다. 어머니에 대한 자식의 사랑, 자식에 대한 어머니의 사랑. 깊이도 한도 없는 이 념을 초월하는 저 인륜성(人倫性)을 지키기 위해서 젊음까지도 홀연히 버릴 수 있다는 걸, 순수한 열정의 시절 칠흑의 차가운 별빛 아래 초병(哨兵)으로 서 있어 본 사람은 안다.

확립된 통솔력의 지휘선상에는 반드시 아름다운 인간의 본 성이 서 있다.

"자, 어머니를 업으세요."

젊은 군인이라지만 업기에는 힘겨워 보이는 어머니의 육체 였다. 소박한 삶의 이력만치 크다. 그러나 군인은 가볍게 어머 니를 업었다. 그 힘은 자기보다 더 큰 부상당한 전우를 업고 사 선을 넘어가는 전우애와 상통하리라.

사회자가 명령했다.

"고향 앞으로—."

병사는 어머니를 업고 가볍게 무대를 내려갔다.

제4부 불영사에서

절 앞에 불영사의 이름을 낳은 연못이 있었다.

부처의 모습이 비친다는 연못도

가을 깊이 가라앉아서 거울같이 맑다.

연못 저편에 내외간인 듯싶은 초로의 한 쌍이

손을 잡고 불영(佛影)을 찾는지

열심히 연못을 들여다보고 있었다.

장모님과 끽연을

나는 근 30년간 위장병을 지니고 산다. 그래서 아내는 내 위가 더 나빠진 것 같다며 최악의 경우를 생각하고 가슴이 덜컥 내려앉는지 번개같이 복날 개 끌고 가듯 사정없이 나를 병원으로 끌고 갔다.

봄 들면서 내 위가 더 나빠진 것 같았다. 어느 날 아침 아내는 나를 굶겨 가지고 용하다는 '박 내과'에 끌고 가서 내시경 검사와 조직검사 등 위장에 대한 종합 진찰을 받게 했다.

그리고 며칠 후, '혹시나' 싶어서 무거운 마음으로 진찰 결과를 보러 병원에 갔다.

"신경성 만성 위염입니다."

의사의 말에 '혹시나' 하는 걱정을 깨끗이 씻어 버린 아내는 주름진 안면을 혼담 들어온 노처녀처럼 활짝 펴고 기뻐했다.

의사는 진찰 결과를 알려주면서 내게 주의사항을 시달했다.

"담배 피우십니까?"

"네, 조금."

"금연하십시오. 위염에는 담배가 제일 해롭습니다. 니코틴이 위 점막을 자극해서 위액을 분비시키는 자율신경을 실조시키는 겁니다. 그러면 위액이 분비돼야 할 때 안 되고 안 돼야 할 때 분비돼서 위벽에 손상을 줍니다. 금연을 못하면 절대로 건강한 위를 가질 자격이 없다는 것을 명심하십시오. 아시겠습니까?"

나는 자격 운운하며 초등학생 다그치듯 하는 의사의 말에 자존심이 상해서 입을 당나발처럼 내밀고 묵비권을 행사하는데, 아내가 대신 나서서,

"네, 선생님. 금연하고말고요."

마치 자기가 금연할 것처럼 의지를 천명했다.

말투로 보아서 의사는 내 위장병력으로 미루어 의지력이 보잘것없는 사람이라는 짐작을 한 게 분명하다. 그래서 내 인격을 얕잡아 보고 말을 막는 것이라는 자격지심이 들었다. 병약하면 눈치만 느는 모양이다.

사실 30여 년을 위장병으로 고생한 사람의 황폐한 얼굴을 보고 호감을 가질 사람은 없을 것이다. 30년씩 위장병을 지니고 산다는 것은 말도 안 된다. 그 세월이면 병을 고쳤든지 죽었든지 결판을 냈어야 한다.

의사가 내게 금연을 지시한 것은 의학적인 처방이라기보다 극기(克己)하라는 인간적 충고인지 모른다. 그러나 앉은뱅이

가 이수 몰라서 길 못 가는 게 아니다. 의사의 말이 아니라도 담배가 건강에 해롭다는 것쯤은 나도 안다.

담뱃갑에도 써 있지 않은가.

'경고 : 흡연은 폐암 등 각종 질병의 원인이 되며…….'

'금연하면 건강해지고 장수할 수 있습니다.'

매상을 올려야 할 제조업자가 가급적이면 사 피우지 말라고 자기 상품의 위험성을 경고한 말이다. 의사의 말보다 훨씬 더 설득력이 있다. 그래도 나는 30여 년 동안 담배를 끊지 못하고 있다.

아무튼 의사의 지시에 의해서 극기가 시작되고 아내는 게슈타포같이 나의 금연 위반 여부를 감시하기 시작했지만 나의 금연은 또 작심삼일로 끝났다. 이미 나는 그럴 줄 알았기 때문에 내 못생긴 의지력을 가지고 새삼스럽게 상심하지는 않았다.

어느 날 아내 몰래 담배를 피우다가 단서를 잡히고 말았다. 도둑담배를 피우고 증거인멸에 소홀했기 때문이다. 미처 내 몸에 남은 담배 냄새에 유의치 못한 나머지 셰퍼드 같은 아내의 후각에 의해서 끽연 사실을 적발당하고 만 것이다.

아내는 내 보잘것없는 의지를 개탄했다. 곤혹스럽기 그지없었다. 나는 담배를 피우지 않겠다는 분명한 의지를 보여 줄 필요를 느끼고 방바닥에다 담뱃갑을 거세게 팽개친 후, 결연한 몸짓으로 아내 앞에서 돌아섰다. 아내는 발끈하는 내 성미에 연민을 느낀 나머지 분발로 받아들이는 듯 더 이상 말이 없었다.

나는 고등학교 때부터 담배를 피우기 시작했다. 내 모교는 연초제조창과 가시철망 울타리를 사이에 두고 붙어 있었다. 여름날 창문을 활짝 열어 놓고 공부를 하면 엽연초 재건조하는 냄새가 교실에 가득 찼다. 향료와 보습용 꿀물로 배합해서 찌는 엽연초 재건조 냄새, 그렇게 향긋할 수가 없었다. 그 냄새를 맡으면 몹시 담배가 피우고 싶었다.

내 고등학교 동창생들은 재학시절에 담배를 피우는 애들이 꽤 많았다. 쉬는 시간이면 연초제조창 철조망에 붙어 서서 여공에게 은근한 목소리로 "누님, 시가렛 기브 미" 하면 나이 든 여공들은 "학생이 무슨 담배야, 안돼" 하며 누님다운 눈초리로 쏘아보았으나, 대개는 작업복인 예쁜 앞치마 주머니에서 궐련을 꺼내 가지고 철조망 너머로 던져 주었다.

도둑담배를 피우는 학생들은 담배를 던져 줄 여공을 잘 알아보았다. 여공들은 "누님" 하면 벌써 가슴이 뛰는지 얼굴을 바로 들지 못했다. 그런 여공들로부터 우리는 담배를 조달받아서 도둑담배를 피웠다.

사실은 담배를 피우고 싶어서라기보다 경비 아저씨의 눈을 피해서 수줍게 담배를 던져 주던 여공의 그 아름다운 모험심에 반해서, 학생들은 연초제조창 철조망에 한사코 매달려 자랑스럽게 니코틴 중독자가 되었는지 모른다.

나는 가끔 담배를 피우며 생각한다. 나를 니코틴 중독자로 만든 얼굴이 조롱박처럼 조그맣고 하얗던 여공을—.

요즈음 우리 집에 장모님이 와 계신다. 구십이 불원한 연세에 지극한 애연가시다.

　아내한테 끽연을 들킨 날 저녁 때.

　"사위, 옥상 평상에 가 보세, 노을도 곱고 아주 시원해."

　"…… 네."

　나는 장모님을 따라서 옥상에 올라갔다. 장모님과 평상에 마주앉았다. 장모님 말씀대로 도시의 고층 아파트 너머로 노을이 곱게 물들어 있고, 초여름 저녁바람이 일어서 상쾌했다. 장모님은 치마를 걷어 올리고 당신이 손수 달아 놓은 속곳 주머니에서 담뱃갑을 꺼내시더니 내게 한 개비를 빼 주시고 당신도 한 개비 빼 무시는 것이었다.

　"이럴 때 담배 생각나지 왜. 위에 나쁘다니 다 피우지 말고 반만 피워."

　구겨진 '그로리아' 담뱃갑, 아침나절 내가 아내 앞에 힘껏 내동댕이친 그 담뱃갑이 분명했다. 도둑담배를 피우고 마누라한테 혼나는 사위가 마음에 걸리셨던가 보다. 장모님과 나는 노을이 지고 어두워질 때까지 옥상의 평상에 마주앉아서 이런저런 이야기를 했다. 담배는 장모님 말씀대로 딱 반 개비만 피웠다. 그 이상 더 피우면 장모님의 마음을 불편케 하는 배은망덕한 짓이기 때문에 강렬한 끽연 유혹을 참아냈다. 우유부단한 내가 모처럼 의지대로 나를 바로잡았다.

　이 아름다운 황혼녘에 '장모님과의 끽연'이 내 위에 해롭다

하더라도 사실 날이 멀지 않은 장모님을 위해서 계속하고 싶었다. 분명 끽연을 위해서 나를 속이는 구실이 아니다.

나는 장모님이 계시는 보름 동안 비가 올 때를 빼고는 매일 저녁 옥상의 평상에서 장모님과 아내 몰래 만났다. 그리고 담배 반 개비를 피우면서 장모님의 이야기를 들어 드렸다. 노경에 들어서 지금까지 누구와 긴 이야기를 해 보시지 못한 장모님은 나이 든 사위와 지난 세월 이야기를 하는 것을 몹시 기뻐하시는 눈치였다. 나는 처음이자 마지막일지도 모르는 사위 된 도리를 다하고 싶어서 이틀에 궐련 한 갑씩 아내 몰래 장모님께 사 드렸다. 그리고 저녁 때 한 개비를 얻어서 반만 피웠다.

'장모님과 끽연'을 아무리 게슈타포 같은 아내라도 알아낼 재간이 없다. 담뱃갑은 장모님이 속곳 주머니에 보관하고 나는 석양 무렵에 한 개비씩 얻어 피울 뿐이므로 금연 위반은 증거가 없는 완전범행이었다. 그러나 나는 아내를 속인다는 양심의 가책은 조금도 느끼지 않았다. 그리고 의사의 충고 하나도 제대로 지키지 못하는 약한 내 의지에 자괴감을 느끼지도 않았다. 장모님과 하루 딱 반 개비씩의 끽연은 장모님에 대한 효도의 일환이지 끽연 습관을 못 버려서가 아니라는 확신 때문이었다.

아내도 나의 '장모님과 끽연'을 눈치챘으면서도 자기 어머니에 대한 내 마음이 고마워서 의사 앞에서 천명한 자기 직무를 유기한 것인지도 모른다.

희권이의 실내화

눈을 뜨니 머리맡 문갑 위에 오이씨 같은 실내화 한 켤레가 새벽 빛 속에 가지런히 놓여 있는 게 눈에 들어왔다.

희권이는 아직 깊은 잠에 빠져 있었다.

어제 아침에 저 실내화를 신고 '두리미술학원' 문을 들어서며 울음 끝이 아직 남은 눈으로 나를 쳐다보던 다섯 살짜리 희권이의 하얀 얼굴이 되살아나서 나는 가만히 실내화를 만져 보았다.

희권이는 지금 외갓집에 와 있다. 제 어미가 몸을 풀어 가지고 친정에 와 있기 때문이다. 그래서 저의 집 근처에 있는 학원에 외할아버지인 내가 차로 데려다 준다. 저의 집에서 제 어미 손을 잡고 걸어가는 것만큼 즐겁지 않은 모양이다. 아침마다 제 어미와 내가 칙사 모시듯 해야 겨우 나를 따라나섰다. 학원엘 무엇 하러 가야 하는지 까닭을 모르는 어린것을 억지 춘양으로 학원에 끌고 가는 악역(惡役)을 아침마다 해야 하는 게 나를 우울하게 했다. 제 어미는 물론 나보다 더할 것이다. 나는 학원에 자주적으로 가지 못하는 희권이가 싹수없어 보여서 속이 상했다. 허긴 갓난아기 옆에만 누워 있는 제 어미를 보는 다섯 살짜리의 소외감이 얼마나 큰지 알지도 못하면서 어린것에게 싹수 있는 모습만 기대하는 어른의 욕심이 가당찮은 것인지도 모른다.

희권이는 특히 학원 이웃에 있는 도장에 태권도를 하러 가는 수요일 날은 결사적으로 학원에 가지 않으려고 했다. 이유는 태권도 선생님이 김치를 열 번도 더 먹은 사람이라 무섭다는 것이다.

희권이는 김치를 안 먹는다. 그래서 제 어미가 김치를 먹어야 힘이 세진다고 꾀었다. 그래도 김치는 먹지 않는다. 그러면 먹이지 말았으면 좋겠는데, 제 어미는 애 입맛을 어려서부터 소박하게 길들여 놓아야 한다는 생각에서인지 한 끼에 한 번이라도 억지로 김치를 먹인다. 마침내 피할 수 없다는 것을 알게 된 어린것은 비상 먹듯 김치를 먹는다. 그럴 때 보면 희권어미가 조련사 같다. 그래서 희권이는 먹기 힘든 김치를 잘 먹을 수 있는 사람은 힘이 세고 무섭다는 생각이 머리에 박힌 것인지 모른다. 희권 어미는 김치를 잘 먹는 사람을 존경의 대상이 아니라 쇠꼬치 먹는 불가사리처럼 공포의 대상으로 잘못 가르치고 있는 것이다.

나는 희권이의 태권도 선생님을 보지는 않았지만, 어린이를 강하고 씩씩하게 만든답시고 무서운 얼굴로 소리를 꽥꽥 지를지도 모른다는 생각이 들었다. 태권도 선생님의 기합소리 한 번에 남달리 마음이 여린 희권이는 주눅이 들었을 게 분명하다. 태권도 선생님은 그런 희권이를 특별 지도했을 것으로 생각이 드는데, 곰살궂게 달래가면서 가르치지 않고 제 어미가 김치 먹이듯 우격다짐으로 가르쳤을 것 같다. 태권도 선생님이 무서워서 팔다리를 마음대로 움직여 보지도 못하고 울먹였을 아이를 생각하면 나는 선병질적인 성미가 발끈하는 것이다.

어제 아침, 제 어미가 헝겊으로 된 하얀 실내화를 신기자 희권이는 태권도장에 가는 날이라는 사실을 알아차리고 신발을 신지 않으려고 버텼다. 제 어미가 아무리 꾀어도, 눈을 부라리며 윽박질러도 소용없었다.

"안 가. 태권도장 안 가. 김치 열 번 먹은 선생님 무서워 안 가"하고 겁에 질려 우는 것이었다.

"얘야, 태권도장 가는 날은 희권이 학원에 보내지 말자."

내 말이 떨어지기 무섭게 희권이 어미는 내게 눈을 하얗게 흘겼다.

"애가 커서 저 좋은 것만 하고 세상을 살 수 있어요?"

애를 야단치는 건지 나를 야단치는 건지 몰라서 우두커니 서 있는데, 희권이는 내 역성을 청하는 듯 눈물이 가득 담긴 눈으로 나를 쳐다보는 것이었다.

"할아버지, 나 태권도장 안 갈래."

차라리 그럴 수만 있다면 흥부 돈 받고 매 맞으러 가는 것처럼 내가 대신 가고 싶었다. 그러나 희권이의 인생은 희권이의 몫일 뿐이다. 아무리 어려도 누가 대신 해줄 수는 없다. 바야흐로 희권이의 인생도 그렇게 시작되고 있었다.

"엄마 말 안 들으면 엄마는 아기만 데리고 집에 갈 거야. 넌 외갓집에서 할아버지하고 살아."

그러자 희권이는 대성통곡을 하면서 제 어미한테 매달리며 악을 썼다.

"엄마 나도 데리고 가―."

"안돼. 태권도장도 못 가는 바보 희권이, 엄만 싫어! 엄만 아기하고만 같이 살 거야."

희권이 엄마는 매정하게 돌아섰다. 애한테 눈물을 보이지 않으려고 그랬겠지만, 희권이는 당황해서 돌아서는 제 어미 앞을 가로막고 매달리며 원자폭탄 맞은 일본 천황처럼 무조건 항복을 했다.

"엄마, 나 태권도장 갈게."

그런 소동을 치르고 희권이는 나와 같이 '두리미술학원'에 가게 되었다. 그런데 학원 문 앞에서 희권이는 또 태권도장이 가기 싫다며 간절한 눈으로 나를 쳐다보는 것이 아닌가. 나는 문득 애를 태권도장에 보내지 말까 하는 생각을 했다. 희권일 데리고 약수터 어린이회관에 가서 놀다가 학원 마칠 시간쯤 집으로 데리고 가고 싶었다. 그렇게 하면 집에 가서 제 어미한테 태권도장을 갔다 왔다고 거짓말을 해야 할 것인지, 사실대로 말을 해야 할 것인지가 문제였다. 거짓말을 하려면 애하고 입을 맞추어야 하는데, 할아버지가 어린 손자에게 거짓말이나 가르친대서야 말도 안 되는 짓이다. 그렇다고 사실대로 말을 해서 희권이 어미를 상심케 할 수도 없고, 나는 할 수 없이 제 어미가 쓰던 가혹한 협박을 써먹었다.

"희권이 태권도장에 안 가면 엄마가 아기만 데리고 집에 간다고 했잖아. 그러면 희권인 할아버지하고 외갓집에서 살아야 돼."

희권이는 결국 그 말에 꼼짝없이 선생님 손에 끌려 학원 안으로 들어갔다.

싫지만 받아들일 수밖에 없는 자신의 처지를 오이씨 같은 하얀 실내화에 신고 학원 안으로 사라지던 희권이의 작은 모습이 하루 종일 눈에 밟혀서 골이 아팠다.

그런데 희권이는 학원에서 돌아오자 아침의 일은 까맣게 잊은 듯 장난감을 가지고 천진하게 놀았다. 노는 게 씩씩하고 활기찼다. 태권도장에 다녀온, 어려운 제 몫을 하나 해낸 자신감에 넘치는 모습이었다. 나도 마음이 환하게 개어서 희권이와 더불어 동심이 되어 놀아 주었다. 애들은 어른을 그렇게 안타깝게 하며 크는 모양이다.

희권이 어미는 아침의 아픈 기억을 씻어 버리려는 것인지, 더럽지도 않은 실내화를 하얗게 빨아서 '희권아, 미안하다' 하는 것처럼 희권이 머리맡 문갑 위에 가지런히 놓았던 것이다.

간이역

　경부선 조치원과 부강역 사이에 내판(內板: 안너덜이)이라는
간이역이 있다.

　아침 저녁 대전과 천안을 오가는 비들기호가 한 번 설 뿐인데
그나마 이용하는 승객은 거의 없다. 다만 옛날부터 기차만 타
본 촌로(村老)들이 길들여진 습관 때문에 이용하고, 혹 시간이
맞는 샐러리맨과 통학생들이 가끔 이용할 뿐이다. 지금은 역
앞으로 대전 조치원 간, 청주 부강 간 시내버스가 연락부절로
지나다닌다. 그런데 누가 하루 딱 한 번, 그것도 특급열차에 밀
려 연발착이 일쑤인 구간 완행열차를 믿고 기다리겠는가. 그런
어리석은 인내심을 가진 사람은 시골 내판에도 지금은 없다.

　항상 역사의 문은 자물쇠로 채워져 있다. 녹슨 자물쇠는 주
먹만한 쇳덩어리로 한 시대 전 골동품이다. 이 자물쇠는 하루
한 번 서는 비들기호가 들어올 때쯤 늙수그레한 시골 아저씨
가 유유히 나타나서 푼다. 그리고 그 아저씨는 구내 채소밭으

로 가서 배추·상추·아욱 같은 채소를 가꾼다. 혹 손님이 찾으면 역사로 가서 표를 팔고 어슬렁어슬렁 채소밭으로 되돌아간다.

이윽고 기차가 와서 정차를 해도 그 아저씨는 출구로 가지 않고 괭이자루에 턱을 괴고 서서 기차에서 내리는 승객을 바라본다. 혹시 낯선 사람이 있나 해서지만 늘 보는 그 얼굴일 뿐 낯선 손님이 있을 리가 없다. 젊은 사람이나 아낙네들은 '아저씨' 하고, 늙은이들은 '여보게' 하고 그를 부르긴 하지만 그더러 와서 표를 받으라는 게 아니라 다녀왔다는 인사치레 겸, 늘 하던 대로 차표는 역사 뜰에 놓고 갈테니 그리 알라는 뜻이다.

승객도 없는 역사에 역무원을 배치하는 것이 비경제적이라고 판단한 철도청 시책에 따라 철도와 연관이 있는 지방 사람에게 역무를 위탁한 것 같다.

내판역은 1920년경 충남 연기군 동면 주민들의 진정에 의해서 세워진 간이역이라고 기록되어 있다. 역을 세운 내력이 흡사 주민을 위한 식민정책의 일환인 것 같지만, 일본 사람들의 위선적인 기록일 뿐 사실은 수탈의 목적으로 세워진 것이 분명하다.

내판역은 소위 미호평야라고 일컫는 넓은 안너덜이 들판 한녘에 서 있다. 어수룩한 안너덜이 사람들이 기차를 태워 달라고 관청 앞에 가서 데모를 했을 리도 없고, 또 데모를 했다고 해서 일본 사람들이 이익 없이 역을 세웠을 리도 만무하다.

역 구내의 넓은 공터는 시커멓게 콜타르를 칠한 목조 양곡창고가 서 있던 자리일 것이다. 기름진 들판의 곡식을 수탈해서

쌓아 두었던 창고. 국방색 국민복을 입고 각반(脚絆)을 찬 일본
사람들이 서슬이 시퍼렇게 곡식 가마니를 창고 안에 들여 쌓
는 일과 화차에 내다 싣는 일을 독려하던 모습이 눈에 선하다.

달빛 아래 하얗게 꽃을 피우고 서 있는 플랫폼의 개망초 대궁
을 보면 꼭 유민(流民)의 길에 오르던 그때의 농민들 모습만 같다.

쌀이 남아도는 현실을 생각하면 배가 고파서 정든 고향을 버
리고 북지로 떠나던 당시의 유민들이 눈에 선해서 일본 강점
기의 간악한 수탈을 짐작게 되는 것이다. 빼앗긴 자와 빼앗은
자의 애환이 같이 서 있던 1920년대의 플랫폼, 지금은 다 짜먹
은 술항아리의 공허한 용적(容積)같이 여운만 남아 있다.

개망초꽃 하얗게 핀 잃어버린 플랫폼에

황혼을 등지고서 차가운 손 흔들면서

역원(驛員)은 소실점(消失點) 너머 북행 열차를 띄운다.

기름진 내판 들녘 이삭 같은 소망을 두고

다 뺏긴 백성끼리 때묻은 맨상투로

시린 손 꼭 쥐어 주며 헤어지던 수탈의 역.

나는 격앙된 나를 달래러 내판역에 온다. 계절에 따라 다른
고적한 간이역의 모습이 나를 침착하게 해주기 때문이다.

무르익은 봄의 간이역은 눈물겹도록 외롭다. 어느 역 구내

와 다를 바 없이 개나리·진달래가 화사하게 핀다. 보아 주는 여객이 없는 유감한 꽃들. 아지랑이가 피어오르는 선로 위로 특급열차가 꽃들의 고운 자태에 심술궂은 굉음을 던지고 질주해 가고 나면 적막한 한숨같이 남는 봄.

역사 앞에 해묵은 라일락나무가 한 그루 서 있다. 역 구내에 가득하게 풍기는 진한 라일락 향기로 해서 오히려 적막은 애틋하다.

옛날에 이 라일락꽃이 필 때, 많은 남녀 통학생들도 첫사랑을 꽃피웠으리라. 지금도 이 간이역을 통해서 통학을 한 노인들이 사그라지는 불꽃 같은 추억을 되살려 보려고 이 라일락꽃이 핀 나무 아래 향기를 따라 와서 서 있어 볼지 모른다.

그 나무 곁에 서서 여학생은 씩씩한 남학생의 무심한 마음 때문에 슬퍼했고, 남학생은 진달래 꽃빛같이 피는 여학생의 용태에 몸달아 했을 것이다. 이 라일락나무 곁에서 눈이 맞아 사랑을 이룬 어떤 통학생은 그때의 라일락 향기를 소중하게 가슴에 지니고 노랗게 탈색된 투명한 가을 내판 들녘처럼 후회 없이 늙어 갈 것이다.

가을날 내판역 플랫폼에서 바라보는 광활한 황금 들녘에 지는 저녁 노을은 가슴이 터질 듯 장쾌하다. 내판은 들도 넓지만 하늘은 더 넓다. 그 하늘이 온통 시뻘겋게 물들면서 하루가 저문다. 들녘에 잔광이 가득 내려앉고 하루 일을 마친 농부들이 그 빛 속에 서 있는 저쪽, 저녁 연기 자욱한 산자락에 안긴 동네를 바라보면 밀레의 그림을 보는 것처럼 마음이 가득 차오른다.

그때 급행열차가 플랫폼을 통과한다. 열차가 서지 않는 저 문 플랫폼에 사람이 서 있는 것이 수상해서인지 '빵—' 하고 경적을 울린다. 나는 기관사가 불안하지 않게 선로에서 멀리 떨어진다. 그러면 거침없이 굉음을 끌고 노을진 소실점 속으로 사라지는 열차. 열차가 사라진 역 구내 저쪽에 어둠에 묻히는 외로운 시그널. 빨간불이 잠시 후 파란불로 바뀐다. 뒤따라서 열차는 또 다가오는 중이고 폐색기(閉塞器)는 열려 있으니 통과하라는 신호다. 송년 음악이 거리에 넘치는 세모에 나는 혼자 이곳에 와서 시그널을 볼 때가 있다. 사라지면 또 나타나고 간단없이 통과하는 급행열차들을 속력과 거리를 측정해서 추돌 사고 없이 통과시키는 시그널의 모습이 마치 왕조(王朝) 말 변천하는 시대적 오류의 연속선상에서 현재를 직시하던 사관(史官)의 눈빛처럼 결연하다 못해 고독해 보였다. 눈발이 분분한 역 구내 저쪽 끝에 서 있는 시그널의 파란불이 내게 선택의 여지가 없음을 일깨워 주었다. 통과하라, 주저하지 말고, 다음 역을 향해서, 뒤따라서 다른 사실(史實)처럼 기차가 다가오고 있다. 시그널 불빛은 단호했다.

한 시대의 흔적 같은 눈 내리는 간이역에 구애(拘碍) 없이 온전히 나 혼자인 채로 서 있으면 후회스러웠던 날들 중에서도 더러는 낭비가 아니었던 내 생의 사실(史實)을 발견하게 되어서 좋다.

거진항의 아침

　눈을 떴을 때는 이미 여관 창문이 뿌옇게 밝아 있었다. 수평
선 위로 해가 뜬 모양이다. 일출을 보긴 틀린 것 같았으나 아침
포구를 보기 위해서 서둘러 여관을 나섰다.

　여관 옆으로 뚫린 골목은 곧바로 방파제로 이어졌다. 방파
제 오른쪽은 해수욕장이고 왼쪽은 거진항이다. 해수욕장 모래
톱에는 파도가 조용히 밀려와서 몸 비비며 충만한 밤을 보낸
여자의 교태같이 속살거린다.

　수평선에는 구름이 떠 있고 해가 구름 위로 시뻘건 얼굴을
쳐들고 있었다. 바다가 아침 햇살을 받고 갑옷자락의 철편처
럼 반짝거렸다. 저 평화로운 바다가 돌연히 길길이 날뛰면서
이 방파제에 제 몸을 부딪쳐 박살을 낼 때도 있다니, 바다의 깊
은 속을 영장류의 오만한 지혜로 헤아리려 든다는 건 무모한
짓이다.

　내가 서 있는 방파제 끝에는 하얀 등대가 서 있고, 수평선을

등진 맞은편 방파제 끝에는 빨간 등대가 서 있다. 색깔만 다를 뿐 똑같은 모습의 두 등대가 이란성 쌍둥이 같다. 언젠가 비 오는 아침, 대보항 방파제 끝에 서 있던 등대의 모습도 그랬다. 입항하면서 오른쪽은 빨간 등대, 왼쪽은 하얀 등대, 배들의 안전 입항을 유도하는 규격화된 등대의 신호체계인 모양이다. 그러나 등대는 입항하는 어선들에게 규격적인 신호만 보내기 위해서 서 있는 것이 아닐 수도 있다. 빨간 등대는 만선 축하용이고, 하얀 등대는 흉어 위무용일지도 모른다.

방파제 밖에는 근해 채낚기 어선들이 여남은 척 항구 안으로 들어가지 못하고 모여 있었다. 어판장 부두에 어선이 가득 접안해 있어서 배를 더 이상 댈 자리가 없기 때문인 듯 보였다.

어판장 부두에 접안하고 있는 어떤 오징어잡이 어선은 아직도 집어등을 대낮같이 밝히고 있다. 오징어를 경매하는 휴대폰 소리, 호각 소리, 딸랑거리는 종소리, 어판장의 열기가 방파제까지 전해졌다.

어선이 한 척 서서히 내항으로 들어가다가 방파제 앞에서 멈췄다. 선수에 제2광성호라고 쓰여 있다. 무전기의 금속성 음이 다투는 것처럼 거칠다. 주체할 수 없이 많은 오징어가 어판장에 부려지면 비례해서 오징어 경락가는 떨어질 게 분명하다. 미처 어판장 부두에 배를 대지 못하고 뒤처진 선장이 초조해서 신경질을 내는 까닭은 그 때문이리라.

항구는 더 넓힐 수 없는데 어선의 톤수는 늘고, 항구가 포화

상태다. 거진항의 갈등이 눈에 보인다. 비단 거진항만의 문제일까? 국토는 한정되어 있는데 삶의 질량이 는다. 국가 산업이 번창하는 데 따라서 삶의 갈등이 서로 존중하고 가여워하던 인간적인 것들을 마모시킨다.

방파제를 돌아 나와서 어판장 부두로 가 보았다.

어판장 부두에 제2광성호가 들어와서 오징어를 부린다. 일부는 활어 운반차 수조에 실리고 일부는 어판장 시멘트 바닥에 함부로 부려진다. 오징어들이 물총 쏘듯 물과 먹물을 뿜으면서 퍼덕인다. "찍 — 찍 —" 하고 소리도 지른다. 오징어의 비명소리를 나는 처음 들어 보았다.

산오징어 20마리가 만 원이다. 한 마리에 500원, 너무 싸다는 생각이 든다. 출어경비를 제하고 선주의 몫을 빼고 나면 어부의 몫은 마리당 얼마쯤이나 될까. 새우깡 한 봉지 값과 산오징어 한 마리 값이 같다는 것은 아무래도 부당하다는 생각이 든다. 경제원칙인 걸 어쩌랴. 그래, 경제원칙이 문제다. 이념의 발생 소지가 있다. 반드시 해결할 문제 같다. 어떻게 해결할 건데? 오징어를 무지하게 많이 먹으면 된다. 그런데 문제는 오징어가 질기다는 것이다. 많이 먹으면 어금니가 상한다. 어금니가 상하면 치과에 가야 한다. 치과는 오징어가 풍년이면 매상이 오를까. 그러고 보니 사회란 먹이사슬이다.

활어 운반차를 탄 오징어들은 수조의 창가에서 보라는 듯이 유유히 헤엄을 친다. 어판장 바닥에 나뒹군 오징어에게 선택

된 제 처지를 과시라도 하는 것처럼. 그러나 오징어의 운명은 바다를 떠난 이상 똑같다. 활어 운반차를 탄 오징어는 어느 도시의 횟집으로 실려 가서 산 채로 저며진 후 사람의 먹거리가 되고, 어판장 바닥에 뒹구는 오징어는 할복을 당한 후 해변의 맑은 바람과 밝은 햇살에 풍장(風葬)을 치른 후 서민들의 권태 극복용이 된다. 마른 오징어는 소주와 더불어 질겅질겅 씹히며 가난한 삶의 기개를 고양시키는 욕구불만용으로 없어서는 안 될 물건이다. 내 생각에는 활어 운반차를 타고 어느 도시 횟집에 가서 몸을 저며 가지고 양념초장에 버무려지느니 차라리 맑은 바람과 밝은 햇살 아래 풍장을 치르는 게 낫다는 생각이 들지만, 그건 이미 오징어가 선택할 사항 밖의 일이다.

어판장 시멘트 바닥에 나뒹구는 오징어의 퍼덕임, 얼마나 솔직한가. 최소한 그 오징어들에게는 인간이 따져 볼 아무런 부당한 삶의 혐의점도 없다. 오징어의 퍼덕임은 오징어뿐 아니라 생선의 공통점이지만 어획당한 데 대한 회한이 아니라 살아 있다는 사실, 선도(鮮度)의 표현에 지나지 않는다.

오징어의 생김새는 미스터리다. 동물적인 몸통의 격식을 과감하게 무시해 버렸다. 다리 사이, 생식기와 배설구가 달려 있는 사타구니가 동시에 입과 눈이 달린 얼굴이라니. 나는 항상 두 귀가 달린 부분이 오징어의 머린 줄 알았는데 두 귀가 실은 오징어의 방향타용 지느러미로서 꼬리 부분이라고 한다. 참 몰상식하게 생긴 놈이다.

오징어만치 순진한 어종도 없을 것이다. 몰상식한 생김새를 부끄러워할 줄도 모르고 집어등 불빛이라면 죽음도 불사하는 그 양성반응이 촌뜨기같이 순진하다. 어부들은 오징어를 잡는 데 신경전을 펼치지 않는다. 집어등만 밝혀 놓고 낚싯줄이 감긴 물레만 돌리면 된다. 오징어 낚시에는 미끼를 달지 않는다. 불빛을 보고 치열하게 덤비는 오징어들은 미끼 없는 낚시에 대가리든지 몸통이든지 맘대로 찍혀서 올라오는 것이다. 오징어를 잡는 데는 하등의 기술도 미끼도 필요 없다. 낚싯줄을 채는 단순 작업만 하면 된다니 오징어는 바보다. 바보의 세계에는 계층이 없다. 더 바보도 덜 바보도 없는 똑같은 바보 일색이다.

　낚시 바늘을 의심하거나 피해 보려는 최소한의 교활성도 갖지 못한 순한 놈들은 맛도 순하다. 식도락의 묘미를 충족시켜 줄 별난 맛이 없는 오징어를 식도락가들은 먹지 않는다. 그래도 꼬리를 물고 서 있는 대형 오징어 활어 운반차에 수도 없이 오징어가 실린다. 수산업의 발전은 낭비가 가능한 소수의 식도락가에 의해서 이루어지는 게 아니라 싼 맛밖에 모르는 대대수의 일반 수요에 의해서 이루어진다는 사실을 입증하는 오징어 활어 운반차들. 비단 수산업뿐이랴, 국가 경제의 전반에 걸친 한 예일 수 있다. 산봉우리는 산의 저변에 의해서 확고하다. 그러나 사람들은 산봉우리만 선망하고 산의 저변은 도외시한다. 법석대는 포구의 어판장에서 나는 삶의 정점, 그 밑바닥의 요지부동함을 보고 고무되었다.

어판장에서 여관으로 돌아오다가 자전거 페달을 힘차게 밟고 마주 달려오는 신문배달 소년을 만났다. 내 옆으로 지나가는 소년을 불러 세웠다. 신문을 한 장 사기 위해서였다.

"신문 남는 거 있으면 한 부 팔아라."

소년이 자전거를 세우고 내려서 신문을 한 부 건네주었다.

"얼마냐?"

"300원이에요."

"1000원짜리밖에 없는데, 거스름돈 있니?"

동전이 없어서 1000원짜리를 내밀며 물었다. 소년은 잠시 돈과 내 얼굴을 쳐다보더니 흔쾌히 말했다.

"그냥 보세요."

그리고 자전거를 타고 새벽 골목 안으로 사라졌다. 나는 1000원짜리 지폐를 들고 소년의 자전거가 사라진 골목을 얻어맞은 사람처럼 우두커니 바라보았다. 비릿한 항구의 아침 공기를 흐트러뜨리며 자전거 페달을 힘차게 밟고 사라진 소년의 오징어처럼 순진한 뒷모습이 때 묻은 내 눈을 부시게 했다.

길 위에서

어느 해 초가을, 땅끝마을 갈두리(葛頭里)에 갔다 돌아올 때 생긴 일이다.

나는 토말(土末) 전망대에서 바라본 환상적인 가을 바다의 감동에 잠겨서 서서히 차를 몰고 13번 국도를 따라 해남을 향해서 가는 중이었다.

내리막 직선길이었다. 내 차 앞에 벌써 명줄을 놓았어도 유감이 없을 만한 봉고차가 매연을 풍기면서 시속 40킬로미터에도 못 미치는 속력으로 엉금엉금 기어가고 있었다. 나는 그 차를 앞지를 것인지 매연을 마시면서 뒤따라갈 것인지 망설이고 있었다. 중앙선이 넘을 수 없는 황색선이기 때문이다.

황색선은 어떤 경우에도 넘을 수 없다. 넘으면 범행이 된다. 나는 민주국민의 양식으로 황색선의 통제력에 순응하고 있었다.

봉고차의 매연은 스컹크의 분비물처럼 내 쾌적한 초가을 드라이브 환경을 여지없이 오염시켰다. 신경질이 나기 시작했다. 봉고차는 운행에 문제가 있는 차가 분명했다. 그러면 뒤차를 먼저 가라고 길 가장자리로 비켜 주면서 점멸등으로 신호를 보내 주면 고마울 터인데, 뒤차는 전혀 개의치 않고 풀풀 매연을 풍기면서 '구름에 달 가듯이' 가는 것이었다. 그 주제넘은 여유가 가증스러웠다. 증오심이 발생했다. 증오심은 자제력을 잃게 한다. 자제력을 잃으면 우발적 살인도 저지를 수 있는데 하물며 황색선을 넘어가는 것쯤은 대수도 아니다.

나는 황색선을 넘어 봉고차를 앞지르고 '약오르지 임마─' 하는 마음으로 봉고차 앞으로 바짝 끼어들었다. 그런데 아뿔싸, 앞을 보니 저만큼 도로변에 교통경찰관의 오토바이가 서 있는 것이 아닌가! 봉고차 때문에 미처 전방의 교통경찰관을 발견하지 못한 것이다. 나는 꼼짝할 수 없는 현행범으로 적발당하고 말았다.

젊은 순경이 길섶으로 차를 세우라고 내게 수신호를 했다. 나는 길섶에 차를 세웠다. 순경이 운전석 쪽 문 앞에 와 서더니 내게 예의바르게 거수경례를 했다.

나는 죄진 사람의 본능으로 인사를 받았다.

"수고하십니다."

목소리가 궁색할 수밖에─.

순경이 조수석의 아내를 보며 농담처럼 말했다.

"동부인을 하시고 여행중이시군요. 사모님을 위해서라도 위험한 운전은 안 되지요."

전혀 권위적인 태도가 아니었다. 나는 젊은 순경의 여유가 범법을 비리(非理)로 해결할 틈을 주는 거라고 여기고, 비리를 저질러 볼 요량으로 차에서 내리려고 했다. 순경은 차 문을 열지 못하게 말리며 역시 부드럽게 말했다.

"내리지 마십시오. 시간이 지체됩니다."

나는 배설물을 깔고 앉은 사람처럼 엉거주춤하고 순경을 쳐다볼 수밖에 없었다. 다행히 그 망측한 내 표정을 젊은 교통순경은 후각을 오염당한 사람처럼 상을 찡그리고 보지 않고 밝게 웃으며 정중하게 말했다.

"선생님께서는 도로교통법 제20조 앞지르기 금지와 동법 60조 안전띠 착용 의무를 위반하셨습니다. 면허증을 제시해 주십시오."

적발자답지 않은 부드러운 목소리였으나 넘볼 수 없는 형리(刑吏)의 의지가 담긴 또박또박 분명한 통고였다. 긴 가죽장화를 신고 제복을 단정히 입은 체격 좋은 젊은 교통경찰관은 마치 히틀러의 근위병처럼 상대방을 제압하는 힘을 지니고 있었다. 나는 반항도 하지 못하고 면허증을 제시했다.

앞지르기 금지 위반은 벌점까지 가산되는 비교적 무거운 범칙이다. 그러나 파렴치범도 아닌데 비굴할 필요까진 없지 않은가. 위반할 수밖에 없었던 이유가 설득력이 있든 없든 설명도 해보지 않는다면 민주국민의 항변권(抗辯權)을 포기하는 것이다. 나는 굳이 순경의 만류에도 불구하고 차에서 내렸다.

"지금 지적한 범칙 사실은 인정하지만, 상황이 전혀 고려되지 않은 법규 편의적이라는 생각이 들어서 상황을 설명하고 싶은데 좋습니까?"

나는 정중하게 말을 했다.

"네, 말씀하세요."

나는 당당하려고 했지만 똥 싼 주제에 매화타령 하는 것 같아서 그게 잘 안 되었다. 결국은 어눌한 어조로 변명 이상이 될 수 없는 상황 설명을 했다.

"보아서 알겠지만 앞차는 시속 40킬로에도 못 미치는 낡은 차였소. 매연을 다 마시며 반드시 그 차 뒤를 따라가야 합니까? 오르막길의 정상이라든지 커브길이기 때문에 전방 확인이 안 된다면 모르지만 내리막길이긴 하지만 직선이라 앞이 잘 보여서 앞지르기를 했는데 정상참작이 안 되겠습니까?"

순경은 빙그레 웃으며 말했다.

"그렇지만 선생님은 멀지 않은 전방에 근무중인 교통순경도 못 보지 않았습니까?"

격의 없는 사이처럼 말했지만 내 상황 설명을 여지없이 일축하는 한마디였다.

"황색선이 그어져 있는 도로상에서 앞지르기는 분별없는 짓입니다. 분별없는 운전은 아무리 익숙해도 실수가 따르고, 운전의 실수는 생명을 잃을 수도 있습니다. 이 길은 그 실수의 개연성이 충분히 도사리고 있는 곳이라 황색선을 설치하고 교통

순경이 운전자의 주의를 환기시킬 목적으로 먼지를 마시며 길가에 서 있는 것입니다."

그는 스티커를 작성하며 초등학교 저학년을 가르치는 선생님처럼 정성껏 말했다. 나는 벌서는 초등학교 저학년생처럼 딴청을 떨고 질펀한 황금들녘의 풍요로움을 건너다보았다. 딴에 기분 나쁘다 이거였다. 나이답지 않게 팔팔 뛰는 자존심을 꾹 물고 있으려니까 어금니에 쥐가 날 지경이었다.

이윽고 그는 스티커를 내게 건네주고 사인을 하라고 했다. 잘했든 잘못했든 기쁘게 벌 받는 놈은 없을 것이다. 나는 볼이 부어 가지고 스티커를 받아들었다. 스티커에 적힌 범칙 사실은 의외로 안전띠 미착용뿐이었다. 앞지르기 금지 위반은 적용하지 않았다. 나는 의아해서 순경 얼굴을 쳐다보았다. 순경은 도로 저쪽을 응시하고 있었다. 나는 웬 횡재냐 싶어서 얼른 스티커에 사인을 했다. 그리고 기쁜 마음으로 차 한 잔을 대접하듯 스티커에 촌지(寸志)를 얹어 주며 고맙다고 인사를 했다.

그러자 순경이 얼굴을 붉히면서 정색을 했다.

"선생님이 앞지르기 금지를 위반한 것은 사실이지만 분명히 앞차는 저속으로 운행했고, 선생님 역시 서행으로도 앞지르기가 가능한 상황이었습니다. 또 다른 지방 사람이라 도로 사정을 모르고 실수를 하신 것이지 고의는 아닌 것 같아서 계도 조치하는 것입니다. 그런데 알 만하신 분이 공무원의 자존심을 욕보이시면 되겠습니까. 이 돈으로 안전띠 미착용 범칙금을 내십시오. 먼 곳에서 우리 고장까지 여행을 오셨는데 좋은 추억을 남겨 가셔야지요. 불쾌한 여행이 되면 쓰겠습니까. 조심해서 운전하십시오."

내게 스티커 부본을 넘겨주며 정중히 거수경례를 했다.

나는 부끄러워서 순경의 얼굴을 바로 쳐다볼 수 없었다. 젊은 교통경찰관의 순수성을 순수하게 받아들이지 못한 내 인격의 한계가 뼈저리게 느껴졌다. '교통법규 위반은 촌지로 해결하라.' 운전자의 통념 같은 상식을 깨끗하게 불식시켜 주는 아들 또래의 교통경찰관의 순정적(純正的)인 직무취급 앞에 내 나이가 얼마나 헛된 것인지 고개를 들 수 없었다.

"절대로 교통법규를 위반하지 않겠습니다."

나는 일부러 꾸중들은 초등학생처럼 반성의 기미가 역력한 어조로 고개를 떨구고 말았다. 그건 비굴한 게 아니라, 공무원의 자존심을 손상시킨 데 대한 응당 내가 취할 태도였다.

그러나 내 마음은 훌륭한 명승지를 관광한 것보다도 더 큰 감동으로 설레었다. 땅 끝 앞바다의 풍광에 감동한 내 여행을 조금도 훼손하지 않고 공무를 집행해 준 그 순경의 배려에 감동한 것이다.

해남은 윤선도의 인품과 학문이 배어 있는 유서 깊은 고장이다. 그 교통경찰관의 직무태도는 자기 고장을 자랑스럽게 여기는 우월감에서 비롯된 젊은 협기(俠氣)인지 모른다. 길 나서면 생각지 않은 것을 배우고 감동하게 된다.

언제 그 젊은 순경을 다시 그 길에서 만난다면 얼른 차를 길 섶에 세우고 내릴 것이다. 그리고 반색을 하며 그의 손을 잡고 충청도 양반답게 고전적(古典的) 언사로 안부를 물을 것이다.

"또 뵙게 되어서 반갑습니다. 그간 무고하셨습니까? 아무 적에 당신에게 이 길에서 인생을 한 수 배운 바 있는 아무개올 시다."

그때 그 교통순경은 자신의 실존적 가치를 인식하고 기뻐할 것이다. 그것은 그에게 진 빚을 갚는 유일한 방법이다.

나는 불가피하게 땅끝 갈두리 여행을 다시 한 번 하지 않을 수 없는 구실을 만들어 가지게 되었다.

논란의 여지

대호방조제 서편에 있는 삼길포에 가서 회를 먹고 오는 길이
었다.

내륙인 청주에서 서해까지 가서 회를 먹고 온다면 언뜻 호사
스러운 짓 같아 보이지만 사실은 서민의 영양 보충을 위한 궁
여지책에 불과할 뿐이다. 호사를 하려면 그렇게 멀리 갈 필요
가 없다. 청주에도 정갈한 일식집이 얼마나 많은가. 거기 가서
솜씨 좋은 요리사가 고급 회고기의 살점을 예쁘게 저며서 널
찍한 일본식 접시에 치장해 내는 것을 음미하듯 먹는 게 호사
다. 뼈심 들이지 않은 돈이 생겼을 때 그렇게 낭비하는 것이 지
역경제를 활성화시키는 데 도움이 되어서 좋지만 아무나 해볼
수 있는 짓은 아니다.

그 포구에 가면 어선들이 죽 뱃전을 붙이고 활어를 팔고 있
다. 수상시장(水上市場)인 셈이다. 우럭, 놀래미, 간재미, 도다
리 등 앞바다에서 잡아오는 잡어들인데 대개 1kg에 만 오천 원

씩이다. 흥정이 끝나면 아주머니들이 배 바닥에 설치된 어창(魚艙)에서 고기를 건져 올려 저울에 달아서 양을 확인시키고 회를 뜬다. 회를 뜨는 아주머니 앞에 쭈그리고 앉아서 바닷바람에 머리칼을 날리며 실례를 범하지 않을 정도로 농담을 실실거리는 재미도 즐길 만하다. 아주 순박한 포구의 아낙들이다. 관광객들에게 시달려서 장사치가 되었음직한데 순박한 천성은 쉬 바꾸지 않는 듯하다. 그게 충청도 기질 아닐까 싶다. 햇볕과 바닷바람에 절어서 얼굴이 검붉은 아낙네들이 '이랬어유, 저랬어유' 하고 늘어지는 말투로 농담을 받아 주면 참 기분 좋다. 오래 입은 옷처럼 편한 사람들.

이 아주머니들이 회를 뜨는 칼은 물론 회칼이 아니다. 그냥 보통 창칼로 활어의 살점을 나박김치 담을 무 썰 듯 해서 1인분만큼씩 담기는 플라스틱 용기에 담아 준다. 그리고 어느 식당으로 가라고 먹을 장소를 알선해 준다. 그러면 그 집에 가서 채소, 초장, 매운탕 값으로 1인당 오천 원과 술을 사서 생선회를 허기진 농부 보리밥 상추쌈 싸먹듯 꾸역꾸역 먹는 것이다. 그건 호사와 거리가 먼 일이다. 그것도 삶의 기쁨이다. 밭머리 고욤나무 그늘 아래서 새신랑 농부 내외가 그렇게 쌈을 싸서 볼이 미어지게 먹는 행복한 모습을 본 기억이 난다. 보고 나서 기분 좋았다. 삼길포에 가서 회를 먹는 것은 그런 마음이다. 비브리오 패혈증도 까맣게 잊게 하는 포만과 대취ㅡ.

그러나 문제는 항상 술이다. 돌아오는 길에 김형이 단란주점에 들러서 색시하고 딱 술 한 잔씩만 하고 가자는 걸맞지 않은 제의에 말씀이 벌어졌다.

"우리가 무슨 386세대 국회의원 망월동 묘지 다녀오는 길이여, 단란주점엘 가게."

성미가 솔직해서 불쾌감을 삭이지 못하고 톡 뱉어내는 정 과장의 한마디에 공연히 이해상관도 없는 386세대를 가지고 논란이 벌어졌다. 386세대란 컴퓨터 용량이 386일 때 그 기종을 사용한 세대란 박형의 해석과 삼팔 따라지에 여섯 끗을 받아서 끗발이 일곱 끗이 된 세대를 말하는 거라는 김형의 해석이 충돌을 한 것이다.

"일곱 끗이면 '꾸빙이' 끗발로는 먹을 확률이 70%인겨. 밤새도록 내리 일곱 끗만 잡으면 '꾸빙이' 판 쓰는겨. 그래서 끗발이 센 세대를 386세대라고 하는겨. 쥐뿔도 모르면 입 다물고 있어. 그럼 반 똑똑은 되는겨."

"그래, 너 잘났어. 더러워서 잘난 놈하고 같이 안 가. 나 내릴겨."

박형이 달리는 차 문을 열어서 나는 기겁을 하고 차를 노견(路肩)에 세웠다.

밤이 깊었다. 칠갑산 줄기의 깜깜한 산속이다. 별빛 아래서 남은 술로 안주도 없이 화해의 술판을 벌였다.

어느 무논에서 개구리가 와자하게 운다. 개구리가 우는 어두운 도랑가에서 별을 보며 상록수(常綠樹)처럼 가난한 농촌

살이의 개선책을 논하면서 밤을 지새던 젊은이들이 생각난다. 초가지붕을 걷어내고 슬레이트 지붕으로 바꾸고, 울타리를 뜯어내고 담을 쳤다. 소득과 상관없는 짓을 온 마을 사람들의 앞장에 서서 '잘살아 보세, 잘살아 보세' 하며 공연히 신명이 나서 열심히 일하던 젊은 그들. 그들을 630세대라고 부르면 될까? 나이 60대에 학번도 없이 무식한 30년대생들이다.

그들은 참 많은 일을 했다. 합당한 노임도 못 받으면서 밤낮이 따로 없이 공단에서, 건설 현장에서, 월남의 정글에서, 열사(熱砂)의 중동에서 잘살아 보겠다는 일념으로 일했다. 그래서 386세대를 길렀다. 그런데 386세대는 공연히 망월동 묘지에나 다녀올 것이지 무엇 하러 룸살롱에는 가서 색시들을 끼고 술판을 벌여 가지고 논란의 여지를 만드는 것인가. 왜 630세대의 가긍(可矜)한 나들이 길을 더디게 하는 것인가 말이다. 신경질 나게시리 —.

칠갑산 위로 달이 뜬다. 콩밭 매는 아낙네가 생각난다. 고마운 세대의 어머니, 그 세대를 이끌어 온 독재자의 열정적인 국가관이 칠갑산 위의 달처럼 맑다. 아주 맑은 달이 혼돈의 시대를 밝히고 있다. 개구리 우는 소리도 맑다. 제발 세상이 혼돈할 때 우리라도 맑아 보자는 정 과장의 우국충정에 모두 동감을 하고 깊은 밤길을 떠났다.

불영사에서

태백산맥을 넘어 불영사(佛影寺) 주차장에 도착했을 때, 늦가을 짧은 해가 정수리를 넘어가 있었다. 깊어진 가을, 산사의 정취가 더욱 고즈넉한 때에 맞추어 도착했다.

스산한 바람에 집착(執着)처럼 매달려 있던 마지막 잎새가 지는 경내를 조용히 움직이는 여승들의 모습, 연못에 부처님의 모습이 비치는 만추의 불영사를 꼭 한 번 보고 싶었다. 그래서 결혼 30주년 기념 여행길에 들러 보기로 했던 것이다.

애마(愛馬) '엘란트라'를 주차장 한녘에 세우자 영감 한 분이 달려와서 주차료를 내라고 한다. 주차료를 주면서 농담을 건네 보았다.

"영감님, 말에게 여물 한 바가지만 주세요."

영감이 무슨 소린지 몰라서 어리둥절했다. 먼길을 달려와서 마방(馬房)에 드는 지친 말에게 우선 여물 한 바가지와 물을 주어서 원기를 회복토록 하는 것이 옛날 마방 주인의 인심이었다. 국토의 등성마루를 아무런 가탈을 부리지 않고 숨을 고르게 쉬며 달려 넘어온 내 차가 기계라기보다 꼭 충직한 말 같아서 해본 농담인데, 관광지 인심에 절은 영감이 내 말귀를 알아들을 리가 없었다.

나의 취미는 여행이다. 우리 생활 형편으로는 과분한 취미여서 아내에게 늘 마음고생을 시킬 수밖에 없었다.

나는 여행이 하고 싶어지면 짐짓 '삶이란 엄청 환멸스럽다'는 듯한 침울한 표정을 짓고 묵비권을 행사한다. 경지에 이른 내 '팬터마임'에 아내는 참지 못하고 "도졌군, 또 병 도졌어" 하며 음흉한 계략인 줄 아는지 모르는지 가난한 여비를 마련해 주곤 했다.

물론 아내를 동반자로 하는 여행이 나의 희망이지만, 아내는 둥지를 못 떠나는 어미새처럼 죽지로 삶을 끌어안고 꼼짝하지 않았다. 그것은 남편의 무능을 보완하려는 반려자의 본능일 터인데, 나는 아내의 천성이 그러니 어쩔 도리가 없다고 자기 합리화를 하며 늘 혼자 여행을 떠났었다.

그러나 이번에는 그런 아내를 강압적으로 내 옆자리에 태우고 여행을 떠났다. 하기는 아내가 내 강압에 굴복한 것이 아니고 결혼 30주년 기념이라는 여행 의미에 여자 마음이 어쩔 수 없이 움직이고 만 것인지 모른다.

불영사 입구의 아름다운 계곡에는 유감스럽게도 콘크리트 다리가 놓여 있었다. 그 아름다운 냇물에는 징검다리가 제격이다. 바랑을 진 여승의 조그만 몸이 늦가을 엷은 햇살 아래 징검다리를 조심조심 건너가는 탈속적(脫俗的)인 산수화 한 폭을 콘크리트 다리가 깔고 앉아 버렸다.

콘크리트 다리 위에 서서 아래를 내려다보았다. 냇물이 어미 젖을 물고 잠투정하는 어린것처럼 옹알거리며 여울목을 넘어와서 마침내 잠이 들 듯 다리발 아래서 조용히 흐름을 멈춘다. 물속의 물고기들도 지느러미를 접고 조용히 물에 떠 있다. 냇물도 가을의 깊이에 따라 여위어 가는 듯했다. 그 거울 같은 수면에 아내와 내 얼굴이 나란히 비쳤다.

"우리 약혼 사진을 보는 것 같은데—."

내 말에 아내가 감개무량한 미소를 지었다. 30년 전, 시골 사진관에서 사진사의 의도적인 농담에 수줍게 웃는 순간이 찍힌 빛바랜 약혼 사진 생각이 나서 한 말이다. 그러나 수면에 나란히 비친 우리의 두 얼굴, 이미 많은 세월의 흔적을 깊이 새겨 놓았다. 어차피 결혼 30주년 기념에나 걸맞은 사진이었다.

다리를 건너 길은 숲속으로 나 있다. 조락이 끝난 나무들이 다가서는 겨울 앞에 내실(內實)의 무게로 담연히 서 있다. 아직 겨울잠에 들지 못한 다람쥐 한 마리가 숲의 적요를 흔들며 바쁘게 어디론지 사라지자 더 깊어진 숲의 적요에 나는 문득 아내의 손을 꼭 잡았다. 아내는 익숙지 않은 짓을 당하자 숫처녀처럼 흠칫하며 "누가 봐요" 했으나 손을 빼지는 않고 대신 걸음걸이만 다소곳해졌다.

나는 아내의 손을 잡고 불영사의 산문이랄 수 있는 둔덕진 숲길을 넘어서 호젓한 산기슭을 따라 내리막길을 걸었다. 손을 잡힌 채 다소곳이 따라오는 아내가 마치 30년 전 약혼 사진을 찍고 돌아오던 호젓한 산길에서처럼 온순했다.

절은 나지막하게 내려앉으며 불영계곡의 물굽이를 틀어 놓고 멋은 산자락에 안겨 있었다. 규모는 크지 않고 여염집의 아낙네처럼 소박하고 안존한 모습이 여승의 도량다울 뿐이었다.

절 앞에 불영사의 이름을 낳은 연못이 있었다. 부처의 모습이 비친다는 연못도 가을 깊이 가라앉아서 거울같이 맑다. 연못 저편에 내외간인 듯싶은 초로의 한 쌍이 손을 잡고 불영(佛影)을 찾는지 열심히 연못을 들여다보고 있었다.

우리는 절 구경부터 하기로 했다. 절 마당 들머리에 불사를 위한 시주를 받는 접수대가 차려져 있고, 어린 여승 둘이 엷은 가을 햇살 아래 서서 시주를 받고 있었다. 우리는 여승 앞에 섰다. 여승이 합장을 하고 맞아 준다. 조그만 시주를 하고 시주록에 이름을 적었다.

두 여승은 앳된 소녀였다. 통통하게 살이 오른 볼그레한 볼, 도톰한 붉은 입술, 크고 선연한 흰자위와 까만 눈동자, 가늘고 긴 목덜미의 뽀얀 살빛, 처녀성이 눈부신 아름다운 용모였다. 배코 친 파란 머리와 헐렁한 잿빛 승복이 속인의 마음을 공연히 안타깝게 하는데, 정작 두 여승은 여느 소녀들과 조금도 다를 바 없이 밝게 웃고 새처럼 맑은 목소리로 지저귀고 있었다.

절을 돌아보았다. 조촐한 절이었다. 대웅전 중창 불사로 절 마당이 어질러져 있다. 오래 된 장맛처럼 깊은 절집의 여운이 우러나게 고색창연한 대로 놔두지 않고, 절 재정이 좀 나아졌다고 참을성 없이 불사를 벌이는 게 아닌가 싶었다.

여승의 깊은 인상 때문일까, 고요한 승방 쪽을 자꾸만 기웃거렸다. 시주대 앞에 서 있는 여승들의 방은 어느 것일까. 여승의 방에도 경대(鏡臺)가 있을까. 자신을 홀연히 버리는 경지를 향해서 용맹정진할 어린 비구니에 대한 속인의 아쉬운 마음이 가시지를 않는다. 화장은 안 해도 로션 정도는 바를 것 아닌가. 공연히 쓸데없는 걱정을 하다가 대웅전을 향해 합장하고 절을 물러나왔다.

나올 때 보니 두 여승은 불경을 외는지 염불을 하는지 삼매경에 들어 있었다. 얼굴이 홍시처럼 익어 있는데 법열(法悅)의 상기(上氣)인지 노을빛이 물든 것인지 신비스럽기 그지없었다. 어린 여승들이 천진한 소녀의 세계와 부처의 세계를 자유롭게 왕래하고 있는 것만 같아 보였다. 우리는 발소리를 죽이고 조심스럽게 여승 곁을 지나왔다. 마치 대웅전 본존불상 앞을 지나는 마음 같았다. 아내도 내 심정 같은지 발끝으로 따라왔다.

절 앞의 연못까지 와서 나는 환상을 본 것 아닌가 하고 절 쪽을 뒤돌아보았다. 여승은 우리가 나가기를 기다리고 있었는지 그새 절 안으로 들어가고 거기에 없었다.

연못의 벤치에는 초로의 부부가 아직 손을 잡고 나란히 앉아 있었다. 인생을 관조하는 듯한 여유 있는 모습과 다정다감한 내외간의 모습이 보기 좋았다. 우리는 그들의 고즈넉한 분위기를 방해하지 않기 위해서 좀 떨어진 곳에 자리를 잡고 서서 연못을 들여다보았다. 아무리 연못을 들여다보아도 부처님의 모습은 찾아볼 수 없었다. 불영은 속진(俗塵)이 묻은 중생의 눈에는 보이지 않는 것일까. 내 눈에는 안보이더라도 아내의 눈에는 보였으면 하는 바람이었으나, 아내의 눈에도 보이지 않는 모양이었다. 아내가 비록 불심은 없는 사람이지만 크게 욕심부리지 않고, 남에게 못할 짓 안 하고 산 만큼 부처님은 잠시 현신(現身)을 해주셔도 무방할 것 같은데 함부로 현신을 하지 않으시는 모양이었다.

산사에 어둠이 내리려고 했다. 초로의 신사 내외가 산문 밖으로 나가고 있었다. 산골은 기습적으로 어두워진다. 절의 외등이 불을 밝히면 절의 모습이 막이 오른 무대의 세트처럼 생경한 모습으로 되살아나서, 승방 문에 등잔불이 밝혀질 것이라는 내 고답적인 절 이미지를 '착각하지 마' 하듯 가차없이 지워 버릴 것이다. 나는 아내를 이끌고 외등이 밝혀지기 전에 절을 떠났다. 적막해지는 절에 남은 그 두 여승이 혹시 절 밖에 나와 서 있나 싶어 돌아보며―.

우리 앞에 저만치 그 초로의 신사와 부인이 손을 잡고 어두워지는 고요한 산길을 여유로운 발걸음으로 가고 있었다. 아무래도 우리의 발걸음이 더 빠른 듯 거리가 좁혀지고 있었다. 나는 발걸음을 늦추었다. 그들을 추월함으로 피차간의 고즈넉한 분위기가 깨어지는 불편을 피하기 위해서였다.

깊은 가을의 어두워진 주차장에서 말처럼 내 차가 적적하게 주인을 기다리고 있었다. 우리가 차 곁으로 갔을 때, 저쪽 차의 사람의 우리 차 쪽으로 다가왔다. 먼저 도착한 그 초로의 신사 내외였다. 우리가 뒤따라올 때를 기다리고 있었던 것 아닌가 싶었다.

"안녕하세요. 절에서 먼빛으로 두 분을 지켜보았습니다. 다정다감한 모습이 참 보기 좋았습니다."

"별 말씀을요. 두 분의 모습이야말로 참 보기 좋았습니다."

아내가 솔직하게 말했다.

"준비해 온 커피가 있는데, 우리 차로 가서 같이 드실까요?"

"네, 감사합니다." 나는 그 분들의 친절이 부담스러웠는데 아내가 얼른 친절을 받아들였다. 우리는 그쪽 차로 가서 보온병에 준비해 온 커피를 그 분들과 함께 마셨다. 어두운 주차장에는 차가 몇 대 없었다. 주차장이 너무 넓어 보였다. 가을이 깊긴 깊구나 싶었다. 주차료를 받던 마방 주인도 가고 없다.

"우리는 백암온천으로 가는데, 가을이 깊어서 그런지 동행이 그립네요. 방향이 같으시면 동행했으면 좋겠습니다만―."

그쪽 남자의 말이었다.

나는 깊은 감동으로 그 분들을 바라보았다. 초면에 격의 없이 사람을 대할 수 있는 이 분들의 인품 앞에 나는 망연(茫然)했다. 이 분들의 고즈넉한 분위기를 방해하지 않으려고 한 거리 유지가, 실은 내 고즈넉함을 방해받지 않으려는 인색한 거리였을 뿐이라는 생각을 하니 마음에 주눅이 들었다. 단아한 인품이 엿보이는 그 분들의 모습이 열심히 후학을 기르고 퇴직한 선생님 내외 같아 보였다. 사람을 좋아하는 순수한 인간미와 기탄없는 마음의 자유, 이 분들과 동행을 하면 좋은 여행을 배울 수 있을 거라는 생각이 들었지만, 결혼 30주년 기념여행을 수학여행으로 바꾸고 싶지는 않았다. 여행이 인품만큼 얻을 수 있는 것이라면 내가 이 분들의 격에 맞지 않을 경우 우리 피차에 불편이 될 뿐, 좋은 여행 동반자는 될 수 없다는 생각이 들었다.

"우리는 백암온천은 한번 가 본 곳이라서 덕구온천으로 갈 계획입니다."

사실이었다.

"그러세요? 동행하고 싶었는데 유감입니다. 그럼 좋은 여행 되시길 바라겠습니다."

그들이 먼저 출발하고 우리도 따라서 출발했다. 앞차의 빨간 미등이 따라오라는 선도의 눈짓 같았으나, 울진 외곽 삼거리에서 그들의 차는 백암온천 쪽으로 우회전을 하고 우리 차는 덕구온천 쪽으로 좌회전을 했다.

오늘밤은 덕구온천에서 자고, 내일 새벽은 동해의 어느 포구에서 밤바다의 오징어를 퍼담듯 잡아오는 어부의 자만심이 어떤 건지, 일출처럼 추켜세운 만선의 깃발을 보리라. 그리고 숙면한 포구 아낙네들의 목청이 생선처럼 퍼덕이는 어판장 모퉁이 좌판 앞에 앉아서 산오징어회를 먹을 것이다.

장마전선을 넘어

1. 이름 모를 포구

"오늘 동해남부 지방에는 50에서 80밀리 정도의 비가 내리겠습니다."

"장마전선을 통과해야 되겠네요."

아내가 여로를 우려했다.

일기예보에 차질 없이 비가 내린다. 김동완 통보관의 회심의 미소가 보이는 것 같다.

장기곶 반도를 돌아가는 굴곡 심한 912번 해안도로를 따라 길을 떠났다.

아직도 가로등이 켜져 있는 어느 이름 모를 포구에 잠시 차를 세웠다. 비 오는 새벽 바다의 고즈넉한 정취를 느껴보기 위해서다. 자판기에 동전을 넣으니까 따뜻한 커피를 한 잔 준다. 단돈 300원으로 인정을 대접받는 것 같아서 기분이 좋다. 자동화된 인간성의 대행이 불친절보다 훨씬 낫다.

집들이 바다를 향해서 혈맥처럼 고샅을 내고 세포 분열하듯 다닥다닥 붙어 있다. 어촌의 모습이 좀 무질서해 보이지만, 그래서 더 다감해 보이는 전형적인 우리 나라 취락구조다. 신작로 옆에 있는 집들은 모두 유리문을 크게 달고 '무슨 가든', '무슨 횟집'이라고 선팅을 했다. 이 전형의 변형이 시류(時流)를 따르는 소박한 어촌 아낙네가 립스틱을 진하게 바르고 저잣거리에 나앉아 있는 것 같아서 보기 좀 딱하다.

수조에는 도다리, 놀래미, 우럭, 광어, 오징어 등 활어들이 헤엄을 치고 있다. 오늘 낮에는 활어의 안락사에 유념할 리 없는 시골 주방장의 서투른 회칼에 저며져서 비 오는 바다 정취에 취하러 오는 길손의 미각에 오를 생명들. 생명이 생명의 선도를 음미하는 냉혹한 미각은 인간의 원초적 야성에서 비롯한 것일까.

비 오는 새벽 포구의 고즈넉함이 아득히 먼 곳에 와 있다는 사실을 주지(主旨)시켜 준다. 홀가분한 고적이 한껏 자유롭다. 오만해도 무방한 이 자유를 얻으려고 나는 비 오는 먼 이 낯선 새벽 포구까지 표류해 온 것이다.

2. 대보항

장기곶 반도의 북단에 위치한 제법 큰 포구다. 포구의 한쪽 공터는 조선소다. 골조를 다 짜맞춰 가고 있는 작은 어선의 대패질을 한 하얀 나뭇결이 비에 젖고 있다. 비 맞는 나부(裸婦)의 처녀성 같아서 애처롭다. 동해의 거친 물결에 시달려야 할 배의 운명이 보이는 듯하다. 포구 앞에 담을 치듯 방파제가 바다를 가로막고 있다. 배가 드나드는 어귀가 흡사 시골집의 삽짝처럼 열려 있고, 삽짝의 기둥처럼 방파제 양 끝에 등대가 흰 것, 빨간 것, 각각 하나씩 서 있다. 안마당처럼 아늑한 포구 안에 어선이 하나 가득 성난 바다를 피해 있다. 그 풍경이 내 마음을 저문 날 내 집 삽짝 안에 들 때 같은 안도감을 안겨 준다.

비 오는 새벽 포구의 풍경을 담아 가기 위해서 필름을 한 통 사려고 했으나 문을 열어 놓은 전방이 없었다. 아무리 비 오는 새벽이라지만 너무 게으름을 떤다. 학생들만 등교를 하려고 시내버스를 기다리고 있다. 우산 아래서 허릴 구부리고 있는 여학생의 쪽 곧은 뽀얀 종아리에 빗물이 튄다.

"학생, 어느 학교 다니지?"

"포항여고예."

"예쁜 종아리에 빗물이 튀어서 어떡해."

수줍어 고개를 숙인다. 아무 의미도 없는 질문을 해서 공연히 소녀를 당황케 한다. 소년처럼 즐겁다.

3. 장기곶

뭍의 발기가 결연한 의지로 바다 깊이 삽입되어 있는 곳이 곶(串)이다. 바다는 궁합이 안 맞는 여편네처럼 곶 끝에서 웅얼거린다. 곶은 개의치 않고 정정당당하게 바다의 한녘을 굳건히 장악하고 있다. 아! 수컷다운 기상. 나는 비 오는 곶 끝에 서서 사내의 사기를 진작시켜 본다.

아득하게 우연(雨煙)이 수평선을 가로막고 뿌옇게 흐려 있다. 맑은 날의 거침없는 호형(弧形) 수평선은 참담하게 나의 각성을 촉구하는 데 비해서 비 오는 날의 수평선은 쓰고 따뜻한 탕제같이 내 마음을 아늑하게 해준다.

곶 끝에 서 있는 하얀 장기곶 등대가 비 오는 바다를 바라보고 서 있는 일관되게 늙은 흰 정복차림의 항해사처럼 당당하다. 그가 내게 뚜벅뚜벅 걸어와서 솥뚜껑같이 넓적한 손을 어깨에 턱 얹어 주며 '삶이란 게 관점에 따라 다를 뿐, 다 그렇고 그런 거요' 할 것만 같아서 가슴을 두근거렸다.

곶의 안쪽이 만(灣)이고, 포구는 만 안에 있다. 곶이 만을 감싸고 포구는 남편 잘 만난 아낙네처럼 얌전하게 만의 품에 폭 안겨 비 맞고 몸부림치는 곶 끝의 으르렁거림에도 불구하고 혼곤(昏困)하게 잠들어 있다.

4. 구룡포

　오징어잡이 채낚기 어선이 역시 부두에 가득하게 접안하고 있다. 덕장에 오징어를 매달고 있는 것처럼 집어등을 배에 가득 매달고 있다. 더 세차진 빗줄기가 집어등을 깨끗이 씻어내고 있다.

　한때 고래잡이 어업의 전진 기지였던 포구, 지분(脂粉)을 자포자기하게 바른 색시들이 풋사랑을 팔던 파시(波市)의 비릿한 지분 냄새를 줄기찬 빗줄기가 씻어내고 있다.

　을씨년스러운 부두의 한녘에 노란 금싸라기 참외를 가득 실은 타이탄 트럭이 한 대 서 있다. 역시 노란 비옷을 입은 사내가 차 위에서 소리를 지른다.

　"네 개 천 원, 꿀참외가 네 개에 천 원입니다."

　이 우중에 참외가 팔릴까? 저 사내는 왜 확신 없는 짓을 할까. 삶이란 원래 확신 없는 최선일까. 빗소리에 지워지는 사내의 소리가 공허하다. 아무튼 이른 봄 들녘의 유채꽃 한 무더기처럼 노란 참외가 을씨년스러운 부두의 한 모퉁이를 빛내고 있다.

　배가 고프다. 문을 연 식당이 없다. 배가 뜨지 않는 비 오는 포구에서의 아침 식사는 가망이 없다는 새로운 여행 상식을 배웠다.

5. 31번 국도에서

잠정적으로 비가 멎었다. 완전히 개인 것은 아니고 다만 장마전선의 대치상태가 소강국면을 맞은 것일 뿐이다.

바다에 짙은 안개가 자욱하게 끼었다. 안개는 바다로부터 수군(水軍)들이 인해전술로 상륙작전을 전개하듯 해안을 덮친다. 해안의 해송(海松)들을 제압한 안개가 산기슭을 타고 올라와서 등성이의 해송까지 포로로 잡는다. 안개와 대치한 햇살의 주저항선인 산등성이에는 철갑을 두른 듯한 노송들이 장군과 그 막료들처럼 의연하게 서서 안개의 포로가 되고 있다.

임진년에 왜군들이 저렇게 파죽지세(破竹之勢)로 해안에 상륙했을까! 바다는 안개 뒤에 숨어서 모습은 보이지 않는 채 소리만 질러 수군을 독전(督戰)한다. 뇌격(雷擊)을 당한 선체의 찢어진 격벽(隔壁)으로 바닷물이 쏟아지듯 햇살이 구름 틈새로 갈래갈래 쏟아진다. 마침내 전세는 판가름나고 해안은 평정을 찾아간다.

바다는 왜 불필요한 기세로 분발(奮發)하는가! 작살 맞은 고래의 검은 등허리처럼 요동치는 파구(波丘)가 햇살을 하얗게 부숴 놓는다.

암초 위에 갈매기가 소복하게 앉아서 날개를 쉬고 있다. 암초에다 갈매기들은 배설을 할 것이다. 저 넓은 바다를 바라보며 파도가 씻어 놓은 깨끗한 암초에 배설을 하는 갈매기는 얼마나 상쾌할까. 나도 그래 보고 싶다. 그러면 만성 위염증세가 뚝 떨어질 것 같다.

파구에 몸을 내던지는 갈매기의 눈부신 자맥질을 보았다. 다른 갈매기들이 암초에 앉아서 편히 쉬고 있을 때 홀로 거친 바다를 향해서 자맥질을 하는 것은 비단 먹이를 포획하기 위한 짓은 아닐 것이다. 모든 갈매기에 있어서 중요한 것은 먹는 일이고, 그래서 나는 것이었다. 그러나 갈매기 '조나단'은 먹는 일보다 나는 일이 더 중요하다고 했다.

"난다는 것은 한 장소에서 다른 장소로 파닥이며 가는 것만을 의미하지 않는다. 그 정도의 일이라면 모기도 할 수 있어!"

이와 같은 조나단의 초월의지에 대해서 그의 선배 늙은 갈매기 '치앙'은 이렇게 말했다.

"완전한 스피드로 나는 것은 수천 킬로미터로 나는 것도, 또는 빛의 속도로 나는 것도 아니야. 왜냐하면 아무리 숫자가 커져도 거기에는 한계가 있기 때문이야. 하지만 완전한 것은 한계가 없지, 완전한 스피드란 곧 거기 있다는 거야."

나는 조나단을 보면서 좌절감을 삭인다. 끝없는 도전은 그 자리에 머무는 경지일지 모른다. 통(通)해서 성불(成佛)이 되는 경지 같은—. 삶의 경지는 무엇일까? 비 오는 텅 빈 포구에서 '금싸라기' 참외를 파는 것일까.

암초에서 편안히 쉬고 있는 무리를 떠나서 미처 진정되지 않은 폭풍 속을 활공하는 한 마리의 갈매기가 침체된 내 생의 한

복판으로 내리꽂힌다.

분을 삭여 가는 바다가 격정의 대사가 끝난 셰익스피어의 무대처럼 내 가슴에 깊은 감동을 안겨 준다.

광어회가 먹고 싶어졌다. 동해안으로 침투했다가 좌초된 북괴 잠수함의 유일한 생존 간첩이 생포되었을 때 광어회가 먹고 싶다고 했다. 체념한 마음은 담백한 것일까. 담백한 공복에는 담백한 광어 살코기가 제격일지 모른다.

나는 성난 바다 앞에 서서 진취적이지 못했던 삶의 노폐물을 훌훌 털고 생의 이쯤에서 체념을 한다. 그러니까 생포된 무장 간첩처럼 광어회가 먹고 싶어졌다. 수조 안에서 광어가 가난한 여행자의 염낭을 풀라고 부추긴다.

"우리 광어회 먹을까?"

"무슨 일 났어요, 왜 객쩍게 낭비를 해요. 쓸데없는 소리 하지 말고 도로변 기사식당에서 된장백반이나 먹어요."

사실 국도변 기사식당의 된장찌개 백반은 먹을 만하다. 아내는 그 점에 착안한 말이지 가당찮은 내 담백한 식욕을 윽박지르기 위한 말이 아니라는 것을 나는 안다. 아내의 여행 상식이 가난한 여행자의 동반자답다. 동반자의 모자람을 채워 준 우리의 동반이 오늘은 여기쯤 와 있는 것이다. 우리는 조금 더 가서 기사식당의 때 묻은 식탁에 마주앉았다.

때 묻은 식탁에 아내와 마주앉아서 먹는 된장찌개의 보편적인 맛에 문득 집 생각이 났다.

창 너머로 보이는 수평선에 또 우연이 묻어 들어온다.

저기압에 가라앉는 된장찌개 냄새가 나를 집으로 돌아가고 싶어지게 했다.

우리 집은 장마전선 너머에 있다.

전장포

前場浦

어느 해 봄 전장포에 가 보았다.

『한국도로지도』책을 펴보면 전장포는 해제반도 끝에 있는 점암나루에서 카페리를 타고 임자도로 건너가야 한다. 임자도는 흡사 올챙이 모양을 한 섬인데 전장포는 올챙이 꼬리 끝에 해당하는 지점에 자리잡고 외떨어져 있었다.

여인의 둔부 같은 푸른 구릉을 넘고 돌 때마다 문득문득 갯벌과 바다가 바라보였다. 구릉은 붉은 황토밭이고, 황토밭에는 끝없이 마늘이 심어져 있었다. 푸른 단색조의 권태로움을 보완이라도 하려는 듯 마늘밭 사이사이 유채밭이 섞여 있는데 노랗게 유채꽃이 피어서 녹황색의 조화가 막 붓을 놓은 수채화처럼 산뜻했다.

24번 국도 현경 사거리에서 점암나루에 이르는 막 포장이 끝난 백 리 길, 해제반도의 봄 풍경이었다.

구릉 기슭에 옹기종기 모여 있는 농가 모습이 우리 농촌의 그만그만한 삶의 규모와 비슷해 보였다. 마늘과 유채가 이 지방의 특작물인 모양이다. 특작물의 경제성이야 여하튼 구차스럽지 않은 지방색이 이곳 사람들의 자존심을 지레 짐작게 했다. 성의껏 살아가는 사람들의 인간성이 엿보일 뿐,

보리새우 춤추는 해제반도 걷다 보면
끝없는 황톳길 채찍처럼 이어지고
함께 살기 원하는 우리들의 고통
왜 이리 깊고 카랑한가

그와 같은 이 지방 시인 곽재구의 우수는 느낄 수 없었다. 삶의 주관과 객관의 차이 때문일까?

임자도로 건너가는 점암나루는 시끌벅적했다. 카페리를 기다리는 화물차와 승용차가 줄을 서 있고 섬으로 들어갈 사람들이 웅성거리고 있는 속에 우리도 섞여 있었다.

전장포, 어구 해석으로는 포구 앞바다가 바로 앞마당이라는 뜻인데, 그러면 달밤에 갯벌을 향해서 열린 삽짝 안으로 달빛이나 바닷물에 말갛게 씻긴 낙지가 갓난아기처럼 아장아장 걸어 들어오기라도 한단 말인지, 짭짤한 인정으로 고샅을 열고 물새처럼 앞바다에 들락거리며 새우를 물어다 젓갈을 담는 사람들의 폐쇄적인 삶이 느껴지는 이름이다.

닻을 내리고 바다에 떠서 꼼짝 못하는 배를 멍텅구리배라고

한다. 그 배를 타고 새우잡이 그물만 바다에 내렸다 건졌다 하는 사람들, 그들의 고독한 작업으로 새우젓은 생산된다. 새우젓 맛은 그 사람들의 인생을 절여 삭힌 맛인지 모른다. 그들의 삶을 얼마나 절여서 담그면 그 유명한 전장포 새우젓 맛이 되는 것일까.

한때 새우잡이 멍텅구리배에 팔려 간 사람들의 비참한 실상이 사회문제로 야기된 적이 있었다. 그래서 전장포는 내게 해무(海霧)에 싸인 음험한 사건을 연상케 하는 이름이기도 하다.

나루터에서 서성거리는 섬사람 같은 중년에게 전장포가 어디냐고 물었더니 손가락질을 해준다. 썰물진 뻘밭이 아득히 뻗어 가서 황사 바람 속으로 사라져 간 건너편 섬 끝을 가리켰다. 아득한 느낌이 들었다.

뻘밭에 김인지 굴인지 양식장 말목들이 마치 산불이 지나간 산비탈에 서 있는 죽은 나무의 등걸처럼 서 있다. 어느 산에 태어나서 한창 나이에 벌목이 되어 저 뻘밭에 주검으로 서서 양식 발을 꼭 붙들고 있는지 나무의 업보를 보는 것 같았다.

어느 해 가을에도 나는 혼자 이 나루터까지 와서 임자도를 건너갈까말까 망설인 적이 있었다. 마침 만조 때라 탁한 물살이 육지와 섬 사이를 가득 채우고 빠르게 흐르고 있었다. 섬 모퉁이를 돌아서 나루터로 다가오는 배가 마치 물결에 떠내려오는 것처럼 아슬아슬했다.

배가 나루에 뱃머리를 대고 '바우도어'를 열자 어디서 한 번

본 적이 있는 것 같은 사람들이 쏟아져 나오고 뒤따라 차들이 굴러나왔다.

어린애를 업은 검게 그을은 섬 아낙네, 넥타이 고를 주먹만하게 맨 섬 양복쟁이, 젊은 군인, 늙은 어부, 가지각색의 사람들이 와자지껄하며 기다리고 있는 광주행 버스 쪽으로 몰려갔다. 저 사람들 중에 전장포 새우잡이 멍텅구리배를 타다가 풀려 나오는 사람이 있을까.

짧은 가을 해가 기울어져 섬 그늘이 을씨년스러웠다. 이제 저 섬에 들어가면 새우잡이 멍텅구리배에 잡혀가지 싶은 생각이 들어서 배를 타지 않았다.

섬에서 배가 돌아왔다. 배가 그 해 가을 저녁나절 모양 차와 사람을 쏟아놓는다. 내 차례가 되어서 두근거리는 마음으로 차를 배에 실었다. 이번에는 옆에 아내가 있다. 동반자에 대한 신뢰, 늙은 여자 한 사람이 큰 힘이었다.

배는 수섬이란 곳에 한번 기착해서 나루에 뱃머리를 대고 중년의 섬사람을 내려 주었다. 타는 사람은 없었다. 섬 중턱에 납작한 집들이 몇 채 띄엄띄엄 외롭게 붙어 있다. 가파른 비탈에 파랗게 농작물이 자란다. 저것도 마늘일까. 섬 비탈에 매달려 실각(失脚)하지 않고 꾸려 가는 굴딱지 같은 생애, 공연히 눈물겹고 고마운 것이다. 저 사람은 섬 밖에 무슨 볼일을 보러 갔다 오는 것일까?

섬 모퉁이를 돌아서 배는 바로 임자도 면소재지인 진리나루에 닿았다.

섬에 아스팔트 포장도로가 개설되어 있다. 포장된 길을 따라서 조금 가니까 길가에 전장포라고 화살표를 한 안내판이 서 있었다. 화살표를 따라서 비포장길로 들어섰다. 보수도 한 번 하지 않은 길이다. 자동차 바닥이 닿을 정도로 노면이 험하다. 모래를 날리면서 천천히 전장포를 향해서 갔다. 아지랑이가 가물가물하는 파란 보리밭과 염전 너머로 동네가 바라보였다.

모래바람이 불었다. 임자도 처녀는 모래를 서 말을 먹어야 시집을 간다고 한다. 모래섬이다.

차가 크게 덜컹거리자 아내가 시방 먹으면 등천(登天)이라도 하는 새우젓이라도 사러 가는 거냐고 불평을 했다. 억하심정으로 그렇다고 대답했다. 그러고 보니 여행 의미를 못 찾은 아내의 질문에 대한 남편의 독선이 미안했다. 그것은 납득할 수 있는 대답을 하지 못하는 내 자신에 대한 불만이었다.

워낙 길이 나빠서 빤히 보이는 곳이 시간이 꽤 걸렸다. 점점 가까워지는 아지랑이 속에 고요한 동네가 수상쩍어 보였다.

드디어 전장포에 도착했다. 조용했다. 활기가 느껴지지 않았다. 사람도 별로 없다. 돌담 너머 납작한 집의 툇마루에 늙은이들만 더러 봄 햇살에 속절없이 늙고 있었다. 어떤 집은 빈집인 채로 봄 햇살에 집이 혼자 늙고 있었다. 무슨 사건이 있었던 것처럼 침묵하는 동네의 적적한 고샅을 돌아가자 작고 쓸쓸한 포구가 나타났다. 자포자기하고 주저앉은 사람처럼 실망스러운 포구의 모습이었다.

그래도 부두에는 한때 흥청거린 경기의 흔적이 남아 있었다. 담뱃가게에 들어가서 캔 음료와 담배를 한 갑 샀다. 한참 주인을 찾고 나서야 낮술에 취한 듯한 남자가 나왔다. 그에게 전장포에 대한 질문을 해 보았다.

"새우잡이 경기가 좋습니까?"

"좋긴 머시가―, 다 끝났지라우."

"전장포하면 새우젓 생산지로 유명한 곳 아닙니까?"

"옛날에야 그랬지라우. 한때는 200여 호나 살았는디, 지금은 60여 호밖에 안 되어라."

그리고 귀찮다는 듯이 문을 닫고 들어가 버렸다. 캔 밑바닥에 찍힌 제조일자가 이 포구의 과거지사만치나 오래 되어서 마실 수가 없었다.

낡았을망정 어판장 시설이 두 동이나 서 있었다. 어판장 안에는 리어카, 경운기, 어구, 녹슨 드럼통들이 어지럽게 뒹굴고 있었다.

근래에 이 어판장 안에서 새우나 새우젓을 팔고 사고 한 일이 없어 보였다. 부두에는 어선이 두 척 접안하고 있었다. 한 척은 새우를 부리고 한 척은 출어 준비를 하는 것 같아 보였다. 어부들의 묵묵한 동작이 삶이 얼마나 질기고 연민스러운 것인지를 느끼게 했다.

포구 저쪽, 방파제를 따라 바닥을 드러낸 갯벌에는 크고 작은 어선들이 여러 척 배를 깔고 엎드려서 새우젓처럼 곰삭고 있다. 선창가에는 창문에 빛바랜 페인트칠과 깨진 유리창을 그대로 방치한 빈 주점들이 한때 파시의 호황을 굳이 설명이라도 하려는 듯 봄 햇살에 피폐한 모습을 추켜들고 있다.

사양화된 어촌의 쓸쓸함에 비해서 봄볕이 가당찮게 화창했다. 바다에도 봄 햇살이 비쳐서 은파가 비늘처럼 눈부시다. 크고 작은 섬들이 앞바다에 할 일 없이 주저물러앉아서 졸고 있다.

꼬막껍질 속 누운 초록 하늘
못나고 뒤엉긴 보리밭길 보았네
보았네 보았네 멸치담장 산마이 그물 너머
바람만 불어도 징징 울음 나고
손가락만 스쳐도 울음이 배어나올
서러운 우리 나라 앉은뱅이 섬들 보았네
아리랑 전장포 앞바다
웬 설움 이리 많은지

가출 소년이 팔려와서 멍텅구리배에 태워진 사건이 있었을 때가 이 포구는 번창기였으리라. 반면 그때부터 이 포구가 사양화되었는지도 모른다. 외처 사람들이 들어와서 인심을 버려놓고 썰물처럼 빠져나간 포구 모퉁이 뉘 집 돌담 안에 흐느낌처럼 산수유 노란 꽃이 피었다.

곽재구의 슬픈 노래 속에는 차마 발길을 돌리지 못하는 연민이 담겨 있었으나, 봄빛에 조용조용 허물어지고 있는 전장포에서 나는 괴기(怪奇)한 적막밖에는 아무것도 느낄 수가 없었다. 전장포에 대한 선입견 때문에 저 산수유꽃처럼 애잔한 전장포의 이면을 나는 못 보는 것일까. 새우가 살찌는 여름에 오면 이 포구에 따뜻한 눈빛으로 육젓을 담는 이들의 활기찬 목소리를 들을 수 있을지 모른다.

　낯선 사람에게 하등의 눈길도 주지 않는 무관심, 누가 섬뜩한 눈빛으로 다가와서 '새우잡이 멍텅구리배 좀 타보겠소' 할 것 같은 음험한 분위기에 눌려서 우리는 서둘러 포구를 떠났다.

휴게소에서

김영봉 씨의 충동에 안면도 백사장 포구까지 가서 왕새우를 먹고 오는 길이었다. 잠시 쉬어 가려고 예산 못 미처 21번 국도변의 어느 휴게소에 들렀다.

주차장에는 차가 한 대도 없었다. 그래서일까, 주차장 가장자리의 이미 낙화하기 시작한 코스모스가 기우는 가을의 쓸쓸함을 느끼게 했다.

운전석에서 내려 기지개를 켜고 등굽혀펴기를 몇 번 했다. 좀 시원했다. 포장도로를 도로교통 법규에 따라 정숙한 운전을 했는데도 피로하다면 내 소형차가 호말처럼 진중하지 못하고 당나귀처럼 까분 탓일까. 차는 탓할 수 없을 것 같다. 당나귀만한 내 차는 당나귀처럼 충직한 인내심으로 날 태워 가지고 다녔다. 반도의 땅끝까지도 가 주었고, 태백산맥의 안개 자욱한 준령도 넘어 주었고, 낙도의 황폐한 비포장길도 다녀 주었다. 메밀꽃 필 무렵의 허 생원의 당나귀도 이보다 더 충직하지는 못했으리라. 허 생원의 당나귀는 꼴에 짐승이라고 감정은 있어 가지고 달빛 어린 냇물의 흐름에 발을 담그고 건너지 않아서 허 생원을 몸달게 하지 않았던가. 내 당나귀는 달빛 어린 강변길에서도, 그 찬란한 낙조의 허망함을 바라보는 낙도의 비포장길에서도 나를 애먹인 적이 없었다. 나는 내 차를 사랑하지 않았다. 혹사만 했다. 그래도 반란을 일으키지 않은 나의 당나귀! 철나듯 내 당나귀에 대한 깊은 정이 느껴졌다.

청주서 안면도까지 아무리 줄잡아도 4백 리는 될 것이다. 하루에 그 먼길을 다녀온다는 것은 사실 레저라기보다 일이다. 그런데 일한 거라고 말하기가 좀 멋쩍다. 박봉의 공무원인 주제에 무슨 팔자 좋은 미식가인 것처럼 제철 새우를 먹으러 그 먼 가을 포구를 다녀온단 말인가. 차에는 두 집 가족들을 먹일 왕새우와 꽃게가 실려 있다. 내륙지방인 청주에서 사는 것보다는 싸고 선도(鮮度)가 좋을 것이다. 그러면 차에 경제적 화물이 실렸다고 해도 과언 아니다. 따라서 나는 화물차의 운전사 역할을 한 것이니 큰일 했다고 말해도 무방하다는 생각이 들었다.

"김형, 나 오늘 큰일 한 거야, 안 그래?"

나는 한결 가벼운 마음으로 내 운전의 피곤을 생산성에 두고 묻는데,

"큰일은 무슨, 놀러 갔다 오는 주제에……."

김영봉 씨는 픽 웃으며 말했다. 배신자, 자기가 날 안면도로

왕새우 먹으러 가자고 꼬셔 놓고 저렇게 담담하게 레저의 사실로만 인정하다니. 나는 삭신이 뻐근한데.

우리는 커피를 마시려고 매점 안으로 들어갔다.

커피 코너에는 시골 아낙네처럼 소박한 늙은 여자가 서 있었다. 대개 도로변 휴게소의 점원은 젊고 예쁜 아가씨들이던데, 나루터나 고개턱의 주막집에서나 볼 수 있던 옛날 주모(酒母)가 서 있어서 의아스러웠다. 그 여자는 우리를 늘 보는 사람 대하듯 덤덤하게 바라보았다.

커피 두 잔을 시켰다. 늙은 여자는 종이컵을 두 개 좌판에 내놓더니 인스턴트 커피를 한 봉씩 털어넣고 보온 물통의 물꼭지에서 적당량의 온수를 받아 티스푼으로 몇 번 저어 가지고 우리 앞으로 밀어 놓았다. 그 동작이 옹솥에 보리쌀 앉히는 아낙네의 일상 같기도 하고, 술독을 바가지로 휘휘 저어서 주전자에 술을 담아내는 주모의 일상 같기도 해서 아무래도 커피 맛이 보리숭늉 맛이거나, 아니면 막걸리 맛이지 싶었다.

그러나 인스턴트 커피 맛은 커피를 타는 사람과는 무관했다. 다만 적당한 양의 끓는 물만 부어 주면 커피 맛은 우러나게 되어 있다. 커피의 맛은 이미 공장에서 자동화된 생산라인을 거치면서 결정되었기 때문이다. 커피 맛은 집에서 늦은 밤에 내가 타 먹는 거나 진배없었다. 생활의 편리를 위해서 기호품마저 몰개성적으로 규격화되었다. 조금 더 있으면 생활의 편리를 위해서라면 사람의 유전자나 염색체까지도 규격화해서 거추장스러운 격(格), 성(性), 정(情)을 배제시킨 인간을 만들어 낼 때가 올지도 모른다. 그러면 편할까? 자존심을 상하고 울분으로 밤을 지새울 일도 없을 것이고, 그리움 때문에 시린 노을빛 속에 서서 마음을 떨 일도 없고, 배신 때문에 죽이고 싶은 미움도 발생하지 않을 것이다. 그 반대로 성공을 위한 분발심도, 사랑을 쟁취하려는 수컷의 뜨거움도, 연민과 고독을 기대고 싶은 신앙심도 발생하지 않을 것이다.

그래서는 안 된다. 인간은 인간적이어야 한다. 인간의 취약성도 그대로 보전해야 한다. 그래서 야누스처럼 행과 불행, 선과 악 등등 인간의 양면성을 솔직히 드러내고 서 있어야 한다. 그것이 인간이 군락을 이룰 수 있는 필요충분조건이기 때문이다. 공연히 편리한 인간을 만든답시고 인간의 오욕칠정을 취사선택해서 규격화한다면 당초 인간을 창조한 조물주의 뜻한 바를 거역하는 것으로 인간의 의미를 상실케 하는 위험한 짓이다. 그러면 지구도 달처럼 삭막하긴 마찬가지다. 꽃이 피고 새가 지저귀고 눈이 오고 노을이 지는 지구의 자연은 아무짝에도 쓸모가 없어져 버릴 것이다. 그러면 음악도 미술도 문학도 없을 것이다. 그러면 인간은 내 차처럼 달리는 한 가지에 충실할 뿐 허 생원의 당나귀처럼 달빛 어린 냇물의 흐름에 취하는 최소한의 정취마저도 느낄 수 없을 것이다.

나는 불쌍하게도 인스턴트 커피 맛밖에 모른다. 커피 맛에 관한 한 나는 메커니즘화되어 버렸다.

나는 커피를 타 주는 늙은 여자의 인간적인 모습에 호감이
가서 인사치레를 했다.

"커피 맛있네요."

"맛있긴, 커피 맛일 테지유."

그 여자의 대답이 역시 인스턴트 커피 맛처럼 규격화된 말이
었다.

그런데 그 여자가 문득 격의 없이 엉뚱한 질문을 했다.

"무릎이 이렇게 아픈 건 왜 그래유?"

"글쎄요. 관절염 아닐까요."

"거기 뭐가 약이래유?"

"글쎄요, 약은 잘 몰라도 오래 서 있으면 병이 더 심해질걸요."

"그럼 고질병이네유, 난 쉬지도 못하는 몸인께."

우린 그 여자와 돌연히 대화의 단절감을 느끼고 뭐 잘못한
사람들처럼 쫓기듯 커피잔을 들고 매점 밖으로 나왔다. 그때,
인간성에서 연민 같은 거는 배제시키는 것도 사는 데 편리하
겠다는 생각이 들었다.

휴게소 건너편으로 가을날이 설핏했다. 멀리까지 펼쳐진 황
금 들판에 엷은 햇살이 쓸쓸하게 기울고 있었다. 먼 산자락에
그늘이 지면서 야산은 온화한 등성이를 더욱 낮추고 있었다.
마침 디젤기관차가 빨간 칠을 한 객차들을 끌고 들 복판을 빠
르게 가로질러 멀리 저무는 산모퉁이를 돌아갔다. 장항선 무
궁화호 열차다.

우리는 그 풍경을 바라보면서 인스턴트 커피를 마셨다.

"음, 커피 맛!"

안성기의 커피 시에프 장면처럼 아주 그윽하게 ―. 그런 게 다 한 생애를 이루는 소중한 순간들이지 싶었다.

속리산기
俗離山記

1. 정이품송

입동이 막 지난 어느 날, 서원대학교 평생교육원 시조 지망생들은 속리산 문장대로 야외수업을 떠났다.

속리산! 속세와 떨어진 산이란 일컬음일 터인데, 다 옛날 말이다. 지금의 속리산 자락은 여느 관광지와 다를 바 없이 시끌벅적한 저잣거리와 같다. 저 세속을 떠난 수려한 산의 발치에 잡다한 현대문화가 밀려 와서 마구 속진을 털어놔도 산은 미간을 찡그리지도 않고 한결같이 탈속의 품위를 잃지 않고 있다.

우선 차멀미를 하며 꼬불꼬불한 말티재를 넘어가면 산 어귀에 정이품(正二品) 벼슬을 한 소나무가 서 있다. 수령이 6백 년 가량 되었다는 소나무의 수격과 기품이 하도 고아해서 나는 과연 정이품 벼슬에 합당한 나무라는 데는 하등의 이의가 없다. 그런데 정이품 벼슬을 제수받은 경위가 세조 임금의 속리산 복천암 행어(行御) 때, 임금의 연이 걸리지 않도록 나뭇가지를 추켜든 공이라니 아무래도 좀 마땅치 않다.

나무가 권세의 적소(適所)를 아는 간지(奸智)의 모습이라면 세상 인심이려니 하고 깊이 생각할 필요도 없겠지만, 저 소나무의 모습은 존속을 살해하면서까지 왕위를 찬탈한 분에게 가지를 번쩍 추켜들며 경의를 표할 만큼 세속적인 모습이 아니기 때문이다.

깊은 산골, 서강의 살여울 건너편, 어두운 숲에 둘러싸인 청랭포에 유폐된 소년을 생각해 보라! 종단에는 삼굿같이 찌는 방에서 사약 사발을 받아들었을 열일곱 살 꽃 같은 소년 단종 임금의 심정을 생각하면 나는 명치에 울혈이 생길 지경이다.

나무가 저만한 풍모일 때는 깊은 덕과 강직한 지조를 지녔음에 틀림이 없는데, 오히려 가지를 더 늘어뜨려서 행어를 가로막고 사육신 같은 기개로 왕위 찬탈을 일갈하였을지언정 세조 임금의 행어에 불편이 없도록 가지를 번쩍 추켜들었을 리는 없다.

하기는 그래 가지고서야 저 소나무가 지금 저렇게 살아 남아 있지도 못하고 사육신처럼 베어졌으리라. 그러나 소나무는 분명히 고아한 모습으로 저렇게 서 있지 않은가. 그렇다면 세조 임금은 저 나무 밑으로 지나가지도 않았다. 나무의 위세에 눌려 비켜갔음에도 불구하고 나무의 풍모가 욕되게 임금의 권위를 높이는 데 이용당하고 있는 것이다.

정이품송의 유래는 세조실록에 기술되어 있지 않다. 사관(史官)의 조명이 없는 것으로 보아서 행어를 배행한 어느 간신배나 지방 수령이 아첨을 하기 위해서 말을 지어 가지고 순박무구한 백성들을 현혹시킨 것이 분명하다.

정이품송은 어느 욕된 영광의 노경처럼 '나는 왜 죽지도 않는지 몰라' 하듯 잔병치레를 했었다. 그래서 산림 관계 공무원들이 애를 태우며 온갖 보약을 대령한다, 외과수술을 한다, 솔잎혹파리 방충망을 씌운다 하며 정성을 들인 덕에 다시 늠름한 모습을 되찾았다.

정이품송은 벼슬 때문에 마음대로 죽기도 어려운 몸이다.

세조 임금의 연이 걸릴까 싶어서 추켜들었다고 전해지는 가지일까? 속리산으로 들어가면서 나무의 왼쪽 아래 장군의 팔처럼 뻗은 역지(力枝) 하나가 중간쯤에서 절단되어 있다. 병이 들어서 수술을 받은 것이다. 마치 철갑을 두른 듯한 그 위용의 나무가 역지를 중간에서 잘린 채 서 있는 모습이 세조 임금의 왕위 찬탈을 반대하다 역모의 주체세력에 팔이 잘린 채 기개를 굴함 없이 어린 왕을 보위하던 충신 김종서의 모습 같아 보였다.

2. 입동(立冬)의 산

문장대의 산행은 세심정(洗心亭)에서부터 본격적으로 시작된다.

우리 교육원생들은 일단 이곳에 모여 커피를 한 잔씩 하며 마음을 씻고 산에 오르기로 했다. 그런데 어느 철 잃은 경망스러운 벌이 날아와서 무슨 억하심정으로 커피 잔을 든 내 오른손 무명지를 쏘았다. 그러고도 직성이 덜 풀렸는지 침을 손가락 끝에 박고 있는 것이다. 나는 놀라서 커피 잔을 집어던지고 왼손으로 벌을 떨어 버렸다. 벌은 내 손에 얻어맞고 땅바닥에 떨어져 혼절하고 말았다. 나는 그 벌을 발로 밟지는 않았지만 언 땅에 떨어진 벌은 죽었을 것이 틀림없다.

손가락 끝이 아리고 붓는다. 일행의 어느 여성분이 벌침은 일부러 돈을 주고도 맞는 건강 침술의 한 방법이라며 내 손가락에 벌이 자의로 침을 놓은 것은 그 벌이 목 선생의 건강을 염려할 정도로 전생에 어떤 연이 닿아 있다는 것이라며 커피 값을 나더러 내라는 것이다. 그 말에 일리가 있다고 생각이 들어서 커피 값을 기꺼이 냈다.

그럼, 나는 저 벌의 시신을 거두어 양지바른 곳에 묻어야 하나 말아야 하나? 잠시 마음에 혼란이 생겼다.

산은 사계의 마음을 달리 열어 우리의 마음을 사로잡는다. 살아 있다는 사실만으로도 기쁜 신록의 봄 산, 폭염을 식혀 주는 은총 같은 깊은 그늘의 여름 산, 찬란한 죽음의 가을 산, 고즈넉하게 마음을 닫는 이 입동 무렵의 산, 그 모든 산의 모습은 산행하는 사람에게 아낌없이 전이되어 사람을 산이 되게 한다.

나는 사계의 산을 다 좋아하지만 그 중에서도 입동의 산이 더욱 좋다. 나목의 숲, 결코 쓸쓸하지 않은 그 고즈넉함이 내 정서에 잘 맞기 때문이다.

내 인생은 산이 베풀어 주었다.

산은 내 삶을 간섭하지 않았다. 다만, 내가 좌절했을 때 말없이 격려를 해줄 뿐이었다. 소년기의 내가 입동의 산에서 나무를 한짐 해놓고 땀을 식힐 때, 산은 우리 할머니처럼 그윽하고 대견스러워하는 마음으로 나를 안아 주었다. 그래서 나는 우리 집의 머슴을 따라서 그 먼 산까지도 힘겨워하며 따라다녔다. 그리고 어른이 되어 일가를 이루고 산림공무원이 되어서 산과 더불어 살아왔다.

자원의 이용과 국토의 보전이라는 숲의 이율배반적인 존재 가치를 합리화하는 공무원의 직무는 의외로 양식과 의지가 필요했다.

산은 숲을 이루고 있을 때 덕이 있다. 헐벗은 산은 난폭하다. 숲은 그늘을 주고 물을 주고 산소를 주지만, 헐벗은 산은 한해와 수해를 입힌다. 그런 줄 알면서도 사람들은 숲을 수탈했다. 가난해서 그랬다. 그래서 우거진 숲은 부와 문화의 척도로서 국가의 신인도를 보여 주는 것이다.

숲을 보존할 것이냐, 벌목을 할 것이냐의 판단은 물리적인 것이 아니고 인문적인 것이다. 직업에 회의를 느끼고 입동의 산 속에 혼자 앉아 있으면 산이 말했다.

"나는 자네를 믿네. 나무를 베고 안 베고를 가지고 나는 자네를 탓하지 않겠어. 어차피 인간의 판단은 고독하고 시행은 착오가 따르게 마련이니까. 허지만 분명한 것은 자네의 양심을 속이고 안 속이고의 문제지―."

산은 나를 그렇게 격려했으나 산의 격려에 부응하지 못한 적이 한두 번이 아니다.

3. 문장대에 올라서

문장대는 속리산 줄기의 어느 말 잔등같이 생긴 산등성이에 우뚝한 암석이다. 멀리서 보면 끼끗하고 거대한 암괴(岩塊)가 마치 책상 앞에 굳건히 앉아 깊은 생각에 잠긴 서방님의 준수한 이마 같다.

옛날에 풍류를 즐기는 한 선비가 이곳에 올라 문장대를 바라보고 욕심을 한번 부려 보았을까. 폐포파립과 괴나리봇짐과 갓을 벗어 나무에 걸어 놓고 짚신에 단단히 신들메를 하고 지금의 산악인들처럼 암벽타기를 해서 문장대를 올랐을 광경을 그려보며 나는 미소를 짓는다.

지금은 문장대 꼭대기에 오르는 철 계단을 설치해 놓아서 풍류를 모르는 세속잡배까지 서방님의 상투 꼭대기에 거침없이 올라갈 수 있다. 하물며 기념품을 파는 잡상인까지 올라가 있다. 바위 난간에는 추락방지용 철책까지 둘러쳐 놓아서 어린이나 노약자가 떨어질 염려도 없다. 잘 해놓은 것인지 잘못한 것인지 알 수가 없다. 굳이 알아야 할 일도 아니므로 나는 빌딩의 전망대에 오르듯 문장대에 올랐다.

그래도 문장대는 살아 세 번을 올라보아야 죽어서 극락왕생을 한다고 할 수 있을까? 저렇게 성형 수술한 것처럼 세속적인 모양을 하고 있는데! 아무튼 조망의 절경이 속세에 찌든 마음을 깨끗이 털어 준다. 과연 살아 세 번 문장대에 오르면 탈속의 경지에 이를 것 같아서 무아의 지경에 목이 메일 뿐이다.

설핏한 햇살에 중중첩첩이 이어 달려가는 산세들, 소백산맥의 본맥이 일목요연하게 바라보인다. 백두대간이다. 겨울 산 등성이에 나목들이 역광을 받고 늘어서 있는 모습이 마치 달리는 준마의 갈기가 곤추서 있는 것 같다.

산맥은 동북에서 달려와서 서남으로 달려간다. 산등성이의 겨울나무들이 마치 성난 말의 일어선 갈기 같다. 가까이 있는 산등성이는 뒤처진 준마가 힘차게 앞선 말을 추월하려는 듯 갈기를 곤추세우고 앞으로 내닫는 기상이고, 저만큼 달려간 산은 갈기를 뉘어 가며 서서히 걸음을 늦추는 형상이고, 아득히 달려간 산은 갈기를 아주 뉘인 채 투레질을 하며 가쁜 숨을 고르는 형상이다. 그리고 더 아득히 달려간 산은 드디어 시야

밖에 주저앉는다. 그렇게 산은 늘어서서 맥을 이루고 반도의 끝까지 달려간다.

문득, 이념의 재갈을 물고 시린 발을 털며 눈 쌓인 이 산등성이를 줄줄이 이어 남하했을 동란기의 젊은 빨치산들을 생각해본다. 지금 저 산맥 어디쯤 이념의 최면에 걸려 아까운 젊음을 초개와 같이 버린 고혼들이 바람소리처럼 울며 떠돌까.

우리는 저녁 빛 자욱한 연옥 같은 세상을 향해서 산그늘을 밟고 문장대를 내려왔다.

본개나루에서

날은 저무는데, 포장도로가 끝나고 황폐한 비포장도로가 시작되었다. 차를 세우고 내려서 주위를 살펴보았다. 오른편에는 야트막하게 와서 멎은 산자락에 동네가 안겨 있고, 왼편으로는 멀리까지 들판이 열려 있는데 들판 끝에 비닐하우스가 하얗게 모여 있는 게 바라보였다.

비포장도로가 그 들판을 건너 일직선으로 뻗어 있었다. 길가에 늙을 대로 늙은 재래종 미루나무가 서 있고, 한 아름쯤 되는 미루나무의 둥치는 썩어서 속이 텅 비었고 나무껍데기가 거북이 등처럼 두툴두툴했다. 나무의 늙은 둥치에는 형편없이 빈약한 가지들이 몇 개씩 뻗어 있을 뿐이었다. 저 가지가 이 겨울을 잘 넘기고 봄에 이파리를 피울 수 있을지는 그때 가 보아야만 알 것 같았다. 더러 빠진 자리가 있기는 했지만 미루나무는 길 양편에 2열 종대로 주열을 이루고 비닐하우스가 있는 들 저쪽까지 서 있었다.

나는 길을 잘못 들었다 싶어서 『한국도로지도』 책을 다시 펴 보았다. 1008번 지방도로를 따라 부곡온천을 지나서 동쪽으로 조금 가면 북쪽에서 와서 남쪽으로 가로질러 가는 도로를 만나는 걸로 그려져 있다. 그곳이 인교사거리인데 우회전을 하면 낙동강을 건너서 주남저수지를 지나 남해고속도로 진영 IC에 이르는 1015번 지방도로다. 그곳은 전구간이 포장되었다고 청색 실선으로 분명하게 표시되어 있었다. 그런데 난데없이 식민지 시대의 신작로가 나타난 것이다. 나는 지금 시간을 되돌아가는 여행을 하고 있는 게 아닌가 하는 착각에 잠겼다. 아무튼 이제는 어디서도 볼 수 없는 재래종 미루나무 가로수가 서 있는 신작로를 보았다는 것만으로도 여행의 수확이 아닐 수 없었다.

옛날에 우리 집 안방 문설주 위에 걸린 사진틀에는 가족들의 사진을 끼우고 남은 자리에 한 장의 풍경사진이 끼워져 있었다. 어느 잡지의 화보에서 오려 넣은 것 같아 보였는데 그 사진을 끼워 넣은 분은 아버지였을 것이다. 사진은 저문 신작로를 머리에 보퉁이를 이고 두 손을 활개저으며 걸어가는 중년이 넘은 식민지 아낙의 뒷모습이었다. 신작로는 약간 오르막길이고 오르막 정상에 오두막 한 채가 산란하게 저녁 연기를 피우며 납작하게 주저앉아 있었다. 주막 같아 보였다. 나는 그 풍경사진을 퍽 좋아했다. 어려서는 공연히 좋은 느낌이었지만 나이 먹으면서 풍경사진의 아낙을 우리 할머니라고 생각하며 각별한 마음으로 보게 되었다.

식민지 시대에 우리는 수원에 살았다. 아버지가 일본 군수품 회사인 '조선운모주식회사'에 다니셨기 때문이다. 그런데 우리 할머니는 수원 아들네 집에 살지 않고 충청도 산골에서 홀로 농사와 길쌈을 하며 사셨다. 시골 과수댁의 생리에 도시 생활이 맞지 않으셨던 모양이다. 철 따라서 할머니는 수원 아들네 집에 오셨는데 꼭 어두워서 도착하셨다. 비파소리 같은 숨을 몰아쉬며 보퉁이를 내려놓고 마루에 털썩 주저앉으셨다. 그리고 우물물을 떠다 발을 담그셨다. 발에 얼마나 열이 나셨으면 도착하자마자 찬물에 발부터 식히셨을까. 문경새재 아래서 수원까지는 하루 백 리씩을 걸어도 닷새 이상 걸어야 하는 길이다. 그 먼길을 할머니는 빈 몸도 아니고 고개가 부러지게 무거운 보퉁이를 이고 오셨다. 할머니는 고단하기 이를 데 없는 그 삶 자체가 보람이었을까. 할머니의 보퉁이를 풀면 말린 백편, 갱엿, 밤, 대추, 곶감 등 눈물겨운 할머니의 마음이 쏟아졌다.

사진틀 한쪽을 차지한 그 풍경사진을 나는 손자가 보고 싶은 급한 마음에서 저문 노정을 허둥지둥 줄이는 우리 할머니라고 생각했다. 그 소중한 풍경사진은 사진틀과 더불어 없어졌는데 의외로 오늘 여기서 그 할머니의 신작로를 만나게 된 것이다.

앞으로 갈까 뒤돌아갈까 망설이다가 조금 더 가보면 알겠지 싶어서 다시 시동을 걸고 비포장도로를 먼지를 뿌옇게 일으키며 달려갔다. 조금 가자 신작로는 강둑에 다다랐다. 낙동강이다. 강에 다리를 놓고 있었다. 강바닥과 강 양안의 고수부지가 어지럽게 파헤쳐져 있었다. 다리발이 몇 개 세워지고 공사는 일단 중단된 것 같아 보였다. 가난한 지방 재정으로 다리를 놓기에는 강이 너무 넓어 보였다. 저 다리발은 다음 선거 때까지 정부의 교부금을 기다리며 마냥 서 있을 수밖에 도리가 없어 보였다.

강 건너편에도 비포장도로가 언덕 너머서부터 직선으로 뻗어 와서 강에 닿아 있었다. 비포장도로가 남아 있는 이유를 그제야 알았다. 다리를 놓은 다음에 포장을 하려고 강 양안의 신작로는 옛날 그대로 남겨 놓은 것이 틀림없다. 그래서 신작로의 노면을 작업 차량이 형편없이 망가뜨리며 다녔고 보수를 하지 않고 방치한 것 같다.

앞으로 더 이상 갈 수는 없었다. 날은 마침내 어둡고 있었다.

나는 지금 주남저수지에 철새 떼를 보러 가는 길이다. 스스로 납득할 수 없는 여행 목적이 강물처럼 내 마음을 어둡게 한다. 도대체 조류학자도 아닌 주제에 철새 도래지에는 무엇 하러 가는 것인가. 여행의 명분 없음이 짜증났다. 솔직하게 말해서 노을 속으로 비상하는 새의 날갯짓이 애수인지, 환희인지? 저수지 기슭에 떨어진 깃털을 주워들면 철새의 고단한 울음소리가 배어 있는지 없는지? 내게 그것은 관념의 사치일 뿐 여행의 목적이 될 수 없다.

조수석에 비닐봉지에 담긴 노란 감귤 몇 개가 내 침울을 눈치챘는지 따뜻하게 쳐다본다. 집을 떠날 때 아내가 달다면서 가다 먹으라고 준 귤이다. 이 여행은 아내의 권고로 떠났다. 아내가 주남저수지에 다녀오란 것은 물론 아니다. 다만 여행이라도 다녀오라는 것이었다. 아내의 여행 권고는 이례적이다. 여행을 다녀와서 심기일전하라는 뜻인지, 옆에서 보기에 갑갑한 퇴직자의 침울을 잠시 소개(疏開)시키고 자기가 좀 자유로워 보려는 마음이었는지는 모르지만, 나는 아내의 마음을 고맙게 여기고 여행을 떠난 것이다.

차에서 내려 강둑에 섰다. 수량이 현저히 준 어두운 겨울 강이 조용히 흐른다. 압록강 다음으로 긴 우리 나라 제2의 천리장강이 불원간 하구에 이르기 위해서 유속을 줄인다. 수시로 거론되는 낙동강의 오염, 낙동강 유역 면적은 무려 2만 3,860 평방킬로미터라고 한다. 사람들은 그 넓은 유역에서 이뤄지는 현대화의 온갖 탐욕적인 삶의 배설물을 다 강에다 쏟아붓는다. 그 배설물을 다 받아내야 하는 강의 비애, 창녀처럼 어둡다.

강둑으로 어느 비닐하우스에서 일을 하고 나왔을 늙은 농부가 나를 향해서 걸어왔다. 농부는 내 행색을 훑어보더니 "어딜 가시오?" 하고 퉁명스럽게 물었다. "가긴 주남저수지를 가는 길입니다만, 길을 잘못 든 것 같습니다." 짓쩍어하며 대답하자 "잘못 들고말고, 옛날 같으면 도선(渡船)으로 건너가면 바로 저

산 너머지만, 도선도 없고 다리는 놓다 말았으니 되돌아가서 수산다리를 건너야 하오" 하는 것이었다. "도선까지 있었으면 옛날에는 큰 나루였겠습니다." 공연히 늙은 농부의 눈치를 보며 슬쩍 이 강가의 좋은 세월을 짚어 보자 "암요. 수산나루만은 못했어도 본개나루 하면 남지, 밀양, 창원 사람들은 안 건너본 사람이 별로 없지요. 옛날에는 저쪽 강둑에 색주가도 있고 흥청거렸지. 그때가 사람 사는 게 힘은 들었어도 재미는 있었는데." 늙은 농부의 언성이 약간 고양되더니 잠시 침묵 후 "더 저물기 전에 어서 가시오" 하고 동네를 향해서 갔다.

질펀한 강변의 들판으로 보아서 공출한 볏가마니를 가득 싣고 목탄차가 내가 서 있는 이쪽에서 도선을 기다리고 있었을지 모른다. 목탄차 운전사가 도선 사공을 재촉하는 고함소리가 들리는 것만 같다. 날은 저무는데 사공은 주막에서 이미 만취가 되어 직무를 유기하고, 공출차를 호송하는 서기(書記)만 몸이 달아서 오줌 마려운 강아지처럼 강둑에서 서서 끙끙 앓고―.

가을이면 주막이 있던 저쪽 강둑에 신행 가마도 머물렀으리라. 짓궂은 강마을 청년들이 몰려나와서 신랑을 잡아 가지고 주막으로 들어갔을 터다. 안면 있는 인근 동네의 새신랑을 다루려는 강마을 떠꺼머리 총각들의 장난질이다. 상객(上客)은 발을 구르며 호령을 했으나 짓궂은 강마을 떠꺼머리들은 들은 척도 않고, 어느새 취해서 육자배기까지 한 곡조 뽑는데 상객만 몸이 달았다. 급기야 상객은 안동네 원로인 친구에게 구원을 청하였기 쉽다. 그리하여 마침내 강마을의 학 같은 원로가 와서 "이 놈들아, 이게 무슨 행패냐. 네놈들이 저 신랑네 동네로 장가를 가면 그 보복을 어찌 감당하려고 이러느냐." 그제야 신랑은 놓여나고 신행 가마는 떠났을 것이다. 내게 가능한 상상의 빌미를 주는 저 문 강이 여행의 무의미에 의미를 부여해 주어서 다행이었다.

새벽 등산

새벽 산에 올라가서 자고 난 맑은 눈으로 날 새는 건너 산을 보면 먼길 떠나는 나무들의 행렬이 보인다. 나무들은 곁에서 보면 항상 그 자리에 서 있지만 멀리 떨어져서 보면 먼길을 와서 먼길을 빙하처럼 아주 천천히 산을 통째로 밀고 간다. 그건 욕계(欲界)가 깨어나기 전, 신새벽에나 볼 수 있다. 밝아 오는 산등성이의 나무를 보면 비로소 그것을 확실히 알 수 있다. 그 길은 단숨에 달려가려는 자발적인 출발의 가까운 길이 아니다. 묵묵히 댓돌에 앉아서 한참 동안 마음을 모아 신들메를 매고 비로소 천천히 무겁게 일어나서 사립을 나서는 남자의 굽힘 없는 의지 같은 아주 먼길이다. 서두르지도 않고 망설이지도 않고 평생 동안 가야 할 먼길. 날 새는 건너편 산등성일 건너다보면 나무의 가는 길이 보인다.

미명에 명암을 드러낸 산줄기에 늘어선 나무들의 행렬, 멀어서 나무의 행동거지와 모습이 작긴 하지만 그래도 나무들의 의중은 분명하고 크게 보인다. 앞선 나무와 뒤따르는 나무와의 똑같은 간격. 그것은 이미 오랜 날을 함께 걸어왔고 앞으로도 함께 걸어갈 일행의 일관된 제자리의 지킴이다. 그 엄정한 질서가 움직여 가는 산등성이의 새벽을 더욱 뚜렷하게 부각시킨다.

그 나무들을 건너다보고 있으면 아득히 목어(木魚) 소리가 들려온다. 아주 멀리서 아득히 살아오는 소리. 맑지는 않지만 그렇다고 둔탁하지도 않은 잘 마른 목질부의 울림을 들을 수 있다. 용화사 아침 예불을 알리는 소리인지 아니면 환청인지 모르지만 꼭 먼길 떠나는 나무들의 행렬 맨 앞에서 울리는 나무북 소리 같다.

그 시간에 먼길을 떠나는 게 어디 나무뿐이랴. 신발끈을 졸라매고 일터로 나가는 남자들도 나무만치나 많다. 아직 곤하게 잠든 자식들의 어여쁜 가능성을 위해서 저 산등성이의 묵묵한 나무들처럼 무모하게 사립을 나서서 어둠을 밀어내며 걸어가는 남자들의 길은 흡사 나무의 길과 같다.

새벽에 산에 오르는 사람도 많다. 산에 오른 사람들은 두 가지 부류다. 전생의 인과응보인 나무를 등에 진 물고기처럼, 수륙재를 지내서 제 과보를 풀어 줄 전생의 스승을 찾아 나선 중생들처럼 참을성 없이 발작을 하는 부류, 소릴 지르면서 나무를 등허리로 퉁퉁 치기도 하고, 숨가쁘게 사지를 휘두르기도 한다. 다른 한 부류는 나무를 등에 지고 조용히 서서 동트는 건너편 산을 바라보는 참을 수 있는 한 참아 보자는 중생들이다. 나는 거기 속하는 중생이다. 새벽 산에 올라 건너편 산등성이의 먼길 떠나는 나무들의 행렬을 잘 보면 나무들은 모두 사람이다. 사람들이 등허리에 나무를 지고 가는 것이다.

강진의 밤

봄날, 저녁빛이 가득한 2번 국도를 따라서 장흥을 지나 강진을 향해 달리고 있었다.

도로변에 파란 논보리가 질펀했다. 온화한 남쪽 바닷가의 해양성 기후 때문에 휴면기도 없이 생산을 계속하는 고달픈 토지. 중부 이북 지방에서는 볼 수 없는 이모작 지대의 이국적 봄 풍경에 취해서 잠시 길 옆에 차를 세웠다.

자동차들이 먼지를 날리며 쌩쌩 달린다. 부산과 목포를 잇는 2번 국도, 영호남의 지역감정과 관계없이 동서간의 물류 이동이 홍수처럼 넘친다. 반갑다. 물류가 이동하면 인정도 이동할 것이다. 영호남의 갈등은 정치적 입지를 위한 정치인들의 술책에서 비롯된 것이지 백성들의 본심은 아니라는 생각이 든다.

보리가 잘 자랐다. 배동이 서고 더러는 패기 시작했다. 저녁빛을 받고 파도처럼 물결친다. 노고지리가 이 좋은 보리논에

둥지를 틀지 않았을 리가 없다. 소란한 자동차의 소음 때문에 깃들지 않은 것인가. 언젠가 발사대에서 불을 뿜고 치솟는 우주선을 배경으로 물수리 한 쌍이 둥지를 틀고 새끼를 기르는, 플로리다 늪지의 존엄한 생태계를 TV에서 본 적이 있다. 2번 국도변의 소음공해에도 불구하고 노고지리 역시 플로리다의 물수리처럼 의연하게 생태계를 확보했으리라. 저물어서 보리밭골에 내려 죽지를 쉬고 있을 뿐이다.

봄날 해가 저문다. 아! 노을빛이여. 뉘 날 부르는 소리 있어 귀를 기울인다.

"거기 오는 게 우리 강아지 아녀?"

할머니가 저문 동구밖에 서서 날 부르던 소리—.

참 아득하다. 언제 세월이 그렇게 지나갔을까!

"저무는데 뭐해요, 안 가고."

아내의 재촉에 출발했다. 조금 가자 오늘의 기착지 강진이었다.

늘 그립던 먼 동경의 남쪽나라. 다산 정약용의 유배지였고 김영랑의 시향(詩鄉)인 강진. 그 일반상식 말고 내가 그리는 강진은 퍽 고답적인 것이었다. 뒤틀린 목문(木門)을 여닫으려면 한참 끙끙거려야 하는 점방에 상품 진열 상태가 아주 소박해서 값이 미더운, 고색창연한 기와집 점포들이 죽 늘어선 상가거리. 전통을 고집하는 좀 낙후된 남쪽나라의 소읍이 내가 그리는 강진이었다. 그러나 실망스럽게도 강진은 지금의 전국적 경향을 띤 소읍일 뿐이었다. 3, 4층짜리 콘크리트 구조물들이 거리 모습을 조잡스럽게 변모시키고 있다. 패션 점포, 슈퍼마켓, 가든, 노래방, 단란주점, 다방, 여관 등 미처 사용처를 찾지 못한 자본들이 가난했고 인정스러웠던 삶의 애착과 정서와 문화의 흔적을 아주 수월하게 허물어뜨리고 그 자리를 차지했다.

나는 '금산장'이라는 여관에 차를 대고 하루의 여행을 끝마쳤다.

남도 천 리를 차를 몰고 온 몸이다.

아내는 저녁밥을 먹자 낯선 곳의 밤 풍경도 마다하고 이내 곯아떨어졌다. 차멀미를 하던 아내다. 초보운전자의 옆자리에 긴장을 하고 앉아서 하루 종일 운전을 간섭하느라고 차멀미도 하지 않았다. 그러니 운전을 한 나보다도 신경이 더 피곤할 것이다. 아내는 코까지 골면서 잠이 들어 버렸다.

나는 잠이 오지 않는다.

여관 창문에 달빛이 가득하다. 음력 춘삼월 열나흘 날이다.

개가 자지러지게 짖는다. 왜 개가 저리 짖을까. 여관집 개가 사람 보고 짖을 리는 없고, 째지게 밝은 달을 보고 짖는 것인가. 달을 보고 짖을 정도의 개라면 도시의 여관집 개치고는 낭만적이다. 전에 우리 시골집 개가 밤이 깊었는데도 뜰에 엎드려 잠들지 못하고 중천에 뜬 달을 보며 끙끙 앓던 생각이 난다. 영랑 시인의 서정 어린 고장 개라 제 딴에는 시를 읊는 게 아닌지.

나는 아내를 자게 두고 여관을 나섰다. 개도 보고 짖는 달을 이 먼 곳까지 와서 외면한다면 나는 '개만도 못한 놈'이다.

강진만으로 나갔다. 달빛에 드러난 도로변의 보리밭 언덕은 싱싱하고 그득했다. 마치 곤하게 잠든 어린것이 딸린 어미의 몸처럼 풍만하다.

보리밭 언덕 너머로 강진만의 밤바다가 열렸다 닫혔다 하며 바라보였다. 만의 대안에 아득하게 포구의 불빛이 가물가물했다. 다산이 귀양살이를 한 초당은 저 만(灣) 건너 어두운 산자락 어디쯤 있을까? 그 어른도 춘삼월 열나흘 강진만의 달빛을 보았겠지! 그 분의 적소(謫所)의 감회를 상상하며 자유의 소중함을 음미한다. 당쟁으로 날이 지고 새는 암담한 조정에서 또 무슨 어명을 받들고 금부도사가 당도할지, 귀양살이를 하던 어른의 심기가 이런 달밤이면 오죽이나 심란했을까.

강진만. 호수처럼 잔잔한 바다가 달빛을 가득히 받고 미동도 없이 고요하게 펼쳐져 있다. 차를 세우고 길가에 내려서서 강진만의 바다를 바라본다. 바람 한 점 없는 수면에 어린 교교한 달빛이 꿈결같이 아득하다. 달빛의 이랑은 명주자치를 끝없이 풀어놓은 듯 만의 어귀까지 반짝이며 이어져 있다. 나는 초등학교 운동회날 백 미터 트랙을 달리듯 저 달빛 이랑을 용을 쓰며 달려 보고 싶은 충동이 일었다. 이태백이 달빛 어린 강에 몸을 던진 까닭을 알 수 있을 것 같았다.

배가 통통거리며 포구를 떠나서 달빛 속으로 사라져 간다. 시정(詩情)에 잠 못 이룬 어부가 취흥이 도도해서 달빛 어린 밤바다에 그물을 드리우러 나가는 것일까? 문득, 저 배에 영랑 시인이 타고 있지 하는 착각이 든다.

배는 내 시야 밖으로 사라졌다. 통통거리는 뱃소리도 들리지 않고 가물가물하던 한 점마저 달빛이 삼켜 버렸다. 어디로 사라졌을까. 꿈을 꾼 것만 같다. 아! 저 배는 분명히 시옹(詩翁) 영랑이 탄 배다. 달이 기울면 배가 어두운 만 안으로 소리 없이 돌아올 것이다. 그리고 시옹은 배에서 내려 부윰하게 먼동이 트는 보리밭 사잇길로 해서 유택으로 돌아가리라. 지난밤 '강진만의 달빛'을 한 수의 시로 읊으면서.

여관에 돌아와서 아내가 깨지 않게 조심스럽게 곁에 누웠다. 창이 밝아서 커튼을 쳤다. 그래도 좀체 잠이 오지 않는다. 여관집 개가 간헐적으로 짖어대고 밤은 속절없이 깊어간다.

나는 둥지에서 먹이를 물어다 주기를 기다리고 있던
새끼 새처럼 할머니가 싸 오신 잔칫집 음식을 게걸스럽게 먹고,
그런 나를 쳐다보는 할머니의 얼굴은
노을 빛 때문인지 술기운 때문인지 벌겋게 물이 들었는데
눈을 조그맣게 뜨시고 나를 그윽하게 바라보셨다.
나는 할머니의 그 행복한 얼굴을 생각하면 지금도 행복하다.

고모부

　어느 해, 첫추위가 이는 날 해거름에 고모부가 오셨다.

　눈발이 산란하게 흩날리는 풍세(風勢) 사나운 날이었다. 퇴장[土醬] 냄새 가득한 방안에 식구가 다 모여서 저녁밥을 먹고 있었다. 우수수 울타리를 할퀴고 가는 매운 바람소리와 하등 상관없이, 단 구들과 새로 담은 화롯불의 온기로 방안은 그지없이 안락했다. 단란한 밥상머리의 조건은 진수성찬과는 아무 상관이 없다. 퇴장 냄새 한 가지만으로 밥상은 진수성찬이었는데 그 까닭은 식구 중 아무도 그 풍세 속에 나가 있지 않다는 사실 때문이었다.

　"참 좋다."

　그렇게도 좋으신지 밥상머리에서 한숨처럼 조용히 토하시던 할머니의 감탄사다.

　그런 날 저녁 때 고모부가 오셨다.

　뜰 위로 사람이 올라서는 기척이 나더니 "정 서방입니다" 하는 소리가 들렸다. 아버지가 벌컥 방문을 열어젖히셨다. 뜰 위에 키가 껑충하게 큰 초로의 남자가 주루막을 지고 서 있었다. 아버지가 나가서 맞아들였다. 그 분이 고모부였다. 내 기억에는 그때 처음 고모부를 본 것으로 되어 있다. 전에도 후에도 고모부를 뵌 기억이 없다.

고모부는 지고 오신 주루막을 마루에 벗어 놓고 방안으로 들어오셨다. 차가운 겨울 외풍이 고모부를 따라 들어와서 튀장 냄새를 몰아내고 그 자리를 차지했다. 원래 침입자는 무례한 법이라지만, 방안의 단란을 풍비박산 내고 들어선 고모부가 내게는 퍽 무례할 뿐이었다. 그러나 할머니와 아버지, 어머니는 반색을 하셨다.

고모부가 할머니께 큰절을 했다. 할머니가 내게 절하라고 이르셨다. 나는 절을 했다.

"그새 많이 자랐구나!"

고모부가 내 절을 받고 하신 말씀이다. 그러고 보면 전에 고모부와 나는 면식이 있었던 모양인데 나는 영 기억이 나지 않았다. 내가 아주 어릴 때 무심하게 뵈었던 모양이다.

"마누라가 있나, 장성한 자식이 있나 어찌 환갑을 해 먹었노!" 하시며 할머니가 우셨다. 그 울음은 요절한 딸 생각과 홀아비 사위의 환갑잔치의 연민 등 만감이 교차하는 울음이었으리라. 아버지가 사위 앞에서 웬 청승이냐고 윽박지르셨다.

"잘해 먹었습니다."

고모부가 대답하셨다.

"잘해 먹었다니 다행일세—."

할머니는 고모부에게 두루마기를 벗으라고 하셨다. 고모부가 두루마기를 벗자 할머니는 두루마기를 둘둘 말아서 어머니께 밀어 놓으며 빨라고 이르셨다. 고모부가 환갑 때 입은 두루마기라며 아직 빨 때가 안 되었다고 손사래를 쳤으나, 할머니는 동정이 까만데 무슨 소리냐며 굳이 빨도록 이르셨다. 고모부는 두루마기를 빨아서 새로 꾸미는 며칠 간을 머무르셨다. 짐작건대 할머니가 고모부의 두루마기를 빨게 하신 것은 고모부를 며칠 간 잡아 두시려는 심산이셨던 것 같다.

고모부가 어머니께 주루막에 술과 안주가 있으니 상을 보아달라고 하셨다. 고모부 말씀에 어머니가 밖으로 나가셨다. 나도 어머니를 따라 나갔다. 툇마루는 한겨울이었다. 고모부가 지고 오신 주루막을 열자 안에는 한지(韓紙)로 공손하게 싼 돼지 다리 하나와 술 한 병이 들어 있었다. 돼지 다리는 앞다리인지 퍽 작았다. "아이고, 돼지 다리가 작기도 하다. 미처 크지도 않은 돼지를 잡았는가 보다." 어머니가 한지를 풀어 헤치고 하신 소리가 지금도 귀에 남아 있다. "원—, 하얗기도—. 새로 뜬 문종인가 보네" 하시며 비단 피륙인 양 애착의 손길로 한지 바닥을 만져 보셨다. 한지 복판은 기름이 촉촉하게 배어 있었으나 네 귀퉁이는 새벽 눈밭처럼 하얗다. 술은 용수 질러 뜬 맑은 술이었을 것이다.

"불쌍한 고모부—."

어머니가 말씀하셨다. 당시 나는 고모부가 왜 불쌍하다는 것인지 몰랐다. 자라면서 어머니의 말씀이 새는 날처럼 뿌옇게 밝아져서 지금은 나도 고모부가 생각나면 불쌍하다는 생각이 앞서지만 그때는 몰랐다.

고모부는 고모가 돌아가시고 새 장가를 들었는데 움고모가 가버리고 홀로 환갑을 맞으셨다. 내 고종사촌 누이는 과년이었고, 고종사촌 남동생은 어렸다. 그런 처지에서 고모부는 환갑잔치를 하신 것이다. 환갑잔치란 부모가 벌어 놓은 재산을 가지고 자식이 낯을 내는 것이라고 한다. 그러니 당신의 환갑잔치를 당신이 주선해서 치른 고모부는 얼마나 심정이 서글펐을지 짐작이 간다. 그리고 장모님께 환갑잔치한 인사를 드리러 오신 것이다.

나의 고모부에 대한 기억은 그때뿐이다. 그 전에도 후에도 뵌 기억이 없다. 그 전에는 어렸으니까 기억이 없다 치더라도 그 후에는 뵌 기억이 당연히 있어야 하는데 없다. 고모부는 환갑잔치를 하고 얼마 안 되어 돌아가신 듯하다.

가끔 겨울 저녁 바람에 두루마기 자락을 흩날리며 길을 가는 사람의 먼 모습을 보면 고모부 생각이 난다. 고모부가 가지고 온 작은 돼지 다리가 생각나 나를 슬프게 한다. 나도 훗날 동네 환갑잔칫집 과방 일을 보아서 알지만 돼지 다리 하나를 남기려면 잔칫집 안주인이 여간 군세게 버티어 가지고는 어림도 없는 일이다. 궁핍한 시대 아닌가. 소를 잡아서 잔치를 해도 먹새를 당해 내지 못할 만치 궁핍한 때, 다 자라지도 못한 돼지

를 잡아서 잔치 손님 입에 돼지 기름칠이나 했을 것인가. 잔칫
집 안주인은 먼데서 오신 일가 친척 손님들이 돌아가실 때 봉
송할 걱정에 돼지 다리를 하나쯤은 빼돌려 놓게 마련이다. 과
방에서는 조치개 접시 담을 돼지고기가 떨어지면 그걸 노린
다. 그래서 과방장이와 잔칫집 안주인은 잔치 막판에 돼지 다
리 때문에 일쑤 잘 싸운다.

그건 잔칫집 안주인이나 할 수 있는 일이지 바깥주인은 그러
지 못한다. 그런데 고모부는 어떻게 그 작은 돼지 다리를 끝까
지 지켜 가지고 장모님께 갖다 드렸을까, 생각하면 고적한 홀
아비의 환갑잔치가 얼마나 슬픈 피치 못할 통과의례였을지 짐
작되는 바 있어서 어머니처럼 '불쌍한 고모부' 소리가 절로 나
오는 것이다.

따뜻한 방안에 앉아서 방 밖의 눈보라치는 소리를 듣는 행복
감을 작고 흔한 것이라고 생각하면 죄 된다. 기실 삶의 각고(刻
苦)가 누적된 후에 아는 것이기 때문이다. 여북하면 과묵하신
할머니가 '참 좋다'고 한숨처럼 감탄을 하셨을까.

지금도 나는 겨울날 따뜻한 방안에 앉아서 방 밖의 사나운
풍세소리를 들으면 고모부를 생각한다. 눈밭같이 흰 한지에
작은 돼지 다리를 부모 시신을 염습하듯 소중하게 싸서 주루
막에 담아서 지고, 호말[胡馬] 떼 달리듯 하는 풍세 속으로 고개
를 넘고 강벼루를 돌아 장모를 뵈러 오신 사람의 도리가 나를
숙연하게 한다.

깃발 1

하기식 때면 해군 신병훈련소 984중대 중대장님 생각이 난다. 그 혹독했던 훈련소의 중대장님이 그리운 것은 비단 흘러간 내 젊음에 대한 향수만은 아니다. 그 분의 불꽃같이 아름다운 군인정신과 순정적인 국가관에 의한 별난 훈련의 효과가 내 가슴에 살아 있기 때문일 것이다.

우리들은 이 바다 위에
이 몸과 맘을 다 바쳤나니
바다의 용사들아 돛 달고 나가자
오대양 저 끝까지

"더 크게, 더 크게 못 부르겠어."
984중대 중대장님의 카랑카랑한 목소리가 들리는 것 같다.
군가의 가사처럼 바다에 바치기로 한 젊음을 위탁받은 사람으로서 해야 할 일에 충실했던 중대장님, 이름도 성도 까마득히 잊어버렸지만 그 분의 모습은 아직도 불타는 서편 하늘에 분명하게 깃발과 함께 떠오르곤 한다.

작달막한 키에 광대뼈가 불거진 얼굴이 거짓 없는 우리의 만만한 토착민(土着民)이었는데, 그 눈이 문제였다. 도수 높은 안경 너머 빛나는 작은 눈이 꼭 값을 하지 싶었다.

아니나 다를까, 그 분은 마치 대장장이같이 젊은 신병들을 쇠붙이 다루듯 했다. 일단 팔팔한 젊음을 가마에 넣고 풀무질을 해서 노글노글하게 숨을 죽인 다음 다듬질 쇠에 얹어 놓고 망치질을 해서 모양새를 만들었다. 그리고 담금질을 계속해서 마침내 쓸모 있는 해군을 만들어 냈다. 그것은 대장장이의 벼름질과 같은 오직 순수한 열성, 장인 정신이었다. 그래서 그의 가혹한 기합 뒤에는 도무지 원망의 여지가 남지 않았다.

신병훈련소에 입소하던 날, 중대 편성을 마치고 군복으로 갈아입은 우리 앞에 선 그 분을 보고 나는 훈련 생활의 앞날에 대해서 우려를 하며 일단의 각오를 했다. 그러나 일단의 각오라는 것이 얼마나 감상적인 것인지 그 분은 즉시 우리에게 보여 주었다.

"해군은 함정을 타고 바다에 나가서 적함과 맞서 싸우는 군인이다. 만약에 함정이 격침 당했다면 승조원의 운명은 어떻게 되겠나?"

"바다에 빠져 죽습니다."

"그런데 구명정이 한 척 있다. 승조원이 다 탈 수는 없다. 타는 사람만 살 수 있다. 살기 위해서 반드시 구명정을 타야 한다. 그 살기 위한 기본 훈련부터 실시한다. 중대원은 동편 984 중대 전용 구령대 앞에 선착순으로 집합한다. 헤쳐!"

입소 첫 훈련이 소위 '구명정 타기'라는 훈련이었다.

구령대에는 30명쯤 올라갈 수 있었다. 그러나 중대원은 60명이었다. 당연히 절반은 구령대에 올라갈 수가 없는 상황이었다.

"중대장이 호각을 불면 구령대에 올라간다. 물론 반밖에 못 탈 것이다. 그러면 반은 바다에 빠져 죽어야 한다. 죽느냐 사느냐는 전적으로 너희들의 정신 여하에 달려 있는 것이다."

그리고 중대장은 호각을 불었다. 중대원들이 우르르 구령대로 뛰어 올라갔다. 날쌔고 힘센 중대원들이 절반쯤 먼저 재빨리 구령대에 올라가고 절반은 구령대 밑에서 멀뚱한 눈으로 '우린 어떡하지요?' 그리 묻는 얼굴로 중대장을 쳐다보았다. 그러면 이렇게 하는 거지 하듯―.

"뭣하나, 바다에 빠져 죽을 작정인가. 빨리 구명정을 타라."

중대장이 고함을 치며 조교와 같이 구령대에 오르지 못한 중대원의 엉덩이를 복날 개 패듯 사정없이 '빳다'로 치는 것이었다. 빳다를 맞은 구령대 밑에 있던 중대원들은 불 맞은 멧돼지처럼 구령대 위로 솟구쳐 올라갔다. 어디서 그런 힘이 생겼는지 알 수 없는 일이다. 그러면 올라간 숫자만큼 구령대 위에 있던 중대원이 우르르 구령대 밑으로 떨어졌다. 구령대에서 떨어진 훈련병들은 '이제 어떡하지요?' 하는 표정으로 중대장을 쳐다보았다. 그러면 역시 —,

"뭣하나, 바다에 빠져 죽을 것인가, 빨리 구명정을 타라."

중대장과 조교가 기다렸다는 듯이 구령대에서 떨어진 중대원들의 엉덩이를 사정없이 빳다로 쳤다. 떨어진 중대원들이 다시 필사의 힘을 다해서 구령대 위로 뛰어 올라갔다. 그러면 또 그만큼 구령대 위의 중대원이 우르르 떨어지고……. 똑같은 짓이 반복되었다.

훈련이라기보다 인간의 약점에 대한 가혹 행위였다. 살기 위한 인간의 본능을 조율하는 것이었다. 그것은 무질서, 무아의 지경이었다. 오직 말초신경까지 팽팽하게 긴장하는 동물적인 기민성만이 존재할 뿐이었다.

한참 동안 그렇게 훈련(?)을 할 때, 나팔소리가 연병장에 가득하게 울려 퍼졌다.

"동작 그만. 국기에 대하여 경례 —!"

서편 하늘이 붉게 타고 있었다. 그 반조(返照)에 물든 태극기가 바다에서 불어오는 저녁 바람에 찢어질 듯이 퍼덕이고 있었다. 깃발이었다.

우리는 국기에 대하여 경례를 하고 서 있었다. 나팔소리에 따라서 깃발이 서서히 깃대에서 내려지고 있었다. 인간의 치사한 본능을 적나라하게 드러낸 마당에 내 마음은 더할 나위

없이 순수했다. 막 백 미터 달리기를 마친 주자처럼 숨만 찰 뿐이었다.

몸부림치듯 불타는 노을을 배경으로 내려지는 깃발의 눈물겨움⋯⋯.

순정은 물결같이 바람에 나부끼고
오로지 맑고 곧은 이념의 푯대 끝에
애수는 백로처럼 날개를 펴다.

국기 하강식이 끝나면 훈련은 즉시 중단되었다. 중대장님은 중대원을 도열시켜 놓고 아주 순수한 인간적인 어조로 말했다.
"수고 많았다."

영화의 전투장면을 보면 반드시 전열의 앞에 깃발을 든 기수가 서 있다. 병사는 깃발 때문에 맑고 곧은 순정으로 이념을 향해서 돌진할 수 있는 것인지 모른다.

해군 신병훈련소 984중대장님은 그 후 13주의 훈련 과정에서 훈련병의 정신이 해이해지면 반드시 하기식을 앞두고 '구명정 타기' 훈련을 실시해서 하기식 나팔이 불면 끝냈다. 그리고 국기에 대해 경례를 시켰다. 바다에서 불어오는 저녁 바람에 범벅이 된 땀을 들이면서 깃대를 내려오는 태극 깃발에 대한 경례를 하면 사우나를 하고 냉탕에 들어가는 것만치나 상쾌했다. 그 중대장님에 대한 인간적 불쾌감을 느낄 여지가 없었다. 그 중대장님은 젊은이의 순정을 잘 이용해서 소기의 훈련 목적을 달성하는 용병술을 터득한 분이었다.

"나를 인간으로 여기지 마라. 신병훈련소 중대장 노릇으로 내 청춘을 다 불살라 버렸다. 나는 중대장일 뿐이다."

기억에 의하면 그런 이미지의 사람이었다. 그러나 '지상에서 영원으로'에서의 그 훈련소 중대장처럼 훈련병의 인간성을 훼손하는 짓은 하지 않았다.

벌써 40년 전이다. 그 중대장님은 세상을 떴을지도 모른다. 그러나 지금도 하기식 애국가가 울려오면 국기가 있을 만한 쪽을 향해서 차렷자세로 서는 버릇이 남아 있다. 그러면 눈물 겨운 순정의 시절이 노을에 지는데, 깃발과 중대장님의 모습이 오버랩되는 것이다.

눈물에 젖은 연하장

크리스마스카드는 젊은 날 연인 사이에 주고받는 애틋한 마음이고, 연하장은 세상 물정 아는 사내들이 주고받는 우정이라는 것이 나의 견해다. '근하신년(謹賀新年)'이나 'Merry Christmas, Happy New Year'나 송구영신(送舊迎新)의 덕담이기는 마찬가지인데 내게는 그리 느껴진다.

크리스마스카드 한 장을 주고받아 보지 못한 나의 젊은 날은 너무 가난해서 섣달그믐쯤 노을진 빈 들녘에 긴 그림자를 드리우고 혼자 서 있는 것처럼 처연(悽然)하다. 그래서 그런지 내게 크리스마스카드는 낯선 데 비해서, 연하장은 입던 옷같이 친숙하고, 간혹 잔잔한 추억도 한둘쯤은 깃들어 있다. 그 중 하나가 장래가 불확실한 젊은 날 정섭이와 주고받은 눈[雪]물인지 눈[眼]물인지에 젖은 연하우편엽서로 된 연하장이다.

고교를 졸업하고 집에서 농사를 짓던 해 겨울, 함박눈이 쏟아지는 어느 날이었다. 우체부가 눈에 쫓기듯 사랑 뜰 위로 올라와서 귀까지 덮는 털모자를 벗어서 툭탁툭탁 눈을 털고 내년 보리풍년은 따 놓은 당상(堂上)이라며 마실꾼처럼 방으로 들어왔다.

마침 점심상을 물린 뒤였고 아버지도 사랑방에 계셨다. 아버지가 안채에 대고 찬밥이라도 있으면 볶아 내오라고 소리를 치셨다. 어머니가 옹솥에다 김치를 썰어 넣고 식은 조밥을 들기름에 볶아서 내오셨다. 방금 아버지와 나도 그렇게 볶은 밥을 먹고 난 후였다. 우체부는 밥을 먹고 나서 눈이 더 쌓이기 전에 가야 한다며 돌리지 못한 동네 우편물을 밤에 마실꾼들이 오거든 돌려 달라며 떠넘기고 갔다.

그 우편물 속에 정섭이의 연하우편엽서가 있었다. 그게 내가 처음 받아본 연하장이다. 우표가 인쇄된 앞면은 방문에 발갛게 등잔불을 밝혀 놓은 산골 초가집 몇 채가 모여 앉아서 주먹 같은 함박눈에 파묻히는 전형적인 연하장 그림이 오프셋 인쇄되어 있고, 뒷면에는 사연이 깨알같이 박여 있었다.

그 사연을 지금 다 기억할 수는 없다. 눈이 와서 네 생각하며 걷다 보니 면소재지까지 오게 되어 우체국에 들러 이 우편엽서를 쓴다는 요지의 서두와 그 해 농사 결과에 만족하지 못한 격앙된 감정을 드러내고, 그래도 우리는 젊으니까 좌절하지 말자는 뜨거운 마음을 피력했던 것 같다. 두어 군데 잉크가 물에 번진 자국이 있었다. 눈[雪]에 젖은 자국인지 모르지만, 나는 그게 정섭의 눈물자국 같아서 그가 사는 월악산 산골짜기로 달려가고 싶은 충동을 느꼈다.

나는 여름에 정섭이네 집에 다녀왔다. 그의 아버지가 지병인 장결핵으로 오래 앓다가 돌아가셨다. 가세는 기울 대로 기울어서 마을에서도 떨어진 월악산 깊숙한 산골짜기에 들어가서 살고 있었다. 논은 한 마지기도 없고 산전뿐인데 그나마 척박해서 전부 콩을 갈았다. 콩은 잘된 것 같아 보였다.

그 날 밤 우리는 별이 와르르 쏟아질 것 같은 너럭바위에 앉아서 이슬에 흠뻑 젖으며 밤을 새웠다. 정섭은 콩 작황에 만족한 듯 너구리굴 보고 피물(皮物) 돈 내 쓰듯 몇 년 고생하면 황새가 끼룩끼룩하는 문전옥답을 사 가지고 마을로 내려갈 것이라고 호언장담을 했었다.

그런데 콩농사가 예상에서 빗나갔나, 아니면 콩값이 폭락했나, 엽서의 내용이 염세적이었다. 절망적인 정섭의 얼굴이 떠올라서 견딜 수 없었다.

정섭이는 내 고등학교 동창이다. 3학년 동안 한 책상을 사용했다. 그는 공부를 잘했다. 담임 선생님이 학교의 명예를 위해서 서울대학교에 원서를 내라고 했을 정도다. 생각하니까 머리가 좋아서 공부를 잘할 것이 아니고 뙤약볕에서 콩농사 짓듯 공부를 해서 잘한 것 같다. 졸업을 하고 교문 앞에서 헤어질 때 내 손을 꽉 잡은 그의 억센 손아귀의 힘이 왜 그리 슬프던지 우리는 눈물이 글썽한 눈맞춤을 하고 이쪽저쪽으로 헤어졌다.

정섭이가 함박눈이 쏟아지는 월악산 골짜기의 먼 산길을 걸어서 한수 장터 우체국에 이르는 동안 열불 나는 마음은 다스려졌을까 생각하니까 교문 앞에서 내 손을 으스러지게 잡고 눈물이 글썽하던 녀석의 얼굴이 생각나서 참을 수가 없었다. 나는 군용 담요 기지로 만든 아버지 잠바를 끼어 입고 집을 나섰다.

나도 함박눈이 쏟아지는 연풍 장터 우체국에 가서 정섭에게 연하우편을 부치고 싶었다. 정섭이가 보내온 것과 똑같은 그림엽서에 방금 네 엽서를 받고 나도 네 생각에 눈 오는 십여 리 길을 와서 연풍 장터 우체국에서 이 엽서를 쓴다는 말을 서두로, 제발 내년에는 콩농사가 풍년이 들어서 네가 황새가 끼룩끼룩 나는 문전옥답을 사 가지고 마을로 내려가기 바란다는 간절한 마음을 전하고 싶었다.

꼭 같은 우정의 태도로 답례를 하겠다는 생각은 아니었다. 다만 그 녀석의 좌절감을 생각하면 그렇게라도 해야 내 마음이 풀릴 것 같았다.

집에서 연풍 장터까지는 산골짜기를 지나서, 고개를 넘어서, 냇물을 건너가야 닿는 십릿길이지만, 눈을 감고 가도 갈 수 있는 눈에 익은 초등학교 통학 길이다. 지금도 눈만 감으면 어디쯤 걸려 넘어질 우려가 있는 돌부리가 있는지 눈에 선한 길이다. 그러나 그 길이 눈 속으로 사라지고 없었다. 짐작으로 눈 속에 곤두박질을 하며 걸어갔다. 눈 속에 가뭇하게 묻힌 장터 마을이 저만큼 바라보이는 냇둑에 이르렀을 때 눈물이 핑 돌왔다.

우체국에 들어갔더니 직원들이 난롯가에 둘러서서 웅성거리고 있다가 놀라서 난로 곁의 자리를 비켜 주는 것이었다. 벌겋게 단 톱밥 난로 곁에 서 있으니까 흠뻑 젖은 잠바에서 김이 떡시루처럼 올랐다. 교환원 아가씨가 보고 웃었다. 비웃는 웃음은 아니었다. 그래도 창피했다.

엽서를 써서 우편물 투입구에 넣고 나니 이미 날은 어둡고 있었다. 우체국 직원들이 숙직실에서 자고 가라고 붙드는 걸 뿌리치고 떠났다. 눈발은 그쳐가고 있었다. 잊었던 기억인 양 한 송이씩 살포시 내릴 뿐이었다.

고개를 넘어 산골짜기에 들어섰을 때 눈은 완전히 그쳤다. 하늘은 흐린데 달이 있는 것인지 눈빛 때문인지 골짜기는 환했다.

월백설백천지백(月白雪白天地白)하니
산심야심객수심(山深夜深客愁深)이라

어디서 캥캥거리고 노루가 짖었다. 눈 위에 벌렁 드러누웠다. 꼭 해야 할 일을 하고 났을 때처럼 마음이 호기로 벅찼다. 문득 김삿갓 시인이 된 듯한 기분이었다.

지금도 정섭의 연하장을 받는다. 이 녀석이 사회적인 제 신분 때문인지 남대문 대문짝만한 연하장을 보내서 불쾌한 생각이 들다가도 변하지 않은 그리운 필체로 '오래오래 건강하게 살아서 연하장 보내 달라' 쓴 덕담에 현혹되어 커다란 연하장을 받는 게 자랑스러워지는 것이다.

녀석은 국책 은행의 이사까지 했다. 콩농사 짓듯 하면 못할 게 없다고 큰소리치며 월악산 골짜기에 별장 같은 집을 짓고 산다.

나는 올해도 이형도 화백의 '연곡의 유월'이란 산골 풍경이 그려진 우체국 연하장을 정섭에게 보냈다.

당목수건

공군사관학교에 여자생도가 입교했다. 여생도들이 정식 사
관생도가 되기 전에 반드시 거치는 가입교(假入校) 훈련 모습
이 KBS에 방영되었다. 가입교 훈련은 공군 사관생도가 될 수
있는지 자질과 체력을 시험하는 과정이라고 한다. 여기서 낙
오하면 입교가 되지 않는다. 여자의 몸으로 얼룩무늬 군복을
입고 제식훈련과 사격은 물론, 완전 군장을 하고 15킬로미터
를 구보하는 등 남학생과 똑같은 혹독한 훈련을 받는다. 체력
의 한계를 넘는 여자의 인내심이 눈물겨웠다. 여성을 초월하
는 그 상식 밖의 힘이 어디서 생기는 것일까. 모성(母性)인지도
모른다.

마침내 훈련과정을 이겨내고 감격의 눈물을 펑펑 쏟으며 부
모님께 입교 신고를 하는 여생도들ㅡ. 다정다감한 곡선미를
그대로 드러내 보이는 여자 사관생도들의 제복 모습이 참 아
름다웠다.

흔히 "여자 팔자는 뒤웅박 팔자"라고 했다. 어느 사람의 허리춤에 채워지느냐에 따라 운명이 정해지는 뒤웅박 신세. 남자에게 매이는 여자의 일생을 뒤웅박에 비유한 말일 것이다. 그 가부장적 봉건사회의 통념을 제복의 여자 공사 생도들이 분명하게 허물어 버렸다.

남자가 보기에도 통쾌하지 않을 수 없다. "빨간 마후라는 하늘의 사나이……." 이제 남자들은 전후의 한 시대를 풍미하던 그 유행가를 부르기가 좀 계면쩍게 되었다. 아직 여드름이 빨긋빨긋한 뺨에 여성의 꿈이 깃든 앳된 소녀들이 '빨간 마후라'를 목에 두르고 적진 깊숙이 출격하는 전투기 파일럿을 택한 것을 남자들은 건방진 수작이라고 질시(嫉視)해서는 안 될 것이다. 존재를 확립하려는 성(性)을 초월한 용기에 남자들은 마땅히 박수를 보낼 일이다.

나는 그 공군 여생도들을 보면서 할머니를 생각하고 격세지감을 느꼈다. 내 할머니는 열일곱에 시집오셔서 열아홉에 아버지를 낳으시고 스물한 살에 혼자 되셨다. 그리고 아흔일곱까지 농부(農婦)로 사시다가 돌아가셨다. 당신이 원해서 그렇게 사신 게 아니다. 운명일 뿐이었다. 저 여자 공사 생도만한 나이 때 할머니는 가마 타고 시집오셔서 아들 낳고 지아비를 여의고 골방에서 소복을 하고 소리를 죽이고 울었을 것이다. 그것은 정식 사관생도가 되고 엉엉 소리를 내서 우는 저 여자 공군 사관 생도와는 전혀 다른 처지의 울음이었다. 할머니의 울음이 운명에 매이는 여자의 일생에 대한 통한의 울음이라면 저 여생도들의 울음은 운명을 깨뜨리고 나서는 감격의 눈물이다.

내 기억에 의하면 안방 횃대에는 할머니의 당목수건이 걸려 있었다. 당목수건은 할머니가 집안에 있을 때만 횃대에 걸려 있었고 할머니가 삽짝 밖으로 나가면 반드시 할머니 머리에 얹혀서 따라갔다. 당목수건은 할머니의 살붙이 같은 것이었다.

나는 문득 저 여자 예비 공사생도가 파일럿이 되었을 때 목에 두를 빨간 마후라와 할머니가 머리에 쓰시던 당목수건의 공통점과 차이점을 생각해 보았다. 공통점은 여자가 사용한 물건이고 차이점은 빨간 마후라가 장렬한 의지를 나타내기 위한 것이라면 당목수건은 햇볕을 가리고 땀을 닦는 데 쓰였다는 점이다.

당목수건을 보면 할머니의 한 생애가 보인다.

갈걷이가 끝난 상달, 동네 앞 빈 들길로 키가 자그만한 안노인네가 머리에 당목수건을 쓰고 걸어가신다. 뉘 잔칫집에 가시는 것이다. 노을이 골 안에 벌겋게 퍼지는 저녁 때, 나는 동네 앞 언덕에 앉아서 할머니를 기다렸다. 할머니는 그 들길로 홍얼홍얼 노랫가락을 읊조리며 취하신 걸음으로 돌아오셨다. 나는 반색을 하고 할머니한테로 마주 달려갔다. 할머니는 술 냄새 나는 입으로 손자의 볼에 입을 맞추고 들길에 무얼 싸가지고 오신 당목수건을 펼쳐 놓으셨다. 편육, 떡, 전, 약과 같은 잔칫집의 차림새가 당목수건에 일목요연하게 진설되었다.

아―, 기쁨에 단 내 얼굴을 감싸 주던 만추의 저녁 바람을 잊을 수가 없다. 조손(祖孫)이 동구 밖 들길에 쭈그리고 앉아 있었다. 나는 둥지에서 먹이를 물어다 주기를 기다리고 있던 새끼 새처럼 할머니가 싸 오신 잔칫집 음식을 게걸스럽게 먹고, 그런 나를 쳐다보는 할머니의 얼굴은 노을 빛 때문인지 술기운 때문인지 벌겋게 물이 들었는데 눈을 조그맣게 뜨시고 나를 그윽하게 바라보셨다. 나는 할머니의 그 행복한 얼굴을 생각하면 지금도 행복하다.

싸락눈 내리는 고추같이 매운 동지섣달, 당목수건 한 장으로 추위를 막으시고 할머니가 이강들 강바람을 안고 장터 송약국에 건너가서 손자의 고뿔 약을 지어 오셨다. 그 할머니의 인동(忍冬)만치나 쓴 첩약을 지어 가지고 오신 언 손으로 이마를 짚으시면 불같은 내 신열이 내렸다. 그때 싸락눈 내리는 고추같이 매운 동지섣달 추위를 할머니는 당목수건 하나로 견디며 다녀오셨을 것이다.

잔칫상에 둘러앉은 좌중(座中)의 따가운 눈총을 받으며 음식을 한 점씩 골라 당목수건에 싸셨을 할머니의 치사(恥事)가, 할퀴듯 아린 강바람을 안고 가서 지어 오신 탕제(湯劑)가 새삼 목구멍을 뜨겁게 달구며 넘어간다.

나는 당목수건 냄새를 잊지 못한다. 어느 여름날 나는 할머니를 따라서 밭고랑에 엎드려서 무슨 일인지를 했다. 그때 할머니는 "이 땀 좀 봐" 하시며 당목수건을 벗어서 내 얼굴을 닦아 주셨다. 시큼한 땀 냄새, 동백기름에 전 머리 냄새, 그 불결한 냄새가 세월따라 향수(香水) 냄새처럼 은은하게 코 끝에 스며든다. 할머니의 당목수건 냄새는 할머니의 숙명과 여자 본성이 섞인 냄새다. 당목수건으로 영위한 할머니의 생애는 얼마나 고달팠을까. 내 기억에 의하면 당목수건을 쓰신 할머니가 삶을 섭섭하게 여기시는 기색을 보지 못했다. 할머니는 당목수건을 머리에 쓰시고 한 필의 스무 새 고운 무명길쌈을 하듯 공들여서 한평생을 사셨다.

저 여자 공사 생도들이 스스로 선택한 빨간 마후라가 긍지라면 할머니의 꽃다운 나이에 졸지에 주어진 당목수건은 그저 운명일 뿐이라는 생각이 든다. 그런데 분명한 것은 여자 파일럿의 빨간 마후라에 비행기 기름 냄새와 화약 냄새만 나서야 어디 훗날 손자의 기쁨으로 남겨질 수 있겠느냐 하는 것이다. 나는 장렬한 여자의 일생에 대해서는 부득이 국민적 경의는 표할지언정 사랑하지는 않을 것이다. 국가적이고 자기중심적인 여자의 일생에서는 여성의 체취를 느낄 수 없기 때문이다. 그러나 여자는 파일럿이 되지 말라는 말은 아니다. 빨간 마후라를 우리 할머니처럼 당목수건의 용도로 쓰는 여자 파일럿이 되어 주길 바란다. 빨간 마후라에서 편육, 떡, 전, 약과 냄새도 나고, 향수 냄새도 나고, 탕제 냄새도 나고, 전진(戰震) 냄새도 나야 한다. 그러기 위해서는 파일럿의 회식자리에서 남자 파일럿들의 눈치를 보며 빨간 마후라에 사랑하는 뉘 입에 넣어 줄 맛있는 먹을거리를 싸 가지고 올 수 있는 치사(恥事)도 할 줄 알아야 한다. 나는 빨간 마후라에 싼 봉송 꾸러미를 안고 오는 여자 파일럿의 모성적 본색을 상상하며 제복의 섹시함을 신선한 충격으로 바라보았다. 여자 파일럿의 빨간 마후라는 이태리제 실크 머플러가 아니다. 우리 할머니의 당목수건 같은 것이다. 부모님께 '충성'하고 거수경례를 하는 여자 공사 생도의 상기한 예쁜 얼굴에서 나는 그럴 기미를 보았다. 예비 여생도들이 예쁘게 보이는 것은 그 때문이다.

미움의 세월
歲月

    여름이 다 간 어느 날 동생들이 어머니를 뵈러 왔다. 어머니를 모시고 달빛이 교교(皎皎)한 베란다에 둘러앉아서 삼겹살을 구워 먹으면서 어린 시절을 생각했다. 그 날 밤도 오늘 밤처럼 달이 째지게 밝았다.

    오랜만에 아버지가 읍내서 집에 돌아오셨다. 빈손으로 집에 들어오시기가 미안하셨던 것일까. 웬 돼지 다리를 하나 들고 오셨다. 앞다리인지 돼지 다리가 작았다. 어머니와 우리 삼 남매가 툇마루의 철렁한 달빛 아래 삶은 돼지 다리가 담긴 함지박을 놓고 둘러 앉아 있었다. 아버지가 들고 오신 돼지 다리를 삶다가 놓고 야행성 맹금류처럼 뜯어먹는 중이었다. 어머니가 뜯어 놓는 고기 첨을 삼 남매는 정신없이 주워먹고 있었다.

    그때 안방에서 할머니가 담뱃대로 놋재떨이를 탕탕 치며 역정을 내셨다. 깜박 드신 잠이 우리들의 돼지 다리 뜯어먹는 기척에 깨신 것이다.

"못된 것들—. 사랑에 애비도 깨워서 같이 먹으면 조왕신(竈王神)이 덧난다더냐—."

할머니의 역정은 당연하신 것이었다. 집안 어른과 대주를 제쳐 두고 제 새끼만, 밤중에 어미 소쩍새가 새끼 먹이 물어다 먹이듯 하는 꼴이 못마땅하셨던 것이다. 콩 한 알도 나누어 먹는 가족애가 각별히 요구되던 전후의 궁핍한 시대였다. 아버지가 노모(老母)가 계신 집에 오랜만에 들어오면서 들고 온 돼지 다리 아닌가. 할머니는 며느리의 소행이 괘씸했던 것이다. 어머니는 시어머니의 역정을 마땅히 받아들여야 하는데 오불관언(吾不關焉)이셨다.

"애비는 읍내서 배가 터지게 먹을 텐데 무슨 걱정이셔요. 안 주무시면 어머님이나 나와 잡수셔요."

"안 먹어. 느덜이나 배 터지게 먹어—."

어머니는 할머니의 역정에 개의치 않고 어미 소쩍새처럼 꾸준히 삶은 돼지 다리를 뜯어서 우리에게 먹이고 당신도 잡수셨다. 그러나 나는 할머니의 역정 소리를 듣고 돼지고기 맛을 잃고 말았다. 금방 바깥사랑 방문이 벌컥 열리고 아버지가 노기충천해서 달려 나오실 것만 같아서였다. 그러나 그런 일은 일어나지 않았다. 아버지는 이미 깊은 잠에 들어 계신 듯싶었다.

내가 그 날 밤 이야기를 했더니 어머니는 쇠잔한 웃음소리를 내시며

"난 몰라 생각 안 나—."

하신다. 그 날 밤 자리에 안 계시듯 오늘 밤도 아버지는 자리에 안 계신다. 아버지는 고향 선산발치에 마련해 드린 유택에 홀로 그 날 밤처럼 달빛을 덮고 깊이 잠들어 계신다. 아버지도 이 자리에 앉아 계셨으면 싶다. 그리고 부부간에 맺힌 미움의 매듭을 자식들과 더불어 오순도순 풀어 보았으면 싶다.

모성애는 어머니나 할머니나 다 가지고 있다. 사람이면 다 가지고 있다. 사람뿐이랴. 금수(禽獸)도 가지고 있다. 그런데 우리 어머니의 모성애는 유별났다. 어머니의 남다른 모성애는 퇴화된 부부애에 대한 손실보상 같은 것이라고 볼 수 있다. 그 날 밤 시어머니의 모성애를 어머니가 읍내서 배가 터지게 먹는다며 일축해 버린 것은, 어머니의 강렬한 모성애가 고의적으로 저지른 일종의 반란이라고 볼 수 있다.

아버지는 집밖으로 나도셨다. 그 원인이 나변(那邊)에 있다느니 하며 자식이 분석을 한다는 것은 도리에 맞지 않는 것이므로 언급하고 싶지 않다. 아무튼 이따금 아버지가 귀가를 하시면 어머니는 기다렸다는 듯이 반란을 일으키셨다. 나는 철이 빤한 시절 전운(戰雲)이 감도는 가정에서 전전긍긍하면서 살았다. 수시로 밥상이 어머니 치마폭으로 날아왔다. 그 한 판 접전은 어머니의 선공으로 시작되어 아버지의 막강한 전세(戰勢)에 짓밟히고 말았다. 일방적으로 당하신 어머니는 한 나절쯤 낭자한 곡성으로 지내신 연후, 이제 속이 좀 트인다며 다음 공격 채비를 하시듯 털고 일어나셨다. 싸움은 승자도 패자도 없었다. 아버지는 읍내로 나가시고, 어머니는 아버지가 읍내서 또 무슨 행실을 하나 싶어 미움을 키우셨다. 그러다가 아버지가 집에 들어오시면 부부싸움이 촉발되고, 악순환의 세월이었다. 그만치 어머니의 아버지에 대한 미움도 악성종양처럼 자랐다. 어머니의 미움은 비단 아버지뿐 아니라 모든 남자에게 적용되었다. 어머니는 구십객이신 지금도 아파트단지 여자 경로당에 나가셨다가 남자 노인네들이 기웃거리면 사내들 꼴보기 싫다며 집으로 돌아오신다. 그런 어머니를 보면 여자의 감수성을 상실한 세월의 덧없음 같아서 마음이 아프다.

어머니께서 좋아하신 남자는 내 증조부와 당신의 아들들뿐이다. 증조부를 좋아하시는 이유는 새 새댁 때, 그 어른을 따라서 첫애를 업고 근친을 가셨기 때문이다. 지름티고개를 넘어서, 유주막거리를 지나서, 노루목 강벼루를 돌아서, 가주나루를 건너서 온종일 충주길 칠십 리를 저만치 가을 햇볕 속으로 구름처럼 휘적휘적 가시는 시조부의 뒤를 따라가셨다. 가다가 고갯마루에서 쉬고, 둥구나무 아래서도 쉬고, 나루터에서도 쉬었는데, 그때마다 증조부께서 괴나리봇짐에서 절편과 갱엿을 꺼내 주며 "아가, 다리 아프지—?" 하고 다감하게 물으시더라는 것이다. 어머니는 증조부의 그 우렁우렁하신 목소리를 못 잊어 하신다. 가끔 그 이야기를 하실 때의 어머니 표정은 아득하셨다. 어머니는 증조부를 시조부로 그리워하시는 것이 아니고 이상적인 남성상으로 기리신 듯하다. 아버지가 시조부만 같았으면 하는 소망을 피력(披瀝)하신 것이리라. 우리 형제를 좋아하시는 것은 물론 맹목적인 자식 사랑일 뿐이고…….

"글쎄, 부싯돌만한 신랑이 가마 휘장을 들치더니 얼굴을 들이밀고 가마멀미가 얼마나 심하냐고 묻더라니까. 하도 같잖아서……."

고갯마루에 신행 가마가 멈추었을 때 열다섯 먹은 신랑이 열일곱 먹은 신부에게 신행길의 노고를 치하하더라는 것이다. 어머니는 그 말씀을 베 매면서 동네 여자들에게 했다. 동네 여자들이 박장대소를 하며 좋았겠다고 부러워하면 일언지하에 못된 싹수를 비벼 밟듯 잘라 말하셨다.

"좋기는 머시 좋아 —. 열다섯 먹은 게 뭘 안다고 기방 출입깨나 한 한량처럼 수작을 하더라니까. 내가 그때 벌써 싹수를 알아봤어 —."

당연히 어머니의 소중한 평생 추억으로 남을 어린 신랑의 애틋한 모습이 혐오의 모습으로 변질된 경위는, 아버지의 부부 금실에 대한 관리 부족이다. 물론 포괄적인 말이다. 어머니의 말처럼 '계집질'이란 구체적인 이유에 대해서는 확증도 없고 알고 싶지도 않다. 어머니에 대한 불효일까. 양대(兩大) 세력의 틈바구니에 낀 자식의 처지도 불행이다.

된서리 내린 밤처럼 시리고 어둡던 어머니의 얼굴, 그때 어머니는 서릿발처럼 기가 살아 계셨다. 남자의 독선에 항거하시던 독립투사 같은 얼굴이었다. 키 백오십 센티미터 남짓, 체중 사십오 킬로그램 남짓ㅡ. 그 작은 여인이 발산하는 미움이 베 매는 봄 마당을 압도했다.

달 밝은 툇마루에서 어머니가 자식들에게 그랬듯이 나는 달 밝은 베란다에서 삼겹살을 상추에 싸서 어머니 입에 넣어 드렸다. 돌이킬 수 없이 사그라진 잿불 같은 여자의 세월을 만들어 준 남편의 자식된 도리를 하는 것처럼 정중하게ㅡ. 그러나 어머니는 별 맛 없다고 하셨다. 그 말이 허무하고 슬프게 들렸다.

나는 아버지를 사랑하지 않는다. 존경은 한다. 작은 산읍의 온갖 일에 참섭(參涉)하신 향리(鄕里) 유지(有志)의 한평생, 고향과 고향 사람들에 대한 열정 없이는 그도 할 수 없는 일이기 때문이다. 그 또한 어머니의 애정 결핍을 메우기 위한 삶의 일환은 아니었을까? 자식이 아버지를 존경할 수 있다는 것은 다행이다. 아버지도 자식의 존경을 받으면 되었지 간지럽게 사랑까지 바라지는 않으실 것이다.

아버지 시신을 염습할 때, 염습사(殮襲士)가 맏상제인 내게 아버지 머리맡에 와서 시신이 움직이지 않게 얼굴을 두 손으로 꼭 잡고 있으라고 해서 그리했다. 두 손으로 싸잡은 차가운 두 볼의 피부가 비단결처럼 부드러웠다. 나는 평소 아버지의 얼굴을 바로 쳐다보지 못했다. 어머니께 불같이 화를 내시는 아버지의 얼굴을 보고 무서워서 운, 유년의 기억 때문이다. 그런데 그때 지척에서 자세히 내려다본 아버지 얼굴은 한없이 평안했다. 믿어지지 않았다. 살아서 무섭던 얼굴이 죽어서 이렇게 평안하다면 사람들은 무엇 때문에 사는 것일까. 삶이란 업보를 치르는 것인가. 연민의 눈물이 차가운 아버지의 미간에 떨어졌다. 그때 문득 의문이 들었다. 조만간 어머니도 돌아가실 것이다. 그러면 어머니의 얼굴도 미움을 다 지우고 아버지처럼 평안하실까. 아버지와 어머니 한평생 도대체 누가 피해자고 누가 가해자인가.

어머니는 돼지고기 삼겹살을 몇 첨 잡숫더니 머리를 저으신다. 오십여 년 전 그 밤, 달빛 아래서 맹금류같이 삶은 돼지 다리를 뜯어서 우리에게 먹이며 잘도 잡숫던 어머니의 왕성한 식욕, 이제 없다. 그럼 어머니의 미움도 없어지신 것일까. 두둥실 맑은 달이 베란다에 앉아 있는 구십 노인의 애잔한 얼굴에 남은 미움의 세월을 지우려는 듯 째지게 밝다.

생명

자고 나니까 링거액을 주사한 오른팔 손등이 소복하게 부어 있다. 링거액이 샌 모양이다. 나는 깜짝 놀랐다. 멀겋게 부은 아버지의 손, 중풍이 오신 고통스러운 말년의 손을 내가 달고 있는 것이 아닌가! 부자지간의 생명의 바통인가. 나는 아버지의 말년, 그 손을 잡고 병고를 위로해 드리곤 했었다.

아버지의 손은 퍽 크다. 내 손은 아버지의 손에 비하면 너무 병약하다. 나는 아버지의 손을 숭배한다. 사랑한다. 어쩌면 지금 내 손이 아버지의 손과 똑같을까? 생명은 닮는다는 뜻일까?

고등학교 몇 학년 때인지 가정실습(家庭實習) 때다. 집에 왔다가 모내기를 돕게 되었다. 뒷골 천수답에 모내기를 했다. 나도 열심히 모를 심었다. 식구들과 일꾼을 몇을 얻어 가지고 모를 심었다. 아버지는 며칠 동안 빗물을 잡아서 논을 삶느라고 고삐에 넓적다리가 스쳐서 피가 날 정도였다.

우리 농사 중 파종의 대미는 천수답 모내기를 끝마치는 것이다. 힘들고 의미 있는 과정이다. 그 날 점심 때, 우리는 오동나무 그늘에 점심 들밥을 차려놓고 먹었다. 신록이 우거진 그늘에서 뻐꾸기가 낭자하게 울었다. 소들은 모를 심느라고 일으켜 놓은 구정물로 엉덩이에 흙덩이가 엉겨 붙은 채 우리 옆 오동나무 그늘 아래서 풀을 어귀적어귀적 씹으며 흘금흘금 오월 강산을 건너다보고 있었다.

우리 점심 차림은 너무 소박했다. 햇보리밥과 묵은쌀이 반씩 섞인 밥에다 상추겉절이, 배추겉절이, 마늘잎을 넣고 조린 꽁치가 전부였다. 그리고 된장, 지금도 눈에 선한 황금색 퇴장(토장) 한 탕기다. 여기서 유의해야 할 그 날의 점심 맛을 내준 것은 마늘잎 꽁치조림이다. 그런데 아버지의 입맛을 내준 것은 황금색 퇴장이었던 듯하다. 아버지는 상추 이파리 서너 장에 밥을 두어 숟갈 푹 떠서 담고 그 황금색 퇴장을 반 숟갈 듬뿍 얹어 꾸기꾸기해서 입에 넣으셨다.

아버지가 상추쌈을 입에 넣고 눈을 끔뻑하면 목울대가 아래위로 오르내렸다. 앞산을 건너다보며 볼이 미어지게 상추쌈을 잡숫던 중년 농부의 눈, 그 눈에 뻐꾸기 우는 녹음 방창한 산이 한 귀퉁이씩 그야말로 게 눈 감춰지듯 하는 것이었다. 그 쌈밥을 잡고 있던 두 손이 링거에 손등이 통통히 부은 지금의 내 손과 똑같았다.

그 후 가끔 뒷골 천수답에 모내기를 하면서 아버지의 손등을 떠올려보곤 했지만, 실상 아버지 손등을 보고 천수답 모내기 점심밥 먹던 생각을 해본 적은 없다. 점심을 먹고 어디론가 가셨던 아버지는 잠시 후 싱싱한 칡 잎에 소복하게 산딸기를 따오셨다. 디저트를 구해 오신 것이다. 쌈밥처럼 두 손으로 잡고 들고 오신 것이다.

"받아라."

나는 아버지의 손등까지 싸잡아 들었다.

아버지의 손은 육감적이고 내 손은 턱없이 왜소하다. 전혀 닮지 않은 손이 운명의 때에 보니 닮아 있다. 아버지와 아들은 닮아 있다.

손수건

석산이가 저 세상으로 갔다.

그는 희귀하고 어려운 불치의 병을 2년 남짓 앓다가 갔다. 세포가 재생되지 않는 병이라고 했다. 병명을 알 필요는 없다. 분명한 것은 이제 그는 영영 볼 수 없이 되었다는 사실이다.

세포가 재생되지 않는 만큼 기력과 사고력을 같이 잃어버리면서 비교적 고통 없이 죽었다고 한다. 조만간 죽을 거라는 사실조차 생각하지 못하는 최악의 상태가 되었을 때 죽었으니까 암같이 아픈 병에 비하면 거의 안락사에 가까운 것이다.

아직 애들도 짝지어 놓지 못하고 환갑 나이에 가다니 옛날에는 대견스럽게 여기던 나이지만 지금은 평균수명에도 못 미치는 아까운 나이다. 석산이는 인생의 책임을 통감하며 갔을까. 사바의 고통을 어릴 적 여름 냇가에서 잠뱅이 벗어 던지듯 홀랑 벗어 던지고 갔을까.

어제 석산이는 연풍 한들 모퉁이 저의 종산발치 한 자리를 차지하고 육신을 묻었다. 나는 발인만 보고 장지에는 안 갔다.

어제는 하루 종일 비가 오더니 오늘은 갰다. 해가 지면서 서편 하늘의 구름이 숯불처럼 탄다. 지금 석산이는 어디쯤 가고 있을까. 천사들의 손에 이끌려서 극락을 향해서 훨훨 날아가고 있을까. 험상궂은 저승사자의 우악스러운 포승에 묶여서 지옥으로 떠밀려가고 있을까. 살아서 그는 나쁜 짓을 한 게 없다. 내가 알기에 석산이는 영업용 택시 운전기사를 직업으로 가지고 고생스럽게 살았다. 고생을 기독교에 의지해서 이겨내며 선량하게 살았다. 석산이는 분명히 천사의 손에 이끌려서 저 숯불처럼 타는 구름 너머, 천산(天山) 저쪽 어디에 있을지 모르는 천국을 향해서 서역만리쯤 가고 있으리라.

석산이는 내 고향 동갑내기 초등학교 동기다.

그는 죽으면서 한 가지라도 우리들이 만든 생의 순간을 생각해 보았을까. 임종을 당해서 가족들과의 미결 사항을 아쉬워하기에도 바빴을 터인데 우리들의 추억을 돌이켜볼 여지가 있었을 리 만무하다. 나는 석산이가 나까지 기억하면서 죽어 주었기를 기대할 만치 염치없는 놈은 아니다. 내가 석산이의 어려운 삶에 보탬이 된 게 뭐가 있기에……. 앙심을 먹고 손아귀에 조약돌을 움켜쥔 주먹으로 그의 코피를 터뜨려 준 것밖에 없다.

내가 초등학교 3학년 때, 우리 집은 수원에서 연풍 윗버들미 골짜기로 이사를 했다. 그때 거기 애들은 무명 적삼에 잠방이를 입고 책보를 허리에 동여매고 은고개 너머 연풍초등학교 십릿길을 걸어다녔다. 석산이는 아랫마을에 살았다. 퉁방울눈을 하고 덩치가 나보다 컸다. 연풍초등학교에 전학을 하고 첫 등교를 하는 날 석산이는 양복을 입고 '란도셀'을 멘 도시학생 풍의 내 모습이 못마땅했던지 내 뒤에 따라 오면서 "똥가방, 똥가방—" 하고 란도셀을 걷어찼다.

　며칠 동안 나는 무리에 낄 수 없는 한 마리의 원숭이처럼 외로웠다. 나는 될 수 있는 대로 애들 뒤에 처져서 혼자였으나 석산이와 악동들은 은고개 마루에서 기다렸다가 란도셀을 걷어차며 "똥가방, 똥가방" 했다. 하루는 학교가 파하고 집으로 돌아오는데 석산이가 뒤따라오며 내 란도셀을 또 걷어차며 "똥가방"이라고 했다. 이제는 운명의 한판 승부가 불가피하게 되었다. 우리는 은고개 어귀 이강들 냇가에서 맞붙었다. 석산이의 완력을 당하기에 역부족이었으나 방법이 전혀 없는 것도 아니었다. 나는 조약돌을 하나 손아귀에 움켜쥐었다. 그리고 품고 있던 앙심을 다해서 기습적으로 그의 코쭝배기를 쥐어질렀다. "어쿠!" 하면서 석산이는 코를 움켜쥐고 주저앉았다. 그리고 코를 문지르고 일어서는 그의 얼굴은 터진 쌍코피로 피범벅이 되었다. 석산이는 주먹으로 코피를 훔치고 "내 코피—" 하더니 벌 쏘인 황소처럼 내게 덤벼들었다. 나는 걸음아 날 살려라, 하고 달아났다. 우리는 쫓고 쫓기며 은고개 마루까지 왔다. 숨이 차서 더 이상 달아날 수가 없었다. 석산이도 숨을 헐떡거렸다. 우리는 서로 노려보면서 서낭나무 아래 서 있었다. 석산이가 먼저 땅바닥에 털버덕 주저앉았다. 나도 따라서 털버덕 주저앉았다. 그리고 나는 백기처럼 손수건을 꺼내서 석산이를 주었다. 석산이는 새하얀 손수건에 코피를 묻히기가 미안했는지 받아 들고 물끄러미 보고만 있었다.

"코피 닦아—."

"싫어."

석산이는 손수건을 쓰지 않고 내게 도로 주었다. 그리고 풀숲에서 마른 쑥잎을 뜯어 가지고 비벼서 솜처럼 만들더니 그걸로 코피가 나는 코를 틀어막았다.

"코피가 나면 이렇게 하는 거여—."

새 학기가 시작된 이른 봄이었다. 애들은 고개 아래 저만큼 오고 있었다. 아지랑이가 가물가물 애들을 따라오고 있었다.

나는 손수건을 받아 가지고 피 묻은 녀석의 넙데데한 얼굴을 물끄러미 쳐다보다가 호주머니에 집어넣었다.

"우리 친하게 지내자."

그 말 한마디는 했을 것이다. 오래되어서 누가 그 말을 했는지는 기억할 수 없지만—.

그 후 나도 무명 적삼에 잠방이를 입고 란도셀 대신 무명 책보를 허리에 동여매고 학교를 다녔다. 그렇게 우린 우정의 물꼬를 트고, 세월이 흘러서 나는 결혼을 하고 석산이도 우리 동네 내 여동생 친구와 혼담이 오고가더니 결혼을 하게 되었다.

그들이 약혼식을 한 날, 읍내로 약혼사진을 찍으러 간다며 석산이가 우리 집에 손수건을 빌리러 들렀다. 그 털털한 촌놈이 손수건의 필요성을 느껴 본 것은 그때가 처음이었을 것이다. 신록이 우거져서 뻐꾸기가 유장하게 우는 초여름이기도 했지만 생전 처음 처녀와의 외출에 진땀이 났던 모양이다. 아내가 장롱 깊숙이 간직해 두었던 손수건을 한 장 꺼내 주었다. 손수건 한 귀퉁이에 봉숭아 꽃잎을 조그맣게 수놓은 당목 손수건이었다. 물론 나도 쓰지 않은 새것이었다. 혼인 전, 아내가 눈 오는 깊은 밤 누군지 모르는 자기 사람을 위해서 한 땀 한 땀 정성을 다해 수를 놓고 삶아 바랬을 눈처럼 하얀 손수건이었다.

　"제수씨, 고맙습니다."

　"임마, 먼저 장가든 동생도 있다든ㅡ. 형수라고 해ㅡ."

　그때 문득 하얀 손수건을 물끄러미 들여다보고 돌려주던 얼굴에 코피 칠갑을 한 녀석의 넙데데한 초등학교 적 얼굴이 생각났다.

　손수건을 빌려주고 나는 묵은 빚을 갚은 것처럼 기뻤다.

　동구 밖을 걸어나가는 둘의 모습, 신랑감은 앞서가고 색싯감은 몇 발자국쯤 떨어져서 뒤따라갔다. 동네 사람들이 모두 나와서 그 광경을 기쁜 얼굴로 바라보았다. 나도 그랬다. 지금도 그 모습이 눈에 선하다.

　발인 때, 석산이 아내가 영구차에 관이 실리는 걸 보고 통곡을 했다. 얼굴이 눈물바다를 이루었다. 그래도 눈물을 닦지도 않고 울었다. 문득 손수건이 생각났다. 쓰지 않은 깨끗한 손수건이 있었으면 건네주고 싶었다. 물론 손수건이 없어서 석산이 댁이 눈물을 안 닦는 것은 아니겠지만 석산이를 생각하며 문득 그 생각이 들었다.

소년병

少年兵

아내가 열심히 신문을 들여다보고 있다. 이산가족 상봉자 명단에 자기 오라버니 이름이 들어 있나 싶어서다. 아내는 자기 오라버니가 이북에 살아 있겠지 하는 일루의 희망을 버리지 못하고 있다.

6·25 사변이 나던 그 해 아내의 오라버니는 인민군으로 끌려 갔다. 쇠꼴을 해 가지고 동네 들어서는 열일곱 살짜리 소년을 인민군이 장총을 메워 보고 총이 땅에 끌리지 않자 됐다며 끌고 갔다고 한다.

그 해 늦가을, 전세는 이미 국군이 평양까지 갔느니 압록강까지 갔느니 하는데 산골짜기의 가을은 늘 그렇듯이 청명하고 싸느랗게 그 해 여름의 비극 따위는 도외시한 채 깊어가고 있었다.

해거름에 나는 할머니와 뒷골 밭에서 무를 뽑고 있었다. 하늘이 살얼음처럼 새파랬다. 단풍이 불타는 산골짜기가 가을 깊이 잠겨서 죽은 듯 고요했다. 무밭에 산그늘이 지자 싸느란 냉기가 온몸을 휘감았다. 할머니는 부지런히 무를 뽑고 나는 무더기를 지어서 짚단으로 덮었다. 된서리에 대한 대비다.

한참 무를 뽑는데 그늘진 산에서 조심스럽게 가랑잎 밟는 소리가 나더니 산짐승처럼 조심스럽게 인민군 패잔병이 나타났다. 인민군은 걸음을 멈추고 주위를 살피더니 할머니와 내가 무를 뽑는 밭으로 왔다. 장총이 땅에 끌릴 듯했다. 인민군은 키만 덜렁했지 기껏해야 나보다 두서너 살 위로 보이는 소년이었다. 인민군의 누런 무명 하복(夏服)은 찢어지고 때에 절어 있었다. 헝겊 군화도 해져서 발에 안 걸리는 듯 새끼로 동여맸다.

인민군은 아무 말 없이 조선무를 옷에 썩썩 닦아서 허기진 듯 어적어적 씹어 먹었다. 얼굴은 패각(貝殼)이 기어 다닌 갯벌처럼 더러웠다. 지금 생각해 보면 그 중에는 분명히 눈물자국도 섞여 있었을 것으로 짐작이 가는 것이다.

할머니가 어쩔 줄을 몰라 하시며 하시던 일을 멈추고 밭둑으로 나가 앉아서 "이리 와서 앉아 먹어요" 하고 인민군을 불렀다. 인민군은 할머니를 따라 밭둑으로 나와서 할머니 곁에 나란히 앉았다.

무 한 개를 다 먹은 인민군은 밭둑에서 일어섰다. 할머니가 얼른 머리에 쓰고 계시던 무명 수건을 벗어서 "해줄 게 아무것도 없네—" 하시며 인민군의 볼을 싸매 주셨다. 사시장철 밖에서는 쓰고 사시는 할머니의 살갗 같은 당목수건이었다. 소년병은 땀에 절어 퀴퀴한 냄새가 나는 할머니의 당목수건을 해

주는 대로 가만히 받아들였다. 이미 뼛골까지 파고드는 산속의 추위를 겪은 때문일까, 당목수건에 밴 냄새가 고향의 부모님 냄새처럼 그리워서일까.

인민군 소년병은 다랑논을 건너서 맞은편 산등성이를 쳐다보았다. 할머니도 쳐다보고 나도 쳐다보았다. 잎이 거의 진 나무들이 서 있는 산등성이가 까마득하게 높아 보였다. 인민군 소년병이 그 산등성이를 향해서 올라갔다. 인민군이 올라간 산발치에 옻나무가 새빨간 이파리를 달고 서 있었는데 그 눈부신 빛깔이 공연히 슬퍼서 맘속으로 '형—!' 하고 부르는데 할머니가 나를 끌어안으셨다. 할머니도 내 맘 같으셨던 모양이다.

지금도 늦가을 외진 산골짜기에 서 있는 빨갛게 단풍 든 나무를 보면 장총을 땅에 끌면서 저문 산으로 올라가던, 위장망 끈이 얼기설기 붙어 있는 남루한 여름 군복을 입은 소년병의 작은 등허리가 보인다. 문득 걸음을 멈추고 당목수건으로 볼을 싸맨 얼굴로 우리를 뒤돌아보던 산짐승같이 슬픈 눈매가 보인다. 새빨간 옻나무 단풍 이파리가 보인다.

그 인민군 소년병이 과연 식구들에게 돌아갔는지, 어디서 얼어 죽었는지, 토벌대의 총에 맞아 죽었는지 그 해 가을이 다 가고 겨울이 깊어질수록 내 걱정도 같이 깊어졌다.

그 날 밤 어머니는 김장할 무채를 썰고 할머니는 물레를 돌리셨다. 밤이 꽤 깊었는데 할머니가 걱정스럽게 말씀하셨다.

"코끝이 매운 걸 보니 된내기(된서리)가 내리나 보다. 그 어린

게 어디서 된내기를 피할꼬―."

나는 그 해 여름 새재를 넘어서, 낙동강을 건너서 대구 아래 경산까지 아버지를 따라 피난을 다녀왔다. 별을 보면서 한뎃잠을 많이 잤다. 내 나이 열세 살이었다. 길게 날아가던 별 똥별을 세다가 밤이슬을 맞으며 잤다. 여름이지만 이슬에 몸에 젖으면 추웠다. 된서리를 맞으면 얼마나 더 추울까. 그 날 밤 나는 단 구들 위에 요를 깔고 이불을 덮고 누워서 인민군 소년병 생각에 잠을 이루지 못했다. 다음날 아침 할머니가 늦잠을 깨우며 "우리 도령이 무서운 꿈을 꾸셨나, 어쩐 눈물자국인고―" 하셨다. 그 날 밤 나는 소년병이 얼어 죽는 꿈을 꾸었다.

가끔 늦가을 논둑 밑에서 얼어 죽은 메뚜기를 본다. 그때마다 소년병 생각에 참을 수 없는 마음이 되곤 했다. 아침에 보면 빳빳이 죽었는데 햇살이 퍼지면 메뚜기는 꼼지락거리며 살아났다. 그렇게 메뚜기는 겨울이 깊어지는 만큼씩 서서히 죽어간다. 나는 그게 신기해서 메뚜기의 죽음을 관찰한 적이 있는데, 밤에 따뜻한 이불 속에만 들어가면 그렇게 얼어 죽어가는 소년병이 생각나서 잠을 이루지 못하곤 했다. 나의 소년 시절 그 인민군 소년병 못지않게 고통스러웠다.

나는 할머니가 당목수건으로 볼때기를 싸매 준 그 인민군 소년병이 아내의 오라버니가 아니었을까 하는 생각이 들었다. 그러나 차마 아내한테 그 이야기를 하지는 못했다.

아버지의 도장

아버지 장례를 치르고 며칠 되어서다. 어머니께서 아버지 인감도장이라며 내 손바닥에 손때에 전 도장을 하나 꼭 쥐어 주셨다. 우리 집 가계를 물려준다는 의미였는지 모르지만 어머니의 표정이 옥새를 건네주는 왕대비의 얼굴처럼 심장하셨다. 나는 돌아가신 분 인감도장이 무슨 소용이냐 소리도 못하고 옥새처럼 받아들었다.

아버지의 도장재(材)는 옥도 아니고 수정도 아니었다. 그리 좋은 도장은 아니지만 그렇다고 나무나 플라스틱에 새긴 막도장도 아니었다. 갈색 물소뿔 도장으로 크기도 막도장보다는 조금 큰 동그라미 도장이었다. 동그라미 안에 네방틀로 짜서 아버지 함자를 새겼는데 테두리선이 닳고 닳아서 군데군데 이가 빠졌을 뿐 아니라 글자도 가장자리는 닳아서 가운데만 불룩했다. 문득 이 지경이 된 도장이 남긴 생애가 보였다.

봄날, 이강들 냇둑에 서서 연풍 장터를 바라본 적이 있다. 조령산의 융설(融雪)로 냇물이 불어서 돌다리가 묻혔다. 발을 벗고 발목이 빠지는 것처럼 시린 냇물을 건너서 뒤돌아본 납작하고 조용한 산읍. 그 위로 황금 햇살이 퍼지고 아지랑이가 아른아른했다. 따뜻하고 아련한 삶의 기척도 아지랑이처럼 아른아른 피어올랐다. 그 날 3·1절 행사를 마치고 은고개 너머 집으로 돌아가는 길이었다. 아버지가 3·1절 기념식장 연단에 올라서 대한민국 만세 삼창을 제창하셨다. 나는 아버지의 제창에 따라 만세 삼창을 부르면서 기미년에 만세 부르던 소년처럼 감격해서 울 뻔했다. 45년쯤 전이다. 아버지 도장을 보니 문득 그 날 33인의 한 분 같은 위상의 아버지가 떠올랐다.

소백산맥 아래 산골짜기의 작고 소박한 사회에서 아버지의 존재 가치를 지켜 준 도장. 아버지의 존재 가치란 꽃다지만치 작고 소박한 꿈의 실현들이었으리라. 조그만 노란 꽃, 봄 햇살에 사륵사륵 마른 흙이 흐르는 논둑 밭둑 아래 상큼한 봄바람에 피어서 빛나는 풀꽃의 꿈. 그 정도의 꿈을 반짝반짝 꽃피우시며 순간순간을 살아 한생애를 이루셨을 것이다. 그 풀꽃을 피워 준 아버지의 도장—.

도장의 글씨는 해서체(楷書體)였다. 단정하지만 한 획 한 획 공들인 게 분명함을 느끼게 하는, 무뢰한인 내가 보아도 좋은 글씨고, 새김이었다.

이제 옛날 분이 되었지만 연풍 장터거리에 도장장이 안 주사(安主事) 어른이 계셨다. 이 도장의 글씨는 그 분의 필체가 분명하다. 그 분은 아버지의 절친한 친구 분이셨다. 사람들은 그 분을 안 주사라고 불렀다. 전직 때문이 아니고 글씨를 잘 쓰는 데 대한 경칭이었을 것이다. 그 분은 도장도 새기고 출생 신고나 사망 신고 같은 대서(代書)도 해주었는데 도장 값은 받고 대서는 무료였다. 그래서 장에 나온 무식한 골짜기의 안 주사 연배쯤 되는 사람들은 안 주사가 자기 집 서사라도 되는 것처럼 대서를 시켰다. 그게 안 주사를 얕잡아보고 하는 수작이 아니고 흥허물 없는 수작이므로 안 주사는 기쁘게 응했다.

"출생신고서 좀 써줘—."

"해장을 못해서 손이 떨려 못써—."

"그럼 해장을 해야지. 가세—."

"아들이야, 딸이야?"

딸이라면 안 주사는 싫어했다. 왜냐하면 아들이면 박 과부네 주막에 가서 술청 나무의자에 앉아서 술국에 제대로 한 대포를 해도 무방한데, 딸이면 술도가에 가서 서서 왕소금에 한 대포를 해야 하기 때문이다. 그게 그가 정한 대서료의 기준인 셈이었다. 그래서 딸이라면 "이 놈아, 아들도 못 만드는 게 물건이여, 쓰잘 데 없는 호박 꼭지지 —" 하고 면박을 주었다고 한다. 그러면 사람들은 얼른 알아듣고 "아녀, 이 사람아. 딸이면 다 같은 딸이 아녀—. 살림 밑천 할 외동딸이여. 아들 못잖지—" 하고 박 과부 집으로 끌고 갔다. 안 주사는 붓으로 대서를 했다. 한자 한자 성의를 다해서 썼다. 우주 왈, 공론이 전하는 바에 의하면 한잔 술에 필력이 생긴 그 분의 공들인 붓글씨는 행정 서식에나 쓰고 말기에는 참 아까운 글씨였다고 한다. 지금도 그 어른과 우정이 돈독하였던 분들의 바깥사랑 문설주 위에 당호 한 점으로 남겨진 글씨다.

아버지의 도장은 안 주사의 작품이 분명하다. 자유당 말기에 지방자치제를 실시한 적이 있다. 면민이 뽑은 면의원들이 간접선거로 면장을 선출했는데 아버지가 면장에 당선이 되셨다. 아마 이 도장은 그때 안 주사께서 당선 기념으로 새겨 준 것 아닌가 싶다. 이토록 도장이 닳은 세월의 흔적으로 보나, 볼수록 부러운 필체로 보아서 그렇다.

당시 물소뿔 도장재는 귀중한 물건이었음에 틀림이 없다. 안 주사가 만약을 위해서 은밀히 보관한 하나밖에 없던 도장재였을지도 모른다. 갠지스 강 유역 어디서 이 산읍까지 흘러온 물소뿔이다. 재질은 고사하고 그 먼 나라의 물건이 동란으로 피폐하기 이를 데 없는 이 산골 도장포에까지 흘러왔다는 사실만으로도 충분히 귀한 물건이다. 그 궁핍한 시대에 물소뿔 도장을 아버지께 새겨 주었다면 그것은 안 주사 어른의 도장 장인사에 남을 사건이 분명한데 아버지의 면장 당선밖에 생각나는 게 없다.

혼신의 힘을 다해서 이 도장을 새겼을 안 주사 어른의 아버지에 대한 우정을 그려본다. 그 분은 도장을 새기기에 앞서 혼자 박 과부 집에 가서 손이 떨리지 않도록 우선 한잔 술을 했을 터인데 막걸리를 하지는 않았을 성싶다. 그래도 우정에 남을 기념비적 명분의 도장을 새기는 마당에 막걸리를 마실 수는 없다. "세상 끝내는 술인가 베. 색시도 없이 목로에 앉아서 웬 정종이여……." 박 과부의 수상쩍어 하는 소리를 들으면서 그분이 좋아하는 따뜻하게 데운 정종을 한 잔 했을 것이다. 그리고 도장포로 돌아와서 손수 등피를 닦아서 남폿불을 밝혀 놓고, 술친구들이 찾지 않는 깊은 밤 아버지의 이름 석 자를 정성을 다해서 쓰고 새겼으리라.

마모가 심해도 도장의 아버지 이름자는 자획과 결구의 방정한 흔적으로 보아서 정신적 이완을 불허한 도장을 새긴 마음이 느껴진다. 깊은 밤 바른 자세로 앉아서 우정을 붓 끝에 모아 한 획 한 구를 공글러 쓰고 양각했을 도장의 글씨가 구양순의 '구성궁예천명(九成宮醴泉銘)'보다 더 나를 감동시키는 것이다.

안 주사는 아버지에게 이 도장을 건네주면서 뭐라고 한 말씀하셨을까? 면장 당선을 축하한다고 의례적인 인사를 했을까. 그 분은 도장을 건네주면서 분명히 그냥 "잘 써ㅡ" 하고 한마디 했을 것 같다. 그 말은 물론 도장을 잃어버리거나 훼손시키지 말고 잘 보관하고 쓰라는 도장값 같은 한마디가 아니고 정도(正道)껏 쓰라는 충정(衷情)의 한마디였을 것이다. 아버지는 도장을 찍을 적마다 "잘 써ㅡ" 한 친구의 말을 되새기고 썼을 것이다. 면민의 이해가 걸린 문서에 도장을 찍을 때는 각별히 친구의 말을 되살린 나머지 손아귀에 진땀이 났을지도 모른다. 아버지는 그 산읍의 면장, 농협조합장, 마침내 늙어서는 노인회장 등을 하시며 한 생애를 사셨다. 나는 아버지의 인생관 밖으로 떠돌며 살아서 아버지의 인생에 대해서 다 모른다. 그래도 아버지 사후에 면식 있는 아버지 연배 어른들은 내게 "자네 춘부장은 훌륭한 분이셨네—" 하고 칭찬을 해주셨다. 그게 얼마나 자식의 자부심을 고취해 주신 선친의 공덕인지 비록 인사치레였다 하더라도 자식인 내게는 눈물겨운 기쁨이었다. 아버지는 도장이 마모된 만큼 도장을 찍어 어떤 의사(意思)를 피력하신 것이다. 대과(大過) 없이 도장 찍기를 하신 아버지가 고맙다. 그것은 순전히 이 도장 덕 아니었나 싶다. 아버지는 박 과부 집에 안 주사를 모시고 가서 좋아하시는 따끈하게 데운 정종을 받아드리며 "자네 말대로 도장 잘 썼네—" 하고 인사는 하셨는지—.

아무튼 아버지는 이 도장을 신랑신부의 혼인서약에도 찍고, 남의 빚보증에도 찍고, 남의 토지매매 입회에도 찍고, 뉘 집 자식들 쌈질 화해 붙이는 일에도 찍고, 뉘 집 자식 취직하는 데 신원보증에도 찍으셨을 것이다. 좋은 일에도 찍고, 좋지 않은 일에도 찍으셨을 것이다.

도장 찍는 일은 뒷감당하는 일이다. 조용히 눈을 감고 아른아른 아지랑이에 덮인 소박한 산읍을 그려본다. 그 산읍을 위해서 아버지는 무슨 뒷감당들을 도장이 이 지경이 되도록 하셨을까. 그 산읍을 굴린 세월의 힘에 아버지의 도장 찍기가 보태졌으면 싶다. 작고 노란 빛을 반짝 빛내고 사라지는, 흔한 봄 풀꽃 꽃다지같이 도장을 찍으시며 빛났을 아버지 생애의 편린들을 맞춰 본다.

아버지의 도장을 그 사실들의 비갈(碑碣)로 잘 간수하는 것이 자식의 도리일 것이다.

할머니의 산소

아랫마을 산모롱이를 돌아들면 좌측 산비탈 중턱에 할머니의 산소가 있다.

이 산을 동네 사람들은 '달걀 양지'라고 부른다. 이름만큼이나 양지바르지만 비탈진 석회암 산으로 나무도 잘 자라지 못했다. 좌청룡 우백호로 여길 수 있는 산줄기도 거느리지 못한 평퍼짐한 산비탈이다. 그렇다고 "조상이 솔밭에 들었다"는 말처럼 솔숲에 둘러싸인 자리도 아니다. "달걀 양지 땡양지/ 메캐러 가자."

애들 노래처럼 양지바르기는 했다. 무식한 안목에도 할머니의 산소 자리는 명당이 아닌 건 분명해 보였다. 그래서 아버지께서 할머니의 산소 자리를 무성의하게 잡은 게 아닌가, 섭섭한 생각을 했었다.

그러나 동네에 들며나며 고개만 들면 할머니 산소를 볼 수 있어서 좋았다. 할머니 산소 아래 이르면 무심결에 걸음을 멈추고 산소를 올려다보게 되었다. 그러면 늦가을 아침 햇살 가득한 안방 아랫목에 한껏 편한 자세로 앉아 계시던 할머니 같은 조그만 봉분이 나를 내려다보면서 '잘 다녀오너라' '잘 다녀왔느냐' 하고 배웅도 해주시고, 마중도 해주시는 것 같아서 나도 속으로 '할머니, 다녀오겠습니다' '할머니, 다녀왔습니다' 하고 인사를 드리곤 했다.

어느 해 추석 아버지와 우리 형제들은 할머니 산소에 성묘를 마치고 제절에 서서 골짜기를 내려다보고 있었다. 제절 끝에 팔짱을 끼고 서서 들판을 내려다보시던 아버지가 불쑥 한 말씀을 하셨다.

"너의 할머니가 봄나물을 뜯으러 올라오시면 이 자리에 앉아서 시간 가는 줄 모르시고 봄이 오는 들판을 내려다보셨느니라."

아버지는 언제 할머니의 그런 모습을 눈여겨보셨을까. 할머니는 아버지만 보시면 농사에 전념하지 않고 읍내 출입이나 한다고 닦달을 하셨고 아버지는 봉두난발을 하시고 들일에 몰두하시는 할머니를 늘 못마땅하게 여기셨다.

"제발 들에 좀 나다니지 마세요. 어머니가 안 그러셔도 폐농 안할 테니……."

말씀은 그리해도 아버지는 늘 읍내에 나가 사셨다. 물론 폐농은 안 시켰을지 모르지만 할머니는 늘 그런 아버지 때문에 맘을 졸이시며 들에서 사셨다. 사는 방법이 모자지간의 정에 지장이 되는 것은 아니었던가 보다. 아버지는 할머니의 삶을 예의 주시하며 사신 게 분명했다.

풍수에서 이르는 명당 음택(明堂陰宅)이란 바로 말이지 후손이 조상 덕이나 바라는 자리지 돌아가신 분의 안락한 저승살이를 생각한 자리는 아니다. 아버지께서 후손의 발복(發福)에 욕심 내지 않고 할머니의 저승살이에 유념하여 산소를 쓰셨구나 생각하니 할머니의 산소가 더없이 명당 같아 보였다. 그 이후 나는 아버지가 할머니의 산소 자리를 소홀하게 잡았다는 생각을 깨끗이 씻어 버릴 수 있어서 다행이었다.

그러나 문제는 겨울이었다. 건너편 산등성이가 가물가물 눈발에 묻히고 인적이 끊어진 빈들에 까치 울음소리만 뚝 떨어지는 겨울, 동네에 들다가 눈발에 묻히는 할머니의 산소를 올려다보면 무명 수건으로 볼을 싸맨 할머니가 '이제 오느냐. 춥다. 얼른 집으로 들어가거라' 하시며 산소 제절에 떨고 서 계시는 듯해서 차마 멈춰 선 발걸음을 돌이킬 수가 없었다.

긴 겨울 동안 할머니는 유택 안에 갇혀서 얼마나 고적하실까 생각하면, 생전에 할머니가 겨울을 나며 쓰시던 물레라도 부장품(副葬品)으로 넣어 드릴 걸 그랬다는 부질없는 생각이 들었다. 그러나 얼른 봄이 와서 할머니가 산소 제절에 나앉으시기를 바랄 수밖에는 달리 도리가 없었다.

다행히 할머니의 산소에는 봄이 한발 빨리 왔다. 앞산 머리가 잔설을 이고 있을 때, 산소 제절에는 벌써 아지랑이가 피어나고 할미꽃이 조용히 돌아앉아 피었다. 그때쯤, 나는 할머니가 산소 제절에 나앉으셨을 것만 같아서 산소를 올려다보며 '할머니! 봄이 왔어요.' 맘속으로 기뻐서 소리 지르곤 했다.

아버지는 할머니의 산소 자리를 돌아가시기 전부터 그 자리로 점찍어 두셨던 것이 분명하다는 생각이 들었다.

제6부

봄비와 햇살 속으로

태산준령을 넘는 영동고속도로가

우리의 지겹던 시대를 청산한 신화적 창조물 같다.

그때 아내는 진짜 나무꾼의 선녀였다. 불쌍한 선녀.

내가 날개옷을 꼭 감춰서 날아가지도 못하고

소형 승용차 조수석에서 지금 푸석푸석 졸며, 늙으며

남편을 따라 시이모 뵈러 가는 것이다.

가을바람 부는 대로

1. 진부

진부 톨게이트에서 고속도로를 내렸다.

내가 사회생활을 시작한 곳이라 그런지 나는 진부를 그냥 지나칠 수가 없다.

"이곳이 진부라는 곳이에요. 이곳은 여름에 반팔 서츠를 입지 않고 넘길 수 있는 곳입니다. 산들 좀 봐요. 저 까맣게 높은 산줄기는 해발 1,000미터 이상을 이루고 있어요. 삼십 한 이삼 년 전쯤 어느 해 초겨울, 선애 아빠가 흔들리는 마음을 진정하려고 나를 찾아 이곳에 왔었지요."

"기억나요. 진숙 아빠가 선애 아빠 나한테 와 있으니 걱정 말라고 쳐준 전보 밑에 '진부에서'라는 지명을 보고 진부가 어떤 곳일까 참 많이 상상했어요."

선애 아빠 엄마를 태우고 진부 읍내를 한 바퀴 돌았다. 그러나 내가 그리는 진부의 모습은 세월 속으로 사라지고 흔적도 없었다. 진부농고 앞에 와서 당시에 진숙, 진용 남매를 데리고 살던 우리의 셋집을 찾아보았으나 흔적도 없었다. 내가 군고 구마를 사 가지고 건너가던 논둑길이 여기쯤인지 저기쯤인지 전혀 땅 짐도 할 수가 없었다. 그 논둑길에서 눈 속으로 곤두박질을 하고 '에이 넘어진 김에 쉬어가자'고 눈 속에 파묻혀 대성제재소의 발동기 소리와 불빛을 바라보며 앉아 있던 내 생애의 한 순간을 차지한 자리를 15층 아파트가 차지하고 있는 듯 짐작이 갔다.

"내가 선애 엄마 아빠가 자는 청량리의 단칸 셋방에 끼어서 잔 빚을 갚아 준 내 단칸 셋방이 이 근처 어디쯤 있었는데……."

장가들고 한 해 농사를 지은 나는 추수를 마치고 흔들리는 마음을 주체하지 못하고 상경을 해서 선애네 청량리 셋방에 찾아갔다가 단칸방에 끼어 잔 적이 있다. 나는 손님이라고 아랫목에 자고 선애 엄마는 냉골인 윗목에서 잤다. 선애 아빠가 진부에 나를 찾아왔을 때도 그랬다. 손님이라고 선애 아빠는 아랫목에 자고 진숙 엄마는 냉골인 윗목에서 잤다. 내 빚 갚아준 방이란 그 우리의 신혼 초 가난하고 애틋했던 살림방을 말하는 것이었다.

2. 날라리집 색시

나는 여정을 염두에 두지 않고, 안 가본 길을 따라서 배고프면 아무데서나, 아무거나 먹고, 저물면 풍찬노숙을 면한 잠자리에 들며 거칠 것 없이 하는 여행을 좋아한다. 그런데 이번 여행은 그럴 수가 없다. 미리 잠잘 장소를 예약하고 떠났다. 선애 아빠 엄마를 위해서다. 이번 여행 목적은 그들을 위한 여행이었다. 요즈음 선애네는 전셋집을 옮겼다. 셋방살이는 젊어서도 비애를 느끼는데다 늙어서 전셋집으로 전전하는 그들 내외의 심경이 어떨까 싶어서 가을바람이나 쏘이러 가자고 떠나온 여행이다. 선애 아빠는 세상이 다 귀찮다는 듯 시큰둥해 하는 걸 진숙 엄마가 선애 엄마를 꾀어서 이루어진 여행이다. 그래서 오대산 월정사, 동해바다, 설악산, 내린천을 1박 2일로 돌아오기로 계획한 것이다.

오늘의 여정은 진부, 오대산 월정사, 주문진의 선창, 낙산사를 보고 낙산 해수욕장에 있는 'E콘도'에서 자는 것이다. 바다가 보이고 귓전에 파도 소리가 들리는 28평짜리 콘도를 컴퓨터로 예약했다. 내 여행 관행에 의하면 좀 사치스러운 숙박이지만, '원님 덕에 나팔 분다'고 선애네 덕에 낭만적인 숙박시설을 이용해 보자는 것이다.

점심은 진부에서 막국수를 먹기로 계획했는데 진부를 다 돌아보고 나도 겨우 열 시가 좀 지났을 뿐 아니라, 내가 근무할 당시 막국수로 유명한 '개나리집'은 없어져 버려서 차질이 불가피하게 되었다. 선애 엄마 아빠에게 강원도 전통의 별미를 먹여 주고 그 미각을 지켜보려는 내 생각이 무산된 것보다 추억의 개나리집이 없어진 것이 더 섭섭했다.

당시 진부 개나리집은 진부에서 행세하는 사람들이 드나드는 색시 두고 술과 밥을 파는 이름 있는 집이었다. 진부 사람들은 '개나리집'을 '날라리집'이라고 했다. 밤마다 색시들의 유행가 소리가 그치는 날이 없기 때문이었다. '강릉영림서 진부관리소' 직원은 진부에서 행세하는 직업인에 들었다. 진부라는 곳이 임산물 집산지였고, 그래서 번창하는 산읍이다 보니 영림서 직원은 이 작은 산골 사회에서는 소홀하게 볼 수 없는 선망의 직업인이었다. 영림서 직원으로 해서 개나리집은 번창을 했다. 우리는 이런저런 일로 자주 이 집에 들렀다.

진부 장날 이 집에서 먹는 막국수 맛을 나는 지금도 잊지 못한다. 면발 뽑는 압착기가 놓여 있는 커다란 무쇠 가마솥에서는 설설 물이 끓고 면발을 계속 뽑아서 삶아냈다. 꾸미는 군내 나는 시커먼 열무김치뿐이었다. 진부 하면 그 가실가실한 면발을 구수한 육수에 말아서 군내 나는 열무김치를 곁들여 먹던 막국수, 그 토속 음식 맛에 군침이 도는 것이다.

봉평과 진부는 육칠십 리쯤 떨어진 거리다. 봉평에 소금을 뿌려놓은 것처럼 달빛 아래 메밀꽃이 핀다면 진부에도 메밀꽃은 핀다. 나는 진부에서 허 생원의 색시 같은 여자를 개나리

집에서 보았다. 두서너 번 보았을까. 지금껏 기억에 남는 것은 곧 원주 나가서 작은 케이크 집을 차릴 거라고 내게 자랑을 하던 말이다. '나에게도 꿈이 있어. 술집 색시라고 우습게 보지 마—.' 그러는 것처럼 내 눈을 들여다보고 술이 취해서 진지하게 말하던 색시를 못 잊어서, 나는 날라리집을 못 잊고 막국수 맛을 못 잊는 것인지도 모른다. 그 색시는 아직 때가 덜 묻은 촌닭 같은 신참 영림서 직원을 혹시 좋아한 것 아닐지—? 진부가 생각나면 그 색시가 생각나는 것이다. 그러고 보니 진부에 들른 것은 선애네를 위한 것이 아니고 나를 위한 것이었다.

3. 월정사

앞에서도 말했지만 선애 아빠가 젊은 나이에 살기가 힘들어서 내외가 다투고 나를 찾아서 이 산골에 왔다. 다툼의 원인은 선애 아빠의 울분이었을지 모른다. 그 울분을 삭이려고 나를 찾아와 준 나에 대한 그의 우정에 감격했다. 그 감격을 나는 지금껏 소중하게 간직하고 있다.

선애 아빠는 머리가 좋은 사람이다. 그가 지금까지 불운하게 사는 이유는 우리 민족의 비극과 무관하지 않다. 그의 맏형이 6·25 때 부역을 하고 월북을 한 집의 막내다. 국가보안법상 연좌제의 덫에 걸려서 자신의 의지와 상관없이 불이익을 감수하는 삶을 살아온 것이다.

선애 아빠는 나와 같이 총무처에서 시행하는 국가공무원 시험에 같이 응모했다. 나는 말단인 9급 임업직이고 선애 아빠는 한 직급 위인 7급 행정직이었다. 같이 합격해서 나는 발령을 받고 선애 아빠는 발령을 받지 못했다. 신원조회에 월북자 가족으로 판정되었기 때문이다.

딸만 넷을 낳아서 대학까지 가르치며 그럭저럭 한세상 살아서 이제 노경에 들었지만 진부로 나를 찾아올 때 그의 좌절감은 진부의 산들만치나 높았을 것이다.

월정사는 6·25 때 불타서 선애 아빠가 나를 찾아왔을 때는 달랑 대웅전만 새로 지어 놓았을 뿐, 황량하기 그지없었는데 지금의 월정사 경내는 대대적인 중창 불사를 해서 마치 신흥 사찰 단지처럼 번창하다. 다만 변함없는 것은 아름드리 전나무 숲과 맑은 계곡이다. 대웅전 돌계단 앞에 앞발을 버티고 앉아 있는 한 쌍의 사자상도 옛날 것이 아니다. 하얀 화강암의 질감이 아직 세월의 때를 타지 않았다.

하얀 나일론 잠바를 입은 다섯 살짜리 진숙이가 등허리에 올라타고 있던 돌사자상은 이보다 작았지만 정교했다. 백수의 왕다운 사자의 근엄한 기상이 엿보이는 명장 석수장이의 솜씨가 엿보였다. 그 사진은 우리 집 앨범 1권에 아직 그 만추인지 초겨울의 월정사를 상기시켜 주는 자료로 잘 보관되어 있다. 이 돌사자상은 크기는 해도 정교한 맛이 없다. 전혀 불필요한 불사를 한 것이다. 돌사자상을 교체한 것은 절의 운치나 부처의 권위를 제고하기는커녕 저하시키고 있다. 조각가가 아닌 내 눈에도 현재의 사자상은 솜씨가 설익어 보인다. 다섯 살짜리 진숙이는 초등학교 5학년과 1학년생의 어미가 되었다. 몇 해 전에 왔을 때도 그 사자상이 그대로 있어서 등허리를 쓰다듬어 보았는데 아쉬운 마음이었다.

선애 엄마만 대웅전 본존 불상에 절을 했다. 불자는 선애 엄마뿐이다. 선애 엄마는 새댁 때 예뻤다. 친구들이 예쁜 색시 얻어온 선애 아빠를 부러워했다. 그 선애 엄마도 두루뭉술한 할머니의 뒷모습이다. 절하고 일어서는 동작이 힘들어 보인다. 인생이란 이런 것인가, 연민스러운 생각이 들어서 선애 아빠를 끌고 돌아섰다.

월정사 앞 냇물은 오대산 자락의 물을 다 모아서 흐른다. 산골 냇물로는 수량이 많다. 가을이 깊어진 듯 물이 고즈넉하게 흐른다. 빨리 흘러갈 생각도 없고, 안 흘러갈 생각도 없는 듯하다. 순리가 이런 거로구나 싶게 흐른다. 우리는 냇가 너럭바위에 앉았다. 건너편 산기슭에 단풍이 곱다. 북나무와 단풍나무가 냇가 산기슭에 이파리들을 곱게 물들이고 서 있다. 새빨간 단풍 빛에 물든 냇물이 황홀한 듯 흐르기를 멈추고 있다. 우리도 잠시 아무 말이 없었다. 각자 무슨 생각을 했을까. 황홀해서 아무 생각도 나지 않았을까.

그때 진숙 엄마가 엉뚱한 화제를 꺼냈다.

"글쎄, 진부에서 가을을 두 번이나 나고 가면서 월정사 구경을 안 시켜 주더라니까."

"너무하셨네요. 이렇게 아름다운 경치를 보고 아내에게 보여 주고 싶지 않으셨어요?"

"그때는 나도 저 단풍잎 빛깔을 눈치 채지 못했어요."

거짓말이 아니다. 내가 진부에서 가을을 보내며 저 단풍을 못 보았을 리 없는데 월정사의 아름다운 단풍이 기억에 없는 것을 보면 그때 나는 꽤 쫓기듯 살았던 모양이다.

선애 아빠가 부도(浮屠) 밭에 가자고 해서 절에서 떨어져 있는 부도 밭에 갔다. 양지바른 산 밑에 부도가 군락을 이루고 있다. 선애 아빠가 나를 찾아 진부에 왔을 때 우리는 진숙이를 데리고 월정사에 왔다. 그때는 사하촌(寺下村)까지 오는 군내버스를 타고 와서 절까지 걸어야 하는데 일주문을 지나서 컴컴한 전나무 터널을 지나서 부도 밭을 지나서 한참을 걸어야 했다. 퍽 추웠던 걸로 기억된다. 진숙이가 춥다고 해서 업고 걸었다. 그런데 전나무숲 터널을 지나니까 양지바른 평지에 부도가 떼로 모여 있는 부도 밭이 나타났다.

중년 여인이 합장을 하고 부도를 돌고 있었다. 그 동작이 하도 엄숙하고 간절해서 우리는 지켜보았다. 그런데 선애 아빠가 돌연히 그 중년 여인을 따라서 부도를 도는 것이었다. 아마도 고승의 사리가 안치된 부도를 소원을 빌며 돌면 소원이 이루어진다는 믿음 때문일 것이다. 선애 아빠는 몇 바퀴를 돌더니 중년 여인은 계속 돌고 있는데 우리에게로 돌아왔다. 선애 아빠가 부도 밭에 가자고 할 때 문득 그 생각이 났다. 선애 아빠는 부도 밭에 오더니 그때처럼 합장을 하고 부도를 돌았다. 선애 엄마도 따라 돌았다. 엷은 가을 햇살 아래 엄숙한 동작으로 부도를 도는 그들의 모습이 쓸쓸해 보여서 진숙 엄마와 나도 같이 돌았다. 무엇을 빌었나 물어보지는 않았다.

4. 주문진

정오가 조금 넘어 주문진에 도착했다. 우선 어항 구경부터 하기로 하고, '회 센터' 옥상에 주차를 하고 어항으로 나왔다. '금강산도 식후경'의 역순이다. 아직 시장하지 않아서 조금 공복감을 느낄 때 흰자질 섭취를 효율적으로 해보자는 속셈이다.

나는 산골 놈이라 그런지 찝찔하고 비릿한 냄새와 좀 거친 듯한 왁자지껄한 소리가 어우러지는 선창이 좋다. 그 분위기를 적나라하게 느끼는 곳이 주문진항이다. 끼룩끼룩하면서 내항(內港)을 저공비행하는 갈매기가 나를 반기는 것 같아서 오랜 친구처럼 반가운 주문진항—.

주문진항은 항상 활기차다. 설악산과 오대산 쪽을 거쳐 동해의 선명한 수평선을 보며 소주와 회에 취하러 오는 서민들의 관광 코스의 하이라이트가 주문진항이다. 그들로 해서 주문진항은 번창하고 그 번창하는 활기를 느끼러 관광객은 몰려온다. 그 상승효과를 톡톡히 누리는 곳이 주문진이다.

관광 여행이란 풍광만을 즐기기 위한 것은 아니다. 그것은 50%짜리 관광이다. 거기에 사람 살아가는 다른 유형, 낯선 문화를 접해야 100%의 관광 여행이 되는 것이다. 금강산 관광이 적자에 허덕이는 이유는 50%짜리 관광이기 때문이다. 연행 당하듯 배에 실려 가서 어버이 수령께 불경하지 않도록 유념하고 바라보아야 하는 금강산이 세계적인 절경인들 무슨 여행의 기쁨이 있으랴. 설혹 호기심의 충족은 될지 모르지만 그것은 1회용이다. 호기심 때문에 똑같은 걸 두 번 보는 바보는 없다. 그래서 나는 금강산 관광은 맘에 없다. 금강산을 보느니 설악산을 한 번 더 보는 게 경제적이다. 금강산은 설악산 비슷한데 설악산보다 더 산악과 계곡이 아기자기 아름답다고 생각하면 맞기 때문이다.

주문진항에는 플라스틱 자배기에 활어(주종은 오징어다)를 담아 놓고 억센 아주머니들이 호객을 한다. 그 자배기 앞에 서서 활어를 감식하듯 구경을 할라치면 활어장수 아주머니들이 강매를 하려든다. 내 고향 초등학교 동창 한 녀석은 거나하게 취해 가지고 눈으로 자배기의 고기를 거들떠보며 감히 그 아주머니들과 시비를 건다. 자연산이 아니라느니, 한물갔다느니, 금이 비싸다느니 충청도 산골놈 주제에 활어에 대한 일가견이 있는 듯 공자 앞에 문자 쓰듯 하다가 활어장수 아주머니에게 혼이 나기 일쑤다. 그러면 기분 좋다는 듯이 실실 웃으며 "아니면 말고……" 하고 돌아선다. 그리고 다른 자배기 앞에 가서 또 그런다. 그러지 말라고 핀잔을 주면 '그런 재미도 없이 무슨 관광을 다니느냐'고 한다. 백 번 옳은 말이다. 촌놈치고는 여행의 재미를 아는 놈이다.

어항을 한 바퀴 돌아보고 나면 먹는 일이 남았다. 어항 앞에 있는 회 센터 안에는 무슨 집 무슨 집들이 조합을 이루고 있다. 그 중에 '충주집'이 우리 단골집이다. 처음에는 충주집이라고 해서 충주 사람들이 하는 횟집인 줄 알고 기왕이면 고향 사람 회를 팔아 주자고 한 것인데 주인의 말소리가 강릉지방 사투리다. 출생지가 무슨 상관이냐, 그 인간성이 문제다.

우리가 이 집을 단골로 한 것은 우리 형제들이 동해안으로 바닷바람 쐬러 왔다가 이 집에 들른 이후부터다. 당시 우리는 이 집 주인에게 잘 먹고 간다고 진심으로 인사를 했다. 횟값이 쌌는지 비쌌는지는 모르고, 젊은 주인 내외의 친절하고 최선을 다하는 장사꾼의 도리에 반했다. 장사꾼의 도리를 다한다는 평점을 나는 주인 여자의 시종 수더분한 웃음을 잃지 않는 얼굴에 두었고, 승주 할머니는 수저를 보더니 "어쩜, 제상에 놓을 수저처럼 윤이 나도록 닦았네!" 하더니 거기에 두었고, 막내 계수는 매운탕을 먹어 보고 양념을 아끼지 않아서 매운탕 국물이 맛있다며 거기에 두었다.

나는 음식값이 싸고 비싼 것은 재료값 플러스 봉사료라고 생각한다. 따라서 재료값을 시세보다 비싸게 받았어도 최선의 봉사를 받았으면 상쇄된다고 보는 것이다. 다음에 고향 친구들과 다시 이 집에 들렀을 때 주인여자가 나를 알아보아 기분이 좋았다. 그 후부터 주문진에 오면 이 집에 들르고 당연히 받는 횟값은 적정가라고 믿어 의심치 않는 것이다.

5. 파도소리

'E콘도'에는 아직 해가 많이 남아서 들었다. 비수기를 틈타서 로비를 수리하고 있었다. 온통 자재로 어지럽혀 놓았다. 콘도 홈페이지에 속았구나 싶어서 불쾌했다. 투숙객도 별로 없는 듯 한적하다. 카운터에서 열쇠를 받아 가지고 6층 객실로 올라갔다. 그런데 낙산해수욕장을 내려다보는 방은 신축 건물처럼 깨끗했다. 침구도 깨끗하고, 주방기기도 질서정연하게 정돈되어 있었다. 거실 창 너머로 보이는 해변에 비교적 높은 파도가 밀려와서 하얗게 부서진다. 거실 문을 여니까 무성영화 같던 파도가 '쏴―아, 처―얼―썩' 하고 하이파이 효과음을 낸다.

"아―! 좋다."

두 여자가 바다를 바라보면서 이구동성으로 감탄을 한다. 나는 소파에 앉아서 그 소리에 행복했다. 아직 해가 넘어가려면 시간이 남았다. 우리는 낙산사를 돌아보고 오기로 하고 방을 나왔다.

낙산사와 홍련암, 의상대를 돌아보았다. 동해의 절경을 바라보는 것이다. 승주 할머니가 다리 아프다며 콘도에 앉아서 보는 바다가 더 좋다며 돌아가자고 한다.

절 아래 연못이 하나 있다. 연못에 나무로 원판을 만들어서 넣어놓았다. 큰 판 가운데 작은 원판이 있는데, 소원을 빌고 동전을 던져서 작은 판에 떨어지면 소원이 성취된다는 것이다. 젊은 내외간 같아 보이는데 여자가 남자에게 동전을 달래서 던진다. 그러나 더러 큰 원판에는 떨어져도 작은 원판에는 안 떨어진다. 공연히 귀추가 주목되어 두 여자가 저만큼 가서 기다리는데 선애 아빠와 나는 젊은 여자 동전 던지는 걸 제발제발 하며 지켜보았다. 그러나 여자는 그예 남자 호주머니의 동전을 거덜내도 작은 원판에 동전을 넣지 못했다.

"바보마냥 동전을 하나도 가운데다 못 넣냐?"

"그리 잘 넣으면 박세리처럼 미국에 가서 골프를 치지 자기하고 살겠어ㅡ."

선애 아빠와 나는 마주 보고 웃었다.

콘도로 돌아와서 편의점에서 쌀 한 봉지, 된장 끓일 거리를 사 가지고 방으로 돌아와 저녁밥을 지어 먹었다. 장 끓는 냄새에 우리들이라는 일체감을 느끼고 기분이 좋았다.

밤이 깊도록 우리는 거실에 앉아서 바다를 보았다. 거실의 문을 조금 터놓고 파도 소리를 들었다. 똑같은 음이다. 높이도 같고, 간격도 같고, 여운도 같은 그 소리가 하도 운치가 있어서 밤이 깊어지는 줄도 몰랐다. 선애 아빠는 술에 취해서 당초 정한 룰을 어기고 살아온 날에 대한 유감을 표명해서 선애 엄마한테 자꾸만 옐로 카드를 받는다.

이야기는 주로 내가 했다. 우리들 사이에 즐거웠던 추억들이 의외로 별로 없다는 사실을 발견하고 놀랐다. 그래서 결혼 전 이야기를 했다. 그건 두 여자들과 관련 없는 이야기들이다. 두 여자들은 방으로 들어가고 어느새 선애 아빠도 거실에 쓰러져 코를 골았다. 나는 문을 닫고 해변의 보안등 불빛 아래서 하얗게 부서지는 파도를 보다가 소파에 누웠다.

6. 일출

일출 광경을 놓친 줄 알고 깜짝 놀라서 눈을 떴다. 겨우 다섯 시가 조금 넘었을 뿐이다. 선애 아빠는 깊이 잠들어 있다. 베란다로 나갔다. 달은 콘도 너머에 가 있어서 안 보이고 달빛만 바다에 가득하다. 파도는 어젯밤보다 조금 낮아져 있고, 파도 소리도 한결 낮다. 어화(魚火)가 떠 있는 수평선에 어렴풋이 구름떠가 보인다. 수평선상에서 뜨는 해는 볼 수 없을 것 같다.

콘도 아래 해안 철책선을 따라 완전무장을 한 군인이 한 쌍 지나간다. 어느 해안 초소에서 저 바다를 밤새 눈이 아프도록 응시했을 초병의 밤은 길고 피곤했을 뿐인 듯 발걸음을 따라가는 긴 그림자가 피로하다.

춥다. 국화를 피우기 위해서 서리가 내린 것일까. 거실로 들어왔다. 선애 아빠가 해가 떴느냐며 깜짝 놀라서 깬다. 그리고 냉장고를 열고 물병을 꺼내서 벌컥벌컥 마신다. 지난밤 맥주를 그리 마시더니 아침에는 물을 그리 마신다. 이 사람의 몸은 해면체로 되어 있는 게 아닌지 의심스럽다.

해변에 조개 주우러 나가자고 한다.

"조개껍데기?"

"아니, 조개 말이여. 아침 장 끓이는 데 넣게―."

"이 사람아, 조개가 조약돌처럼 굴러다니는 거여, 줍게?"

"상주해수욕장 새벽 해변에 나가면 많았지 왜―."

작취미성(昨醉未醒)인가, 선애 아빠는 25년 전 여름, 남해 상주해수욕장 이야기를 하고 있는 것이다. 그때 우리 두 집은 한 집에 애들이 셋, 합이 여섯과 내외 두 쌍, 합이 넷, 도합 열 식구가 남해 상주해수욕장에 갔다. 조치원에서 열차로 부산으로 이동해서, 한려수도의 쾌속선 엔젤호를 타고 노량 선착장에 상륙해서, 버스로 남해 상주해수욕장에 갔다. 그 끔찍한 대이동이 생각하면 행복하고 즐거웠던 우리들의 유일한 추억이다. 아득한 세월에 흘러서 멀어진 그 시절, 생각하면 아쉽고 그립다. 아침에 상주해수욕장 해변에 나가면 파도라기보다 잔잔한 물결이 간지러운 해조음을 내면서 해변을 핥듯이 밀려왔다. 발목이 잠기는 해변에 들어가서 발바닥으로 모래를 비비면 조개의 매끄러운 감촉이 느껴졌다. 그렇게 조개를 잡아 가지고 와서 아침에 조개장국을 끓여 먹었다. 선애 아빠는 그걸 기억하는 것이다.

아무튼 해변으로 나갔다. 그러나 파도가 어제 저녁보다 좀 잔다지만 여전히 옷을 입은 채 해안선 접근하는 것은 용서할 수 없다는 기세였다. 동해와 다도해의 다른 모습이었다. 우리는 조개 대신 조개껍데기를 주웠다. 생명을 간직하고 있었던 흔적의 소중함을 경건한 마음으로 보물이라도 집어들 듯이 주웠다. 사실은 일출을 기다리는 마음일 뿐 조개의 빈 집을 탈취할 생각은 아니었다.

그러는 사이 점점 수평선의 구름 위로 분홍 물이 번지더니 마침내 내가 향하고 선 1시 방향에서 해가 떠오르기 시작했다. 처음에는 봄밤에 보는 먼 산의 산불처럼 구름 등허리를 따라 새빨간 불꽃이 띠를 이루고 번져나가다가 구름 뒤에서 큰 불이 난 것처럼 타오르며 둥그런 불덩어리가 이글이글 불끈 솟아올랐다.

일출 광경은 장엄하다. 수평선으로 떠오르는 것이나, 산 위로 떠오르는 것이나, 구름 위로 떠오르는 것이나 다를 바 없다. 모양만 틀리다 뿐이지 사람에게 주는 일출의 메시지는 같다. 사람들이 동해의 일출을 보려고 벼르는 마음은 수평선 위로 떠오르는 해가 흔히 볼 수 없는 때문일 뿐이다.

나는 일출을 향해 서서 점점 마음을 비워갔다. 그것은 햇살 아래 널어 말리는 빨래가 하얗게 바래지는 과정 같은 것이라고나 할까. 오욕칠정과 회한 같은 속인에게 어쩔 수 없이 찌든 마음의 혼탁을 잠시나마 정화하는 것이다. 그 마음을 가져 보려고 우리는 일출을 향해 선다. 선애 아빠도 나 같은 마음인지 해를 바라보는 얼굴이 순수하기 그지없다. 삶에 지친 표정이 아니다. 갈매실 여울목에서 노을에 물들어 파리낚시를 드리우고 있던 밀짚모자 아래의 그 얼굴이다. 콘도 쪽을 돌아보니까 두 여인이 베란다에 서 있는데 먼 모습으로도 역시 같은 마음인 듯 보였다.

　일전에 향님이 설악산으로 들어가다가 길이 막혀 포기하고 돌아섰다는 말을 들은 바 있어서 서둘렀다. 장을 끓여서 아침을 해 먹고 콘도를 떠났다. 추억을 남긴 잠자리는 돌아보게 마련이다. 주차장에서 콘도를 돌아보며 속으로 잘 묵어가네, 했다.

7. 권금성

　다행히 막힘없이 설악산 공원에 들어갔다. 설악산 어귀 넓은 광장에서 돌아보는 설악산의 풍경만으로도 나는 늘 기쁘고 만족한다. 그 광장에는 팔도에서 모인 남녀노소들이 만들어 놓는 팔도문물시장 같은 왁자지껄한 분위기가 좋다. 나는 설악산에 몇 번 와보았지만 아직 그 어느 계곡 안에도 들어가 보지 않았고, 그 어느 산봉우리도 올라보지 않았다. 우수 공무원 포상 여행을 부부동반으로 시켜 줘서 왔을 때, 케이블카로 권금성에 올라가 본 것과 신흥사에 들러본 게 전부다. 대개 이 넓은 공원 광장에서 거닐며 봄이면 봄, 가을이면 가을의 설악산 정취에 젖어 보는 것만으로 설악산 여행의 실익(實益)을 충분히 취했다고 생각하는 것이다.

이번에는 권금성에 오르기로 했다. 선애 엄마가 설악산이 처음이라며 "설악산 설악산 말만 들었는데 와보니 참 좋네요." 애들처럼 기뻐해서 "내려다보면 더 좋지요." 선험자(先驗者)의 자부심으로 그리 결정했다. 문제는 케이블카를 기다리는 인내심 낭비 때문인데 다행히 케이블카를 보수하고 시간제로 운행하며 표를 시간에 맞춰 팔아서 줄은 안 서도 되었다.

나는 줄을 서서 느긋하게 기다릴 수 있는 마음의 여유 공간을 확보하지 못했을 뿐 아니라, 치열한 경쟁이 따르는 이득 있는 줄에 아등바등 비집고 서는 과단성도 없다. 사회생활에 더없이 불리한 마음이지만 태생적인 걸 어쩌겠는가. 줄을 서서 얻는 이익은 일찌감치 포기하고 불리한 내 페이스로, 대신 자유롭게나 살자는 주의인데 기실 그 또한 자유롭지도 못하다.

선애 엄마를 위해서 두 시간을 할애한 셈이다. 줄을 안 서다 뿐이지 기다리는 건 기다리는 것이다. 그런데 공연히 선애 아빠가 올려다보나 내려다보나 그게 그거니까 그냥 가자고 조바심을 한다.

"이 사람아, 설악산 왔다가 권금성에 안 올라보고 가면 나중에 염라대왕 면접에 불합격해서 지옥으로 떨어진대. 떨어지려면 자네나 떨어지지, 왜 이승에서 데리고 직사하게 고생시켜 놓고 선애 엄마까지 끌고 떨어지려고 해……."

어린애처럼 보채서 말도 안 되는 소리로 윽박질러 버렸다.

"그려―. 그럼 안 되지―."

신흥사를 돌고 와도 시간이 남는다. 우리는 벤치에 앉아서 모처럼 더없는 좋은 가을 햇살을 담뿍 받고 산악미(山岳美)에 취했다. 만족한 삶의 한때를 조용히 받아들였다.

우리 시간이 되어 개찰을 하고 케이블카를 탔다. 권금성에서 보는 설악산은 외설악의 동쪽에 불과하지만 설악산을 대표하는 아름다운 지역임에 틀림이 없다. 아래서는 보이지 않던 교목 아래 서 있는 관목류의 단풍나무들이 울긋불긋 물들어서 단풍의 절정을 보여 주고 있었다. 권금성은 신라 때 권씨와 김씨가 가솔을 데리고 와서 난을 피했다는 전설이 있는 만큼 요새를 이루고 있다. 케이블카가 아니면 올라올 수 없어 보인다.

넓은 너럭바위에 앉아서 바라보는 동해의 파란 물결과 바위 난간을 의지하고 건너다보는 바위 산봉우리, 그 절벽에 서 있는 소나무의 독야청청한 위용이며, 바위에 매달려 있는 단풍들의 꽃 같은 자태가 가을 햇살에 말할 수 없이 빛난다. 이 빛나는 자연 앞에서 한없이 초라해져 보는 것을 인간들은 스트레스 해소의 일환으로 즐기는 게 아닐까. 빛나는 자연의 영원성에 대한 인간의 외경(畏敬)은 자신을 솔직히 돌아보고 깨닫는 기회다. 그 기회는 일종의 종교심 같은 것으로 속리산 문장대를 세 번 올라보아야 극락에 가느니, 살아서 금강산을 못 가

본 사람은 극락에 못 가느니 하는 말은 그런 의미일 것이다.

선애 아빠도 권금성에서 내려다보는 설악산에 취한 듯 말이 없다. 권금성에서 내려오는 케이블카 타는 시간은 한 시간 후로 정해져 있으나 형식적인 시간이다. 올라간 사람은 내려오고 싶을 때 내려오면 그만이다.

설악산에서 나오면서 보니까 들어가는 차들이 꼬리를 물고 늘어서 있다. 끝에 서 있는 차는 오늘 중에 설악산을 보고 나오기는 그른 것 같아 보였다. 양양으로 내려와서 한계령을 넘기로 했다. 한계령의 단풍은 설악산 단풍의 결정판이라고 보아도 틀림이 없다. 암석 봉우리의 절벽에 매달려 봉우리를 불꽃처럼 태우는 단풍, 단풍, 단풍들…….

한계령 휴게소 주차장이 만차라 들어갈 수가 없다. 그러나 그냥 갈 수는 없다. 한계령에서 올라온 길을 내려다보고 가지 않으면 뭐를 잊어버리고 가는 것 같기 때문이다. 할 수 없이 차를 남의 차 앞에 대고 세 사람이나 구경하고 오라고 했다. 나는 빈자리가 나는 대로 차를 대고 간다고 했으나 주차할 곳은 나지 않았다. 잠시 후 세 사람이 플라스틱 용기에 볶은 감자를 담아 가지고 왔다. 점심 때가 지났다. 감자로 우선 허기나 면하고 백담사 입구인 용대리에 가서 북어찜 백반을 먹기로 하고 한계령을 떠났다.

8. 북어포무침

한계삼거리 검문소에서부터 도로는 왕복 4차선이었다. 금방 인제에 도착했다. 이상했다. 용대리는 어디지—? 길이 좋아져서 그런가. 용대리를 지나서 경관이 빼어난 꼬불꼬불한 강 벼루를 한참 더 가야 인제였는데, 금방 인제에 당도한 것이다.

알고 보니 잘못은 내 착각이었다. 한계령을 넘고 미시령을 넘은 걸로 착각한 것이다. 미시령으로 넘어와야 백담사 들어가는 골짜기 어귀인 용대리를 지나서 한계삼거리로 나오는 것이다. 한계령으로 넘어와서는 한계삼거리에서 다시 미시령 쪽으로 우회전해서 한참을 가야 용대리다.

용대리는 명태 덕장업이 성한 곳이다. 그래서 이 지역의 특색 있는 먹을거리는 북어로 만드는 음식이다. 그 중 내 입맛에 맞는 것은 단연 북어찜 또는 북어더덕구이 백반이다. 그걸 먹어 보려고 한 것이 무산되었다.

내가 어렸을 때 우리 집에는 손님이 많이 들었다. 그래서 우리 집에는 늘 북어 한 쾌와 소주 고리가 준비되어 있었다.

"성균아, 손님 오셨다."

사랑에서 안에다 대고 아버지가 소리를 지르시면 어머니는 북어를 다듬잇돌 뒤에 얹어 놓고 방망이로 자근자근 두드린다. 내 기억에 의하면 그 북어는 황태가 아니고 그냥 마른 북어다. 어머니의 손길에 그 북어는 더덕처럼 부드러워졌다.

이상한 일이었다. 어머니는 아버지의 영에 순응하는 법이 별로 없으신데 손님 술상 보는 일만은 절대로 거역하는 법이 없으셨다. 아무래도 북어 두드리는 일과 그 북어 살을 잘게 찢어서 양념 고추장에 버무리는 일이 어머니의 기쁨일 리는 만무하다. 한풀이의 일환 아니었을까 하는 생각이 든다. 그 맛은 여자의 한이 아니고는 만들어질 수 없는 맛이라는 생각이 든다.

술상의 안주는 딱 한 가지 그 북어포무침뿐이다. 어머니의 북어포무침 맛을 나는 잊을 수 없다. 그 맛은 인근의 술꾼들에 의해서 정평이 나 있을 뿐 아니라 돌아가신 내 장인도 증명해 주신바 있다.

그 어른은 내 사주를 받아 가지고 가서서 장모님께 말하시길 "아무래도 호순이 그 집에 시집가면 시집살이 좀 하겠어—. 시어머니 될 분의 북어포 무치는 솜씨가 예사 아녀. 자고로 침선(針線)이고, 음식 솜씨고 손맛 매운 시어머니치고 며느리 시집살이 안 시킨 시어머니 없는 법이야—. 호순이가 그 집에 가면 시집살이 좀 해야 할 거야. 내가 술 좀 먹어 보았지만 그리 맛있는 안주는 처음 먹어 보았어—."

그러시며 우리의 혼사에 우려를 금치 못하셨다고 한다.

어머니는 손님 술상에 놓는 북어포무침에서 조금 덜어서 내게 밥을 주셨다. 북어 두드리는 소리만 나면 내가 턱을 괴고 기다렸기 때문인데 나중에는 관례가 되어 내가 없으면 일부러 불러다 먹여 주셨다. 그때 어머니는 씨암탉 같다는 소리를 들으셨다. 지금 구십객인 노인네를 보면 입에 슬픔이 북어포무침 맛처럼 고인다. 내가 용대리의 북어찜이나 북어더덕구이를 먹고 싶어 하는 것은 어머니의 북어포무침 맛에 대한 향수일 것이다.

9. 내린천

인제에서 점심을 먹을까 하다가 그냥 내린천으로 접어들었다. 이미 점심 때는 훨씬 지났다.

나는 인제보다도 더 부실한 음식을 파는 고장도 없다고 생각한다. 인제를 깊숙이 모르는 사람의 선입견일지 모르지만, 나는 군 주둔지의 음식점들은 대체적으로 부실하다고 본다. 인제에서 서너 번 잤다. 막내가 내린천변에 있는 현리라는 곳에서 군 생활을 했다. 그 애 면회 와서 데리고 나와 잤다. 한 번은 애가 탕수육이 먹고 싶다고 해서 중화요리집에 들어갔는데 탕수육에서 수퇘지 불알 냄새가 나서 못 먹었다. 그래서 인제에서는 잠만 자고 절대로 음식은 안 사먹기로 맘먹은 바 있다.

내린천은 협곡을 흐르는 깊고 물살이 급한 이른바 감입곡류(嵌入曲流)의 하천이다. 강안(江岸)의 경관이 빼어나서 곳곳에 유원지가 많다. 내린천에서는 젊은이들이 팀워크를 이루어 고무보트로 급물살을 타는 래프팅 광경도 볼 수 있고, 여름날에는 저녁 산그늘 내린 물 가운데 서서 '흐르는 강물처럼'이라는

영화의 주인공처럼 다감한 포즈로 루어낚시를 하는 사람도 볼
수 있다.

현리 앞 방태천에서 소양강 상류 합강까지 백여 리의 31번
국도는 내린천을 오른쪽에 끼고 산기슭의 벼랑길을 이루고 있
다. 이 길은 비교적 한적해서 주마간산(走馬看山)을 하면서 서
행을 해도 뒤따라오며 경적을 울린다든지 전조등을 깜박거리
는 자동차 때문에 불쾌하지는 않다. 그렇다고 전방주시를 태
만히 해도 된다는 말은 아니다. 전구간이 다 그런 것은 아니지
만, 이 길 오른쪽은 낭떠러지고 그 아래는 내린천이 흐른다. 운
전 조심해야 한다. 그 험한 길가의 경치가 특히 뛰어나기 때문
에 자칫 여우에 홀리듯 불상사가 발생할 소지가 있다. 두리번
거리고 한눈팔 일이 아니라 아예 주차를 하고 경관을 찬찬히
즐기고 가는 것이 좋다.

막내를 세 번 면회 왔었다. 봄, 여름, 가을이다. 올 적마다 내
린천에서 하루를 보내고 갔다. 그리고 보면 꼭 애 면회 온 것이
라기보다 내린천의 사계를 보러 왔다고 하는 것이 솔직한 아
비의 말일지 모른다. 둘 다라고 보는 게 무방할 것이다. '뽕도
따고 님도 보고, 도랑 치고 가재 잡고' 그런 셈이다.

내린천의 봄은 강 건너편 물가 바위 틈새에 군락을 이루는
철쭉이 좋고, 여름에는 우거진 녹음을 울리는 물소리가 좋고,
가을에는 강기슭의 단풍이 곱다. 우린 대표적으로 그 계절의
경이를 보여 주는 천변에서 애하고 하루를 즐겼다. 애는 너럭

바위나, 모래밭이나, 그늘에서 스포츠 신문을 보다가 신문으로 얼굴을 덮고 잤다. 그 애의 하루는 경치하고 상관없이 심신의 긴장을 이완하는 일이고, 나는 경치에 취하는 일이고, 아내는 음식을 만드는 일이었다. 그 각기 다른 일은 아내가 준비한 음식을 놓고 강변에 모여 앉음으로써 행복이라는 것으로 하나가 되었다. 그곳마다 차를 세우고 선애네한테 관광 가이드처럼 좀 자랑스러운 말투로 그때를 설명했다.

"금강산도 식후경이라고 했어요. 배고파 쓰러질 지경이구먼, 경치가 눈에 들어와요?"

아내가 핀잔을 주었다. 해가 척 기울었다. 선애네한테 미안했다. 우리는 경치 플러스 알파를 즐기는 것이지만 선애네는 경치만 즐기는 것인데 이건 선애네를 고려하지 않은 자기 도취다. 그러고 보니 배가 고팠다. 이제 현리에 가서 범국민적 음식인 자장면을 먹는 수밖에 없다.

현리 초입 머리에 아담하게 새로 지은 막국수집이 있었다. 시골의 막국수집이라면 낡고 오래된 집이라야 한다. 그래야 막국수 맛에 믿음이 간다. 가든 같은 음식점의 막국수 맛은 아무래도 서툰 상업적 맛이지 싶은 의구심이 생기게 마련이다. 그나저나 배가 고픈데 이렇다 저렇다 말씀할 계제가 아니라 마당에 차를 대고 들어갔다.

막국수집 아주머니가 젊다. 그런데 시대를 도외시한 모습이다. 점봉산(1,424미터) 아래 전형적인 강원도 시골뜨기 아낙이다. 전형적인 막국수 맛에 기대가 가는 모습이다.

배가 고파서일까. 동치미 국물에 말아 주는 막국수 맛은 옛날에 진부 개나리집에서 먹던 막국수 맛과 다를 바 없었다. 백옥 같은 무에 산발한 무청이 달린 동치미국을 큰 대접에 가득 떠다 놓았다. 마치 발가벗은 젊은 여인이 삼단 같은 머리채를 풀고 산간 옥수에 몸을 담그고 있는 신윤복의 풍속화 같은 정경이 연상되는 동치미국이다. 그리고 작은 싸리나무 쟁반에 따로 사리를 하나 더 갖다 놓았다. 소박하고 정갈한 인심이 느껴지는 상차림이었다. 보기 좋은 떡이 먹기도 좋다고 했듯이 막국수 그릇을 비우고 여분으로 낸 사리까지 다 먹고 더 달래서 먹었다. 진부 막국수를 현리서 먹은 셈이다.

이 집은 이 길로 지나가는 사람에게 소개해도 손색없는 집이라는 생각이 들었다. 유감스럽게도 옥호를 알아 가지고 오지 않았다. 아무튼 인제에서 오다가 현리 들머리의 간판을 막국수에는 자신이 있다는 듯 크게 단 집이다.

10. 운두령 너머

운두령은 해발 1,089미터의 적잖은 높이의 고개다. 고개 동쪽 능선을 따라가면 남한에서 세 번째로 높은 계방산(1,577미터)이고 조금 더 나가면 오대산이다. 고갯마루에서 홍천 쪽으로 조금 내려가면 백두대간의 서북쪽이 조망된다. 아득한 시정(視程)에 가득하게 모여 있는 높고 낮은 영웅호걸 같은 산봉우리들의 조망감(眺望感)은 인간 존재의 유한함을 절실히 느끼게 한다. 나는 삼십대 갓 들어선 봄날 대일 청구권으로 일본에서 들여온 가와사키라는 오토바이로 이 고개에 올라와서 고개 너머 홍천 쪽을 조망했다. 봄빛 속에 펼쳐진 시야 가득한 산세의 장엄함에 목이 메었었다. 영동고속도로에 들어서면 다녀가려고 별러지는 곳이다.

고개 위에는 간이 휴게소가 두 채 있다. 몇 해 전 지날 때는 한 채더니 한 채가 더 늘었다. 공터에 차가 하나 가득하다. 장사가 되니까 휴게소가 늘은 듯하다. 외진 고갯마루에도 수요와 공급의 법칙이 적용되고 있다. 원래부터 있던 휴게소에서 감자와 메밀 부침개를 먹었다. 비닐하우스 안에 사람이 가득하다. 아무래도 맛이 그 전만 못한 것으로 보아 원조(元祖)의 덕을 믿고 깍쟁이 짓을 하는 것 같다. '얄미워서 다음에는 안 먹을 것이다.' 속으로 그리 생각했다.

고개를 내려와서 좌측 골짜기로 들어갔다. 외지 사람들이 지은 별장 같은 집들이 여기저기 좋은 자리를 차지하고 있을 뿐, 길이 닿는 곳까지 들어가 보았지만 반공 소년 이승복의 생가가 있던 곳은 어딘지 짐작도 안 되었다.

이승복 소년의 일가가 무참히 살해된 다음해 나는 영림서 직원이 되어 공무 수행차 이 골짜기에 왔었다. 이승복의 생가를 보았다. 뜰에 얼룩진 흔적이 남아 있었는데, 이장 말에 의하면

핏자국이라고 했다. 그 작고 컴컴한 토굴 같은 오두막집이 이장이 말하는 단란했던 삶이 머물렀던 곳이라니 믿어지지 않았다. 그 자리에서 끔찍한 분단국가의 비극이 연출되었다. 차라리 승냥이가 덤벼들었다면 믿어질지언정 인간이 그런 짓을 했다는 것은 상상도 할 수 없었다. 잠시 차를 세우고 까마득한 계방산을 올려다보았다. 저무는 산 높이가 분단의 높이라는 생각이 들었다.

골짜기 아래 이승복기념관이 지어져 있다. 어린 영혼에 대한 위로가 될까, 분단의 비극을 설명하기 위한 시설일 뿐이다. 선애네는 이승복기념관을 안 보았다고 한다. 날도 저물고 기념관이란 보나 안 보나 작위적인 뻔한 모습이니 관람을 생략하자고 일방적으로 합의를 도출하고 그냥 지나쳤다.

속사 삼거리에서 영동고속도로에 올랐다. 그리하여 1박 2일의 여행을 '가을바람처럼'— 대체적으로 마친 셈이다.

봄빛을 따라서

1. 동해안의 봄빛

황경 15도의 청명절 해님이 찬란한 햇빛을 바다에 쏟아붓는다.

솔직하고 사실적인 일망무제의 동해 바다. 사선으로 뿌리는 햇살을 받은 바다는 은빛 편린을 하나 가득 뿌려 놓은 것처럼 찬란하다. 봄빛이라는 느낌이 들었다.

작은 포구의 좁은 길가에 양쪽으로 아낙네들이 늘어앉아서 오징어 배를 따고 있다. 공터란 공터는 온통 오징어 덕장이다. 오징어 내장 비린내가 봄 햇살 아래서 경상도 억양으로 드높이 떠드는 자잘한 아낙네들의 일상사에 대한 견해들과 섞여 열어 놓은 차창으로 밀려들어 온다. 갈매기들이 떼를 지어 아낙네들의 머리 위에서 오징어 내장을 물어갈 틈을 엿보며 극성스럽게 저공비행을 한다.

바닷가 산자락마다 진달래가 곱게 피었다.

"나 보기가 역겨워 가실 때에는 말없이 고이 보내 드리우리다."

그것은 오기다. 차라리 저리도 애잔한 꽃이기에 할 수 있는 말일까. 진달래의 저 곱고 순하디 순한 꽃빛 속에서도 한 가닥의 어렴풋한 오기가 느껴진다. 오기가 안 느껴지면 조화(造花)지 생화(生花)가 아니다. 바닷가 산기슭에 피어 해풍에 부대끼는 진달래꽃의 자태에서 나는 영변 약산의 진달래꽃과 또 다른 운명에 저항하는 숨겨진 꽃의 의지를 느낀다.

갯바위에 하얗게 포말을 일으키며 파도가 돌진해 와서 자폭하고 있다. 그래, 그게 동해바다의 모습이다. 새벽 죽변항 방파제에 '철썩철썩' 점잖게 몸 부딪치는 둔중한 모습은 음흉한 속셈을 감춘 것 같아서 나는 싫었다.

바다에 작은 고깃배가 한 척 찬란한 은빛 물결 위에 떠 있다. 전적으로 파도에 인생을 건 듯해 보인다. 보기에 딱하다. 차를 멈추고 고깃배를 지켜보았다. 주변에 부표가 떠 있는 것으로 보아서 고깃배는 정치망 작업을 하느라고 멎어 있는 것이 분명한데 앞으로 전진을 하려고 필사의 힘을 다하고 있는 것 같아 보인다. 배가 덜렁 드러나 보였다가 뱃전만 보였다가 한다. 파도가 배를 떠들고 지나가는 것일 터인데 내가 보기에는 배가 파도의 고개를 넘어 곤두박질을 치는 것 같아 보인다. 저 배에 타고 있는 어부는 저렇게 파도의 고개를 얼마나 많이 넘었으며 앞으로 얼마나 더 넘어야 할 것인지—? 배를 바라보고 있으니까 멀미가 나려고 했다.

2. 낙동강의 봄빛

사문진 다리에 도착해 보니 이른 봄 풀꽃 같은 정연 씨가 먼저 와서 기다리고 있었다.

정연 씨가 강둑을 드라이브 시켜 주었다. 겨울을 넘긴 갈대의 의지도 봄빛에 허물어지고 있었다. "갈대는 저를 흔드는 것이 제 조용한 울음이라는 것을 까맣게 몰랐다." 지난 가을 정연 씨가 인터넷 홈페이지에 올린 사문진 강변의 갈대 사진의 이미지는 신경림의 시의 주제와 같았었다. 그 갈대가 강변의 혹독한 겨울바람에 저만큼 허물어지려면 '갈대의 순정'인들 얼마나 아팠을까, 나의 18번 유행가 가사 같은 생각이 들었다.

낙동강은 거대 도시의 배설물을 받아 안고 해가 넘어가는 쪽을 향해서 유유히 흐른다. 강안(江岸) 둔치의 보리밭이 파랗게 살아나고 있어서 그나마 옛 사문진 나루터의 상상을 가능케 한다. 거대 도시의 발전에 흔적도 없이 사라지고 있는 천리 장강의 세월 저편에 어린 며느리를 데리고 사돈집에 다니러 가는 시아버지가 서 있다. 어디서 '지지배배' 우짖는 종달새 소리가 들리는 듯하다. 시아버지 등 뒤에 서 있는 어린 며느리는 아기를 업었다. 아기 등에는 빨강 고추가 달려 있다. 아들을 엎고 첫 근친을 가는 것이다.

정연 씨는 우리 내외를 그 보리밭 머리에 새워 놓고 기념사진을 찍어 주었다.

강물이 흘러가는 쪽의 야산과 구릉들은 어느새 저녁 빛에 물드는데 낯익은 산봉우리들이 눈에 들어온다. 정연 씨의 사진에서 본 저녁 빛에 잠기는 노년기의 완만한 야산들, 그립던 사람을 만난 것처럼 반갑다. 여북하면 그 사진을 보고 제목을 '세월'이라고 다는 게 어떻겠느냐고 제언을 했을까. 나는 그 풍경을 바라보면서 대구(大邱)라는 지명의 타당성에 설득 당하지 않을 수 없었다.

화원 유원지 어구에 있는 통나무로 지은 운치 있는 카페에서 차를 마셨다. 창 너머로 강물에 막 석양이 드리우는 모습이 보인다. 정연 씨에게 집 가까이 장쾌한 일몰을 보면서 삶의 침울을 자정(自淨)할 수 있는 곳이 있다는 것은 다행이라는 생각이 들었다.

마지막 장쾌한 일몰 광경까지 보고 저녁밥을 먹고 가라는 정연 씨의 만류에도 불구하고 사문진을 떠났다. 내일 여정도 여정이지만, 직장생활 하는 정연 씨에게도 모처럼의 연휴에 어떤 계획이 있을 터인데 내 욕심만 채운다는 것은 도리가 아니다. 정연 씨가 88고속도로 진입로까지 바래다주었다. 후사경에 비친 석양을 받고 서 있는 정연 씨를 보면서 고속고로에 진입했다.

지리산 인터체인지에서 내려 깜깜한 소읍의 담배 냄새에 전 여관방에 피곤한 몸을 뉘고 금방 잠들었다.

3. 지리산의 봄빛

아침에 일찍 잠이 깼다. 서둘러 여관을 떠났다. 여관 밖으로
나오니까 지리산의 신선한 냉기가 코를 '펑크린'처럼 뻥 뚫어
놓는다.

정령치에 올랐을 때, 이미 지리산 위로 해가 한 발이나 떠올
라 있었다. 높이 1,172미터의 정령치는 한겨울이었다. 산에 얼
어붙은 눈이 희끗희끗하다. 때가 봄이라고 봄옷 차림으로 지
리산에 오른 것이 산에게 죄송한 생각이 들었다. 이념의 각축
장이었던 한국적 비극의 웅산에 대한 무례 같아서 부끄럽다.

차 안에 앉아 있으니까 앞 유리창을 투과한 햇살에 이마가
따뜻하다. 그 따뜻함이 이 나라의 이 시대 국민이 누릴 가당찮
은 홍복 같아서 차 밖으로 나왔다. 지리산 영봉과 마주서니까
냉풍에 몸이 오그라든다. 춥다. 참고 서 있었다. 그래야 지리
산을 바라보는 도리라는 생각이 드는 것이다.

내가 서 있는 발아래서부터 두 줄기의 산등성이가 평형하게
곤두박질하며 저 아래 뱀사골 골짜기에 처박히고, 거기서부터
하늘까지 치솟은 산줄기가 동서로 뻗어 있다. 앞에 산줄기는
날라리봉과 토끼봉으로 웅장한 산세를 자고 일어난 장수처럼
불끈 드러내 보이지만, 그 너머 아득한 지리산의 제일봉인 천
왕봉은 아직 곤한 새벽잠을 자는 지존같이 하늘에 두둥실 떠
서 아득하다. 모든 지리산의 산봉우리들은 주무시는 그 영봉

의 휘하에서 옹립하듯 솟아 있다.

나는 이른바 백두대간이 뻗어 내려와서 치솟은 봉우리들의 일사불란한 높이와 골짜기의 깊이를 보면 경외감을 느낀다. 내가 봄, 가을로 정령치에 올라서 겨울에 드는 지리산과 겨울에서 깨어나는 지리산을 건너다보는 것은 그 감정을 즐기기 위해서다. 나는 동면(冬眠)하는 지리산의 모습이 보고 싶어서 지난 초겨울 새벽 4시에 차로 정령치에 오르다가 빙판 길에 막혀 좌절하고 말았다. 겨울 영산을 감히 밤에 차로 올라 보겠다는 수작이 산에 대한 도리가 아님은 물론이거니와 인간의 교만이라는 깨달음에 오르지 않기를 잘했다고 생각한다.

이 시간쯤 빨치산은 잠에서 깨어나 양지쪽에 앉아서 찬피동물처럼 해바라기를 했을 것이다. 그러나 그럴 사이가 있었을까. 토벌대가 공격해 왔을 것이다. 빨치산은 눈 덮인 응달로 달아나야 한다. 필사의 운동으로 몸은 자연히 데워졌을 터이지만 운동에 필요한 열량을 위해서 자신의 살을 태워야 했으리라.

나는 서서히 죽어 가는 메뚜기를 본 적이 있다. 늦가을 양지바른 논둑 아래서 아침이면 죽은 듯 꼼짝하지 않던 메뚜기가 한나절 햇살에 몸이 녹으면 꼼지락거리고 움직였다. 메뚜기는 그렇게 가으내 서서히 죽어 갔다. 메뚜기는 그렇다 치고, 왜 인간도 그렇게 죽어가야 하느냐가 나의 의문이었다. 조물주는 인간의 생명을 어찌 그리 질기게 만들었을까. 빨치산용으로 쓰라고 그리 만들어 놓으신 것인가. 쇠로 만든 첨단 기계도 혹한 속에서 그리 내구성을 발휘하지 못한다.

저 까마득한 높이와 깊이를 산짐승처럼 넘나들다가 죽은 당신들이 국민에게 남겨 준 것이 무엇인지 나는 그걸 몰라서 답답하다. 150마일 휴전선이 현재까지 확고하게 보전되고 있는 것이 당신들이 남긴 업적인가.

이마에 떨어지는 햇살이 제법 따끈하다. 젊은 남녀의 고혼들이 오그라든 사지를 펴는 듯한 느낌에, 아 — ! 바야흐로 봄이다. 속으로 소리쳤다.

봄비와 햇살 속으로

봄비와 햇살 속으로 1

나에게 기영이라는 이종사촌 여동생이 있다. 정확히는 모르지만 나보다 열서너 살 적을 테니까 어느덧 동생의 나이 쉰네댓 살쯤 되었다. 양양으로 82세에 과수가 되신 이모를 뵈러 가면서 나는 그 동생의 모습을 그려보았다. 그 동생을 생각하면 신을 원망하게 된다. 동생은 정신병을 앓고 있다. 이모님 내외분이 서울 아들들 곁을 떠나서 큰딸이 병원을 하는 양양으로 옮겨오신 것도 병든 딸 때문이다. 양양으로 옮겨 오신 지 2년쯤 되셨다. 여기서 영감님은 돌아가시고 이제 이모님은 병든 딸과 기약 없는 여생을 앞두고 계시다. 물론 이모가 돌아가시면 큰딸이 제 동생을 거두어 주리라 믿고 이곳으로 오신 것일 터이다.

비 내리는 영동고속도로, 안개가 자욱하다.

계곡을 건너 교량을 설치하고 높은 산등성이에는 굴을 뚫어서 완만하게 태백준령을 가로지르는 새 영동고속도로를 꼬리에 꼬리를 물고 큰 차 작은 차들이 거침없이 달린다. 둔내터널 못 미처 깊고 넓은 골짜기를 가로 걸쳐 놓은 콘크리트 다리를 건너 오르막길을 내 차를 앞질러 올라간 차들이 안개 속으로 사라지는 광경이 마치 전투기들이 비상하여 구름 속으로 사라지는 것 같다.

　나는 문득 기원전에 십만 대군을 이끌고 눈 덮인 알프스를 넘어 로마제국을 침공한 한니발 장군의 의지를 생각했다. 왕복 4차선에 등반차선이 따로 설치된 산정 대로를 꽉 메우고 넘어가는 차량행렬 속에 끼어서 백두대간을 넘는 내가 마치 알프스를 넘는 한니발 장군 휘하의 로마제국 침공군인 것처럼 가슴이 뿌듯하다. 태산준령을 정복한 우리의 건설 기술이 불가능을 결행한 한니발 대군의 알프스 정복만치나 경외감을 느끼게 하는 것이다.

　이모부께서 우리 애 진국이 결혼 무렵 돌아가셨다. 경사(慶事)를 앞두고 애사(哀事)에는 가는 게 아니라고 해서 이모부 장사에 못 갔다. 애 장가 들여 놓고 바로 가서 이모님을 뵙는다고 한 것이 설이다, 적설이다, 감기다 등등 이유가 겹쳐서 늦었다.

　"어이그, 지겨워—."

　아내가 느닷없이 말했다.

　"무슨 소리야?"

아내의 그 전치사구는 35년 전 굽이굽이 이 산맥에 놓인 비포장 6번 국도로 털털거리는 만원 버스로 넘던 고단한 여행과 지금의 쾌적한 여행을 비교하는 감탄이다. 대관령 아래 진부라는 곳에 3년 가까이 사는 동안, 거기서 충청도 저쪽 본가까지 아내는 수시로 왕래를 해야 했다. 아내는 층층시하의 맏며느리로 시조모와 시부모 생신에, 명절에, 일가 친척의 애경사에 많이 다녔다. 물론 나하고 같이도 다녔지만 혼자서 더 많이 다녔다. 애 하나는 손을 잡고 하나는 업고 하루 종일 만원 버스에 시달리며 가기 일쑤였다.

진부에서 강릉발 서울행 새벽버스를 타고 횡성에 나가면 한나절, 횡성에서 원주, 원주에서 충주, 충주에서 연풍, 연풍에서 윗버들미 집에 당도하면 땅거미가 졌다. 물어볼 것도 없이 그 고단한 맏며느리의 길[女道]이 지겹다는 말일 게다.

"그때는 다 지겹게 살았어—."

그리 말하고 보니 태산준령을 넘는 영동고속도로가 우리의 지겹던 시대를 청산한 신화적 창조물 같다. 그때 아내는 진짜 나무꾼의 선녀였다. 불쌍한 선녀, 내가 날개옷을 꼭 감춰서 날아가지도 못하고 소형 승용차 조수석에서 지금 푸석푸석 졸며, 늙으며 남편을 따라 시이모 뵈러 가는 것이다.

대관령을 넘으면서 산들이 눈에 익다. 공연히 목이 메여 온다. 산천을 두리번거리는 운전사에게 조수가 힐책을 한다.

"사고 내겠어요. 눈뜬 심봉사처럼 뭘 그리 두리번거려요. 그러지 말고 들렀다 가든지―."

자기도 내 맘 같은 모양이다. 계획에도 없이 횡계IC에서 내렸다. 우리가 처음으로 객지로 신접살림을 난 횡계―. 우리가 살던 데가 어딘지 당연히 알 수 없을 줄 알면서 들러보았다. 지금의 횡계는 겨울 위락도시화 되어 있다. 35년 전 우리가 살던 사택이 어디쯤 있었는지도 알 리 만무하다. 눈 쌓인 겨울밤 아기 곰 두 마리와 아빠 곰과 엄마 곰이 창 너머로 어두운 대관령과 그 산등성이의 별을 바라보며 겨울잠을 못 이루던 그 따뜻하고 아늑해서 눈물겹던 굴이 어디쯤인지―. "그립다. 말을 할까 하니 그리워……." 그래서 들러 본 것뿐이다. 그러나 눈만 그때처럼 내리기 시작할 뿐 낯설다.

"안 되겠어요, 가요. 여기는 눈만 왔다 하면 금방 쌓이잖아요. 어물거릴 새 없어요."

아내가 재촉을 했다.

대관령 너머는 눈은 오지 않고 대신 한 치 앞을 분간할 수 없는 안개로 자욱했다. 비상 점멸등을 켜고 내려왔다. 굴속은 불을 켜 놓아서 밝고 굴 밖은 안개가 끼어서 어둡다. 미로 찾기를 하는 것 같다. 대관령을 거의 내려온 곳에 대관령휴게소가 있었다. 휴게소에 들러서 점심으로 우거지국밥을 먹고 양양에 도착한 시간은 2시가 조금 넘어 있었다.

봄비와 햇살 속으로 2

양양의 서울의원을 물어서 찾아가니까 셔터 문이 굳게 닫혀 있다. 일요일이라서 그런가. 난감했다. 서울의원이 이모의 큰딸네 병원이다. 여기서 안내를 받아야 이모를 만나 뵐 수 있다. 그런데 병원 문이 닫혀 있다. 병원은 페인트칠 좀 했으면 좋겠다 싶은 오래된 3층 건물이다. 병원이 성업중인 건 아닌 듯해 보인다. 1, 2층은 병원이고 3층은 살림집 같다. 셔터 문에 전화번호가 두 개 적혀 있어서 전화를 해보았더니 둘 다 안 받는다. 병원 옆집은 식당이다. 병원 사정을 알 것 같아서 물어보았다.

"그 병원 원장님은 의사가 아니라 전도삽니다. 일요일은 병원문 닫아걸고 전도하러 나서는 걸요."

"그럼 병원 꼴 안 되지요."

"안 되고 말고지요. 병원에 맘이 없는 사람들입니다."

병원 경영을 등한히 한다는 말 같다. 그래서 자기들이 손해본 게 있는 것처럼 공연히 꼴이 틀려 가지고 그 점을 역설한다. 내 이종의 병원을 말하는 것이라 그런지 듣기 불쾌했다.

병원 골목 안에 교회가 있었다. 이종사촌이 그 교회의 교인인지 아닌지는 모르지만 일요일마다 전도를 하러 다닐 정도의 독실한 신앙을 가진 교인이라면 교인들 사이에는 알려져 있을 것 같아서 찾아가 물어보았더니 마트에서 알아보라고 한다.

병원 뒤 너른 공지에 대형 할인마트가 들어서 있었다. 그 마트 터가 병원 땅이라서 마트 사람들은 알 수 있을 거라고 했다. 마침 정육점 코너의 젊은 아주머니가 병원의 간호사였다. 그 아주머니가 이모에게 전화를 해주었다. 이모가 반색을 하신다.

"촌놈이 웬일이냐. 말해서 못 찾아온다. 꼼짝 말고 거기서 기다리고 있거라."

잠시 후 우산을 쓴 흡사 우리 어머니 같은(얼굴만 그렇다. 이모는 서울 노인풍이고 우리 어머니는 산골 노인풍, 분위기는 다르다) 안노인네가 마트를 향해서 걸어오고 있었다. 달려 나가서 이모를 맞았다.

이모는 양양 변두리에 있는 새로 지은 연립주택에 살고 계셨다. 집안에 들어갔더니 거실에 어찌 보면 처녀 같고 어찌 보면 오십쯤 된 것 같기도 한 여자가 무표정하게 서서 내게 초점이 안 맞는 시선을 던진다. 이종사촌 동생 기영이다. 어려서 모습이 남아 있다. 울컥하는 마음으로 손을 잡고

"나 누군지 알겠어—?"

했더니

"성균이 오빠—."

아무 감정이 없는 목소리로 그리 대답하는 것이다. 30여 년을 앓은 병이다. 정신신경이 황폐해 있는 처지에 나에 대한 기억을 남겨 가지고 있는 것이 고마워서 홍도의 오빠처럼 동생을 안아주었다. 여전히 표정 없다.

1960년 청운동.

나는 이모 댁에서 숙식을 하며 서라벌예대를 다녔다. 그때 이모 슬하에 광희중학에 다니는 기환이, 청운초등학교 6학년인 기자, 3학년인 기영이 그렇게 이종사촌 삼 남매가 있었다. 나는 명색이 그 애들의 가정교사였다. 여동생 둘은 명민했다. 내가 학습 지도를 해줄 여지가 없이 학과를 앞서나가는 실정이었다. 문제는 광희중학에 다니는 맏이 기환이다. 기환이는 책상 앞에만 앉으면 졸았다. 이 놈은 도대체가 공부에는 취미가 없었다. 기환이의 성적이 떨어진다고 이모한테 닦달도 많이 당했다.

"너 밥값을 하는 거냐 안하는 거냐?"

이모가 내게 매몰차게 그러면 기환이가 딴에 미안한 듯

"형한테 그러지 마. 골통이라 형이 죽어라 하고 가르쳐 줘도 안 돼—."

기영이는 머리가 너무 좋아서 걱정이었다. 천재 단명이란 말 때문이었다. 머리만 좋은 게 아니고 발랄하고 기탄없는 성격이었다. 왜 그런지 초등학교 3학년생인 애가 오줌을 쌌다.

"헤헤헤……"

웃고

"오빠 나 오줌 쌌다."

그러고는 내 등에 엎드려서 부끄러워했다.

기영이는 서울대 치의대에 들어갔다. 말에 의하면 본과에 올라가서 실재(實在)로 시신(屍身)을 해부하는 실습에 참가했다가 발병을 했다고 한다. 발병을 안했으면 지금쯤은 치과의사로 더 이상 바랄 것 없는 인생을 살아갈 것이다. 너무 아깝다.

"기영아, 오빠 커피 좀 타드려라."

이모가 그러자 커피를 타 왔는데 내 입맛에 딱 맞게 타 왔다.

"동생 커피 맛있게 탔네 —."

동생의 얼굴에 희미하게 웃음이 번졌다. 어릴 때 오줌 싸고 부끄러워 웃던 귀엽고 발랄한 모습이 잠깐 엿보였다.

이모님이 자고 가라고 말리시는 걸 뿌리치고 일어섰다. 섭섭해 하신다. 당신은 기영이 때문에 이제는 꼼짝할 수 없다며 네 어머니를 보러 가기는 틀린 듯싶으니 네가 대신 어머니를 모시고 또 오라고 하신다. 기영이가 문밖까지 따라 나와서 무표정하게 서 있었다.

"아가씨, 안녕히 계세요."

아내가 손을 잡고 그러자 혼란스러운 듯 빤히 쳐다본다.

봄비와 햇살 속으로 3

원래 덕구온천에 가서 자려고 했다. 아내가 한 달 전부터 무릎이 아프다며 따뜻한 탕에 담그고 주무르면 시원하다는 소리를 해서다. 관절에 이상 징후가 발생한 듯하다. 그러나 양양에서 늦은 오후에 떠나서 되가기는 너무 먼길이었다. 불야성인

삼척 시내를 통과하고 나니까 더 가기 싫다. 밤에 불 밝은 도시에 이르면 낯설고 왜 그런지 고독해진다. 나이 탓인지 모른다. 군중 속의 고독이란 말이 이런 느낌일까. 내가 지금 어디에 무엇하러 와 있는 것인가, 아득한 생각이 드는 것이다.

근덕을 지나서 장호항이 내려다보이는 언덕 위의 모텔에서 잤다. 투숙객이 없는 듯 너무 적막하다. 파도 소리가 쿵쿵 지구를 온통 다 울리는 것 같다. TV 채널을 넘기다 보니 어느 유선채널에서 마릴린 먼로와 로버트 미첨 주연의 미국 영화 '돌아오지 않는 강'을 방영한다. 웬 횡재인가 싶다. 내가 미국 서부영화를 좋아하는 것은 해피엔딩으로 처리되는 권선징악의 통속적인 스토리 때문이다. 나는 통속적인 걸 좋아한다. 그래서 내 수필도 문학적 테크닉보다 인간의 속성에 기대하는 바 크다.

'셰인'과 '돌아오지 않는 강'은 서부극 중에서도 내가 좋아하는 영화다. '셰인'은 아역배우의 연기 때문이고, '돌아오지 않는 강'은 마릴린 먼로의 뇌쇄적인 아름다움 때문이라고 생각했다. 그러나 착오였다. 여기서도 아역배우의 역할이 나를 감동시키는 것이었다. 낭랑 십팔 세 때도 아역배우의 역할 때문이었을까? 그때는 마릴린 먼로 때문이었는지 모르지만 지금은 아역 배우의 역할이 마릴린 먼로의 역할보다 더 좋다. 승주 때문일까.

소년은 자기 아버지를 존경한다. 상식적인 설정이다. 그런데 어느 날 아버지와 마릴린 먼로가 하는 이야기를 듣게 된다.

아버지가 사람을 죽였는데 등 뒤에서 총을 쏘았다는 것이다. 소년은 실망한다. 하늘같이 우러러보는 내 아버지가 등 뒤에서 사람을 쏘아 죽인 비열한(卑劣漢)이라니. 믿음을 상실한 소년의 좌절감을 어른들은 모른다. 아버지가 등 뒤에서 총을 쏘게 된 불가피한 경위를 설명했지만 소년은 한번 실추된 아버지의 이미지를 돌릴 수는 없다. 소년은 살맛을 잃은 것이다.

그런데 '돌아오지 않는 강' 끝난 곳에서 선악(善惡)이 만난다. 소년의 아버지를 부당하게 해치고 인디언이 출몰하는 서부에서 죽음의 방어 수단인 말과 총을 뺏어 가지고 달아난 마릴린 먼로의 애인과 정의를 위해서 그를 응징해야 하는 소년의 아버지가 만나는 것이다. 마릴린 먼로의 애인은 소년의 아버지에게 빌든지 아니면 소년의 아버지를 죽이든지 양단간에 결정해야 하는 이 영화의 클라이맥스에 이르렀다. 마릴린 먼로의 애인이 비열하게 소년의 아버지를 등 뒤에서 쏘려고 하는 찰나, 소년은 방금 아버지가 선물한 라이플 소총으로 등 뒤에서 그를 쏘게 된다.

그렇게 하여 소년은 등 뒤에서 총을 쏘지 않을 수 없는 불가피한 상황도 있다는 아버지의 말을 깨닫고 다시 아버지에 대한 믿음을 되찾는다. 이 영화의 개요는 마릴린 먼로와 로버트 미첨이 격랑의 강을 지나며 싹트는 사랑 이야기지만 그 배선인 소년의 청순한 생각이 이 영화의 감동을 더해 주는 것이다. 여행의 피곤도 모르고 영화를 보았다.

다음날은 습관처럼 5시경 잠이 깼다. 지도를 보니까 덕구온천이 멀지 않다. 새벽 입욕(入浴)을 하러 가자고 아내를 깨웠다. 아직 잠도 깨지 않은 어두운 온천 단지에 도착했다. '덕구온천관광호텔' 대온천탕에 들어갔다. 시설도 좋고, 물도 넘치고, 사람은 별로 없다. 자본의 축적이 국민의 삶을 향상시킨다. 자본주의가 사회주의보다 우월하다는 증거다. 10여 년 전 이곳에 들렀을 때 이 호텔 건물은 신축중이었고 허름한 창고 같은 원탕이라는 건물이 있었다. 그때도 겨울쯤이었는지 온천 건물 안에 냉기가 돌고 탕 안의 물은 턱없이 뜨거워서 들어가기가 힘들었다.

이 현대적인 온천 시설이 계속 유지 내지는 더 좋은 시설로 발전되기를 빈다. 그것은 우리 국민의 생활 향상에 의해서 가능하기 때문이다. 다시 말해서 국민의 삶이 질적으로 간단없이 수직상승하기를 바라는 마음에서다. 그런데 국민소득 1만 불에서 우리의 경제는 멈춰 있다. 그리고 10억 인구의 중국이 우리 경제를 추격하고 있다. 그들이 우리를 추월하면 우리는 남미의 여러 나라가 북미에 치여서 경제발전이 멈춘 것처럼 멈추고 말지 모른다.

그런 때의 국회가 국민의 생활현안 법 제정은 밀쳐두고 국회의원 숫자 늘리는 법만 가지고 논다. 국회의원들은 금 배지를 국민들은 개밥그릇이라고 혐오하는 데도 개밥그릇 챙기기에 대가리가 터진다. 왜일까, 내 사견이지만 국회의원을 해서 '현고 국회의원(顯考國會議員)'으로 사당에 모셔지는 가문의 영광을 바라는 마음은 아닌 듯하다. 다만 이문 남는 장사이기 때문에 국회의원을 하려는 듯하다. 즉 개처럼 벌어서 개처럼 써보자는 주의가 아닌가 싶다. 에이, 보부상만도 못한 위인들—.

따뜻한 탕 안에서 쾌적하니까 행복하다. 천리 저쪽에 계시는 어머니께 죄송한 생각이 든다.

"이모한테 가면 나도 데리고 가거라."

"그 먼데 가시다 병날라고 그러세요? 안 돼요."

한마디로 거절한 불효가 맘에 걸린다. 탕 밖에 나와서 아무리 기다려도 아내는 안 나온다. 지루하고 아침 식사시간을 넘은 배가 민원을 제기한다. 신경질나려고 한다. 얼마를 있다가 아내가 나왔다. 뭐라고 한마디 하려는데

"무릎이 날아갈 듯이 시원해요." 선수를 치고

"오래 기다렸지요?" 한다.

"아니—."

무릎이 날아갈 듯이 시원하다는 아내에게 무슨 불만이 있으랴.

봄비와 햇살 속으로 4

동면에서 깨어나는 불영계곡은 회색빛 톤 한결 부드러운 소생의 기미가 느껴졌다.

불영계곡은 너무 많이 지나다녀서 내 동네 길처럼 익숙하지

만 항상 느낌은 다르다. 바위와 나무와 물이 햇살의 기울기에 따라 다르다. 황경의 기울기에 따라 계절이 바뀐다. 그러나 내 불영계곡에 대한 느낌은 그런 천문학적 이치가 아니다. 깊은 골짜기가 영겁의 연속선상에 있는 것 같은 느낌이다.

녹음이 우거지는 봄에 지나면 산 위의 원시림 속에 공룡이 엎드려서 식곤증에 조는 듯한 느낌이고, 여름 장마철에는 벌 창하는 냇물소리에 귀가 먹먹해서 쥐라기에 들어선 것처럼 무섭다. 마치 성난 공룡이 나타나서 괴성을 지르며 차 앞을 가로막을 것 같은 불안감이 느껴진다.

불영계곡은 가을이 제일 좋다. 만산홍엽이 동면을 서두르는 처연한 몰락(沒落)의 가을 절정기보다, 모든 걸 다 떨쳐버리고 잠드는 순리의 침묵 가득한 늦가을의 골짜기가 좋다. 그때의 불영계곡은 모든 것이 다 홀연(忽然)하다. 흐르는 물도, 산등성이의 나목도, 바위도, 모든 것이 신생대의 지각 변동을 치르고 난 골짜기처럼 너무 조용해서 마음이 엄숙해지는 것이다. 모든 것을 다 수용할 수밖에 없는 인간의 약점을 홀연히 인정하는 마음이 그리 편할 수 없다. 편안함의 극치, 그래서 좋다. 그런 감정은 깊은 가을에 깊은 골짜기에 들면 어디서나 느끼게 마련이지만 나는 불영계곡에서 더욱 분명하게 느낀다.

불영계곡이 겨울잠을 깨고 있다.

'둥둥…….' 북소리처럼 황금햇살이 골짜기에 대회전을 치를 대군의 깃발처럼 쏟아진다.

팔각정에 차를 세우고 아주머니의 커피를 사 마셨다.

"차도 별로 안 다니는데 장사 돼요?"

의례적인 인사를 했더니

"햇살이 하도 좋아서 나와 보았어요."

아주머니가 시구처럼 말한다. 얼마나 사람 마음을 편안하게 해주는 말인가. 이 아주머니가 시인이다. 글자를 활용하는 재주가 없어서 표현을 못할 뿐이지 마음에는 시가 가득하다. 이 아주머니가 아직 차가운 관광지의 길목에 서 있는 것은 계절에 대한 인간의 원초적인 욕망을 표현한 시적 퍼포먼스(performance)다. 어느 시가 이처럼 정다울까. 어느 시가 사람과 사람을 연결해 주는 절창을 이 아주머니 퍼포먼스만치 구사할 수 있을까.

이런 사람들이 모여 사는 불영계곡 어디 빈 오두막집을 구해와서 살고 싶다. 나는 어머니가 돌아가시고 내 건강이 이웃에 폐가 안 된다면 그러리라고 꿈꾸며 살고 있다. 나는 그런 오두막집을 영양에서 백암온천으로 넘어가다가 수비 어디쯤에서 보아 두었다. 봄 햇살을 담뿍 받고 조용히 한때의 단란했던 삶을 추억하듯 주저앉아 있는 오두막집을 보고 그 단란을 내가 이어가리라 생각을 했다. 그리 말했더니 아내가 일언지하에 그건 착각임을 지적했다.

"주영이, 승주 보고 싶어서 어떡해요?"

맞다. 일가의 단란이란 일가가 다 모여 살 때 가능하다. 늙은

이 둘이 여생을 조용히 사는 것은 단란(團欒)이 아니라 안락(安樂)이라고 하는 것이 적절한 표현인데 늙은이의 안락이 나는 가능할지 모른다. 친구들과 인터넷도 하고 글도 쓰고, 솔바람 소리에 귀도 기울이면 만사 잊고 만족할 수 있을 것 같은데 아내는 안 될 것 같다.

커피를 마시면서 불영계곡에 봄이 오는 소리에 귀를 기울여본다. 물소리가 한결 명랑한 것 같다. 눈을 감고 해를 바라본다. 망막에 황금 장막이 눈부시고, 이마는 따뜻하다. 물소리는 더욱 선명하게 이마를 톡톡 튀는 물방울처럼 간질인다. 봄은 봄이다.

노루재를 넘어 오미삼거리에서 35번 국도로 좌회전을 했다. 이 길로 가면 안동이고 직진하면 영주다. 영주로 나가면 단양 충주호반을 거쳐 내 고향 연풍을 거쳐서 집에 가고, 안동으로 나가면 상주 보은을 거쳐서 간다.

나는 백두대간을 넘어다니기는 많이 했어도 따라가 본 적은 별로 없다. 목적이 동해 바다를 보는 데 있기 때문이다. 영덕으로 넘어가는 34번 국도와 울진으로 넘어가는 36번 국도를 많이 지나다녔다. 백두대간을 따라서 남북으로 난 35번 국도는 한 번쯤 밖에는 안 지나가 본 것 같다. 이 길로 가면 산맥을 따라서 오는 봄을 느낄 수 있을 것 같은 예감에 접어들었다.

이 길로 들어서기를 잘한 것 같다. 황새마을이라는 데서 갈천까지는 펑퍼짐한 산등성이로 길이 나 있어서 남쪽과 북쪽 끝없이 이어지는 산봉우리가 중중첩첩이다. 백두대간을 이루는 봉우리들이다. 산봉우리들이 봄기운에 묻혀서 방금 쳐 놓은 묵화 같다.

이 길에서는 그 광경을 보려고 길손들이 차를 자주 멈추는 곳인 듯 길가에 원두막과 가든이 생겨 있다. 모두 아직 깊은 겨울에 잠겨 있다.

조금 가다 차를 세우고 조금 가다 차를 세우곤 했다. 바람이 세차서 차에서 내리지는 않고 차안에 앉아서 조망감(眺望感)을 만끽했다.

아ㅡ! 산들ㅡ. 우리 나라는 산도 많다. 산만큼 골도 많다. 나는 항상 감격하지만 골골이 말소리 틀리고 먹새 틀리지만 얼굴과 맘은 붕어빵이라는 게 신기하다. 사람과의 배달민족 종이라는 같은 종속(種屬) 때문일 것이다.

산등성이를 지나 내리막길을 내려오자 강이었다. 낙동강이다. 햇살에 눈부시게 빛나며 먼 여정을 떠나는 강, 어젯밤에 본 서부극의 '돌아오지 않는 강'이 생각난다. '돌아오지 않는 강'은 영화의 제목이 아니고 강의 이름이다. 인디언들이 지은 이름이다. 이 강을 이곳 사람들은 무어라고 부를까. 강을 왼쪽에 끼고 국도가 남행한다. 강을 따라서 떠난 사람들은 돌아오지 않는 듯 국도 연변의 취락들은 쓸쓸하다. 강은 다 돌아오지 않는다.

청량산 도립공원에 들렀다. 청량산은 높이가 870미터로 백두대간에 군림할 정도의 산은 아니다. 켜켜이 쌓아 올린 듯한 바위 층의 단애들이 인상적인 산이다. 입구에서부터 협곡을 따라 들어가면서 산봉우리들이 고개를 추켜들어야 바라보일 정도로 골이 깊다. 마치 내가 손오공이 갇혀 있던 오행산으로 들어가는 삼장법사 아닌가 싶은 착각이 든다. 휴게소가 있는 골 안까지 들어갔으나 관광객은 없고 휴게소도 문을 닫았다.

봄에 들어오면 싱그러운 녹음에 어지러울 게 틀림없다는 생각이 든다. 입구에 나오다 보니 공원관리소 직원들이 사무실 앞에서 라면을 끓여 먹는다. 머리를 맞대고 동그랗게 둘러앉은 자리에 봄 햇살이 조명처럼 눈부시다. 그래서 그런지 공원관리소 직원들의 근무 여건이 아주 단란할 거라는 생각이 드는 것이다. 인간이 모여서 단란한 것보다 더 아름다운 사회는 없다. 그런 사회라야 발전이 있다. 문득 국회를 생각했다. 추악한 인간들의 모임, 총선은 다가오고 국회를 위해서 투표권을 행사할 것이냐 말아야 할 것이냐가 나의 국민적 양심의 당면한 문제다. 내 집 일만 해도 골이 아픈데 국회의원들은 왜 중생의 골 때리는 짓이나 하는지—. 불영계곡 팔각정 앞에서 커피 파는 아주머니가 극성스러운 어느 여성국회의원보다 더 아름답다는 생각이 든다.

도산서원을 지나서, 안동호를 지나서 안동 시내로 나왔다. 아내가 안동 헛제삿밥이 유명하다며 먹어보자고 한다. 배가 고파서 하는 소린지, 정말로 헛제삿밥이 먹고 싶은 것인지 모를 일이다. 우리는 사대 봉사를 한다. 제사를 일곱 번 지낸다. 어머니가 돌아가시면 여덟 번 지내야 한다. 제삿밥은 비교적 실컷 먹는 셈이다. 돈 주고까지 제삿밥 사 먹고 싶은 생각은 없다. 외곽도로 빠져서 안동 시가지를 벗어났다.

아내의 의사를 배반한 것이다. 낯선 시내에서 힘들게 주차하고 맛없는 밥 사 먹으면 그보다 더 신경질 나는 일이 없다. 배부른 국회의원들이 먹다 버린 정치자금이라는 개밥그릇 핥아먹는 것보다 더 기분 나쁘다.

"그럼 안동 간고등어구이 백반을 먹든지—."

어린애 밴 여자처럼 먹고 싶은 것도 많다, 속으로 그러고서

"알았어—. 하회마을에 가면 헛제삿밥이 있든지, 간고등어구이가 있든지 이 지방 전통 음식을 먹을 수 있을 거야—."

상주로 질러가는 지방도에서 조금 들어가면 하회마을이다. 하회마을 입구에 있는 음식점에 차가 그득하다. 음식은 사람 많이 꾀는 집에서 먹으면 별로 불만스럽지 않다.

하회마을에서 간고등어자반구이 백반을 먹었다. 맛있게 먹었다.

그리고 일로 집을 향해서 "이랴—" 하고 당나귀의 고삐를 챘다.

산읍 소묘
山邑素描

연풍(延豊).

얼마나 풍족한 고을이면 이름마저 연풍이냐고 할지 몰라서
말씀드리지만 연풍은 문경새재 아래 있는 기름진 들판도 변변
치 못한 궁벽한 산골이다.

전해 오는 말에 의하면 연풍 현감은 울고 왔다가 울고 갔다
고 한다. 올 때는 하도 궁벽한 산골이라 기가 막혀 울고, 갈 때
는 잣죽 맛을 못 잊어서 울었다고 한다.

현감은 십중팔구 도임지에서 가렴주구(苛斂誅求)부터 궁리
했기 쉽다. 벼슬길을 높여 줄 권문(權門)이나 세도가(勢道家)에
줄을 댈 뇌물 마련 때문이다. 한데 쥐어짜 보아야 쥐뿔도 거둬
들일 게 있어 보이지를 않으니 '이제 내 벼슬길은 이 산골짜기
처럼 꽉 막혔구나' 하고 울었기 십상이다. 귀양지는 아니라 해
도 내가 보기에도 막다른 벼슬길인 좌천(左遷)지쯤은 되어 보
인다.

잣죽이 얼마나 맛있으면 울고 도임한 현감을 울고 가게 했을까. 나는 캔에 든 인스턴트 잣죽은 먹어 보았어도 진국 잣죽은 못 먹어 보았다. 수정과에 몇 알씩 띄운 잣알을 먹어본 바에 의하면 엄청 고소했다. 그 잣을 갈아서 끓인 잣죽 맛은 얼마나 고소할까 짐작이 간다. 아마 '꿀 먹은 벙어리'라는 말보다 '잣죽 먹은 현감'이라는 말이 더 적합한 속담 아닐까 싶은 생각이 든다.

연풍초등학교 자리가 옛 연풍 동헌이 있던 터다. 지금은 동헌만 남아 있지만 6·25 전에는 객사까지 다 남아 있었다. 초등학교 뒷산 이름이 잣밭산이다. 그러니까 동헌 뒷산이 잣밭이었던 것이다. 현감께서는 잣죽은 원도 한도 없이 먹었으리라.

"원님께서는 작취미성(昨醉未醒)이십니다. 아침밥은 못 드실 것입니다."

수청든 관기가 이방에게 귀띔을 하면 "그려 알았어 —" 하고 즉시 대령한 것이 잣죽이었을 성싶다.

잣죽도 잣죽 나름이다. 연풍 현감 든 잣죽과 변 사또 정도가 든 잣죽은 질적으로 다르다고 볼 수 있다. 전자의 잣죽은 정이고, 후자는 아첨이다. 왜냐하면 변 사또는 토색질을 질탕하게 할 수 있는 기름진 남원 들을 다스린 큰 벼슬아치지만, 연풍 현감은 토색질도 못해 보는 깔고 앉으면 마침 맞을 산골 다랑논이나 들여다본 작은 벼슬아치이기 때문이다. 토색질하는 벼슬아치 밑에 있는 구실아치는 주구(走狗)지만, 토색질도 못해 보는 벼슬아치 밑에 있는 구실아치는 그저 구실아치일 뿐이다.

'내 팔자에는 종6품 외직 벼슬이 고작인가 보다.' 그리 마음을 비우면 그보다 더 큰 자유는 없다. 잣죽은 고을 백성의 현감에 대한 지극 정성을 은유적(隱喩的)으로 표현한 음식물인지도 모른다. 고을 백성의 정성을 듬뿍 받으며 그렁저렁 보낸 연풍 현감의 한세월 맘 편하기로 따지면 상감보다 좋은 팔자다. 그래서 이임하는 현감이 '정 때문에 운다'라는 유행가 가사처럼 울었는지 모른다.

단원(檀園) 김홍도(金弘道)가 정조 19년 그의 나이 52세에 연풍 현감을 지냈다. 그 분의 벼슬은 연풍 현감이 고작이다. 대개 궁중 화원(畵員)을 지냈을 뿐이다. 그 공으로 정조 임금이 산수 좋고 인심 좋은 고을에 가서 그림이나 그리며 편히 지내라고 연풍 현감을 제수했는지 모른다. 그 분의 그림은 사실묘사와 조국애가 어울러서 조국강산의 아름다움을 예술로 승화시켰다고 평가받는데, 나는 그 화풍이 잣죽 공경을 받으면서 연풍 현감을 지낸 덕분이 아니냐는 생각을 한다.

조선 후기의 화가 유춘(有春) 이인문(李寅文)이 단원의 산수화 영향을 많이 받았다고 전해진다. 그가 그린 연풍의 명소인 수옥폭포(漱玉瀑布) 그림 사본(寫本)이 연풍지(延豊誌)에 실려 있다. 나는 가끔 그 사진의 호방하고 다감한 산수경개를 보면서 기탄없는 마음으로 그려진 그림이라고 생각한다. 기탄없는 마음이란 단원이 연풍 현감을 지내며 욕심 없이 인정과 자연에나 심취했던 마음 아닐까 싶다.

연풍은 내 고향이다. 어디에서도 찾아볼 수 없는 나의 유토피아―. 나를 성장시켜 준 연풍을 나는 사랑한다. 그래서 나는 토머스 모어는 못 되었어도 연풍의 정기를 받아서 수필문학의 후학(後學)은 된 것이다.

방학도 끝나 가는 입추 말복 지경, 친애하는 우리 죽마고우들은 해가 설핏하면 일단 주호네 이발소로 모였다. 갈매실 냇물로 나가기 위해서다.

각자에게 임무가 분담된다. 양조장 집 규식이는 막걸리 준비, 주호는 양념과 양은냄비 준비, 석희는 여울낚시 준비, 형수는 보쌈 놓을 준비 등등……

갈매실 냇물은 남한강의 지류인 달천 상류다. 조령산(1,017), 백화산(1,064), 희양산(998)에서 발원한다.

갈매실은 냇물이 휘돌아 나가면서 만들어 놓은 넓은 자갈밭이다. 자갈밭은 여름 장마에 벌창하는 냇물로 깨끗하게 씻겨져 있었다. 이곳에 앉으면 옹배기 같은 연풍 분지를 만들어 놓은 산맥이 한눈에 바라보인다. 냇가 자갈밭에는 패랭이꽃이 지천으로 피었고, 그 위로 메밀잠자리가 한가롭게 군무를 추듯이 유유히 날았다.

기우는 햇살에 산맥은 분명한 실루엣을 그렸다. 조령산은 가부좌를 틀고 앉은 스님의 탈속한 자세 같고, 백화산은 크고 유순하다. 선문구산(禪門九山)의 하나인 봉암사(鳳岩寺)를 안고 돌아앉아 있는 희양산은 젖을 물리고 있는 어머니의 등허리 같다. 산등성이는 햇살에 살아나고 골짜기는 그늘에 저물고, 산읍은 조용하게 이내에 묻힌다. 어디 한 곳도 불편한 기색이라고는 찾아볼 수 없다.

나는 냇물에 목욕을 하고 나와서 산그늘이 내리는, 달아서 따끈따끈한 자갈에 벌렁 드러누워 그 저녁그늘이 그리는 산읍의 소묘에 공연히 맘이 격앙되었다. 행복에 겨워 일으키는 일종의 발작상태였을까. 벌떡 일어나서 황소 같은 석산이에게 덤벼들어 괴춤을 잡고 모래밭으로 끌었다. 그리고 그 녀석의 완력에 번쩍 들려 모래밭에 메어쳐지면 그 쾌감은 말할 수 없이 좋았다.

단원 김홍도도 이 모래밭에서 잣죽 대령하는 기골이 장대한 아전의 완력에 양반 체면 불구하고 메어쳐지면서 나처럼 행복하지 않았을까, 생각해 볼 때가 있다. 이 자리가 울고 온 현감들이 삶의 어느 경지를 터득하고 떠날 때 운 까닭을 만들어 준 자리 아니었을까. 실제로 어느 날은 면장님과 읍내 유지들이 주막 색시들과 같이 나오셔서 우리를 냇물 아래로 쫓고 희희낙락 삶의 한때를 맘껏 즐기셨는데, 옛날 현감과 지방 토호(土豪)들도 그랬지 싶은 것이었다.

우리는 여울낚시를 드리우고 보쌈을 놓고, 반두질을 해서 잡은 물고기로 매운탕을 끓여 놓고 둘러앉아서 막걸리를 마셨다. 노을에 빨갛게 물든 수면 위로 피라미들이 튀어 오르고 천변 버들 숲에서 소나기처럼 울던 말매미들도 지휘자의 마지막 지휘봉에 맞추는 오케스트라의 연주처럼 울음을 일제히 뚝 그치고 나면 여울물 소리가 기립박수 소리처럼 살아났다.

그때 왜 그리 행복했는지ㅡ. 우리는 언제까지 이렇게 행복할 것인지 몰랐고 알 필요도 없었다. 간은 제대로 맞았을까. 그 매운탕 냄비에 머리들을 틀어박고 열심히 먹던 잔광에 벌겋게 물든 발가벗은 놈들의 모습ㅡ. 저만큼 산읍은 저녁 연기에 가뭇하게 잦아들고 있었다.

내 수필의 근거는 그 돈독했던 풍경에 있다.

새우젓

새우젓 맛은 눈물겹다.

윗버들미 아낙네들은 밥상 한가운데다 굳이 새우젓 종지를 장물 종지와 고추장 종지와 겨루어 놓았다. 새우젓이 감히 밥상 위에서 장물과 고추장에 버금가는 위치를 차지한 것은 사실 파격이다.

된장과 고추장을 담그는 일은 여자의 자존심이 좌우되는 농사다. 장맛은 그 집안의 가통을 맛보여 주는 것으로 여자들은 정절만치나 소중하게 지키고, 전수하여 오는 것이다. 새우젓 담그는 일이 장 담그는 일만치 까다로울 수는 없다. 그래도 여자의 배타적 구역 안에다 새우젓을 들여놓아 주는 것은 먼바다에서 이 산골까지 와서 가난한 입맛을 돋워 주는 귀물(貴物)이기 때문이다. 새우젓이 손님 대접을 받는 것이다.

나는 새우젓을 한 젓갈 씹으면 된장국물을 한 숟갈 떠먹는다. 된장의 구수한 맛이 비린 맛에 익숙하지 않은 내 촌스러운 구미를 중화시켜 주기 때문이다.

내가 어릴 때, 우리 집 살강 구석에는 사기 단지가 하나 놓여 있었다. 거기에는 항상 새우젓이 담겨 있었다. 그 시절 두메 사람들의 고단한 구미를 돋워 주는 데 새우젓은 없어서 안 될 식품이었다. 장처럼 음식의 맛을 내는 데 꼭 필요했다. 김장에는 물론, 애호박찌개, 계란지짐에 꼭 새우젓이 들어갔다. 그뿐이랴, 돼지고기를 먹고 체한 데는 없어서 안 되는 상비약이기도 했다.

건강 하나로 가난한 삶의 무게를 소처럼 꾸준하게 끌고 가던 시절, 윗버들미 아낙네들은 남정네의 식욕이 떨어질까 봐 늘 맘 졸이며 살았다. 남정네의 식욕이 떨어졌다는 것은 건강을 잃었다는 것으로 그건 곧 가세의 영락으로 이어지는 것이기 때문이다. 그래서 집집마다 살강 구석에 새우젓 단지가 준비되어 있었고, 아낙네들은 새우젓 단지의 바닥을 드러내는 일이 없도록 유념했다.

그 시절, 우수 경칩이 지나면 새우젓 장수가 겨울잠을 들깨우듯 "새우저ㅡ엇, 사ㅡ려" 소릴 고래고래 지르면서 봄 햇살이 아물아물한 동네 앞 곳집거리 논둑길로 해서 동네에 들어왔다.

그 되통맞은 새우젓 장수도 지게에 동그마니 나무로 만든 통자 두 개를 얹어 가지고 그 길로 왔다고 한다. 윗버들미 사람들은 새우젓 통자 두 개를 달랑 짊어진 그 새우젓 장수를 일러 세상을 불알 두 쪽만 달고 살아가는 사람이라고 했다.

해동 무렵의 윗버들미의 곳집거리 길은 몹시 미끄러웠다. 시커먼 질흙이 밤에는 얼었다가 햇살이 퍼지면 녹아서 길바닥이 참기름 바른 절편같이 반질반질했다. 윗버들미 사람들은 해동 무렵 한 번쯤은 이 길에서 엉덩방아를 찧어 보지 않은 사람이 없을 정도다.

곳집거리는 동네 앞 언덕에서 빤히 바라보인다. 사람들은 동네 앞에 모여 서서 그 길로 옷갓을 갖춰 입고 출타하는 어르신네를 보면 숨을 죽이고 귀추를 주목했다. 진심으로 어르신네가 불상사를 당하지 않고 곳집거리를 지나가 주기를 빌어 마지않았다. 어르신네가 무사히 그 길을 지나가면 바라보던 사람들은 자신도 모르게 '휴ㅡ' 하고 한숨을 몰아쉬었다. 그러나 젊은 사람이 출입할 때는 경우가 다르다. 은근히 불상사가 발생하기를 바랐다. 젊은 사람이 그 길에서 미끄러져 엉덩방아를 찧으면 사람들은 기탄없이 손뼉을 치며 좋아했다.

"내가 그럴 줄 알았어. 잠방이에 똥싼 놈처럼 엉거주춤해 가지고 걷는 꼴이 일 치를 것 같더라니ㅡ."

아득한 보릿고개를 목전에 둔 가난한 시절 윗버들미 사람들은 곳집 위로 아른거리는 아지랑이에 심란해서 서 있는데 바람직한 사건이 벌어진 것이다. 서로 얼굴을 쳐다보고 박장대소를 할 수 있는 일을 만들어 준 그 사람, 침울한 절기의 두메 사람들에게 '엔돌핀'을 분비시켜 준 고마운 사람이라고 할 수 있다.

그 길에서 새우젓 장수가 미끄러졌다. 아 —! 그건 있어서는 안 될 일이 저질러진 것이다. 그는 넘어지면서 식솔을 건사할 생업 밑천인 두 통자의 새우젓을 길바닥에 내동댕이쳤다. 새우젓이 질펀하게 미끄러운 질흙바닥을 절였다. 새우젓 장수의 처지로 보아서 그건 자기 불알 두 쪽을 진창길에 떨어뜨린 것이나 마찬가지였다.

너무 많이 늙으셔서 새우젓처럼 등이 굽은 조그만 우리 어머니, 잘 숙성된 한 마리의 젓갈 새우처럼 안쓰럽다.

새우는 낙월도(落月島) 근해에서 많이 잡힌다고 한다. 달이 몰락하는 섬은 얼마나 외롭고, 슬프고, 아름다울까. 우리 어머니는 새댁 시절에 된서리 내린 새벽 우물길에서 서산에 지는 달을 참 많이 보았다고 하셨다.

"서산에 지는 달 보면 눈물나지요?"

"눈물 날 일도 많다."

달의 몰락을 보면 눈물날 것 같은 내 생각은 어머니의 한평생에 대하면 죄송한 감정의 사치다.

왜 새우젓을 담는 새우는 낙월도 근해에서 많이 잡힐까. 움직일 수 없는 멍텅구리 새우잡이 배의 어부들은 외로운 섬 기슭으로 지는 달을 수도 없이 많이 보았을 것이다. 새우잡이 그물을 건져 올리는 일은 슬픔을 건져 올리는 일이라고 생각 든다. 낙월도는 그 어부들이 지은 이름일지 모른다.

나는 낙월도에 가보지 않았지만 그 조그맣고 속살이 투명한 절인 갑각류를 보면 서해의 외로운 섬 낙월도가 보인다. 그 새우가 잡혀서 새우젓이 되어 이 산속 윗버들미까지 오는 데는 얼마나 많은 고단한 생업이 줄을 서 있었을까. 잡아서 절여서 숙성해서 새우젓이 된 후, 황포 돛배에 실려서 마포나루에 부려지고, 다시 작은 돛배로 한강을 거슬러 올라와서 목계나루에 부려진다. 거기서부터 소나 나귀의 길마에 얹혀서 장터 어물전으로 온다. 그리고 새우젓 장수의 등에 짊어지워져서 이 산골 윗버들미까지 온 것이다. 생각하면 고맙고, 눈물겹고, 경이롭기까지 하다.

그 새우젓을 겨우 동구 밖 진창길에다 메쳐서 쏟아 버린 되통맞은 새우젓 장수는 뭐한 놈이 성낸다는 격으로 언덕에 올라서서 동네에다 대고 고래고래 소릴 질렀다.

"윗버들미놈 입에 새우저—엇."

"윗버들미놈 입에 애우저—엇."

윗버들미놈이 무슨 새우젓 먹을 팔자가 되겠느냐는 멸시의 뜻으로 한 말일 것이다. 윗버들미 사람들이 저더러 그 길바닥에 새우젓 통자를 지고 넘어지라고 빌기라도 한 것처럼 누굴 붙들고 드잡이를 치려는 듯이 시비를 걸어 왔으나, 기실은 새우젓 장수 자신의 삶을 동댕이치고 싶은 절규였을지 모른다.

순박한 두메 사람들은 불알 두 쪽을 잃은 사람의 암담한 심사도 모를 만치 우매하지는 않았다. 동네 장정들은 모두 집안으로 피해 버렸다.

발 없는 말이 천리 간다는 격으로 연풍 장터까지 '윗버들미 놈 입에 새우젓' 소리가 퍼져서 윗버들미 사람들의 삶에 대한 대명사처럼 되어 버렸다. 장터에서 윗버들미 사람들이 옹기를 흥정하다가 금이 비싼 듯해서 안 사거나, 낫을 흥정하다가 쇠가 무르다고 안 사면 옹기 장수나 대장장이는 언필칭, "아나, 윗버들미놈 입에 새우젓─" 하고 상도(商道)에 어긋나는 감정을 내비쳤고, 오랜만에 만난 친한 친구가 반갑다고 하는 소리도 '새우젓, 오랜만일세!'였다. 되퉁맞은 새우젓 장수가 공연히 윗버들미 사람에게 궁색한 별명을 달아 준 것이다.

　윗버들미의 한 세대가 바뀌고 있다. 이제 짭짤하고, 비릿하고, 퀴퀴한 새우젓 맛 같은 그 별명을 패각류의 등딱지처럼 짊어지고 살던 그리운 사람들은 그 별명을 짊어진 채 세월 저쪽으로 사라져 가고 있다.

　'윗버들미놈 입에 새우젓─.' 그 그리운 별명도 조만간 들을 수 없이 되고 말 것이다.

수루 앞에서

다 저녁 때 유람선 해금강을 돌아 한산섬 선착장에 접안했다. 몇 시에 출발하니까 그 안에 섬을 돌아보고 꼭 시간 맞춰서 승선해 달라는 선장의 당부를 듣고 상륙했다.

이순신 장군의 수루(戍樓)는 바다가 한산섬 안에 아늑하게 들어앉은 언덕 위에 있었다. 금방 비가 내릴 듯 낮게 가라앉은 하늘, 해묵은 울창한 소나무 숲은 장군의 수심만큼이나 컴컴하게 깊다. 활처럼 휜 만 기슭을 아내와 숙연한 마음으로 걸었다. 유람선에서 그렇게 신명에 겨워하던 관광객들도 삼삼오오 손을 잡고 조용조용 속삭이며 걷는다.

파도가 이는 거친 해금강 앞바다에 비해서 만은 너무 고요했다. 나는 방금 적함에 패하고 돌아온 장군의 막료(幕僚)처럼 만감에 목이 메어 '장군님 —!' 하고 마음속으로 불러 보았다. 저 만큼 울창한 소나무 숲 사이로 갑옷과 투구를 정제하신 장군이 장검을 짚고 서서 친히 못난 막료를 맞아 주며, '오냐, 수고

했느니라' 하는 것만 같았다.

내가 무슨 수고를 했으랴! 나는 과연 이 사회의 일선에서 한 구성원으로서 최선을 다했다고 말할 수 있을까. 원균처럼 남이 잘되는 꼴을 못 보고 모함이나 하면서 비겁하고 무책임하게 내 안일을 도모했을 뿐이다. 그런 나를 그저 그윽하게 바라보아 주시는 제승당의 그 어른 영정 앞에 나는 졸지에 삶의 허물들이 서럽기만 했다.

임진왜란 때 이 섬 안은 얼마나 소란스러웠을까. 부상당한 수군들의 신음소리, 전선(戰船)을 조선하고 수리하는 목수들의 톱질과 망치질 소리, 출전 채비를 하는 수군들의 조련(調練) 소리……. 아비규환(阿鼻叫喚) 같은 해전의 전진기지였을, 이 한산섬 안에서 다만 국가와 민족의 안위(安危)를 걱정하는 장군의 우국충정(憂國衷情)만이 고요하게 무릎을 꿇고 수루에 앉아 있었을 것이다. 원균 같은 처세술이 득세를 하는 이 시대의 통분을 그 어른의 시조로 달래본다.

한산섬 달 밝은 밤에 수루에 홀로 앉아
큰 칼 옆에 차고 깊은 시름하는 적에
어디서 일성호가(一聲胡笳)는 남의 애를 끊나니

이 섬의 정취가 더없이 가득한 달밤, 장군의 혼백은 수루에 홀로 앉아서 이 시대의 국가 안위가 걱정되어 여전히 시름에 겨워 우렁우렁하는 목소리로 시조를 읊을지 모른다.

"뚜우—, 뚜우—."

돌아갈 시간이 임박했다는 유람선의 기적 소리였다. 우리는
장군을 홀로 남겨 두고 저무는 섬을 떠났다.

억수리에서

　월악산 국립공원 동편 골짜기 억수리(億水里), 이름처럼 수량이 풍부한 냇물이 흘러서 피서객이 들끓었다. 이곳에서 우리 가족은 2박 3일간 여름휴가를 보냈다.

　산들이 깎아지른 듯한 경사를 이루고 치솟아 있었다. 장마철이라서 그런지 늘 산봉우리가 구름에 묻혀 있다가 가끔씩 모습을 드러내면, 꼭 천상의 옥황상제가 거처하시는 대궐의 용마루가 저렇지 싶게 까마득하게 떠 있었다.

　개천 바닥에는 바위, 돌, 자갈들로 가득 차 있고 물매가 가팔라서 맑은 냇물이 골난 것처럼 하루 종일 소리를 지르면서 흘렀다. 냇물은 모여서 세차게 흐르기도 하고, 퍼져서 천천히 흐르기도 해서 물놀이하기에는 안성맞춤이었다. 개천 옆에는 소나무 숲이 우거져 있고 숲 속에서 매미가 온종일 울었다. 피서객들이 숲 속에 울긋불긋하게 천막을 치고 냇물에서 더위를 씻고 있었다.

숲 뒤에는 민박촌이었다.

휴가를 앞두고 승주 어미가 전화를 했는데 아비 회사에서 휴가 보너스를 한 푼도 못 준다고 했다며 "아버님, 스트레스 받아서 죽겠어요" 하는 것이었다. 시부모를 모시고 휴가를 다녀오려고 했던 맏며느리의 효심을 IMF가 무참하게 무산시킨 모양인데, 그 기분을 기탄없이 시아버지에게 토로하는 며느리가 예뻤다.

"걱정하지 말고 계획대로 휴가를 가자. 휴가 보너스는 우리가 줄 테니까—."

쥐꼬리만한 연금으로 생활하는 무직자인 주제에 며느리 앞에서 무모한 호기를 부렸다.

"죄송해요, 아버님. 우리 계획은 그게 아니었는데……."

결혼생활 3년차, 아직 '인턴' 주부다. 맏며느리지만 우리가 힘이 있는 한은 구태여 서로 신경 쓰며 한 집에 살 필요가 없다 싶어서 가깝게 있는 '원룸 아파트'를 얻어서 따로 살게 했다. 잘한 것인지 못한 것인지 분명치 않다. 애들의 신혼의 단꿈을 위해 준다는 명분이었으나 며느리 시집살이에서 자유로워 보겠다는 어른의 얇은 이기심이 더 크게 작용한 것인지도 모른다. 한 지붕 아래서 미운 짓은 나무라고 예쁜 짓은 사랑하면서 살아가는 것이 가족이라고 생각하면 잘 못한 짓 같다. 여하튼 자식의 도리를 다하려는 며느리의 성의를 대할 때 나는 어른의 도리가 무엇인지 다시 한 번 생각해 보지 않을 수 없는 것이었다.

억수리에는 며느리 고등학교 동창의 친정집이 있는데 민박을 친다고 했다. 학생시절 여름에 한 번 와본 적이 있다고 했다. 그 꿈 많은 처녀시절 친구와 더불어 즐긴 산골짜기의 추억 때문에 며느리가 억수리로 휴가지를 정한 것인지 효율적인 휴가비용에 따라서 정한 것인지 모르지만 잘 정했다는 생각이 든다. 민박집에서 우리 며느리를 친정 온 자기네 딸 대하듯 해주어서 염치없이 큰 폐를 끼치고 왔지만……

억수리에서의 2박 3일 동안 나는 즐거웠다. 시원했고, 가족의 소중함도 느꼈고, 무엇보다 세 살짜리 승주의 기억에 할아버지를 아련하게 심어 준 것이 기뻤다.

당연히 어린 승주는 할머니와 할아버지의 몫이었다. 3세대인 승주와 2세대인 승주의 아비 어미와 1세대인 우리 내외로 이루어진 가족 구성에서 아무래도 여름의 주역은 2세대였다. 그들은 분방하게 여름을 즐겼고, 우리는 그늘에서 승주를 데리고 그들을 바라보는 것이 즐거움이었다. 승주는 내가 독차지했다. 승주는 물에 들어가지 않으려고 했다. 물이 차갑기도 했지만 왁살스럽게 바윗돌과 자갈 바닥을 굴러 넘는 물결이 무서운 모양이었다. 겨우 내 목을 안고 물에 들어갔다가는 기겁을 하고 발을 바짝 오므려 들었다. 그리고는 물에 가는 것을 싫어했다. 주로 승주와 나와 아내는 물 가장이 돌 위에 앉아서 '탐방'하며 돌을 물에 던지는 승주의 단순한 물놀이를 위한 조약돌을 집어 주는 것이 즐거움이었다.

승주는 나중에 자라서 세 살 적 억수리 냇물의 여름을 기억할까. 승주의 기억력의 총명성을 나는 믿는다. 승주는 억수리 냇물을 엄청 큰물로 기억할 것이다. 그리고 '탐방' 하고 물에 떨어지던 조약돌의 청량한 소리도 기억할 것이다. 그렇다면 담배 냄새 나는 할아버지의 품도 안락하고 큰 행복의 세계로 기억해 줄지 모른다. 나는 승주가 청년이 되어서 연어처럼 기억을 더듬어 이 골짜기의 여름을 찾아오도록 많은 것을 기억시켜 주려고 애를 썼다.

항상 승주를 안고 다니는 나를 보고 민박집 옆방, 인천서 왔다는 나와 연배쯤 된 피서객 내외는, 불편하게 무엇 하러 애들을 따라와 가지고 어린애 보느라고 진땀을 빼느냐면서 동정했다. 내 기쁨이 그 사람의 눈에는 구차스러워 보였던 모양이다. 그러나 어린 손자를 독점한 내 기쁨을 모르는 그 사람의 가족 정서가 나는 오히려 딱해 보였다. 사람 사는 기쁨에 대해서 구태여 그 사람과 논쟁을 벌일 만큼 호사가가 못되는 나는 그 사람을 무시해 버렸다.

승주는 밤에도 개울에 가자고 졸랐다.

"안고, 하부지 탐방—."

그러면 나는 두말 않고 승주를 안고 개울로 나갔다. 어두워서 물소리만 크게 들릴 뿐이므로 무섭기만 한지 물가에 앉아서 조약돌을 집어 주어도 한 번 던져 보고는 목을 꼭 끌어안고 "가자, 집에—" 했다. 그러면 나는 승주를 안고 민박집으로 돌아왔는데, 컴컴한 소나무 숲이 무서운지 내 목을 꼭 끌어안았다. 그 작은 힘의 무게에 감격해서 나도 승주를 마주 꼭 끌어안았다.

숲길에서 보는 별은 크고 예뻤다. 내 품에 꼭 안겨서 바라보는 찬란한 승주의 성좌, 어린 승주는 처음으로 우주를 보는 것이다. 내가 별을 가리키며 "별 많지, 가리켜 봐 ―" 하면 "조―오―기―" 하고 고사리 같은 손으로 별을 가리켰다. 냇가의 어두운 숲 속에서 본 별을 승주는 평생 간직하고 서정으로 키워 갈 것이다. 그리고 할아버지를 사랑하는 마음이 싹터서 나무처럼 자라리라. 얼마나 행복한 확신인가. 나도 승주만 해서 밤늦게 당고모 등에 업혀서 작은댁에 다녀오던 생각이 난다. 등 넘어 오며 본 별떨기와 당고모 등허리의 동백기름 냄새의 아늑함이 이 나이까지 선명하게 기억나는 것이다.

나는 한참 동안 어두운 숲길에 서서 승주에게 별을 보여 주었다. 승주는 밤하늘을 쳐다보면서 "별, 마니네―" 했다. 승주가 어른이 되었을 때도 별이 저렇게 많을까? 그때는 지구가 얼마쯤이나 오염될지 알 수 없다. 이 깊고 맑은 억수리에 와서도 별 보기가 어려울지도 모른다. 승주의 시대는 문명이 더 발달해서 삶이 더 삭막하고 가혹할 것이다. 불쌍한 승주―!

어린애들은 사물을 오래 관찰하지는 못한다. 금방 좋아하고 금방 싫증을 느낀다. 승주에게 더 보여 줄 것이 없었다. 흐르는 냇물도 보여 주었고, 어두운 숲에서 하늘에 빛나는 별떨기도 보여 주었다. 다시 마땅하게 보여 줄 것이 없었다. 민박집 주인들의 소박한 인심 같은 건 어려워서 보여 줄 수도 없다. 그런데 마침 보여 줄 게 있었다. 억수리 구판장집 고양이였다. 흰 털에 갈색 반점이 있는 암코양이로 젖을 뗄 때쯤 된 새끼가 다섯 마리나 딸려 있었다.

　나는 원래 고양이를 싫어했다. 우리 시골집 이웃에 고양이가 있었는데, 이 고양이가 우리 집에서 비린내만 풍기면 부엌 뒷문에 와서 야옹거리며 보챘다. 고기를 한 점 주면 반색을 하고 받아먹었다. 그런데 맨손으로 애무를 하려면 뒷걸음질을 쳤다. 고기 첨을 들고 부르면 다가와서는 발톱을 세우고 사냥하듯 고기 첨만 채 갔다. 그래서 고마움을 모르는 야성의 고양이가 미워졌다. 그런데 이 고양이는 그렇지 않았다. "나비야—" 하고 부르면 다가와서 제가 먼저 내 손에 몸을 비비면서 아양을 떨었다. 승주가 손을 내밀면 귀엽다는 듯이 혓바닥으로 핥아 주었다. 우리 시골집 이웃 고양이와 이 고양이의 품성은 어째서 이렇게 다를까. 그것은 사랑을 받아 본 고양이와 못받아 본 고양이의 차일 것이다. 억수리의 고양이는 사랑을 많이 받아 본 고양이고 우리 시골집 이웃 고양이는 쥐나 잡으라고 갖다 놓고 무심하게 대해 준 고양이가 틀림없다.

　내가 애들을 따라서 휴가를 온 것은 참 잘한 짓이다. 우리가 저희들의 새끼를 안고 물가에서 저희들 물놀이하는 것을 그윽하게 바라보아 준 것은 사랑이다. 며느리가 우리를 데리고 휴가를 온 것은 그 사랑을 계산한 것인지 모른다. 젊은애들을 따라와 가지고 손자나 안고 다니면서 왜 짐이 되느냐고 하는 인천서 온 민박객의 안목은 자식을 쥐나 잡는 고양이로 기르는 게 아닌지—?

억수리에서 나와 승주는 주로 구판장집 고양이와 놀았다. 고양이와 훈제 오징어도 사서 나눠 먹고⋯⋯ 같이 노는데 돈이 들긴 했지만 승주에게 즐거움을 사준 것인 만큼 아깝지 않았다. 승주는 자고 나면 "고양이, 고양이—" 하며 고양이한테 놀러 가자고 보챘다. 3일째 되는 날은 승주가 고양이 새끼를 안아 보았다. 어미 고양이가 제 새끼 귀여워하는 짓인 줄 아는지 싫어하는 기색이 없이 바라만 보는 것이었다.

억수리를 떠나야 하는 날, 민박집으로 돌아오려는데도 승주가 한사코 고양이 새끼를 놓지 않았다. 억지로 고양이를 뺏어서 떼어놓고 오려니까 발버둥을 치고 울었다. 가겟집 주인이 여북 하면 "아가, 데리고 가서 잘 기를 수 있겠으면 가져가거라" 했을 정도다.

민박집에 돌아와서 점심을 먹고 떠나려고 하는데 구판장 고양이가 민박집에 새끼를 다 데리고 왔다. 고양이가 피서지를 떠나는 승주를 배웅하러 온 것 같았다. 승주가 아장거리고 고양이한테 달려갔다. 고양이들이 승주한테 모여서 애무를 하듯 몸을 비비는 것이었다. 그리고 승주가 떼를 쓰고 우는데도 불구하고 새끼들을 데리고 유유히 가 버렸다.

며느리의 얼굴이 여고 때 억수리에서의 꿈 많은 여름을 보낸 얼굴이 저랬지 싶게 밝아 보였다. 제 남편이 여름 휴가비를 못 받아서 쌓인 스트레스는 다 해소된 것일까.

얼음새꽃

연풍산악회에서 시산제(始山祭)를 겸한 조령산 등반을 했다. 음력 3월 초순, 산 아래는 봄기운이 완연한데 1,000미터가 넘는 산정에는 군데군데 잔설이 하얗다. 우리는 조령산 꼭대기에 준비해 온 돼지머리를 진설하고 제를 지냈다. 그리고 양지쪽으로 옮아앉아서 점심 도시락을 펼쳐 들었을 때, 누군가 감동적인 소리를 질렀다.

"이 꽃 좀 봐—!"

모두 꽃으로 모였다. 잔설이 미처 다 녹지도 않은 언 땅을 떠밀고 청초하기 이를 데 없는 노란 꽃 두 송이가 피어 있었다. 무슨 꽃일까? 아무도 아는 사람이 없었다. 산악회장인 우리의 고향 지킴이 안 교장도 모르는데 대개 산읍의 농사꾼 아니면 장사꾼인 산악회원들이 알 리가 없다.

꽃도 모르면서 꽃이 핀 경위에 대해서는 아는 체들을 했다. 누구는 사랑하던 빨치산 남녀의 고혼이라 했고, 누구는 전사한 880부대 소년병의 넋이라고 했다. 그리 보니 그럴듯했다.

그런데 문득 나는 미치갱이(狂)박 중사와 그 아내 생각이 났다.

이화령을 수비하던 880부대는 정전(停戰) 다음해에 해체되었는데 이북이 고향인 외로운 젊은 군인 한 사람이 산읍의 미친 여자에게 마음을 뺏기고 주둔지에 홀로 떨어졌다. 그를 가리켜 사람들이 '미치갱이 박 중사'라고 불렀다.

내가 그를 처음 본 것은 눈이 오고 갠 겨울날 저녁 때였다. 저녁 바람에 문풍지가 비파 소리를 내는데 밖에서 "영감마님—." 하고 부르는 소리가 났다. 젊은 남녀가 뜨락 아래 손을 꼭 잡고 서 있었다. 남자는 발에 끌리는 군용 오버를 입었는데 새끼로 오버 자락을 여며서 동여맸다. 체신이 작은 사람이 오버 속에, 놀란 달팽이처럼 웅크리고 있었다. 그의 옆에는 철 적은 노랑 반회장 겹저고리에 빨간 치마를 입은 앳된 여자가 보채는 어린애처럼 딸려 있었다. 옷은 땟국이 흐를 지경이었고, 역시 땟국에 전 명 자치로 머리에서 귀때기를 푹 싸맸다. 얼굴에 백회를 뒤집어쓴 것처럼 분을 바르고, 입술에는 새빨갛게 연지를 칠했다. 눈동자는 풀려 있고 침을 흘리듯 웃음을 질질 흘리고 있었음에도 불구하고 도톰한 입술과 오뚝한 코가 참 예뻤다. 남자의 눈은 맑고 초점이 잡혀 있었다. 전혀 미친 기색이 아니었다. 그들이 미치갱이 박 중사와 그의 아내였다.

박 중사는 왜 '미치광이 풋나물 캐듯' 살았을까. 미친 여자를 사랑하기 위한 수단이었을까, 도리였을까.

"영감마님 —. 성냥만 그어 대면 불이 확 붙는 장작이 있는데 가져올깝쇼?"

박 중사는 나를 무시한 채 건넌방에다 대고 소릴 질렀다. 마침 퇴근해서 집에 계시던 아버지가 건넌방 미닫이문을 벌컥 열고 마루로 나오셨다.

"영감마님은 무신 영감마님 —. 사람 희롱하는겨 —."

아버지는 영감마님이란 경칭이 듣기 싫으셨던지 소릴 벌컥 지르셨다.

"당치 않은 말씀이십니다. 지금이야 연풍이 일개 면에 지나지 않지만, 옛날에는 현(縣) 아니었습니까. 현감이면 외직 종육품 벼슬이지요. 사또십니다. 당연히 영감마님이시죠."

"허 —, 사람 유식하긴. 알아야 면장을 한다더니 자네를 두고 하는 말인가베. 자네가 무식한 내 대신 면장하게……."

아버지는 못마땅하신 건지, 싫지 않으신 건지 무뚝뚝하게 농을 건네셨다. 그리고 장작을 가져오라고 허락하셨다. 박 중사는 펄쩍 뛸 듯 반색을 하며 뜰 위로 성큼 올라서서 아버지에게 장작 값을 달라고 손을 벌렸다. 아버지는 장작도 안 가져오고 선돈을 달라는 경우가 어디 있느냐고 나무라셨다.

"우선 좁쌀이라도 한 되 팔아서 내자에게 조당수(묽은 좁쌀죽)라도 뜨겁게 끓여 먹여야겠습니다. 내자가 홑몸이 아닙니다. 날이 추워서 자칫하면 큰일납니다."

큰일나도 자기 큰일일 터인데 마치 우리 아버지의 큰일인 것처럼 위협했다. 그러고 보니 여자의 몸이 깍짓동 같은 것은 옷을 많이 껴입어서 그런 것만이 아니고 배가 부른 것임을 알아볼 수 있었다.

"사또께서 이 백성의 처지를 불쌍히 여기시고 선처를 해주십시오. 장작은 금방 가져오겠습니다."

박 중사는 꿋꿋하게 아버지를 설득했다. 아버지는 설득 당하신 건지, 아니면 면장으로서 면민의 딱한 사정을 모른 체할 수 없으셨던 건지 돈을 주려고 장작값을 물으셨다. 박 중사가 부른 장작값은 과금이었던 모양이다. 아버지가 무슨 장작값이 그리 비싸냐고 화를 내셨다. 박 중사는 성냥만 그어 대면 불이 확 붙는 마른 장작이라는 것과 한 짐이란 여느 한 짐이 아니고 지게 뿔 위에 한 자는 실히 올라가는 한 짐이라는 점을 강조했다. 아버지는 박 중사 말을 곧이들으시는 눈치는 아니었으나 마지못해 장작값은 주셨다. 박 중사는 장작값을 받아들자 아내 어깨를 다정하게 감싸안고 삼동의 모색 속으로 사라졌다.

그 날 초저녁에 쿵 하고 장작 배기는 소리가 들렸다. 어머니가 그 소리를 듣고 나가시더니 쥐어박는 소리를 지르셨다.

"이게 무슨 성냥만 그어 대면 불이 붙는 장작이여, 생장작이지─. 그리고 무슨 지게 뿔 위로 한 자나 올라가는 한 짐이여, 반 짐밖에 안되겠구먼─."

박 중사는 어머니의 역정 소리를 못 들은 척 묵묵히 장작을 부엌으로 들이고, 아궁이에 장작을 한 아름을 지펴 놓고 돌아갔다. 아버지는 내다보지도 않으셨다. 다음날 새벽에 아궁이에 불쏘시개를 한 줌 놓고 성냥을 그어 대니까 장작에 불이 확 붙었다. 단 아궁이에서 밤새 생장작이 바짝 마른 것이다. 성냥만 그어 대면 불이 확 붙는 마른 장작이란 박 중사의 말은 거짓말이 아닌 셈이었다.

겨울 방학도 다 끝나 가는 어느 날 윗버들미 할머니께 공부하러 간다고 인사를 다녀오는 길이었다. 은고개를 넘어서자 남향받이 골짜기에 아지랑이가 아른아른했다. 아직 겨울인데 어느새 양지쪽으로 봄의 척후가 낮은 포복으로 숨어들고 있었다.

"현감님 댁 도령 아니신가. 어디를 다녀오시나?"

양지쪽 다랑논 논둑 아래 박 중사 내외가 꼭 끌어안고 앉아 있었다. 마치 동물원에서 본 원숭이 한 쌍이 꼭 끌어안고 털 고르기를 하는 모습처럼 사랑의 진면목(眞面目)을 보여 주고 있었다. 그 날 박 중사 아내의 얼굴은 수컷 원숭이에게 안겨서 털 고르기를 받는 암컷 원숭이처럼 다소곳할 뿐 실성한 티는 볼 수 없었다. 역시 노란 반회장 겹저고리를 입고 있었다. 나는 지금껏 그렇게 다감한 자세로 여자를 안은 모습을 어느 명화의 애정 신에서도 본 기억이 없다.

그들 옆에는 생 등걸나무를 짊어 놓은 지게가 받쳐져 있었다. 또 장터 뉘 댁에 성냥만 그어 대면 불이 확 붙는 장작이라는 거짓말로 팔아먹을 생나무를 해 가지고 오는 길인 모양이었다.

그가 반가웠다.

"안녕하세요? 할머니께 인사 다녀오는 길입니다."

민선 면장(民選面長)인 아버지의 무식을 압도하던 유식(有識)과 양지바른 논둑 아래서 다감하게 여자를 안고 있는 거리낌 없는 순정적(純情的)인 모습에 울컥하는 마음으로 그에게 성의껏 인사를 했다.

내 인사를 받고 그가 덕담 한 말씀을 건네주었다.

"공부 열심히 하게―. 이런 시 아시나? '소년이로 학난성(少年易老 學難成)하니 일촌광음 불가경(一寸光陰 不可輕)하라. 미교지당 춘초몽(未覺池塘 春草夢)인데, 계전오엽(階前梧葉)이 이추성(已秋聲)하느니라' 했어. 무슨 소리인고 하니, 소년이 늙기는 쉽고 학문을 이루기는 어렵다는 말이야―. 그러니 반짝하는 순간이라도 헛되이 보내지 마라. 인생이란 연못가의 봄풀이 미처 봄꿈이 깨기도 전에 계단 앞 오동나무 이파리가 가을 소리를 내는 것처럼 순식간에 지나가는 거야―."

박 중사는 두 팔로 감싸 안은 아내의 어깨를 장단 치듯 토닥거리며 내게 주자(朱子)의 시를 읊어 주었다. 내 모교인 연풍중학교 늙으신 국어 선생님께서 우리가 공부를 등한히 할 때, 속이 상하시면 칠판에 휘갈겨 써 놓으시고 훈육(訓育)을 하시던 시였다.

박 중사의 맑고 선한 눈매 때문일까. 유식 때문일까. 나는 지금도 그가 이북 어느 반가(班家)에서 태어나 배울 만큼 배운 유복한 도령님이었을 거라는 생각이 들어서 동족상잔의 전쟁을 일으킨 우리의 역사가 연민스럽기 그지없다.

나는 어머니께 미치광이 박 중사가 나무를 해 오면 아무 소리 말고 팔아 주라고 간곡히 당부를 하고 집을 떠났다. 왜 그런지 그의 장작을 팔아 주는 게 따뜻한 방에서 잠을 자는 사람의 도리만 같았다. 사십육칠 년 전, 궁핍하고 고단한 전후의 겨울이었다.

여름 방학을 해서 집에 와 보니 박 중사는 연풍 장터에 없었다. 그 해 봄 그의 아내가 해산을 하다가 난산으로 산모와 아기가 다 죽고 박 중사가 정말로 미치광이처럼 장 고샅으로, 들녘으로 헤매 다니더니 홀연히 사라졌다고 했다. 산읍 사람들은 미친 그의 아내가 가엾은 박 중사를 편한 곳으로 데려갔다고들 했다.

나도 그가 어디로 갔는지를 몰라서 가끔가끔 안타까워했었다. 어디서 미친 척 거짓말로 세상을 희롱하며 살아가고 있을까, 사람들 말마따나 미친 그의 아내를 따라서 사바를 건너 피안(彼岸)으로 갔을까…….

"이 꽃은 미치갱이 박 중사와 그의 마누라여—."

그 날 내가 그리 말했더니 모두 동감이라는 듯 아무 말이 없었다.

꽃이 핀 자리에서는 봄이 오는 남한강과 소백산맥의 연봉

들, 변함없이 아름다운 강토가 한눈에 내려다보이는 눈물겨운 자리였다. 박 중사가 빨치산을 추적하다 앉아서 시대의 아픔을 생각하며 눈물짓던 자리일지도 모른다는 생각이 드는 것이었다.

그 꽃은 야생화도감(野生花圖鑑)에서 찾아보니까 얼음새꽃(복수초)이었다.

칸나의 계절

퉁탕거리며 기차가 미호천 철교를 건너고 있다.

"이 열차 잠시 후 정차할 역은 조치원역입니다. 조치원역에는 3분 간 정차하겠습니다. 조치원역에 내리실 손님 안녕히 가십시오."

여객전무의 아나운스먼트와 함께 기차가 속력을 줄인다. 아내는 졸다 깨서 비칠거리는 아이들을 건사하고 나는 짐을 챙겨 가지고 플랫폼에 허둥지둥 내리면 여수발 무궁화호 13호 열차는 지체없이 서울을 행해서 떠났다.

우리 식솔은 이미 습도가 가신 땡볕이 기웃한 플랫폼에 우두커니 잠시 서 있었다. 식민지 시대에 북지 만리(北地萬里)의 낯선 정거장에 내린 유민의 심정이 그러했을까. 아득한 심정이었다. 큰 것 작은 것 서너 개의 가방은 해풍과 파도 소리에 김장배추처럼 전 애들 옷가지와 수영복, 파도에 마모된 조개와 소라 껍데기 등속으로 배가 터질 것 같았다.

우리들은 남해 상주해수욕장에 다녀오는 길이다. 우리의 생활에서 그래도 값진 며칠이었다. 소진된 삶의 의욕이 재충전되고 안 되고는 중요하지 않다. 일 년이 지나갔고 이제부터 또 일 년이 시작된다는 엄연한 사실을 인식할 수 있다는 사실이 중요할 뿐이다.

누가 우리를 주목하는 것 같아서 고개를 들면 맞은편 역 구내 측백나무 울타리를 따라서 열을 짓고 서서 빨갛게 꽃을 피운 칸나가 눈에 들어왔다.

예쁘지 않은 꽃이 어디 있으랴. 꽃의 욕구는 주목받기 위한 것이다. 그런데 칸나는 주목하기 위해서 예쁜 것 같다. 꽃은 식물의 생리적 본능이다. 꽃이 더 예쁘고 덜 예쁜 것은 인간의 탐욕적 심미안이지 꽃의 입장에서는 똑같이 다 예쁘다고 생각한다.

허전하다. 연중 가장 소중한 내 삶의 행사인 바캉스가 그렇게 끝나는 것이었다. 3박 4일 혹은 4박 5일 간의 바캉스를 위해서 나머지의 가혹한 현실인 1년을 나는 비열한 수단과 방법을 다해서 살았다. 그리고 지금 바캉스에서 돌아오는 길이다. 남은 것은 피곤과 애들 소풍가방 두 개, 아내와 내가 들고 다닌 커다란 비닐 여행 가방 두 개에 바다 냄새에 전 옷가지들과 몇 개의 소라, 고동, 조개껍데기가 들어 있다. 이제 내년의 바캉스를 위해서 또 그렇게 살 것이다.

해변의 황혼 속에서 패각류 껍데기를 줍던 아내와 아들의 모습이 내 망막에서 서서히 현상될 것이다. 그리고 한동안 그 현상 필름에 얽매여 좀더 선명한 인화를 얻으려고 부심할 것이다. 흡사 냇가에서 구부리고 먹이를 잡는 어미 백로와 그 어미 백로 곁에 붙어 있는 새끼들……. 꿈결 같은 삶의 한순간을 위해서 산다는 것이 불공평하다는 생각이 들었다. 어떤 친구가 말하기를 그건 위험한 염세주의라고 했다.

H형께

H형께.

새벽에 앞산에 올라갔더니 꿩이 '꿩 — 꿩 —' 깃을 치며 건너편 산으로 날아가고, 비비새가 울었습니다. 비둘기도 '구 — 국, 구 — 국……' 웁니다. 이제 명실공히 겨울은 봄에게 점령지를 물려주고 퇴각한 듯합니다.

새들도 때가 되었다고 둥지도 손을 보고 암컷을 부르는 소리겠지요.

H형.

저는 아침마다 앞산에 올라갑니다. 승주 할머니가 올라가라고 채근을 해서기도 하지만 사실은 먼동 트는 산등성이를 보러 간다는 게 솔직한 심정입니다.

소위 지질학에서 말하는 지각의 침식윤회(侵蝕輪回) 작용에 의해서 종순산형(從順山形)이 되어가는 저 유순한 산등성이 —. 백두대간에서 흘러내린 산등성이가 우암산에 모여서 의논이라도 한 것처럼 흩어져서 청주 분지를 감싸 안았습니다. 나는 백두대간보다 삶을 포용하는 저 종순산형을 더 사랑합니다. 그 아래 무덤들을 담고 있는 구릉을 더 사랑합니다.

H형.

도시 건너 먼 산등성이의 선은 더욱 늘어지고 부드럽습니다. 우리네 초가지붕 선과 어쩜 그리 닮았습니까. 꼭 어린애를 엉덩이께 걸쳐 업고 물을 가득 길어 담은 물동이를 이고 물을 흘리지 않고 가는, 불과 40여 년 전의 순하고 게으르고 욕심 없이 운명에 순응하며 산 시골 아낙네의 뒷모습 같습니다. 봉당에 퇴 한 칸도 못 얹고 살던 가난한 농가의 초가지붕과 흡사한 산등성이입니다.

먼동 트는 산등성이의 탈속적인 모습을 향해서 서면 생업이 정치보다 이념보다 얼마나 더 소중한 것인지 마음이 경건해집니다. 어린 새끼의 목구멍에 밥술이 안 들어갈 때 동학군의 투쟁은 성스러운 생물적인 발로였습니다. 지략(智略)이 전혀 깃들지 않은 표표히 가을바람에 날리는 억새의 빛깔 같은 염연(焰然)한 결론이었지요. 먼동 터오는 산등성이를 보면 둥둥 동학군의 엄숙한 북소리 들리는 듯합니다.

H형.

사람도 저 산등성이같이 유순하게 늙어갈 수 없을까 하는 것이 나의 바람입니다. 종교지요. 그러나 치졸한 아집과 교만과 허욕을 위해서 때로는 비굴하게 때로는 가증스럽게 여기까지 흘러온 내 인생이 변해지겠습니까. 그러나 동트는 그 산등성이를 향해서 그런 마음으로 서 있으면 산등성이의 선처럼 내 마음이 한없이 유순해집니다. 모든 섭섭했던 모서리들을 다 마모시킬 듯—.

H형.

나는 지층 깊이 묻혀서 강도 높은 결정체로 굳어져 귀한 다이아몬드보다 강변에 흔하게 굴러 있는 조약돌을 더 좋아합니다.

물론 누가 한 손에 조약돌, 한 손에 다이아몬드를 들고 네 맘대로 가지라고 하면 다이아몬드를 집겠지요. 그러나 그것은 좋아하는 것과는 다릅니다. 환금성에 의한 선택일 뿐입니다. 나는 환금성의 가치로 분류되는 보석이기보다 살갗 같은 질감으로 잘 마모된 한 덩어리의 조약돌이 되고 싶습니다. 탐욕의 눈길이 머물지 않는 하나의 친근한 조약돌—.

H형.

우리는 편견의 빛을 발하지 않는 조약돌이 됩시다.

조약돌은 까달아서 조약돌이 되었지만 다이아몬드는 강한 결정을 이루어 상대적인 물질을 깎습니다.

H형, 다이아몬드가 인간의 순수성을 깎는 것은 다이아몬드의 속성입니다. 가급적 우리는 다이아몬드는 되지 맙시다.

나는 모서리가 없는 것이 좋습니다. 결정체가 아닌 게 좋습니다. 둥글게 마모되는 것이 좋습니다.

H형—.

나는 사람과 사람이 어울려 둥글게 닳아서 조약돌이 되고 싶습니다. 다이아몬드처럼 빛나면서 다른 사람을 깎지 않겠습니다. 불가능한 범부의 소망일지라도 그것이 나의 믿음입니다.

제가 왜 이런 말을 하느냐 하면 인터넷이란 사이버 공간에서 느낀 바가 많아서입니다. H형께서도 내 맘 같을 때 있으실 줄 압니다. 그러면 그때 그리 마음 가져 보시면 편할 것 같아서 참고 말씀드리는 것입니다.

H형.

새벽하늘로 기러기가 날아갑니다. V자 대형을 짓고 끼룩끼룩 소리를 지르며 날아갑니다. 산 위에서 바라보아서 그런지 기러기가 잡힐 듯 가까이 날아갑니다. 앞으로 쭉 뽑은 길고 강인해 보이는 목덜미 그 끝에 머리가 달렸습니다. 어느 이념이 저 기러기의 새벽 창공을 날아가는 진로만치 확고하고 명징할 수 있습니까. 어느 정치 이슈가 저렇게 난해하지 않고 쉽고 분명할 수 있겠습니까.

H형.

너무 애처로운 저 기러기의 활공 반대 방향으로 높이 떠서 비행기가 날아갑니다. 비행기에는 이미 해가 떴나 봅니다. 눈부신 은백색 동체가 가물가물 날아갑니다.

기계가 날아가는 것과 생물이 날아가는 것을 보는 마음은 전혀 다릅니다. 기러기가 날아가는 것은 안 보일 때까지 보고 싶습니다. 은백색 동체가 가물가물 비행해 가는 것은 평행선도 용납하지 않는 수직선을 보는 것 같아서 눈이 부십니다. 눈 다 칠까 싶어서 외면을 합니다.

H형.

맘을 조약돌 구르는 강변같이 가지세요. 모서리를 다 마모 시킬 수 있어서 편합니다.

안녕히 계십시오.

제7부

행복한 군고구마

모든 산줄기는 물길을 가로막지 않고,

물길은 산줄기를 피해서 흘러가고 있었다.

처녀 같은 골짜기에 초가집과 다랑논과 돼기밭들과

무덤들이 다소곳이 안겨서 소르르 겨울잠에 들어 있었다.

까마득히 내려다보이는 고만고만한 구획의

작은 경작지들이 차지한 다툼 없음이 산등성이와 골짜기의

순리와 잘 어울렸다. '나도 저 모습같이 살리라.'

울컥 그런 감정이 복받쳤다.

고향설

故鄕雪

오랜만에 눈 같은 눈이 내린다. 눈 같은 눈이란 고향설(故鄕雪)이다. 안타까운 세월 저쪽에서부터 뽀얗게 눈발이 서서 내 마음을 가득 채우며 내리는 눈을 말하는 것이다.

햇불에 '치 ― 직, 치 ― 직……' 소릴 내며 떨어져 녹던 눈송이. 동네를 돌면서 새로 해 이은 지붕 추녀의 이엉 마름 밑을 뒤져서 참새를 움켜 내던 기쁨, 손에 잡힌 따뜻한 생명의 체온과 부드러운 새털의 감촉, 손아귀를 벗어나려는 조그만 생명의 꿈틀거림, 어느 해는 그 따뜻하고 보드라운 겨울 새털의 감촉이 너무 사랑스러워서 볼에 대보고 놓아 주었다. 어두운 눈발 속으로 포르릉 날아가던 참새.

그때 죽마고우들은 잠들지 못하고 밤 깊도록 고샅을 돌았다. 고샅을 돌면 들을 수 있던 그 시절의 소리들과 보지 않아도 본 거나 진배없던 모습들 ―. 현상액 속에서 살아나는 포지티브처럼 점점 선명해져서 아쉽고 그리운 소리의 모습을 드러낸다.

뉘 집 안방에서는 심청전 읽는 젊은 새댁의 낭랑한 목소리가 들려왔다. 그 방안에는 동네 시조모님들이 다 모여 앉아 있고 방 가운데는 갓 시집온 목청 좋은 새댁들이 불려와서 교대로 이야기책을 읽는 것이다. 새댁들은 그 밤 잘못하면 새워야 한다. 집에서 새신랑이 잠 못 이루고 기다릴 생각에 새댁들은 안달이 나지만 그 점을 고려할 시조모님들이 아니다. 바야흐로 심청이는 인당수에 몸을 던지고 동네 시조모님들은 한숨과 눈물이 낭자하다. 새댁들의 안타까운 밤은 그렇게 속절없이 깊어가고 눈은 폭폭 쌓여 갔다.

어느 고샅에서는 배고파 칭얼대는 어린것 보채는 소리가 들렸다. 이윽고 부스럭거리면서 돌아눕는 풍만한 어미의 무거운 몸짓소리, 박통같이 불은 젖을 물고 옹알이치는 간난쟁이 소리가 눈송이처럼 새록새록 떨어진다.

어느 고샅에서는 바깥사랑의 자지러지는 해소 기침 소리가 들렸다. 응달진 저문 산기슭의 사초를 한 번 했으면 싶은 조촐한 봉분 한 기가 문득 떠오르는 해소 기침 소리가……

그리운 소리, 눈 오는 밤 고향의 고샅을 백 번 돌아도 들을 수 없는 소리, 목이 메어 온다.

동네에서 사랑방을 쓰는 집은 영진네밖에 없다. 친구들은 가끔 이 방에 모여 구판장에서 막소주를 사다 마셔 가며 '점 백 고스톱'이란 화투 놀이를 했다. 사랑을 쓰는 영진이에게 고마워해야 할 일이다. '점 백 고스톱'도 끗발이 나지 않으면 하루 저녁에 일이만 원 돈을 잃기도 하지만 하루 저녁을 재미있게 논 값으로는 과히 비싼 건 아니다. 죽마고우가 어릴 때처럼 얼굴을 마주하고 앉아 아옹다옹하는 재미는 충분히 일이만 원어치는 된다.

"이 놈아, 너 독썼어. 네가 풍 띠를 내서 영진이가 청단을 했잖아."

"그럼 어떡해? 매조 열을 주면 기억이가 5점짜리 고도리를 하는데, 3점짜리 청단을 줘야지—."

"그래도 건네주어야 하는 거여. 바로 주면 고스톱 법칙에 안 맞잖아!"

"건네주긴 5점하고 3점하고 돈이 200원 차인데 약한 걸 줘야지, 무슨 소리야."

잘못하면 판이 깨질 수도 있다.

"더러워서 나 안해. 내 손에 든 거 내 맘대로 내는데 네 놈이 왜 곶감 놓아라 대추 놓아라 지랄이여—."

얼굴이 벌개 가지고 누가 일어나면 판은 깨지는데, 그 모습이 보기 좋은 것은 아직도 훼손되지 않은 순박성을 지니고 있다는 증거이기 때문이다.

"그래 알았어, 그만둬. 고스톱의 이치가 그렇다 이거지. 고스톱 법이 어디 국회에서 정하는 거여, 우리가 고치면 될 거 아녀—. 자, 앉아, 앉아."

"그려 우리가 고치는 법, 아무렴 국회에 고치는 법만 못할라구? 앉아, 앉아."

그러면 또 주저앉는다. 나이는 육십 대에 든 주제에 애들처럼 씩씩거리고 싸운다. 얼마나 단순한 사람들인가! 이제 좀 간교하고, 의젓하게 팔색조처럼 제 모습을 위장할 줄도 알 때가 되었건만 늘 솔직할 줄밖에 모른다. 그들은 평생 흙만 주무르며 살았다. 수백억을 정치자금이라고 거둬서 이 놈이 꿀꺽 한 입, 저놈이 꿀꺽 한입 하는 세상이 있는 줄을 알지도 못하고, 누가 알려줘도 믿지도 않을 녀석들.

한참 고스톱 법칙에 어긋났느니 안 났느니 하고 옥신각신할 때 길가로 난 방문 앞에서 "아버님 ㅡ, 아버님 ㅡ" 하는 젊은 여자의 목소리가 들려왔다. 문을 열고 보니, 20대 젊은 여자가 쟁반에 냄비와 소주병을 놓아서 들고 왔다. 그녀 머리 위로 탐스러운 눈송이가 내려앉고 있었다.

충주에 나가 사는 남수의 둘째 아들 희택이 댁이었다. 마침 주말이라 집에 다니러 왔다가 시아버지가 놀고 있는 사랑간에 모르는 척 있을 수가 없어서 밤참을 해온 모양이다.

"아버님, 찌개 좀 끓여 왔어요."

나는 신세대 새댁의 마음씨에 깊은 감동을 받았다. 물론 옛날에도 명절 밑이나 뉘 집 제사 때는 두부찌개에 막걸리를 가져오는 일이 있었지만, 아득하던 옛날 이야기일 뿐, 지금은 그런 인심은 고향동네에서도 사라진 지 오래다. 찌개 한 냄비, 소주 몇 병 따지면 하찮은 거다. 그러나 서로 삶을 옹호(擁護)하면서, 서로를 배려하면서 살던 삶이 재편성되는 지금, 그것은 마지막 미덕일지 모른다.

경제구조가 바뀌면 사회구조도 변하고 따라서 삶의 가치도 변한다. 다랑논과 비알밭을 부치며 백이십여 호가 넘게 모여 살던 고향은 이제 육십여 호에 불과하다. 따라서 다랑논과 비알밭은 부치지 않는다. 이제는 서로 삶을 옹호하는 것이 아니고 서로 삶을 존중한다. 옹호는 뜨겁고 구린내 나는 입김을 푹푹 내뿜으며 서로를 꼭 끌어안는 것인 데 비해서 존중하는 것은 원소(元素)의 유기적인 결합과 같은 무미한 질서일 뿐이다. 당연히 끈끈한 삶의 유대감, 즉 인심이 예전 같지 않음은 물론이다.

"그래, 거기 놓고 가거라."

"네, 아버님. 식기 전에 드세요."

희택이 댁은 조용히 웃고 돌아갔다.

나는 희택이 댁이 다녀간 다음 방문을 열고 밖을 내다보았다. 고향설(故鄕雪)은 한결같이 내린다. 적설(積雪) 위에 방금 찍고 간 가지런한 발자국이 선연(嬋娟)하다. 희택이 댁 발자국이다. 새댁의 맨발 발자국 같은 사랑스러운 발자국—.

아파트 단지 안 가로등 불빛 밑으로 내리는 눈발을 보면서 고향설을 그려보았다.

고향은 사라져 가도 내리는 눈발 속에 내 고향이 남아 있다는 것이 나의 재산인데 누구에게 물려줄 수 없는 무형의 재산일 뿐이다.

동구

洞口

윗버들미의 진입로는 동네 못 미쳐서 둔덕을 이루었다. 그리 높지는 않다. 짐을 실은 트럭은 기어를 변속해야 넘지만 빈차나 승용차는 탄력으로 무난히 넘을 정도의 높이다.

동네 사람들은 그 둔덕에서 마중도 하고 배웅도 한다. 또 저물녘이면 누구를 기다리는 사람이 벌겋게 노을에 젖어서 서성거리기도 한다. 사람들은 둔덕에 올라서면 걸음을 멈추고 동네를 바라본다든지 동네로 드는 길을 뒤돌아보는 경향이 있다. 외처(外處) 사람들은 안 그러는데 우리 동네 사람들은 그런다.

그 둔덕이 말하자면 우리 동네의 동구인 셈인데 나는 그 둔덕을 동구라고 인정하고 싶지 않다. 동구라면 동네 문간이다. 두 산줄기가 동네를 품어 안고 틔워 놓은 수구(水口)라면 말할 것도 없는 택리(擇里)의 일급지(一級地)인 동네 어귀다. 그 정도까지는 못 되더라도 최소한 산자락 모퉁이라든지, 동네를 안고 돌아 나가는 냇가라든지, 아니면 동네를 가로막은 숲 사잇 길이라든지, 뭔가 그럴듯한 지형지물이 받쳐 주는 길목에 서 낭나무와 장승 한 쌍쯤은 서 있어야 할 게 아니냐는, 나의 동구에 대한 관념에 그 둔덕은 전적으로 어긋나기 때문이다.

무심하게 들어서다가 문득 계견(鷄犬)의 소리에 걸음을 멈추고 고개를 들면 아늑하게 모여 있는 동네가 바라보이는 자리 ―. 유감스럽게도 우리 동네는 헤벌쭉한 남향받이 골짜기 안에 자리 잡고 있어서 그런 자리가 있을 수 없다. 아랫마을 방앗간 모퉁이를 돌아서면 저만큼 납작한 지붕들이 하나라도 빠지면 후루루 흩어질 것만 같은 동네가 고스란히 드러나 보인다. 그렇다고 남의 동네 방앗간 모퉁이를 동구라고 할 수는 없고, 천상 아쉬운 대로 동네 앞 신작로의 둔덕을 동구로 칠 수밖에 없다.

동네 앞들 복판에 늙을 대로 늙은 말채나무 두 그루가 나란히 서 있다. 지금의 동네 진입로는 식민지 시대 일본사람들이 마을 안골에 텅스텐 광산을 개발하면서 개설한 것이고, 그 전에는 그 나무 아래로 동네에 드나드는 길이 나 있었다고 한다. 서낭나무가 서 있는 자리가 당초 우리 동네의 동구였던 셈이다. 차라리 신작로의 둔덕보다는 그 둥구나무 사이가 더 동구답다는 생각이 든다. 그러나 신작로가 개설되면서 사람들은 신작로로 동네에 드나들었고 싫든 좋든 둔덕은 우리 동네의 동구가 되어 버렸다.

지리적 형상 여하에 불구하고 사람이 모여 사는 곳에는 들고나는 길이 있고 그 길 어디쯤이 동구다. 그런데 사실은 그 길 어디쯤은 그 동네 사는 사람 마음의 어느 부분이라는 생각이 든다.

　어디 갔다 돌아오는 저문 날 둔덕에 올라서면 쿵 하고 심장 박동이 빨라진다. 그러면 뉘 집 어린애 잠 트집 하는 소리거나, 어두운 부엌에서 쨍그랑 하고 사기 그릇 깨트리는 소리거나, 뉘 집 축생들이 철퍼덕거리고 죽 먹는 소리 등 은근하고 잔잔한 사람 사는 소리가 가슴에 부딪쳐 온다. 그 소리를 들으면 떠돌다 돌아온 탕자라도 깊은숨을 쉬고 안도하게 될 것이다. 나는 그 지경(地境)을 넘어서면 모든 허물은 양해 받을 것 같고, 작은 성취는 크게 환영 받을 수 있을 것만 같은 맘이 드는 것이다. 동구란 그런 길목이다. 그런 길목은 동네에 들어서는 동네 사람 마음 어디쯤에 있다고 해도 그리 틀린 말은 아닐 성싶다.

　그렇다면 동구는 시골에만 있는 것은 아니다. 동구는 도시의 달동네에도 있고, 아파트 단지에도 있고, 사람이 모여 사는 곳에는 다 있다.

　젊어서 달동네 골목 안에 셋방 살 때다. 늦은 밤 퇴근을 해서 골목에 들어서면 희미한 가로등 불빛 아래 바람 빠진 고무공이거나 혹은 바퀴 빠진 세발자전거가 주인을 잃고 쓸쓸하게 버려져 있는 걸 보게 된다. 그러면 발걸음을 멈추고 물끄러미 그걸 바라보게 되는데 골목 안 개구쟁이들이 최선을 다해서 노는 소리가 장마 때 벌창하는 개울 물소리처럼 울려오는 것이었다. 얼마나 열심히 뛰놀았으면 고무공이나 세발자전거를 저 지경을 해 놓았을까.

아내 말에 의하면 애들이 최선을 다해서 노는 것이나 내가 월급을 벌어오는 것이나 고맙기는 마찬가지라고 했다. 우리 애들 진숙, 진용, 진국이가 곤히 잠든 셋방 윗목 희미한 백열등 아래서 늦은 저녁 밥상 앞에 마주 앉았을 때 아내가 잠든 애들을 들여다보며 한 말이었다.

젊은 날, 골목 어귀에 도착하면 가슴에 안기는 안도감에 나는 턱없이 행복했다. 팔소매에 토시를 끼고 하루 종일 공문서를 작성하다 늦은 밤에 돌아오는 가난한 도청 서기의 처지에 개선장군처럼 마음이 격앙되어서 구멍가게에 들러 라면땅이든지 새우깡 한 봉지를 사 들었다. 반드시 우리 애들을 주겠다는 마음도 아니다. 빈손이 부끄러워 사 든 전리품 대용이다. 뉘 집 애라도 만나면 주고 싶은 마음이었으나 밤이 늦어서 골목 안에는 애들이 없었다. 집에 들어와서 곤히 잠든 내 새끼 머리맡에 놓곤 했다.

도시의 골목 어귀는 도시의 동구다.

지금은 아파트 단지라는 삶의 수용시설에 살지만 그곳도 사람 사는 곳이긴 마찬가지다. 늦은 밤 아파트단지 정문에 들어서다가 졸음을 참고 앉아 있는 늙은 경비를 보면 그냥 지나칠 수 없다. 자판기에서 커피를 뽑아 가지고 담배 연기에 전 좁은 경비실 안에서 이마를 마주대고 앉아서 마시고 싶어진다. 아파트에 사는 사람들의 그 마음이 아파트의 동구다. 그런 마음이 안 드는 사람은 태생적으로 '사회적 동물'에 부적한 사람일지 모른다.

윗버들미 내 고향 그 둔덕의 동네로 들어가다 오른편 길가에 '4H 클럽' 표석이 세워져 있었다. 정방형의 튼실한 기단 위에 사방 1미터쯤 되는 네모 판을 만들어 세운 시멘트 조형물이었다. 판면(板面)에 네 잎 클로버를 음각하고 이파리마다 지(知), 덕(德), 노(勞), 체(體)의 네 글자를 음각했다. 그리고 표석 하단에는 역시 '윗버들미 새마을 4H 구락부'라고 음각한 후, 바탕은 녹색 글씨는 흰 페인트칠로 마감한 표석이었다.

농촌 젊은이들이 고향을 떠나던 1970년경에 세워졌다. 이 표석은 몇 해 전까지만 해도 까맣게 썩어서 파란 이끼에 덮인 채 그 자리를 지키고 있었다.

나는 '4H 클럽 표석' 앞에 서면 마치 무명용사 비석 앞에 서는 것처럼 맘속으로 머리를 숙이곤 했다. 그 표석이 여름날 깊은 우물 밑바닥에서 길어 올린 샘물처럼 내 동구에 대한 갈증을 해갈해 주었기 때문이다. 이 둔덕에다 고향의 애착심을 조형해 놓은 젊은 그들은 국민소득의 발생지로 모두 떠나갔지만 한때 그들이 둔덕을 고향의 동구로 전원 일치를 보고 대문에 문패 달 듯 세워 놓은 사실에 나도 전적으로 동감이었다.

'아―. 여기가 내 고향이구나―!'

이 '4H 표석'을 세울 궁리를 하면서 밤이 깊도록 머리를 맞대고 왈가왈부했을 젊은 상수리나무 같은 그들이 보인다. 순이, 영자, 계순이, 영수, 호명이, 덕근이 등등……. 처녀들은 부엌에 나가서 밤참으로 무엇을 만들었을 것이다. 고구마를 삶았을까, 수제비라도 끓였을까. 하얗게 무서리 내리는 늦은 밤 그 불빛은 가물가물 멀리멀리 등대 불빛같이 비쳤으리라.

다음날 이 둔덕이 얼마나 활기로 가득했을까. 남자들은 신명이 나서 없는 솜씨를 다해 작업을 하고 여자들은 모여 서서 허공으로 비눗방울 같은 웃음을 날렸기 쉽다.

그리고 70년대의 젊은 그들은 부득이 미래 지향적인 애향심을 표석으로 거기 남겨 두고 그 표석 앞에서 헤어졌다. 먼저 처녀들이 도시 공단으로 떠났다. 처녀들은 정신대로 끌려가는 식민지시대의 처녀들처럼 엉켜서 울며 하나둘 떠났고, 그때마다 대범한 척한 청년들 얼굴에도 기실 자세히 보면 오장육부를 도려내는 아픈 기색이 엿보였다. 그리고 그들도 고향을 떠났다.

내 고향 윗버들미의 전통사회의 동구는 모 정치인이 쉬라고 하는 60~70대에 의해서 여기까지 겨우겨우 지켜왔으나 그것은 역부족, 조만간 그 정치인의 말대로 전열은 궤멸되고 새로운 전통사회가 30~40대에 의해서 재편성될지 모른다. 제발 편견과 오류에 의해서 보편타당한 향수가 영영 사라지는 일은 없었으면 하는 마음이다.

그 '4H 표석'이 서 있었을 때는 둔덕은 동구 같았다. 언제 어떤 경위로 그 표석도 없어졌는지 모르지만 지금은 생활쓰레기가 버려진 그저 바람 부는 둔덕일 따름이다.

가끔 고향에 가면 둔덕에 서서 동구를 몰라 어리둥절하게 된다.

바래너미의 고욤나무

동네 앞산줄기가 말 잔등이처럼 축 처진 자리를 바래너미라고 한다.

올라가 보면 평평한 억새밭인데, 그 중간쯤 늙은 고욤나무가 한 그루 서 있다. 고욤나무 아래는 펑퍼짐한 너럭바위가 엎드려 있고 그 옆에 가랑잎이 가득 가라앉은 옹달샘이 있다. 사람들은 그 자리가 집터였다고 하는데 집이 있었던 것을 본 사람은 없다. 그러나 집터가 아니랄 수도 없다. 고욤나무는 원래 울안이나 집 근처에 서 있는 과수다. 한때 이 산정에도 산바람같이 초연한 삶이 존재했었다는 사실을 고욤나무가 주장하는 듯했다.

첫눈이 올 때면 가끔 그 늙은 고욤나무가 생각난다.

윗버들미 사람들은 가을 일이 끝나면 다람쥐 도토리 물어 나르듯 부지런히 나무를 해 날랐다. 섣달그믐까지 집 안에 나뭇짐이 가득 쌓여야 정월 한 달 맘 놓고 놀 수 있기 때문이다. 장정들은 바래너미로 나무를 하러 다녔다. 나무를 해서 지고 예닐곱 번은 쉬어야 돌아올 수 있는 먼 나무 길이지만 거기 가야 관솔 박인 소나무 삭정이나, 마른 싸리나무 같은 불 때기에 편하고 화력 좋은 나무를 해올 수 있었다.

그 나무는 동매 떠서 사람들 눈에 잘 띄는 삽짝 안에 자랑하듯 배겨 놓았다. 그걸 동네 사람들은 정월나무라고 했다. 그 나무로 섣달그믐께 가래떡쌀도 찌고, 조청도 고고, 두부도 하고, 적도 부쳤다. 정월 음식을 맛있게 만들 수 있는 적의(適宜)의 화력을 생산할 수 있을 뿐 아니라, 그 화력은 분주한 정월달 부엌간을 따뜻하게 해주었다. 허술하기 짝이 없는 삼동의 부엌간에서 연기가 나지 않는 높은 화력을 만들어 쓸 수 있는 것은 분명히 여인네들의 복이다. 그 복을 남정네들이 바래너미에서 가져다주었다. 정월나무라는 말은 그런 의미가 아닌가 싶다.

바래너미 나무를 때는 집은 굴뚝을 보면 안다. 파란 연기가 조용히 오르면 바래너미 나무를 때는 것이고, 굴뚝에서 짚동 같이 검은 연기가 오르면 청솔가지나 물거리(생나무)를 때는 것인데, 굴뚝의 연기가 그 지경으로 나와 가지고는 내외간에 금실 좋기는 꿩새 운 집이다. 왜냐하면 굴뚝에 그 지경으로 연기를 피워 올리려면 아내가 아궁이에 얼굴을 들이대고 "빌어먹을 놈의 화상—. 빌어먹을 놈의 화상—" 하고 서방 욕을 하며 모깃불 피울 때처럼 눈물콧물 좀 흘리며 불을 살려야 하기 때문이다. 그래서 정월나무가 삽짝 안에 그득하면, 집이야 비록 오두막일망정 벼 백이나 하는 고대광실(高臺廣室) 못지않게 복돼 보였다.

우리는 삽짝 안에 정월나무를 쌓아놓고 정월을 나본 적이 없다. 내 할머니와 어머니는 가난하기 짝이 없는 정월을 지낸 셈이다. 아버지는 읍내 출입이나 하시며 사셨고 농사는 할머니가 머슴을 데리고 지으셨는데 머슴은 한 해 농사가 끝나면 새경을 받아 가지고 저의 집으로 돌아가고, 새 머슴은 정월이 넘어서 들어왔다. 우리는 정월나무를 쌓아놓고 때기는커녕 늘 나무에 쪼들리며 살았다.

고등학교 졸업하고 집에서 농사를 짓던 해 겨울, 나는 할머니와 어머니 원을 풀어드리기로 작심하고 바래너미로 나무를 하러 갔다. 아무도 그리 멀리 나무를 하러 안 가는, 눈이 올 듯 착 찌부러진 날이었다. 그런 날은 장정들도 나무를 하러 멀리 가지 않고 사랑방 군불 나무나 가까운 산에 가서 해왔다. 나무하는 일이 몸에 배지도 않은 처지에 눈이 올 듯한 날 혼자 그리 멀리 나무를 하러 가는 건 모험이랄 수 있다. 모험을 하지 않을 수 없었던 까닭은 '농사는 아무나 짓는 줄 아느냐'며 햇농군을 품앗이에도 안 끼워 주는 장정들의 폐를 끼치기 싫은 오기도 있었지만, 필경은 까치둥지 같은 나뭇짐을 지고 칠전팔기를 거듭하며 용렬스럽게 돌아올 나의 나무 길을 그들에게 보이기 싫어서였다. 위험하기가 짝이 없는 일종의 교만이었다.

나는 그때 처음으로 바래너미에 올라가 보았지만, 흐린 하늘 아래 펼쳐진 펑퍼짐한 산등성이의 마른 억새밭이 전혀 적적하지 않았다. 억새밭 가운데 고욤을 잔뜩 열고 서 있는 늙은 고욤나무 때문이 아니었나 싶다. 고욤나무는 바람 센 산등성이의 살기 힘든 여건 때문인지 훤칠하지는 못해도 많은 가지에 고욤을 잔뜩 열고 있었다. 흡사 삶이 고단하다고 불만할 줄도 모르고, 부자 되려고 아등바등 욕심 부릴 줄도 모르고, 그저 그날이 그 날같이 부지런할 줄 밖에 모르는, 애들 많은 우리 동네 이 서방 박 서방 중 한 사람 같아 보였다.

지게를 고욤나무 아래 벗어 놓고 너럭바위에 앉아서 고욤나무에 등을 기댔다. 고욤이 융성하게 열린 가지 끝으로 산등성이가 흐린 하늘 아래 주절주절 펼쳐져 있었다.

소백산맥은 이마 위에 떠 있고, 그의 지맥인 높고 낮은 산등성이들은 눈높이거나 눈 아래 놓여 있었다. 내가 앉은 바래너미 산등성이는 낮아지면서 남쪽으로 뻗어 갔는데 끝은 안 보이고 그 앞쪽을 가로막고 소백산맥이 지나가고 있었다. 바래너미 산등성이에서 가지를 친 작은 산등성이들이 버들미 골짜기를 향해 서쪽으로 뻗어 내리다 도랑 앞에서 멈춰 섰다.

모든 산줄기는 물길을 가로막지 않고, 물길은 산줄기를 피해서 흘러가고 있었다. 처녀 같은 골짜기에 초가집과 다랑논과 뙈기밭들과 무덤들이 다소곳이 안겨서 소르르 겨울잠에 들어 있었다. 까마득히 내려다보이는 고만고만한 구획의 작은 경작지들이 차지한 다툼 없음이 산등성이와 골짜기의 순리와 잘 어울렸다. '나도 저 모습같이 살리라.' 울컥 그런 감정이 복받쳤다.

숲에 들어가서 까치둥지만하게 삭정이 나무를 해서 지고 고욤나무 아래까지 오는데도 나뭇짐을 서너 번은 메어쳤다. 나뭇짐이 쿨렁쿨렁하게 골아서 지게 꼬리를 다시 졸라맸다. 나뭇짐은 장정 나뭇짐의 반도 안 되었다.

고욤나무 아래 나뭇짐을 받쳐놓고 너럭바위에 앉았다. 이미 해는 척 기울고 나는 손끝 까닥할 힘도 없이 탈진한 상태였다. 산 아래 우리 집이 조그마하게 바라보였다. 나뭇짐을 저 집 삽짝 안에까지 져다 배겨 놓을 수 있을 것 같지 않았다.

너럭바위에 벌렁 드러누웠다. 고욤들이 조롱조롱한 눈망울로 나를 내려다보고 있는 것이었다. '어서 나를 먹고 힘내.' 그러는 것 같았다. 벌떡 일어나서 고욤나무로 올라갔다. 나뭇가지에 걸터앉아서 고욤을 따 먹었다.

나는 별미를 들라면 겨울 고욤나무에 반쯤 마른 채 달려 있는 고욤 맛을 들겠다. 이미 수분은 다 증발하고 과당(果糖)과 씨만 남아 있는 작은 까만 열매—. 그 열매는 흡사 건포도 같은데 질은 전혀 다르다. 건포도는 순전히 과육이지만 고욤은 약간의 과육에 둘러싸인 먹잘 것 없는 자디잔 씨. 건포도 맛과 겨울 고욤나무에 달린 고욤 맛은 같은 과당의 맛이긴 하지만 사탕과 엿 같은 것으로 근본이 다른 맛의 정서 차이가 존재

한다.

원래 고욤은 털어서 단지에 담아 두었다가 눈이 깊이 쌓인 겨울밤에 사발로 떠다가 숟가락으로 퍼먹는 것이다. 자디잔 열매에서 껍질과 씨를 빼면 과육은 얼마 안 된다. 단지 안에서 죽같이 엉긴 고욤을 펑펑 눈 쌓이는 밤에 퍼다 먹는 것은 사실 과육에 버무린 견고한 고욤 씨를 먹는 것이라 할 수 있다. 긴긴 겨울밤 배고픔을 참으며 듣던 할머니의 옛이야기 새참으로 먹던 그 가난한 과당을 섭취하기 위해서 우리의 배설기관은 얼마나 애를 썼는지, 이른 봄 거름을 낸 보리밭 골을 보면 인분(人糞)이라고 친 것이 올올한 고욤 씨뿐이었다.

그 고욤 맛을 아는 한국 사람이 얼마나 될까. 그 맛 '대통령도 몰라 국회의원도 몰라.' 나는 어떤 한국적 맛의 기능 보유자인 것처럼 자부심이 느껴진다.

얼마쯤 과당을 섭취하고 나자 멀고 작게 바라보이던 우리 집이, 마치 명사수가 보는 과녁같이 크게 보였다.

나무에서 내려와 지게를 지고 일어서는 내 눈앞에 때 아닌 흰나비가 날아들었다. 소담한 흰 눈송이가 산등성이 가득히 날았다. 마침내 하늘 가득히 날았다. 고욤나무는 눈발에 가뭇하게 묻히면서 내가 떠나는데도 홀로 침착하게 서 있었다.

사십오 년 전이다. 첫눈이 올 것 같은 예감에 고개를 들면 하늘이 착 가라앉은 산등성이의 늙은 고욤나무가 어제인 듯 선연하게 보인다. 우리 동네 정월나무꾼의 허기를 면하게 해준,

당도 높은 고욤을 가득 달고 침착하게 첫눈 속에 묻히던 고욤
나무가 보인다.

　그리고 까치둥지만한 나무 한 짐이 삽짝 안에 배겨져 있는
걸 가지고 우리 손자가 해 온 정월나무라고 동네방네 자랑하
시던 할머니가 보인다. 그 고욤처럼 소박하기 짝이 없는 시대
의 고욤 맛 같은 행복이 보이는 것이다.

배필
配匹

강화도 최북단 철산리 뒷산에 있는 180오피는 임진강과 예성강, 한강 하구의 질펀한 해협이 굽어보이는 돈대 위에 있다. 대원군의 쇄국정책을 위해서 흑색 쾌자를 입고 돼지털 벙거지를 쓴 병졸들이 창을 들고 불란서 함대와 맞서 있었음직한 곳이다. 나는 43년 전, 이곳에서 해병 제1여단 예하의 어느 중대에서 위생병으로 파견 근무를 했다. 그곳에서 바라보는 서해 낙조만치 아름다운 노을을 나는 그때 이후 보지 못했다.

어느 날 집에서 보낸 하서(下書)가 당도했는데, 강원도 귀래라는 곳에 전주 이씨 성을 가진 참한 규수가 있어서 네 배필(配匹)로 생각하고 있으니 그리 알라는 내용이었다. 배필이라는 아버님의 굵직한 필적이 젊은 내 가슴을 설레게 했다. 평생 같이 뛰게 내 옆에 붙여 줄 암말 한 필, 나는 저녁 식사 후면 돈대에 앉아서 서해 낙조를 바라보며 생각했다.

'참하단 말씀이시지─. 꽃처럼 예쁠까, 암말처럼 튼튼할까.'

그러다 노을이 지고 대안의 북한 인민군 서치라이트가 불을 켜면 놀라서 천막으로 들어갔다. 어느 날은 인민군의 서치라이트가 켜졌는데도 생각이 깊어서 미처 천막으로 돌아가지 못하고 중대장에게 들켰다.

"뭐해 임마ㅡ. 형편없이 기합 빠진 위생병아ㅡ."

대체로 야전지휘관들은 보병에 비해서 위생병을 경시하는 경향이 있다. 나는 중대장의 그런 눈치에 자존심이 상했다.

"무슨 생각이 깊어서 서치라이트 불빛도 의식하지 못하고 앉았어ㅡ. 빨리 천막으로 돌아갓!"

그리고 며칠 후, 중대장이 불렀다. 그의 천막으로 갔더니 자기 아내가 어린애를 낳았는데 영 기운을 못 차리고 미역국도 못 먹는다며, 의무중대에 가서 링거를 구해다 놓아 줄 수 없겠느냐고 부탁을 하는 것이었다.

지휘관 처지로서 졸병에게 할 수 없는 기합 빠진 부탁이지만 그때 그의 태도는 중대장이 아니라 딱한 처지의 남편에 불과해 보였다. 나는 중대장이 지휘관의 고압적인 태도를 버리고 기합 빠진 위생병에게 솔직한 부탁을 해준 게 고마워서 선뜻 그런다고 약속했다.

나는 자대(自隊)인 의무중대에 내려갔다. 보급계 선임하사관에게 시집살이 사정하러 친정 온 딸처럼 파견부대 중대장님 아내의 딱한 사정을 이야기하고 5프로(링거)를 한 병 달라고 부탁을 했다.

"임마, 5프로는 사경(死境)의 전우(戰友)에게나 주사하는, 군인의 생명 같은 약이야—. 어린애 난 중대장 마누라한테 놓는 게 아니야—."

일언지하에 거설을 당했다. 늙은 군인의 완강한 군인정신에 당황해서 나는 하루 종일 뭐 마려운 강아지처럼 초조하게 의무중대를 빙빙 돌았다. 그러다 선임하사관 앞에 가서 말없이 서 있곤 했다.

빈손으로 돌아갈 수는 없었다. 빈손으로 돌아가서 중대장에게 당할지 모르는 보복이 두려워서도, 또 링거를 들고 가서 얻어질 군대생활의 편의를 바라서도 아니었다. 다만 약속 그 자체가 소중했기 때문이었다.

선임하사는 할 수 없는지 친정어머니처럼 생리식염수(sodium chloride)를 두 병 주었다.

"선임하사님—! 이건 소금물 아닙니까?"

"임마, 같은 용도야—."

5프로나, 생리식염수나 다 같이 총상환자(銃傷患者)의 탈수 증세에 놓는 약품이긴 하다. 5프로는 생리식염수에 포도당 5프로가 희석되어 있다는 말로, 약간의 당분이 첨가된 소금물과 그냥 소금물의 차이다.

더 이상 떼를 쓰는 것은 화를 자초하는 일이다.

"싫으면 그만 둬—. 임마."

그러면 그나마 얻어 가지고 올 수 없이 되고 마는 것이다. 막

차를 타고 부대로 돌아왔다. 중대장이 노을에 벌겋게 물든 채 돈대에 서 있었다. 나를 기다리고 있었던 것이 분명하다. 링거라고 할 수도, 안할 수도 없는 내 실정이 마음을 무겁게 했으나 중대장님이 링거병과 똑같은 소금물 병을 보고 반색을 하는 바람에 마음을 놓았다.

다음날 아침을 먹고 나자 중대장님은 떠밀 듯 나를 철산리 동네로 내려보냈다.

중대장은 어느 농가의 문간방을 얻어서 살림을 하고 있었다. 산모가 핼쑥한 얼굴로 누워 있다가 부스스 일어나서 나를 맞이했다. 방안 가득한 비릿한 냄새, 아기 냄새인지 아기 엄마 냄새인지 모르지만 내 정신을 몽롱하게 했다. 생전 처음 맡아보는 냄새였다. 처음이 아닐지 모른다. 어머니가 내 막내 동생 낳을 때 내가 새벽에 읍내 가서 미역을 사왔으니까, 그때도 맡은 냄새일 것이다. 그러나 기억조차 없다. 그때 내 나이 열다섯에 불과했으니까 그 냄새를 의식하지 못했을 수도 있다.

나는 중대장 사모님을 뉘어 놓고 주사를 놓았다. 왜 그리 떨렸을까. 핏기 없는 하얀 산모의 팔뚝에서 떨리는 손으로 혈관을 찾아 주삿바늘을 꼽는 일이, 숙달된 위생병의 평소 솜씨와 달리 쉬운 일이 아니었다. 병사의 팔뚝에 주삿바늘을 꽂는 것과는 다른 일이었다. 팔이 너무 투명하고 맑아서 그랬을까, 혈관이 파랗게 비치는데도 불구하고 주삿바늘을 혈관에 바르게 꽂느라고 진땀을 흘렸다. 떨리는 손으로 주삿바늘을 뺐다 꽂았다 몇 번을 거듭했다. 못 미더운 수병의 주사 솜씨를 상 한 번 찡그리지 않고 정온(靜穩)하게 견뎌 준 중대장 사모님 ㅡ. 나는 지금도 그녀의 교양을 존경해 마지않는다.

만약 그때 그녀가 불안하거나 불쾌한 표정을 노골적으로 드러내 보였으면 나는 주사 놓기가 오히려 더 수월했을지는 모르지만, 그러면 그녀의 모습이 아름다운 기억으로 남아 있을 리도 없고, 내가 지킨 약속 또한 그리 소중하게 기억될 리도 없다.

오전에 한 병, 오후에 한 병 소금물 주사를 맞은 중대장 사모님은 딴사람처럼 생기가 돌았다. 굳이 저녁밥까지 해줘서 먹고 왔다. 나는 밥을 먹고 중대장 사모님은 미역국을 먹고, 우리는 오누이처럼 겸상을 해서 먹었다. 비릿한 냄새 가득한 산모의 방에서 산모가 해준 밥을 마주앉아 먹는 황홀한 영광 때문인지 밥맛도 몰랐다.

"위생병님, 애인 보고 싶으시지요. 집에 한 번 다녀오세요."

"애인 없습니다."

그러면서 아버님이 의중에 두신 내 배필, 전주 이씨 성을 가진 참한 규수를 생각했다.

밥을 먹고 서둘러 오피로 돌아오며 중대장님은 좋은 배필을 두었다고 생각했다.

나는 막 해가 진 바다를 향해서 돈대에 주저앉았다. 흑장밋빛 같은 노을이 해협을 물들이고 있었다. 비로소 손에 든 책표지를 보았다. 『청록집(靑鹿集)』이었다. 책표지가 손때에 곱게 절어 있었다.

"위생병님, 고마워요. 뭐 드릴 게 없어요."

중대장 댁을 나오는데 사모님이 따라 나와서 내 손에 쥐어준 책이었다. 손을 잡힌 채 바라본 중대장 사모님의 맑고 투명한 얼굴이 처연하리만치 고왔다. 나는 지금도 산모의 얼굴이 배필의 얼굴이다라고 생각한다.

대안의 인민군 서치라이트 섬광이 환도(還刀)를 휘두르듯 혹 장밋빛 노을을 가르며 지나가고 땅거미가 졌다. 나는 벌떡 일어나서 천막으로 들어갔다.

며칠 후 중대장님이 특별 휴가를 보내 주어서 전주 이씨 성을 쓰는 참한 규수와 맞선을 보고 왔다. 중대장 사모님의 부탁에 의한 배려였을 것 같아서 찾아뵙고 인사를 드렸다. 그리고 배필을 선본 이야기를 했다. 사모님이 반갑게 손을 잡고 웃어 주었다.

노을을 보면 1960년대 초, 강화도 철산리 뒷산 돈대에 앉아 있던 상등 수병이 보인다. 파란만장한 해협을 물들이며 지던 장엄한 노을이 눈에 선하다.

수탉

가끔 수탉을 생각할 때가 있다.

옛날 우리 집에 벌건 수탉이 한 마리 있었다. 토종과 뉴햄프셔의 교잡종쯤 되어 보이는 커다란 수탉이었다. 토종의 당찬 기상을 커다란 체격이 뒷받침해 주니까 당당하기 그지없었다.

수탉은 우리와 한 식구로 살아온 지 사오 년쯤 되었을까. 어머니가 장에 갔다가 하도 잘생겨서 장볼 계획을 팽개치고 덥석 사오신 수탉이었다. 이 수탉은 우리 집에 와서 여남은 마리의 암탉을 거느렸는데, 일부다처의 자질을 지녔는지 지아비의 책임을 충실히 다했다.

암탉 여남은 마리는 소중한 우리 집의 가축이었다. 여남은 마리의 암탉이 한 파수에 달걀을 서너너덧 꾸러미씩 생산했다. 가계에 큰 보탬이 되었다. 만약에 수탉이 여남은 마리의 암탉 중 상감이 후궁 편애하듯 한두 마리만 돌보았다면 나머지 암탉들은 소박당한 후궁들처럼 시름에 겨워 달걀도 생산하지 않았을지 모른다. 그러면 우리 집의 가계 사정은 불가피하게 차질을 빚을 수밖에 없었음은 물론이고, 어머니가 장날 아침에 조심스럽게 달걀꾸러미를 짓는 재미도 누릴 수 없었을 것이다. 수탉은 그런 여난(女難)이 발생하지 않도록 다처(多妻)를 공평무사하게 잘 거느렸다. 같은 남자로서 생각해도 존경스럽기 그지없다.

가끔 앞집 수탉이 우리 암탉을 어찌해 볼 요량으로 담을 넘어오는 수가 있었다. 앞집 수탉은 우리 수탉보다 체격은 작았지만 싸움닭 사모처럼 날렵하고 호전적으로 생겼다. 영락없이 장돌뱅이 등쳐먹는 장터거리 왈패 같았다.

이 놈은 우리 암탉을 넘보려고 올 때는 불쑥 담 위로 날라 올라와서 몸을 직립으로 곧추세우고 하늘을 향해서 "꼬기오 —꼬오 —" 하고 목청을 길게 뽑으며 사내의 기세를 유감없이 드러내 보였다. 일종의 선전포고인 동시에 우리 암탉을 후리려는 수작이 분명했다. 그러면 우리 수탉은 '꾹꾹'거리며 당황한 기색이었으나 앞집 수탉의 침입을 격퇴할 의지를 불태웠다. 앞집 수탉은 우리 수탉의 의지 따위를 아랑곳하지 않고 담에서 펄쩍 뛰어내렸다. 나는 그 기세에 기가 죽어서 지켜보는데 정작 우리 수탉은 겁도 없이 돌격을 감행했다.

두 수탉은 용호상박(龍虎相搏)의 접전을 벌였다. 우리 수탉이 열세였다. 몸이 너무 무거운 것이었다. 그렇다고 뒤를 보이는 법은 없었다. 우리 수탉보다 앞집 수탉이 더 높이 뛰어올랐다. 그리고 내려 뛰면서 발로 우리 수탉의 가슴을 후려치고 비칠거리는 틈을 노려, 부리로 수탉의 자존심인 볏을 사정없이 쪼는 것이었다. 우리 수탉의 볏에서는 선혈이 낭자했으나 굴함이 없이 앞집 수탉의 공격에 맞섰다. 우리 집의 여남은 마리의 암탉들은 제 서방이 당하고 있는데도 하등의 관심을 보이지 않았다. 싸워 이기는 수탉만이 내 지아비의 자격이 있다는 태도였다. 암탉은 절대로 남녀평등을 주장할 물건이 못 된다는 생각이 들었다.

나는 지게 작대기를 꼬나들고 살금살금 두 수탉의 싸우는 현장으로 다가가서 앞집 수탉의 등허리를 향해서 내리쳤다. 살의(殺意)가 분명한 가격이었으나 앞집 수탉은 죽지 않고 아쉽다는 듯이 비칠거리며 달아났다. 우리 수탉은 피가 낭자한 머리를 승자처럼 당당하게 추켜들고 암탉무리 곁으로 갔다. 나는 그리 당하고도 의연할 수 있는 사내의 기백에 마음으로 아낌없는 박수를 보냈다. 열세면서도 끝까지 시합을 포기하지 않고 판정패를 한 피투성이의 복서에게 보내는 마음 같은 것이었다.

수탉에게는 죽음은 있을지언정 패배가 없다는 것을 나는 인도네시아의 닭싸움을 보고 절실하게 깨달았다. 수탉의 목숨보다도 더 귀한 임전무퇴의 자존심은 차라리 가혹한 업보라는 생각이 들었다. 그 점 사람은 감히 따를 수 없다. 가끔 선량(選良)들도 국민이 주시하는 단상에서 수탉같이 싸우지만 나는 그

싸움의 귀추(歸趨)를 주목한 적은 없다. 당리당략을 위한 싸움이라 그럴까, 도무지 싸움 끝이 명쾌하지 못하고 흡사 이전투구(泥田鬪狗)처럼 지저분한 느낌이 들어서다.

어느 해 이른 봄 나는 수탉이 일가의 안위를 위하여 저 자신을 홀연히 위기 앞에 내던지는 장렬한 태도를 보고 놀랐다.

양지바른 들녘에 아지랑이가 가물거리지만 높은 산봉우리의 그늘에는 묵은 눈이 희끗희끗했다. 얼음장같이 파란 하늘에 솔개가 떠서 선회하고 있었다.

병아리가 딸린 암탉은 마당 귀퉁이 거름더미에서 열심히 거름을 버르집으며 '꼭 꼭'거리고 있었다. 먹이가 나왔으니 주워 먹으라는 소리일 것이다. 병아리들은 어미 닭이 거름을 버르집는 발길질에 걷어차이면서 열심히 모이를 주워 먹고 있었다. 그 곁에는 예의 수탉이 서 있었다.

독수리의 그림자가 마당을 지나가면 수탉이 '꾹꾹'거리고 공습경보를 발령했다. 그러면 암탉은 얼른 담 밑으로 피해서 날개 속에다 병아리를 감췄다. 그러고 나면 수탉은 마당 한가운데 표적으로 노출되어 의연히 버티고 서는 것이었다.

독수리와 대치하고 마당 가운데 직립한 수탉의 자세는 같은 수컷인 내가 보기에도 경외감을 금할 수 없었다. 차라리 무모하다는 말이 더 적절할지 모른다. 쭉 펴면 1미터가 넘는 날개로 유유히 활공을 하다가 급강하해서 날카로운 발톱으로 먹이를 낚아채는 전폭기 같은 독수리의 사냥 앞에, 퇴화되어서 날

지도 못하는 가금(家禽)의 날개와 발톱으로 어찌해 보겠다고 저리 높은 정신으로 의연하게 버티고 서 있는 것인지, 존경의 염을 넘어서 그저 경이로울 뿐이었다. 집단의 우두머리답다는 생각이 들었다.

수탉의 머리는 작다. 그러나 머리 위의 꼿꼿한 빨간 볏과 부리 아래 관우의 수염처럼 소담스러운 볏이 작은 머리를 함부로 볼 수 없게 했다. 『사기(史記)』에 이른 "닭 머리가 소 엉덩이보다 낫다(寧爲鷄口勿爲牛後)"는 말이 정말 옳다는 생각이 들었다. 크다는 것에 대한 질적 견해일 것이다.

수탉의 가슴은 작다. 그러나 가슴을 내밀고 독수리를 향해서 직립으로 서 있는 수탉의 자세에서 가슴은 엄청 커 보였다. 언젠가 디즈니 만화에서 불독 개하고 맞선 수탉을 본 적이 있는데 가슴을 프로레슬러의 가슴같이 그려 놓았다. 너무 과장되게 그렸다고 생각하면서 만화니까 그러려니 했는데 그것이 만화가의 투시력이라는 생각이 든다. 수탉은 다리도 가늘다. 그리고 세 개의 발가락과 발뒤꿈치의 퇴화된 한 개의 새끼발가락으로 된 발은 불안정하다. 그러나 독수리의 날카로운 발톱 앞에 서 있는 발은 근골(筋骨)을 지탱하는 철근같이 강직해 보였다. 뭐니 뭐니 해도 수탉의 위세를 유감없이 보여 주는 것은 꼬리다. 한껏 추켜들어서 포물선을 지은 검붉은 꼬리는 로마 대장의 투구에 달린 깃털처럼 무적의 위세로 보였다.

독수리의 공습 아래 서 있을 때 수탉은 자존심을 여실히 보여 준다. 죽을지언정 일가의 안위를 위해서 피하지 않는 그 장렬한 모습은 차라리 신격(神格)이었다.

아버지께서 내가 이립(而立)에 이르렀을 때 하신 말씀—.

"너는 수탉만한 자존심도 없느냐!"

그 말씀이 잊혀지지 않는다. 어찌 들으면 섭섭하기 짝이 없는 자식에 대한 모멸 같지만 기실은 남자의 높은 기상을 요구하신 것일지 모른다. 우리 아버지도 여느 아버지들처럼 자식 욕심은 엉뚱한 데가 있으신 분이었다. 어쩌자고 내게 가당치 않은 수탉의 기상을 요구하셨는지, 문득 아버지 생전에 단 한 번도 수탉 같은 기상의 일단이나마 보여드리지 못한 게 후회 막심하다.

얼굴

어릴 때 내 별명은 원숭이였다. 반항할 여지가 없는 별명이었다. 지금도 초등학교 때 사진을 내놓고 내 얼굴을 보면 원숭이와 흡사하다. 좁은 이마와 보통이 넘는 긴 인중하며, 툭 불거진 광대뼈가 진화에 한참 뒤떨어진 얼굴이다. 나는 감수성이 예민한 시절, 그 굴욕적인 별명에 식민지 백성처럼 복종하고 살았다.

그래도 살아오면서 내 별명에 일말의 위안이 되는 세계사적 사실을 알게 되었으니, 일본의 영토를 평정하고 임진왜란을 일으킨 풍신수길의 얼굴이 원숭이와 흡사했다는 것 아닌가. 얼마나 고무적인지. 그래서 나는 우리의 성웅 이순신 장군을 숭상하는 만큼 풍신수길을 흠모했다. 풍신수길이 있었기 때문에 성웅 이순신 장군이 존재한 것인 만큼 내가 적장을 흠모한다고 해서 장군께서는 굳이 이적(利敵) 행위라고 꾸짖지 않으실 것이다. 맞수의 비중은 서로에 의해서 비례한다. 이순신 장군의 전공(戰功)은 풍신수길이 강한 만큼 빛나는 것이기 때문에.

해 저문 날, 한산섬 제승당에서 뵌 이순신 장군의 영정은 너무나 준수하고 당당했다. 원숭이 상호를 쳐들고 쳐다보기에는 죄송할 지경으로 잘생긴 존영이었다. 그런데 그 어른의 필적(匹敵)이었던 적장 풍신수길이 원숭이 상호였다니, 나는 감히 이순신 장군의 존영 앞에서 회심(會心)의 미소를 지었다. 내 얼굴에 대한 콤플렉스가 일순간에 해소되는 것 같았다. 원숭이 상호로 군웅이 할거하는 열국을 평정할 수도 있다는 사실은 원숭이 상호인 내게는 귀감이었다. 그래서 내 별명에 풍신수길처럼 당당히 대처하려고 시도했으나 내실(內實)이 뒤따르지 못해서 오늘날까지 삶의 큰 장애인 것이다.

자라면서 원숭이라는 내 별명이 딱따구리로 바뀌었다. 얼마나 다행한 일인지 모른다. 우리 할머니가 내 별명을 바꿔 주셨다. 인중이 길면 장수한다는 속설에 만족하신 우리 할머니는 툭하면 동무와 어울리느라 해 저무는 것도 잊어버리고 노는 동네 고샅에 날 찾아 나오셔서 "어이구, 우리 딱따구리 그만 놀고 들어가서 밥 먹어야지" 하셨다. 할머니의 그 말에 동네 애들도 덩달아서 나를 딱따구리라고 불렀다. 그 별명쯤은 깨소금처럼 고소했다. 왜냐하면 내 얼굴의 취약점의 일부만 지적한 것으로 내 얼굴이 못생긴 구조적 사실을 오히려 오도(誤導) 내지 왜곡(歪曲)하여 나를 별명으로부터 자유롭게 해주었기 때문이다. 우리 할머니는 태산 같은 사랑으로 그 침울한 별명으로

부터 나를 해방시켜 주신 것이다.

그러나 인중이 길면 장수한다는 건 백지 거짓말이다.

누가 상갓집에 문상을 가서

"얼마나 애통하십니까. 그렇게 인중이 긴 어른이 인중 값도 못하고 졸지 돌아가셨으니."

하자 상주 왈,

"원 별 말씀을 다하십니다. 그럼, 인중 긴 딱따구리는 천년이고 만년이고 산답니까."

했다는 것이다. 몰상식한 상주와 문상객이다. 설마 그랬으리야. 내 고향 사랑방에 전해 오는 우스갯소리에 불과할 뿐일 터이다. 아무튼 문상 내용이 인중이 긴 어른이 일찍 돌아가신 것을 애석해한 것이라서 나는 내 인중을 믿고 장수를 기대하지는 않는다.

링컨 대통령이 "나이가 사십을 넘은 사람은 자기 얼굴에 대해서 스스로 책임을 져야 한다"고 한 말은 열정의 시절을 넘어선 중년의 얼굴은 삶의 진실이 누계(累計)된 액면(額面), 즉 그 사람의 이력서로 가름할 수 있다는 말일 것이다. 초로의 내 얼굴은 얼마짜리쯤이나 될까? 백 원짜리 백동전만 할까, 만 원짜리 푸른 지폐만 할까. 나는 내 얼굴이 액면 천 원짜리였으면 좋겠다. 더도 덜도 아닌 성실한 서민의 안면(顔面), 목에 힘을 안 주어도 가볍게 추겨들 수 있는, 자랑스럽지는 못해도 부끄럽지도 않은, 남이 보기 편한 천 원어치이기를 바랐다. 그러나 사람들은 '에이, 안 그래 보여' 하는 눈치였다. 내가 내 삶에 천 원어치만큼의 진실도 기하지 못하고서 천 원어치의 결과에 연연하는 얼굴을 짓고 산 것을 상대방은 한눈에 간파하는 모양이다.

가끔 대검중수부에 소환되는 정치인, 재벌 총수, 고위 공무원 등 지도층 인사들이 기자들의 플래시를 받기 위해서 검찰청 현관 정지선에 멈춰 서서 추켜든 얼굴을 본다. 하나같이 준수하고 잘생긴 얼굴들이다. 나같이 진화가 덜된 얼굴은 없다. 당당하게 서서 플래시를 받는 얼굴들. 수십억 내지 수백억에 이르는 배임, 횡령, 알선수뢰의 혐의가 있는 얼굴이다. 그런데 범법 사실과 관계없이 내 눈에는 그저 당당해 보였다. 체면 유지에 각별한 재주가 있어서인지, 잘생긴 얼굴 덕분인지 모르지만 도무지 안색의 어느 구석에서도 파렴치한 혐의점은 찾아볼 수가 없었다.

얼굴을 보고 그 사람의 본질을 알아내기란 쉽지 않다. 관상쟁이도 사람의 얼굴을 보고 미래의 운수는 알아도 그 사람의 속셈은 모른다. 흔히 범죄형 얼굴이란 말은 일반적으로 그렇다는 말이지, 관상쟁이가 관상을 보고 범죄형이냐 아니냐는 구별하지 못한다. 관상쟁이가 범죄형의 얼굴을 가려낼 수만 있다면 민주 국가의 삼권분립제도 자체가 불필요할지 모른다. 관상쟁이가 호패를 찰 나이에 이른 국민의 관상을 보고 병아리 암수 감별하듯 범죄형과 안범죄형으로 구분, 격리하면 벌주는 일도 발생하지 않을 것이고, 그러면 법을 만들 필요도 없을 것이기 때문이다. 그러나 범죄형 얼굴의 생성(生成)이 성선설(性善說)이냐 성악설(性惡說)이냐는 연구해 볼 문제겠지만 링컨 대통령의 안목은 분명히 성선설에 기인한 것 같다. 사람의 범죄형 얼굴은 타고나는 것이 아니라 만들어지는 것이 분명하다.

나는 사람이 사람의 외모를 보고 인성이나 품격을 파악할 수 있는 능력은 자신의 인격과 품성만큼뿐이라고 생각한다. 그래서 인격과 품성이 낮은 나는 상대의 진면목을 잘 못 본다. 만약 내가 재산을 지녔으면 멀쩡하게 생긴 사기꾼의 감언이설(甘言利說)에 속아서 다 내주었을 것이다.

요즈음 대학입학 시험이나 대기업의 입사 시험에서 면접이 중요한 비중을 차지한다고 한다. 사람 뽑는 사람들의 안목이 졸지에 링컨 대통령만치 높아진 것이라면 천만 다행이다. 사실, 사지선다형 문제 몇 개를 맞추었느냐는 변별력(辨別力)만으로 사람을 뽑아 쓴다는 것은 질 낮은 안목으로 사람을 뽑아 쓰는 데 사회적 부정이 개연되는 것을 막으려는 졸렬한 방법이다. 그것은 결과적으로는 인간의 선악적 성품은 도외시하고 지능에만 의존하자는 것이다. 사람을 보는 눈은 차라리 오류가 있더라도 아날로그 방식으로 해야지, 디지털 방식으로 한다는 것은 인간이 인간적이기를 포기하는 것과 마찬가지다.

지도자의 얼굴은 피지도자에게 호감을 줄 의무가 있지만 굳이 준수할 필요까진 없다. 제가 못생겼으니까 별 소릴 다한다고 할지 모르지만 정말 그런 건 아니다. 이목구비가 성형외과적 병상(病狀)이라서 남에게 혐오감을 준다면 안 되지만 이목구비를 제 위치에 모두 구비한 얼굴이라면 차라리 박연구 님의 수필 「바보네 가게」 주인처럼 어수룩한 구석을 엿보이는 것이 좋다. 특히 피하지방층이 두꺼워 표정을 짓기에 지장이 있는 얼굴은 지도자의 얼굴로는 결격이다. 왜냐하면 선량한 지도자의 인간적 고뇌의 흔적을 담을 수 없는 얼굴은 가면이기 때문이다. 사회의 발전과 안녕에 대한 노심초사로 지방을 과연소(過燃燒)한 얼굴, 간디 같은 얼굴이 이상적인 지도자의 얼굴이다. 지도자의 얼굴은 다이어트를 해서 지방을 빼고 솔직한 표정을 짓는 데 지장이 없도록 살가죽에 여분을 두는 게 좋다. 충고하거니와 안 그러면 모리배로 오해받는다. 지도자여! 총력을 다해서 뛰어라. 그리고 국가와 민족을 위해서 식음을 전폐하고 고뇌하라. 그러면 간디처럼 골격과 가죽밖에 남지 않을 것이다. 그러면 빛나느니 눈빛뿐이다. 하기는 국회의사당에서 욕지거리하고 삿대질하는 선량들도 눈은 빛났다. 그건 빛나는 것이 아니고 혈안(血眼)이 된 거야. 글쎄?

나는 지금 무슨 객설을 떨고 있는 것인가. 원숭이같이 못생긴 내 얼굴의 취약성 때문에 왜 잘생긴 지도자의 얼굴을 매도하는가. 내 얼굴은 천상 원숭이만한 소갈머리를 솔직하게 드러낸 얼굴일 뿐이다.

이화령
梨花嶺

1. 까만 고무신

나는 이화령을 바라보면 항상 까닭 없이 슬펐다. 아마 굽이
굽이 아득한 영마루의 높이에 대한 외경심인지도 모른다.

내가 처음 이화령을 바라본 것은 초등학교 4학년 늦여름이
다. 그러면 그 전에는 이화령을 바라본 적이 없단 말인가. 그
렇지는 않을 것이다. 연풍서는 눈만 들면 바라보이는 고개를
그때 처음 보았을 리가 있으랴. 이화령을 인식한 것이 그때가
처음일 것이다.

봉숭아가 껑충하게 자란 대공 끝에 처연한 빛깔의 꽃 몇 송
이를 매달고 있었고, 한낮의 말매미 울음소리가 소나기처럼
쏟아지다가 뚝 그치면 창 너머로 솜 같은 흰 구름이 뭉게뭉게
피어오르는 게 바라보이던 기억으로 보아서 여름방학이 끝난
때일 것이다.

나는 교실에 혼자 남아서 몇 단째인지 구구단을 외고 있었다. 하루해도 이미 설핏해서 매미 소리도 뚝 끊기고 교실은 숨이 막힐 듯 고요했다. 선생님은 창가에 조용히 서서 책을 읽고 계셨다. 아무리 구구단을 외워 보려고 애를 써도 안 외워졌다. 입체불 같은 선생님의 모습이 내 맘을 조여 와서 집중력이 안 생겼다.

이윽고 선생님이 책을 덮고 말씀하셨다.

"이제 다 외웠으면 한 번 외워 보아라."

나는 구구단을 외우다 도중에 막히고 말았다. 선생님은 한심하다는 듯이 혀를 끌끌 차며 집에 가서 꼭 외워 오라고 이르시고 돌려 보내 주셨다.

어둑어둑한 골마루의 텅 빈 신발장에 홀로 남은 내 까만 고무신 한 켤레─. 구구단도 못 외우는 주인을 침착하게 기다리고 있었다. 신발을 보자 왈칵 눈물이 쏟아졌다. 나는 두 손으로 신발을 꼭 싸잡아 들고 입 속으로 그리 말했을 것 같다.

'미안해─.'

골마루 끝에 나와서 신발을 신자 누가 뒤에서 구구단을 외우고 가라고 붙들 것만 같아서 냅다 교문을 향해서 내뛰었다.

나는 한들 모퉁이를 돌아서다가 누가 내 뒤통수를 바라보는 느낌이 들어서 뒤돌아보았다. 이화령이 바라보였다.

조령산에서 백화산으로 이어지는 소백산맥의 가는 허리 이화령─. 넘어가는 햇살이 걸린 영마루를 향해서 버스가 딱정

벌레처럼 가물가물 기어오르고 있었다. 산굽이를 돌아갈 때마다 석양을 반사해서 번쩍번쩍 빛을 발했다.

나는 우두커니 서서 버스가 고개 너머로 사라질 때까지 지켜보았다. 이윽고 버스가 고개 너머로 사라지고, 영마루에 걸린 마지막 햇살을 거두고 해는 졌다.

저 고개 너머는 구구단을 안 외워도 되는 세상이 있을까. 막연한 동경심이 싹트는 것이었다. 내일은 구구단을 외울 수 있을지 가슴이 답답한데, 내 발이 신고 있는 까만 고무신이 '주인님, 갑시다. 어둡기 전에⋯⋯' 그러는 것 같았다.

2. 초콜릿

나는 6·25사변 때 걸어서 이화령을 넘었다. 이화령을 넘은 것은 그때가 처음이다. 아버지를 따라서 경산까지 피난을 갔다 돌아오는 길이었다. 처음 걸어서 넘은 이화령은 내게 지울 수 없는 아픈 기억을 남겨 주었다.

막 전쟁이 지나간 강토(疆土)는 참혹하기 이를 데 없었다. 복날 개 그을어 놓은 것처럼 네이팜탄에 불탄 시커먼 산들, 포탄이 짓이겨 놓은 경작지마다 잡초와 곡식이 우긋하게 자리다툼을 하고 있는 무질서, 허물어진 집 뒤꼍 장독대에 무사하게 돋아난 크고 작은 독과 항아리들이 공포에 질려 의지하고 있는 외로운 모습들, 홀로 선명한 빨간 감 알들, 어디서 풍겨 오는 주검이 썩는 냄새—. 전쟁은 사람의 크고 작은 소망들을 무참하게 짓밟아 놓았다. 지금도 그 생각만 하면 치가 떨린다. 이념이 뭐길래, 단일 민족의 삶의 정서를 공수병에 걸린 개떼처럼 뒤엉켜 그 지경을 만들어 놓은 것인지 모자라는 민도(民度)가 서러워서 통곡을 하고 싶다.

나는 무서워서 허둥지둥 아버지의 빠른 걸음을 따라 걷다 뛰다 했다. 아버지는 어린 자식이 뒤따라온다는 사실은 까맣게 잊어버리셨는지 이념의 수복(收復)만 생각하며 걸으시는 듯했다. 엷은 늦가을 햇살 아래 전쟁의 상처를 고스란히 드러내 놓고 있는 강토를 지나서 마침내 이화령 고갯마루에 이르렀다.

고개만 넘으면 내 집인데 길이 막혔다. 꽁무니에 대포를 매단 미군 차량들이 길게 줄지어 멈춰 있었기 때문이다. 미군들이 몰려서서 웃고 떠들며 산비탈에다 돌을 던지고 있었다. 아버지와 나는 왜 돌을 던지고 있는지 궁금해서 미군들 뒤에 서서 등 너머로 바라보았다. 산비탈에 노란 군복을 입은 병사의 주검이 누워 있었다. 하얗게 뼈만 남은 해골이 반듯하게 하늘을 향해서 누워 있는 옆에 별이 달린 인민군 전투모가 놓여 있었다. 곤히 잠들어 있는 것만 같았다. 나는 사람의 주검을 그때 처음 보았다. 미군들은 그 인민군 병사의 하얀 해골을 겨냥해서 돌을 던지고 있었다.

1950년 늦가을 벌써 53년 전이다. 그런데 그 미군 병사들의 얼굴이 지금에서 더 확실하게 보인다. 유백색 얼굴이 홍분해서 발갛게 물들어 있었다. 한창 데설궂을 소년병들이었다. 용병이었는지 지원병이었는지 모르지만 명분 없는 남의 집안싸움에 출전하게 된 그들에게 무슨 전쟁의 당위성을 인식했으랴. 전쟁을 스릴 있는 게임쯤으로 생각하고 있는 것이나 아닌지 모를 일이었다. 미군 병사들이 인민군 병사의 주검에 돌을 던지는 것이 적개심 때문은 아니고 무료를 달래는 일종의 게임 같아 보였다.

드디어 어느 미군 병사가 주검의 머리를 맞혔다. 주검의 머리는 힘없이 깨뜨려지고 말았다. 미군 병사들이 박수를 치고 환호했다. 나는 무서워서 아버지에게 매달리며 울었다. 악을 쓰면서 울었다. 까닭 없는 돌에 맞아서 내 머리가 깨진 것처럼 슬펐다.

"아이 엠 소리―, 아이 엠 소리―."

어느 미군 병사가 우는 나를 달래며 어쩔 줄을 몰라 했다. 인민군 병사의 머리를 맞힌 미군 병사인지 아닌지도 모르고, 미군 병사는 내게 뭐가 미안하다는 것인지도 모른다. 미군 병사들은 초콜릿을 내게 쥐어 주었다. 나는 초콜릿을 받아들고 울음을 그쳤다. 생전 처음 받아든 꼬부랑 글씨가 적힌 이상한 물건에 대한 호기심이 잘 알 수 없는 슬픔의 이유를 상쇄시켜 버린 것이다.

그 인민군 병사의 부모는 휴전이 되었을 때 어느 마을 저문 동구에 서서 자식의 귀향을 얼마나 기다렸을 것이며, 또 그 어

린 미군 병사들은 무사히 살아서 미국으로 돌아가기나 했는
지……?

가끔 그 생각이 나서 이화령을 쳐다볼 때가 있는데 그때마
다 '나는 몰라 내 책임 아녀—'하듯 이화령은 아득히 물러앉아
서 높기만 했다. 그러면 초콜릿의 맛이 내 아픈 마음을 달래 주
는 것이다.

3. 경기여객(京畿旅客)

정전이 되고 놀란 백성들의 삶도 점차 안정되어 갔다. 백두
대간을 따라서 출몰하던 빨치산들도 사라지고 이화령은 구름
이 쉬어 넘는 평온한 고개로 되돌아갔다. 빨치산을 토벌하기
위해서 연풍에 주둔하고 있던 이화령 수비대도 박 중사, 김 중
사 등 몇몇 노병을 연풍에 떨어뜨려 놓고 철수했다.

그 즈음 어느 봄날, 버스가 한 대 먼지를 뽀얗게 일으키면서
장터거리로 들어왔다. 사람들은 신기해서 버스에 모여들었다.
지금까지 보아 온 버스와는 모양이 너무 달랐기 때문이다. 종
전의 버스는 엔진룸이 차 앞에 툭 튀어나와 있었는데 이 버스
는 차체 안에 들어앉아 있어서 차 앞이 유리벽처럼 평평하게
마무리 지어졌다. 산골 사람들에게 처음 보는 그 버스의 생김
이 '은하철도 999'와 같은 경외의 대상이었다. 우물 안 개구리
같은 산골 사람들에게 새로운 문물은 숨 가쁜 호기심의 대상

이었다. 처음 경기여객이 들어왔을 때 장터거리 사람들이 다 몰려와서 버스를 에워싸고 흥분을 했다. 버스 기사는 자랑스럽게 담배를 피워 물고 버스 앞에 서 있었다.

"운전사 양반, 이 버스 어디서 옵니까?"

"상주서 옵니다."

"상주서 서울까지 가는 데 얼마나 걸리나유?"

촌로의 물음에 운전기사는 무거운 목소리로 거만하게 대답했다.

"해거름이면 들어가지요."

상주서 서울 가는 데 하루 해 동갑이면 된다는 게 촌로들에게는 놀라운 사실일 뿐이었다. 상주에서 새재를 넘어 신혜원까지 하루, 신혜원에서 장호원까지 하루, 장호원에서 광나루까지 하루, 날쌘 파발마로도 사흘은 달려야 가는 길이다.

경기여객은 콩나물시루같이 영남 사람을 한양으로 실어 날랐다. 버스도 계속 증차되었다. 경기여객이 인정과 물류를 싣고 이화령을 넘나들면서 세상은 날로 발전되었다. 연풍 사람들도 많이 변했다. 연풍 사람들이 좀 멸시하는 어투로 이르던 '계란장수'가 차부에 여남은 명이나 생겼다. 이화령을 넘나드는 경기여객 승객을 상대로 찐 계란, 엿, 떡 같은 걸 팔았다. 계란장수는 대개 전쟁 미망인인 새댁과 처녀들이었다. 처음에는 늙은 계란 장수도 있었는데, 웬일인지 늙은이 계란은 안 사 먹고 새댁 계란만 시시덕거리며 사먹는 통에 '늙은이 계란은

곯았나ㅡ. 더러워 계란장수 못하겠다'며 치웠다.

　버스가 들어오면 계란장수들은 버스에 우르르 몰려가서 문이 열리면 안으로 먼저 들어가려고 몸싸움을 하고 난리였다. 그 모양새가 볼썽사나워서 사람들은 언필칭 '계란장수 계란장수' 하고 업신여겼다. 전후의 궁핍한 사회 실상의 한 단면이 이 궁벽한 이화령 아래 산읍까지 흘러 들어와서 연출되는 것이었다.

　계란장수인 산골 새댁들은 차츰 억세고 뻔뻔해지면서 얼굴이 반반한 순서에 따라서 하나둘 사라져 갔다. 딸린 것 없는 새댁이 사라진 것은 누구도 나쁘게 말하지 않았다. '청춘이 구만리 같은 게 제 길 찾아가야지ㅡ.' 그 보수적인 산골 사람들의 사고도 전쟁 후유증처럼 의외로 아주 쉽게 개화가 된 것이었다. 문제는 어린것을 떼어놓고 떠난 새댁들이었다. 그들은 당분간 지탄을 면치 못했다. 그 시어머니가 보채는 어린것을 업고 차부에 나와서, 경기여객이 들어오면 차장과 운전사를 상대로 사라진 며느리의 행방을 수소문했다. 그러나 다 부질없는 짓이라는 걸 깨닫는 데 그리 긴 시간이 걸릴 필요는 없었다. 어린것이 떠나간 제 어미를 잊어버리면 시부모는 따라서 가차없이 떠난 며느리를 잊어버렸다. 경기여객은 산골의 서럽고 암담한 새댁들도 그렇게 실어다가 치워 버렸다. 그걸 혹자는 악역(惡役)이라 했고, 혹자는 선역(善役)이라 했다.

　그 속에 어린 색시가 하나 끼여서 차츰 영악해져 갔는데, 내

초등학교 동창생 영자였다. 나는 그녀가 계란장수를 하는 게 싫었다. 동창생들이 계란장수라고 손가락질하는 것도 싫었다. 별꼴이었다. 내 색시라도 되는 것처럼 싫은 것이었다. 그녀도 얼마쯤 깍쟁이가 되더니 사라졌는데 어느 날 경기여객의 차장으로 변신되어 나타났다. 감색 제복에 쌍갈래 머리를 하고, 잘록한 허리에 가죽 가방을 찬 그녀의 모습은 지금의 스튜어디스보다도 더 멋진 모습이었다. 어느 날 경기여객이 들어와서 멎고 그녀가 내렸을 때 그녀의 금의환향을 선망하며 붙들고 축하를 하는 바람에 버스가 연발을 했을 정도다.

그녀는 차부 앞으로 난 골목 끝에 있는 오두막집에 살았다. 홀어머니와 자매가 농토도 없이 살았다. 항상 집안은 청결했다. 나는 객쩍게 그녀가 없는 집 앞에 가서 깨끗하게 쓸어 놓은 마당과 담 밑에 핀 빨간 칸나꽃을 한참씩 훔쳐보곤 했다. 인기척이 없는 그녀의 집안에 홀로 피어 눈부시게 빨간 칸나가 나를 허무하게 하는 것이었다.

몇 해 후 그녀는 경기여객에서 볼 수 없었다. 운전사 내연의 처가 되었느니, 조수하고 결혼을 했느니 풍문만 무성하고 진위 여부는 아는 사람이 없었다.

그러고도 얼마 동안은 경기여객이 차부에 들어와서 멈추고 감색 제복의 차장이 내리면 나는 깜짝 놀라서 가슴이 뛰곤 했다.

조령산

鳥嶺山

조령산은 소백산맥의 당당한 일봉(一峯)이다. 1,025미터의 무시할 수 없는 높이뿐만 아니라, 이 산이 품고 있는 '새재'의 역사적 의미로도 소홀하게 여길 수는 없는 산이다.

연풍(延豊) 쪽에서 보는 이 산의 서쪽 산봉우리는 화강암의 넓은 활강면(滑降面)으로 이루어졌다. 언뜻 보면 마치 가부좌 (跏趺坐)를 틀고 앉아 있는 큰스님의 고고(孤高)한 탈속(脫俗)의 기풍이 느껴지는 얼굴 같다.

"수양산 그늘이 강동 팔십 리를 간다"는 말은, 연풍 사람들의 경우 조령산을 두고 하는 말이다. 삶에 엎드려 있다가 '아이구 허리야' 하면서 허릴 펴면 조령산이 보였다. 마치 '할 말 있으면 해' 하는 것처럼 편한 대면(對面)을 해주어서 연풍 사람들은 무슨 말을 할 듯 머뭇거리며 조령산을 한참 동안 바라보는 것이다.

연풍초등학교 대운동회 날, 나는 백 미터 달리기의 출발선에

서서 뛰는 가슴으로 높푸른 가을 하늘 가득히 늘어진 만국기 사이로 조령산을 바라보았다. 본부석 천막 아래 면내 유지들과 나란히 앉아 계시는 아버지의 체면을 보든지, 운동장이 잘 바라보이는 둑 위에서 따가운 가을 땡볕을 정수리에 이시고 달리기를 막 출발할 손자를 지켜보시는 할머니의 바람을 생각하든지, 나는 반드시 백 미터 달리기의 등수(等數) 안에 들어야 했다. 피할 수 없는 경주(競走)의 출발선, 그 작은 운명 앞에서 나는 끌려 나온, 목매기송아지의 역성을 바라는 '음매' 소리 같은 마음으로 조령산을 바라보았다.

고등학교를 졸업하던 해 봄, 우리의 죽마고우들은 조령산에서 흘러오는 이강들 개울에서 천렵을 했다. 개울은 물 반, 고기 반이었다. 피라미, 꺽정이, 참마주, 모래무지, 등바우……등, 그 풍요로운 어획량에도 불구하고 그때 우리의 마음은 가난했다. 우리는 갑자기 제 인생을 경주해야 하는 절박한 신세가 된 게 슬퍼서 자위(自慰)의 천렵을 벌인 것이다. 조만간 우리는 헤어져야 한다. 누구는 대학으로 진학하고, 누구는 고향에 남아서 농사를 짓고, 누구는 낯선 대처로 고용살이를 떠날 것이다.

매운탕은 끓고, 노을이 졌다. 우리는 술이 취했다. 드디어 우리는 젊음이 고양(高揚)되어 발악을 하듯 노래를 불렀다.

그때 바소쿠리에 노을만 가득 담은 지게를 지고, '밀레'의 농부 같은 어른이 우리를 그윽하게 바라보며 앞에 서 있었다.

돌아가신 풍산 어른이었다.

"술은 그렇게 먹는 게 아녀ㅡ. 저 조령산같이 먹어야 하는 거여ㅡ."

그 어른은 지게를 벗어 놓고 우리 곁에 털썩 주저앉았다. 그리고 자작으로 술을 한 잔 들고 우리에게 술잔을 돌렸다. 그렇게 노소(老少)가 어울려 취했다.

우리는 조령산을 바라보았다. 노을을 담뿍 받은 조령산은 술이 잘 취한 어른의 거나한 얼굴처럼 유유(悠悠)했다. 말은 풍산 어른이 하고 우리는 조령산을 바라보며 듣기만 했다.

"마음으로 조령산을 바라보면 철이 난 거야."

그 날 풍산 어른이 한 말 중에서 늘 기억에 남아 있는 말 한마디다.

풍산 어른은 왜정시대에 일본 유학까지 한 분이지만, 겨우 해방 전에 금융조합 서기를 좀 해보았을 뿐, 농부처럼 들녘에서, 건달처럼 장터거리에서, 어부처럼 냇물에서, 약초 채취꾼처럼 산에서, 사람과 자연과 잘 어울려 살아왔다. 누구든지 그 어른을 어울린 자리에 끼워 주고 그의 말에 진정으로 귀를 기울였다.

풍산 어른, 어쩌면 조령산처럼 삶에 구애(拘碍) 받지 않은 의연한 생애를 남긴 분인지 모른다. 나는 그 분의 생애가 무척 부러웠다.

고향을 떠난 지 몇 해 후, 어느 여름이었다. 나는 우수(憂愁)에 찬 귀향을 하고 있었다.

연풍이 종착지인 낡은 완행버스는 해가 설핏한 자갈길을 불 맞은 멧돼지처럼 내달리고 있었다. 나는 차라리 펑크라도 나서 버스가 어두워진 후에 연풍에 도착했으면 하고 바랐다. 사업을 한답시고 소중한 부모님의 땅 몇 마지기를 얌전히 날린 떳떳지 못한 몸을 남에게 보이기 싫기 때문이었다. 그런 내 마음과 관계없이 버스는 잘도 달렸다. 이제 연풍이 얼마 남지 않았다. 이대로 달리면 노을 질 무렵 연풍에 도착할 수 있을 것 같았다. 담배라도 한 대 피워 물고 오늘 하루의 무사 운행을 감사하며 느긋하게 운전을 해도 무방하련만, 누가 자기를 연풍에서 기다리기라도 하는 것처럼 과속을 하는 운전사의 마음에 납득이 안 갔다.

집에 도착하니 마침 빈집이었다. 아직 부모님이 들에서 돌아오지 않으신 것이다. 나는 서둘러서 여울낚시 도구를 챙겨 가지고 이강들 개울로 나갔다. 부모님을 뵐 낯이 없어서였다.

노을이 지고 있었다. 피라미들이 노을을 따먹으려는 듯이 눈부신 작은 은빛 몸을 수면 위로 솟구쳐 본다.

나는 귀향을 핑계대려고 조령산을 쳐다보았다. 조령산은 '듣기 싫어!' 하며 나를 질시(疾視)하는 것이 아닌가! 나는 서러워서 목이 메었다. 백 미터 달리기에서 등수 안에 들지 못하고 운동장 둑 위에 앉아 계시는 할머니 곁으로 비질거리며 돌아오다가 바라보던 조령산은 분명히 '괜찮아 잘 뛰었어' 하며 눈물이라도 닦아 줄 듯한 얼굴이었는데, 오늘의 조령산은 엄격하고 매정했다.

그 운동회날 백 미터 출발선에 우리 반 애들을 인솔해다 세워 놓고 담임 선생님은 말씀하셨다.

"꼭 등수 안에 들어야만 잘 뛴 건 아니다. 힘 맘껏 뛰면 되는 거다."

내 사업을 위해서 나는 힘 맘껏 뛰었을까? 나이 어린 촌놈이 낯선 백 미터 출발선에 낯선 주자(走者)들과 섰을 때, 지레 겁을 먹고 엉뚱하게도 문득 풍산 어른의 '온전(穩全)한 자유인의 생애'를 그리워하며 출발선에 주저앉아 기권을 한 꼴이었다. 인생의 의미를 확립하지 못한 주제에 조령산 같은 풍산 어른의 생애를 넘보다니 가당치 않은 핑계가 아닐 수 없다. 그런 핑계까지 들어 주려니 하고 조령산을 쳐다본 나는 숙맥이 아니면 뻔뻔스러운 놈임에 틀림없다.

그때 등 뒤에서 기쁨에 들뜬 목소리가 들렸다.

"잘 뭅니까?"

뒤를 돌아보니 내가 타고 온 버스의 운전사가 밝은 얼굴로 친구처럼 격의 없이 내 곁으로 다가서며 여울 낚싯줄을 물살에 풀어 넣었다.

나는 한 마리도 낚지 못하는데 그는 연방 피라미를 낚아서 앞에 찬 종다래끼에 담았다. 나는 뒤통수로 조령산을 의식하며 건성으로 낚시를 물살에 드리우고 있는 반면, 그 운전사는 맘껏 낚는 기쁨을 즐기고 있었다. 자기 삶에 만족한 사람과 그

렇지 못한 사람의 차이가 물고기를 낚는 집중력에서 현저하게
나타나고 있었다.

"나는 연풍 도마리(숙박하는 운행 종착지)가 좋습니다."

그리고 그는 조령산을 바라보며 들뜬 목소리로 뭐라고 중얼
거렸다. 아마 이렇게 중얼거린 게 아닐까 싶다.

"조령산! 참, 좋은 산입니다. 저 ―, 보세요. 꼭 수고했다, 하
는 것 같지 않습니까!"

나는 다시 돌아가서 백 미터 출발선에 서리라고 마음먹고,
조령산을 돌아보았다. 이미 어둠에 묻히는 조령산이 알았다는
듯이 안도(安堵)하는 모습이었다.

'그래, 후회는 남기지 않도록 해야지 ―. 최선(最善)을 다한
미달(未達)에는 구태여 핑계가 필요 없느니라.'

그때, 조령산은 그렇게 내 등을 밀어 주었다.

"버스가 내일 아침 몇 시에 출발합니까?"

내가 운전사에게 물었을 때,

"새벽참입니다."

그는 건성으로 대답하고 열심히 낚싯줄을 채고 있었다. 조
령산을 등지고 낚시질에 몰입하고 있는 그의 모습이 목판화의
양각(陽刻)처럼 뚜렷하게 저물고 있었다.

행복한 군고구마

내가 강릉영림서 진부관리소 말단 직원일 때 월급이 칠천 몇 백 원이었다. 그 돈으로 어린 애 둘과 아내와 한 달을 빠듯하게 살았다. 어떤 때는 아내가 담배를 외상으로 사다 줄 정도였다. 새댁이 담뱃갑을 건네주면서 조심스럽게 신랑한테 하던 말을 잊을 수 없다.

"담배는 외상 주는 게 아니래. 자기 담배 못 끊지?"

늘 퇴근이 늦었다. 잔무가 있어서 늦을 때도 있었지만 잔무가 없어서 늦는 때도 많았다. 잔무가 없으면 미뤄두었던 고스톱 화투를 쳐야 하기 때문이다. 직원들 간에 숙직실에서 화투를 치는 것은 동료애를 돈독히 하는 것이지 절대로 노름은 아니다.

특히 산읍이 눈 속에 깊이 묻히는 겨울에 그랬다. 어두워져서 전등에 스위치를 넣으면 늙은 소장님은 큰곰처럼 어정어정 소장실을 나갔다. 보나마나 면장님 사택이거나 지서장님의 하숙집으로 마작하러 가는 것이다. 우리는 눈을 맞추고 사무실 뒤 숙직실로 자리를 옮겼다. 그러면 사환은 알아서 관리소 앞에 있는 '삼척집'에 직원들이 숙직실에서 고스톱 화투를 친다고 이르고 퇴근을 했다.

밤이 이슥해서 뽀드득뽀드득 눈을 밟고 오는 소리가 숙직실 앞에 와서 멎으면 문이 벌컥 열렸다. 삼척집 늙은 아주머니였다. 머리에 이고 온 도토리묵과 찌개와 막걸리 주전자가 담긴 함지박을 숙직실 안에 들여놓으며 볼멘소리를 질렀다.

"색시들 기다려. 먹고 그만 집에 가―."

마치 자기가 직원들의 장모님이라도 되는 양 성미를 부렸다. 그러면 고스톱 판은 끝났다. 직원들은 밤참과 먹걸리로 배를 채우고 만족해서 "크― 으―" 트림을 하면서 숙직실을 나섰다. 지금도 가끔 행복한 포만감을 느낄 때면 그때처럼 생리적인 소리를 일부러 내본다. 그러면 한결 행복하다.

숙직실을 나서면 흰 눈이 소복한 부피를 지으며 펑펑 쏟아지고 있었다. 나의 집은 읍내 밖 진부농고 뒤에 있는 농가의 바깥채였다. 버스정거장 앞을 지나서 논둑길을 건너가야 했다. 아내가 어두워지면 윗방에 있는 전등을 내다가 추녀 밑에 걸어 놓고 불을 밝혀 놓았다. 나는 그 전등 불빛을 등댓불처럼 의지하고 어두운 논배미를 건너서 집에 가곤 했다. 그러나 그 전등은 따뜻하게 내 삶을 고무해 주는 정도지 삶의 길잡이 역할까지는 못했다. 적설에 묻힌 논배미에는 도대체 어디가 논바닥

인지, 논둑인지 구분이 안 되었다. 그 불빛은 논배미의 적설상
태까지 밝혀 주진 못했다. 다만 '빨리 오세요' 하는 아내의 눈
짓에 불과했다. 논둑을 더듬어 가다가 실족하면 눈둑 아래 적
설 속에 빠지고 말았다.

　버스정거장 모퉁이에는 소아마비를 앓아서 수족을 잘 못 쓰
는 아주머니가 군고구마 장사를 하고 있었다. 눈 속에 깊이 잠
들어 있는 작은 산읍 모퉁이, 내가 집에 돌아오는 그 늦은 시간
에는 군고구마가 팔릴 것 같지 않아 보이는데 아주머니는 시
린 발을 동동거리며 서 있었다. 나는 그 아주머니 앞을 그냥 지
나갈 수가 없어서 늘 몇 알의 고구마를 샀다. 그 해 겨울 나의
하루 일과의 마지막은 그 아주머니에게 군고구마 몇 알을 사
는 일로 끝나는 셈이었다. 늦은 밤 그 군고구마 가지고 가서 깜
박깜박 졸면서 신랑을 기다리던 새댁에게 불쑥 내밀면 참 좋
아했다. 그 재미에 몇 알의 군고구마를 사들고 갔다.

　군고구마를 사서 잠바 앞섶에 넣으면 온몸이 따뜻했다. 논
둑에서 떨어져 눈 속에 빠져도 춥지 않았다. 따뜻한 고구마를
품어서 그런지 눈 속이 아늑했다. 넘어진 자리에서 쉬어간다
는 말처럼 나는 눈 속에 빠져서 잠시 동안 그대로 있었다. 고구
마의 온기도 따뜻하고, 논배미 건너 내 셋집 추녀 밑에 걸린 분
홍색 백열등 불빛도 따뜻하고, 내 마음도 따뜻했다.

　어느 날이었다. 그 날도 밤이 늦었다. 차라리 눈이 펑펑 쏟아
지는 날은 푹한데 눈이 오고 난 뒤 갠 날 밤은 숨을 못 쉴 지경

으로 냉기가 혹독했다. 산맥들도 칼날처럼 등성이를 세우고, 별들도 쳐다보기 민망할 정도로 오들오들 떨고 있었다.

그 날은 고스톱 화투를 해서 돈도 좀 땄다. 숙직실을 나서자 볼이 바늘로 찌르는 것처럼 따가웠다. 잠바 속에다 자라목처럼 얼굴을 묻고 종종걸음을 쳤다. 고구마도 몇 알 더 사고 아주머니에게 개평을 몇 푼 줄 생각에 즐거운 마음으로 버스정거장 모퉁이까지 왔다. 그런데 아주머니 대신 웬 어린 소년이 서 있는 것이었다.

"너 누구냐?"

"영림서 아저씨예요?"

"그래—."

"일찍 좀 다니세요."

처음 보는 녀석이 볼이 부어 가지고 감정적으로 그러는 것이었다.

"임마, 내가 일찍 다니든 늦게 다니든 네가 무슨 참견이야—."

"아저씨 때문에 우리 어머니가 감기 걸렸으니까 그렇죠."

그 녀석이 군고구마장수 아주머니 아들인 모양이었다.

"어머니가 늘 그래요. 영림서 아저씨 퇴근이 늦어서 늦었다고요."

그때 내 나이 서른한 살이었다. 지금도 생각하면 가슴이 뜨겁게 달아오른다. 내가 그 수족이 불편한 아주머니에게 고구

마 몇 알을 사는 것은 내 행복을 위한 것이지 그 아주머니 장사
시켜 주기 위한 것은 아니다. 고구마 봉지를 가슴에 품고 발간
전등 불빛을 지향해서 눈 쌓인 논배미를 건너가면서 나는 늘
행복했다. 먼 바다에 나갔다가 포구의 등댓불을 지향하고 돌
아오는 작은 만선 어부의 마음이 그럴까. 그 행복감은 따뜻한
고구마 봉지를 가슴에 안음으로써 비롯되는 것이라고 해도 과
언 아니었다.

그 수족이 불편한 아주머니는 나의 이 행복감에 차질을 주지
않으려고 고구마가 안 팔리는 그 추운 겨울밤에도 몇 시간씩
내가 지나갈 때까지 기다려 준 것이다.

소년은 물어보지도 않고 내가 늘 사 가지고 가는 그 몇 알의
고구마를 가슴에 안겨 주고, 군고구마 화로가 실린 리어카를
끌고 횡하니 거리 모퉁이를 돌아서 사라졌다. 얼마나 화가 났
는지 군고구마 값 받는 것도 잊어버리고 갔다.

그 소년은 어머니가 일러준 대로 내가 사 가지고 갈 그 몇 알
의 고구마 온기를 혹한 속에 몇 시간 동안 떨고 서서 지켰을 것
이다. 그리고 나에 대한 저의 어머니의 친절이 얼마나 가당찮
은 것인가를 발견하고 화가 났을 것이다.

다행히 그 아주머니는 바로 감기를 털고 고구마 장사를 했
다. 나는 고스톱 화투를 치면서 아주머니를 거리 모퉁이에 세
워 놓지는 않았다. 일찍 그 아주머니 앞을 지나갔다. 일찍 집
에 들어가는 것이 늦은 밤에 군고구마를 안고 들어가서 조는

아내를 기쁘게 해주는 것만치 재미는 없었지만 아주머니가 고생할 생각을 하면 도리가 없었다.

장중한 태백산맥에 둘러싸인 작은 산읍의 겨울밤, 칠천 몇백 원짜리 말단 공무원을 행복하게 해준 아주머니의 행복한 고구마가 먹고 싶다.

현암리에서

아침에 진왕 씨 댁에 전화를 했더니 형수님이 전화를 받으셨다. 올해 아흔셋인지 넷인지 그러시다. 그래도 사리가 분명한 목소리로 전화를 받으셨다.

"진왕이, 산성 넘에 고추에 병났다고 약 치러 갔시유."

진왕 씨는 촌수가 못 치는 먼 일가 조카 항렬이지만 나이는 나보다 두 살 위고, 청주상고 2년 선배 된다. 그러나 그는 나를 일가 아저씨로 깍듯하게 예우를 해주었다. 학교 다닐 때부터 그랬다. 그가 3학년 때 나는 1학년이었는데 그는 문예부장이었고, 나는 문예부원이었다. 학생시절 진왕 씨는 '문학의 밤' 같은 학생 문학서클 모임에 나를 데리고 갔다. 여학생들이 득세를 하는 모임에 촌놈인 나는 주눅이 들어서 가기 싫었으나 진왕 씨는,

"아저씨, 가서야 해요. 좋은 시 낭송도 듣고, 또 자작시를 낭송도 해보고 그래야 시인이 되지요."

그러면서 아저씨를 동생처럼 억지로 끌고 갔다. 물론 깍듯이 아저씨 예우는 했다.

당시 진왕 씨는 문학소녀들의 우상이었다. 시를 잘 지어서보다 여학생들에 대한 깍듯한 신사도와 귀공자같이 생긴 얼굴 때문이었다.

그의 하숙집에 가면 항상 그의 아내처럼 방을 지키던 달덩이 같이 복스러운 여학생이 있었다. 나는 그녀가 불편했다. 진왕 씨 하숙집에 자주 들르는 내게 눈총을 주는 것 같아서였다. 그분이 지금의 질부(姪婦)다.

현암리는 상당산성 아래 있는 산골 동네다. 이 동네는 한 50여 호가 사는데 사천(泗川) 목씨(睦氏) 집성촌이다. 진왕 씨 고향 동네다. 학생 때 나는 토요일이면 진왕 씨를 따라서 몇 번 가보았다. 어느 가을날 나는 진왕 씨 할머니 환갑잔치에 간 적 있었다. 그 날 수업을 마치고 하숙집에 오니까 진왕 씨 하숙방을 지키던 그 여학생이 내 하숙집 마루에 앉아 있다가 반색을 하는 것이었다.

"진왕 씨가 아저씨하고 같이 오라고 했어요."

내가 자기 아저씨인 것처럼 그러는 것이다. 종단에는 아저씨가 되기는 했지만—.

지금도 차로 20여 분이면 가는 곳이지만 당시에는 상당산성 고개에 올라서 산등성이를 타고 걸어가야 하는데 두 시간은 실히 걸렸다. 산성에 올라섰을 때 해가 지고 있었다. 우리는 산등성이를 오누이처럼 걸어갔다. 말은 별로 하지 않았다. 산등성이에서는 청주 서북쪽 미호평야 일각이 한눈에 내려다보이는데 막 해가 지면서 노을이 벌겋게 물들고 있었다. 그녀가 쉬어 가자면서 산등성이에 주저앉았다. 할 수 없이 나도 그녀에게서 좀 떨어져 앉았다.

그런데 그녀가 훌쩍거리고 우는 것이었다.

"실은 진왕 씨가 나를 오라고 하지 않았어요. 나 어떡해요."

왜 그렇게 그녀가 가엾던지 ─. 맘속으로 '걱정 말아요' 그랬던 것 같다. 진왕 씨 하숙방에 앉아 있던 그녀는 하루 일을 마치고 외양간에 든 암소처럼 자기 자리를 차지한 듯 커 보였는데 그 날 놀빛 속에 앉아서 훌쩍거리는 그녀는 퍽 작았다.

내가 『명태에 관한 추억』을 출간했을 때 그 질부께서 애들처럼 기뻐하며 조카님과 같이 우리 집으로 와서 우리 내외를 끌고 나가서 저녁밥을 사주었다. 그 답례를 하려고 전화를 하면 산성 너머에 가고 없었다.

"산성 너머 가고 없다는데……."

"어이그, 답답하긴. 산성 너머 음식점이 천진데 뭘 걱정이어요."

"참 그렇지 ─."

그래서 현암리를 갔다. 동네에 들어가서 둥구나무 아래 앉아 있는 노인들에게 진왕 씨가 어디서 일을 하는지 물으니까 산밑에 있는 밭을 가리켜 준다. 밭으로 갔다. 진왕 씨와 그 분의 아내가 밭 가 나무 그늘에 앉아서 휴대용 가스레인지에 냄비를 올려 놓고 물을 끓이고 있었다. 봉두난발을 한 두 분이 학생시절 하숙방에 함께 있다가 내게 들켰을 때처럼 당황해 한다.

"아니, 아저씨. 내외분이 웬일이세요."

"위문 차 들렀어요."

"잘 오셨어요. 우리 별식 좀 해 먹으려고요."

보니까, 페트 병 하나에는 얼음을, 하나에는 콩국을 담아 왔다. 반찬은 열무겉절이 —. 냉콩국수를 만들어 먹을 준비를 해 가지고 온 것이다. 아무리 점심을 먹으러 가자고 간청을 해도 막무가내다. 콩국이 변하면 버려야 하기 때문에 안 된다는 것이다.

그래서 매미 소리를 들으면서 냉콩국수를 먹었다.

풀밭에 털썩 주저앉아 있는 안노인네한테서 노을 빛 속에 앉아서 울던 여학생의 모습을 찾아보려고 애를 썼으나 찾을 길이 없었다. 나는 공연히 우스웠다.

질부가 웃는 나를 보고 옛날 생각이 나는지 소녀처럼 부끄러워한다.

"아저씨는 뭐가 그리 우스우세요?"

"조카님 내외분 행복한 노년을 보니까 행복해서요."

제8부 　　　　　　　　괘종시계

이른 봄이면 장원처럼 새파란 보리밭 위로
종달새가 '지지배배'거리며 하늘 높이 떠오르고,
초여름에는 누렇게 익은 보리밭이 심해처럼 너울을 짓고
출렁거렸다. 저녁 때 노을지는 큰밭 머리에 서면
뉘 부르는 소리 들리는 듯해서 나는 노을에 귀 기울이고
한참 동안 서 있기 일쑤였다.

가을 운동회

아득하게 높은 하늘 아래 만국기가 늘어져 있고, 교가를 연주하는 풍금의 다감다정한 멜로디에 화단의 코스모스가 춤을 추는 가을 운동회. 청군 백군으로 갈린 아이들의 사기는 가을 하늘보다 높고, 청순한 함성에 목조 교실도 흔들리는데 운동장 한쪽에 걸린 국밥 솥이 설설 끓어 넘는다. 그 곁에 쳐 놓은 차일[天幕] 아래 이미 학부형들은 거나하게 취해서 자신의 정정당당했던 인생에 대한 주장으로 얼굴이 벌겋다. 자식을 위한 부모의 허세가 보기 좋은 시골 학교의 가을 운동회.

누구나 그 가슴 설레던 초등학교 가을 운동회의 추억을 소중하게 간직하고 인생의 길을 달려왔다. 경신해야 할 기록에 정정당당히 도전하면서 희비의 결승점을 향해서 달려왔고 앞으로도 더 달려갈 것이다.

그때, 사람들은 가을 운동회의 100미터 달리기 출발선상에서 준비한 분발을 기억했다. 꼭 일등을 해야 하는 당위성은 운동장 가장자리 둑 위의 땡볕 아래서 조만간 달리기를 할 자식을 응원하기 위해서 목을 길게 빼고 기다리는 부모님의 염원에 대한 부응이다. 그러나 일등은 한 명뿐이다. 어디 그 가을 운동회뿐이랴. 경쟁에서 일등은 늘 한 사람뿐이었다. 생존경쟁이라고 예외일 수는 없다.

"어린이 여러분—! 패배했다고 낙심 말고, 승리했다고 자만하지 말라. 다만, 내가 지닌 기량을 십분 발휘하면 된다. 정정당당한 태도와 마음이 일등인 것이다." 교장 선생님의 격려사는 스포츠맨십을 말씀하신 것이다. 그 말씀은 비단 가을 운동회에만 적용되는 말은 아니다. 어른이 되어 사회생활을 할 때도 염두에 두란 말씀이었을 것이다. 정정당당해서 등외(等外)를 할 것이냐, 슬쩍 선두 주자의 발목을 걸어 넘어뜨리고 일등을 뺏을 것이냐, 인생의 한순간을 망설일 때 교장 선생님의 말씀이 들렸으리라. 그것이 양심일 터인데 지키는 사람도 있고 버린 사람도 있어서 사회질서는 늘 흔들려 왔다. 교장 선생님의 말씀, 스포츠맨의 정신이 순전히 국가 기강과 사회정의의 확립이냐, 무산이냐의 관건이라고 해도 과언이 아니라는 점에서 체육발전은 인간의 소망사항이다.

매년 전국체전이 열린다. 사람들이 전국체전을 가을 운동회처럼 좋아하는 것은 대회의 목표와 정신이 초등학교 가을 운동회와 다를 바 없기 때문이다. 순진무구한 기량의 발휘, 그리운 시절의 그 운동회, 인간이 지향해야 할 최선의 길이며 고향이다.

　제82회 전국체전에서 충북 선수단은 3만 점이 넘는 점수와 금메달을 40개나 따는 좋은 성과를 거두었다. 도세에 비해서 눈부신 체육발전이다. 그것은 체육의 목표가 인간의 건강한 생각과 사회의 건전한 발전에 있기 때문에 도민들은 열광하며 배전(倍前)의 응원과 박수갈채를 보내는 것이다.

괘종시계

시골집에 괘종시계가 하나 있다. 집을 개축하고 집들이를 할 때 오신 어느 손님이 가져온 시계다.

시골집에는 팔십이 훨씬 넘으신 부모님이 살고 계신다. 두 노인에게는 시계가 필요치 않다. 수시로 현재를 확인해 가면서 사실 일이 없다. 아버지는 중풍 드신 거택보호자이시다. 하루 종일 창가에 앉아서 앞산을 바라보시는 것이 일과다. 그 산봉우리 위로 해가 떠서 그 산봉우리에 그늘 지우며 저무는 해시계를 하루 종일 보신다. 산봉우리에 지으는 그늘의 움직임으로 진시(辰時)인지 오시(午時)인지 신시(申時)인지 아신다. 그럼 충분하다. 아버지가 정정하신 농군시절에도 시계는 필요치 않았다. 해가 뜨면 들에 나가고 해가 지면 집에 들어오셨다. 전혀 시계가 필요 없는 한 평생은 하루와 마찬가진데 지루하지 않으셨을까 싶지만 천만에 말씀, 골똘한 평생은 지루할 새도 없이 순식간에 지나가고 만 것이다. 어머니는 한평생을 그러셨듯이 아버지와 같이 시간을 보내고 계신다. 아버지와 어머니의 시간은 평행선이다.

그렇다고 괘종시계를 사 오신 분은 불필요한 과분(過分)을 하신 것은 아니다. 적적한 시공을 울리는 종소리가 두 노인에게 졸지에 찾아온 손님처럼 반갑게 했다. 어머니는 내가 집에 가면 시계 밥 좀 주라는 게 유일한 당부다. 어머니가 밥을 주면 시계가 안 간다는 것이다. 그 이유는 시계 걸림의 수직 상태를 건드려야 가는 시계추이기 때문인데 그걸 모르시는 어머니는 "내 밥은 눈칫밥인지 처먹고는 심청을 부리고 꼼짝을 안 해―. 네가 주는 밥을 먹어야 가더라" 하신다.

어느 날 시계가 종을 다섯 번 치는 소리에 잠을 깼다. 반투명 유리창이 여명처럼 환해서 날이 새는 줄 알고 열어 보니까 뇌격(雷擊)같이 달빛이 투명 유리창을 치고 쏟아져 들어와서 방 안에 가득하다. 머리맡에 끌러 놓은 손목시계를 보니까 네 시였다.

괘종시계는 한 시간이나 틀리게 시간을 알려주었다. 분명히 시곗방에서 선물을 포장할 때 시간을 맞추어 놓았을 것이다. 일 년 동안에 시계는 둘 중에 하나든지 아니면 둘 다든지 정확한 시간을 위한 자신과의 싸움을 이기지 못한 것이다. 물론 두 노인의 무심한 시간관념에 시계가 정확한 시간을 지키려는 자기의지를 허물어뜨린 것일 수도 있다. 그렇지만 시계는 변명의 여지 없이 실존가치(實存價値)를 스스로 포기한 것이 분명하다. 한 시계만 그런 건지, 두 시계 다 그런 건지 표준시간과 대조해 보면 금방 알 수 있다.

아무튼지 두 시계 중에서 하나든지 둘 다든지 분명히 지금까지 힘없는 두 노인을 농락한 것이다. 아무리 기계지만 아무것도 모르는 노인들이라고 차라리 안 알려 드리느니만도 못한 무책임한 시간을 알려 드린 게 나를 화나게 한다. 밝은 날 시간을 맞춰 봐서 현저하게 우리 부모님을 농락한 정이 밝혀지면 가차없이 징계조치할 것이다. 징계의 양형(量刑)의 결정은 그때의 내 감정에 좌우될 것이지만 시계가 적절한 시간에 밥을 주고 기름을 쳐주지 않은 사용자의 관리부족을 들어가며 공정성을 따진다면 말도 안 된다.

아침이 되었다. 텔레비전이 시간을 알릴 때, 두 시계의 시각을 대조해 보니까 내 생각대로 종소리가 맑은 시계의 시각이 비교적 정확했고 종소리가 양철판 치는 것 같은 시계는 순전히 엉터리였다. 종소리가 맑은 시계는 알려진 메이커 제품이고 종소리가 양철판 치는 소리를 낸 시계는 메이커를 알 수 없는 잡표였다. 나는 엉터리 시계를 밟아 부수고 싶은 선병질적 성미가 발끈했다.

두 시계에 선물한 사람의 이름이 적혀 있지 않아서 누가 사왔는지 알 수 없었다. 대개 '축·입주: 아무개'라고 시계의 글자판 하단에 쓰는 게 상례인데 두 시계에는 그게 없었다. 아무튼 나는 두 익명의 선물에 대해서 깊이 고개 숙여 정중한 답례를 했을 것이다. 그러면 시간이 잘 맞은 시계를 가져온 분은 합당한 인사를 받은 것이지만 시간이 엉터리인 시계를 가져온 분은 내 인사에서 부당이득을 취한 것이 된다.

이런 세속적인 논리의 비약을 할 수 있는 나는 얼마나 비천한 인간인가! 내가 불쾌하고 실망스럽다. 나는 또 자신에게 진참담한 모습으로 서 있다. 오늘 하루 종일 나는 불쾌할 것이고 밤에는 '우울의 아버지인 위'의 불편으로 잘 자지 못하고, '잠과 덕'의 함수관계를 분명하게 인식하는 밤이 될 것이다.

두 시계의 걸린 장소를 바꿨다.

거실에 걸린, 종소리가 맑은 시계는 노인들이 쓰시는 안방에 걸어 놓았다. 시간이야 맞든 안 맞든 상관없다. 밤에 두 분의 잠이 깨었을 때, 어둠을 진중하게 울린 맑은 시계 종소리가 한참 동안 방안에 여운을 남기면 된다. 그러면 노인들은 잠결의 흐린 정신을 일깨워 살아온 날들을 하나씩 어린애 장난감 만져 보듯 하다가 다시 잠드실 수 있을 것이기 때문이다.

안방에 걸려 있던 엉터리 시계는 내가 쓰는 건넌방에 걸어 놓았다. 올바르게 시침과 분침을 돌리는지 감시감독을 철저히 하기 위해서다. 그것이 시계를 가져온 분께 잠시나마 실례를 한 보답도 될 것이다.

"변변치 못한 물건입니다만 제 성의이니……."

그 시계를 들고 와서 그 분은 그렇게 인사했을 것이다. 형편이 여의치 못해서 자신의 마음에도 차지 않는 시계를 가지고 온 게 진심으로 서운한 그 분은 후행(後行) 왔다 돌아가는 상객(上客)이 새색시한테 이르듯이 마음으로 '시간 잘 알려 드려라' 했을 것이다. 그러나 시계가 그 마음을 따를 수 없는 지진아(遲進兒)인 걸 어쩌랴. 시계를 가져온 분의 마음에 따라 내가 가르쳐 가며 쓸 것이다. 별로 어렵지도 않은 일이다. 자주 틀린 시간을 바로잡아 주고 때맞추어 태엽을 감아 주면 된다.

시계를 가져온 분이 내 친구라면, 어느 날 내 방에 놀러 왔다가 시계의 정확성을 보고 마치 못난 조카딸을 시집에 떼어놓고 갔던 상객처럼 시집살이를 잘하고 있는 조카딸을 보고 기뻐하듯,

"미거(未擧)한 것을 사람 만드셨습니다. 고맙습니다."

그런 얼굴일 때, 나는 실로 쾌활해져서 마음이 떨리도록 크게 웃을 수 있는 실존(實存)의 기쁨에 그 밤 숙면을 취할 수 있을 것이다.

깃발 2

솔직히 말하지만, 나는 관공서 벽면에 걸려 있는 태극기에 대해서는 한 번도 경의(敬意)를 느껴 본 적이 없다. 대통령의 영정(影幀)과 나란히 걸려 있는 국권의 상징인 그 태극기를 보고도 아무런 감동을 느끼지 못했다. 다만, 관청의 권위를 고양(高揚)하기 위해서 마땅히 거기에 태극기가 걸려 있어야겠다는 생각은 들었다. 또, 실내에서 행하는 행사 때 애국가에 맞추어 단상의 국기를 향해 가슴에 손을 얹어 보지만 그 감동 역시 미미했다. 이와 같은 내 마음은 분명히 말하지만 국사범(國事犯)의 범법 동기인 국기에 대한 불경(不敬)은 아니다. 의지 잃고 고착되어 있다든지 처져 있는 태극기에 대한 내 감수성의 감응이 민감치 못하다는 말을 하는 것뿐이다.

나는 벽면에 부착된 국기는 환경정리용에 지나지 않는다고 생각한다. 국기는 창공을 향해서 솟은 꽂대 끝에 올려져서 나부끼는 깃발일 때 비로소 국민의 마음과 혼연일체가 된다. 깃발일 때의 국기라야 국가의 상징이고, 국권의 의지이고, 국민의 생명이다.

나는 해군 수병 시절, 태극 깃발을 우러러 목메어 거수경례를 해본 소중한 경험을 간직하고 있다. 국기에 대한 내 편집(偏執)은 그래서 생긴 것이라고 볼 수 있다.

내가 승조한 함정은 연평도 앞바다의 '오월 오사리 조기잡이' 어로보호 작전 중이었다.

"삐—이—."

함내 마이크에서 휘파람 같은 해군용 호각이 길게 여운을 끌며 울리고 상황이 떨어졌다.

"전 승조원은 즉시 항천 준비 '스테이션 빌'에 배치 붙어—."

항천 준비가 끝났을 때 서서히 물결이 일기 시작했다. 수평선에서부터 시커먼 구름이 몰려왔다. 그리고 차가운 초여름비가 바람과 함께 흩뿌리고 바다는 점점 거칠어지기 시작했다. 가랑잎 같은 어선들은 조기잡이에 여념이 없었다. 우리 함정은 어선을 연평도 포구 안으로 오리 떼 몰아넣듯 하고 있었다.

"알립니다. 태풍주의보가 발효되었습니다. 모든 어선은 즉시 연평도 포구 안으로 들어가서 선박을 결박(結縛)하고 태풍에 대비하시기 바랍니다."

우리 함정은 확성기로 어선들의 피항을 유도하며 해상의 휴전선을 초계항해를 하고 있었다. 이런 악천후에서 소형어선들은 침몰할 위험도 있지만 휴전선 너머로 파도에 떠밀려 갈 우려도 있다. 월경(越境)과 해난사고(海難事故)의 예방을 위해서 우리 함정은 태풍 앞에서도 항해를 멈출 수 없었다. 어둡기 전까지 어선을 대피시키고 밤을 맞았다. 보이지 않는 해상 휴전선상에서 적함과 대치했다. 그것은 바로 전투였다. 함수에 부딪친 파도가 비산하며 격류처럼 갑판을 휩쓸었다. 함정은 롤링과 피칭을 하며 잠수함처럼 함수가 바다에 잠겼다 떴다 했다. 바라스트 탱크에 물을 가득 채워서 부력(浮力)을 줄이고 복원력(復元力)을 높인 채, 태풍 속을 항해하고 있었다.

"삐—이—."

다시 함교로부터 명령이 떨어졌다.

"전 승조원은 태풍항해 '스테이션 빌'에 배치 붙어—!"

내 위치는 기관부 수병과 함께 함수 1호 구명보트 담당이다. 비상식량과 구급약을 챙기는 것은 내 담당이고 구명보트를 내릴 준비를 하는 것은 기관부 수병이 할 일이다. 나와 기관부 수병은 2인 1조가 되어 함수를 넘는 해수를 고스란히 뒤집어쓰고 계속 토악질을 하면서 구명보트 옆에 있었다.

물론 우비는 단단히 입고 있었지만 뱃멀리로 어지러워서 갑판과 바다가 구분이 되지 않는 황량한 파도뿐이었다.

그래도 밤중이 지나자 잠이 쏟아지기 시작했다. 기관부 수병이 나를 흔들어 깨웠다.

"목 수병! 졸지 마. 졸면 바다에 빠져…… 정신차려."

조금 있다 보면 이번에는 기관부 수병이 구명보트 버팀쇠 사이에 쭈그리고 앉는다.

"이봐, 이 수병. 일어나 죽고 싶어?"

나는 기관부 수병을 흔들어 깨웠다.

우리는 서로를 격려하면서 밤을 지새웠다. 그렇게 밤이 지나고 먼동이 터 왔다. 파도도 조금 기세를 누그러뜨렸다.

비가 멎었다. 이제 위급한 사항은 지나간 것 같았다.

"삐―이―."

함내 마이크에서 호각 소리가 나더니 함장이 직접 명령을 하달했다. 함장의 목소리도 격앙되어 있었다.

"태풍항해 끝. 모든 승조원은 평상 항해 위치로 돌아가라. 여러분의 노고에 감사한다."

아침이 되었다. 구름이 몰려가며 하늘이 열리고 햇빛을 서광처럼 바다에 뿌렸다. 성이 차지 않은 듯 바다가 햇살을 받고 찬란하게 날뛰었다.

아침 식사를 마쳤을 때 또 호각 소리가 울렸다.

"운항 필수요원을 제외한 모든 승조원은 후갑판에 집합하라."

항해사와 기관부 주기관 요원을 제외한 함장 이하 전 승조원이 후갑판에 도열했다. 함교 기함(旗函) 옆에 항해사가 서 있었다. 정렬을 마치자 부장이 전원 집합을 함장에게 보고했다.

함장이 구령을 붙였다.

"전원 차려엇."

"국기에 대하여 경례."

고개를 뒤로 제쳐야 쳐다보이는 마스트 꼭대기에 태극기가 바람에 나부끼고 있었다. 기폭 가장자리가 나불나불 찢어져 있었다. 비바람에 얼마나 부대꼈으면 멀쩡하던 기폭이 저 지경으로 찢어졌을까. 태풍에 찢긴 그 태극기의 처연함이 마치 밀고 밀리는 격전의 고지를 마침내 탈환하고 세운 군기(軍旗)의 남루처럼 눈물겨웠다.

함장의 구령에 맞춰서 함교 옆에 서 있던 항해사가 마스트의 태풍에 찢긴 그 태극기를 내리고 새 태극기를 게양했다. 태풍에 찢긴 태극기의 하강이 전우를 수장하는 것만치나 내 가슴을 뭉클하게 했다. 눈물이 핑 돌았다. 감정이 주체할 수 없는 성욕처럼 발기했다. 마스트에 새로 게양된 태극기는 빠르게 달리는 검은 구름 가득한 하늘을 배경으로 새로 교체된 축구장의 공격수처럼 전의에 몸부림을 쳤다.

함교의 항해사가 국기를 바꾸어 다는 일을 끝냈어도 함장은 '바로' 소리를 잠시 잊고 거수경례를 계속하고 있었다. 모든 승조원이 '바로' 소리를 기다리지 않고 더욱 경직된 자세로 태극기를 향해서 경례를 하고 서 있었다. 이윽고 함장의 구령이 떨어졌다.

"바로."

나는 거수경례를 그치고도 태극기에서 눈을 떼지 않았다.

그 후부터 나는 시간만 있으면 후갑판의 함미에 서서 마스트 끝에서 해풍에 펄럭이는 태극기를 바라보았다. 그리고 고향 생각이나 졸병의 애수 같은 인간적 연민을 삭이고 전의를 고양시켰다.

수평선에 노을이 새빨갛게 물들며 어두워질 때 긴 항적을 하얗게 끌고 가는 것은 엔진이 아니고 마스트 끝에 게양된 찢어질 듯 바람에 나부끼는 저 태극기라는 생각이 들었다.

국기는 깃대에 올려져야 한다. 그리고 찢어질 듯한 기개로 펄럭여야 한다. 그래서 국민으로 하여금 순정의 가슴에 손을 얹는 애국적 분발을 고취시켜 주어야 한다.

나는 위정자의 등 뒤에 부착되어 위정자의 위상이나 제고하는 관청의 환경정리용 국기에 연민의 정을 느끼지 않을 수 없다.

막내의 아르바이트

　막내가 바캉스 비용을 벌기 위해서 삼복염천에 아르바이트를 시작했다. 공사장 잡부 일이다. 첫날 저녁 때, 일을 마치고 돌아온 녀석은 궤멸된 전선에서 생환된 병사만치 지쳐 있었다. 아내는 녀석에게 선풍기를 틀어 주고 냉꿀물을 타서 먹이고, 한바탕 소란을 피웠다. 아무리 모성 본능이라 해도 너무 호들갑을 떤다는 생각이 들었다.

　아무튼 고마웠다. 요즈음 녀석이 제 친구들과 전화 연락이 잦은 것을 엿들었다. '동해안이 좋을까? 남해안이 좋을까?' 하는 걸로 보아서 바캉스 계획을 음모 중이라는 걸 알았다. 그런데 저 녀석이 바캉스를 간다고 손을 벌렸을 경우, 선뜻 바캉스 비용을 줘야 하느냐 말아야 하느냐가 문제였다. 자식이 태양이 작열하고 푸른 파도가 넘실대는 여름 해변에 가서 젊은 날의 호연지기를 펴 보려는데, 비협조적인 부모가 어디 있으랴—. 그렇지만 군대까지 다녀온 복학생인 처지에 중학생처럼 맡겨 놓은 돈 달라듯 손을 내민다면 녀석은 실수(失手)를 하는 것이다. 줄 돈도 없지만 있어도 줄 수 없다. 그렇다고 모르는 척하고 있기도 그렇고, 말도 안하는데 바캉스 비용은 네가 벌어서 가라고 사전경고를 하기도 그렇고, 나는 공연히 신경이 쓰였다.

텔레비전 로컬 뉴스 시간에 바캉스 갈 비용을 벌기 위해서 거리 모퉁이의 새벽 인력시장에 일을 하려고 나와 서 있는 소년들의 모습이 방영된 것을 본 적이 있다. 아나운서가 대견한 목소리로 그들을 고등학생들이라고 했다. 그들이 서 있음으로 해서 침울해 보였을 새벽 인력시장이 활기차 보였다. 나는 그들에게 바다 풍경을 겹쳐 보면서 흐뭇했었다.

나는 이미 막내도 그 애들처럼 땀 흘려 번 돈으로 바캉스를 가야 한다고 마음을 굳히고 있었다. 물론 부모의 도리상 모른 체할 수야 없겠지만 비용을 전부 부모에게 의지하려고 한다면 나는 절대로 줄 수 없다. 그래서 이 녀석이 바캉스 비용을 어떻게 할 것인지 궁금하던 차에 장비업을 하는 녀석의 막내 삼촌한테서 전화가 걸려 왔다.

"형님, 진국이가 바캉스 비용을 번다고 공사장 잡부 일이라도 하겠다는데 어떡할까요?"

나는 뛸 듯이 기뻐서 얼른 대답했다.

"뭘 어떡해, 알아봐 주지—."

"삼복염천인데, 괜찮을까요. 혹시 더위라도 먹으면……."

"삼복염천에는 공사장에 일하는 사람이 없니—?"

"왜요, 많지요."

"그 사람들은 더위 안 먹게 무쇠로 만든 사람들이냐."

"원 형님도. 알았어요. 나중에 애 더위 먹었다고 날 야단이나 치지 말아요."

그렇게 해서 녀석은 아르바이트를 시작했다.

바캉스 비용으로 해서 녀석과 사이에 놓여 있던 찜찜한 대치 국면이 풀린 게 기뻤다. 공사장 일을 해서 돈을 얼마를 버느냐는 중요하지 않다. 중요한 건 녀석이 내게 바캉스 비용을 기꺼이 보태 줄 수 있는 명분을 준 것이다.

그런데 첫날 일을 하고 햇빛에 익어 온 녀석의 모습을 본 제 어미가 바캉스 비용을 줄 테니 아르바이트를 고만두라면서 안달을 했다. 맹목적인 모성애가 교육적 판단을 그르치고 있었다. 삼복염천에 공사장에서 일하는 것이나, 해변 모래밭에서 바캉스를 즐기는 것이나 햇볕에 살가죽 태우기는 마찬가지지, 왜 일해서 태운 살가죽은 애처롭고, 놀며 태운 살가죽은 애처롭지 않단 말인가. 공연히 아이의 인생관 정립에 혼란만 일으키게 했다.

그러나 다음날도 진국이는 새벽같이 일어나서 일을 하러 나갔다. 고마운 일이었다.

아내는 애간장이 탄다.

"복날은 쉬게 할걸, 애 더위 먹겠어요."

그러고 보니 연중 가장 무더운 중복(中伏) 날이었다. 나는 아침을 먹고 아내한테는 말을 하지 않고 녀석이 일을 하고 있는 공사장을 찾아가 보았다. 새로 건설 중인 아파트 단지 내의 중학교 건축 공사장이었다. 멀리서 녀석이 일하는 모습을 찾아보았으나 넓은 공사장 어디쯤에서 일을 하는지 눈에 띄지 않았다. 나는 근처를 돌면서 애를 찾아보았다. 겨우 공사장 한쪽 구석에서 늙수그레한 일꾼 한 사람과 같이 장마를 대비한 임시 배수로를 파는 녀석을 발견했다.

구름 한 점 없이 햇볕이 쨍쨍 내리쬐는 불볕더위였다. 녀석은 웃통을 벗어버리고 상체를 맨몸인 채로 일을 하고 있는데, 멀리서 보아도 땀이 물에 빠진 것처럼 번들거렸다. 제법 전의(戰意)가 넘치는 모습이었다. 충분히 중복날 긴 하루를 노동으로 정복할 수 있을 것 같아 보였다.

복 지경의 하루가 얼마나 덥고 먼 것인지, 나는 일찍이 서숙밭 이듬 매는 할머니와 나란히 사래 긴 밭골에 엎드려서 경험해 보았다. 하루 일을 마치고 저무는 밭둑에 나앉아서 바라보던 산등성이 위로 지는 노을빛이 왜 그렇게 눈물겹던지ㅡ. 하루 종일 노동을 했다는 것이 그렇게 큰 자부심일 줄이야ㅡ. 늙으신 농부(農婦)의 담담한 일상에 비하면 한낱 철없는 감상일 뿐이지만 평생 잊을 수 없는 좋은 기억이 되었다. 저무는 사래 긴 밭골에 내 호미 끝이 남긴 참을성의 흔적이 조용히 어둠에 묻히는 광경을 돌아보는 기쁨을 나는 잊을 수가 없다.

늙수그레한 일꾼의 몸에 밴 꿋꿋한 노동력 곁에서 어린 잡부가 중복날 긴 하루를 노동으로 넘기고 저ㅡ, 아파트의 근골(筋

骨) 너머로 지는 노을을 바라볼 때, 녀석은 분명히 평생을 잊지 못할 감동을 하나 불씨처럼 가슴에 묻으리라!

나는 근처의 약방으로 가서 자외선 차단 약제와 드링크제 두 병을 샀다. 그리고 녀석이 일을 하는 곳으로 갔다.

녀석이 나를 보더니 깜짝 놀랐다.

"아버지, 무엇하러 오셨어요. 창피하게……."

아비의 감상적인 행동이 다 큰 자식의 자존심에 부담이 된 것일까.

"창피하긴……. 야, 이거 마시고 등돌려 대 약 바르게……."

드링크제를 같이 일하는 늙수그레한 일꾼에게 먼저 권하고 녀석에게 주면서 말했다. 녀석은 영 땡감 씹은 얼굴로 등을 돌려 댈 생각을 않고 서 있는데 늙수그레한 일꾼이 말을 거들어 주었다.

"그려―, 아버지신가 본데…… 고맙잖아―."

녀석은 할 수 없이 드링크제를 마시고 등을 돌려 댔다. 나는 약을 짜서 진국이 등에 발라 주었다. 넓적한 등판이 벌써 벌겋게 햇볕에 탔다. 이제 약을 발라서 효과가 있을지 의문이었다.

다 큰 아들의 등판을 쓸어 보는 것 또한 처음이었다. 그게 그렇게 큰 포만감인 줄을 나는 처음 알았다.

녀석에게 가계(家計)에 구애 없이 바캉스 비용을 주고 싶은 이 기쁨―!

진국이가 아르바이트를 해서 효도를 벌어다 주었다.

무심천의 피라미

　청주시 한복판을 가르며 흐르는 냇물을 무심천(無心川)이라
고 한다. 마음을 비워 주는 냇물이라는 선입견을 주는 이름이
다. 청주를 양반의 고장이라고 한다. 나는 그걸 명예롭게 생각
하지 않는다. 왜냐하면 진취적이지 못한 도시라는 말같이 들
려서다. 양반, 비생산적이라는 말로 들리는 시대이기 때문이
다. 무심천이란 냇물의 뉘앙스가 그런 소리를 듣게 하는 것 아
닌가 하는 생각이 들 때가 있다.

　무심천, 왠지 소리치며 흐르는 냇물이 아니고 흐르는지 안
흐르는지 알 수 없는, 시쳇말[時體]로 '되는 것도 없고, 안 되는
것도 없는' 우유부단한 사람을 이르는 이름 같아서 맘에 안 든
다. 아무튼 좋다. 무심천(無心川)이든 유심천(有心川)이든 냇물
이름이 문제가 아니라 냇물이 살았느냐 죽었느냐가 문제인 것
이다.

　내가 고등학교를 다닐 때는 여름밤에 무심천에 나와서 멱을

감았는데, 모래를 깔고 앉은 엉덩이가 간지러워서 손으로 움키면 모래무지가 잡힐 정도로 맑은 도심 하천이었다. 무심천에 남자들만 목욕을 한 게 아니고, 대담한 여자들도 목욕을 했다. 야음(夜陰)에 어리는 백옥 같은 여인의 살결을 훔쳐보려고 엉큼한 사내들이 목욕하는 여인들 곁으로 다가가면 여인네들의 자지러지는 소리가 천변을 울렸다. 그러면 제풀에 놀란 벌거숭이들이 냇물을 첨벙거리며 달아났다.

그때는 청주 인구가 팔만 정도였고, 무심천 둑에는 나무장수들이 나뭇짐을 받쳐 놓고 팔리든 말든 무심한 얼굴로 나뭇짐 그늘 밑에 앉아 있을 때다. 무심천이 맑은 것은 말할 것도 없고 팔만 시민이 사는 사회도 맑아서 무심천에서 성폭행 사건 같은 것은 발생하지 않았다. 불미스러운 사내들의 객쩍은 수작은 수작으로 끝난 낭만이었다. 여인네들도 엉큼한 사내들의 눈길에 백옥 같은 몸매를 감히 냇물에 어리는 야음에 드러내 본 게 지금 여인들이 해변에서 비키니를 입어 보는 것과 같은 노출 욕구에 다름없는 모험이었을 것이다.

벚꽃 만발한 그 시절의 봄날, 냇둑에 서서 꽃 그림자를 비추며 흘러가는 무심한 물결을 바라보면 사무친 마음도 무심해지기는 했었다. 해질녘이면 냇물에 여울낚시를 드리우고 서서 발갛게 노을에 젖는 사람을 흔히 볼 수 있었다. 그 광경을 보면 아―! 누가 지었을까, 냇물 이름을 무심천이라고―. 그리 감탄을 했었다.

그 냇물이 국민소득 1만 불에서 시궁창이 되었다. 무심천 밤 벚꽃 축제를 구경하러 나간 적이 있다. 축제의 불빛에 어린 무심천 냇물은 요염하기까지 했는데 부패한 냄새가 코를 찔렀다. 겨우 1만 불 소득에 육십만 시민이 경거망동해서 꿈과 낭만의 무심천을 죽여 버린 것이다. 무심천에는 모래무지도 살지 못하고, 야음에 목욕을 하는 사람도 없고, 노을 속에 서서 낚시질하는 사람도 볼 수 없는 죽은 하천이 된 것이다.

그런데 어느 여름날이었다. 비가 오는데 무심천 하상 도로를 지나다가 냇물에 의젓하게 서 있는 새를 보았다. 백로였다. 한 마리가 아니었다. 냇물 여기저기 백로가 긴 다리로 유유히 걷고 있었다. '까마귀 싸우는 곳에는 가지 말라'는 그 백로가 옷 갓을 갖춰 입은 고고한 기품의 선비처럼 아주 거드름을 피우며 성큼성큼 걷는 것이었다.

나는 하도 반가워서 길가에 차를 세우고 백로를 구경했다. 백로 한 마리가 재빨리 물에 부리질을 하더니 파닥이는 은빛 물고기를 한 마릴 물어 올리는 것이었다.

청주시에서 시책으로 하수관로를 매설하는 등 무심천 살리기 사업을 벌이더니 무심천의 수질이 개선된 것인가. 무심천에 가로질러서 외나무다리처럼 놓은 콘크리트 쪽다리에 서서 물을 들여다보았다. 물밑에 피라미들이 놀고 있었다. 날씬한 유선형 몸체로 재빨리 헤엄을 치면서 놀고 있었다. 잠시도 가만히 있지 않고 움직이는 부지런하기 이를 데 없는 민물고기 —.

무심천에 피라미를 주축으로 하는 먹이 사슬이 이루어진 모양이다. 최소한의 수생(水生) 곤충이 물가에 살기 시작했나 보다. 냇물에서는 아직 냄새가 났다. 3급수쯤은 될려나 모를 일이다. 그 3급수에 피라미가 수생 곤충을 먹고 살려고 모여든 것이고 피라미를 먹으려고 백로가 온 것이다. 처음에 백로들은 도심을 벗어난 무심천 하류 쪽에서 발견되었는데 점차 도심 쪽에서도 발견되었다.

그 후, 무심천에 걸쳐 놓은 시멘트 쪽다리 위에 걸터앉아서 견지 낚시를 드리운 사람을 발견할 수 있었다. 노을질녘이었다. 한가롭기 그지없는 풍경이었다. 흡사 곧은 낚시를 드리우고 세월을 낚는 강태공을 본 것 같아서 차를 멈추고 낚시질 풍경을 바라보았다. 곧은 낚시질이 아니었다.

낚시질하는 사람은 30대쯤 되는 젊은이였다. 고기를 낚으면 미늘에 입이 안 다치게 조심조심 고기를 빼서 물에 던지는 것이었다.

"왜 고기를 놓아줍니까?"

"고기에서 냄새가 나서 먹지는 못해요."

그럼 무엇 하러 고기를 잡느냐고 물으려다가 얼른 입을 다물었다. 젊은 사람이 이 시간에 강태공처럼 낚시질을 하는 말 못할 이유가 있을 것 같아서였다. IMF 때다.

고등학교를 졸업하던 해, 나는 해가 서산에 기웃하면 파리

낚시채를 메고 냇가로 나가서 여울낚시(파리루어 낚시)를 했다. 당시 나는 착잡한 세월을 보내고 있었다. 농사를 짓기로 맘먹었지만 왜 그리 좌절감이 엄습하는지 해만 기웃하면 낚싯대를 메고 냇물로 나가서 어두울 때까지 낚시질을 했다. 그러면 모든 잡념을 잊을 수 있었다. 조령산 꼭대기에 걸려 있던 햇살마저 꼴딱 지고 나면 사위가 벌겋게 잔광에 물들고, 피라미들이 일제히 물 위로 뛰어오르면서 냇물도 어두워지고 사위는 고요해진다.

종다래끼에 피라미들이 가득하다. 몇 마리의 깨피리와 꺽지 말고는 전부 피라미들뿐이었다. 왜 그리 피라미들이 고마운지 모를 일이었다. 외로울 때 곁에 있어 준 친구 같은 생각이 드는 것이었다. 이 놈들이 내 낚싯바늘을 물어 주지 않으면 나는 상념에서 벗어나지 못했을 것이다. 피라미들이 낚싯바늘을 물고 파닥이는 손맛에 나는 모든 상념에서 벗어날 수 있었다. 피라미들이 고마웠다. 나는 어두운 냇물에 피라미들을 쏟아 놓았다. 피라미들은 어두운 여울물로 사라졌다.

무심천 시멘트 쪽다리에 걸터앉아서 피라미 낚시질을 하는 젊은이가 젊은 날의 흔들리던 나 같다는 생각이 들었다.

'yahoo 국어사전'에 보면 피라미를 하찮은 존재에 비유하는 말이라고 적혀 있다. 말도 안 되는 소리다. 피라미가 어째서 하찮은 존재란 말인가. 일급수만 고집하는 버들치보다 나는 피라미가 고맙고 좋다.

어느 물고기인들 일급수에서 못 살까. 피라미는 빠르게 흐르는 여울목에서 힘차게 제 몸으로 물살을 일으켜 용존산소(BOD)를 보충하면서 산다. 그리하여 백로를 불러들여서 먹이가 되어 준다. 그리고 낚시꾼을 노을 속에 앉아 있게 한다. 피라미가 무심천을 이름에 걸맞은 낭만적이고 시적인 냇물 풍경으로 만들어 주는 것이었다.

피라미는 그 내성(耐性)만으로도 고마워해야 하고 그 생명을 존중해야 한다. 누가 왜 그랬을까. 나는 하찮은 존재에 피라미를 비유한 까닭을 알 수 없다. 혹 일급수를 서로 차지하려고 눈만 뜨면 싸우는 버들치인 척하는 사람들이 3급수에서 멋을 잃지 않고 살아가는 피라미를 시기해서 그랬을까?

그런 사람은 누구이든 청주 무심천에 와서 피라미 루어낚시질이나 하면서 참 양반의 의미를 되새겨 보는 것이 이 사회의 흐린 수질을 개선하는 데 도움이 될 것이다.

아파트의 불빛

밤 11시가 넘으면 깃들이느라고 들쑤셔 놓은 벌집같이 부산하던 아파트 단지가 조용해진다. 아파트 각 동 각 호마다 불이 환하고 주차장에도 빼곡하게 자동차가 들어차서 만수에 이른 수면처럼 출렁하게 멎어 있다.

'금호 타운.' 말이 좋아 마을이지 31.75평의 생활공간을 가로세로 기하학적으로 조립해 놓은 15층 높이의 거대한 삶의 수용시설일 뿐이다. 건너다보는 105동 전면의 네모진 단면들은 한 세대 한 세대의 삶이 깃들이는 집들인데 꼭 빈칸 메우기 퀴즈판 같아 보인다. 그럴 수밖에 없는 것이 집이라면 그 집의 가훈이나 가풍이나 무슨 그 집만의 개성이 엿보여야 되는데 하나같이 똑같은 모습이다. 저 집은 무엇을 생업으로 사는 집인지, 부자인지 가난한 집인지 알 수 없다.

밤이 되어 네모칸에 하나 둘 불이 밝혀지는 것을 건너다보면 마치 퀴즈판의 빈칸에 답을 맞혀 넣는 것처럼 재미있다. 일찍

불을 환히 밝힌 네모칸의 단란한 조도(照度)는 내 상식에 맞는 답 같아서 기쁘고, 반면 밤이 깊어서 이때나 저때나 기다려도 불이 밝혀지지 않는 컴컴한 네모칸은 내 상식 밖의 난해한 문제 같아서 마음이 답답해진다.

아파트의 몇 동 몇 호는 분명한 한 세대의 주거지다. 주거지에는 어두워지면 불이 밝혀져야 하는 게 나의 상식이다. 그런데 어떤 이유로 그렇지 못할까. 나는 공연히 그 점이 궁금해서 컴컴한 그 집을 풀 수 없는 퀴즈의 네모칸처럼 암담한 심정으로 건너다보게 된다.

어린것이 딸리지 않은 젊은 맞벌이 부부가 퇴근 후에 밖에서 만나 삶의 여유를 즐기고 있는 것인지도 모른다. 그렇다면 다행인데 나는 자꾸만 어느 세대의 단란할 수 없는 이유에서 답을 찾으려고 끙끙대는 것이다. 기쁨과 좌절이 뒤섞여 불야성을 이룬 거리에서, 세대주가 삶의 정체성을 잃고 방황하는 파경의 세대 같은⋯⋯. 그러다 그 컴컴한 네모칸에 빤짝하고 불이 밝혀지면 마침내 답을 찾은 것처럼 깜짝 기쁘다. 늦게 밝혀진 불빛은 그래서 더욱 밝아 보인다.

'일찍일찍 들어오지 못하고 뭘 하다 이제 들어와—.'

반가운 나머지 그 집 사람과 무슨 친인척이거나, 막역한 친구라도 되는 것처럼 속으로 중얼거리게 된다. 그러고 보면 아파트 단지도 동네구나 하는 생각이 드는 것이다.

오늘도 밤늦도록 불이 안 켜지는 집이 있다. 한 동의 전면이다 환한데 유독 한두 칸만 어둡다. 그 어두운 칸에 신경이 쓰여서 자꾸만 컴퓨터의 자판을 헛짚는다.

'도대체 뭘 하느라고 안 들어오는 거야, 신경질 나게시리—.'

어느 날 밤 11시가 넘어서 담배를 사러 아파트 단지를 건너가다가 도시의 달을 보았다. 열나흘 가을달이 104동과 105동이 ㄱ자로 위치한 동과 동 사이, 15층 높이의 두 수직선 사이에 끼여 있었다. 도시의 달을 보는 것은 발견처럼 경이롭다. 희한하다. 보름날이면 도시에도 달은 떴을 터인데 어째서 발견같이 경이로울까.

트레이닝복을 입은 중년 남자가 담배를 피우면서 그 달을 쳐다보고 서 있었다. 나도 발걸음을 멈추고 그 사람 뒤에 서서 달을 쳐다보았다. 달을 쳐다보던 사람이 기척을 느꼈는지 나를 돌아다보았다. 불편한 표정이었다. 나는 새치기하다가 들킨 사람처럼 얼른 자리를 피했다.

나도 남의 등 뒤에 서서 달을 보는 건 싫다. 그 사람이 "참 달이 좋습니다" 했어도 나는 그 사람과 같이 서서 달을 보지는 않았을 것이다. 달은 혼자 보는 것이 좋지만 집에서 오래 기른 개하고 같이 보면 더 좋다. 침묵하고 같이 있어도 전혀 부담스럽지 않기 때문이다.

젊어서 윗버들미에 살 때 가을 달밤이면 나는 잠을 이루지 못하고 우리 논머리 방천둑에 서 있었다. 그때 내 발치에 우리 개 검둥이가 따라 나와서 너부죽이 엎드려 있었다. 개도 사람만큼 달을 좋아한다는 것을 나는 그때 알았다. 꽤 긴 시간 동안 우리는 그렇게 있었다. 개는 앞발을 쭉 뻗고 발 위에다 턱을 얹어 놓고 있었다. 자세가 하도 편해서 자나 하고 개 얼굴을 들여다보면 개는 달을 쳐다보고 있었는데 맑은 달빛이 눈에 가득 차 있었다. 나는 개에게 깊은 도반의 정 같은 것을 느끼고 개의 머리를 쓸어주었다. 개는 자세를 흩트리지 않고 꼬리로 땅바닥만 두어 번 쓰는 것으로 내 관심에 응답을 했다.

도시의 달은 미인의 얼굴처럼 시원스러운 월색이 아닐뿐더러 산골짜기를 비추는 달빛만치 광휘롭지도 못하다. 그래서 어쩌다 달을 보면 도시에도 달이 뜨긴 뜨는구나 하고 경이로워 하는 것인지 모른다. 그래도 그 달이 아파트를 환하게 비추고 있다. 단지 안에 밝혀진 보안등 불빛이 미치지 않는 높이에 달빛은 머물러서 아파트를 아득해 보이게 한다. 마치 시골에서 늙은 개하고 보던 달빛을 쓰고 혼곤히 잠든 건너뜸 마을처럼 고요하다. 그런 아파트를 건너다보면 퀴즈판 같다는 생각이 들지 않는다. 불이 밝혀진 집이나 불이 밝혀지지 않은 집이나 다 같이 달빛에 젖어서 조용하다. 따라서 나는 퀴즈판 공란의 난해한 답을 구하려는 불필요한 갈등을 겪을 필요도 없다. 달밤은 좋다.

진달래꽃

우리 집의 진달래 분재(盆栽)가 올해는 아무도 들여다보지 않는 빈 골방에서 소박데기 순산하듯 혼자 꽃을 열댓 송이나 피웠다.

입춘이 지난 어느 날 아침, 겨울 때에 찌든 거실 유리창을 투과(透過)하는 햇살에서 문득 봄을 느끼고 혹시나 싶어서 방문을 열어 보았더니, 아니나 다를까 지금 막 초례청에 나갈 준비를 끝낸 새색시처럼 진달래가 방안에 애잔한 꽃빛을 가득하게 밝혀 놓고 있는 것이 아닌가! 나는 감탄도 하지 못하고 멍하니 바라만 보았다.

나는 진달래 분재가 꽃을 피우는 데 아무것도 해준 게 없다. 봄이 되면 뜰에 내놓고 겨울이 되면 골방에 들여놓았을 뿐이다. 거름을 한번 제대로 주어 보길 했나, 진딧물이 끼니 약을 제때 쳐 주길 했나, 시들면 물이나 듬뿍 주는 게 고작이었다. 마치 호란(胡亂) 때, 몽고에 잡혀 간 조선 처녀같이 졸지에 나의 분재 신세가 된 진달래가 자포자기하지 않고 꽃눈을 틔워서 공들여 키우고 마침내 꽃을 피운 이 생명의 경이 앞에서 염치없이 경탄이나 한다면 나는 되놈 같은 놈이다.

진달래꽃은 한때 북한의 국화였다고 한다. 온 봄산을 물들이는 꽃빛이 피바다 같아서 국화로 정했던 것일까? 아무리 적색(赤色) 이념에 혈안이 되었기로 민족의 보편적인 서정(抒情)까지 기만(欺瞞)해 가며 그 은은한 영변 약산의 진달래 꽃빛을 핏빛으로 보았을 리야—. 지금은 진달래꽃이 북한의 국화가 아니라고 하니 천만 다행이다.

나 보기가 역겨워
가실 때에는
말없이 고이 보내 드리우리다

영변에 약산
진달래꽃
아름 따다 가실 길에 뿌리우리다.

가시는 걸음걸음
놓인 그 꽃을
사뿐히 즈려밟고 가시옵소서

아지트에서 봄산을 물들이는 진달래꽃을 보고 빨치산들은

소월의 감성(感性)을 어떻게 주체했을까. 안타깝다. 감성을 절제해 가면서까지 그들이 추구한 것이 도대체 무엇이었을까.

"동무들 보라! 저 피바다 같은 산을……. 아무리 열악한 생존여건에서도 저렇게 온 산을 열정으로 환하게 해방시키는, 저 — 진달래꽃을 보라! 우리의 혁명과업도 진달래처럼 꽃피우자!"

한 시대의 비극적인 봄산을 물들이는 진달래꽃의 의미를 지리산 빨치산 대장 이현상은 그쯤 부여했을까? 아무튼 진달래를 적기(赤旗)와 같은 이념의 아류(亞流)로 전락시킨 것이라면 진달래의 본성(本性)에 대한 모독이다.

진달래는 가난하고 소박한 꽃이다. 칸나처럼 열정적이지도 않고, 목련처럼 유혹적이지도 않고, 제비꽃처럼 깜찍하지도 않다. 은은한 정을 수줍게 입가에 물고 하염없는 기대에 까치발을 딛고 서서 담 너머 아지랑이 피는 산모퉁이를 바라보는 산골 처녀 같은 꽃, 호란과 왜란, 그 가엾은 시대에 양지쪽 산기슭에 돌아갈 곳 없이 망연히 앉아 있는 겁탈당한 조선 여인 같은 꽃, 약한 듯하면서도 질긴 그 생명의 빛 —. 미처 이파리도 피우지 못한 나목의 가지에 서둘러 몇 송이씩 소복소복 꽃부터 피워서 가혹한 겨울을 물리치고 얼른 침울한 산자락을 환하게 밝혀 놓는 꽃 —.

6·25 다음해 봄. 우리 고향 윗버들미의 달걀양지 산기슭에서 죽은 빨치산 여인을 본 적이 있다. 어린 나는 호기심에 떨면

서 어른들 어깨너머로 긴 단발머리를 곱게 빗고 남루한 노란 군복을 입은 누님 같은 젊은 여인의 단정한 주검을 보았다. 그 주검은 내 나이 따라서 무서움으로, 슬픔으로, 미움으로 변질되어 왔다. 조선 여인은 그렇게 경거망동하게 죽어서는 안 되는데 하는 생각이 들어서다. 누가 그 여자를 낯선 산비탈 양지쪽에서 혼자 죽게 했나 하는 생각에 나는 진달래꽃이 핀 임진강변 어느 OP에 초병으로 서 있을 때 적의(敵意)를 불태우곤 했었다.

우리 집 진달래 분재의 분수(盆樹)는 해 저문 외진 산골 길옆에 꽃을 피우고 있는 것을 캐어다 심은 것이다.

그 진달래꽃은 땅거미가 지는 산속에서 조금도 두려움이나 조바심하는 기색 없이 오직 안온(安穩)한 모습으로 피어 있었다. 그래서 나는 '누님! 집에 갑시다' 하는 마음으로 캐어다 분에 심어 놓았다.

나는 그 진달래꽃이 문득 동란기에 새 새댁이던 우리들의 누님 같다고 생각했다.

신랑도 없이 홀로 시집살이를 하던 열아홉 새댁이 곱게 잠든 어린것을 등에 업고 저문 고개에 서 있던 그 운명적인 모습―.

'빨리 가거라, 저물겠다.'

차마 발길을 돌리지 못하고 망설이는 어린 친정 동생에게 누님은 조용히 재촉했다. 누님의 연분홍 치마는 시집살이 때가 묻어서 연자줏빛이었는데, 흡사 진달래꽃빛 같았다.

동란이 막 끝난 어느 해 봄, 앞집 원규가 아직 아침 햇살도 퍼지기 전에 나를 찾아와서 한티골 저의 누님 댁에 같이 가자고 해서 다녀온 적이 있다. 나는 선뜻 따라 나섰다. 나는 누님이 없이 자랐다. 원규 누님이 내 누님같이 생각되어서 원규에게 늘 질투를 느끼면서 자랐다. 어느 날 나는 원규처럼 원규 누님한테 느닷없이 "누나야—" 하고 불러 보았다. 원규 누님이 몹시 기뻐했다. 그리고 나를 원규처럼 동생으로 여겼다. 그 후 원규 누님이 꽃가마를 타고 지름티재를 넘어갈 때 원규도 안 우는데 나는 울었다.

원규 매형은 좌익청년이 되어 동란 속으로 표연(飄然)히 사라지고 원규 누님은 난세(亂世)에 홀로 시집살이를 하고 있었다. 그 시절의 봄산에는 유난히 진달래꽃이 만발했는데, 원규 어머니는 원규 등을 동구 밖으로 밀어내셨다. 신랑도 없는 시집살이를 하는 딸이 눈에 밟혀 애간장이 타셨던 모양이었다.

원규 누님의 시집은 진달래꽃이 흐드러지게 핀 삼십 리 산길을 가야 했다. 왕복 육십 리 길이 어린 우리에게는 힘든 길이었지만 나는 마다하지 않고 원규를 따라갔다. 아침 일찍 떠나서 뛰다시피 걸으면 점심나절이 채 못 되어서 원규 누님의 시집에 도착했다. 원규 누님과 우리는 겨우 한나절쯤, 꿈결같이 보내고 해가 설핏해지면 갓난것을 등에 업은 원규 누님의 애잔한 모습을 고갯마루에 세워 놓고 돌아왔다.

"잘 가거라. 어머니한테 누나는 잘살고 있으니까 아무 걱정 하시지 말라고 말씀 드려라." 원규한테 말하고,

"성균아, 원규 길동무를 해줘서 고맙다." 내게는 그렇게 의례적인 인사를 한 것 같은데 왜 그리 눈물겹게 그 말이 소중했던지—.

우리는 고갯마루에서 돌아서면 뛰었다. 삼십 리 산길에 이미 어둠이 깃들이는데, 우리는 어두운 고갯마루에 누님이 하염없이 서 있는 것만 같아서 뛰다 돌아보고 뛰다 돌아보고 하며 돌아왔다.

집에 돌아오니 별이 쏟아질 듯 뿌려진 어두운 삽짝 밖에 원규 어머니가 서 계셨다.

"누나가 너를 보고 울지 않든……?"

"아니."

"너도 이제 다 컸구나! 어미 아픈 속을 헤아릴 줄을 다 알고……."

원규 어머니는 울음을 삼키며 말씀하셨다. 원규 어머니는 원규가 거짓말을 한다고 생각하시는 모양이지만, 분명히 원규 누님은 우리 앞에서 눈물을 보이지 않았다.

어린 친정 곳 동생들을 저무는 고갯마루에서 배웅하며 눈물을 보이지 않던 암담한 신세의 누님, 막막(寞寞)한 여자의 생애를 앞에 두고 어린 새댁이 정온(靜穩)한 모습을 흩트리지 않을 수 있는 의지가 어떻게 생기는 것이었을까? 나는 우리 집 진달래 분재의 꽃을 보고 생명을 소중히 이어가는 나무의 본성이 인고의 생애를 지탱해 낸 원규 누님 같아 보여서 더욱 고마운 것이다.

날씨가 하도 화창하기에 나는 진달래 분재를 현관 밖에다 내놓았다. 어두운 골방 구석에 홀로 두기에는 꽃의 자태가 너무 아까웠다.

"우리 누나 예쁘지?"

원규의 뽐내던 모습이 눈에 선하다. 초례청에 나가려고 치장을 마치고 안방에 앉아 있는 저의 누님을 보고 둘러서 있는 동네 사람들에게 자랑스럽게 말하던 원규 ─. 내가 진달래 분재를 현관 밖으로 내놓은 것은 그런 심정이었다.

그런데 어둠침침한 그늘 속에 있던 꽃을 급작스럽게 햇빛 속에 내놓아서 그런가? 아니면 꽃의 생명이 다한 것일까? 하루를 넘기더니 꽃잎이 시들었다. 나는 놀라서 진달래를 얼른 골방에 도로 들여다놓았다. 그러나 소용없었다. 점점 꽃잎에 힘이 빠지더니 그예 꽃잎이 한 닢 두 닢 지기 시작했다.

나는 진달래꽃을 경솔하게 현관에 내놓은 걸 후회했다. 며칠은 더 피어 있었을 꽃을 애들처럼 자랑하고 싶은 마음을 참지 못하고 햇빛에 급히 내놓아서 지게 한 것만 같아서였다.

나의 분재관리 지식으로는 잘못하다가 진달래 분재를 죽일지도 모른다. 이 봄에는 분재의 진달래를 저 살던 자리 외진 산골에 도로 갖다가 심어 놓아야겠다. 그리고 봄마다 난세의 우리들 누님처럼 정온한 모습으로 꽃을 피우면 보러 가야겠다.

찔레꽃 필 무렵

찔레꽃이 피면 나는 한하운처럼 울음을 삭이며 혼자 녹동항에 가고 싶어진다.

가도 가도 끝이 없는 누런 보리밭 사이로 난 전라도 천릿길을 뻐꾸기 울음소리에 발맞추어 폴싹폴싹 붉은 황토 흙먼지 날리며 타박타박 걸어가고 싶다. 거기까지 가는 길이 얼마나 멀고 서러운 길인지 알고 싶다.

찔레꽃 하얗게 핀 산모퉁이 돌아서 "응야 차—. 응야 차—" 건강한 젊은 육신들이 꺼끄러기와 먼지를 뒤집어쓰고 보리타작하는 소리 질펀한 동네 앞, 둥구나무 아래 앉아서 발싸개를 풀어 볼 것이다. 발가락은 다 있는지—. 구태여 그게 무슨 대수일까마는 그래도 궁금한 사람의 마음을 어찌 당하랴. 발가락은 다 있다. 일그러진 문둥이의 얼굴에 어린 기쁨. 보일까.

둥구나무 그늘 아래 이는 바람에 얼굴을 씻고, 아니 눈물을 닦고 누런 보리밭을 건너다보면 찔레꽃이 누이처럼 애련하게 피어있다. 먼 산을 울리는 뻐꾸기 소리를 들으며 몽당손가락으로 몽당연필을 쥐고 편지를 쓴다.

'누이야. 아직 발가락은 다 있다.'

찔레꽃을 보면 지금도 한하운이 걸어간 식민지 시대의 전라도 천릿길을 상상하게 된다. 밀짚모자를 눌러 쓰고 피 같은 비지땀을 흘리며 붉은 흙먼지를 폴싹폴싹 날리며 뻐꾸기 소리에 발맞춰 걸어가는 천형의 사나이 길─. 찔레꽃 피면 나는 천형의 길을 답사한다.

한하운은 자서전에서 "천형의 문둥이가 되고 보니 지금 내가 바라보는 세계란 오히려 아름답고 한이 많다. 아랑곳없이 다 잊은 듯한 산천초목과 인간의 애환이 다시금 아름다워 스스로 나의 통곡이 흐느껴진다"라고 하였다.

찔레꽃은 우리 나라 어디고 한마음으로 핀다. 찔레꽃을 보면 하나의 배달민족이 꽃피어 있는 것 같다. 오일장날 동네 어귀마다 흰옷 입고 나서는 장꾼같이 전국 어느 산기슭이나 똑같은 모습으로 핀 찔레꽃 무더기─. 우리 나라 사람은 똑같은 마음이라는 생각이 들게 하는 꽃이다. 유월 화창한 햇살 내린 산기슭, 뙈기밭 머리에 하얗게 무더기를 짓고 핀 하얀 꽃을 보면 뜨겁고 간절한 마음을 하얗게 삭이는 남도잡가 소리 들리는 듯하다. "인간사 그리워 필닐니리" 한하운의 보리피리 소리 들리는 듯하다.

녹동(鹿洞)을 처음 안 것은 퍽 오래 되었다. 여수 차부(車部)

에서 나그네의 투박한 남도 사투리 속에 섞여서 버스 시간을 기다리는데 "녹동행 출바알―" 하는 안내원의 소리가 들렸다. 그 녹동이라는 지명이 내 행선지처럼 귀에 쏙 들어왔다. 처음 들어 보는 지명이었다. 발음도 입안에서 구르는 정겨운, 우리들의 고모님 시집 동네 이름 같다는 생각이 들었다.

어느 사람에게 물어보았다.

"녹동이 어디입니까?"

"녹동이야, 녹도(鹿島) 건너가는 항구가 녹동(鹿洞)이제―."

시골 식자쯤 되는 형색인 사람이었다. 그 나이에 녹동도 모르느냐는 눈째로 내 행색을 쓱 훑어보는 것이었다. 나는 공연히 주눅이 들어서 머쓱하게 서 있는데

"녹도 모르요? 그럼 소록도는 아남?"

'아―! 소록도.' 녹동, 어쩐지 찝찔한 눈물 맛 같은 어감이더라니―. 그러니까 녹동이 어디쯤 있는지 알 것 같았다. 보리가 누렇게 익는 들판을 건너, 뻐꾸기 우는 고개를 넘어, 찔레꽃 하얗게 피는 산모롱이를 돌아가면 파란 바닷물이 넘실대는 부두에 하얗게 페인트칠을 한 병원선이 접안(接岸)하고 있는 항구일 것이다.

내가 소년일 때다. 사립짝 안으로 말없이 하얀 중의적삼을 입은 남자와 하얀 치마적삼을 입은 여자가 손을 잡고 들어와 섰다. 남자는 밀짚모자를 여자는 무명수건을 내려 써서 얼굴을 가렸다. 그들은 말없이 서 있었다. 어머니가 바가지에 보리

쌀을 한 사발쯤 되게 담아 가지고 가서 바랑에 부어 주었다. 그들은 손을 잡고 사립짝 밖으로 나갔다. 나도 따라 나가서 그들의 뒷모습을 보았다. 눈부신 햇살 속으로 손을 잡고 걸어가는 그들의 뒷모습이 찔레꽃 한 무더기처럼 슬펐다. 뻐꾸기가 청승맞게 울었다.

　자동차 운전면허를 따고서 처음으로 장거리 여행이 하고 싶어졌는데, 그 목적지가 녹동이었다. 아직 초보 운전자가 가기에는 먼길이었지만 굳이 그곳이 가고 싶었다.

　찔레꽃 필 무렵이었다. 가도 가도 끝이 없는 남도 길가에 하얗게 찔레꽃이 피어 있었다. 한하운이 걸어갔을 길과는 상관없는 호남고속도로 연변에 그렇게 찔레꽃이 피어 있었다. 찔레꽃은 아무데라도 핀다. 서러운 문둥이를 위해서 피는 꽃은 아니었다. 그런데 이상하게도 찔레꽃은 내게 한하운의 슬픔을 조용조용 속삭여 주는 것이었다.

　녹동항 가는 길은 생각한 대로 보리가 누렇게 익는 황토밭 질펀한 구릉을 넘고 돌아서, 찔레꽃 무더기무더기 핀 야산을 돌아서, 한참 고흥반도를 내려가서 남쪽에 있었다. 그런데 이상하게도 한하운의 애수의 흔적은 찾을 길이 없고 활기찼다. 부두에는 어선들이 가득하고 수조에는 감성돔이 힘차게 유영하고 있었다. 한하운이 보리피리를 불면서 소록도 건너가는 배를 기다리던 자리는 이미 국민소득 7천 불쯤에서 자취를 감추었다.

막 해가 넘어가고 있었다. 건너편 섬이 노을 속에 잠겼다. 신항(新港)을 건설하는 한적한 방파제에 차를 세우고 섬 모퉁이를 건너다보았다. 교회와 나환자의 병동 같아 보이는 하얀 건물들이 노을에 빛났다. 하얀 수성페인트를 누추해질 새 없이 칠하고 있는 것이 분명하다. 그런데 섬 기슭에 하얗게 찔레꽃이 여기저기 피어 있었다. 얼른 보기에 우리 집에서 보리쌀 한 사발을 얻어 가지고 동구 밖 둥구나무 그늘 아래 앉아 있던 문둥이 내외간 같아 보였다. 금방이라도 필닐니리 보리피리 소리가 들려올 것만 같았다.

하얗게 큰 건물이 하얗게 쪼그리고 앉아 있는 찔레꽃 무더기에게 흡사 그리 말하는 것 같아 보였다.

"제발 고통스러워도 참고 살아. 사는 게 죽는 거보다 그래도 뜻을 가질 수 있어서 좋잖아. 한센균이 너의 육체는 부패시켜도 정신은 부패시키지 못하잖아……. 죽는 날까지 정갈한 마음 잃지 마―."

섬은 서서히 어둠에 묻혀갔다. 섬은 적막하게 컴컴해지는데 건물과 찔레꽃만 하얗게 드러나 보였다. 한하운의 시심처럼, 삶의 의지처럼…….

해마다 찔레꽃이 피면 녹동항에 가서 저무는 섬을 건너다보고 싶어진다.

큰밭

동네 앞 골짜기의 평지는 냇물을 가운데 두고 올망졸망한 논들이 어깨동무를 하고 주저앉아서 작지만 돈독하기 그지없는, 소위 윗버들미의 '앞들'을 이루었다.

밭들은 쫓겨난 강아들처럼 양쪽 산기슭으로 올라가서 자리를 잡고 있는데, 동네 바로 아래, 신작로에 붙은 사래 긴 밭이 한 자리 있다. 동네 사람들은 그 밭을 '큰밭'이라고 불렀다.

논들은 저희들끼리만 어깨동무를 하고 큰밭은 돌려놓은 듯했다. 그렇다고 밭이 외로워 보이는 건 아니다. 오히려 홍일점처럼 귀하고 당당해 보였다. 큰밭이란 그래서 붙은 고유명사지 밭이 크다는 형용사가 아니다.

물론 밭이 크기도 크다. 산골 밭으로 한 뙈기 이틀갈이면 큰밭이다. 그러나 크기로만 따지자면 이 밭보다 더 큰 밭이 없는 것은 아니다. 사시나무골 김 서방네 밭과, 뒷들 박 서방네 밭은 사흘갈이다. 이틀갈이 정도의 밭은 동네에 몇 뙈기 된다. 그럼에도 유독 이 밭을 큰밭이라고 부르는 것은 토지의 위상(位相)이 높기 때문일 것이다.

위상이 높다는 것은 비단 경작하기 편하고 생산성이 높다는 토지의 효용가치만을 이르는 말이 아니고, 그보다 토지의 존재가치를 이르는 말이라고 하는 것이 옳다.

토지의 존재가치는 좋은 자리를 차지한 입지조건 때문이겠으나, 그보다 토지가 그 자리 값을 하기 때문이라고 볼 수 있다. 토지가 자리 값을 하는 것은 중이 제 머리 못 깎듯이 제가 하는 게 아니고 경작자의 작의(作意) 여하에 따라서 값을 한다고 볼 수 있다. 즉, 작황(作況)이 풍작이면 존재가치가 보이고, 흉작이면 안보이기 때문이다.

토지의 존재가치는 힘을 다한 경작(耕作)과 그 작의를 온전히 받아들일 줄 아는 토지의 합작이다. 즉, 경마에서 1등을 하면 말과 기수가 같이 빛나는 것과 같은 이치라고나 할까. 그래서 큰밭이 선망의 대상이라면 큰밭 주인은 존경의 대상이었다.

나는 청년기에 큰밭의 영향을 많이 받았다. 아니 큰밭을 경작하는 농부의 작의에 더 큰 영향을 받았는지 모른다.

당시 이 밭 임자는 함창 어른이었다. 함창 양반은 큰밭에 하곡으로 보리를 갈고, 추곡으로는 조를 갈았다. 한 번도 흉작인 걸 못 봤다. 가뭄 든 해에도 다른 밭들이 다 가뭄을 타는데 이 밭만은 가뭄을 안 탔다. 까닭이야 밭의 뛰어난 보습력(保濕力) 때문이겠지만 사람들은 말하기를 함창 양반의 가뭄 극복을 위한 노력 덕분이라고 했다.

함창 어른은 한해에 손을 놓고 하늘만 쳐다보고 있지는 않았다. 밭골을 타서 곡식 포기에 북을 돋아 주고, 풀을 베어다 밭골에 깔아서 수분 증발을 막아 주었다. 그것이 극심한 가뭄 방지책이 되었는지는 알 수 없으나, 함창 어른이 할 수 있는 한은 다 했다고 동네 사람은 인정을 했다.

이른 봄이면 장원처럼 새파란 보리밭 위로 종달새가 '지지배배'거리며 하늘 높이 떠오르고, 초여름에는 누렇게 익은 보리밭이 심해처럼 너울을 짓고 출렁거렸다. 저녁 때 노을지는 큰 밭 머리에 서면 뉘 부르는 소리 들리는 듯해서 나는 노을에 귀 기울이고 한참 동안 서 있기 일쑤였다.

"조 이삭이 마치 끌방망이 같네그려—."

사람들은 큰밭의 조 이삭을 보고 그리 감탄을 했다. 함창 어른은 해마다 길에 면한 조밭 가장자리 두 골에는 반드시 울타리처럼 수수를 심었다. 오곡에도 못 드는 수수를 무엇 하러 두 골씩이나 심는지 알 수 없었다. 토지를 경제적으로 이용하지 못한다는 생각을 했다. 그런데 어느 해 가을 나는 문득 함창 어른의 뜻을 깨닫고 '참새가 어찌 봉황의 뜻을 알랴' 큰 진리라도 깨친 듯 그리 쾌재를 불렀다.

무심히 수숫대의 주열 아래로 들어서던 나는 문득 예감에 수숫대 끝을 쳐다보았다. 모가지가 부러질 듯 구부러진 수수 이삭의 무게 위로 막 흰 구름 한쪽이 지나가고 있었다. 넓은 쪽빛

하늘을 찌를 듯 자란 수숫대의 높이와 그 끝에 매달린 이삭의 무게에 감동해서 우뚝 멈춰 섰다.

그 후 알고 보니 수숫대 아래로 지나오는 사람들은 모두 내 마음과 같은 듯했다. 들에서 돌아오는 고단한 농부들도, 잔칫집에서 돌아오는 취한 노인들도, 장에 갔다 오는 아낙네들도 이 수숫대 아래 들어서면 발걸음을 멈추고 수숫대 높이를 쳐다보는 것이었다. 그리고 무슨 말을 주고받았다. 고단한 시절을 넘어와서 가을을 맞이한 농부의 자부심을 주거니받거니 서로 치하하는 듯 보였다. 함창 양반은 가을 농부의 자부심을 고양해 주려고 사래 긴 밭 두 골을 할애(割愛)한 것이 아닌가 하는 생각이 들었다.

그렇다면 그것은 밭의 위상을 높이는 것이고 함창 어른의 위상도 높이는 것이라고 볼 수 있다. 부지런하기 이를 데 없는 함창 양반이 큰밭에서 수확체감의 법칙을 극복하고 고부가가치를 거두는 영농을 한 것이다. 그런 독농(篤農)에 의해서 큰밭의 존재가치는 확연해 보였다. 함창 어른은 큰밭의 가치를 높일 수 있는 데까지 높이는 것이 큰밭을 차지한 사람의 도리라고 생각하는 게 아닌가 싶었다.

윗버들미 사람들은 누구나 큰밭 주인이 되어 보겠다는 꿈을 꾸면서 농사를 지었다. 그러나 그것은 불가능한 꿈일지도 모른다. 그 밭이 매물(賣物)로 나올 일도 없거니와 매물로 나온다고 해도 백여 호가 넘는 동네에서 내가 차지할 수 있다고 보장할 수도 없다. 그래도 사람들은 죽기 전에 반드시 큰밭을 차지하고 말리라는 마음으로 분발하며 살았다.

그러나 반드시 큰밭을 내 수중에 넣겠다고 공표하고 사는 사람은 없었다. 가슴에 불씨처럼 간수하고 살았다. 그것은 고독한 자기와의 싸움, 농부의 길이다. 거기에는 비열한 술수가 있을 수가 없다. 오직 자신의 노력을 집약적으로 자기 토지에 투입하는 방법 밖에는 별다른 수가 없다. 농부가 사이비 정치인들과 정상배들처럼 축재를 위해 야합을 할 것인가. 총을 들고 은행을 털 것인가, 부동산 투기를 할 것인가. 되든 안 되든 오직 열심히 농사를 짓는 수밖에는 다른 방법은 없다.

윗버들미 사람들이 큰밭을 염원하는 마음은 일종의 신앙심 같은 것이라고 보아도 무방할 것이다. 그리 마음먹어 보지도 않은 사람은 농부가 아니라 농노(農奴)에 불과하다고 보아도 그르지 않다. 그런 사람이 더러 있긴 했다. 고자인 복경 씨, 주태백이 수백 씨, 팔푼이 석돌 씨 등등 어느 동네나 있게 마련인 몇몇 비농(非農)들이다. 그 외는 모두 큰밭을 내 토지로 갖고 싶은 염원으로 살았으리라. 큰밭이란 이름은 그래서 붙여진 것이 분명하다.

큰밭이 없었으면 협촌 윗버들미 사람들은 무슨 희망으로 그 고달픈 세월을 건너 저 피안에 이르셨을까. 나는 가끔 유지봉 기슭에 편안하게 자리한 윗버들미 선대 어른들의 나직한 무덤을 보면서 그런 생각을 했다.

사람 사는 곳에는 어디나 큰밭이 있다. 사람 산다는 것은 큰밭을 차지하려는 분발이다. 문제는 큰밭을 차지하고 나서다. 큰밭은 차지하기보다 지키는 것이 더 어렵기 때문이다.

한들 산모퉁이 길

산읍 연풍에서 바깥세상으로 나가려면 이화령(梨花嶺)을 넘어가든지, 작은 새재[小鳥嶺]를 넘어가든지, 한들 산모퉁이를 돌아가야 한다. 이 세 길의 저쪽은 각기 다른 세상이고, 그쪽 길로 가야하는 경위 또한 각기 다를 수밖에 없다.

대개 연풍 사람들이 한들 산모퉁이 길 저쪽에 볼일이 있어서 간다면 십중팔구는 도벌이나 밀주하다 적발당하고 송아지 팔아서 벌금 내러 간다거나, 이웃간에 쌈질하고 송사(訟事)가 벌어져서 경찰서에 불려 가는 따위, 또는 땅을 팔고 사고 등기 이전하러 가는 따위 등 관청에 볼일 보러 가는 것이다. 그쪽 길로 오십 리쯤 가면 군청 소재지 괴산(槐山)이고, 거기서 백 리쯤 더 가면 도청 소재지 청주(淸州)다.

연풍 사람들은 가급적 그쪽에는 별 볼일 없이 살려고 애를 썼다. 그러기 위해서는 착하고 정직하게 사는 수밖에는 달리 방법이 없다. 소위 말하는 법 없이 살 사람으로 살아야 한다.

천성이 순박한 산골 사람들은 대개 다들 그렇게 살았지만, 그래도 삶의 불가피한 경우가 사람들로 하여금 간간이 한들 산모퉁이를 돌아가게 했다.

그쪽에 가서 볼일을 보고 온 사람들은 어찌 된 일인지 기고만장했다. 관청 사람들의 권위적인 태도에 조금도 굴하지 않은 기개를 은연중 엿보였다. 아침에 도살장에 끌려가는 소처럼 죽상으로 그쪽 행(行) 버스를 타고 갔던 사람이 저녁 버스로 돌아왔을 때는 백중 판에서 소를 몰아오는 씨름꾼처럼 씩씩했다.

"산림주사가 조서를 꾸미고 나서 내게 또 산에 가서 함부로 나무를 베어올 거냐고 호통을 치는 거야, 글쎄―. 내가 뭐라고 했겠어?"

"다시는 안 그럴 터이니 한 번만 용서해 달라고 손바닥에 불이 나도록 빌었을 테지―."

"천만에―. 당신 같으면 엄동설한에 어린 새끼를 얼음장 같은 냉골에 눕히겠소? 입장 바꿔 생각해 보슈. 나무 한 그루 베어다 새끼 등 따시게 한 게 벌 받을 짓이오?"

"그러니까 뭐래?"

"대꾸 못하지―."

이런 식이다. 사실일 수도 있고 아닐 수도 있다. 행정법 위반은 파렴치한 범죄는 아니다. 관리들도 그 점은 인정하는 터라 굳이 고압적인 관리 티를 낼 필요는 없다. 순박한 사람과 혐의져 봐야 내세(來世)에 이로울 것도 없다.

관청에서 벌 받고 온 사람이 기고만장한 것은 받을 벌을 받고 난 홀가분한 마음 때문일 것이다. "매도 먼저 맞는 놈이 낫다"는 이치다. 행정 벌은 대개 벌금형이다. 벌 받았다는 마음보다는 손재수를 당했다는 마음이다. 그러니 울화 터지는 마음에 객기라도 부려야 스트레스가 해소되기 때문이다. 취중 호기가 사람들을 어리둥절케 했는데 그게 법 없이 살 사람이 벌 받고 화를 푸는 방법이었다.

그런데 희한(稀罕)한 일은 그쪽 길 출입깨나 하는 사람이라야 행세하며 잘살았다는 사실이다. 면장, 지서장, 교장, 조합장 등 기관장은 직업상 그쪽 출입이 잦을 수밖에 없다 치더라도, 양조장 사장, 영단방앗간 주인, 제재소 사장, 버스정류소 소장, 건영화물 영업소장, 주유소 소장, 대서방 안 주사 같은 분들이 잘사는 까닭은 사람들의 우주왈 공론에 의하면 다 그쪽 길 출입 잘한 때문이라고 했다.

그쪽 길은 처세술과 통하는 길이다. 즉 법대로 산다고 잘사는 게 아니라는 말이다. 적당히 비리와 부정에 타협을 할 줄 알아야 한다. 그게 처세술인데 처세술에 능한 사람들을 행세하는 사람이라고 해서 순박한 사람들의 질시 대상이지만, 감히 누가 그 앞에 대놓고 불온한 언동을 하지는 못했다. 행세하는 사람 앞에서는 조용한 처신이 이롭다는 것이 옛날부터 몸에 밴 순박한 산골 사람들이다. 그게 천성일 뿐, 비굴은 아니다.

그런데 가끔 의협심을 못 참고 객기를 부리는 사람이 있긴 하다. 예를 들어서 해병대 출신인 수렵 씨는 술만 취하면 양조장에 가서 제발 빌거니와 싱거워 못 먹겠으니 막걸리에 물 좀 타지 말라고 양조장 주인 턱밑에다 삿대질을 했다. 그래서인지는 모르지만 연풍 사람들은 그가 삼청교육대에 갔다 온 이유로 그걸 꼽았다. 한들 산모퉁이 길에 대한 보편적인 인식이다.

제9부

꽃이 핀 자리

나무의 모습이 항상 보기가 좋다 해도

돈독해 보일 때는 따로 있다. 갈걷이가 다 끝난 초겨울,

잎을 다 지운 나무가 빈들 가운데 의연하게 마주서서

첫 눈발 속에 묻히는 모습을 보면 그렇게 돈독해 보일 수가 없다.

'그럭저럭 일 년 농사를 마무리했네그려—.'

같이 늙은 두 농부가 그리 말하며

빈들을 바라보고 서 있는 듯한 풍모다.

꽃이 핀 자리

아파트의 녹지 공간에 심어져 있는 꽃나무들이 앞서거니뒤서거니 다투어 꽃을 피웠다. 너나없이 개성적인 아름다움을 뽐낸다. 매화는 고결하고, 진달래는 애잔하고, 목련은 풍만하다.

아파트 녹지 공간을 차지하고 사는 꽃나무들은 당연히 아름다운 꽃을 피울 의무가 있다. 입주자들의 관리비로 가꾸어진 정결한 녹지에 뿌리를 내린 꽃나무가 아름다운 꽃을 피우지 못한다면 부득이 퇴출시킬 수밖에 없다. 나는 얼마간의 관리비를 지불했다는 이유로 아주 거만하게 그 꽃들을 완상(玩賞)할 뿐 달리 더 고마움 같은 것을 느끼지는 않는다. 그래서인지 꽃도 내게 감히 교만을 떨지 않고 그저 화사한 미소만 보여 준다.

아파트 베란다에 서서 보면 모충동 뒷산이다. 산과 아파트 부지 경계에는 옹벽을 쳐서 절개지를 처리했다. 그 옹벽 위에 누가 일군 따비밭 한 끝이 보이고 따비밭 경계에는 가시철망을 둘러쳐 놓았는데 비닐, 헝겊 쪼가리 같은 허섭스레기가 바람에 불려 와서 지저분하게 걸려 있다. 그 가시철망 주변, 훼손된 환경에서 요즈음 생각지도 않은 철쭉이 한 그루 화사하게 꽃을 피웠다.

필 자리에 핀 꽃이야 무슨 대수랴. 생각지 않은 곳에 핀 꽃이기 때문에 더없이 곱다. 시인이 "아픈 데서 피지 않는 꽃이 어디 있으랴"고 한 아픈 데란 사람들이 삶의 꽃을 피우지 못한 아픈 마음을 이른 말일 것이다. 항상 꽃을 피울 자만의 자리를 꿈꾸는 사람들의 이루지 못한 마음에 꽃은 피어서 아프다.

나는 하찮은 내 자리에서 꽃을 피우려 하지 않고 꽃을 피운 남의 자리만 선망한다. 사회 구성 밀도만 차지한 응집력 없는 사람에게 꽃이 필 자리가 아닌 자리에서 화사하게 핀 꽃이 시사하는 바가 가혹하다.

비단 그 철쭉꽃뿐이 아니다. 길섶에 피어서 무심히 지나가는 사람을 잠시 기쁘게 하는 꽃다지, 제비꽃, 민들레 같은 풀꽃들—. 꽃은 어느 자리에 처하든 간에 그 자리를 분복으로 알고 저만한 꽃을 성의껏 피운다. 사람들은 삶의 의미를 풀꽃만치도 모른다.

나의 수필

명색이 수필가이면서 수필을 잘 모른다고 하면 나를 등단시켜준 월간 『수필문학』에 체면이 안 서는 줄 알지만 사실을 고백하지 않을 수 없습니다.

등단. 이제는 8년여 수필과 마주 대하기가 무섭습니다. 쓸수록 어려워서지요. 그래도 쓰지 않을 수도 없습니다. 이런 걸 가지고 팔자소관이라고 하는지 모르겠습니다. 문명(文名)을 떨쳐 보자는 오기도 아니면서, 수필을 모르면서 아는 척 나를 기만하면서, 마치 시시포스가 산꼭대기로 바윗돌을 굴려 올리다 떨어뜨리기를 계속하듯 나는 수필 쓰기를 계속합니다.

수필은 이거라고 일가견을 내세울 수는 없다 하더라도 나름대로의 수필의 문학 장르적 룰은 정해 놓고 쓰기는 합니다.

나의 룰이라는 것은 다름 아닌 거짓말(허구) 안하기입니다. 수필이 나의 이야기를 붓 가는 대로 쓰는 것이라면 당연히 솔직해야 하겠지요. 그런데 나는 수필을 위한 약간의 거짓말은 미덕이라고 생각합니다. 약간의 거짓말이 어느 정도를 이르는 말이냐? 글쎄 그게 문제입니다. 그러나 나는 분명히 그리 생각합니다. 솔직히란 말은 양심에 비춰서라는 말이니까 양심에 가책을 안 느끼는 정도의 거짓말은 해도 되지 않느냐는 생각입니다. 나를 위한 거짓말이 아니고 수필을 위한 거짓말은 해도 되지 않느냐는 것이지요.

무슨 소린지 알아들을 수가 없다고 하실 줄 압니다. 논리 정연한 학문적인 견해가 아니라 요령부득한 사견(私見)이기 때문에 그렇습니다. 그래서 편의상 저의 졸작 「세한도(歲寒圖)」를 예로 들어서 말씀드리고자 합니다.

먼저 졸작 「세한도」 전문을 소개해 올리겠습니다.

세한도

휴전이 되던 해 음력 정월 초순께, 해가 설핏한 강 나루터에 아버지와 나는 서 있었다. 작은 증조부께 세배를 드리러 가는 길이었다. 강만 건너면 바로 작은댁인데, 배가 강 건너편에 있었다. 아버지가 입에 두 손을 나팔처럼 모아 대고 강 건너에다 소리를 지르셨다.

"사공—, 강 건너 주시오."

건너편 강 언덕 위에 뱃사공의 오두막집이 납작하게 엎드려 있었다. 노랗게 식은 햇살에 동그마니 드러난 외딴집, 지붕 위로 하얀 연기가 저녁 강바람에 산란하게 흩어지고 있었다. 그 오두막집 삽짝 앞에 능수버드나무가 맨 몸뚱이로 비스듬히 서 있었다. 둥치에 비해서 가지가 부실한 것으로 보아 고목인 듯싶었다. 나루터의 세월이 느껴졌다.

강심만 남기고 강은 얼어붙어 있었고, 해가 넘어가는 쪽 컴컴한 산기슭에는 적설이 쌓여서 하얗게 번쩍거렸다. 나루터의 마른 갈대는 '서걱서걱' 아픈 소리를 내면서 언 몸을 회리바람에 부대끼고 있었다. 마침내 해는 서산으로 떨어지고 갈대는 더 아픈 소리를 신음처럼 질렀다.

나룻배는 건너오지 않았다. 나는 뱃사공이 나오나 하고 추워서 발을 동동거리며 사공네 오두막집 삽짝을 바라보고 있었다. 아버지는 팔짱을 끼고 부동의 자세로 사공 집 삽짝 앞의 버드나무 둥치처럼 꿈쩍도 않으셨다. '사공—, 강 건너 주시오.' 나는 아버지가 그 소리를 한 번 더 질러 주시기를 바랐다. 그러나 아버지는 두 번 다시 그 소리를 지르지 않으셨다. 그걸 아버지는 치사(恥事)로 여기신 것일까. 사공은 분명히 따뜻한 방안에서 방문의 쪽유리를 통해서 건너편 나루터에 우리 부자가 하얗게 서 있는 것을 보았을 것이다. 그러나 도선의 효율성과 사공의 존재가치를 높이기 위해서 나루터에 선객이 더 모일 때를 기다렸기 쉽다. 그게 사공의 도선 방침일지는 모르지만 엄동설한에 서 있는 사람에 대한 옳은 처사는 아니다. 이 점이 아버지는 못마땅하셨으리라. 힘겨운 시대를 견뎌내신 아버지의 완강함과 사공의 존재가치 간의 이념적 대치였다.

아버지는 주루막을 지고 계셨다. 주루막 안에는 정성들여 한지에 싼 육적(肉炙)과 술항아리에 용수를 질러서 뜬, 제주(祭酒)로 쓸 술이 한 병 들어 있었다. 작은 증조부께 올릴 세의(歲儀)다. 엄동설한 저 문 강변에 세의를 지고 꿋꿋하게 서 계시던 분의 모습이 보인다.

새해를 맞이하여 어린 아들을 데리고 집안 어른께 새배를 드 리러 가는 아버지의 이미지를 수필적으로 형상화해 본 것입니 다. 이 글에서 내가 그리고 싶은 것은 아버지의 꿋꿋한 모습입 니다. "양반은 물에 빠져도 개헤엄은 안 친다"는 말이 있습니 다. 자존심을 이른 속담일 터이지요. 이 속담은 양반의 쓸데없 는 자존심을 풍자한 속담일 수도 있지만, 양반의 자존심이 목 숨보다 소중하다는 말도 된다고 봅니다. 얼어 죽는 한이 있어 도 양반이 상놈(뱃사공)에게 구차한 소리는 안하겠다는 아버지 의 높은 자존심이 이 수필의 소재입니다.

'사공 강 건너 주시오.' 그 소리를 한 번 지른 것은 신호지만 두 번 지르면 구걸이 되는 것이라고 생각한 아버지의 자존심 과 한 번 더 '사공 강 건너 주시오' 하고 자기 앞에 간청하기를 기다린 사공의 자존심 간의 대치 —. 여기서 '사공 강 건너 주 시오'를 두 번 다시 안하고 버티신 아버지의 자존심은 내 나이 만큼씩 자라왔습니다. 그 자존심이 세속적인 내 삶에 하등의 도움도 못 된 건 사실이지만, 못 되다뿐 아니라 지장을 초래했 을 뿐이지만, 나는 아버지의 강성(剛性) 자존심을 존경하고 내 가 그 강성을 물려받은 것을 후회해 본 적은 없습니다. 그 내 마음이 이 수필의 주제입니다.

여기서 나의 기억에 생생한 것은 저문 강변에 아버지와 같이 서 있었는데 무척 추웠다는 것과 강 건너편에 있는 나룻배는 좀체 건너오지 않고, 강가 사공의 오두막집에서 하얗게 저녁 연기가 피어올라서 강바람에 산란하게 흩어지고 있는 모습입니다. 그러나 아버지는 추위에 굴함 없이 팔짱을 끼고 부동의 자세로 서서 배가 건너오기를 기다리셨습니다. 풀을 세게 먹인 두루마기 자락이 펄럭펄럭 둔탁한 소리를 내면서 나부끼던 생각, 이것이 기억의 전부입니다. 그 외에는 기억에 없는, 그럴 것이려니 하는 상상입니다.

당시에는 몰랐습니다. 나이 먹으면서 그때의 아버지 모습이 점점 선명하게 살아나는 것입니다. 아버지가 돌아가시고는 더욱 간절하게 그때 그 추운 강변에 서 계시던 아버지가 그립습니다. 그래서 그 시대의 반골(叛骨) 남자를 소묘(素描)해서 '세한도(歲寒圖)'라고 이름을 붙여 보았습니다.

여기서 앞에 말한 분명한 사실 이외의 상상은,

첫째 사공 집 삽짝 앞에 서 있는 늙은 버드나무입니다. 저녁 연기 피어올라서 겨울 강바람에 산란히 흩어지는 납작한 강변의 오두막집, 그 집만으로도 꿋꿋한 아버지의 모습을 부각하는 배경 묘사가 될지 모르지만, 그보다 좀더 감동적인 문학적 조치가 필요하다는 생각이 들었습니다. 그래서 사공집 삽짝 앞에 늙은 버드나무 한 그루를 세워 놓았습니다. 물론 추사 김정희의 「세한도」의 늙은 소나무를 모방한 것입니다. 그래야 엄동설한의 저녁 강바람에 서 있는 아버지의 꿋꿋함이 돋보일 것 같아서 문인화를 그려 넣은 것이지요.

그러나 분명한 것은 거기 늙은 버드나무 한 그루가 서 있었을 수도 있고, 없을 수도 있다는 것입니다. 그러니 거짓말을 한 것은 분명히 아니지요. 실제로 세한도의 장소인 달천강의 단월 나루의 상류인 괴강 배나무여울 나루의 사공집 앞에는 늙은 버드나무가 한 그루 서 있었습니다. 강변 사공의 오두막집 앞에 버드나무가 한 그루 서 있다는 상상이 무리한 것은 아니라고 생각합니다. 무리 없는 상상, 이마저도 허구라서 안 된다는 것은 수필을 문예문(文藝文)으로 설자리를 박탈하는 것 아니냐는 것이 저의 견해입니다.

즉, 이 정도의 상상은 어디까지나 상상이지 허구가 아니라는 주장이지요. 허구란 소설의 기법상 스토리의 개연성(蓋然性)을 설정하는 작업이라고 본다면 나의 이 상상 정도는 허구가 아니라 상식이라고 생각합니다.

두 번째는 아버지가 주루막을 지고 계셨느냐, 안 지고 계셨느냐입니다. 제 기억에 의하면 아버지는 평생 등짐이라고는 져 보신 적이 없는 분입니다. 다만 6·25 피난시에 바랑을 지신 기억밖에는 없습니다. 따라서 그 강변에 세의(歲儀)가 든 주루막은 안 지고 계셨을 것이 분명합니다. 그렇다면 나는 의도적인 거짓말을 한 것입니다. 그러나 내 거짓말을 독자들은 양해

해 주리라고 믿습니다. 물론 고백했을 때 말입니다. 고백하지 않으면 거짓말한 것을 아는 사람은 나뿐일 것입니다. 나는 아주 지능적인 완전 범행을 한 것입니다. 이것이 파렴치한 범행입니까? 저는 이 정도의 거짓말은 오히려 독자를 위한 선의의 거짓말이라고 생각합니다.

여기서 아버지가 주루막을 안 지셨다면 어른께 세배 드리러 가면서 빈손으로 갔을 거냐는 것이지요. 고기 한 칼 아니면 정종 한 병이든지 무엇이든 간에 들고 갔을 것 아닙니까.

그때 어른께 세배 드리러 가는 사람의 행색은 통상 두루마기를 입고 주루막을 졌습니다. 주루막 안에 세의가 든 것이지요. 나는 지금도 그 행색을 아름다운 우리들의 전통 풍습의 일면으로 기립니다. 아버지께서 어른께 올릴 세의지물(歲儀之物)은 분명히 가져가셨을 터인데, 그걸 손에 들고 갔든 주루막에 담아 지고 갔든 그게 큰 무슨 대수냐는 말이지요. 중요한 것은 마음입니다. 그 마음을 그 시대 세배 드리러 가는 행색에 맞게 그렸다고 해서 수필의 룰을 어겼다고 경고를 받아야 합니까.

주루막 건은 분명히 아버지가 안 지고 계셨으니까 상상이 아니라 허구일 것입니다만, 그러나 이 정도의 픽션은 표현과 묘사의 수단으로 볼 수 없을까요, 이 정도의 거짓말을 했다고 지탄을 받아야 한다면 구태여 수필가라는 장인 칭호가 무슨 소용이냐는 말이지요. 군이 수필이 '내 이야기를 붓 가는 대로 솔직하게 쓴 글'이라야 한다고 고집한다면, 그것은 소박하기 이를 데 없는 내 손자의 일기보다 더 진솔한 글은 없기 때문입니다. 나는 「세한도」에서 주루막을 소도구로 써먹은 것을 수필의 문학적 감동을 위한 최소한의 작문 조치이지, 수필의 본질을 흐트러뜨린 것은 아니라고 생각합니다.

이와 같은 내 생각이 궤변이라면 나는 사실상 수필의 격에 안 맞는 수필을 쓰는, 체격에 안 맞는 구제품 옷을 입은 것처럼 쑥스러운 몰골로 수필가인 체하고 서 있는 셈입니다. 그래서 나는 수필이 점점 더 무섭습니다.

나의 궤변에 대한 결론은 이렇습니다. 양심에 가책이 되는 거짓말은 수필의 문학적 기교라고 말할 수 없고, 양심의 가책이 안 되는 거짓말은 수필의 문학적 기교라는 것입니다.

예를 하나만 더 들까요. 어느 깊은 가을날 여행지에서 낙조를 보았다고 칩시다. 조락의 계절감과 여수가 어울려 감상미(感想美)를 느끼게 되는데, 거기 마지막 코스모스 꽃잎 조용히 머물러 노을에 저문다고 거짓말을 해서 그 현장감을 살렸다고 해서 수필이 아니라고 할 수 있습니까?

나는 수필에서 양심에 가책을 받는 거짓말은 내 이야기 자체를 꾸미는 짓이라고 생각합니다. 예를 들어서 「세한도」의 경우 엄동설한 저문 강변에 서 있는 어느 부자의 모습에 감동한 나머지 그 모습을 숫제 훔쳐다 내가 그랬던 것처럼 왜곡한다면 이것은 변명의 여지가 없는 그렇지도 못한 주제에 그런 척하고 나를 미화하는, 변명의 여지가 없는 수필가의 이름을 더

럽히는 파렴치한 작태(作態)일 것입니다.

　내 이야기, 내 생각을 그럴듯하게 만들어 내는 기술은 써먹어서는 안 된다고 생각합니다. 그러지 않았으면서 그렇게 한 척, 그런 식견도 없으면서 그런 식자인 체하는 것, 이런 짓은 분명히 자기 양심에 가책을 받을 것입니다.

　그러나 사실 우리는 수필을 쓰면서 그런 유혹을 얼마나 많이 받습니까. 실제로 나는 그런 유혹에 넘어가서 사이비 수필을 쓴 적이 많았음을 고백하지 않을 수 없습니다.

　이제는 그런 파렴치한 글을 안 쓰려고 합니다만, 인간의 취약성을 어쩔 수 없이 드러내게 됩니다. 그래서 수필이 무섭습니다. 뒤늦게 무슨 시집살이인지 모릅니다.

　다만 앞에 「세한도」를 예로 들어 말씀드린 것과 같은 정도의 거짓말은 앞으로도 계속할 것입니다. 나는 수필에서의 거짓말 허용 상한선을 그 정도에 그어 놓고 수필을 쓰고 있습니다. 나는 내가 만든 룰을 고집할 것입니다. 당신의 수필 사례를 말하라고 해서 말하는 것입니다만, 외람된 말이면 널리 양해해 주시기 바랍니다.

　감사합니다.

돈독에 대하여
敦篤

   돈독은 두터울 돈(敦)과 도타울 독(篤)으로 합성된 한문 글자다. 옥편에는 돈이나 독이나 다 같이 '후(厚)'의 뜻으로 적혀 있고, 국어사전에는 명사로서 '인정이 두터움'이라고 해석해 놓았다. 그러나 주로 '돈독하다'의 어근(語根)으로 쓰이는데, '돈독하다'는 '인정이 두텁다'는 뜻의 형용사로서, 예를 들어 '이웃간에 정이 돈독하다'느니 '우애가 돈독하다'느니 하는 등 사람과 사람의 사이를 이를 때 쓴다고 구체적으로 해석을 해 놓았다. 'yahoo 한영사전'에는 돈독은 돈후(敦厚)와 같은 말로 sincerity(성실, 정직: 표리가 없음)라고 영역(英譯)했다. 국어사전보다 추상적이지만 나는 영역이 맘에 든다. 돈독하다는 표현이 반드시 사람과 사람의 사이만을 뜻하는 것이 아니라고 느껴지기 때문이다.

   내 고향 동네 앞들 복판에는 둥구나무가 한 쌍 서 있다. 신작로가 개설되기 전에는 이 둥구나무 사이가 동네에 들고나는 길이었다고 하니까 당초에는 동구였던 셈이다. 동네를 연 사람 중에서 택리(擇里)에 안목이 있으신 분이 허전한 동네 앞을 비보(裨補)할 목적으로 심은 나무일 것이 분명하다. 비교적 모질게 크는 팽나무가 저만큼 클 때는 몇 백 년은 좋이 묵었을 것이다. 나무의 모습은 언제 보아도 좋다. 새는 날 미명에 드러나는 나무도 좋고, 저무는 날 노을에 묻히는 나무도 좋다. 또 이파리가 피어나는 봄의 나무, 뽀얗게 소나기에 묻히는 여름 나무, 잎을 지우고 서 있는 겨울 나무 등 다 보기 좋다. 그러나 나무의 모습이 보기 좋은 것과 돈독해 보이는 것은 다르다. 보기가 좋다는 것은 시각적이고, 돈독해 보인다는 것은 마음의 느낌이다. 나무의 모습이 항상 보기가 좋다 해도 돈독해 보일 때는 따로 있다. 갈걷이가 다 끝난 초겨울, 잎을 다 지운 나무가 빈들 가운데 의연하게 마주서서 첫 눈발 속에 묻히는 모습을 보면 그렇게 돈독해 보일 수가 없다. '그럭저럭 일 년 농사를 마무리했네그려—.' 같이 늙은 두 농부가 그리 말하며 빈들을 바라보고 서 있는 듯한 풍모다. 나무도 돈독해 보일 수 있다는 사실에서 돈독의 영역(英譯)인 sincerity가 나는 좋다.

낱말의 뜻은 그렇다 치고, 그보다도 '돈독하다'는 '돈도카다'로 발음되는데 된소리와 된소리가 어울린 억양이 손아귀에 꼭 잡히는 조약돌의 무게만치 묵직할 뿐 아니라, 발음하는 맛이 꼭 춘분 때쯤 땅에 묻었던 항아리를 헐고 꺼낸 군내 나는 묵은 김치 맛처럼 그윽하다. 그래서 나는 '돈독하다'란 말을 좋아한다.

나는 미술에 대해서는 아는 게 없지만 밀레의 그림은 좋아한다. 그러나 바르비종파의 미술 경향인 자연에 대한 로맨틱한 감정과 서정적인 화취(畵趣)를 좋아하는 것은 아니고, 다른 바르비종파 화가와는 달리 바르비종의 풍경보다 바르비종 농민의 삶을 바라본 밀레의 일련의 그림들 '이삭 줍는 여인들'이나 '만종' 등에서 느낄 수 있는 삶의 엄숙성 때문이다.

하루 일을 마치고 일한 자리에 흘린 이삭을 줍는 여인들의 진지한 모습과 저녁 종소리에 기도를 드리는 농부 내외의 감사한 모습에서 나는 고마운 마음을 느낀다. 그들은 행색으로 보아 바르비종의 가난한 소작농들이 분명하다. 그러나 삶의 고단함에 대한 비관적인 기색은 전혀 느낄 수 없다. 그들의 모습을 보고 삶의 가치가 이러니저러니 말한다면 삶을 모독하는 짓이다. 삶은 삶일 뿐이다. 삶은 현재형이지 미래형이 아니다. 밀레의 그림에 대한 나의 감상이다.

나는 밀레의 그림을 보면 내가 미술에 약간이나마 소질을 타고 나지 못한 게 원망스럽다. 미술의 소질을 타고났으면 나는 분명히 바르비종파 아류(亞流)의 화가가 되었을 것이다. 물론 바르비종에 가서 그림을 그릴 필요까지는 없다. 내 고향 '윗버들미'가 곧 바르비종이기 때문이다. 나는 내 고향 윗버들미에서 밀레 그림의 모티프인 '삶의 엄숙함'을 수도 없이 보았다.

나는 내 할머니가 하루 일을 마치고 밭고랑에서 일어서던 모습이 눈에 선하다. 하루 종일 구부리고 일한 허리를 미처 펴지도 못하고 구부정한 자세로 밭둑으로 걸어 나오셨다. 그러나 나는 허리가 아파서 상을 찡그리시는 할머니의 모습을 보지 못했다. 밭둑으로 걸어 나오신 할머니는 비로소 허리를 펴시고 노을 지는 쪽을 향해 서서 머리에 쓴 수건을 벗어서 툭탁툭탁 몸의 먼지를 터셨다. 노을에서 눈을 떼지 않으신 채 ─. 나는 할머니의 그 모습을 보고 감히 할머니 '고생하셨어요' 하고 인사를 할 수가 없었다. 할머니께 고생했다고 하는 것은 할머니의 노동에 대한 가치를 평가절하하는 것만 같아서였다. 할머니의 노동은 단순히 노동이 아닌 엄숙한 삶의 현재 진행형이었다. 현재 진행형이라는 것은 장래에 대한 확신 여부를 떠나서 당장 살고 있다는 사실에 충만한 삶의 상태를 말하는 것이다.

지금은 화전정리 사업으로 다 사라졌지만 우리 동네 앞산에는 새조밭[火田]이 많았다. 그 중에서 화전정리의 일정선 아래 두 곰춘 씨의 새조밭이 나란히 붙어 있었다. 두 곰춘 씨란 영춘 씨와 신도 씨의 별명이다. 영춘 씨가 큰곰춘이고 신도 씨가 작은곰춘이다. 두 사람이 일 욕심이 곰처럼 미욱한 데 대해서 붙여진 별명이다. 일 욕심이 미욱한 거는 두 사람 다 한 저울에 달면 똑같은 양이지만 영춘 씨의 이름 영자를 곰자로 바꿔서 곰춘으로 부르게 된 까닭에 그 어른이 큰곰춘이, 신도 씨가 작은곰춘이로 불려졌다.

두 분이 돌아가시고 묵정밭이 되었지만 앞산의 두 뙈기 새조밭은 동네에서 제일 조농사가 잘되는 밭으로 이름이 붙은 밭이었다. 산비탈 새조밭이 토질이 좋아서 조농사가 잘 되었을 리가 만무하다. 신도 씨와 곰춘 씨의 억척스러운 영농의 결과였다. 두 분이 빈 몸으로 그 가파른 비탈을 올라가는 걸 나는 보지 못했다. 항상 두엄이나 인분을 담은 무거운 지게를 지고 앞뒤에 서서 올라갔다. 그렇게 밭을 걸군 까닭에 조 농사가 잘된 것이다. 농사는 물론 토지의 땅심[地力] 덕도 있지만 땅심의 차이는 지주의 농심(農心)으로 얼마든지 상쇄가 가능하다. 앞산 비탈의 신도 씨와 곰춘 씨의 새조밭 농사가 그 증거인 것이었다.

나는 여름날 해질녘 하루 일을 마치고 벌건 잔광 속에 앉아 있는 이 두 분의 모습을 보면서 자랐다. 훗날 돈독이라는 낱말을 배울 때 퍼뜩 이 분들의 모습이 떠올랐다.

이 분들은 저문 밭머리에 나란히 앉아서 무슨 말을 했을까? 늘 그게 그리 궁금했다. 삶의 견해를 말했을까. 오늘 무척 더웠다는 말을 했을까. 가정잡사(家庭雜事)를 말했을까. 그런 말은 전혀 하지 않았을 것 같다. 그럼 무슨 말을 했을까. 그 분들은 아무 말도 하지 않았다. 분명히 —.

노을도 지고 어둠에 묻히는 곰 같은 두 삶이 앉아 있는 모습에서 나는 눈을 떼지 못하고, 밀레인 양 '돈독'이라는 화제(畵題)의 그림을 그렸다.

돈독한 모습은 돈독한 사이일 때 만들어지는 것으로 그 사이는 하루 이틀의 사이가 아니라 세월이 걸리는 사이다. 춘분 때까지 한 항아리에서 묵은 배추김치 같은 사이다.

그 두 분은 죽어서 묵정밭이 된 그 새조밭 머리에 나란히 묻혔다. 그 자식들이 이농을 해서 성공을 했다. 어느 해 추석에 성묘를 왔다가 동네 경로당에 들러서 선친의 친구 되는 어른들에게 석물(石物)을 해 세우고 싶다고 상의를 했는데, 어른들이 두 곰춘 씨의 무덤을 그리운 눈으로 건너다보며 말렸다고 한다.

"그야 자네들 맘이지만 석물을 해 세우면 자네들 낯은 날지 모르지만, 석물에 치여서 자네 선친의 생애는 안 보일 걸……."

그 자식들은 다행히 동네 어른들이 한 말의 진의(眞意)를 알아듣고 석물은 해 세우지 않았다. 지금도 해마다 사초를 해서 아담하고 떼가 잘 살아 있는 마침맞은 크기의 봉분(封墳) 두 기를 건너다보면 그들의 생애만치 돈독해 보이는 것이다.

말복

末伏

　올 여름은 유난히 더웠다. '엘니뇨' 현상 때문일까, 아니면 참을성이 떨어진 내 체력 때문일까. 권태에 짓눌려서 무력하게 보낸 여름이었다.

　'애틀랜타'의 승전보를 기다리는 것이 일루의 희망이었다. 매일 텔레비전 앞에서 열대야를 지새우곤 했다. 금메달리스트의 눈물에 감동해 보고 싶은 마음 때문이었으나 대개 좌절의 어둔 표정을 더 많이 볼 수밖에 없었다. 당연히 좌절하는 선수들의 아픈 마음을 동정하는 게 국민의 도리일 터이지만 경마장의 등외 마권자(馬券者)가 기대를 무산시킨 말을 원망하듯 올림픽 출전 선수들을 원망했다. 그런 얕은 내 인간성이 불쾌해서 여름밤은 또 더 더웠다.

　그들은 그 열전의 한순간을 위해서 4년간 올림픽 선수촌에 입촌해서 얼마나 치열하게 자신의 기량을 연마했을까. 메달을 따지 못한 선수의 좌절은 흘린 땀의 양만큼이나 클 것이다.

생애의 어느 한 순간도 치열해 보지 못한 내가 그 마음을 알 리 없지―!

여름은 마땅히 성숙을 도모해야 하는 계절이다. 모든 식물은 그 무지막지하게 내리쬐는 햇볕에 노출된 만큼 광합성 작용을 한다. 충실한 열매를 맺기 위해서다. 설혹 가을에 부실한 열매를 맺은 식물이 있다면 그것은 햇볕을 덜 받은 때문인데, 식물의 책임으로 돌릴 수는 없다. 식물은 햇볕을 피해서 그늘에 서 있지 않는다. 다만 씨앗의 불운으로 정해진 자리가 그늘일 뿐이다. 그늘에서도 몸을 뒤틀어 햇볕을 향하는 식물의 몸부림을 나는 생각해 보지 않고 나약한 식물의 모습을 유감스러워했다.

사람의 경우도 마찬가지다. 예를 들어서 같은 들판에서 다같이 열 마지기의 벼농사를 지었는데 갈걷이의 결과가 차이가 난다면 그것은 어느 농부가 햇볕 아래서 더 오랜 시간을 보냈느냐하는, 사람의 광합성 양의 차이를 설명하는 것이기 때문이다.

올림픽 출전 선수의 경기 결과 순위의 후미에 선 것은 기량이 모자랐기 때문이지만 관전자가 왜 기량이 모자랐느냐고 선수에게 묻는 것은 가혹한 짓이다. 그늘에 서 있는 식물이 염원한 향일성(向日性)도 모르면서 식물의 약했음을 원망하는 것은 얼마나 이기적인가.

나는 젊어서 말복을 많이 탔다. 성숙하는 여름 동안 산소동화작용을 열심히 하지 못한 아쉬움이었을 것이다. 그것은 변명의 여지가 없는 내 몫, 선수의 책임이다.

내가 소년일 때 어느 해 여름 남쪽 바다에 갔다 오니까, 땀에 절어 늘 후줄근하던 할머니의 삼베 치마적삼이 가슬가슬하게 말라 있었다. 퀴퀴하게 쉰 땀내도 걷히고 알싸한 들깻잎 냄새가 났다. 뒷골 큰밭 들머리의 들깨들이 어느덧 다 자라서 제 개성의 냄새를 풍기는 것이다. 할머니는 큰밭에 들며나며 그 냄새를 묻혀 오셨다. 나는 그 들깨 냄새가 역겨워서 싫었지만 할머니는 그 냄새가 좋다고 하셨다. 그 냄새를 맡으면 식욕이 동한다고 하셨다. 들깨 냄새를 맡으면 공복감을 느끼셨던 할머니는 얼마나 열심히 또 건강하게 여름을 가꾸신 분이었을까. 아무튼 할머니의 삼베 치마저고리의 올이 살아서 가슬가슬해진 것은 한 절기가 지나고 있음을 보여 주는 것으로 할머니 삼베 적삼 자락을 들치고 등허리를 보면 새빨갛게 좁쌀명석처럼 들이부은 땀띠가 가셔 있었다.

"참 시절 빠르다."

할머니가 감탄처럼 하시던 말씀을 알지도 못하면서 선뜻 납득은 가던 그때. 냇가의 미루나무가 예감에 우뚝 멈춰 서 있고 그 위로 솜틀에서 틀려 나오는 햇솜처럼 흰 구름이 뭉게뭉게 떠갔다. 미루나무 아래서 눈을 감고 하염없이 되새김질을 하는 누런 황소의 게으름이 그렇게 타당해 보일 수가 없었다. 동네 사람들은 다 어디 갔을까? 한낮의 들판은 고즈넉하게 비어 있었다. 이미 시합을 마친 운동장처럼 열광의 여운이 목청껏

외쳐 보지도 못한 아쉬움처럼 내 가슴에 울려왔다.

이맘 때 들길에서 보는 쇠똥은 거의 건조가 다 되어 있었다. 여름 소나기에 젖어 불결하던 그 섬유질 배설물이 어느새 인도의 '카우덩 케이크'처럼 만져 보고 싶을 지경이었다. 햇볕은 정수리를 벗길 듯이 따가웠다. 열대성 고기압이 물러간 대기는 투명해서 햇볕이 기탄없이 투과하기 때문이다. 그러나 그늘에는 서느런 기운이 돌아서 그 그늘 아래 서면 공연히 비로소 여름이 간다는 의미가 내 마음을 공허하게 했다.

왜 나는 그 고샅에서 그리도 방황했을까.

고샅을 지나다 본 그 집 뒤꼍의 장독대 옆에 칸나가 새빨갛게 피어 있었다. 숨막힐 듯 불타는 정염이 햇볕만치 따갑다. 그리고 빨랫줄에는 하얀 이불 홑청이 널려 있었다. 그 눈부신 백색의 순결함, 나는 까치발을 딛고 서서 돌담 너머 그 집 뒤꼍의 조용한 풍경을 넘겨다보았다. 집안의 정적과 새빨간 칸나와 새하얀 이불 홑청이 나를 왜 그렇게 허망하게 했던지―. 나는 가슴 두근거리면서 한참 동안 그 집 뒤꼍 풍경을 훔쳐보다가 아쉽게 돌아서곤 했다.

나는 집에 돌아와서도 바깥사랑 툇마루에 하염없이 앉아 있었다. 바깥마당 귀퉁이의 두엄자리, 여름내 김이 오르던 부패도 멎었다. 비교적 위생적인 상태로 건조된 두엄자리 위로 메밀잠자리가 가득하게 날았다. 그 유유한 잠자리의 비행, 아직 늦지 않은 잠자리의 시작은 또 왜 그리 눈부시던지―.

아—! 새빨간 칸나의 그 열정의 빛깔도 세월에는 할 수 없이 변색했지만 그래도 여름이 갈 때면 비수처럼 내 가슴에 꽂힌다.

이삼 일 사이에 백사장이 휑뎅그렇게 비었다. 우리도 오늘은 이 바다를 떠날 것이다. 파도에 발을 담그고 누워서 바라보던 밤하늘의 찬연한 별자리, 은하수가 정수리 쪽으로 조금 가까워져 있었다.

그 먼 남쪽 바다에 가서 며칠 나는 무엇을 얻어 왔나. 소라와 고동과 조개껍데기 몇 개와 쏟아질 것 같아서 이마가 간지러웠던 아름다운 별떨기의 새실대던 기억과 밤바다의 어둠을 뜬눈으로 새우게 한 파도소리와 친구와 그 어둠을 침묵으로 지켜본 기억이 전부다. 그것으로 내 마음이 얼마쯤이나 자랐을까.

해변의 텐트를 걷는 젊은이를 본 사람은 알리라. 파도는 침착하게 모래톱에 부딪쳐 눈물겨운 소리를 조용조용 지르고 그 뜨거운 모습들이 거의 다 떠나간 해변에서 텐트를 거두다 말고 수평선 쪽을 향해 서 있던 젊은 뒷모습의 쓸쓸함을……

윗버들미 골짜기 어귀의 마방(馬房)집 앞 신작로, 한쪽 길은 서쪽 산모퉁이로 사라지고 한쪽 길은 동쪽 산모퉁이로 사라지는 중간, 골짜기를 내려와서 각기 반대 방향으로 헤어지는 T자 지점이다. 동쪽으로 가면 충주, 서쪽으로 가면 청주다. 이윽고 서쪽 산모퉁이를 돌아서 먼지를 뽀얗게 일으키며 버스가 왔다. 지금까지 마방집 추녀 그늘 아래서 재잘거리던 몇 명의 눈처럼 새하얀 상의와 감색 치마를 입은 여학생들이 저마다 이불 보퉁이를 들고 버스에 탔다. 그리고 버스는 동쪽 산모퉁이를 돌아서 사라졌다. 갑자기 가로수에서 말매미 우는 소리가 폭포처럼 쏟아졌다. 그 말매미 소리는 신작로 미루나무에서 계속해서 울었을 터인데 왜 그때서야 그렇게 크게 들렸는지 모른다. 남쪽 바다 이야기를 꼭 들려주고 싶었는데, 소녀는 내 남쪽 바다 이야기를 들어보지도 않고 가 버렸다. 그 소녀가 내 남쪽 바다 이야기를 들어보려고 기다리긴 했을까. 풋풋한 이파리처럼 살아 있던 궁금증, 언젠가 시들어져 버렸다. 그 소녀를 주려고 소중하게 간직해 가지고 온 소라 껍데기는 꽤 오랫동안 간직하고 있었다. 소라 껍데기를 귀에 대면 '파도소리가 들린다'는 말은 시인의 상상력이 아니라 사실이다. 소라 껍데기의 나선형 돌기(突起)의 공동(空洞)으로 공기가 통하는 소리가 흡사 먼 바다의 아득한 파도소리처럼 들렸다. 지금은 다른 소라 껍데기가 내 책상 위에 있다. 말복이면 간절해서 귀에 대 본다.

이번에는 동쪽 산모퉁이를 돌아서 버스가 왔다. 나는 이불 보퉁이를 들고 그 버스를 탔다. 버스가 서쪽 산모퉁이를 돌아갈 때 차창 밖으로 뒤돌아보니 먼지가 가라앉은 땡볕 아래 납작한 마방집만 조용히 혼자 남아 있었다.

지금도 칸나의 새빨간 꽃과 눈처럼 하얀 이불 홑청이 널려 있던 그 집 뒤꼍의 고즈넉한 정적과 휑뎅그런 해변에서 뒷모습을 보이고 수평선을 향해 서서 있던 젊은이와 할머니의 삼베옷의 가슬가슬한 질감이 되살아나서 문득 달력을 보면 말복이다.

백로

白露

아침마다 골짜기에 짙은 안개가 자주 끼면 백로다. 자욱한 이슬 장막에 싸여서 아무것도 안 보인다. 다만 앞 냇가에 서 있는 미루나무의 헌칠한 모습만 희미하게 보이는데, 가는 여름에 대한 나무의 감출 수 없는 아쉬움이 우수를 느끼게 했다.

그러나 해만 뜨면 서서히 안개가 걷히면서 새 며느리가 본 시아버지의 밥상처럼 정갈한 텃논 다랑이가 모습을 드러낸다. 연노란 올벼 이삭들의 다감다정한 무게가 가득 담긴 텃논 다랑이 ─. 꼭 맘먹고 담은 밥사발처럼 소복하다.

결실은 끝났다. 얼마나 잘 여무느냐 하는 것은 절기가 알아서 할 일이지 더 이상 농부의 소관 사항이 아니다. 네 농사가 더 잘되었으니 내 농사가 더 잘되었으니 왈가왈부할 필요도 없다. 추수 때까지 겸허하게 기다릴 일이다.

안개가 걷힌 텃논 다랑이는 옥구슬을 뿌려 놓은 듯 이슬이 조롱조롱했다. 햇살이 퍼지면 이슬방울들이 어느 왕비의 능에서 출토한 부장품처럼 숨겨 두었던 영롱한 빛을 발했다.

백로는 태양의 황도(黃道) 위치에 따라 만든 절후표(節侯表)의 열다섯 번째의 절기다.

백로 때 안개가 내리는 것은 찌는 듯했던 여름 대기를 씻어내는 자연의 자정작용(自淨作用)으로, 햇볕을 허실없이 투과(透過)시켜, 식물들의 결실을 여물게 하기 위한 조물주의 책임 있는 조치(措置)다.

아침에 안개가 끼면 한낮의 햇볕이 얼마나 따가운지, 늙으신 농부(農婦)의 조락(凋落) 같은 머리카락 몇 올이 부지하고 있는 정수리의 살갗을 여지없이 벗겨 놓을 지경이다. 그래서 옛날에 내 할머니는 '장바구니(정수리) 다 벗겨진다'시며 오뉴월 폭양에도 안 쓰시던 무명수건을 꼭 머리에 쓰고 들에 나가셨다.

이때 들머리에 서 있으면 모든 곡식과 나무와 넝쿨과 풀들이 씨방 채우는 동화작용 소리가, 골짜기 저 아래 초등학교 가을 대운동회의 함성처럼 아득하게 들린다.

백로 때의 들녘은 마치 대운동회날의 점심시간같이 한가롭다. 여름날, 숨가쁜 농부의 허둥대던 소리의 여운이 남은 빈들은 목이 터지라고 외치던 응원 소리와 작은 발자국이 힘을 다해서 내닫던 숨찬 소리를 잠시 제자리에 놓아두고 청군 백군이 모두 점심을 먹으러 간 빈 운동장 같다. 농부들이 어정거리던 들머리는 맑은 햇살만 내릴 뿐 본부석 천막 아래처럼 아무도 없다.

잠시 후, 확성기에서 오르간 소리가 울려 퍼지면 5, 6학년 여학생의 율동으로부터 운동회의 오후 순서가 진행되듯, 한로(寒露)가 지나면 농부들은 갈걷이를 하러 들에 나올 것이다. 그때까지 농부들은 운동장 가장자리 펄펄 끓는 국밥 솥 곁에서 학부형들과 얼굴이 벌게서 크게 웃는 선생님들처럼 들녘 가장자리의 주막에서 적조했던 친구들과 그렇게 어울린다. 그 소리가 아련히 들판을 건너온다. 그게 백로 때 들을 수 있는 소리다.

나는 백로 때의 윗버들미의 들녘이 좋다. 농부들이 물러난 빈들에 나가서 맑은 바람과 정갈한 햇살을 내 맘대로 쪼여도 눈치 볼 일이 없기 때문이다.

백로의 들녘에 서 있으면 곡식이 맑은 바람과 햇살 먹는 소리만 막잠 잔 누에 뽕 먹는 소리처럼 사르락거릴 뿐이다.

생쥐

그 조그만 동물 집쥐는 제 분수를 모르는 것이 문제였다. 중세 유럽을 흑사병의 공포로 몰아넣은 바 있는 주제에 어쩌자고 사람 곁에 붙어살려고 하는지, 쥐새끼란 욕을 먹어도 싸다. 쥐는 백해무익한 동물이다. 사람의 식량을 훔쳐 먹고 대신 페스트를 전염시킨다. 무엇 하나 사람에게 도움 되는 것이 없다.

사람들은 쥐잡기 강조주간을 정해 가며 범국민적으로 쥐를 말살하려고 시도했지만 쥐란 놈의 지혜도 보통이 아니어서 사람이 놓는 쥐약을 호락호락하게 먹고 죽어 주지를 않는다. 번식력은 엄청나서 더러 쥐약을 먹고 죽어 준다 해도 새로 태어나는 놈이 더 많았다.

사람들의 증오심이 그 지경에 이르렀으면 살 곳을 인적이 먼 곳으로 옮겨 가는 것이 현명한 터인데 가증스럽게도 쥐는 사람 곁을 떠나지 않는다. 염치도 없는 것이 당돌하기까지 해서 사람의 노력을 횡령하는 것이다.

우리 집에 비디오가게가 있다. 신혼부부가 살림을 하면서 아내는 가게를 운영하고 신랑은 회사에 다닌다. 그런데 쥐란 놈은 몰염치하게 이 신혼에까지 끼어들어서 깨가 쏟아지는 생활을 방해했다.

아내가 쥐 때문에 못살겠다는 새댁의 하소연을 듣고 내게 말 전주를 했는데, 이야기인즉슨 이렇다.

새댁의 비디오가게 안에 쥐가 한 마리 있었다. 쥐는 낮 동안은 어느 구석에서 늘어지게 낮잠을 자는지 찍소리가 없다가 새댁 내외가 가게 문을 닫고 달콤한 잠자리에 들면 이때를 참을성 있게 기다려 온 제 인내심을 스스로 기뻐하며 즉시 야행성을 드러냈다. 어느 구석에서 무엇을 긁어먹는지 '박, 박, 박……' 하는 소리를 낸다. 그래도 신혼의 잠자리에 가급적 폐를 안 끼치려는 듯이 극히 조심스러운 소리는 내는데 그 소리가 오히려 더 신경을 자극하는 것이다. 이 놈은 얼마나 주의력이 깊은지 새댁 내외의 조그만 기척에도 시침을 뚝 떼고 침묵한다. 그 침묵이 '박, 박, 박……' 하는 소리보다도 더 신경을 조였다. 또 들려올 게 분명한 그 소리, 활시위보다도 더 팽팽한 긴장으로 그 소릴 기다려야 하는 새댁은 차라리 고문을 당하는 것 같았다.

새댁은 자신의 뇌에 긁힘을 당하는 것만치 괴로워서 신랑을 들볶았다.

"여보ㅡ. 비디오테이프를 다 갉아 먹나 봐요. 저놈의 쥐를 어떻게 좀 해요."

그러면 신경이 둔한 신랑은 뚱딴지같이 엉뚱한 소리를 했다.

"거봐, 내가 식품가게를 하자고 한 말을 안 들어서 그런 거야—."

창업 당시 새댁은 비디오가게를 하자거니 신랑은 식품가게를 하자거니 업종 택일을 놓고 의견이 맞섰는데 새댁의 주장이 신랑의 주장을 한판승으로 제압하고 비디오가게를 한 것이다. 신랑이 그 점을 유감으로 여기는 것은 아니겠지만 밤마다 서생원에게 시달리다 보니 차라리 식품가게를 차렸더라면 하는 생각이 들었다. 식품가게 안에는 먹을거리가 지천으로 쌓여 있으니까 조악한 무엇을 갉아먹는 '박, 박, 박……' 소리는 내지 않았을 것 아닌가. 생쥐는 항상 포만한 게으름으로 잠에 취해 있을 터이고 새댁 내외는 달콤한 신혼의 밤을 유린당하지는 않았을 것이라는 신랑의 견해다. 참으로 넉넉한 마음을 가진 신랑의 궤변이다.

"좋아요. 내가 반드시 저놈의 쥐를 사로잡고 말겠어요."

그 속상했을 수많은 밤들. 새댁은 반드시 저놈을 사로잡아서 염치없는 모습을 보고야 말리라고 절치부심했다. 간단히 쥐약으로 살해하기에는 새댁의 증오심이 이미 너무 커져 있었다.

어느 날 아침 드디어 새댁이 설치해 놓은 쥐덫에 그 놈이 생포되었다. 생쥐였다. 쥐덫에 갇힌 생쥐는 못 먹어서 야윈 모습이었으며 빠끔하게 뚫린 작은 까만 두 눈동자가 적개심과 공포에 보석처럼 빤짝였다. 새댁은 이 놈을 생포한 전공으로 해서 신랑에게 당당하게 명령했다.

"이 놈을 당장에 처치하고 와요."

"이 여자가 신랑을 비정한 망나니로 만들 작정이야……."

신랑은 버럭 소리를 지르고 출근해 버렸다. 새댁은 할 수 없이 신랑이 퇴근할 때까지 형집행 정지를 결정하고 쥐덫 속에 갇힌 그 놈을 빈 항아리 안에 가두어 두었다.

그 날 저녁 신랑이 퇴근해 오자 새댁은 빈 항아리에서 쥐덫을 꺼내다가 신랑 앞에 놓고 다시 강경하게 처형할 것을 명령했다. 신랑은 운명적인 상황을 알아차린 작은 생명의 처절한 삶의 욕망으로 빛나는 눈빛을 보고 난색을 표시했다.

"여보, 쥐가 하루 종일 갇혀 있더니 사람 된 것 같아 보이네—."

새댁의 눈치를 보면서 농담을 건넸다.

"객쩍은 소리 하지 말고 뒷산에 가지고 가서 처치해 버려요."

"여보, 눈 좀 봐. 눈은 참 예쁘게 생겼네. 개전의 빛이 역력하잖아."

"이이가 무슨 소릴 하고 있는 거야. 이 놈 때문에 내 몸이 축간걸 생각해 봐요, 농담이 나올까—."

새댁의 서슬이 퍼런 야단에 기가 죽은 신랑은 쥐덫을 들고 처형하러 뒷산으로 갔다. 잠시 후 신랑은 빈 쥐덫을 들고 돌아왔다. 신랑의 성품으로 보아서 아무리 혐오스러운 동물이라도 살생을 한 번민의 표정이 얼굴에 남아 있을 법한데 평소의 순하고 편한 얼굴에 변함이 없었다. 새댁은 여자의 직감력으로 신랑이 직무를 유기했다는 것을 알아차렸다.

"쥐를 틀림없이 죽였지요? 천주님께 맹서하고 정직하게 말해 봐요."

명령 불복종의 심증을 굳힌 새댁이 날카로운 심문을 시작했다.

"그럼, 누구 명령인데ㅡ."

"천주님께 맹서할 수 있어요?"

새댁 내외는 독실한 천주교인이었다.

"오늘 비디오테이프 많이 나갔어?"

신랑은 딴청을 떤다. 새댁의 심문을 얼버무리려는 속셈이다.

"당신 쥐를 방생했지ㅡ?"

"방생은ㅡ, 내가 불교신자야 방생을 하게ㅡ."

"당신! 마누라를 신경쇠약에 걸리게 한 쥐를 살려주다니, 나를 사랑하지 않는 증거예요."

새댁은 조그만 주먹으로 신랑의 가슴을 치며 직무유기에 대한 죗값을 벌하는 것이었다. 신랑은 봄 언덕의 소생처럼 부푸는 새댁의 아랫배를 쓰다듬으며 다정히 말했다.

"뱃속에 우리 아기를 생각해야지, 살생은 태교에 좋지 않아."

신랑이 쥐를 방생한 것은 분명하다. 그의 성품으로 보아서 살아 있는 생명을 죽이지 못했을 것이다. 물론, 신랑이 쥐를 방

생한 것은 정부의 쥐잡기 운동에 역행한 짓으로 비국민적인
행위이기는 하다. 그러나 순진무구한 인간성의 온기가 느껴져
서 좋았다.

쥐새끼 같은 놈이라고 욕을 먹는 사람들이 있다. 대개 그런
부류의 인간들이 자손을 번창하면서 잘산다. 그래서 쥐띠를
타고난 사람을 잘산다고 하는지 모른다. 비디오가게 신랑 같
은 순진한 사람들에게 돌아가는 복을 가로채서 쥐새끼 같은
사람들은 사는 것이다. 쥐새끼 같은 사람과 보통사람이 어울
려서 사는 이 세상의 원만한 사회성은 비디오가게 신랑 같은
사람들이 많기 때문이다.

나는 비디오가게 신랑만 보면 쥐 사건 이야기가 재미있어서
웃는다. 신랑은 그래서 내가 웃는 줄은 모르고 호감을 표시하
는 내가 좋아서 정겨운 인사를 한다.

"안녕하세요."

하마터면 나는 "이제 가게 안에 쥐 없지?" 하는 소리가 목구
멍을 넘어오는 것을 꿀꺽 삼킨다.

그 후 쥐가 없어져서인지 비디오가게는 잘되어서 새댁은 돈
을 벌어 가지고 이사를 갔다.

여덟 살의 배신

　토요일 오후인데 승주가 오지 않는다. 토요일날은 학교에서 열두 시 반에 파한다고 했다. 두 시가 넘었다. 토요일은 피아노 학원도 태권도장도 안 간다. 그러면 집에 들러서 점심 먹고 올라와도 벌써 올라왔을 시간이다. 녀석은 아파트에서 200미터쯤 떨어진 저의 집에서 아빠, 엄마, 동생 주영이와 산다. 토요일만 아파트에 와서 잔다. 젖 떨어지고 한때는 저의 엄마한테 갈 생각을 하지 않고 할아버지, 할머니하고 산 적도 있다.

　현관 벨 소리에 "승주냐" 하고 달려가서 문을 여니까 신문구독 외판원이다. 신문을 바꿔 보란다. 선물도 주고 육 개월은 무료로 넣어 준다면서 떼거지를 쓴다.

　"글쎄 싫어요. 싫어―."

　신경질적으로 문을 쾅 닫아 버렸다.

　"안 보면 그만이지 왜 신경질이여. 나도 먹고 살려구 하는 짓이여. 참 살맛 안 나네―."

신문 외판원이 문 앞에 서서 궁시렁거리더니 조용해졌다.
그러고 보니 미안한 생각이 든다. 안 보면 그만이지 그 사람에
게 신경질 부릴 게 뭐람, 옹졸하긴—.

배신감 때문이다. 배신감에 속을 끓이고 있는 사람에게 와
서 잘 보고 있는 신문을 바꿔 보라고 떼를 쓴 그 사람이 잘못이
다. 오늘 자기 운세가 나빠서 그렇지, 내가 사람 나빠 그런 게
아니다. 나는 가고 없는 신문 외판원에게 대고 속으로 궁시렁
거렸다.

승주가 올해 초등학교에 입학을 했다. 바쁜 몸이다. 저의 집
에서 저의 아비 다음으로 바쁜 몸이다. 학교 급식을 하고 미술
공부를 한 후에 집에 오면 두 시다. 그러면 피아노 학원에 간
다. 피아노 학원에서 세 시에 오면 한 시간 자유시간이 있다.
그리고 네 시에는 태권도장에 갔다가 다섯 시에 온다. 그래서
평일에는 그 녀석을 못 보려니 각오하고 있다. 대신 토요일과
일요일을 기다리는 것이다. 그런데 안 온다.

초등학교에 입학하기 전에는 유치원에만 다녀오면 평일에
도 아파트로 올라와서 '롤러블레이드'를 신고 나서면서 나를
제 시종무관인 것처럼 "할아버지 따라와" 하고 명령하던 놈이
다. 그러면 나는 수필이라는 걸 쓰다가 발딱 컴퓨터 앞에서 일
어나 따라나간다. 어느 영이라고 감히 거행에 소홀했다간 울
고불고 왜장을 친다.

녀석은 나를 아파트 주차장에 세워놓고 롤러블레이드를 탄

다. 넘어지면 난리 난다. 제 잘못으로 넘어지고 내 잘못으로 넘어진 것처럼 "넘어졌잖아" 하고 울면서 내게 덤빈다. 그러면 롤러블레이드를 신은 채 안동을 해서 아파트 단지 앞 문방구로 가야 한다. 거기서 위생상태가 의심스러운 비메이커 제품 빙과류로 일단 군것질을 한다. "전하, 배탈나시옵니다. 슈퍼에 있는 '쥐도 못 먹나' 하는 걸로 드시지요." 내 충정 어린 만류에도 불구하고 녀석은 굳이 먹고 나면 입이 시뻘겋게 물드는 문방구의 싸구려 빙과를 사 먹는다. 녀석은 '할아버지는 경제담당 비서지, 위생담당 비서가 아니야' 하듯 위생에 대한 충정은 아랑곳도 하지 않는다. 다행히 아직 배탈은 안 났다.

그러던 녀석이 초등학교에 들어가더니 2주일도 되지 않아서 할아버지를 배신했다. 일주일은 내가 학교에 데리고 가고 데려 왔다. 그런데 2주째부터는 선생님이 교문까지 데리고 나와서 배웅을 하면 내게 달려와서 손을 잡던 녀석이 어느 날인가부터 저의 반 아이들과 손을 잡고 뛰어가면서 할아버지는 거들떠보지도 않는 것이었다. 그러다니 마침내는 내게 "할아버지, 이제 안 데리러 와도 돼" 하고 시종무관의 직위마저 삭탈해 버렸다. 왠지 허전한 마음 금할 길 없었지만 한편으로는 생각보다 일찍 학교 생활에 적응하고 친구도 사귀는 것이 나보다는 사회 적응력을 타고난 놈 같아 보여서 대견했다. 그러나 일주내 녀석을 못 보는 건 고통이었다. 녀석에게 들볶이던 시절이 그리웠다. 그래서 토요일만 기다려졌다. 승주가 토요일은 아파트로 와서 잤다. 그것도 두어 주일 뿐 이번 주일은 오지를 않는 것이다.

기다리다 못해서 전화를 했다. 제 어미가 받는다.

"승주는?"

"제 친구네 집에 '햄스터' 보러 갔어요."

섭섭했다. 내가 저를 어떻게 키웠는데, 그 녀석 우유 타 먹이는 물은 내가 사십 리나 떨어진 초정 약수를 떠 날랐다.

"음 ―. 할아비가 햄스터만도 못하다 이거지, 좋아 ―. 나도 제 놈한테 연연하지 않을 거야."

"어이구 분수를 떨어요, 분수를……. 애들이 그렇지 그러면 어른 같을 줄 알았어요."

아내가 속상해 하는 데다 기름 치듯 불쑥 모욕적인 언사를 던졌다. 그래서 불똥이 엉뚱하게 튀었다.

"이게 다 자기가 며느리 교육을 잘못 시킨 때문이야."

"그게 무슨 뚱딴지 같은 소리예요."

"하다못해 귤이라도 몇 알 사서 애한테 들려주면서 할아버지 갖다 드리라고 심부름 보내야지, 그게 가정교육이야 ―."

"며느리 교육은 꼭 시어미가 하란 법 있어요? 자기는 못해?"

며느리한테 섭섭한 생각이 들었다. 저희들이 주말 데이트를 할 때는 애들을 둘 다 잘도 맡기더니, 정작 기다릴 때는 생각을 못하는 시부모에 대한 배려의 모자람이 미워지는 것이었다. 현명한 며느리의 도리까지 거론할 것도 없이 이건 상식에 관한 문제라는 생각이 들었다. 모르면 가르쳐야 하는데 시아버지가 해야 하느냐, 시어머니가 해야 하느냐를 놓고 부부간에 언쟁으로 비화할 조짐을 보였다. 참자, 남자가 참아야지, 그리 생각하니 공연히 속이 끓는다.

아―! 그런데 승주가 왔다. 현관문을 발로 차는 소리가 났다. 현관문을 발로 걷어찰 놈은 승주밖에 없다. 이 놈은 기분 좋으면 벨을 누르고 기분 나쁘면 발로 문을 걷어찼다. 현관문을 열자 승주가 눈물 자국으로 더러워진 얼굴을 불쑥 들이밀며 나타났다. 되게 심기가 불편할 때의 행동이다.

"햄스터 사줘―."

"임마, 햄스터가 뭐야―."

나도 너한테 유감 있다는 표시로 쥐어박듯 말했다.

"있잖아, 알록달록한 생쥐 말이야. 할아부지는 바보마냥 그것도 모르냐."

"임마, 생쥐를 다 돈 주고 사. 안돼."

그러자 대번 승주가 자배기 깨지는 소리를 지르며 울었다.

"애하고 똑같아, 똑같아―. 울지 마 사줄게."

아내가 애를 안고 달래면서 나를 나무라는 것이었다.

"너 임마, 햄스터 보러 갔다며?"

"근데 재형이 자식이 저만 만져 보고, 나는 못 만져 보게 하잖아. 치사하게―."

녀석이 엄청 서럽게 우는 것이었다. 그때서야 승주가 당한

못가진 자의 압박과 설움이 할아비의 가슴에 와 닿는 것이다. 햄스터도 없는 가엾은 녀석, 여덟 살짜리의 배신은 의도적인 것이 아니라, 애들의 크는 과정일 뿐이라는 명백한 증거 앞에, 아내 말마따나 나는 애하고 똑같다는 생각이 들어서 부끄러워졌다. 배신감은 봄눈 녹듯 사라지고 진작 녀석에게 햄스터를 못 사준 게 후회가 될 뿐이었다.

"알았어. 밥 먹어. 밥 먹고 할아버지하고 사러 가자."

"와— 신난다."

녀석은 언제 울었더냐 싶게 함박꽃 같은 얼굴로 피어나서 밥을 소담하게 먹는 것이었다.

존재와 이름

모든 존재에는 이름이 있다.

사람의 발길에 짓밟히는 길섶의 질경이에서부터 여름 황혼
녘에 먼지처럼 나는 하루살이와 같은 미물에 이르기까지 모든
생물은 물론, 크고 작은 수많은 산봉우리, 사람이 살지 않는 외
로운 섬들, 깊은 밤하늘의 별떨기와 같은 무생물에 이르기까
지 삼라만상에는 이름이 있다.

하물며 사람임에랴. 그런데 사람에게 이름이 없다니ー!

나는 젊어서 사방사업 현장주임 노릇을 한 적이 있다. 민둥
산에 수풀과 나무를 심는 일인데 인근 두메 사람들이 모두 나
와서 일을 했다. 그 출력 인부의 노임을 주기 위해서 사역부
를 작성할 때 주민등록증을 대조하면서 이름 없는 사람을 더
러 발견했다. 남자의 경우에는 이름이 없는 사람은 없지만 여
자들, 특히 나이든 노인에게서 이름이 없는 사람이 더러 있었
다. 여자들의 이름은 대개 무성의하게 작명(作名)되어 있었다.

좀 잘 지었다는 이름도 대개 끝에 아들 자(子) 자를 붙여서 영자니, 순자니, 복자니 하는 아들을 바라는 심정을 솔직하게 드러낸 이름들이 많았다. 또 언년이니 섭섭이니 끝에니 하는, 산고가 끝나고 고고한 울음소리가 울린 안방 산모 곁에서 시어머니가 가랑이 사이가 밋밋한 갓난것을 들여다보고 서운한 나머지 한 말이 그냥 이름이 된 경우도 많았다. 남존여비 사상이 사회질서를 지배하던 유교적 시대상이 잘 반영된 여자의 이름들이다. 그래도 천하든지 말든지 이름 두 자를 얻은 여자들은 존재를 인정받은 것이라 다행하다는 생각이 들었다. 숫제 이름도 없는 여자들도 있었다. 박씨니 김씨니 홍씨니 하는 성씨 밑에 그냥 씨 자만 붙여 있는 여자들, 대개 살날이 조만간 끝날 노인들 중에서 가끔 눈에 띄었는데 바라지 않았음에도 불구하고 태어난 죄로 길섶의 질경이처럼 한평생을 살았을 그 분의 생애가 눈에 선해서 일을 시키기가 죄송할 따름이었다.

면사무소 호적서기 말에 의하면 그런 이름의 내력은 왜정시대에 호적을 처음 만들며 이름이 없는 여자들을 호적서기가 사무 편의적으로 적어 넣은 것이라고 한다. 남의 이름을 함부로 적어 넣을 수도 없고 그렇다고 공란으로 둘 수도 없어서 궁여지책으로 성씨 밑에 씨자만 적어 넣은 것이다. 그걸 호적서기의 무성의라고 나무랄 일은 아니다. 그것은 유교적 관례였다. 묘비에도 보면 비록 정경부인이라 할지라도 여자는 '정경부인 연안 이씨지묘(貞敬夫人 延安 李氏之墓)'라고 성 밑에 씨 자만 적혀 있는 반면 남자의 경우에는 '영의정 정공 일선지묘(領議政 鄭公 一善之墓)'라고 벼슬 아래 분명히 이름이 적혀 있다.

사람은 죽어서 이름을 남기고 호랑이는 죽어서 가죽을 남긴다고 했다.

존재의 분명함에 따라서 그 이름은 빛났고, 그래서 존재를 확립하라고 사주팔자를 따져서 이름을 성의껏 지었다. 이름은 돌림자와 성을 제외하면 임의로 정할 수 있는 것은 한 자에 불과하다.

내 이름 목성균(睦誠均)을 아는 사람은 나 말고는 가족과 일가 친척, 몇몇 친구, 몇몇 문우(文友)뿐이다. 그 이상 더 내 이름을 아는 사람이 있는 걸 나는 바라지 않는다. 유명해지는 건 분장을 하고 무대에 오르는 것처럼 소심한 나를 불편케 한다. 나를 기억하는 몇몇 분들이 아니면 나는 사실상 이름이 없어도 크게 불편을 느낄 게 없다는 생각이 든다. 그 분들을 위해서 나는 내 이름을 소중하게 간수해야 할 의무를 느낄 뿐이다.

목성균. 부르기도 좋고 글 뜻도 보기 좋다. 우리 아버님이 내 이름을 참 잘 지어 주셨다. 그러나 나는 작명의 의미에 대해서는 모른다. 내가 명성 있는 존재가 되었다면 아버님은 내 이름자에 대해서 무슨 말씀을 해주셨을 것이라고 생각해 본 적이 있다. 그럴 때 나는 공연히 몸이 달아서 이름값을 하려고 분발해 보았지만 역부족이었다. 성씨인 화목할 목(睦)자와 돌림자인 고를 균(均)자는 족보(族譜)상에 정해져 있는 글자니만큼 다시 언급의 여지가 없는 것이지만 가운데 글자인 정성 성(誠)자에는 자식에 대한 아버님의 간절한 소망이 깃들인 글자다. 부모로서 최초에 자식한테 건 기대, 작명(作名)의 공덕을 아버님은 얼마나 피력하고 싶으셨을까. 아버님은 그런 날을 기대하시며 나를 지켜보셨을 것이다. 누가 '아비보다 자식이 더 낫다'고 하면 흡족해서 '음, 이름값은 하는 편이지—!' 아버님은 늘 그 말씀을 한 번 해보고 싶으셨을지 모른다. 그러나 그것은 오로지 아버님의 꿈이었을 뿐, 이름을 헛되이 한 존재의 가벼움만을 나는 아버님께 보여 드렸다. 따라서 아버님은 그 말씀을 해보지 못하고 가슴에 묻은 채 돌아가셨다. 나는 성 밑에 씨 자만 붙은 사방사업을 하던 두메의 이름 없는 안노인네만치도 삶을 천착(穿鑿)지 못했다. 너는 이름만큼 성의(誠意)껏 살았느냐? 내 이름의 가운데 자인 정성 성(誠)자가 가혹하게 내게 힐문(詰問)할 때가 있다.

첫눈

창 너머로 보이는 아파트 공사장 일꾼들이 일손을 멈추고 우암산을 건너다보는 모습이 자주 눈에 띈다. 목수들도 그리로 고개를 돌리고 망치질을 한다. 저러다 망치로 손등 때리지 싶다. 뭘 기다리는 모습이다. 나는 꼭 눈송이가 흰나비처럼 창문에 살포시 날아와서 나를 부르는 것 같아서 창밖을 내다보게 된다. 하늘이 머리 위까지 나지막하게 가라앉아 있다. 어제부터 그렇다. 그러면 첫눈이 올 수도 있다는 기대감, 타당성 있는 것이다.

고향 윗버들미의 첫눈은 사람 맘을 며칠씩 설레게 해놓고서야 마지못한 듯 마침내 왔다. 바깥일로는 콩 타작까지 바심이 다 끝나고 안일로는 김장을 담근 후에 온다. 그게 자연의 순리다. 지금이 그때쯤 된다. 그 전에 오는 첫눈도 있을 수 있다. 자연의 조화를 막을 수는 없다. 그러나 아직 남은 일로 궁리에 차 있는데 바라지 않는 식객처럼 오는 첫눈은 이미 기억되어지기를 포기한 첫눈이라고 볼 수 있다.

그럼 첫눈은? 그리 어리석은 질문은 않기를 바란다. 첫눈은 수리적(數理的)인 명사가 아니라, 어떤 경우의 눈을 말하는 대명사라고 보는 것이 적절하기 때문이다. 다시 말하면 노농(老農)이 빈들처럼 홀가분하게 비운 마음으로 의젓하게 팔짱을 끼고 동구 밖을 향해 서 있을 때 근친 오는 막내딸 동구에 들어서듯 눈썹 밑으로 홀연히 내려앉는 눈이 첫눈이다. 비록 그 눈이 순서로는 그 해 들어 두 번째 오는 눈이라 해도 첫눈이라고 봐줘도 동네 구장도 잘못이라고 시비하지는 않을 것이다.

무슨 궤변이냐고 할 사람 때문에 부득이 한 예를 들어 본다. 어느 해 우리 어머니, 당고모, 누이가 김장을 하는 날이었다. 절인 배추를 앞 냇물에 씻어 들이는데 풍세(風勢)가 사나워지더니 가루눈이 왔다. 나는 배추를 집으로 져 들이고 있었다. 아직 솜바지 저고리로 갈아입기 전이라 추웠다. 게다가 바람에 불어와서 언 얼굴을 할퀴는 가루눈은 매웠다.

그 고약한 날 저물녘까지, 아버지와 나는 김치 광을 짓고 어머니와 당고모와 누이는 김장을 버무려 김장독에 담는데 심심하면 심통 난 개 짖듯이 가루눈을 바람이 휘 뿌렸다. 그 눈이 그 해 겨울 처음 내린 눈이라고 해서 첫눈이라고 대접할 수는 없다. 고약한 날씨라는 기억밖에는 남겨 준 게 없기 때문이다.

며칠 후 눈이 다시 왔다. 아무래도 착 가라앉은 하늘이 반가운 일을 낼 것 같아서 온종일 서성거렸다. 동구의 둥구나무에 까치가 한 쌍 앉아 있다. 짖을까 말까 망설이는 것 같지 않다. 그 미물도 조용히 기다리기로 맘을 먹고 있는 것이다. 동네 '워리'들이 빈들에서 레이스를 펼친다. 그러다 가끔 모두 먼 산을 보고 멈춰 선다. 건너말 둔덕에 하얗게 서 있는 사람들 뭘 기다리는 것 같기도 하고, 아닌 것도 같고 편히 쉬어 자세로 멍청하게 서 있다. 그때 눈이 왔다. 사람들의 기대감을 저버리는 법 없이 아주 양순하게 혹은 운명적인 모습으로 오는 눈이 첫눈이다.

커피에 관한 추억

追憶

"음─. 이 맛─."

커피 잔을 들고 그윽하게 말하는 안성기의 커피 시에프 대사를 나는 실감하지 못한다. 커피의 참 맛을 모르기 때문이다. 나는 커피의 참 맛을 모르는 것은 물론, 알려고 하지도 않는 커피문화의 무뢰한이다. 그러면서 하루 서너 잔의 커피를 마신다. 물론 인스턴트 커피다. 카페인 중독증상인지 모른다.

소위 말하는 'Heart or Coffee'는 아라비카종 마일드급 원두를 정성껏 볶아서[焙煎] 간 미세한 커피 분말을, 에스프레소 방식으로 추출해 낸 레귤러 커피라고 한다. 그 뛰어난 커피 향은 유럽 문화인들의 취향에 따라서 발전해 온 것이다. 안성기의 시에프 연기가 유럽 문화인의 취향을 다 표현한 것인지 모르지만 그 표정이 커피 문화의 감응도 같아 보이긴 한다.

"음─. 이 맛─." 그 소리는 미각과 후각이 놀란 나머지 본능적으로 울리는 소리로서 커피 문화의 척도일 것이다. 그 소리는 안성기 같은 명배우나, 고은(高銀) 같은 원로시인이나, 운보(雲甫) 같은 노 화백이 커피 잔을 들고 창작의 여가를 즐기며 해야 걸맞은 소리다.

밭가 그늘에 앉아서 막걸리를 한 대접 들이켜고 '어 — 시원타 —' 하던 농부가 시골 다방에 앉아서 커피 잔을 들고 레지 앞에서 커피 맛의 달인인 체 '음—, 이 맛—' 그러면 워리가 방귀 뀌는 소리처럼 우스울 것이다. 또 모리배하고 정치인이 호텔 커피숍에 마주앉아 비리의 눈맞춤을 하며 그런 소리를 하면 가증스러운 나머지 귀때기 맞기 안성맞춤이다.

안성기가 '음—. 이 맛—' 할 정도의 커피는 다방에서 천 몇 백 원을 주고 마실 수 있는 커피가 아님은 물론이다. 고급 카페나 호텔 커피숍 같은 데서 기만 원을 줘야 마실 수 있다. 여러 단계의 숙련된 손길을 거쳐서 비로소 만들어진 맛의 진수이기 때문이다.

커피 값은 고하간에 나도 문화인 반열에 서 있는 수필가인 만치 상식을 쌓기 위해서라도 그 커피를 한 잔쯤은 안성기처럼 그윽하게 마셔 볼 필요를 느꼈다. 그러나 중국집에 짬뽕 먹으러 가듯 혼자 쉽게 사먹으러 갈 수도 없고 해서 '제갈공명'처럼 그때를 기다렸다.

그런데 어느 날 우연히 그 기회가 왔다. 서울에 사는 고향 친구 혼사에 간 적이 있다. 강남의 어느 별 다섯 개짜리 관광호텔 예식장에서 결혼식이 있었는데 피로연이 끝나고 로비에서 웅성거리고 있는 향우들을 바다 모래장사를 해서 돈 좀 번 서울 친구가 그 호텔 커피숍으로 안내했다.

대개 고향 연풍의 중늙은이들이다. 호텔 커피숍의 푹신한 소파에 푹 파묻혀 앉아 있는 촌닭들이 횃대가 아니라 그런지 애들처럼 자리가 불편해 좌불안석이다. 그때 예쁜 아가씨가 주문을 받으러 왔다.

친구가 메뉴판을 보면서 물었다.

"무엇으로 할까?"

모두 묵묵부답이었다. '알아야 면장을 하지, 네 맘대로 해.' 그런 뜻일 것이다. 고향 주막에서는 '여기 순대 한 접시하고 막걸리 한 주전자—.' 그리 당당하던 태도가 촌닭 관청에 잡아다 놓은 꼴이었다.

"나는 에스프레소로 내린 레귤러로 주고, 다른 분들은 카페 오레로—."

커피의 맛은 다름 아닌 향이다. 내가 안성기의 시에프 대사 같은 감탄을 할 수 있을 만치 'Heart or Coffee' 맛을 감식해 낼 수 있을지는 모르지만 커피 향의 진수를 알려면 레귤러라야지 밀크 커피로는 안 될 것 같아서 "나두 레귤러로—." 그랬더니 "엇쭈, 글 쓰는 문화인이다, 그 말이지" 친구가 가소롭다는 듯이 그러는 것이다. "당연하지. 바다 모래장수보다야 수필가가 문화인이지—."

그래서 'Heart or Coffee' 맛을 보았다. 그리고 그 이후 나는 레귤러 커피는 안 마신다. 내 후각이 편협해서 미세한 커피 향의 밑바닥까지 다 느낄 수 없는 까닭이겠지만 중 마빡(이마의 충청도 사투리) 씻은 물처럼 싱겁기 짝이 없는 것이었다.

내 커피 입맛은 오로지 인스턴트 커피에 익숙해 있어서 감히 환상적인 정수의 커피 맛을 미처 음미도 해보지 않고, 지레 놀란 대원군이 외래문화를 침략자처럼 완강히 배척하듯 거부한 때문 아닌가 싶기도 하지만 아무튼 내 입맛에는 안 맞았다.

내가 애용하는 좀 태운 숭늉 같은 쌉쓰름한 그 인스턴트 커피 맛의 실상이 로브스타종 원두의 맛이라고 한다. 로브스타는 아라비카보다 카페인 함량이 많고, 쓴맛이 강하고, 향이 부족해서 스트레이트 커피를 만들기에는 적합지 않지만, 경제적 이점이 있어서 인스턴트 커피의 주원료로 이용되고 있다고 한다.

같은 커피라도 출신 성분이 그렇게 상하(上下)로 구분되는데 나는 하급에 길들여져 있는 것이다. 하긴 커피뿐이랴. 나는 애당초 상류사회는 모르고 또 알고 싶지도 않다. 아버님께 죄송한 말씀이지만 종(種)이 낮아서 그런지 나는 현 위치에 만족한다. 그러나 나의 세계에는 그대로 행복과 가치가 있는 것이다.

내가 인스턴트 커피 잔을 들고 '음—. 이 맛—' 하면 안성기가 보고 그런가 보다 하지, 그 커피의 출신 성분이 아라비카냐, 로브스타냐고 따질 것이며, 따진다 한들 내가 '음—. 이 맛—' 하면 그런 거지 자기가 무슨 권리로 내 정체성을 비하할 것인가. 후각을 제쳐두고 미각만 즐기는 것이기 때문에 좀 격이 낮다 한들, '나물 먹고 팔을 베고 누웠으니 이 아니 만족한가!' 말도 못 들어 보았는가. 행복의 조건은 주관적인 것이다.

그렇다고 내가 커피 향을 모르는 것은 아니다. 나만치 커피 향을 일찍 알고, 그 커피 향에 깊은 약소민족의 감상을 간직하고 사는 사람도 흔치 않을 것이다.

종전이 되고 내가 중학교를 간 해 봄, 집집마다 구황(救荒) 물품으로 미군(美軍)의 시레이션(C. Ration)이 배급되었다. 가정실습으로 집에 다녀가는 내게 아버지께서 정방형 박스를 하나 새끼줄로 멜빵을 해서 짊어지워 주시며 "전방(廛房)에 팔아서 용돈에 보태 쓰거라" 하시는 것이었다. 당시 어린 나는 그 박스에 대한 호기심으로 가득 차서 짊어지워 주시는 대로 지고 집을 나섰다.

나는 애당초 그 물건을 팔아서 용돈에 보태 쓸 생각은 없었다. 막강한 미군들이 먹고 싸우는 야전식량 박스, 알라딘의 요술 램프만 같은 그 상자를 해체해서 내용물을 보고 싶은 마음이 간절했을 뿐이다.

지름티고개 못미처 으슥한 무덤가에 주저앉아서 좀 떨리는 손으로 박스를 뜯었다. 그 안에서 궁핍한 전후의 소년을 놀라게 하고도 남을 물건들이 쏟아져 나왔다. 통조림, 비스킷, 카멜 담배, 초콜릿, 껌 등등…….

행군하는 미군을 따라가며 얼굴이 노란, 헐벗은 이 땅의 소년들이 얼마나 갈망했던 물건인가.

'헤이—, 초콜릿 기브 미.'

'헤이—, 껌 기브 미.'

그 물건들이 박스 안에 다 들어 있었다. 나는 분복(分福)을 뺏길 것 같아서 당황해서 박스에다가 물건들을 도로 주워 담았다. 그리고 비스킷을 한 봉 뜯어서 먹었다. 그리고 초콜릿도 한 개 뜯어먹었다. 혓바닥까지 녹아서 목구멍을 넘어간 것 같은 맛이었다. 깡통을 딸까 말까 망설이다가 참았다. 그런데 알 수 없는 작은 봉지가 하나 있었다. 안 뜯고 배길 수가 없었다.

봉지를 뜯었더니 속에 갈색 분말이 들어 있었다. 미군 주둔지 근처의 쓰레기장을 뒤져본 경험에 의해서 무슨 물건들인지 대강 짐작이 갔으나 그 갈색 분말은 알 수가 없었다. 냄새를 맡아 보았다. 약간 쓰고 구수한 냄새가 말할 수 없는 친화력으로 내 코를 공략하는 것이었다.

참을 수 없는 마음으로 분말을 목구멍에 털어 넣었다. '앗—!' 구절초 달인 물은 거기 대면 오히려 덜 쓴 턱이다. 그래도 뱉지는 않았다. 분명히 먹는 물건이고 돈이 되는 물건이었기 때문이다. 분말은 입천장에 달라붙어서 응고되었다. 나는 그 쓴 물건을 다 녹여 먹었다. 그런데 이상한 일이었다. 뒷맛이 싫지 않았다. 나중에 알았지만 그건 인스턴트 커피였다.

정신이 맑아졌다. 골짜기의 무논에서 첨벙거리며 농부들이 논 삶는 모습이 눈에 들어왔다. 우리 논도 바라보였다. 아버지가 논을 삶고 계셨다.

커피를 마실 때 가끔 아버지 생각이 난다. 아버지인들 그 물건의 내용물이 얼마나 궁금했으랴. 등잔불 아래서 그 물건을 놓고 뜯어보고 싶은 호기심을 돈이 된다는 사실 때문에 못 뜯어 보시고 내게 주신 것이다. 생각하면 아버지의 참을성이 국가의 형편처럼 슬퍼서 커피 맛에 목이 메는 것이다.

대개 문명은 쉽게 들어오지만 그에 따른 문화는 더디게 따라온다. 커피 한 잔을 마시는 데도 문화가 있다. 집기(什器)며 태도며 아마도 안성기 시에프 장면같이 연출하면 별 무리 없는 커피 마시는 에티켓이 연출되었다고 볼 수 있을 것이다.

나는 커피 마시는 가장 훌륭한 예절을 본 적이 있다.

5·16 군사혁명이 나고 얼마 안 되어서 혁명 1등 공신의 한 사람인 육군 대령이 깊은 산골을 찾아왔다. 트랜지스터 라디오와 앰프 시설과 책을 군 트럭에 싣고 왔다. 낙후된 산협 마을의 삶을 고무해 보자는 것이었던 듯하다. '잘살아 보세'의 기초 작업의 일환이었을 것이다. 일체의 민폐는 안 끼치도록 사전조치하라는 중앙의 시달을 받고 군청 직원이 먼저 와 있었는데 아무리 그래도 손님에게 차 한잔은 대접해야 사람 사는 곳의 인심 아니냐는 생각에서 어렵사리 인스턴트 커피는 준비해 두었다.

동네에서 제일 큰 방인 우리 당고모 댁 잠실에 입추의 여지가 없이 동네 사람들이 모이고 내 아버지가 그 육군 대령에게 동네 사는 형편을 브리핑을 하고, 육군 대령은 혁명 이념과 반드시 잘 살아야 한다는 의지를 불타는 마음으로 피력했다.

공식 행사가 끝나고 커피 타임이 되었다. 커피를 어떻게 만들었는지 나는 보지 못했지만 당시 그 커피는 당고모 댁 안 부엌에 동네 똑똑하다는 새댁들은 다 모여서 갑론을박 논쟁 끝에 가까스로 만들어진 것만은 분명하다. 모르긴 해도 동네 모모한 남자들이 큰 도시에 나가서 커피를 한두 잔쯤은 마셔 보았겠지만 커피를 추출하는 과정을 본 사람은 없다. 그래도 도시 출입이 제일 잦은 우리 아버지가 안 부엌에 불려가서 커피 맛을 보기에 이르렀는데 충주나 청주 다방(당시 다방은 지금 커피 전문점보다 귀했다)에서 마셔본 커피 맛은 아니었던지 체머리를 설레설레 흔드셨다고 한다. 그러나 이미 엎질러진 물일 뿐이었다.

당시 나도 재고종 형수가 귀한 거라고 뒤꼍으로 은밀히 불러서 주는 커피를 마셔본 바에 의하면 일단 커피를 아낌없이 진하게 타고 맛이 쓰자 분분한 의논에 따라서 설탕과 프림을 얼마나 탔는지 차가 아니라 농축액이었다.

나는 혁명 주체의 한 분인 생살여탈의 서슬 퍼런 육군 대령이 그 커피를 마시는 태도를 지켜보았다. 산협 마을에 무슨 커피 잔이 있으랴. 다행히 맥주잔은 있어서 거기에 그 고약한 맛의 농축액을 찰찰 넘치게 따라서 소반에 받쳐서 올렸다. 기타 마을 사람들은 막걸리 잔에 마셨다.

내 기억에 의하며 그처럼 고마운 마음으로 맛있는 차를 그윽하게 마시는, 커피 마시는 예절의 모범을 나는 그 후 다시는 보지 못했다.

지금 생각해도 불가사의 한 일이다. 어떻게 맛의 느낌을 감쪽같이 숨기고 그처럼 우아한 모습으로 맥주잔의 커피를 한 방울도 남김없이 다 마실 수 있었을까.

안성기의 시에프는 시에프일 뿐이다. 상업적 이미지 연출에 불과하지만 그 육군 대령의 커피 마시는 모습은 엄숙한 인간의 예의를 표한 휴머니즘의 이미지 연출이었다.

그 모습을 보지 못한 사람이 커피 마시는 예절 운운한다는 것은 생활의 여유가 빚은 가당치 않은 사치이며 교만이며 커피 문화의 오류일 뿐이라고 생각한다.

나는 커피를 마실 때마다 그 분을 추억한다.

목성균의 수필 세계
: 상상력으로 해석한 과거의 새로움

김종완

문학평론가·「에세이스트」 발행인

언젠가 목성균의 글을 평하면서 "수필계에 그가 있어 나는 행복하다"라고 짝사랑을 고백한 적이 있었다. 평론가란 텍스트에 기대어 자기 말을 하는 자이고 보면, 좋은 텍스트만큼 고마운 것이 어디 있겠는가. 나는 평소에 목성균의 문학에 대해서만은 잘 아는 줄 알았다. 그러나 『명태에 관한 추억』을 읽으면서 내가 알고 있던 목성균은 그의 작은 부분이란 것을 발견하고는, 그 충격으로 겸손해지기까지 해서 애당초 어떤 사람도 타인에게 한눈에 전모가 파악될 수 없는 막중한 무게를 지녔다는, 쓸 만한 생각마저 하곤 했다.

수필집을 이번만큼 힘들여 읽어본 적이 없었다. 이렇게 훌륭한 수필집이 인구에 회자되지 못한 것에 비애를 느꼈다.

나는 목성균의 글을 읽으면 슬퍼진다. 차마 소리 내 울지 못하면서 가슴만 먹먹해지는 슬픔이다.

그는 장학생으로 입학했던 서라벌예대를 중퇴하고, 고향에 내려가 농사를 짓다가 해군에 지원 입대를 했고, 군 복무 중 고향에 참한 색시가 있으니 장가를 들라는 아버지의 통고에 결혼을 하였고, 제대 후에는 사업한답시고 서울에서 프린트 인쇄업을 하다가 건강도 잃고 사업도 실패하여 다시 고향에 내려가 농사를 짓다가, 이마저 건강 악화로 불가능하자 산림 공무원이 되었다. 그 당시 산림 녹화는 중요한 국책 사업이어서, 그는 태백산맥과 소백산맥의 능선에서 젊음의 좋은 시절을 옴싹 보냈다.

고향의 농경이 그의 삶과 문학의 모태라면, 젊은 날을 보냈던 산악은 그의 마음을 키워 준 수련터다. 독자들이 그의 글을 읽으면서 깊은 숲 속을 거니는 것과 같은 아늑함을 느낄 수 있는 것은 어쩌면 당연한 일인지도 모른다. 그렇다면 그가 산 속에서 얻은 것이 무엇이었기에 그런 현상이 나타날까.

그는 문예창작과를 중퇴하고 낙향하면서 원대한 꿈을 꾸었을 것이다. 문학이라는 것을 어디 배워서 하는가. 참다운 문학은 삶의 현장에서 몸으로 부대끼면서 얻어지는 것. 그러나 현실은 그에게 한 줄의 글쓰기도 허락하지 않았을 것이고, 장가들었고, 앞날이 보이지 않는 농촌의 현실은 그를 산림 공무원으로 만들었고, 그가 산길을 걸으면서 회의하고 회의하였던 것은 '과연 이 선택이 옳았을까?'라는 의문이었을 것이며, 점점 현실에 매몰되어 가는 자신에 대한 두려움이었을 것이다.

한없이 고독했으리라. 그는 박지산 국유림 내의 해발 천 미터가 넘는 속칭 육백마지기 고원에서 방화선(防火線) 보수 작

업을 열흘이나 하는 동안에, 스위스 신부들이 양을 치느라고
지어 놓은 통나무집에 이제는 늙은 심마니 내외가 소년을 데
리고 사는 그곳에 인부들과 함께 기거하고 있었다.

　자다가 잠이 깨서 밖에 나오면 어린 소년이 노루 새끼 같은
야성으로 깜짝 잠이 깨서 따라 나왔다.

　　낮에는 포효하듯 불던 바람이 밤에는 잤다. 나는 소년을 꼭 안
　고 추녀 밑 바람벽에 기대앉아서 산맥의 밤을 바라보았다. 바람
　벽도 따뜻하고 소년도 따뜻했다. 품에 안긴 소년의 작은 심장 박
　동이 내 가슴에 전해 왔다.

　　밤의 어렴풋한 산맥은 참 신비했다. 낮에 중중히 줄서 가던 산
　봉우리들이 모두 제자리에 앉아서 잠이 들었다. 꼭 방화선 보수
　작업 일꾼들 곤히 잠든 어깨처럼 순박하고 꿋꿋한 산등성이의
　선들, 아득한 골짜기에 서린 밤안개가 이불처럼 산맥의 발치를
　덮고 있었다.

　　그 밤의 산정에서 생명이 생명을 안고 체온을 나누는 게 얼마
　나 행복한 건지, 나는 참 큰 체험을 했다.

—「약속」에서

이 짧은 인용문에는 목성균 문학의 특징이 집약적으로 나타
나 있다. 한밤, 깊은 산 속에서 젊은 문학도는 잠 못 이루며 바
람벽에 몸을 기대고 노루 새끼 같은 소년을 안고 있다. 몇 번이

나 자문했으리라. 어떻게 여기까지 밀려왔는가.

돌아보면 그는 한 번도 용기 있게 상황에 맞서 보지 못했다. 언제나 수동적으로 사태를 받아들였다. 그는 성장하면서 반항을 배우지 못했다. 아버지는 그에게 너무나 큰 존재였고, 증조부는 도저히 넘을 수 없는 강이었다. 그가 숨을 쉴 수 있던 최소한의 공간은 그 피할 수 없는 사태의 흐름을 따라가면서 사태의 의미를 자기 식으로 해석하는 것뿐이었다. 그러나 어려서부터 쌓아 온 '속으로만 말하기'는 후에 그의 문장의 탄탄한 기본기가 되었다. 그런 훈련이 글의 도처에 절창(絶唱)의 명구를 만들어 냈다.

관목들은 조용히 잠이 들었고, 그 관목들을 보며 소년을 안으면서 "생명이 생명을 안고 체온을 나누는 게 얼마나 행복한 건지"를 가슴으로 느낄 때, 잠이 든 관목이 너무 가엾고, 소년이 가엾고, 자기가 너무 가여웠던 것이다. 이 뼈 저리는 고독. 고독해 본 사람은 알 것이다. 따뜻함에 대한 목마름이 얼마나 심한 고통인지를.

이 세상에서 가장 따뜻한 곳이 어디일까. 엄마의 품일 것이다. 그러나 그는 성장 과정에서 당연히 누려야 할 엄마의 품을 뺏기고 말았다. 목성균의 글에 등장하는 여인으로는 주연급으로 할머니와 어머니가 있고, 조연으로 아내가 등장한다. 그들은 한결같이 가부장 사회의 가장 큰 피해자들이다. 할머니와 어머니의 한(恨)은 뼈에 사무쳤고, 그의 아내 또한 층층시하에

서 시집살이를 한 여인이다.

할머니는 열일곱에 열다섯 먹은 병약한 신랑한테 시집을 와, 신랑이 남매를 두고 요절함으로써 청상과부가 되었다. 그녀는 한평생을 '인간이 인간을 한없이 초월한 경우'의 지칠 줄 모르는 노동력으로 시부모님을 모시며 집을 지켜냈다.

어머니는 아버지가 '오다가다 더러 시앗도 보며' 밖으로만 돌아다니자 아버지의 생일날 생일상 대신 쌀 한 톨 섞이지 않는 노란 조밥을 미역국도 없이 차릴 만큼 대가 드센 여인이었다.

그는 어려서 증조부와 함께 잠을 잤다.

증조부께서는 한밤중에 엉덩이를 철썩 때리셨다. 오줌 싸지 말고 누고 자라는 사인이었다. 그러면 나는 졸린 눈을 비비고 사랑 뜰에 나가서 앞산 위에 뿌려 놓은 별떨기를 세며 오줌독에 오줌을 누곤 했다. 그런데 어느 날 밤, 증조부 머리맡에 놓여 있는 자리끼가 담긴 사기대접을 발로 걷어차서 물 개력을 해 놓고 말았다. 아닌 밤중에 물벼락을 맞으신 증조부께서는 벌떡 일어나서 "어미야—" 하고 안채에다 벽력같이 소릴 치셨다. '아닌 밤중에 홍두깨'란 말처럼 어머니야말로 잠결에 달려나오셔서 죄인처럼 황망히 물 개력을 수습하셨다. 그 동안 나는 놀란 토끼처럼 구석에서 꼼짝을 하지 못했다.

—「옹기와 사기」에서

이 사건 이후 감수성이 풍부한 작자가 어떻게 행동하는지 살펴보자.

그래도 나는 그런 실수를 두 번 다시는 하지 않았다. 그 실수가 있은 후에는 증조부가 밤중에 엉덩이를 '철썩' 때리시면 나는 일단 일어나서 어둠이 눈에 익기까지 서 있었다. 그러면 어둠 속에서 하얗게 정체를 드러내는 자리끼가 담긴 사기대접. 그것이 그렇게 얄미울 수가 없었다. 사기대접은 마치 노출된 매복병처럼 '어디 한번 걸어차 보시지, 왜―' 하고 하얗게 내게 대들었지만, 천만에, 나는 그 자리끼가 담긴 사기대접을 잘 피하고 지뢰를 밟지 않은 병사처럼 의기양양해서 가소롭게 노려보았다. 그러면 주무시는 줄 알았던 증조부께서 "오냐, 그렇게 조심성을 길러야 하느니라" 하시는 것이었다.

―「옹기와 사기」에서

증조부가 없었으면 그는 어머니와 함께 잠을 잤을 것이다. 그러면 서럽게 별떨기를 세며 오줌을 싸지 않아도 되었을 것이다. 어린 그를 어머니로부터 가로막고 있는 것은 증조부라는 절대 권력이라고 영민한 작자는 생각했을 것이다. 그는 그 권력에 대들고 싶다. 그러나 그에게는 힘이 없다. 그리고 그의 증조부에 대한 작은 실수는 곧 어머니에 대한 증조부의 박해로 이어졌다. 그러면 그가 사랑하는 어머니는 증조부 앞에서 쩔쩔매는 것이다. 그의 사기그릇에 대한 기억에는 증조부가 있고 그 저변에는 오이디푸스 콤플렉스가 깔려 있다.

정신적으로 따뜻한 품을 잃어버린 아이는 물리적 따뜻함을 찾아 나선다. 그곳이 장독대이고 부엌 궁둥이다.

늦가을인지 초겨울인지 추울 때다. 하루 종일 햇볕에 단 부엌 궁둥이에 기대 서서 초저녁별을 바라본 적이 있다. 부엌 궁둥이가 그렇게 따뜻하고 은밀하다는 사실을 그때 처음 알았다. (중략) 어떻게 부엌 궁둥이로 돌아가서 바람벽에 외로운 신세를 기대게 될 줄을 알았는지 모를 일이다. (중략) 거기에 등을 기대고 서서 어두운 산등성이 위로 돋는 별을 바라보니까 서러웠다. 그 후 새 신랑인 나는 꽤 여러 번 해질녘이면 부엌 궁둥이의 바람벽에 기대 서서 초저녁별을 바라보았다.

—「부엌 궁둥이에 등을 기대고」에서

성인이 되어 장가든 새 신랑에게 가장 따뜻한 곳은 어디일까. 이제 어머니의 품이 아니라 아내의 가슴일 것이다. 과연 아내는 그의 향온성(向溫性)을 다 채워 주었을까? 나는 답을 말하지 않으련다. 다만 입으로 말하지 않고 마음으로 말하는 사람들의 그 마음이란 오랜 훈련으로 바다같이 깊고 넓어져 채울래야 채울 수 없는 것으로 성장해 버린다는 것만을 말하련다. 이것은 그의 문학 세계에 넓게 펼쳐진 섹슈얼리티와 깊은 관련이 있다.

목성균 문학의 한 축이 잃어버린 모성에 대한 갈구라면 그 대치점에 오이디푸스 콤플렉스가 또 하나의 축을 이루고 있다.

목성균은 오이디푸스 콤플렉스를 극복하지 못하고 살았다. 아버지는 그가 범접할 수 없는 권위의 상징이다. 해방 공간에서 청년 운동가였던 아버지는 가족을 시골에 두고 읍내에 거처를 두었다. 정치 폭력마저도 기꺼이 행사했던, 초대 면장을 했던 사람이었다. 예민한 감수성을 지닌 그에게 아버지는 미움과 두려움의 대상이었을 것이다. 하지만 유교적 사고방식에서 자란 그가 그의 내면에서 그런 생각이 감히 자랄 수 있다고 상상이나 할 수 있었을까. 두려움과 미움이 무의식 세계에서 웃자랄수록, 아버지는 같은 남자로서 닮고자 하는 선망의 대상이 되었을 것이다.

그에게 아버지의 상이 범접할 수 없는 영웅의 상으로 각인된 것은 6·25 때 낙동강을 건너는 피난길에서였다.

나루터에는 피난민들이 가득 모여서 아비규환을 이루고 있었다. (중략) 흐린 강을 건널 길은 직접 몸으로 강물을 헤쳐서 건너가는 방법밖에 없었다. (중략) 이윽고 아버지는 옷을 벗으시고 내게도 옷을 벗도록 이르셨다. (중략) 그런 다음 나를 업으셨다. (중략) 드디어 강을 건넜을 때, 아버지는 모랫바닥에 나를 내동댕이치듯 내려놓으시고 모랫바닥에 엎드려서 어깨를 들썩이며 서럽게 우셨다. 내가 아버지의 우시는 모습을 본 것은 그때 한 번뿐이다. 아버지의 그 울음은 삶과 죽음의 강을 건넌 감격 때문이었는지, 가혹한 역사의 순간에 대한 공포의 오열이었는지 알 수 없다. 가끔 그게 6·25의 발발 원인만치나 궁금하다.

— 「아버지의 강」에서

이 아버지는 「명태에 관한 추억」에서는 명태 한 코를 사들고 "삶의 어느 경지에 취"해 두루마기 앞섶을 휘날리며 이슥해진 밤길을 취기가 도도해져 취한 걸음으로 이 강들을 건너서, 은 고개를 넘어서, 하골 산모랭이를 돌아서, 마중 나온 며느리에게 "옛다" 하며 건네주는 모습으로 나타난다. 그 모습을 작가는 "한 집안 대주(大主)의 권위가 나를 감동시켰다"라고 쓰고 있다.

세월이 흘러 그 호기스럽던 아버지는 늙었고, 아들은 실질적인 가장이 되었다. 젊은 날의 어느 늦가을, 작가는 갈걷이를 끝내고 어디 갔다가 집으로 돌아오는 길에 명태를 한 코 샀다. 다음날 아침 명탯국을 끓였고, 아버지가 좋아하시면서 "우리 집에 나 말고 명태 사들고 올 사람이 또 있구나!" 하셨다. 그 말이 작가에게는 눈물겹게 느껴지고, 지금도 그 명탯국 맛을 생각하면 마음이 아릿해진다.

아버지는 그에게 너무나 큰 존재였다. 그는 항상 아버지에게 인정받는다는 것에 목말라했다.

그런 아버지가 그가 호롱불 아래에서 책을 읽고 있을 때 등잔의 심지를 갈아 주는, 일생에 딱 한 번의 자상한 모습을 연출하였다.

눈이 펄펄 내리는 날, 그가 소설을 읽는데 등잔 불빛이 점점 흐릿해졌다. 자꾸 등잔의 심지를 돋우자 새까만 그을음 줄기가 길게 너풀너풀 춤을 추었다. 방안 가득 매캐한 그을음 냄새가 가득해졌다. 그때 "밤마실을 다녀오시는 아버지가 찬바람을 안고 방안으로 들어오셨다." "아버지는 조신조신 말씀하시며 호롱의 심지를 갈아 주셨다."(「등잔」에서)

목성균이 뛰어난 작가임은 평생을 그의 등에 따라 붙어 다니는 오이디푸스 콤플렉스를 문학적으로 승화시키는 데 있다.

이제 아버지와 나는 다시 아버지의 강에서 만났다. 중풍에 드신 아버지는 그 흐린 강가에 앉아서 건널 엄두를 내지 못하시고 뒤따라오는 자식을 기다리신다. 아버지는 의타심이 간절한 눈길로 뒤따라온 나를 바라보신다. 이제 비로소 내 등에 업혀 강을 건너가시려고 못난 자식에게 기우는 아버지가 가엾고 고맙다.

—「아버지의 강」에서

「등잔」의 마지막도 이와 같다. 이제 권위와 두려움의 상징이었던 아버지는 중풍으로 쓰러져 등잔 불빛마냥 작고 초라해져 누워 있을 뿐이다. 조만간 그 불빛마저 꺼질 것이고, 그러면 아버지의 생애를 땅 속에 묻고 잊고 말 것인데, 긴 세월 동안 등잔을 까맣게 잊고 살아왔듯이……. 이것이 생명을 가진 자들의 숙명이다.

그가 운명하기 며칠 전 병상에서 떨리는 손으로 수첩에 적어 건네셨다는 작품이 「생명」이다. 그의 글에 대한 엄격성을 보여 주는 일화가 있다. 그는 진통제 투여로 흐려진 정신 상태에서 쓴 이 글에 확신이 없었다. 그래서 딸에게 부탁했다. "이 글이 쓸 만하면 가지고 있고, 그렇지 못하면 없애 버려라."

자고 나니까 링거액을 주사한 오른팔 손등이 소복하게 부어 있다. 링거액이 샌 모양이다. 나는 깜짝 놀랐다. 멀겋게 부운 아버지의 손, 중풍이 오신 고통스러운 말년의 손을 내가 달고 있는 것이 아닌가! 부자지간의 생명의 바통인가. 나는 아버지의 말년, 그 손을 잡고 병고를 위로해 드리곤 했었다.

아버지의 손은 퍽 크다. 내 손은 아버지의 손에 비하면 너무 병약하다. 나는 아버지의 손을 숭배한다. 사랑한다. 어쩌면 지금 내 손이 아버지의 손과 똑같을까? 생명은 닮는다는 뜻일까?

고등학교 몇 학년 때인지 가정실습 때다. 집에 왔다가 모내기를 돕게 되었다. 뒷골 천수답에 모내기를 했다. (중략) 그 날 점심때, 우리는 오동나무 그늘에 점심 들밥을 차려놓고 먹었다. (중략) 아버지는 상추 이파리 서너 장에 밥을 두어 숟갈 푹 떠서 담고 그 황금색 퇴장을 반 숟갈 듬뿍 얹어 꾸기꾸기해서 입에 넣으셨다.

아버지가 상추쌈을 입에 넣고 눈을 끔뻑하면 목울대가 아래위

로 오르내렸다. 앞산을 건너다보며 볼이 미어지게 상추쌈을 잡
숫던 중년 농부의 눈, 그 눈에 뻐꾸기 우는 녹음 방창한 산이 한
귀퉁이씩, 그야말로 게 눈 감춰지듯 하는 것이었다. 그 쌈밥을 잡
고 있던 두 손이 링거에 손등이 통통히 부은 지금의 내 손과 똑같
았다. (중략)

점심을 먹고 어디론가 가셨던 아버지는 잠시 후 싱싱한 칡 잎
에 소복하게 산딸기를 따 오셨다. 디저트를 구해 오신 것이다. 쌈
밥처럼 두 손으로 잡고 들고 오신 것이다.

"받아라."

나는 아버지의 손등까지 싸잡아 들었다.

아버지의 손은 육감적이고 내 손은 턱없이 왜소하다. 전혀 닮
지 않은 손이 운명의 때에 보니 닮아 있다. 아버지와 아들은 닮아
있다.

—「생명」에서

다시는 넘을 수 없는 다리를 명징한 의식으로 건너면서 작가
가 보아 버린 것은 삶의 정체란 결국 '생명의 바통'이라는 것이
다. 부어오른 손등에서 아버지를 보고 말았다. 어찌 그리도 아
버지의 손을 빼닮았단 말인가. 순간 그의 등에 달라 붙어 있던
오이디푸스 콤플렉스는 부자지간의 일체감, '생명의 바통'에
대한 절체절명의 안도감으로 변하고 말았다. 아버지에게 아버
지의 아버지가 바통을 넘겼듯이, 나 또한 바통을 나의 자식들

에게 넘겨주었다. 그만하면 된 것이다. 다 이루었노라.

목성균이 세상에 마지막으로 발표한 작품이 43년 동안 동고동락한 아내에게 바치는 헌사였다. 그는 그 글에서 절제된, 말하지 않고도 말하는 묘기를 부렸다. 「배필」에는 두 개의 이야기 축이 있다. 나의 배필과 최전방 해병 중대장의 배필.

그는 최전방, 대안의 북한군의 서치라이트가 훑고 지나가는 오피에 파견 근무하는 위생병이었다. 서해 낙조의 아름다움에 넋을 놓아 버린 군기 빠진 군인이었다.

어느 날 집에서 하서(下書)가 당도했는데, 강원도 귀래라는 곳에 전주 이씨 성을 가진 참한 규수가 있어서 네 배필(配匹)로 생각하고 있으니 그리 알라는 내용이었다. 배필이라는 아버님의 굵직한 필적이 젊은 내 가슴을 설레게 했다. 평생 같이 뛰게 내 옆에 붙여 줄 암말 한 필, 나는 저녁 식사 후면 돈대에 앉아서 서해 낙조를 바라보며 생각했다.

'참하단 말씀이시지―. 꽃처럼 예쁠까, 암말처럼 튼튼할까.'

―「배필」 중에서

중대장으로부터 딱한 부탁을 받는다. 아내가 애를 낳았는데 영 기운을 못 차리고 미역국도 못 먹는다며, 의무중대에 가서 링거를 구해다 놓아 줄 수 없겠느냐는. 그때 중대장은 지휘관이 아니라 딱한 처지의 남편에 불과해 보여, 선뜻 그러겠노라고 약속을 했다. 자대인 의무중대에 내려가 보급계 선임하사관에게 중대장 아내의 딱한 사정을 이야기하고 5프로 한 병을 부탁했다. 일언지하에 거절당하고 가까스로 생리식염수를 두 병 얻었다.

　　중대장은 어느 농가의 문간방을 얻어서 살림을 하고 있었다. 산모가 햌쑥한 얼굴로 누워 있다가 부스스 일어나서 나를 맞이했다. 방안 가득한 비릿한 냄새. 아기 냄새인지 아기엄마 냄새인지 모르지만 내 정신을 몽롱하게 했다. 생전 처음 맡아보는 냄새였다.

—「배필」 중에서

　　「배필」을 100% 즐기기 위해서는 목성균 특유의 코드를 미리 입력해 두어야 한다. '하서(下書)가 당도하고, 배필을 정했으니 그리 알라는 아버지의 일방통고가 있고, 그 배필을 상상해 보고, 가서 선을 보고, 군복무 중 장가를 가고' 등에서 알 수 있는 것처럼 상상을 뛰어넘는 상황 순종형이라는 것이다. 그러면 인생이 재미없을 거라고? 순종형의 특질은 순종의 대상에 대한 한없는 신뢰와 그 상황에 대한 뛰어난 적응력에 있다. 돈대에 올라 넋 놓고 나의 배필을 상상해 보고, 중대장의 배필을 통해서 나의 배필을 미리 경험해 보고, 여기에 성감을 자극하지 않는 성애적 표현은 친육(親肉)적 유대감을 한층 북돋아 준다. 「배필」은 친육적 유대감을 빠트리면 헛 읽은 것이다. 성애적 표현에서 성감을 빼 버리는 그의 솜씨는 신기하기도 하다.

앞의 인용문에서 냄새를 기억해 두고 다음의 인용문을 읽어 보자.

> 나는 중대장 사모님을 뉘어 놓고 주사를 놓았다. 왜 그리 떨렸을까. 핏기 없는 하얀 산모의 팔뚝에서 떨리는 손으로 혈관을 찾아 주삿바늘을 꽂는 일이, 숙달된 위생병의 평소 솜씨와 달리 쉬운 일이 아니었다. 병사의 팔뚝에 주삿바늘을 꽂는 것과는 다른 일이었다. 팔이 너무 투명하고 맑아서 그랬을까. (중략)
>
> 만약 그때 그녀가 불안하거나 불쾌한 표정을 노골적으로 드러내 보였다면 나는 주사 놓기가 오히려 더 수월했을지는 모르지만, 그러면 그녀의 모습이 아름다운 기억으로 남아 있을 리도 없고, 내가 지킨 약속 또한 그리 소중하게 기억될 리도 없다.
>
> —「배필」중에서

작가는 이제 배필이 필요할 만큼 다 자란 말이다. 산실 특유의 냄새 속에서 젊은 여인을 눕혀 놓고 팔뚝에 주사를 놓는다. 여인의 팔이 너무 투명하고 맑게만 보인다. 최전방 중대장 사모님이란 상상할 수 있다. 한국 사회의 지배 권력의 수혜로부터 멀리 떨어진, 그러면서도 성실하기만 하면 성공할 수 있다고 믿고 있는 순진한 우리네 누이이다. 가난하면서도 부자들의 삶을 구경한 적이 없어 가난한 줄 모르는, TV 드라마에서 부자들의 생활상을 보면서 언젠가 내가 누릴 환경을 미리 본다고 착각하는 우리 누이이다. 소녀 적 꿈을 아직도 고이 간직하고 있는 여인이다. 어찌 사랑스럽지 않으리.

오전에 한 병, 오후에 한 병 소금물 주사를 맞은 중대장 사모님은 딴사람처럼 생기가 돌았다. 굳이 저녁밥까지 해줘서 먹고 왔다. 나는 밥을 먹고, 중대장 사모님은 미역국을 먹고, 우리는 오누이처럼 겸상을 해서 먹었다. 비릿한 냄새 가득한 산모의 방에서 산모가 해준 밥을 마주앉아 먹는 황홀한 영광 때문인지 밥맛도 몰랐다.

—「배필」중에서

비릿한 냄새가 가득한 산실의 단칸방에서 오누이처럼 겸상해서 밥을 먹는 모습은 상상만으로도 아름답다. 이 장면을 읽으며 내 눈에는 원시의 동굴 속, 모든 일을 단 하나의 공간 속에서 다 해결하는 '우리'라는 표현이 더 어울릴 것 같은 동굴 속에서 이제 막 절정의 하나됨이 끝난 젊고 건강한 부부가 서로 시장기를 느꼈고, 먹을 것이라고는 밥밖에는 없는, 그래서 새로 밥을 지어서 맛있게 먹으면서 서로 얼굴을 처다보며 행복해하는 모습으로 떠오른다.

나는 막 해가 진 바다를 향해서 돈대에 주저앉았다. 흑장밋빛

같은 노을이 해협을 물들이고 있었다. 비로소 손에 든 책표지를 보았다. 『청록집』이었다. (중략)

중대장 댁을 나오는데 사모님이 따라 나와서 내 손에 쥐어준 책이었다. 손을 잡힌 채 바라본 중대장 사모님의 맑고 투명한 얼굴이 처연하리만치 고왔다. 나는 지금도 산모의 얼굴이 배필의 얼굴이다라고 생각한다.

—「배필」중에서

중대장 사모님의 모습에서 나의 배필의 모습을 그려본다. 아름다웠던 시절이다. 생은 희망으로 가득 차 있고, 미래는 가능성만으로 펼쳐져 있다. 그는 특별 휴가를 얻어 예약된 배필과 선을 보았고, 결혼을 했고, 이후 43년을 함께 살다가 세상에 그 배필을 남기고 먼저 갔다.

그는 그의 배필의 모습을 그리지 않았다. 그러나 우리는 그의 배필의 모습을 알 수 있다. 사실은 중대장 사모님을 그리는 것은 자기 배필의 모습을 그린 것이기 때문이다. 항상 처음 그렸던 모습으로 배필과 함께 짝지어 43년을 살았던 아름다운 사람.

노을을 보면 1960년대 초, 강원도 철산리 뒷산 돈대에 앉아 있던 상등 수병이 보인다. 파란만장한 해협을 물들이며 지던 장엄한 노을이 눈에 선하다.

—「배필」중에서

그는 마지막으로 항상 조건 없이 자기편이었던, 43년을 지치지 않고 함께 달려왔던 자기의 배필에게 사랑의 소야곡을 부르고 우리 곁을 떠났다.

「배필」에서 산실의 비릿한 냄새를 놓치지 않듯이 목성균의 글에는 수필가로서는 드물게 섹슈얼리티를 부각시키는 문장들이 산재해 있다. 이것을 조정래의 『태백산맥』에 나오는 남녀의 성애에 관한 원초적 표현들만큼이나 독자를 빨아들이는 강한 흡인력을 가지고 있다.

뭍의 발기가 결연한 의지로 바다 깊이 삽입되어 있는 곳이 곶(串)이다. 바다는 궁합이 안 맞는 여편네처럼 곶 끝에서 웅얼거린다. 곶은 개의치 않고 정정당당하게 바다의 한녘을 굳건히 장악하고 있다. 아! 수컷다운 기상. 나는 비 오는 곶 끝에 서서 사내의 사기를 진작시켜 본다. (중략)

곶의 안쪽이 만(灣)이고, 포구는 만 안에 있다. 곶이 만을 감싸고 포구는 남편 잘 만난 아낙네처럼 얌전하게 만의 품에 폭 안겨, 비 맞고 몸부림치는 곶 끝의 으르렁거림에도 불구하고 혼곤(昏困)하게 잠들어 있다.

— 「장마전선을 넘어」에서

그가 위 글에서 곶과 만의 지리적 모양새로 남녀의 교합을 표현했다면, 수컷의 성적 욕망을 배설의 쾌감으로 환치하여 육감적으로 드러낸 것이 「꽃냄새」다. 순임은 동네에서 제일 부자인 문경 양반네의 들꽃처럼 예쁜 딸이다. 그녀는 화자가 들꽃을 꺾어 다래끼에 넣어 주며 처음으로 여자의 냄새를 맡았던 첫사랑이다.

그에게 들국화의 모습은 "초경의 얼굴처럼 청초하고 수줍게 보인다. 그리고 순임의 모습은 들국화처럼 곱고 수줍었다." 그의 글의 도처에는 육감적 표현으로 가득 차 있다. 등잔을 보면서 "몸체의 뽀얀 질감과 동그스름한 용량감은 아직 발육이 덜 된 누이의 유방 같은데, 등잔 꼭지는 여러 자식이 빨아 댄 노모의 젖 꼭지같이 새까맣다"고 말한다. 더 나아가 마초적인 문장도 있다. 들판에 내리는 여름날의 소나기를 "들판을 유린해 버린다. 유린! 그 얼마나 협쾌한 유린인가. 수절 과부가 외딴 골짜기에서 범강장달이 같은 사내에게 겁탈을 당한들 그만큼 협쾌할까."

그가 구사하는 에로틱한 문장은 독자에게 수필 또한 타 장르에 못지않은 예술성과 대중성을 획득할 수 있음을 보여 주고 있다. 이것은 문장에 대한 그의 능력이기도 하고 그의 문장이 그만큼 현대적이라는 증거이기도 하다.

흔히 수필은 작가가 경험한 것들의 사실적 기록이라 말한다. 이 정의에 철저해지면 수필은 르포가 되고 만다. 수필과 르포의 차이점은 서정성이다. 서정성은 사실의 기록에서 나오는 것이 아니라 상상력에서 나온다. 그러므로 상상력에 바탕을 두지 않은 문학이란 존재할 수 없다.

목성균의 문학에 배어든 진한 서정성은 그의 수필 작법이 상상력에 기초하여 이루어졌기 때문이다. 그는 필요한 대목에서는 전지적 작가 시점으로 글을 쓴다. 그리하여 화자인 내가 아닌 제삼 인물의 심리를 묘사하고 성격을 만들어낸다. 이 점 때문에 많은 사람들이 목성균의 수필을 소설적이라고 한다. 그러나 바로 그 점에 목성균 수필의 강점이 있다. 그가 섹슈얼한 문장을 쓸 수 있는 것도, 수필에 나타나는 인물의 성격을 소설 속의 인물처럼 창조해 내어 독창적인 통일된 세계를 창조하는 것도 바로 이 점 때문에 가능한 것이다.

이문구가 소설 「우리 동네」 시리즈를 써서 오늘날 피폐된 농촌의 공동체를 재현한 것처럼, 목성균의 『명태에 관한 추억』에 실려 있는 여러 편의 농촌 이야기들은 서로 조합하고 융합되어, 우리가 잃어버린 돈독했던 옛 농촌의 삶의 공동체를 재현했다. 그에게 인생이란 살만한 것인데 그건 가족과 이웃들의 돈독했던 삶 때문이다. 돈독이란 서로에 대한 배려다. 배려란 모심이다. 여기까지 생각하자 엉뚱한 생각이 들었다. 목성균은 자기 생애 중 어느 때를 가장 아름다운 시절이라 생각했을까? 즉 돈독이, 모심이 극에 달했던 시절이 언제였을까? 그러자 한 작품이 떠올랐다. 그렇다면 이게 목성균의 최고 대표작 아니겠는가.

추석을 쇠고 우리는 아버지의 명에 의해서 근친을 갔다. 강원
도 산골 귀래 장터에 도착했을 때 이미 한가위를 지낸 달이 청산
위에 둥실 떴다. 그때부터 십 리가 넘는 시골길을 걸어가야 한
다. 아내는 애를 업고 나는 술병과 고기 뒤 근을 들고 걷기 시작
했다. 아내 옆에 서서 말없이 걸었다. 달빛에 젖어 혼곤하게 잠든
가을 들녘을 가르는 냇물을 따라서 우리도 냇물처럼 이심전심으
로 흐르듯 걸어가는데 돌연 아내 등에 업힌 어린것이 펄쩍펄쩍
뛰면서 키득키득 소리를 내고 웃었다. 어린것이 뭐가 그리 기쁠
까. 달을 보고 웃는 것일까. 아비를 보고 웃는 것일까. 달빛을 담
뿍 받고 방긋방긋 웃는 제 새끼를 업은 여자와의 동행, 나는 행복
이 무엇인지 그때 처음 구체적으로 알았다.

아버지는 푸른 달빛에 흠뻑 젖어 아기 업은 제 아내를 데리고 밤
길을 가는 인생 노정에 나를 주연으로 출연시키신 것이다. '임마,
동반자란 그런 거야' 하는 의미를 일깨워 준, 아버지는 탁월한 인생
연출자였다. 처네 포대기가 그 연출의 소도구인 셈이었다. (중략)

교교한 달빛 아래 냇물도 흐름을 멈추고 잠든 것 같았다. 나는
기억이 안 나는데 그때 내가 아내의 손을 잡았던 모양이다. "그때
내 손을 꼭 잡던 자기 얼굴을 달빛에 보니 깎아 놓은 밤 같았어."
아내가 누비처네를 쓸어 보며 꿈꾸듯 말했다. 참 오랜만에 들어
보는 아내의 칭찬이었다. 아마 그때 내게 손을 잡힌 걸 의미 깊이
받아들였던 모양이다.

―「누비처네」에서

목성균의 수필 세계 : 상상력으로 해석한 과거의 새로움 · 651

목성균이 행복해하는 모습이 눈에 선하다. 초보 신랑은 사업을 한답시고 서울에 떨어져 있었다. 돈을 벌기는커녕 벌써 "자갈논 한 두락쯤 게눈 감추듯 해먹고" 이걸 할 건지 말 건지 망설이는 중이었다. 그때 아내가 아이를 낳았다는 소식을 받았다. 그러나 내려갈 형편이 못 되었다. 백일이 지나고 곧 추석이 다가올 무렵 아버지에게서 편지가 왔다. 편지는 "제 식구가 난 제 새끼를 백일이 넘도록 보러 오지 않은" 무심함을 힐책하시고 추신과 함께 소액환을 보내 오셨다. "추신은 추석에 올 때 시골에서는 귀한 물건이니 어린애의 누빈 처네 포대기를 사오라는 당부 말씀이었다."

추석을 쇠고, 화자는 술병과 고기를 들고 아내는 그 포대기로 아이를 업고 처갓집으로 근친을 갔다. 바로 여기에서 한국 수필 문학이 만들어낸 광경 중 가장 아름다운 광경이 펼쳐진다. 아니 한국문학이 만들어 낸 가장 아름다운 광경으로 이 장면을 꼽고 싶다. 아이를 업은 아내와 초보신랑이 냇물이 졸졸 흐르는 냇가를 끼고 가을 들녘을 걷는다. 추석 대보름 달빛은 너무 영롱하다. 그때 등에 업힌 애가 갑자기 펄쩍펄쩍 뛰며 키득키득 소리를 내고 웃는다. 아이가 생에 처음으로 빛을, 달빛을 인식한 것이다. 아이가 달빛과 놀고 있다. "어린것이 뭐가 그리 기쁠까. 달을 보고 웃는 것일까. 아비를 보고 웃는 것일까. 달빛을 담뿍 받고 방긋방긋 웃는 제 새끼를 업은 여자와의 동행, 나는 행복이 무엇인지 그때 처음 구체적으로 알았다." 그때 "교교한 달빛 아래 냇물도 흐름을 멈추고 잠든 것 같았다."

목성균이 이상으로 삼았던 세계가 바로 이런 것이었을 것이다. 그는 이런 걸 삶의 돈독함이라 했다. 그는 그의 문학에 그 전설을 재현시켰다. 그는 나아가 그의 현실의 삶에서 하나하나 돈독한 만남을 생성하려 했다. 그는 드러나는 사람이 아니었다. 그런데 시간이 지나고 나면 그가 풍기는 평온함 때문에 누구나 마음이 포근해지는 자장(磁場)을 지니고 있었다. 그 평온함의 정체가 바로 사람에 대한 그의 돈독함이었던 것이다.

「말죽거리 잔혹사」를 감독한 유하는 말했다. "미래는 시시하고 과거가 새롭더라."

목성균은 우리가 까맣게 잊어버린 과거를 새로운 해석으로 재현함으로써, 과거란 이미 형해화된 것이 아니라 우리의 정서의 원천으로 우리가 돌아가야 할 고향임을 여실히 보여 주었다. 미래는 과거 속에 있다. 과거가 새롭다.

| 목성균 연보 |

1938 충북 괴산군 연풍, 소백산맥 자락에서 태어남
연풍초등학교와 연풍중학교를 졸업하고 청주상업고등학교에 입학

1959 청주상업고등학교 졸업. 그 해 학도주보 주최 전국학생문예 공모에서 고등부 산문에 1등으로 입상
서라벌예대 문예창작과에 장학생으로 입학했으나 가정형편상 다음 학기에 등록을 하지 못함

1964 군대 생활 중 결혼함

1968 산림직 국가공무원이 되어 25년간 태백산맥과 소백산맥의 산중에서 조림사업을 하며 보냄

1993 퇴직 후 서원대학교 평생교육원 문예창작반에 입학하여 문학 공부를 다시 시작함. 이때 중앙 시조 월말 장원, 「월간 에세이」 초회 추천, 한국관광공사의 관광수필 공모에 응모하여 최우수상을 수상함

1995 월간 「수필문학」에 의해 「속리산기」로 추천 완료 및 등단

2003	그간 수필문학지, 동인지, 지방 신문에 발표한 작품들을 모아 출간한 수필집 『명태에 관한 추억』(하서출판사)이 문예진흥원에 의해 2003년도 우수문학작품집에 선정됨
2004	3월 한국수필문학진흥회와 에세이문학사에서 주최한 제22회 현대수필문학상 수상
2004	5월 타계
2004	11월 유고집 『생명』 출간(수필과비평사)
2010	4월 선집 『행복한 고구마』 출간(선우미디어)
2010	6월 선집 『돼지불알』 출간(좋은수필사)